LE PONT SUR LA DRINA

IVO ANDRIĆ

Le Pont sur la Drina

Postface de
Predrag Matvejevitch

TRADUIT DU SERBO-CROATE PAR PASCALE DELPECH

BELFOND

Titre original :

NA DRINI ĆUPRIJA
Prosveta, Belgrade, 1990

Traduit avec le concours du Centre national du livre.

La traductrice de cet ouvrage a bénéficié d'une bourse-résidence du Conseil de l'Europe au Collège international des traducteurs littéraires à Arles.

I

Sur la plus grande partie de son cours, la Drina suit des défilés étroits entre des montagnes escarpées ou coule au fond de gorges aux parois abruptes. En quelques rares endroits, ses berges s'élargissent en vallées et constituent, d'un seul côté ou des deux côtés de la rivière, des terrains agréables, tantôt plats. tantôt onduleux, propices aux cultures et à la vie des hommes. Une de ces plaines s'ouvre ici, près de Višegrad, à l'endroit où la Drina surgit en faisant un coude du défilé étroit creusé entre les rochers de Butko et le mont Uzavnica. Le méandre que décrit la Drina à cet endroit est étrangement brusque, et les montagnes de part et d'autre sont si escarpées et si rapprochées qu'elles semblent former un massif impénétrable d'où jaillit la rivière, comme d'un mur sombre. Les montagnes s'écartent ensuite tout à coup en un amphithéâtre irrégulier dont le diamètre à l'endroit le plus large n'excède pas quinze kilomètres à vol d'oiseau.

À l'endroit où la Drina surgit de tout le poids de sa masse d'eau écumante et verte de ce massif apparemment clos de montagnes noires, se dresse un grand pont de pierre aux courbes harmonieuses, reposant sur onze arches à larges travées. À partir de ce pont, comme à partir d'une base, une large vallée onduleuse déployée en éventail, couverte de champs, de pâturages et de prunelaies, quadrillée de murets ou de palissades, parsemée de bosquets et de rares bois de conifères, abrite la bourgade de Višegrad ainsi que des hameaux blottis au creux des coteaux. Vu ainsi, du fond de l'horizon, on dirait que sous les arches amples du pont blanc coule et se déverse non seulement la verte Drina, mais aussi tout ce paysage harmonieux et parfaitement domestiqué, avec tout ce qu'il abrite, et aussi le ciel méridional au-dessus de lui.

Sur la rive droite de la rivière, à partir du pont même, s'étend la plus grande partie de la ville, avec le bazar, aussi bien dans la plaine que sur les versants des collines. De l'autre côté du pont, le long de la rive gauche, on trouve Maluhino Polje, un faubourg disséminé de part et d'autre de la route qui conduit à Sarajevo. Ainsi, le pont qui fait la jonction entre les deux tronçons de la route de Sarajevo relie le bourg à sa banlieue.

Ou plutôt, quand on dit « relie », c'est comme lorsqu'on dit : « Le soleil se lève le matin pour que nous, les hommes, puissions voir autour de nous et vaquer à nos occupations, et il se couche le soir pour nous permettre de dormir et de nous reposer des efforts de la journée. » En effet, ce grand pont de pierre, cette construction somptueuse à la beauté incomparable, comme n'en ont pas des villes beaucoup plus riches et beaucoup plus souvent traversées (« Il n'y en a que deux autres qui peuvent lui être comparés dans tout l'Empire », disait-on jadis), représente l'unique passage fiable et permanent sur tout le cours moyen et supérieur de la Drina, et il constitue un point de jonction indispensable sur la route qui relie la Bosnie à la Serbie, et, au-delà, aux autres parties de l'Empire turc, jusqu'à Stamboul. La ville et ses faubourgs, eux, ne sont qu'une de ces agglomérations qui se développent immanquablement aux principaux nœuds de communication ou de part et d'autre des ponts les plus grands et les plus importants.

C'est ainsi qu'à cet endroit également, avec le temps, les maisons se sont multipliées et les hameaux se sont étendus sur les deux rives. La bourgade a vécu du pont et a grandi en partant de lui comme d'une racine indestructible.

(Pour bien voir et comprendre tout à fait la configuration de la ville et la nature de son rapport avec le pont, il faut savoir que, dans le centre, il en existe un autre, de même qu'il y a une autre rivière. C'est le Rzav, avec son pont de bois. À la sortie de la ville, le Rzav se jette dans la Drina, si bien que le centre de Višegrad, la partie la plus importante, se trouve sur une langue de terre sablonneuse entre les deux rivières, la grande et la petite, qui se rejoignent là, tandis que les faubourgs s'étalent au-delà des ponts, sur la rive gauche de la Drina et sur la rive droite du Rzav. Une ville sur l'eau. Mais bien qu'il existe une autre rivière et un autre pont, lorsqu'on dit « sur le pont », on ne veut jamais parler du pont sur le Rzav, simple construction de bois sans beauté, sans histoire, qui n'a d'autre sens que de servir aux habitants et à leurs bêtes à passer la rivière, mais toujours et uniquement du pont de pierre qui franchit la Drina.)

Celui-ci a environ deux cent cinquante pas de longueur, et quelque dix pas de largeur, sauf en son milieu, où il s'élargit en deux terrasses parfaitement symétriques, de chaque côté de la chaussée, doublant ainsi sa largeur. C'est la partie du pont qu'on appelle la *kapia*. À cet endroit, en effet, sur la pile centrale qui s'évase vers le haut, des contreforts construits de part et d'autre de la chaussée soutiennent de chaque côté une terrasse saillant audacieusement et en proportion harmonieuse de la ligne droite du pont, dans le vide au-dessus de l'eau bruyante et verte. Les terrasses ont environ cinq pas de longueur et autant de largeur, elles sont entourées d'un parapet de pierre, comme le pont sur toute sa longueur, mais sont à ciel ouvert. La terrasse de droite, en venant de la ville, s'appelle le *sofâ*. Elle est surélevée de deux marches, bordée de sièges auxquels le parapet sert de dossier, et les marches, les sièges et le parapet sont de la même pierre claire, comme coulés dans un même moule. La terrasse de gauche, en face du sofâ, lui est identique, mais elle est vide, sans sièges. Au milieu de sa bordure, un mur se dresse plus haut que hauteur d'homme ; vers son sommet est scellée une plaque de marbre blanc, où est gravée une riche inscription turque — un *tarikh* — avec un verset qui, en treize vers, célèbre le nom de celui qui a fait ériger le pont et indique l'année de sa construction. Au bas du mur coule une fontaine : un mince filet d'eau sort de la gueule d'un dragon de pierre. Sur cette terrasse est installé un cafetier, avec ses *djezvas* de cuivre, ses tasses rondes, un brasero toujours attisé et un jeune garçon qui porte les cafés en face, aux clients du sofâ. C'est tout cela, la kapia.

Et c'est sur le pont et sa kapia, autour d'eux ou en relation avec eux, que se déroule et évolue, comme nous le verrons, la vie des habitants de Višegrad. Dans tous les récits qui ont trait à des événements personnels, familiaux ou publics, on entend les mots « sur le pont ». En effet, c'est sur le pont que l'on fait ses premières promenades, que les petits garçons jouent à leurs premiers jeux. Les enfants chrétiens, nés sur la rive gauche de la Drina, le franchissent dans les premiers jours de leur vie car, dès la première semaine, on les porte à l'église pour le baptême. Mais les autres enfants, ceux qui sont nés sur la rive droite ou ceux qui sont musulmans et ne sont pas baptisés, passent eux aussi, comme leurs pères et leurs grands-pères autrefois, la plus grande partie de leur enfance autour du pont. Ils pêchent le poisson sous ses arches ou attrapent les pigeons dans ses ouvertures. Dès leurs plus jeunes années, leurs yeux s'habituent aux lignes harmonieuses de cette grande construction de pierre claire, poreuse, taillée uniformément et à la perfection. Ils en connaissent toutes les rondeurs et tous les creux magistralement ciselés, de même qu'ils connaissent toutes les histoires et les légendes liées à la naissance et à la construction du pont, mêlant et entremêlant de façon étrange et inextricable l'imagination, le rêve et la réalité. Et ils les connaissent depuis toujours, inconsciemment, comme s'ils les possédaient en venant au monde, de même qu'ils savent leurs prières par cœur, sans se rappeler de qui ils les ont apprises ni le jour où ils les ont entendues pour la première fois.

Ils savent que c'est le grand vizir Mehmed pacha, dont le village natal, Sokolovići, est là, derrière une de ces montagnes qui entourent la ville, qui a fait construire le pont. Seul un vizir pouvait procurer tout ce qu'il fallait pour édifier une telle merveille de pierre immuable. (Un vizir, c'est quelque chose d'éblouissant, d'important, de terrible et de trouble dans la conscience d'un petit garçon.) Il a été construit par Rade l'architecte, un homme qui a sûrement vécu des centaines d'années pour pouvoir bâtir tant de belles choses qui résistent au temps dans les contrées serbes, un maître légendaire et vraiment anonyme, comme en imaginent et en rêvent les hommes, car ils n'aiment pas avoir à se charger la mémoire ou à être redevables à beaucoup d'autres, même en souvenir. Ils savent que la fée batelière a entravé la construction, de même que depuis toujours et en tout lieu, il s'est toujours trouvé quelqu'un pour entraver chaque construction, et que, la nuit, elle détruisait ce qui avait été fait le jour. Jusqu'à ce que « quelque chose » eût parlé de la rivière et conseillé à Rade l'architecte de trouver deux petits enfants, des jumeaux, un frère et une sœur, Stoja et Ostoja de leur prénom, et de les emmurer dans les deux piles centrales du pont. On s'était mis aussitôt à la recherche de tels enfants dans toute la Bosnie. Une récompense avait été promise à celui qui les trouverait et les amènerait.

Finalement, les gendarmes avaient découvert dans un village éloigné deux jumeaux, encore au sein, et les hommes du vizir les avaient enlevés de force ; mais lorsqu'ils les avaient emmenés, la mère n'avait pas voulu se séparer d'eux et, se lamentant et pleurant, insensible aux insultes et aux coups, elle s'était traînée derrière eux jusqu'à Višegrad. Là, elle avait réussi à se rendre auprès de l'architecte.

On avait emmuré les enfants, car il ne pouvait en être autrement, mais l'architecte, à ce qu'on raconte, avait eu pitié d'elle et avait laissé dans les piliers des ouvertures par lesquelles la malheureuse mère pouvait allaiter ses enfants sacrifiés. D'où ces fausses fenêtres finement ciselées, étroites comme des meurtrières, où les pigeons sauvages font maintenant leur nid. En mémoire de cela, depuis des siècles, le lait maternel coule de la muraille. Ce sont ces minces filets blancs qui, à une certaine période de l'année, suintent des blocs parfaitement joints, et dont on aperçoit la trace indélébile sur la pierre. (L'idée du lait de la femme évoque dans la conscience enfantine quelque chose de très proche et d'écœurant, mais aussi d'obscur et de mystérieux comme les vizirs et les architectes, quelque chose qui les trouble et les rebute.) Certaines personnes grattent ces traces de lait sur la pierre et en font une poudre curative qu'elles vendent aux femmes qui après leurs couches n'ont pas de lait.

Dans la pile centrale du pont, sous la kapia, il y a une ouverture assez grande, une porte étroite et longue sans vantail, semblable à une meurtrière géante. Dans cette pile, dit-on, se trouve une grande pièce, une salle obscure où vit le Maure noir. Cela, tous les enfants le savent. Dans leurs rêves et dans les récits où ils rivalisent d'imagination, le Maure joue un grand rôle. Celui auquel il apparaît doit mourir. Aucun enfant ne l'a encore vu, car les enfants ne meurent pas. Mais une nuit, Hamid, le portefaix asthmatique aux yeux injectés de sang qui est éternellement ivre ou cuve son vin, l'a aperçu et il est mort, tout près du mur. Il était, certes, ivre mort et avait passé la nuit sur le pont, à la belle étoile, par une température de - 15° C. Les enfants, depuis la rive, scrutent souvent cette ouverture sombre, comme un gouffre qui effraie et attire à la fois. Ils conviennent de guetter, tous ensemble, sans fermer les yeux, et le premier qui verra quoi que ce soit devra crier. Ils fixent cette fente large et ténébreuse, frissonnant de curiosité et de peur, jusqu'à ce qu'un gamin anémique ait l'impression que l'ouverture, comme un rideau noir, commence à se balancer et à bouger, ou qu'un de ses camarades effronté et moqueur (il y en a toujours un) crie : « Le Maure ! » et fasse semblant de prendre ses jambes à son cou. Cela gâche le jeu et suscite déception et indignation chez ceux qui aiment s'abandonner à leur imagination, détestent l'ironie et croient qu'en regardant bien on pourrait vraiment voir quelque chose et vivre une aventure. Et la nuit, dans leur sommeil, beaucoup d'entre eux luttent et se battent contre le Maure du pont, comme contre le destin, jusqu'à ce que leur mère les réveille et les délivre de leur cauchemar. Et tandis qu'elle donne au petit garçon de l'eau froide (« pour chasser la peur ») et le presse de prononcer le nom de Dieu, il s'est déjà rendormi, épuisé par ses jeux de la journée, sombrant dans le lourd sommeil de l'enfance où les frayeurs ne peuvent pas encore l'emporter et ne durent jamais longtemps.

En amont du pont, sur les berges escarpées de calcaire gris, d'un côté comme de l'autre, on aperçoit des excavations rondes qui se succèdent à intervalles réguliers, deux par deux, comme les empreintes des sabots d'un cheval de taille surnaturelle creusées dans la pierre ; elles partent d'en haut, de la Citadelle, descendent le rocher jusqu'à la rivière et réapparaissent sur l'autre rive, où elles se perdent sous la terre brune et la végétation.

Les enfants qui, le long de la berge rocailleuse, les jours d'été, passent leur temps à pêcher de petits poissons, savent que ce sont les traces d'un lointain passé et d'antiques guerriers. Sur la terre vivaient alors des héros de grande taille, la pierre n'avait pas encore mûri, elle était molle comme de la glaise et les chevaux étaient, comme les héros, de taille gigantesque. Seulement, pour les enfants serbes, il s'agit des empreintes des sabots de Šarac, demeurées là depuis l'époque où Kraljević Marko s'enfuit de sa prison là-haut, dans la Citadelle, dévalant la colline et franchissant d'un bond la Drina sur laquelle il n'y avait pas encore de pont. Mais les enfants musulmans, eux, savent qu'il ne s'agit nullement de Kraljević Marko et qu'il ne peut s'agir de lui (en effet, d'où un infidèle et un bâtard tiendrait-il une telle force et un tel cheval ?), mais bien de Djerzelez Alija sur sa jument ailée, lequel, c'est bien connu, n'avait que mépris pour les bacs et les passeurs et franchissait les rivières comme des ruisseaux. Ils ne se disputent même pas à ce sujet, tant les uns et les autres sont convaincus du bien-fondé de leur croyance. Et il n'y a pas d'exemple que quiconque ait réussi à détromper autrui ou que quelqu'un ait changé d'avis.

Dans ces cavités rondes qui ont la largeur et la profondeur d'une grande écuelle, l'eau se maintient longtemps après la pluie, comme dans des récipients de pierre. Les enfants appellent ces creux, remplis d'eau de pluie tiède, des puits, et les uns comme les autres, sans distinction de croyances, y gardent leurs petits poissons, goujons et brèmes, qu'ils attrapent à l'hameçon.

Et sur la rive gauche, un peu à l'écart, juste au-dessus de la route, s'élève un assez grand tertre de terre, d'une terre dure, grise et pétrifiée. Rien ne pousse ni ne fleurit à cet endroit, hormis une herbe rase, dure et épineuse comme un fil de fer barbelé. Ce tertre est le point de mire et la frontière de tous les jeux des enfants autour du pont. Cet endroit s'appelait jadis la tombe de Radisav. Et l'on raconte que c'était un héros serbe, un homme très fort. Lorsque le vizir Mehmed pacha décida de construire le pont sur la Drina et envoya ses gens, tous se soumirent et acceptèrent la corvée, excepté ce Radisav qui se révolta, souleva le peuple et fit dire au vizir de renoncer à son entreprise, car, foi de Radisav, il n'était pas question qu'il élève un pont sur la Drina. Et le vizir eut bien de la peine à venir à bout de ce Radisav, car c'était un héros hors du commun qui ne craignait ni le fusil ni le sabre ; il n'y avait ni corde ni chaîne dont il ne sût se libérer ; il arrachait tout comme du simple fil à coudre, si puissant était le talisman qu'il portait sur lui. Et qui sait ce qui serait arrivé, qui sait si le vizir aurait jamais pu faire construire le pont, si un de ses hommes, sage et habile, n'avait eu l'idée de soudoyer et d'interroger le domestique de Radisav. C'est ainsi qu'ils surprirent Radisav dans son sommeil et l'étranglèrent après l'avoir ligoté de cordes de soie, car seule la soie échappait au pouvoir de son talisman. Les femmes de chez nous croient qu'une certaine nuit de l'année, on peut voir tomber sur ce tertre, droit du ciel, une forte lueur blanche. C'est à l'automne, entre l'Assomption et la Nativité de la Vierge. Mais les enfants incrédules, qui ont veillé souvent et longtemps à quelque fenêtre donnant sur la tombe de Radisav, n'ont jamais réussi à voir le feu du ciel, car ils s'endorment toujours avant minuit. Par contre, certains voyageurs, qui ne pensaient nullement à cela, ont vu une lueur blanche sur le tertre au-dessus du pont, en rentrant de nuit en ville.

Les musulmans de Višegrad, à l'inverse, racontent depuis toujours qu'à cet endroit périt en martyr de la foi un derviche, du nom de cheikh Turhanija, lequel était un grand héros et défendit ici le passage de la Drina contre une armée infidèle. Et s'il n'y a à cet endroit ni pierre funéraire ni *turbeh*, c'est que telle fut la volonté du derviche lui-même, qui voulut être enterré sans signe ni marque afin que l'on ne sache pas qu'il était là. Car si une armée infidèle attaquait de nouveau dans ces parages, il se lèverait de dessous ce tertre et l'arrêterait, comme il l'avait fait jadis, l'empêchant de dépasser le pont de Višegrad. En revanche, le ciel lui-même éclaire parfois ce tertre de sa lueur.

Ainsi la vie des enfants de la ville se déroule sous le pont et autour de lui, en jeux inutiles ou rêveries puériles. Avec les premières années de la maturité, elle se transporte sur le pont, sur la kapia précisément, où l'imagination des jeunes gens trouve une autre nourriture et de nouveaux paysages, mais où commencent aussi, déjà, les soucis de la vie, les rivalités et les affaires.

C'est sur la kapia et autour de la kapia que l'on connaît les premières rêveries amoureuses, les premières œillades furtives, les railleries et les conciliabules. Là que l'on se lance dans les premières affaires et les premiers marchandages, que l'on découvre les disputes et les arrangements, les rendez-vous et l'attente. C'est là, sur le parapet de pierre, que l'on expose pour la vente les premières cerises et les pastèques, le *salep* du matin et le pain brûlant. Mais c'est là aussi que se retrouvent les mendiants, les estropiés et les lépreux, les jeunes gens pleins de vigueur qui souhaitent se montrer ou observer les autres, ainsi que tous ceux qui ont quelque chose à proposer, surtout des fruits, des vêtements ou des armes. Les hommes d'un certain âge, notables respectés de tous, s'y réunissent souvent pour discuter des affaires publiques et des soucis partagés en commun, mais plus souvent encore les jeunes gens qui ne savent que chanter et plaisanter. C'est là que, lors des grands événements et des bouleversements historiques, on affiche les avis et les proclamations (sur le mur surélevé, sous la stèle de marbre qui porte l'inscription turque, au-dessus de la fontaine), mais c'est là aussi que, jusqu'en 1878, on suspendait ou empalait les têtes de ceux qui pour une raison ou une autre étaient exécutés ; or les mises à mort, dans cette ville située sur la frontière, n'étaient pas chose rare, surtout dans les années de troubles, et à certaines périodes elles étaient même quotidiennes, comme nous le verrons.

Noces et enterrements ne peuvent traverser le pont sans s'arrêter sur la kapia. Les invités de la noce s'y apprêtent et s'y mettent en cortège avant d'entrer dans la ville. Si les temps sont calmes et portent à l'insouciance, ils se passent la bouteille de *rakia* et se mettent à chanter, ils dansent le *kolo* et s'attardent souvent beaucoup plus qu'ils ne l'avaient prévu. Et lors d'un enterrement, ceux qui portent le défunt le posent un moment pour se reposer, toujours là, sur la kapia, où s'est d'ailleurs écoulée une bonne partie de la vie du mort.

La kapia constitue le point névralgique du pont, de même que le pont constitue l'endroit le plus important de la ville, ou encore, comme l'a écrit dans ses carnets un voyageur turc que les habitants de Višegrad avaient fort bien reçu, « la kapia est le cœur du pont qui est le cœur de cette ville qui reste chère au cœur de tous ». Elle prouve à quel point les architectes de jadis, dont on raconte qu'ils avaient affaire aux fées et à toutes sortes de prodiges et qu'ils devaient emmurer des enfants vivants, avaient le sens non seulement de la beauté et de la permanence de leurs constructions, mais aussi de l'utilité et du confort qu'en tireraient les générations les plus lointaines. Et lorsqu'on découvre la vie dans cette bourgade et qu'on réfléchit bien, on est forcé de reconnaître que bien peu de gens, dans toute la Bosnie, connaissent autant de plaisir et de bons moments que peut en avoir sur la kapia le dernier des habitants de Višegrad.

L'hiver, bien sûr, il n'en est pas question, car seuls traversent le pont ceux qui y sont vraiment obligés, et ils avancent à grand-peine en baissant la tête dans le vent froid qui souffle constamment au-dessus de la rivière. Impossible à cette saison, cela s'entend, de s'attarder sur les terrasses ouvertes de la kapia. Mais en toute autre saison de l'année, la kapia est une véritable bénédiction pour les grands comme pour les petits. Chacun peut, à toute heure du jour ou de la nuit, venir à la kapia et s'asseoir sur le sofâ, ou s'y attarder pour régler quelque affaire ou bavarder. Formant saillie à près de quinze mètres au-dessus de la rivière verte et mugissante, ce sofâ de pierre plane dans le vide, surplombant l'eau, entouré de collines vert foncé sur trois côtés, avec le ciel et les nuages ou les étoiles au-dessus de lui, mais aussi l'horizon dégagé en aval de la rivière, tel un amphithéâtre étroit que ferment dans le fond les montagnes bleues.

Combien y a-t-il de vizirs et de nantis sur cette terre qui peuvent s'abandonner à leur joie ou à leur tourment, tuer le temps de façon agréable en un endroit pareil ? Peu, très peu. Mais combien d'entre nous, au cours des siècles, d'une génération à l'autre, sont restés là jusqu'au petit matin ou jusqu'à la prière du soir, ont passé là les heures de la nuit où la voûte céleste étoilée se déplace imperceptiblement au-dessus des têtes ! Beaucoup d'entre nous ont passé là de longs moments, assis le poing sous le menton, adossés à la pierre lisse et polie, démêlant devant le spectacle immuable de la lumière sur les montagnes ou des nuages dans le ciel l'écheveau éternellement identique, mais toujours embrouillé de façon nouvelle, que composent les destinées des habitants de notre ville. Quelqu'un a affirmé il y a fort longtemps (c'était un étranger, certes, et il plaisantait) que la kapia avait influencé le destin de la cité et même le caractère de sa population. C'est dans ces heures interminables passées sur le pont, affirmait l'étranger, qu'il faut rechercher la clé de la propension de tant de Višegradois à la méditation et à la rêverie et l'une des raisons essentielles de cette insouciance un peu mélancolique pour laquelle ils sont connus.

On ne peut en effet nier que les gens de Višegrad passent depuis toujours, en comparaison avec les habitants d'autres villes, pour des êtres légers, enclins au plaisir et à la dépense. Leur ville est bien située, les villages environnants sont riches et les terres fertiles, et l'argent, c'est vrai, transite en quantité généreuse par Višegrad mais ne s'y arrête jamais longtemps. Et s'il se trouve un homme économe et raisonnable, sans aucune passion, c'est toujours quelqu'un originaire d'une autre région ; en effet l'eau et l'air de Višegrad sont tels que ses enfants viennent au monde les mains ouvertes et les doigts écartés et, succombant à la contagion générale de prodigalité et d'insouciance, ils vivent avec la devise : « À chaque jour son gain. »

On raconte que Starina Novak, lorsqu'il n'eut plus aucune force et fut contraint de renoncer à sa vie de rebelle dans les forêts de Romanie, donna ces conseils à son fils Grujica qui devait prendre sa place :

« Lorsque tu es en embuscade, regarde bien le voyageur qui approche. Si tu vois qu'il chevauche fièrement sa monture et qu'il porte un gilet rouge, des plaques d'argent et des guêtres blanches, c'est un habitant de Foča. Fonce, car il a autant d'argent sur lui que dans sa besace. Si tu vois un voyageur pauvrement vêtu — il a la tête basse, il est recroquevillé sur son cheval comme s'il partait faire l'aumône —, n'hésite pas, il vient de Rogatica. Ils sont tous ainsi : avares et hypocrites mais du foin plein les bottes. Mais si tu vois un étourneau — il a les jambes croisées sur la selle, joue de la *tamboura* et chante à tue-tête —, ne lui tombe pas dessus et ne te salis pas les mains en vain. Laisse passer ce voyou ; c'est un habitant de Višegrad et il n'a rien, car l'argent lui brûle les doigts. »

Tout cela pourrait confirmer ce que pensait l'étranger. Cependant, il est difficile de dire avec certitude dans quelle mesure cette appréciation est juste. Comme dans beaucoup d'autres domaines, il n'est pas facile ici de définir ce qui est la cause ou la conséquence. La kapia a-t-elle fait des habitants de la ville ce qu'ils sont ou, au contraire, a-t-elle été conçue selon leur mentalité et leurs idées et construite pour répondre à leurs besoins et à leurs habitudes ? Question inutile et vaine. Il n'y a pas de constructions fortuites, sans rapport avec la société humaine dans laquelle elles ont vu le jour, avec ses besoins, ses aspirations et ses conceptions, de même qu'il n'y a pas de lignes arbitraires ou de formes gratuites en architecture. La naissance et la vie de toute grande et belle construction utile, son rapport avec le milieu dans lequel elle a été édifiée, portent souvent en eux des drames et des histoires complexes et mystérieuses. En tout cas, une chose est sûre : entre la vie des gens de Višegrad et ce pont existe un lien étroit, séculaire. Leurs destinées sont si mêlées qu'elles sont inconcevables l'une sans l'autre et qu'on ne peut les raconter séparément. C'est pourquoi l'histoire de la construction et du destin du pont est en même temps l'histoire de la ville et de ses habitants, de génération en génération, de même que dans tous les récits qui parlent de la ville se profile la silhouette du pont de pierre sur ses onze arches, avec la kapia, telle une couronne, en son milieu.

II

Il nous faut maintenant revenir aux temps où, à cet endroit, il n'était nullement question d'un pont, *a fortiori* d'un pont comme celui-ci.

Peut-être est-il arrivé en cette époque lointaine que quelque voyageur passant par là, fatigué et trempé, souhaite que l'on fît par quelque miracle un pont sur la rivière large et écumante, lui permettant ainsi d'arriver plus aisément et plus vite à son but. En effet, il n'y a aucun doute que les hommes, depuis toujours, depuis qu'ils existent et circulent dans ces contrées en se heurtant aux obstacles du chemin, ont songé à la possibilité de ménager un passage à cet endroit, de même que tous les voyageurs rêvent depuis toujours d'une bonne chaussée, d'une compagnie fiable et d'un gîte chaud. Seulement, toute aspiration n'est pas féconde, ni toute pensée doublée de la volonté et de la force qui permettent de réaliser ses envies.

La première image du pont, à laquelle il était échu de se matérialiser un jour, fulgura, encore imprécise et brumeuse certes, dans l'imagination d'un garçon de dix ans, originaire du village voisin de Sokolovići, un matin de 1516, alors qu'on l'emmenait par cette route vers la lointaine, éblouissante et effrayante ville de Stamboul.

À l'époque, cette même Drina, verte et impétueuse rivière de montagne « qui se trouble souvent », se déchaînait à cet endroit, entre ses rives rocailleuses et sablonneuses, nues et désertes. La ville existait déjà, mais sous une autre forme et à une autre échelle. Sur la rive droite de la Drina, au sommet de la colline escarpée où se trouvent maintenant des ruines, il y avait la Citadelle, alors bien conservée, une forteresse à ramification datant de l'apogée du royaume de Bosnie, avec des tours, des casemates et des remparts, œuvre d'un des puissants seigneurs Pavlović. Sur les versants de la colline dominés par cette ville fortifiée, vivaient, sous sa protection, les villages chrétiens de Mejdan et de Bikavac, ainsi que le hameau récemment islamisé de Dušče. En bas, dans la plaine, entre la Drina et le Rzav, là où se développa par la suite une vraie ville, il n'y avait que des champs, traversés par la route sur le bord de laquelle se trouvaient un vieux caravansérail de bois et quelques moulins et cabanes.

À l'endroit où la Drina coupait la route, il y avait le fameux « bac de Višegrad ». C'était un vieux bac noir conduit par un passeur renfrogné et lent répondant au nom de Jamak, dont il était plus difficile de se faire entendre lorsqu'il était éveillé que de quiconque plongé dans le plus profond des sommeils. C'était un homme d'une taille de géant et d'une force peu commune, mais il s'était usé dans les nombreuses guerres où il s'était distingué. Il n'avait qu'un œil, qu'une oreille et qu'une jambe (l'autre était en bois). Sans dire bonjour, sans un sourire, il transportait la marchandise et les voyageurs, n'écoutant que son humeur et son bon plaisir, lentement et sans la moindre ponctualité, mais honnêtement et sans danger, de sorte que son habileté et sa droiture étaient aussi légendaires que sa lenteur et ses caprices. Il ne voulait avoir ni conversation ni contact avec les voyageurs qu'il transportait. Les gens jetaient la monnaie de cuivre, prix de leur passage, dans le fond du bac noir où elle restait tout le jour dans l'eau et le sable, puis, le soir seulement, le passeur la ramassait négligemment avec une écuelle de bois dont il se servait pour écoper l'eau et l'emportait dans sa cabane sur la berge.

Le bac ne fonctionnait que lorsque le courant et le niveau de la rivière étaient normaux ou légèrement supérieurs à la normale, mais dès que les eaux se troublaient et montaient au-delà d'une certaine limite, Jamak retirait son énorme bac, l'attachait solidement dans une anse, et la Drina devenait aussi infranchissable que la plus immense des mers. Jamak restait alors sourd de son unique oreille ou partait tout simplement inspecter son champ. Tout au long de la journée, on pouvait voir, sur la rive opposée, des voyageurs qui arrivaient de Bosnie et se tenaient comme des désespérés sur la berge pierreuse d'où, transis et trempés, ils guettaient en vain le bac et le passeur, lançant de temps en temps au-dessus de la rivière trouble et furieuse des appels prolongés :

— Ooooo, Jamak !

Personne ne répondait, personne n'apparaissait jusqu'au moment où l'eau avait suffisamment baissé ; et ce moment, c'était Jamak lui-même qui en décidait, l'œil sombre, implacable, sans discussions ni explications.

La ville, un petit bourg resserré à l'époque, était située sur la rive droite de la Drina, en haut des versants escarpés de la colline, juste sous les ruines de l'ancienne forteresse, car en ce temps-là, Višegrad n'avait ni les proportions ni la forme qu'elle prit plus tard, lorsque le pont fut construit et que les communications et le commerce se développèrent.

Ce jour de novembre, une longue caravane de chevaux chargés arriva sur la rive gauche de la rivière, où elle s'arrêta pour la nuit. L'agha des janissaires, avec son escorte armée, retournait à Constantinople, après avoir pris dans les villages de Bosnie orientale le nombre d'enfants chrétiens prévu en guise de tribut.

Six ans s'étaient écoulés depuis le dernier paiement de cet impôt du sang, aussi le choix avait été, cette fois, aisé et riche ; on avait trouvé sans difficultés le nombre voulu d'enfants mâles en bonne santé, intelligents et de belle apparence, entre dix et quinze ans, malgré le fait que de nombreux parents cachaient leurs garçons dans les forêts, leur apprenaient à jouer les simples d'esprit ou à faire semblant de boiter, les habillaient de haillons et les maintenaient dans la saleté pour les soustraire au choix de l'agha. Certains allaient même jusqu'à mutiler leurs propres fils, en leur coupant un doigt de la main.

Les enfants sélectionnés étaient expédiés sur de petits chevaux bosniaques, en un long convoi. Deux panières tressées étaient arrimées, comme pour transporter des fruits, de part et d'autre des bêtes, et dans chacune d'elles on avait mis un enfant avec son petit paquetage et une part de *pita* au fromage, dernière chose qu'il emportât de la maison paternelle. De ces panières, qui se balançaient en rythme en crissant, dépassaient les visages frais et apeurés des garçons enlevés. Certains regardaient calmement au-delà de la croupe de la bête, le plus loin possible vers leur village natal, d'autres mangeaient et pleuraient en même temps, d'autres encore dormaient, la tête appuyée au bât.

À quelque distance des derniers chevaux de cette caravane peu ordinaire, suivaient, courant en tous sens et à bout de souffle, de nombreux parents et cousins de ces enfants que l'on emmenait pour toujours et qui, une fois circoncis et turquisés dans ce monde nouveau, oubliant leur foi, leur pays et leurs origines, passeraient leur vie dans les détachements de janissaires ou dans un autre corps d'élite de l'Empire. C'étaient surtout des femmes, en majorité mères, grands-mères ou sœurs des enfants enlevés. Lorsqu'elles s'approchaient trop, les cavaliers de l'agha les chassaient à coups de fouet, lançant sur elles leurs chevaux en criant le nom d'Allah. Elles s'enfuyaient alors et se cachaient dans la forêt le long du chemin, se regroupant aussitôt après derrière le convoi et s'efforçant d'apercevoir une dernière fois à travers leurs larmes, au-dessus de la panière, la tête de leur enfant qu'on emmenait. Les mères étaient les plus obstinées et les plus dures à contenir. Elles couraient, d'un pas résolu et sans regarder où elles mettaient les pieds, débraillées, échevelées, oubliant tout autour d'elles, se lamentant comme si elles pleuraient un mort, ou encore, éperdues, gémissaient et hurlaient comme si leur utérus se déchirait dans les douleurs de l'enfantement, se précipitaient, aveuglées par les sanglots, sur les fouets des cavaliers et répondaient à chaque coup par une question désespérée : « Où l'emmenez-vous ? Où me l'emmenez-vous ? » Certaines essayaient d'appeler leur enfant et de lui donner encore quelque chose d'elles-mêmes, ce qui pouvait tenir en deux mots, quelque ultime recommandation ou un conseil pour le voyage.

— Rade, mon fils, n'oublie pas ta mère…

— Ilija ! Ilija ! Ilija ! criait une autre femme, cherchant désespérément du regard la tête familière et chérie, et elle répétait cela sans arrêt comme si elle voulait graver dans la mémoire de son fils ce nom qui, dans quelques jours, lui serait enlevé à jamais.

Mais le chemin est long, la terre dure, le corps faible et les Ottomans puissants et impitoyables. Peu à peu, ces femmes perdaient du terrain et, épuisées par la marche, chassées par les coups, renonçaient tôt ou tard à ces efforts vains. Au bac de Višegrad, les plus tenaces devaient céder car on ne les acceptait pas à bord, et il était impossible de traverser autrement la rivière. Là, elles pouvaient s'asseoir tranquillement sur la berge et pleurer, car on ne les refoulait plus. Elles attendaient, comme pétrifiées et insensibles à la faim, à la soif et au froid, d'apercevoir encore une fois sur l'autre rive la longue cohorte des chevaux et des cavaliers qui disparaissait vers Dobrun, y devinant leur enfant qui s'évanouissait à leurs yeux.

Ce jour de novembre, dans une de ces nombreuses panières, un garçon brun d'une dizaine d'années, originaire du village haut perché de Sokolovići, regardait autour de lui, en silence, les yeux secs. Dans sa main gelée et rougie, il tenait un petit canif recourbé dont il tailladait distraitement le bord de sa panière, tout en examinant le paysage autour de lui. Il devait à jamais garder dans sa mémoire la rive pierreuse, plantée de rares saules dénudés et d'un gris triste, le passeur hideux et le moulin à eau délabré, plein de toiles d'araignée et de courants d'air, où ils passèrent la nuit en attendant que tout le monde réussît à franchir les eaux troubles de la Drina au-dessus de laquelle croassaient des corneilles. Tel un malaise physique ancré au plus profond de lui — une ligne noire qui de temps en temps, pendant une seconde ou deux, lui coupait la poitrine en deux en lui faisant très mal —, l'enfant emporta avec lui le souvenir de cet endroit où la route était interrompue, où le désespoir et la misère se concentraient et se déposaient sur les berges rocailleuses de la rivière qu'il était difficile, coûteux et de plus dangereux de franchir. C'était le point le plus vulnérable et le plus douloureux de cette contrée par ailleurs accidentée et pauvre, l'endroit où le malheur devenait manifeste et évident, où l'homme était arrêté par les éléments plus puissants et, humilié par son impuissance, ne pouvait pas ne pas voir sa misère et celle des autres, ainsi que le retard de la région.

Tout cela entrait dans ce malaise physique qui s'installa chez l'enfant ce jour de novembre et ne le quitta plus jamais vraiment, bien qu'il eût changé de vie et de foi, de nom et de patrie.

Ce qu'il advint plus tard de ce petit garçon emmené dans la panière, tous les livres d'histoire le racontent dans toutes les langues, et c'est encore mieux connu de par le monde que chez nous. Avec le temps, il devint un jeune et courageux gardien des armes à la cour du sultan, puis commandant en chef de la Marine, puis gendre du sultan, puis un chef militaire et un homme d'État de renommée mondiale, Mehmed pacha Sokoli, qui mena sur trois continents des guerres victorieuses pour la plupart, agrandit les frontières de l'Empire turc, assura la sécurité au-dehors et par une bonne administration consolida les affaires au-dedans. Au long de ces soixante et quelques années, il fut au service de trois sultans, vécut en bien et en mal ce qu'il est donné de vivre à quelques rares élus seulement, s'éleva à des hauteurs de la puissance et du pouvoir que nous ne soupçonnons même pas, où peu de gens se hissent et parviennent à rester. Cet homme nouveau qu'il devint dans un monde étranger où, même en pensée, nous ne pouvons le suivre, dut oublier tout ce qu'il avait laissé dans le pays d'où on l'avait naguère emmené. Il oublia sans doute aussi le passage de la Drina à Višegrad, la berge nue où les voyageurs tremblaient de froid et d'appréhension, le bac lent et vermoulu, le passeur monstrueux et les corneilles affamées au-dessus de l'eau trouble. Mais le sentiment de malaise que tout cela avait engendré ne disparut jamais complètement. Au contraire, avec les années et la vieillesse, il revenait de plus en plus souvent : toujours la même ligne noire qui lui traversait la poitrine et la transperçait d'une douleur particulière, familière depuis l'enfance, bien différente de toutes les souffrances et douleurs que la vie lui avait apportées par la suite. Les yeux fermés, le vizir attendait alors que la lame noire passe et que la douleur s'évanouisse. C'est dans un de ces moments qu'il lui vint à l'idée qu'il se libérerait de ce malaise s'il pouvait faire disparaître le bac sur la lointaine Drina, là où la misère et le malheur se concentraient et se déposaient sans trêve, en surmontant d'un pont les rives escarpées et les eaux perfides, en réunissant les deux bouts de la route qui était interrompue à cet endroit, reliant du même coup de façon sûre et définitive la Bosnie à l'Orient, le pays de ses origines aux lieux où s'était déroulée sa vie. Il fut ainsi le premier qui, l'espace d'un instant, derrière ses paupières closes, entrevit la silhouette élancée et puissante du grand pont de pierre qui devait voir le jour à cet endroit.

La même année, sur l'ordre du vizir et à ses frais, on entreprit la construction du grand pont sur la Drina. Elle dura cinq ans. Ce dut être une période exceptionnellement animée et importante pour la ville et toute la région, pleine de bouleversements, riche d'événements anodins ou extraordinaires. Pourtant, chose étrange, dans cette ville qui durant des siècles garda en mémoire et raconta toutes sortes d'événements, dont certains n'étaient qu'indirectement liés au pont, on a conservé peu de détails du déroulement même des travaux sur le pont.

Le peuple ne garde en mémoire et ne raconte que ce qu'il peut comprendre et réussit à transformer en légende. Tout le reste glisse sur lui sans laisser de traces profondes, avec l'indifférence muette des phénomènes naturels anonymes, sans toucher son imagination ni se graver dans son souvenir. Ces longs et difficiles travaux de construction furent pour lui l'œuvre d'autrui, réalisée aux frais d'autrui. Ce n'est que lorsque, venant couronner ces efforts, le grand pont apparut, que les gens commencèrent à se remémorer certains détails et à agrémenter l'histoire du pont véritable, savamment construit et appelé à durer, de récits inventés qu'ils savaient, eux aussi, bâtir avec art et garder longtemps en mémoire.

III

Au printemps de l'année où le vizir prit sa décision, ses gens arrivèrent dans la ville, avec leur suite, pour préparer tout ce qui était nécessaire à l'édification du pont. Ils étaient nombreux, avec des chevaux, des charrettes, des machines en tout genre et des tentes. Tout cela suscita la crainte et la confusion dans la bourgade et les villages environnants, surtout parmi la population chrétienne.

À la tête de cette troupe se trouvait Abidaga, l'homme de confiance du vizir responsable de la construction du pont, et à son côté Tossun efendi, l'architecte. (On disait de cet Abidaga, avant même qu'il arrivât, que c'était un homme féroce, inflexible et d'une sévérité excessive.) Dès qu'ils se furent tous installés dans leurs tentes, en contrebas de Mejdan, Abidaga convoqua les représentants des autorités et les notables musulmans pour discuter avec eux. De discussion il n'y en eut point, car une seule personne parla, Abidaga. Les notables réunis se trouvèrent devant un homme corpulent, le visage d'une rougeur malsaine et les yeux verts, vêtu d'un riche costume à la mode de Constantinople, avec une courte barbe rousse et des moustaches étrangement relevées à la façon magyare. Le discours que tint cet homme violent à ses interlocuteurs les étonna encore plus que son apparence extérieure.

— Des rumeurs à mon sujet m'ont sans doute précédé, et je sais qu'elles ne peuvent être ni réjouissantes ni agréables. Vous avez probablement entendu dire que j'exige travail et obéissance de chacun, que je peux frapper et tuer quiconque ne travaille pas comme il faut et n'obéit pas sans réplique, que j'ignore ce que veut dire « c'est impossible » ou « il n'y a pas », qu'avec moi les têtes tombent pour un mot, bref, que je suis un homme sanguinaire et malfaisant. Je tiens à vous dire que ces bruits ne sont ni inventés ni exagérés. Sous mon tilleul, il n'y a réellement pas d'ombre. J'ai acquis cette réputation au cours de longues années de service, exécutant avec dévouement les ordres du grand vizir. Je prie le ciel de pouvoir également mener à bien la tâche qui m'incombe ici, et j'espère que lorsque j'aurai rempli ma mission et m'en irai, je serai précédé de rumeurs encore pires et plus sombres que celles qui vous sont parvenues.

Après cette introduction peu ordinaire, que tous écoutèrent en silence et les yeux baissés, Abidaga expliqua à son auditoire qu'il s'agissait là d'une construction de grande importance, telle que n'en possédaient pas des pays bien plus riches, que les travaux dureraient cinq ans, peut-être même six, mais que la volonté du vizir serait accomplie de manière scrupuleuse et à la minute près. Puis il leur indiqua quels étaient les besoins les plus pressants et ce que seraient les travaux préparatoires, ce que l'on attendait à cette occasion des musulmans de la ville et ce que l'on exigerait des chrétiens, de la *raïa*.

À côté de lui était assis Tossun efendi, un chrétien converti, homme malingre au teint blême et jaunâtre originaire des îles grecques, l'architecte qui avait construit pour le compte de Mehmed pacha de nombreuses fondations pieuses à Constantinople. Il était calme et avait l'air indifférent, comme s'il n'entendait pas ou ne comprenait pas le discours d'Abidaga. Il regardait ses mains et de temps en temps seulement relevait la tête. On pouvait alors voir ses grands yeux noirs à l'éclat velouté, les beaux yeux myopes d'un homme qui ne regarde que son travail et ne voit, ne sent et ne comprend rien d'autre de la vie et du monde.

Les hommes sortirent abattus et troublés de dessous la tente exiguë et étouffante. Ils sentaient la sueur goutter sous leurs vêtements d'apparat et la peur et les soucis s'installer rapidement et de façon inéluctable en chacun d'eux.

Un malheur immense et incompréhensible, dont on ne voyait pas la fin, s'abattit alors sur la ville et toute la région. On commença d'abord à abattre les forêts et à transporter le bois. On entassa une telle quantité de madriers des deux côtés de la Drina que les gens pensèrent longtemps que le pont serait en bois. Puis débutèrent les travaux de terrassement, la fouille et le forage de la rive rocheuse. Ces opérations furent en grande partie réalisées grâce à la corvée. Et ce jusque tard dans l'automne, lorsque le travail cessa provisoirement et que fut achevée la première phase de l'entreprise.

Tout cela se faisait sous la surveillance d'Abidaga et sous la menace de son long bâton vert dont il est même fait mention dans une chanson. Car celui qu'il désignait de ce bâton, sous prétexte qu'il tirait au flanc ou ne travaillait pas comme il fallait, était aussitôt saisi par les surveillants qui lui donnaient sur-le-champ la bastonnade, puis l'aspergeaient d'eau lorsqu'il était en sang et évanoui, avant de le renvoyer au travail. Lorsque, tard dans l'automne, il quitta la ville, Abidaga convoqua de nouveau les dignitaires et les notables et leur déclara qu'il partait passer l'hiver ailleurs, mais que son œil restait là. Tous répondraient de tout. S'il y avait les moindres dégâts sur le chantier ou s'il venait à manquer une seule planche sur les tas de bois, il mettrait la ville tout entière à l'amende. À leur objection que des dégâts pourraient être causés par les inondations, il répondit froidement, sans la moindre hésitation, que c'était là leur région, et aussi leur rivière, et qu'ils seraient donc responsables des dommages qu'elle occasionnerait.

Tout au long de l'hiver, les habitants de la ville gardèrent le chantier et surveillèrent les matériaux comme la prunelle de leurs yeux. Et avec le printemps, Abidaga refit son apparition accompagné de Tossun efendi, mais on vit également arriver des tailleurs de pierre dalmates, que le peuple appelait les « artisans romains ». Au début, ils étaient une trentaine. À leur tête se trouvait un certain Antonije, un chrétien d'Ulcinj. C'était un bel homme de grande taille, avec de grands yeux au regard audacieux, un nez aquilin, des cheveux bruns qui lui tombaient jusqu'aux épaules, élégamment vêtu à la mode occidentale. Son assistant était un Noir, un vrai Noir, un jeune homme plein de gaieté que toute la ville et tous les ouvriers appelaient le Maure.

Si l'année précédente, au vu des tas de bois, il avait semblé qu'Abidaga pensât construire un pont de bois, les gens avaient maintenant l'impression qu'il voulait élever ici, sur la Drina, un nouveau Stamboul. On faisait venir la pierre des carrières creusées dans les collines de Banja, à une heure de marche de la ville.

L'année suivante, un printemps singulier commença autour du bac de Višegrad. Outre ce qui poussait et fleurissait chaque année à pareille époque, on vit surgir de terre une multitude de cabanes, de nouveaux chemins apparurent ainsi que des accès à la rivière ; on ne comptait plus les charrettes à bœufs et les chevaux de rouliers. Les gens de Mejdan et d'Okolište voyaient chaque jour, en contrebas, près de la rivière, grandir comme du bon blé une mer agitée d'hommes, de bestiaux et de matériaux de construction en tout genre.

Sur la rive escarpée travaillaient les tailleurs de pierre. Tout l'endroit prit la couleur jaunâtre de la poussière de la pierre. Un peu plus loin, dans la plaine sablonneuse, les journaliers de la région éteignaient la chaux, traversant, déguenillés et tout blancs, la fumée blanche qui s'élevait au-dessus du chaufour. Les chemins étaient défoncés par les tombereaux surchargés.

Le bac fonctionnait du matin au soir pour transporter d'une rive à l'autre les matériaux, les contremaîtres et la main-d'œuvre. Pataugeant dans l'eau grise et printanière qui leur montait à la ceinture, des ouvriers spécialisés enfonçaient des poteaux et des pieux pour former des claies remplies d'argile qui devaient détourner le cours de la rivière.

Tout cela se déroulait sous les yeux de gens qui avaient jusque-là vécu tranquillement dans cette bourgade disséminée sur les versants des collines aux abords du bac sur la Drina. Et c'eût été parfait s'ils n'avaient fait que regarder, mais ces travaux prenaient une telle ampleur et un tel essor qu'ils entraînaient dans leur tourbillon tout ce qui était vivant et mort non seulement dans la ville, mais aussi bien au-delà. La deuxième année, le nombre des ouvriers augmenta tellement qu'il y en eut autant que d'hommes dans le bourg. Toutes les charrettes, tous les chevaux et les bœufs travaillaient exclusivement pour le pont. Tout ce qui pouvait ramper ou rouler était réquisitionné et attelé à la tâche, parfois contre rétribution, parfois de force, au titre de la corvée. Il y avait plus d'argent qu'avant, mais la cherté de la vie et la pénurie augmentaient plus vite que cet argent n'affluait, si bien qu'à peine gagné il était déjà à moitié mangé. Encore plus que des prix et de la disette, les gens du pays pâtissaient de l'agitation, du désordre et de l'insécurité, dont souffrait désormais la ville du fait d'une telle concentration de travailleurs venus des quatre coins du monde. Et malgré toute la sévérité d'Abidaga, les rixes étaient fréquentes parmi les ouvriers, ainsi que les vols dans les jardins et les cours. Les femmes musulmanes devaient cacher leur visage même lorsqu'elles sortaient dans leur cour, car elles pouvaient de tous côtés se trouver exposées au regard de ces innombrables travailleurs, étrangers et autochtones ; or les musulmans de la ville tenaient d'autant plus à respecter les préceptes de l'islam qu'ils en étaient des adeptes de fraîche date et qu'il n'y en avait pratiquement aucun parmi eux qui ne se souvînt d'un père ou d'un grand-père chrétien ou converti depuis peu. Pour toutes ces raisons, les vieilles gens dans la population musulmane exprimaient ouvertement leur mécontentement et tournaient le dos à ce tohu-bohu d'hommes, de bêtes de somme, de bois, de terre et de pierre, qui grandissait et s'amplifiait des deux côtés du bac et, dans sa progression sournoise, touchait déjà leurs ruelles, leurs cours et leurs jardins.

Au début, ils avaient tous été fiers de la grande fondation que devait élever le vizir originaire de leur région. Ils ignoraient alors ce qu'ils constataient maintenant : que ces glorieuses constructions exigent un tel chaos et une telle agitation, tant d'efforts et de dépenses. C'est bien beau, pensaient-ils, de cultiver une foi pure et régnante, c'est bien beau d'avoir à Stamboul un compatriote vizir, et encore mieux d'imaginer un pont solide et somptueux pour franchir la rivière, mais tout ce qui se passait sous leurs yeux ne ressemblait à rien. Leur ville était devenue un enfer, un sabbat effréné d'activités incompréhensibles, de fumée, de poussière, de cris et de tumulte. Les années passaient, les travaux prenaient de l'ampleur et progressaient, mais on n'en voyait ni la fin ni le sens. Cela ressemblait à tout, sauf à un pont.

Ainsi pensaient les musulmans convertis de la ville et, entre quatre yeux, ils avouaient qu'ils en avaient assez et plus qu'assez de la magnificence, de la fierté et de la gloire futures, ils envoyaient au diable aussi bien le pont que le vizir et priaient le ciel de les libérer de ce fléau et de leur rendre ainsi qu'aux leurs le calme d'antan et le silence de leur vie modeste, près du vieux bac sur la rivière.

Si les musulmans en avaient assez, il en était encore pire des chrétiens de toute la région de Višegrad, mais à eux, on ne leur demandait pas leur avis et ils n'avaient jamais l'occasion de manifester leur désapprobation. C'était déjà la troisième année que ces gens se soumettaient à la corvée, aussi bien en travaillant eux-mêmes qu'en cédant leurs chevaux et leurs bœufs. Et cela touchait non seulement les chrétiens du cru, mais aussi ceux des trois districts voisins. Partout, les hommes d'Abidaga sur leurs chevaux se saisissaient des infidèles tant dans les campagnes que dans les villes, et ils les amenaient travailler sur le pont. Le plus souvent, ils les surprenaient dans leur sommeil et les attrapaient comme des poulets. Dans toute la Bosnie, un voyageur en rencontrant un autre lui déconseillait d'aller vers la Drina, car quiconque s'en approchait était pris et, sans qu'on lui demandât ni qui il était ni où il allait, on le forçait à travailler au moins quelques jours. Les chrétiens de la ville se rachetaient à coups de pots-de-vin. Les hommes des campagnes essayaient de fuir dans la forêt, mais les gendarmes prenaient aussitôt des otages dans leur famille, souvent même des femmes, à la place des jeunes gens en fuite.

C'est le troisième automne que le peuple corvéable travaille sur le pont, mais rien n'indique que le chantier progresse ni qu'approche la fin de ce malheur. L'automne est déjà bien avancé : les feuilles sont tombées, les chemins sont détrempés par la pluie, la Drina en crue se trouble et les champs d'éteules nus sont envahis de corneilles paresseuses. Mais Abidaga n'interrompt toujours pas les travaux. Au soleil chiche de novembre, les paysans transportent le bois et la pierre, ils pataugent, les pieds nus ou chaussés de leurs sandales « sanglantes » dans le chemin boueux, ils transpirent sous l'effort et frissonnent dans le vent, serrent autour de leur taille leur culotte noire de crasse, pleine de nouveaux trous et de vieilles pièces, et nouent les bouts déchirés de leur unique chemise de lin grossier, qui est maculée de pluie, de boue et de fumée mais qu'ils n'osent pas laver de peur que, dans l'eau, elle ne s'effiloche. Sur tous plane la menace du bâton vert d'Abidaga, lequel inspecte aussi bien la carrière de Banja que les travaux autour du pont, et ce plusieurs fois par jour. Il est irrité et furieux contre le monde entier parce que les jours raccourcissent, et le travail n'avance pas aussi vite qu'il le voudrait. Vêtu d'une lourde pelisse de fourrure russe et chaussé de hautes bottes, le visage cramoisi, il escalade les échafaudages des piles qui s'élèvent déjà au-dessus de l'eau, entre dans les forges, les resserres et les cabanes des ouvriers et s'en prend à tous sans exception, surveillants aussi bien qu'entrepreneurs.

— Les jours sont courts. De plus en plus courts ! Ah, fils de chiennes, vous vous faites nourrir pour rien !

Ainsi il vocifère, comme si c'était leur faute que le jour se lève tard et la nuit tombe tôt. Et au crépuscule, ce crépuscule implacable et désespérant de Višegrad, lorsque les collines abruptes se resserrent autour de la ville et que la nuit tombe rapidement, pesante et sourde comme si c'était la dernière, la fureur d'Abidaga atteint son paroxysme ; comme il n'a plus personne sur qui la décharger, il ronge son frein et ne peut trouver le sommeil à la pensée de tant de tâches en suspens et de tous ces hommes qui restent sans rien faire. Il grince des dents. Il convoque les surveillants et calcule comment on pourrait, à partir du lendemain, utiliser mieux le jour et exploiter plus efficacement la main-d'œuvre.

Pendant ce temps, les hommes dorment dans les cabanes et les remises, ils se reposent et récupèrent leurs forces. Mais tous ne dorment pas : à eux aussi il leur arrive de veiller, pour leur compte et à leur manière.

Dans une remise spacieuse et sèche, un feu brûle au milieu, ou plutôt finit de brûler, car il ne reste que la braise qui se consume doucement dans la pièce à demi obscure. L'espace est envahi de fumée et de l'odeur lourde et aigre des vêtements mouillés et des sandales, ainsi que des exhalaisons d'une trentaine de corps humains. Tous ces hommes sont des corvéables, des paysans des environs, des chrétiens, de pauvres serfs. Tous sont crottés de boue, trempés, épuisés et inquiets. Cette corvée gratuite et interminable leur prend tout leur temps, et leurs champs, là-haut dans les villages, attendent en vain les labours d'automne. La plupart d'entre eux sont encore éveillés. Ils sèchent leurs chaussettes russes à côté du feu, tressent leurs sandales ou tout simplement regardent la braise. Parmi eux se trouve un Monténégrin. Les hommes d'Abidaga l'ont arrêté sur la route et il est à la corvée depuis quelques jours déjà, bien qu'il ne cesse d'expliquer et de démontrer à tous que cela lui est extrêmement pénible et ne lui convient nullement, que ce dur labeur bafoue son honneur.

Autour de lui sont maintenant rassemblés la plupart des paysans encore éveillés, surtout les plus jeunes. De la poche profonde de sa veste de laine grise, le Monténégrin tire une pauvre *guzla*, pas plus grande que la paume de la main, et un court archet. Un des paysans sort se poster devant la remise pour monter la garde, au cas où l'un des Turcs surviendrait. Tous regardent le Monténégrin comme s'ils le voyaient pour la première fois, ainsi que la guzla qui disparaît dans ses grandes mains. Il se penche : il tient la guzla sur ses genoux, coince le bout de l'instrument sous son menton, enduit la corde de résine et souffle sur l'archet ; tout est humide et mou. Et pendant qu'il se livre à ces menues opérations, d'un air important et aussi imperturbable que s'il était seul sur la terre, ses compagnons ne le quittent pas des yeux. Un premier son résonne enfin, aigu et inégal. L'excitation grandit. Le Monténégrin se racle la gorge et se met à chanter en nasillant, complétant les sons de l'instrument. Tout s'harmonise et promet une histoire peu ordinaire. Et de fait, après avoir tant bien que mal accordé sa voix à la guzla, le Monténégrin renverse soudain la tête, violemment et d'un air fier, faisant saillir sa pomme d'Adam sur son cou maigre et briller à la lumière son profil aigu, puis il laisse échapper un son étouffé et traînant : « Aaaaaaaa ! » et poursuit aussitôt, distinctement et d'une voix perçante :

Stevan le tsar serbe boit le vin
À Prizren, endroit charmant,
Avec lui sont les vieux patriarches :
Ils sont au nombre de quatre, les patriarches,
Et sont accompagnés de neuf évêques,
Et aussi de vingt vizirs à trois queues,
Et selon leur rang des seigneurs serbes.
Mihajlo l'échanson sert le vin,
Et sa sœur Kandosija jette les feux
Des pierres précieuses sur son sein...

Les paysans se resserrent autour du chanteur, mais sans le moindre bruit ; on n'entend même pas leur souffle. Tous clignent les yeux, fascinés et éblouis. Des frissons leur parcourent l'échine, ils se redressent, gonflent la poitrine, leurs yeux brillent, leurs doigts s'écartent et se crispent, les muscles de leurs mâchoires se contractent. Le Monténégrin invente et brode de plus en plus vite, avec toujours plus d'imagination et d'audace, et les hommes mouillés, transportés et insensibles à tout le reste, n'ont plus du tout envie de dormir et suivent la chanson comme si elle racontait leur propre histoire dans une variante plus belle et plus gaie.

Parmi ces paysans corvéables, il y avait un certain Radisav, originaire d'Unište, un petit village situé juste au-dessus de la ville. Petit, le visage basané et les yeux vifs, il marchait vite, plié en deux, les jambes écartées et en balançant la tête et les épaules de gauche à droite et de droite à gauche, comme s'il tamisait de la farine. Il n'était ni aussi pauvre qu'il le paraissait ni aussi naïf qu'il voulait en avoir l'air. C'était un Herak, sa famille possédait de bonnes terres et il y avait beaucoup de mâles à la maison, mais presque tout leur village s'était islamisé au cours des quarante dernières années, si bien qu'ils se sentaient étouffés et isolés. Ce petit Radisav, l'air renfrogné et toujours pressé, « tamisait » en ces nuits d'automne d'une remise à l'autre, s'insinuait comme une anguille parmi les paysans et menait des conciliabules en aparté. Ses propos étaient en général ceux-ci :

« Il y en a assez, les gars, il faut qu'on se défende. Vous voyez bien que cette construction va nous anéantir et nous dévorer. Et nos enfants aussi s'y useront à la corvée, si certains d'entre nous survivent. Tout ceci ne conduit qu'à notre perte et à rien d'autre. Les miséreux et les chrétiens n'ont pas besoin d'un pont, mais bien les Turcs ; en attendant, nous ne pouvons ni faire la guerre ni mener commerce ; pour nous, le bac est tout à fait suffisant. Alors, nous avons décidé à quelques-uns d'aller en pleine nuit renverser et détruire, autant qu'il se peut, ce qui a été fait et construit, et de répandre le bruit que la fée démolit la construction et ne veut pas de pont sur la Drina. Et nous verrons si ça aura de l'effet. Nous n'avons pas d'autre solution, il faut faire quelque chose. »

Il se trouva, comme toujours, des méfiants et des timorés pour penser que c'était une mauvaise idée, car les Turcs puissants et rusés ne se laisseraient pas détourner de leur but, et il valait mieux continuer à peiner à la corvée au lieu d'aggraver les choses. Mais il y en eut aussi qui considéraient que tout valait mieux que de persister à trimer jusqu'à ce que tous perdent leurs derniers lambeaux de chemise et usent leurs dernières forces à ce labeur inhumain, nourris du pain avare d'Abidaga ; qu'il valait mieux suivre quiconque essaierait de trouver une issue. C'étaient surtout de jeunes gens, mais il y eut aussi des hommes sérieux et mariés, des pères de famille, qui donnèrent leur accord, sans enthousiasme ni fougue, en disant d'un air soucieux :

— Eh bien, détruisons-le, que le sang le mange avant que ce soit lui qui nous dévore. Et si cela non plus ne sert à rien…

Et ils levaient la main avec fatalisme, dans leur détermination teintée de désespoir.

C'est ainsi qu'en ces premiers jours d'automne, le bruit se mit à courir, d'abord parmi les ouvriers, puis dans toute la ville, que la fée batelière s'était mêlée aux travaux du pont, qu'elle démolissait et ravageait pendant la nuit ce qui avait été bâti pendant le jour, et qu'on ne viendrait jamais à bout de cette construction. Dans le même temps, on se mit réellement à constater d'un jour à l'autre d'incompréhensibles dommages aux endroits endigués et même sur les travaux de maçonnerie. Les outils que les maçons laissaient jusqu'à présent sur les piles en chantier, aux deux extrémités du pont, commencèrent à disparaître et à se volatiliser, les remblais à s'écrouler et à s'affaisser.

La rumeur que l'on n'arriverait pas à construire le pont se répandit au loin, colportée à la fois par les musulmans et les chrétiens, et l'on y croyait de plus en plus fermement. La raïa chrétienne jubilait, toujours en chuchotant, sournoisement et sans faire de bruit, mais de tout cœur. Même les musulmans autochtones, qui jusque-là considéraient avec fierté la construction du vizir, se mirent à cligner de l'œil et à hocher la tête avec mépris. Nombre de convertis qui, en changeant de foi, n'avaient pas obtenu ce qu'ils espéraient, mais continuaient à manger de la soupe claire et à avoir des trous aux coudes, écoutaient et répétaient avec délectation les récits de cette grande défaite et trouvaient une amère satisfaction dans le fait que même les vizirs ne parvenaient pas toujours à réaliser ce qu'ils avaient prévu. On racontait déjà que les artisans étrangers se préparaient au départ et qu'il n'y aurait pas de pont là où il n'y en avait jamais eu, et où il n'aurait jamais fallu en commencer un. Ces bruits se multipliaient et se répandaient rapidement dans la région.

Le peuple invente facilement des histoires et il les propage à une grande vitesse, mais la réalité s'immisce et se mêle étrangement et sans partage à ces histoires. Les paysans qui, la nuit, écoutaient le joueur de guzla racontaient que la fée qui détruisait le pont avait fait savoir à Abidaga qu'elle ne mettrait pas fin à son travail de sape tant que l'on n'emmurerait pas dans les fondations du pont deux enfants jumeaux, frère et sœur, répondant aux noms de Stoja et d'Ostoja. Et bon nombre d'entre eux juraient qu'ils avaient vu les sbires d'Abidaga fouiller les villages à la recherche d'une telle paire d'enfants. (Ces hommes en effet battaient la campagne, mais ils n'étaient pas à la recherche des jumeaux ; sur l'ordre d'Abidaga, ils tendaient l'oreille et interrogeaient le peuple dans l'espoir de découvrir qui étaient ces inconnus qui détruisaient le pont.)

Il se trouva qu'à la même époque, dans un village situé au-dessus de Višegrad, une pauvre fille, bègue et faible d'esprit, domestique dans une ferme, tomba enceinte, sans vouloir ni savoir dire de qui. C'était un événement rare et sans précédent qu'une fille, surtout comme celle-là, fût enceinte sans que l'on sût qui était le père. La chose s'ébruita au loin. C'est alors que la fille mit au monde, dans une étable, des jumeaux, tous deux mort-nés. Les femmes du village l'aidèrent dans ses couches qui furent particulièrement pénibles et enterrèrent aussitôt les nouveau-nés dans une prunelaie. Mais la pauvre mère se releva dès le troisième jour et entreprit de chercher ses enfants dans tout le village. On lui expliqua en vain que les enfants étaient mort-nés et enterrés. Pour se débarrasser d'elle et de ses questions incessantes, on lui dit, ou plutôt on lui fit comprendre par gestes, que ses enfants avaient été emmenés à la ville, là où les Turcs construisaient un pont. Encore faible, au désespoir, elle se traîna jusqu'à la ville et se mit à rôder autour des échafaudages et du chantier, regardant d'un air effarouché les hommes dans les yeux et demandant avec des grognements incompréhensibles où étaient ses enfants. Les hommes la considéraient avec étonnement ou la chassaient pour qu'elle ne les gênât pas dans leur travail. Voyant qu'ils ne comprenaient pas ce qu'elle voulait, elle déboutonnait sa grossière chemise de paysanne et leur montrait ses seins douloureux et gonflés dont les tétins commençaient déjà à se crevasser et à saigner sous la montée irrésistible du lait. Personne ne savait comment lui venir en aide et lui expliquer que ses enfants n'étaient pas emmurés dans le pont, car elle répondait à toutes les bonnes paroles, aux affirmations, aux insultes et aux menaces par des grommellements plaintifs, tout en fouillant le moindre recoin de son regard perçant et plein de méfiance. Finalement, on cessa de la refouler, on la laissa errer autour du chantier, en la contournant avec commisération. Les cuisiniers lui donnaient de la bouillie de maïs, destinée aux ouvriers, qui avait brûlé au fond du chaudron. Ils l'appelèrent Ilinka la folle, et toute la ville en fit autant. Abidaga lui-même passait sans rien dire à côté d'elle, il détournait la tête par superstition et ordonnait qu'on lui donnât quelque chose. C'est ainsi qu'elle continua, pauvre folle inoffensive, à vivre à côté du chantier. Elle fut à l'origine de la légende des enfants emmurés par les

Turcs dans le pont. Certains y croyaient, d'autres pas, mais tous la répétaient et la propageaient.

Cependant, les dégâts persistaient, plus ou moins importants, et avec eux se répandait la rumeur, de plus en plus tenace, que les fées ne voulaient pas de pont sur la Drina.

Abidaga enrageait. Il n'admettait pas que quelqu'un osât, malgré sa sévérité proverbiale qu'il cultivait tout particulièrement comme un sujet d'orgueil, nuire à son œuvre et contrecarrer ses intentions. Il n'éprouvait par ailleurs que répugnance pour ce peuple, musulmans et chrétiens confondus, lent et maladroit au travail, mais toujours prêt à l'ironie et au mépris, si habile pour tourner en dérision tout ce qu'il ne comprenait pas ou ne savait pas faire. Il plaça des gardes des deux côtés de la rivière. Les dégâts dans les travaux de terrassement cessèrent alors, mais sur l'eau, ils se poursuivirent. Les nuits de clair de lune uniquement, il n'y avait pas de dommages. Cela confirma Abidaga, qui ne croyait pas aux fées, dans le sentiment que cette fée-là n'était pas invisible et ne venait pas du ciel. Longtemps, il n'avait pas voulu, il n'avait pas pu croire ceux qui lui disaient qu'il avait affaire à des paysans rusés, mais maintenant, il en était de plus en plus persuadé. Et cela ne faisait qu'augmenter son courroux. Mais, en même temps, il savait parfaitement qu'il devait garder son calme et dissimuler sa fureur s'il voulait rester à l'affût et s'emparer du saboteur, pour mettre fin le plus vite et le plus radicalement possible aux histoires de fées et aux rumeurs d'abandon des travaux qui pouvaient devenir dangereuses. Il convoqua le chef des gendarmes, un homme pâle et maladif qui était originaire de Plevlje mais avait grandi à Constantinople.

Les deux hommes avaient l'un pour l'autre une aversion instinctive, mais en même temps ils s'attiraient et se heurtaient sans cesse. En effet, des sentiments incompréhensibles de haine, de répulsion, de crainte et de méfiance planaient et vibraient sans cesse entre eux. Abidaga, qui n'était tendre ni agréable avec personne, manifestait à l'égard de ce pâle converti un dégoût non dissimulé. Tout ce que cet homme faisait ou disait l'irritait, et il l'injuriait ou l'humiliait aussitôt. Et plus l'homme s'abaissait, se faisait doux et empressé, plus la répulsion d'Abidaga augmentait. Or, dès le premier jour, le chef des gendarmes avait éprouvé une peur superstitieuse et terrible d'Abidaga. Cette peur s'était transformée avec le temps en un pénible cauchemar qui ne le quittait pas. À chaque pas, au moindre geste, et même souvent en rêve, il se demandait : qu'en dira Abidaga ? En vain essayait-il de lui plaire et de l'amadouer. Abidaga prenait avec réprobation tout ce qui venait de lui. Et cette haine incompréhensible paralysait et troublait l'homme de Plevlje, le rendant encore plus raide et plus maladroit. Il était persuadé qu'à cause d'Abidaga, il perdrait un jour non seulement son pain et sa position, mais aussi sa tête. C'est pourquoi il vivait dans une perpétuelle fébrilité, passant d'un abattement morbide à un zèle fiévreux et impitoyable. Alors qu'il se tenait maintenant, blême et raide, devant Abidaga, celui-ci lui dit d'une voix étouffée par la colère :

— Écoute bien, tête de linotte, tu sais y faire avec ces vauriens, tu connais leur langue et toutes leurs astuces, et pourtant tu es incapable de trouver quel est le gredin qui ose s'attaquer à l'œuvre du vizir. Tout ça parce que tu ne vaux pas mieux qu'eux et qu'il s'est trouvé une engeance encore pire que toi pour te nommer chef, sans que personne sache te récompenser comme tu le mérites. Eh bien, moi, je vais le faire. Sache que je t'écraserai si bien sous ma botte qu'il restera de toi moins d'ombre au soleil que n'en fait l'herbe la plus rase. Si dans trois jours les dégâts et les destructions sur le chantier n'ont pas cessé, si tu n'attrapes pas celui qui en est la cause et ne fais pas taire tous les bruits idiots qui courent sur les fées et la cessation des travaux, je te ferai empaler au sommet des échafaudages, pour que tous te voient bien et que la peur leur mette du plomb dans la cervelle. Je te le jure sur ma vie et sur ma foi, que l'on n'invoque pas à tout propos. Aujourd'hui on est jeudi, je te donne jusqu'à dimanche. Et maintenant, va au diable qui t'a envoyé à moi. Allez, ouste !

L'homme de Plevlje n'avait pas besoin de ce serment pour croire aux menaces d'Abidaga, dont la voix et le regard le faisaient trembler même en rêve. Il quitta Abidaga en proie à un de ses accès paniques de terreur et se jeta immédiatement dans le travail avec l'énergie du désespoir. Il rassembla ses hommes et, passant brusquement d'une raideur de cadavre à une colère effrénée, il se mit à les invectiver :

— Aveugles ! Parasites ! hurlait-il comme si on l'empalait

vivant, collant son visage à celui de chacun de ses hommes. C'est comme ça que vous montez la garde et protégez le bien du sultan ? Quand il s'agit d'aller à la soupe, vous êtes vifs et rapides, mais quand il faut courir à la tâche, vous avez les jambes liées et le cerveau paralysé. Et, moi, je perds la face à cause de vous. Mais c'est fini de cagnarder avec moi ! Sachez que je vais faire de ces échafaudages de la bouillie de gendarmes ! Aucun d'entre vous n'aura plus sa tête sur les épaules si dans deux jours cette chienlit n'a pas cessé et si vous n'attrapez pas et n'exterminez pas ces vauriens. Il vous reste deux jours à vivre, je vous le jure sur ma foi et sur le Coran.

Il hurla ainsi pendant longtemps. À la fin, ne sachant plus que leur dire et de quoi les menacer, il leur cracha au visage, à tour de rôle. Et lorsqu'il eut bien fulminé et qu'il fut libéré de la pression de la peur qui se déchargeait en colère, il se mit à la tâche avec une ardeur désespérée. Il passa la nuit à patrouiller sur la berge avec ses hommes. À un moment donné, il leur sembla entendre des coups dans la partie des échafaudages le plus en avant dans l'eau et ils y coururent. Ils entendirent encore une planche se détacher, un bloc de pierre tomber dans la rivière, mais lorsqu'ils arrivèrent sur place, ils trouvèrent bien des échafaudages brisés et un mur effondré, mais pas trace du coupable. Devant ce vide fantomatique, les gendarmes tremblaient autant à cause de l'humidité de la nuit que d'une peur superstitieuse. Ils se hélaient, scrutaient les ténèbres, agitaient leurs torches, tout cela en vain. Il y avait de nouveaux dégâts, et les responsables n'étaient ni capturés ni exterminés, comme s'il s'agissait réellement de créatures invisibles.

La nuit suivante, le chef des gendarmes prépara mieux l'embuscade. Il plaça également quelques hommes sur la rive opposée. Lorsque l'obscurité tomba, il cacha des gendarmes dans les échafaudages, jusqu'à leur sommet, et lui-même, accompagné de deux hommes, prit place dans un canot qu'il guida discrètement, protégé par les ténèbres, jusqu'à la rive gauche. De là, en quelques coups de rame, ils pourraient atteindre l'une ou l'autre des deux piles en chantier. Ils couperaient ainsi des deux côtés la route au saboteur pour qu'il ne puisse s'enfuir, à moins d'être une créature ailée ou sous-marine.

L'homme de Plevlje passa toute cette longue et froide nuit

allongé au fond du canot, couvert de peaux de mouton et en proie aux idées les plus noires, tournant et retournant la même question : Abidaga mettrait-il réellement à exécution sa menace et lui ôterait-il la vie, laquelle de toute façon, sous les ordres d'un tel chef, n'était pas une vie, mais une suite de terreurs et de tortures ? Mais sur toute la longueur des échafaudages, on n'entendit pas le moindre bruit, hormis le clapotis régulier et le murmure de l'eau invisible. C'est ainsi que le jour se leva, et l'homme de Plevlje sentait dans tout son corps ankylosé la vie s'obscurcir et rétrécir.

La nuit suivante, la troisième et la dernière, ce fut la même vigilance, les mêmes dispositions, l'oreille tendue et la peur au ventre. Et minuit passa. L'homme de Plevlje se sentait gagné par l'indifférence qui précède la mort. C'est alors qu'on entendit un léger clapotis, puis, plus fort, un coup sourd contre les poutres de chêne enfoncées dans la rivière et sur lesquelles reposaient les échafaudages. Un coup de sifflet aigu retentit de ce côté-là. Mais le canot avait déjà démarré. Debout, l'homme de Plevlje scrutait les ténèbres, agitait les bras et criait d'une voix rauque :

— Ramez ! Ramez ! Plus vite !

Les hommes encore somnolents ramaient avec ardeur, mais ils furent déportés par le fort courant un peu plus tôt qu'il n'aurait fallu. Au lieu d'aborder aux échafaudages, ils furent entraînés au fil de l'eau, sans pouvoir résister, et ils auraient été emportés fort loin si quelque chose ne les avait arrêtés de façon inattendue.

Là, au milieu du rapide, où il n'y avait ni poteaux ni échafaudages, leur canot heurta un obstacle de bois avec un bruit sourd. Ils se trouvèrent immobilisés. C'est alors seulement qu'ils remarquèrent qu'en haut, sur les échafaudages, les gendarmes étaient aux prises avec quelqu'un. Les hommes, tous des fils de convertis de notre région, hurlaient tous en même temps. Dans l'obscurité, leurs cris heurtés et incompréhensibles se répondaient et se mêlaient :

— Tiens-le ! Lâche pas !

— Kahriman, par ici !

— C'est moi, voilà !

Au milieu de ces clameurs, on entendit un objet lourd ou un corps humain tomber à l'eau.

L'homme de Plevlje resta quelques instants dans une totale indécision, ne sachant pas où il s'était arrêté ni ce qui se passait, mais dès qu'il eut repris ses esprits, il attrapa une longue perche munie d'un crochet de fer et éloigna le canot des poteaux qu'il avait heurtés ; puis il lui fit remonter le courant pour se rapprocher des échafaudages. Il abordait déjà les étais de chêne, et, enhardi, criait à tue-tête :

— La torche, allumez la torche ! Passez-moi la corde !

D'abord, personne ne lui répondit. Enfin, après un grand tumulte, dans lequel personne n'écoutait rien ni ne pouvait comprendre les ordres, une lueur incertaine et craintive apparut tout en haut des échafaudages. Cette première lumière ne fit que leur brouiller la vue, en mêlant dans un tourbillon mouvant les hommes et les objets doublés de leur ombre et de leur reflet rouge sur l'eau. Mais bientôt une seconde torche s'alluma, brandie par une main. Alors la lumière s'immobilisa, et les hommes retrouvèrent un peu de calme. La situation devint rapidement claire.

Entre le canot des gendarmes et les échafaudages se trouvait un petit radeau formé de trois poteaux ; à l'avant, il y avait une rame, une véritable rame de flotteur, sauf qu'elle était un peu plus courte et plus mince. Le radeau était attaché par une tresse de coudrier à l'un des poteaux de chêne sous les échafaudages et il résistait à l'eau rapide qui l'éclaboussait et l'entraînait en aval. Les gendarmes sur les échafaudages aidèrent leur chef à escalader le radeau et à grimper jusqu'à eux. Ils étaient tous haletants et avaient l'air effaré. Sur les planches un paysan, un chrétien, était allongé, pieds et poings liés. Sa poitrine se soulevait rapidement et violemment et il roulait des yeux affolés dont on ne voyait que le blanc.

L'aîné des quatre gendarmes, excité, expliqua à son chef qu'ils avaient monté la garde, cachés à divers endroits des échafaudages. Et lorsqu'ils avaient entendu le bruit d'une rame dans l'obscurité, ils avaient pensé que c'était le canot de leur chef, mais avaient eu la sagesse de ne pas se manifester et d'attendre de voir ce qui se passerait. C'est alors qu'ils avaient vu deux paysans s'approcher furtivement des poteaux et amarrer non sans mal leur radeau. Ils les avaient laissés grimper et arriver jusqu'à eux, puis les avaient attaqués avec des haches, plaqués au sol et ligotés. Ils avaient attaché sans peine celui qui s'était évanoui après avoir reçu un coup à la tête, mais l'autre avait d'abord fait le mort, puis s'était glissé comme une anguille entre deux planches et avait sauté à l'eau.

Là, le gendarme s'interrompit, l'air effrayé, et son chef se mit à hurler :

— Qui l'a laissé partir ? Dites-moi qui l'a laissé échapper, sinon je vous mets tous en charpie, tous !

Les hommes se taisaient et clignaient les yeux dans la lumière rouge et vacillante, tandis que leur chef tournait sur lui-même comme s'il cherchait le fugitif dans le noir, les injuriant comme il ne l'avait jamais fait pendant la journée. Mais, tout à coup, il sursauta, se pencha sur le paysan ligoté comme sur un trésor précieux et, tout tremblant, il lâcha entre ses dents d'une voix aiguë et larmoyante :

— Surveillez celui-là, surveillez-le bien ! Ah, fils de pute, si vous le laissez échapper, croyez-moi, je vous coupe la tête !

Les gendarmes s'agitèrent autour du paysan ; deux hommes de plus accoururent de la berge en escaladant les échafaudages. L'homme de Plevlje donna des ordres, les sommant de mieux attacher le paysan et de serrer la corde. Ils le transportèrent ainsi, tel un cadavre, lentement et avec précaution, jusqu'à la berge. Leur chef les suivait, sans regarder où il mettait les pieds et sans quitter du regard l'homme ligoté. Et à chaque pas, il lui semblait qu'il grandissait et commençait seulement à vivre.

Sur la rive, de nouvelles torches se mirent à brûler par intermittence. Le paysan prisonnier fut porté dans une des baraques, où un feu était allumé, et on l'attacha à un poteau avec une corde et des chaînes enlevées au foyer.

C'était Radisav d'Unište en personne.

Le chef des gendarmes se calma un peu, cessa de hurler et de jurer, mais il ne pouvait rester en place. Il envoyait des hommes sur la berge à la recherche de l'autre paysan qui avait sauté à l'eau, bien qu'il fût évident que par une nuit aussi noire, s'il ne s'était pas noyé, personne ne pourrait le rattraper et s'en emparer. Il donnait d'autres ordres, entrait, sortait, revenait encore, ivre d'excitation. Il se mit aussi à interroger le paysan ligoté, mais y renonça bientôt. En fait, toute cette agitation ne servait qu'à dominer et à dissimuler son inquiétude, car, en réalité, il ne pensait qu'à une chose : il attendait Abidaga. Et il n'eut pas longtemps à attendre.

Le premier sommeil passé, Abidaga, selon son habitude, s'était réveillé juste après minuit et, incapable de se rendormir, il se tenait à la fenêtre et scrutait les ténèbres. De son balcon de Bikavac, on pouvait voir, de jour, la vallée de la Drina et tout le chantier, avec les cabanes, les moulins, les remises et, tout autour, les terrains défoncés et encombrés. Maintenant, dans l'obscurité, il devinait tout cela et pensait avec amertume à quel point les travaux avançaient lentement et péniblement, ce qui ne manquerait pas de venir un jour ou l'autre aux oreilles du vizir. Quelqu'un se chargerait bien de le lui dire. Ne serait-ce que ce Tossun efendi, cet homme froid et sournois au visage glabre. Et il risquait fort de tomber alors en disgrâce auprès du vizir. C'était cela qui l'empêchait de dormir, ou, s'il s'endormait, le faisait trembler dans son sommeil. À cette seule pensée, la nourriture le dégoûtait, les gens lui étaient odieux et la vie détestable. La disgrâce, cela voulait dire être éloigné du vizir, devenir la risée de ses ennemis (ah non, pas ça !), n'être rien ni personne, une loque et une canaille, non seulement pour les autres mais aussi à ses propres yeux. Cela voulait dire perdre une fortune péniblement acquise ou, en admettant qu'il la préservât, la grignoter en cachette, loin de Stamboul, quelque part en exil, dans une obscure province, oublié, inutile, ridicule, misérable. Non, tout, mais pas ça ! Plutôt ne pas voir le soleil, ne pas respirer l'air ! Il valait cent fois mieux n'être personne et n'avoir rien ! Voilà, c'était cette pensée qui lui revenait sans cesse, lui faisait, plusieurs fois par jour, monter le sang à la tête et battre douloureusement les tempes, sans jamais disparaître complètement, ancrée en lui comme un sédiment noir. Voilà ce que signifierait pour lui la disgrâce, et la disgrâce pouvait survenir chaque jour à chaque instant, car tout y contribuait, il était le seul à œuvrer contre elle et à s'en défendre ; il était donc seul contre tous et contre tout. Et cela durait depuis quinze ans, depuis qu'il avait acquis renommée et influence, et que le vizir lui confiait des tâches considérables et d'importance. Qui pourrait supporter une telle angoisse ? Qui pourrait dormir et avoir l'âme en paix ?

Bien que ce fût une nuit d'automne froide et humide, Abidaga ouvrit la fenêtre et regarda dans l'obscurité, car il avait l'impression d'étouffer dans cet espace clos. Il remarqua alors que sur les échafaudages et la rive des lumières s'allumaient et s'agitaient. Lorsqu'il vit qu'il y en avait de plus en plus, il pensa que quelque chose d'anormal s'était passé, s'habilla et réveilla son domestique. C'est ainsi qu'il atteignit la remise éclairée juste au moment où l'homme de Plevlje ne savait plus quelles injures inventer, à qui donner des ordres, que faire pour que le temps s'écoule plus vite.

L'arrivée imprévue d'Abidaga acheva de le troubler. Il avait tant attendu cet instant, mais maintenant qu'il était arrivé, il était incapable de le mettre à profit comme il l'avait imaginé. Il bégayait d'émotion et en oubliait le paysan ligoté. Abidaga se contenta de jeter un regard de mépris au-dessus de sa tête, et il se rendit immédiatement auprès du prisonnier.

Dans la baraque, on avait attisé le feu qui éclairait le moindre recoin, et les gendarmes ajoutaient sans cesse de nouvelles bûches.

Abidaga se tenait devant le paysan enchaîné qu'il dominait de toute sa hauteur. Il était calme et songeur. Tous attendaient ce qu'il allait dire, et lui pensait : « Voilà avec qui je dois me battre et me mesurer, voilà de qui dépendent ma situation et mon destin, de ce converti de gendarme méprisable et imbécile, de la méchanceté incompréhensible et invétérée et de l'obstination de cette vermine infidèle. » Puis il tressaillit et se mit à donner des ordres et à interroger le paysan.

La baraque s'était remplie de gendarmes. Dehors, on entendait les voix des surveillants et des ouvriers réveillés. Abidaga posait ses questions par le truchement de l'homme de Plevlje.

Radisav affirma d'abord qu'il avait, avec un autre gars, décidé de s'enfuir, qu'ils avaient dans ce but préparé un petit radeau et descendu la rivière. Lorsqu'on lui eut démontré toute l'absurdité de ses affirmations, car il était impossible par une nuit aussi noire de naviguer sur la rivière agitée, pleine de tourbillons, de rochers et de bancs de sable, et parce que ceux qui voulaient s'enfuir ne montaient pas aux échafaudages et ne s'attaquaient pas aux travaux, il garda le silence puis déclara seulement d'un ton arrogant :

— Tout est entre vos mains. Faites ce que vous voulez.

— Eh bien, tu vas voir ce que nous voulons, répliqua vivement Abidaga.

Les gendarmes défirent les chaînes et mirent à nu la poitrine du paysan. Ils jetèrent les chaînes dans le feu ardent et attendirent. La suie dont elles étaient couvertes leur salissait les mains et laissait sur leurs vêtements aussi bien que sur le paysan à demi nu des traces noires. Lorsqu'elles furent incandescentes, Merdžan le Tsigane s'approcha, les tira du feu en les attrapant à un bout avec de longues tenailles, tandis qu'un gendarme se saisissait de la même façon de l'autre extrémité.

Le chef des gendarmes traduisait les paroles d'Abidaga.

— Bon, maintenant tu vas nous dire toute la vérité.

— Je n'ai rien à vous dire. Vous pouvez tout et vous savez tout.

Les deux hommes approchèrent les chaînes et en ceignirent la poitrine large et velue du paysan. Les poils roussis se mirent à grésiller. La bouche du paysan se tordit, les veines de son cou se gonflèrent, ses côtes ressortirent sur ses flancs et les muscles de son ventre se mirent à se contracter et à se soulever, comme lorsqu'on vomit. Il gémissait de douleur, tendait les cordes dont il était ligoté, se débattait et tentait en vain de soustraire son corps au contact du fer brûlant. Ses yeux clignaient et larmoyaient. On éloigna les chaînes.

— Ce n'est que le début. Il vaut mieux parler tout de suite, non ?

Le paysan souffla puissamment par le nez, mais garda le silence.

— Dis-moi qui était avec toi !

— Il s'appelait Jovan, mais je ne connais ni son nom ni celui de son village.

On approcha de nouveau les chaînes, les poils brûlés et la peau grésillèrent. Toussant à cause de la fumée et se tordant de douleur, le paysan se mit à parler par saccades.

Seuls eux deux étaient convenus de saboter les travaux. Ils pensaient que c'était ce qu'il fallait faire, et ils l'avaient fait. Personne d'autre n'était au courant ni n'avait participé. Au début, ils s'étaient approchés par la berge, en divers endroits, et tout avait bien marché, mais lorsqu'ils avaient aperçu des sentinelles postées sur les échafaudages et la rive, ils avaient imaginé de faire un radeau avec trois poteaux et d'aborder la construction par la rivière, sans être vus. Il y avait de cela trois jours. Dès la première nuit, ils avaient failli être pris. Ils s'étaient échappés de justesse. Aussi, la nuit suivante, avaient-ils renoncé à sortir. Et cette nuit, lorsqu'ils avaient de nouveau fait une tentative avec le radeau, il s'était produit ce qui s'était produit.

— C'est tout. C'est comme ça que les choses se sont passées, et maintenant faites ce que vous avez à faire.

— Ah non, pas si vite, tu dois nous dire qui vous a persuadés d'agir ainsi ! Car ces douleurs ne sont rien en comparaison de ce qui t'attend.

— Ma foi, faites comme vous voudrez.

Alors Merdžan, le forgeron avec les tenailles, s'approcha.

Il s'agenouilla à côté de l'homme ligoté et se mit à arracher les ongles de ses pieds nus. Les dents serrées, le paysan se taisait, mais un étrange tremblement, qui lui secouait le corps jusqu'à la taille bien qu'il fût serré dans les cordes, prouvait que la douleur devait être atroce et inhabituelle. À un moment donné, le paysan marmonna entre ses dents quelque chose d'indistinct. Le chef des gendarmes, qui épiait ses paroles et ses mouvements à l'affût du moindre aveu, fit signe au Tsigane de s'interrompre et bondit :

— Comment ? Qu'est-ce que tu dis ?

— Rien. Je dis : vous me torturez pour rien et vous perdez votre temps.

— Avoue, qui t'a poussé ?

— Hé, qui donc pourrait me pousser ? Le diable !

— Le diable !

— Le diable, pour sûr, celui-là même qui vous a poussés à venir par ici et à construire un pont.

Le paysan parlait doucement, mais d'un ton ferme et résolu.

Le diable ! Mot étrange, prononcé ainsi avec amertume et dans une position aussi insolite. Le diable ! Il existe bel et bien, pensait l'homme de Plevlje, debout, la tête basse, comme si c'était le prisonnier qui l'interrogeait et non l'inverse. Ce mot unique l'avait frappé en un point sensible et avait soudain réveillé en lui ses soucis et ses terreurs, dans toute leur force et dans toute leur ampleur, comme si la capture du coupable ne les avait pas effacés. Peut-être bien que tout cela, et Abidaga, et la construction du pont, et ce paysan fou, n'étaient en effet que l'œuvre du diable. Le diable ! Peut-être était-ce la seule chose dont il fallût avoir peur ? Le chef des gendarmes frémit et eut un sursaut. En fait, ce fut la voix forte et pleine de colère d'Abidaga qui le tira de ses pensées.

— Alors ? Tu as sommeil, vaurien ? hurlait Abidaga, en frappant de sa courte cravache la tige de sa botte droite.

Le Tsigane restait à genoux, les tenailles à la main, et, de ses yeux noirs et brillants, il regardait d'un air peureux et soumis la haute silhouette d'Abidaga. Les gendarmes attisaient le feu qui pourtant ne faiblissait pas. La pièce tout entière était éclairée, chauffée et prenait un air solennel. Ce qui avait été, dans la nuit, une pauvre et misérable bâtisse grandissait tout à coup, s'élargissait et se métamorphosait. Dans la remise et autour d'elle régnaient une tension pleine de solennité et un silence particulier, comme c'est toujours le cas dans les lieux où l'on extorque la vérité, où l'on pratique la torture, ou encore là où se produisent des événements fatidiques. Abidaga, le chef des gendarmes et le paysan ligoté bougeaient et parlaient comme des acteurs, tous les autres marchant sur la pointe des pieds, les yeux baissés, sans rien dire d'autre que le strict nécessaire, et encore en chuchotant. Chacun d'eux aurait souhaité être ailleurs et non mêlé à cette affaire, mais comme c'était impossible, tous baissaient la voix et se faisaient petits, comme pour rester en dehors de ce qui se passait.

Voyant que l'interrogatoire avançait lentement et ne promettait pas grand résultat, Abidaga sortit de la baraque avec des gestes exaspérés et en lançant des injures. Derrière lui trottait le chef des gendarmes, suivi de ses hommes.

Dehors, le jour pointait. Le soleil n'était pas encore levé, mais tout l'horizon était clair. Enchâssés entre les collines, les nuages s'étiraient en longues bandes violet foncé sur un ciel clair et pur, presque vert. Au-dessus de la terre humide flottaient des nappes de brouillard d'où émergeaient les cimes des arbres fruitiers au feuillage rare et jauni. Sans cesser de frapper sa botte de sa cravache, Abidaga donnait des ordres : que l'on continuât d'interroger le coupable, surtout au sujet de ses complices, mais sans le torturer outre mesure, afin qu'il restât en vie ; que l'on fît le nécessaire pour que le jour même à midi il fût empalé vivant, et ce au sommet du plus haut des échafaudages afin que la ville tout entière et tous les ouvriers des deux côtés de la rivière le voient bien ; que Merdžan préparât tout et que le crieur public annonçât dans les quartiers qu'à midi, sur le pont, le peuple pourrait voir ce qui attendait quiconque osait saboter les travaux, et que se rassemblât dans ce but sur l'une ou l'autre rive toute la population masculine, musulmans et chrétiens, des enfants aux vieillards.

Le jour qui se levait était un dimanche. Le dimanche, on travaillait comme dans la semaine, mais ce matin-là, même les surveillants étaient distraits. Il commençait à peine à faire vraiment jour lorsque la nouvelle se répandit que le coupable avait été arrêté, torturé et serait mis à mort à midi. L'atmosphère feutrée et solennelle qui régnait dans la baraque s'étendit à tout l'espace autour du chantier. Les corvéables travaillaient en silence, ils évitaient de se regarder dans les yeux et chacun se concentrait sur sa besogne comme si c'était le début et la fin du monde.

Dès 11 heures, les habitants de la ville, en majorité des musulmans, se rassemblèrent sur le terre-plein à proximité du pont. Les enfants grimpèrent sur les gros blocs de pierre encore brute qui se trouvaient là. Les ouvriers s'agglutinaient autour des planches longues et étroites sur lesquelles on leur servait la pitance qui leur permettait de survivre. Tout en mâchant, ils regardaient autour d'eux en silence et d'un air hagard. Abidaga fit son apparition peu après, accompagné de Tossun efendi, de maître Antonije et de quelques notables musulmans. Ils s'installèrent tous sur un tertre sec entre le pont et la baraque où était enfermé le condamné. Abidaga se rendit encore une fois à la baraque où il lui fut dit que tout était prêt : il y avait là le pal de chêne, de près de quatre archines de long, taillé en pointe comme il convient, le bout ferré et parfaitement effilé, soigneusement enduit de suif ; là-bas, sur les échafaudages, on avait cloué des poteaux entre lesquels le pal serait enfoncé et fixé, on avait prévu le maillet de bois, les cordes et tout le reste.

Le chef des gendarmes s'agitait en tous sens, il avait le teint terreux et les yeux rougis. Même en cet instant, il ne pouvait affronter le regard de feu d'Abidaga.

— Écoute-moi bien, si tout ne se passe pas comme il faut et si tu me couvres de ridicule devant tout le monde, que je ne vous voie plus, ni toi ni cette crotte de bique de Tsigane ; je vous noierai dans la Drina comme des chiots aveugles.

Puis, se tournant vers le Tsigane tout tremblant, il ajouta avec plus de douceur :

— Tu auras six groches pour ta besogne, et encore six s'il reste vivant jusqu'à la nuit. Débrouille-toi !

De la grande mosquée de la ville parvint la voix perçante et claire du hodja. La foule rassemblée s'agita, et peu après, la porte de la baraque s'ouvrit. Dix gendarmes se placèrent en deux rangs, cinq de chaque côté. Entre eux se tenait Radisav, pieds nus et tête nue, vif et voûté comme toujours, mais il ne « tamisait » plus en marchant : il avançait à petits pas et de façon étrange, sautillant presque sur ses pieds mutilés, avec des trous sanglants à la place des ongles, portant sur l'épaule le long pal blanc et pointu. Derrière lui venait Merdžan accompagné de deux autres Tsiganes qui devaient l'aider dans l'exécution de la sentence. Tout à coup, le chef des gendarmes survint sur son cheval bai et il se plaça en tête de ce cortège qui n'avait en tout et pour tout qu'une centaine de mètres à parcourir jusqu'aux premiers échafaudages.

Les gens tendaient le cou et se dressaient sur la pointe des pieds pour voir celui qui avait mis en œuvre le complot et la résistance, et saboté la construction. Tous étaient étonnés de l'aspect misérable et insignifiant de cet homme qu'ils avaient imaginé tout autre. Bien sûr, aucun d'entre eux ne savait pourquoi il sautillait ainsi de façon comique en se balançant d'un pied sur l'autre, et personne ne pouvait voir les traces de brûlure qui lui striaient la poitrine comme des courroies et sur lesquelles on lui avait passé sa chemise et son gilet. Aussi paraissait-il à tous bien pitoyable et quelconque en comparaison de ses actes qui lui valaient maintenant la mort. Seul le long pal blanc donnait à la scène une dimension sinistre et attirait tous les regards.

Lorsqu'ils arrivèrent à l'endroit où commençaient les travaux de terrassement sur la berge, le chef des gendarmes descendit de cheval et tendit d'un geste théâtral la bride à son serviteur, avant de disparaître avec les autres sur le chemin escarpé et boueux qui descendait à la rivière. Peu après, la foule put les voir réapparaître, dans le même ordre, sur les échafaudages qu'ils escaladèrent lentement et prudemment. Aux passages étroits faits de poutres et de planches, les gendarmes entouraient Radisav et le serraient de près pour qu'il ne pût sauter dans la rivière. Ils progressèrent ainsi lentement et grimpèrent jusqu'au moment où ils atteignirent le sommet. Là, au-dessus de l'eau, une plate-forme de la taille d'une pièce moyenne avait été aménagée. Y prirent place, comme sur une scène surélevée, Radisav, le chef des gendarmes et les trois Tsiganes, le reste des hommes s'étant réparti un peu partout autour, sur les échafaudages.

Les gens sur le terre-plein bougeaient et se déplaçaient. Une centaine de pas les séparant de ces planches, ils pouvaient voir chaque homme et distinguer chaque mouvement, mais non entendre ce qui se disait ni percevoir les détails. La foule et les ouvriers qui se trouvaient sur la rive gauche étaient trois fois plus éloignés de la scène, et ils s'agitaient d'autant plus et tendaient le cou pour mieux entendre et voir. Mais on ne pouvait rien entendre, et ce que l'on voyait parut au début anodin et totalement dépourvu d'intérêt, mais devint par contre à la fin si horrible que tout le monde détournait la tête et que beaucoup rentrèrent précipitamment chez eux, en regrettant d'être venus.

Lorsqu'on ordonna à Radisav de s'allonger, il hésita un instant, puis, sans regarder ni les Tsiganes ni les gendarmes, comme s'ils n'étaient pas là, il s'approcha de l'homme de Plevlje et lui dit presque en confidence, comme à un ami, d'une voix basse et sourde :

— Écoute, par ce monde et par l'autre, aie la bonté de me transpercer de façon que je ne souffre pas comme un chien.

Le chef des gendarmes tressaillit et se mit à crier après lui, comme s'il se défendait de ce ton trop intime :

— Arrière, espèce de mécréant ! Tu oses t'attaquer au bien du sultan, et maintenant tu pleurniches comme une femme ! Il en sera comme il a été ordonné et comme tu l'as mérité !

Radisav baissa encore un peu plus la tête, puis les Tsiganes s'approchèrent de lui et entreprirent de lui enlever son gilet et sa chemise. Sur sa poitrine apparurent les plaies faites par les chaînes, rougies et tuméfiées. Sans plus rien dire, le paysan se coucha comme on le lui ordonnait, le visage tourné vers le sol. Les Tsiganes lui lièrent d'abord les mains dans le dos, puis lui passèrent une corde autour de chaque cheville. Ils tirèrent chacun de leur côté, lui écartant ainsi largement les jambes. Pendant ce temps, Merdžan plaça le pal sur deux rondins de bois, de façon que la pointe se trouvât entre les jambes du paysan. Puis il tira de sa ceinture un court et large couteau, s'agenouilla à côté du condamné allongé et se pencha sur lui pour couper la toile de son pantalon à l'entrejambe et élargir l'ouverture par laquelle le pal devait pénétrer le corps. Cette partie la plus atroce du travail du bourreau resta, par bonheur, invisible aux spectateurs. On vit seulement le corps ligoté tressaillir sous le coup de couteau bref et imperceptible, se soulever jusqu'à la ceinture, comme s'il allait se lever, puis retomber aussitôt, en heurtant sourdement les planches. Lorsque ce fut terminé, le Tsigane bondit, souleva le maillet de bois et se mit à en frapper le bout émoussé du pal, à coups lents et réguliers ; entre deux coups, il s'arrêtait un instant et regardait d'abord le corps dans lequel il enfonçait le pal, puis les deux Tsiganes, en les sommant de tirer doucement et sans à-coups. Le corps du paysan écartelé se convulsait de lui-même ; à chaque coup de maillet, sa colonne vertébrale se pliait et se courbait, mais les cordes la tiraient et la redressaient. Le silence sur les deux berges était tel que l'on percevait distinctement chaque coup et son écho sur la rive escarpée. Ceux qui étaient le plus près pouvaient entendre l'homme cogner du front contre la planche, ainsi qu'un autre bruit étrange. Ce n'était ni une plainte, ni un gémissement, ni un râle, aucun son humain, mais ce corps écartelé et torturé laissait entendre un grincement, un craquement, comme une palissade que l'on piétine ou un arbre que l'on abat. Un coup sur deux, le Tsigane s'approchait du corps étendu, se penchait sur lui, vérifiait si le pal avançait dans la bonne direction, et lorsqu'il s'était convaincu qu'il n'avait touché aucun organe vital, il reprenait sa place et poursuivait sa besogne.

Tout cela s'entendait à peine et se voyait encore moins de la rive, mais tous avaient les jambes flageolantes, le visage blême et les mains glacées.

À un moment donné, les coups cessèrent. Merdžan avait remarqué qu'à la pointe de l'omoplate droite, les muscles étaient tendus et la peau se soulevait. Il accourut et fit à cet endroit gonflé une incision en forme de croix. Un sang pâle se mit à couler, d'abord faiblement puis de plus en plus fort. Encore deux ou trois coups, légers et prudents, et à l'endroit de l'incision on vit apparaître la pointe ferrée du pal. Il frappa encore plusieurs fois, jusqu'à ce que la pointe atteignît la hauteur de l'oreille droite ; l'homme était empalé comme un agneau sur la broche, sauf que la pointe ne ressortait pas par sa bouche mais dans son dos, sans avoir gravement endommagé ni les intestins, ni le cœur, ni les poumons. Merdžan rejeta alors le maillet et s'approcha. Il examina le corps immobile, contournant le sang qui coulait des endroits où le pal était entré et ressorti et faisait de petites flaques sur les planches. Les deux Tsiganes retournèrent sur le dos le corps raidi pour lui attacher le bas des jambes au pal. Pendant ce temps, Merdžan vérifiait si l'homme était vivant et examinait attentivement le visage qui avait soudain enflé, devenant plus grand et plus large. Les yeux étaient grands ouverts et affolés, mais les paupières restaient immobiles ; les lèvres étaient entrouvertes et contractées ; on apercevait entre elles les dents blanches et serrées. L'homme ne pouvait plus maîtriser certains muscles faciaux : aussi son visage ressemblait-il à un masque. Mais le cœur battait sourdement et la poitrine se soulevait à un rythme accéléré. Les deux Tsiganes le redressèrent, comme un mouton sur la broche. Merdžan leur criait de faire attention, de ne pas secouer le corps, et il aidait à la manœuvre. Ils coincèrent la partie inférieure et épaisse du pieu entre les deux poutres et fixèrent le tout avec de gros clous, puis, derrière, à la même hauteur, ils étayèrent l'ensemble avec une courte planche qu'ils clouèrent au pal et à une poutre des échafaudages.

Lorsque ce fut fait, les Tsiganes se reculèrent et rejoignirent les gendarmes, et sur la plate-forme vide, seul demeura, à deux archines de hauteur, dressé à la verticale, le torse bombé et nu, l'homme empalé. De loin, on ne pouvait que deviner qu'il était transpercé par le pal auquel ses jambes étaient attachées au niveau des chevilles, tandis que ses bras étaient liés dans son dos. Aussi apparaissait-il à la foule comme une sculpture planant dans les airs, tout au bord des échafaudages, au-dessus de la rivière.

Sur les deux rives, un murmure parcourut la foule qui ondula. Certains baissèrent les yeux, d'autres se hâtèrent vers leurs maisons, sans tourner la tête ; la plupart regardaient en silence cette silhouette humaine, dressée dans les airs, anormalement raide et droite. L'horreur leur glaçait le sang et leurs jambes se dérobaient sous eux, mais ils étaient incapables de bouger ou de s'arracher à ce spectacle. Et parmi cette foule apeurée se glissa Ilinka la folle ; elle regardait chacun dans les yeux, essayant de capter les regards et d'y découvrir où se trouvaient ses enfants sacrifiés et enterrés.

Alors l'homme de Plevlje, Merdžan et deux gendarmes s'approchèrent du condamné et se mirent à l'examiner de près. Le long du pal coulait un mince filet de sang. L'homme était vivant et conscient. Ses flancs se soulevaient et s'abaissaient, les veines de son cou se gonflaient, il roulait les yeux lentement, mais sans jamais s'arrêter. Ses dents serrées laissaient échapper un grognement traînant dans lequel on distinguait à peine quelques mots intelligibles.

— Les Turcs, les Turcs..., marmonnait l'homme du haut de son pal, les Turcs sur le pont... que vous mouriez comme des chiens... creviez comme des chiens !...

Les Tsiganes ramassèrent leurs outils et, accompagnés du chef des gendarmes et de ses hommes, ils regagnèrent la berge par les échafaudages. La foule recula devant eux et commença à se disperser. Seuls les gamins perchés sur les blocs de pierre et dans les arbres nus attendaient encore que quelque chose se passât et, insatiables, voulaient voir ce qu'il adviendrait de l'homme étrange qui planait au-dessus de l'eau, comme s'il s'était arrêté en plein vol.

Le chef des gendarmes s'approcha d'Abidaga et lui annonça que tout s'était passé comme il fallait et dans les règles, que le condamné était vivant et vivrait probablement encore, car aucun organe vital n'avait été touché. Abidaga ne lui répondit rien, pas même du regard, il fit signe de la main qu'on lui amenât son cheval et prit congé de Tossun efendi et d'Antonije. Chacun partit de son côté. On entendait dans les rues le crieur annoncer que la sentence avait été exécutée et qu'un châtiment semblable, ou pire encore, attendait quiconque oserait agir de la sorte.

Le chef des gendarmes se tenait, indécis, sur le terre-plein qui s'était brusquement vidé. Son serviteur tenait son cheval et ses hommes attendaient les ordres. Il sentait qu'il aurait fallu dire quelque chose, mais il en était incapable, à cause de l'émotion violente qui, maintenant seulement, grandissait en lui, le soulevait, comme s'il allait s'envoler. C'est maintenant seulement que lui venait à l'esprit tout ce à quoi, tout occupé de l'exécution de la sentence, il n'avait pu réfléchir plus tôt. Il se rappelait maintenant qu'Abidaga l'avait menacé de le faire empaler vivant s'il ne réussissait pas à attraper le coupable. Il avait échappé à cette horreur, mais de peu, au dernier moment. Cet individu, là-haut, sur les échafaudages, avait œuvré de toutes ses forces, de nuit, sournoisement, pour que cela arrive vraiment. Mais, voilà, il en avait été autrement. Et le seul fait de regarder cet homme qui, encore en vie, planait sur son pal au-dessus de la rivière, le remplissait à la fois de terreur et d'une joie douloureuse, à l'idée qu'il avait échappé à ce destin et que son corps était intact, libre de ses mouvements. À cette pensée, des fourmillements brûlants et irrésistibles parcouraient sa poitrine, gagnaient ses jambes, ses bras, et le poussaient à bouger, à rire et à parler, comme pour se convaincre qu'il était en vie, qu'il pouvait se mouvoir librement, parler et rire tout haut, chanter s'il le voulait, au lieu de grommeler du haut de son pal de vaines malédictions, en attendant la mort comme la meilleure chose qui pût encore lui arriver. Ses bras et ses jambes s'agitaient d'eux-mêmes, sa bouche s'ouvrait toute seule et se tordait en un rire convulsif, un flot de paroles s'en échappait spontanément :

— Ha, ha, ha ! Radisav, fée de la montagne, pourquoi es-tu si raide tout à coup ? Tu ne sapes donc plus le pont ? Qu'as-tu à grogner et à gémir ? Chante, la fée ! Danse, la fée !

Les gendarmes surpris et troublés regardaient leur chef virevolter, les bras écartés, suffoquer en chantant, s'étrangler de rire et tenir un discours étrange, tandis qu'une écume blanche apparaissait aux commissures de ses lèvres. Son cheval bai, lui aussi, lui jetait des regards obliques et apeurés.

IV

Tous ceux qui avaient assisté, d'une berge ou de l'autre, à l'exécution de la sentence répandirent des bruits effroyables dans la ville et les environs. Les habitants et les ouvriers furent saisis d'une terreur indescriptible. Les gens prenaient lentement et peu à peu conscience de ce qui s'était passé, à deux pas de chez eux, au cours de cette brève journée de novembre. Toutes les conversations tournaient autour de l'homme qui, là-haut, au sommet des échafaudages, respirait encore sur son pal. Chacun se jurait de ne pas en parler ; mais à quoi bon, lorsque les pensées y revenaient sans cesse et que le regard était attiré de ce côté-là ?

Les paysans qui arrivaient de Banja, charroyant la pierre, baissaient les yeux et pressaient leurs bêtes avec douceur. Sur la rive et dans les échafaudages, les ouvriers à la tâche s'interpellaient d'une voix étouffée et le plus laconiquement possible. Les surveillants eux-mêmes, leur badine de noisetier à la main, étaient plus calmes et moins violents. Les tailleurs de pierre dalmates au travail tournaient le dos au pont, blêmes, les mâchoires serrées, et ils cognaient avec rage de leurs ciseaux qui, dans le silence ambiant, cliquetaient comme une légion de piverts.

Le crépuscule tomba rapidement et les ouvriers se précipitèrent dans leurs baraques, impatients de s'éloigner des échafaudages. Avant qu'il ne fît complètement nuit, Merdžan et un homme de confiance d'Abidaga grimpèrent de nouveau jusqu'à Radisav et constatèrent de façon certaine que le condamné, quatre heures après l'exécution de la sentence, était toujours en vie et conscient. En proie à la fièvre, il roulait les yeux lentement et avec peine, et lorsqu'il aperçut à ses pieds le Tsigane, il se mit à gémir plus fort. Cette plainte par laquelle il exhalait son âme était entrecoupée de quelques mots sans suite :

— Les Turcs... les Turcs... le pont !

Satisfaits, les deux hommes retournèrent à la maison d'Abidaga à Bikavac, racontant à tout le monde en chemin que le condamné était encore en vie ; et, comme il grinçait des dents et parlait, du haut de son pal, clairement et distinctement, on pouvait espérer qu'il vivrait jusqu'au lendemain midi. Abidaga lui aussi fut content et il donna l'ordre de payer à Merdžan la récompense promise.

Cette nuit-là, tout ce qui respirait dans la ville et autour du pont s'endormit dans la crainte. Ou plutôt ceux qui le purent s'endormirent, mais ils furent nombreux à ne pas trouver le sommeil.

Et le lendemain, un lundi ensoleillé de novembre se leva. Ni autour de la construction ni dans la ville, il n'y eut un œil qui ne se tournât vers cet enchevêtrement de poutres et de planches au-dessus de l'eau, au sommet duquel, comme à la proue d'un navire, droit et seul, se détachait l'homme empalé. Et ceux qui, nombreux, avaient pensé au réveil avoir rêvé ce qui s'était passé la veille sur le pont, sous les yeux de la foule, regardaient maintenant fixement et sans bouger leur cauchemar se poursuivre et durer, bien réel, au soleil.

Parmi les ouvriers, c'était le même silence que la veille, le même abattement plein d'amertume. En ville, les mêmes chuchotements et le désarroi. Merdžan et l'homme d'Abidaga escaladèrent encore une fois les échafaudages et tournèrent autour du condamné ; ils se parlaient, levaient la tête et examinaient là-haut le visage du paysan ; à un moment donné, Merdžan tira sur son pantalon. À la façon dont ils redescendirent sur la rive et passèrent en silence au milieu des hommes au travail, tout le monde comprit que le paysan avait rendu l'âme. Et tous les Serbes se sentirent soulagés, comme s'ils avaient remporté une victoire invisible.

Maintenant, tous regardaient avec plus d'audace le condamné au sommet des échafaudages. Tous sentaient que, dans leur lutte et leur rivalité permanentes avec les Turcs, la balance penchait désormais de leur côté. La mort est le gage le plus lourd. Les bouches, jusque-là scellées par la peur, s'ouvraient d'elles-mêmes. Tout crottés, trempés, blêmes et pas rasés, tandis qu'ils déplaçaient les grands blocs de pierre grâce à des leviers en bois de pin, ils s'arrêtaient un instant pour cracher dans leurs mains et se lançaient d'une voix étouffée :

— Que Dieu lui pardonne et lui fasse grâce !

— Quel martyr ! Oh ! Pauvres de nous !

— Tu ne vois donc pas qu'il s'est sacrifié ? C'est un saint, mon vieux !

Et chacun jetait par en dessous un long regard sur le mort qui se dressait là-haut, comme s'il marchait en tête d'un bataillon. À cette hauteur, il ne leur paraissait plus ni effrayant ni pitoyable. Au contraire, tous comprenaient maintenant à quel point il s'était distingué et élevé au-dessus des autres. Il n'était plus sur la terre, ne se tenait à rien, ne nageait pas, ne volait pas, son centre de gravité était en lui ; libéré des liens et des fardeaux de ce monde, il ne souffrait plus ; plus personne ne pouvait lui faire de mal, ni le fusil, ni le sabre, ni les mauvaises pensées, ni la parole humaine, ni le tribunal turc. Tel qu'il apparaissait, torse nu, pieds et poings liés, droit, la tête renversée en arrière contre le pal, il ressemblait moins à un corps humain qui grandit puis se décompose qu'à une statue dressée en hauteur, inébranlable et immuable, qui restera là à jamais.

Les corvéables se détournaient et se signaient en cachette.

À Mejdan, les femmes se précipitaient les unes chez les autres, en passant par les cours, pour chuchoter une minute ou deux et verser quelques larmes ensemble, puis elles rentraient à toutes jambes pour que leur déjeuner ne brûle pas ; l'une d'elles alluma une veilleuse. Aussitôt des bougies brûlèrent dans toutes les maisons, dans un coin discret de la pièce. Les enfants, dans cette atmosphère solennelle, fixaient la flamme en clignant les yeux et devant les formules incompréhensibles et hachées des adultes (« Défends-nous, Seigneur, et protège-nous ! » « Pauvre martyr ! Dieu l'accueillera comme s'il avait construit la plus grande des églises ! » « Viens-nous en aide, Seigneur, Toi l'Unique, écrase l'ennemi et ne lui permets pas de régner longtemps ! »), ils demandaient inlassablement ce qu'est un martyr, qui construit l'église, et où. Les garçons étaient particulièrement curieux. Leurs mères tentaient de les apaiser :

— Tais-toi, mon trésor ! Tais-toi, écoute ta maman et garde-toi toute ta vie des Turcs qui sont maudits !

Avant que l'obscurité tombât de nouveau, Abidaga inspecta encore une fois la construction et, satisfait de l'effet produit par cet exemple terrible, il ordonna que l'on enlevât le paysan :

— Qu'on jette ce chien aux chiens !

Cette nuit qui tomba vite, humide et tiède comme si l'on était au printemps, fut pleine de murmures confus et d'effervescence parmi les ouvriers. Même ceux qui jusque-là ne voulaient pas entendre parler de sabotage et de résistance, étaient maintenant prêts au sacrifice et à l'action. L'homme sur son pal devint l'affaire de tous et quelque chose de sacré. Plusieurs centaines d'hommes épuisés, poussés par l'instinct, par la force de la compassion et de coutumes séculaires, s'organisèrent de façon spontanée et unirent tous leurs efforts pour mettre la main sur le cadavre du supplicié, afin de lui épargner la profanation et de lui assurer une sépulture chrétienne. Tenant conciliabule avec la plus grande prudence, dans les cabanes et les remises, ils rassemblèrent la somme appréciable de sept groches, destinée à soudoyer Merdžan. Ils chargèrent de cette tâche trois des plus habiles parmi eux, lesquels réussirent à entrer en contact avec le bourreau. Trempés et épuisés par le travail, les trois paysans négociaient maintenant, lentement, avec ruse et en prenant des moyens détournés. Les sourcils froncés, se grattant la tête et bégayant exprès, le plus vieux des paysans dit au Tsigane :

— Voilà une affaire réglée. C'est le destin qui l'a voulu. Mais tu sais bien, pardi, c'est un être humain, une créature de Dieu comme on dit, et ça ne vaudrait rien, pardi, que les bêtes le dévorent et que les chiens le mettent en pièces.

Merdžan, qui sentait bien qu'il tenait là une bonne affaire, se défendit d'un ton plus plaintif que déterminé :

— Ah, non ! M'en parlez pas ! Vous allez m'envoyer à la potence. Vous ne savez pas quel lynx c'est, cet Abidaga !

Le paysan réfléchissait et fronçait les sourcils, raisonnant en lui-même : « C'est un Tsigane, une créature sans foi ni cœur, pas moyen de parler d'honneur ou de faire serment sur quoi que ce soit », et au creux de sa main droite, dans la poche peu profonde de sa blouse, il tenait serrés les sept groches.

— Tu parles, je sais très bien comment c'est. Nous savons tous, pardi, que ce n'est pas facile pour toi. Seulement, tu ne le regretteras pas. Voilà, on a trouvé quatre groches, grâce au ciel, et comme on dit, c'est une somme.

— Ah non, pas ça, je tiens plus à ma vie qu'à tous les trésors du monde. Et je n'échapperais pas à Abidaga, car l'animal voit tout, même quand il dort. Quelle horreur, je meurs rien qu'à y penser !

— Quatre, même cinq, et topons là. On s'arrangera pour les trouver, continuait le paysan sans tenir compte des jérémiades du Tsigane.

— Impossible ! Je ne peux pas, c'est tout !

— Bon, on t'a ordonné de jeter ce... corps, pardi, aux... chiens, ben, tu le jetteras. Et ce qui se passera ensuite, ce n'est pas ton affaire, et personne ne te posera de questions. Alors nous, pardi, on viendrait prendre ce... corps, et on l'enterrerait selon nos coutumes, mais en cachette, pardi, sans que personne le sache. Et, toi, pardi, tu diras le lendemain que les chiens, pardi, ont emporté ce... corps. Ni vu ni connu. Et tu recevras ton dû.

Le paysan parlait en s'appliquant et en réfléchissant bien, mais une étrange gêne le faisait sans cesse buter sur le mot « corps ».

— Vous voulez que je risque ma peau pour cinq groches ! Non, non et non !

— Pour six, répliqua posément le paysan.

À ce moment-là, le Tsigane se redressa, écarta les bras, prit un air sérieux, avec une expression de touchante sincérité dont seuls sont capables les gens qui ne font vraiment aucune différence entre le mensonge et la vérité, et il se tint devant le paysan comme si c'était lui le condamné et le paysan le bourreau.

— Ben, que je le paie de ma tête, si c'est mon destin, et que ma Tsigane reste veuve et mes enfants orphelins : donnez-moi sept groches et emportez le cadavre, mais que personne ne le voie ni n'en sache rien !

Le paysan hochait la tête, désolé de devoir donner à cette crapule tout leur argent, jusqu'au dernier sou. Comme si le Tsigane avait réussi à voir ce qu'il tenait dans sa main serrée !

Ils se mirent ensuite d'accord, dans les moindres détails, sur la façon dont Merdžan transporterait le mort, après l'avoir descendu des échafaudages, sur la rive gauche de la rivière et le jetterait, à la nuit tombante, du côté pierreux du chemin, pour que les hommes d'Abidaga et les passants le voient bien. Un peu plus loin, les trois paysans seraient cachés dans les buissons. Dès qu'il ferait noir, ils prendraient le cadavre, l'emporteraient et l'enterreraient, dans un lieu caché et sans laisser la moindre trace, si bien qu'il semblerait tout à fait vraisemblable que les chiens s'en soient emparés et l'aient dévoré pendant la nuit. Il recevrait trois groches d'avance, et les quatre autres le lendemain, une fois l'affaire réglée.

La nuit même, tout se passa comme convenu.

À la tombée du jour, Merdžan transporta le cadavre et le jeta sur la berge, en contrebas du chemin. (Cela ne ressemblait plus au corps que tous avaient vu pendant ces deux jours, bien droit et la poitrine en avant sur son pal ; c'était de nouveau le Radisav d'antan, malingre et voûté, mais privé de sang et de vie.) Le Tsigane revint immédiatement en ville, en regagnant l'autre rive en bac, avec ses hommes. Les paysans attendaient dans les fourrés. Ils voyaient encore passer quelque ouvrier attardé ou des Turcs qui rentraient chez eux. Puis l'endroit devint parfaitement calme et plongé dans l'obscurité. Les chiens firent leur apparition, de gros chiens pelés, affamés et apeurés, sans maison ni maître. Cachés dans les buissons, les paysans leur jetaient des pierres pour les chasser ; ils s'enfuyaient la queue basse, mais s'arrêtaient à une vingtaine de pas du cadavre pour guetter ce qui allait se passer. Dans l'obscurité, leurs yeux luisaient et étincelaient. Lorsqu'il fit tout à fait noir et qu'il parut certain que plus personne ne surviendrait, les paysans quittèrent leur abri, armés d'une pioche et d'une pelle. Ils placèrent l'une sur l'autre les deux planches qu'ils avaient apportées et y couchèrent le mort pour remonter la pente. Là, dans une cuvette creusée au printemps et à l'automne par les eaux dévalant la colline vers la Drina, ils enlevèrent le gravier déposé à cet endroit comme dans le lit d'un ruisseau asséché et creusèrent une tombe profonde, rapidement, sans un mot et sans le moindre bruit. Ils déposèrent dans la fosse le corps raidi, froid et contracté. Le plus vieux des paysans sauta dans la tombe, battit avec précaution le briquet à plusieurs reprises et alluma d'abord l'amadou, puis une fine chandelle de suif, en la protégeant de ses deux mains ; il la planta ensuite en terre au-dessus de la tête du mort et se signa trois fois, rapidement, en parlant à voix haute. Les deux autres, en haut, dans le noir, se signèrent après lui. Le paysan leva le bras deux fois au-dessus du mort comme si de sa main vide il versait sur lui un vin invisible et il répéta deux fois, sur un ton humble et à voix basse :

— Accueille parmi les saints, Christ, l'âme de Ton esclave.

Il chuchota encore quelques mots, incompréhensibles et sans suite, mais avec une telle ferveur et une telle solennité que les deux autres, au-dessus de la tombe, se signaient sans arrêt. Lorsqu'il se tut, ils lui firent passer les deux planches et il les plaça sur le corps, de biais et en longueur, de telle sorte qu'elles formaient une sorte de toit au-dessus de lui. Il se signa une dernière fois, éteignit la chandelle et se hissa hors de la fosse. Ils se mirent lentement et avec prudence à la recouvrir de terre, en tassant bien pour qu'il ne reste aucun monticule visible au-dessus de la tombe. Lorsqu'ils eurent fini, ils replacèrent le gravier, comme au fond d'un ruisseau, sur la terre fraîchement remuée, se signèrent encore une fois et rebroussèrent chemin, en faisant un grand détour pour rejoindre la route le plus loin possible de la tombe.

Pendant la nuit, une pluie serrée et régulière tomba, sans le moindre souffle de vent, et au matin, un brouillard laiteux saturé d'une humidité tiède avait envahi toute la vallée de la rivière. À un scintillement blanchâtre qui tantôt augmentait, tantôt diminuait, on devinait que le soleil luttait quelque part contre le brouillard qu'il n'arrivait pas à percer. Tout était feutré, d'une nouveauté et d'une étrangeté fantasmagoriques. Les gens surgissaient brusquement de ce brouillard et s'y évanouissaient aussi vite. C'est par ce temps-là qu'au petit matin une charrette traversa la ville, transportant deux gendarmes qui encadraient l'homme de Plevlje, leur chef la veille encore, étroitement ligoté.

Depuis que l'avant-veille, dans un accès subit d'allégresse à l'idée de se savoir bien vivant et non sur le pal, il s'était mis à danser devant tout le monde, il n'avait pas retrouvé son calme. Tous ses muscles tressaillaient, il ne tenait pas en place, dominé par un besoin irrésistible de se convaincre lui-même et de montrer aux autres qu'il était sain et sauf et qu'il pouvait bouger. Par moments, il se rappelait Abidaga (c'était la seule ombre à sa joie !) et il devenait aussitôt sombre et pensif. Mais pendant ce temps-là, une nouvelle énergie s'accumulait en lui et le poussait irrésistiblement à remuer et à gesticuler avec frénésie. Il se levait alors à nouveau et se remettait à danser, les bras écartés, faisant claquer ses doigts et ployant la taille comme une danseuse, prouvant par des mouvements toujours nouveaux, rapides et brusques qu'il n'était pas empalé, haletant au rythme de la danse :

— Tiens, tiens... je peux faire ça, tiens, et encore ça... tiens !

Il ne voulait rien manger, et lorsqu'il entamait une conversation, il l'interrompait brusquement pour se remettre à danser en se vantant comme un enfant à chaque mouvement :

— Tiens, regarde, tiens... et même ça, tiens !

Lorsque, la veille, on s'était enfin décidé à dire à Abidaga ce qu'il arrivait à l'homme de Plevlje, il avait répliqué d'un ton froid et laconique :

— Emmenez-moi ce fou à Plevlje, et qu'on le garde attaché chez lui pour qu'il ne fasse pas d'idioties alentour. Il n'était pas fait pour ce travail.

Et c'est ce que l'on fit. Mais comme le chef des gendarmes ne pouvait pas rester tranquille, ses hommes durent l'attacher à la charrette qui le transportait. Il pleurait et se défendait, et tant qu'il put bouger la moindre partie de son corps, il se démena en criant son : « Tiens, tiens ! » Finalement, on dut lui ligoter les jambes et les bras, si bien qu'il était assis dans la charrette, droit comme un sac de blé et tout ficelé. Mais ne pouvant plus remuer, il se mit à imaginer qu'on l'empalait ; il se tordait et se débattait avec des hurlements désespérés :

— Pas moi, pas moi ! Attrapez la fée ! Non, Abidaga !

À la sortie de la ville, les gens surgirent des maisons, alarmés par ces cris, mais la charrette avec les gendarmes et le dément disparut rapidement sur la route de Dobrun, dans le brouillard épais à travers lequel on devinait le soleil.

Ce départ inattendu et pitoyable de l'homme de Plevlje ne fit qu'augmenter l'effroi parmi la population. On se mit à chuchoter que le paysan condamné était innocent et que le chef des gendarmes avait pris la faute à son compte. Chez les Serbes de Mejdan, les femmes racontaient que les fées avaient enterré le cadavre du malheureux Radisav sous les rochers de Butko et que, la nuit, une intense lumière tombait du ciel sur sa tombe : des milliers et des milliers de chandelles allumées qui brillaient et vacillaient en une longue colonne qui allait du ciel à la terre. Elles les avaient vues à travers leurs larmes.

On croyait n'importe quoi, on murmurait n'importe quoi, mais la peur était plus forte que tout. Les travaux sur le pont se poursuivaient à un rythme rapide et sans embûches, sans que rien vînt les interrompre ou les retarder. Et ils auraient continué Dieu sait jusqu'à quand, s'il ne s'était mis à faire, au début de décembre, un froid exceptionnellement rigoureux contre lequel Abidaga, si fort qu'il fût, ne pouvait rien.

Durant la première moitié de décembre, il y eut des températures et des tempêtes de neige comme on n'en avait jamais connu. Le gel soudait la pierre à la terre, le bois éclatait. Une neige fine et cristalline ensevelissait les objets, les outils et les cabanes tout entières, et le lendemain, un vent capricieux la poussait ailleurs où elle enfouissait d'autres paysages. Le travail cessa de lui-même, et la peur qu'inspirait Abidaga diminua et finit par disparaître tout à fait. Abidaga tint tête quelques jours, mais il finit par céder. Il renvoya les ouvriers et suspendit les travaux. Au plus fort des tourbillons de neige, il s'en fut, accompagné de sa suite. Le même jour, Tossun efendi partit sur un traîneau de paysan, enveloppé dans des couvertures et protégé par de la paille, ainsi que maître Antonije, dans la direction opposée. Et tout le campement de corvéables se dispersa dans les villages et les vallées profondes, il disparut imperceptiblement et sans le moindre bruit, comme l'eau s'infiltre dans la terre. Il ne resta plus que la construction, tel un jouet abandonné.

Avant de partir, Abidaga avait convoqué, une fois encore, les notables musulmans. Il était abattu et exaspéré par son impuissance. Il leur dit, comme l'année passée, qu'il laissait tout sous leur surveillance et leur responsabilité :

— Je pars, mais mon œil reste ici. Et faites bien attention : mieux vaut couper vingt têtes indociles que laisser perdre un seul clou du sultan. Dès le retour du printemps, je serai de nouveau ici et je demanderai des comptes à chacun d'entre vous.

Les notables donnèrent leur parole comme l'année précédente et rentrèrent chez eux, anxieux et emmitouflés dans leurs fourrures, leurs gilets et leurs écharpes, remerciant le ciel en leur for intérieur d'avoir inventé l'hiver et la tempête, mettant au moins ainsi, par sa puissance, une limite à celle des puissants.

Et lorsque le printemps revint, ce ne fut pas Abidaga que l'on vit arriver, mais le nouvel homme de confiance du vizir, Arif bey, accompagné de Tossun efendi. Il était arrivé à Abidaga ce qu'il craignait tant. Quelqu'un, quelqu'un qui connaissait bien l'affaire et avait tout vu de près, fournit au grand vizir des renseignements nombreux et précis sur les agissements d'Abidaga à Višegrad. Le vizir fut informé dans les moindres détails du fait que, durant ces deux années, entre deux et trois cents corvéables avaient travaillé chaque jour sans recevoir le moindre salaire, en se nourrissant très souvent à leurs frais, tandis qu'Abidaga gardait pour lui l'argent du vizir. (On calcula la somme qu'il s'était appropriée jusque-là.) Il masquait sa malhonnêteté, comme on le fait souvent, en montrant un grand zèle et une sévérité excessive, si bien que le peuple de toute cette région, musulmans aussi bien que chrétiens, au lieu de bénir cette grande fondation, maudissait le jour où les travaux avaient commencé et celui qui en était l'initiateur. Mehmed pacha, qui avait lutté toute sa vie contre le vol et l'improbité de ses fonctionnaires, ordonna à son émissaire corrompu de rendre la totalité de la somme et de s'exiler aussitôt, avec son harem et ce qu'il lui restait de ses biens, dans un petit village d'Anatolie, sans plus jamais faire parler de lui s'il ne voulait pas qu'il lui arrive pis encore.

Deux jours après Arif bey, maître Antonije arriva de Dalmatie avec les premiers ouvriers. Tossun efendi le présenta au nouvel émissaire du vizir. Par une journée ensoleillée et chaude d'avril, ils inspectèrent le chantier et établirent le programme des premiers travaux. Lorsque Arif bey se retira et qu'ils restèrent tous les deux seuls sur la berge, maître Antonije fixa attentivement le visage de Tossun efendi qui, par un si beau soleil, était recroquevillé et frileusement emmitouflé dans un ample manteau noir.

— C'est tout à fait une autre espèce d'homme. Dieu soit loué ! Mais je me demande qui a été assez habile et courageux pour informer le grand vizir et faire remercier ce chien !

Tossun efendi regardait devant lui et dit calmement :

— Aucun doute, celui-ci est bien meilleur.

— Ce doit être quelqu'un qui connaissait bien la façon de travailler d'Abidaga, mais qui a aussi accès auprès du vizir et jouit de toute sa confiance.

— C'est sûr, c'est sûr, celui-ci est meilleur, répondit Tossun efendi sans lever les yeux et en serrant autour de lui son manteau.

C'est ainsi que les travaux commencèrent sous la conduite du nouveau mandataire, Arif bey.

C'était en effet un tout autre homme. D'une taille immense, voûté, imberbe, les pommettes saillantes, il avait les yeux bridés, noirs et rieurs. Le peuple le surnomma aussitôt Paslepoil. Sans un cri, sans bâton, sans menacer ni avoir l'air de rien, il donnait les ordres et distribuait le travail d'un air enjoué et insouciant, avec une certaine distance, mais sans rien laisser passer ni rien perdre de vue. Lui aussi savait insuffler et imposer l'ardeur au travail et la rigueur dans tout ce qui touchait à la volonté et aux directives du vizir, seulement, c'était un homme calme, sain et honnête, qui n'avait rien à craindre ni rien à cacher, et n'avait donc aucune raison d'effrayer et de persécuter les autres. Les travaux avançaient à la même vitesse (puisque le vizir souhaitait que les choses aillent vite), les fautes étaient punies avec la même sévérité, mais la corvée gratuite avait été abolie dès le premier jour. Tous les ouvriers étaient payés et recevaient de la nourriture, sous forme de farine et de sel, et tout allait mieux et plus vite que du temps d'Abidaga. Ilinka la folle elle-même ne réapparut pas ; elle avait disparu au cours de l'hiver, quelque part dans la campagne.

La construction grandissait et prenait de l'ampleur.

On voyait bien désormais que la fondation du vizir ne comprendrait pas seulement le pont, mais aussi une hostellerie, un caravansérail où les voyageurs arrivant de loin par le pont pourraient trouver un gîte et un abri pour leurs chevaux ou leur marchandise, lorsqu'ils seraient surpris là par la nuit. On commença à construire le caravansérail selon les instructions d'Arif bey. À l'entrée du bazar, à deux cents pas du pont, là où commençait la montée vers Mejdan, il y avait un terre-plein sur lequel se tenait jusqu'à présent, chaque mercredi, la foire aux bestiaux. C'est là que démarra le chantier de l'hostellerie. Les travaux avançaient lentement, mais on put deviner dès le début qu'il s'agirait d'une belle construction en dur et que l'on avait vu les choses en grand. Les gens ne remarquaient pas que la grande bâtisse de pierre prenait forme lentement mais régulièrement, tant la construction du pont accaparait leur attention.

Ce que l'on faisait maintenant sur la Drina était si confus, les différentes opérations étaient si compliquées et si imbriquées que les flâneurs qui, depuis la berge, suivaient les travaux comme si c'était un phénomène naturel, ne comprenaient plus rien à ce qu'ils voyaient. On éleva de nouveaux remblais et on creusa des tranchées dans différentes directions, la rivière fut divisée en chenaux et en plusieurs bras, puis on la fit passer d'un lit à l'autre. Maître Antonije fit venir de Dalmatie les plus habiles cordiers, après avoir réservé toute la récolte de chanvre, même dans les districts avoisinants. Ces artisans, dans des bâtiments spéciaux, commettaient des cordes d'une solidité et d'une épaisseur extraordinaires. Les charpentiers grecs confectionnaient selon ses plans et ceux de Tossun efendi de grandes grues à poulie en bois, puis ils les plaçaient sur des radeaux et soulevaient grâce aux cordes les blocs de pierre les plus lourds pour les transporter jusqu'aux piles qui poussaient l'une après l'autre dans le lit de la rivière. Il fallait quatre jours entiers pour déplacer chacun de ces énormes blocs, depuis la berge jusqu'à sa destination finale, dans les fondations des piles du pont.

À force d'observer tout cela, de jour en jour, d'année en année, les gens commencèrent à perdre la notion du temps et à oublier les véritables intentions du bâtisseur. Ils avaient l'impression que la construction non seulement n'avançait pas, mais qu'au contraire elle devenait de plus en plus embrouillée et dépendante de travaux annexes et secondaires, et que plus elle durait, moins elle ressemblait à ce qu'elle aurait dû être. Les gens qui eux-mêmes ne travaillent pas et n'entreprennent rien dans la vie perdent facilement patience et font aisément des erreurs lorsqu'ils jugent ce que font les autres. Les musulmans de Višegrad se mirent de nouveau à hausser les épaules et à lever la main d'un air désabusé lorsqu'ils parlaient du pont. Les chrétiens se taisaient, mais ils observaient le chantier avec des arrière-pensées malveillantes, en lui souhaitant, comme à toute entreprise turque, d'échouer. C'est vers cette époque que le prieur du couvent de Banja, non loin de Priboj, inscrivit sur la dernière page vierge de son livre des offices : « *Que soit connue l'époque où Mehmed pacha construisait un pont sur la Drina à Višegrad. Et une grande terreur s'abattit sur le peuple chrétien de la part des Agaréens infidèles, ainsi que de pénibles corvées. On fit venir des artisans de la mer. Pendant trois années on construisit et on dépensa force liards. On partagea les eaux en deux et en trois, mais on ne put dresser le pont.* »

Les années passaient, les étés et les automnes, les hivers et les printemps se succédaient, les ouvriers et les artisans partaient et revenaient. La Drina était maintenant surmontée d'une voûte sur toute sa largeur : ce n'était pas encore le pont, mais des échafaudages de bois qui ressemblaient à un enchevêtrement absurde et confus de poutres et de planches de pin.

Des deux côtés de la rivière se balançaient les hautes grues de bois, fixées aux radeaux solidement amarrés. Sur l'une et l'autre berge fumaient des feux sur lesquels on fondait le plomb dont on remplissait les trous dans les dalles et qui liait de façon invisible les pierres les unes aux autres.

À la fin de cette troisième année eut lieu un de ces accidents presque inévitables sur les grands chantiers. On terminait la pile centrale, qui était plus haute et plus large à son sommet que les autres, car c'est sur elle que devait reposer la kapia. Lors du transport d'un grand bloc de pierre, un problème survint. Les ouvriers faisaient cercle autour de l'énorme masse rectangulaire qui était suspendue, entourée de gros cordages, au-dessus de leurs têtes. La grue n'arrivait pas à l'apporter juste au-dessus de l'endroit où elle devait prendre place. Le Maure, l'assistant de maître Antonije, exaspéré, accourut et se mit à crier avec colère (dans cet étrange sabir qui s'était forgé au cours des ans parmi ces hommes venus de différentes régions du monde) des ordres à ceux qui, en bas, sur l'eau, manœuvraient la grue. Au même instant, de façon incompréhensible, les cordes cédèrent et le bloc s'écrasa, d'abord par un coin, puis de tout son poids, sur le Maure excité qui ne regardait pas au-dessus de lui, mais vers le bas, vers la rivière. Par un étrange hasard, le bloc tomba exactement là où il fallait, mais il entraîna le Maure au passage et lui broya tout le bas du corps. Tout le monde s'affola, se mit à courir et à crier. Maître Antonije arriva lui aussi rapidement. Le jeune Noir, après un premier évanouissement, était revenu à lui ; il gémissait les dents serrées et regardait d'un air triste et apeuré maître Antonije dans les yeux. Les sourcils froncés, blême, maître Antonije donnait des ordres pour que les ouvriers se rassemblent, apportent les outils et essaient de soulever le bloc. Mais tous leurs efforts restèrent vains. Le jeune homme se mit tout à coup à perdre son sang, son souffle s'affaiblit et son regard devint brumeux. Une demi-heure plus tard, il rendit l'âme, tenant convulsivement la main de maître Antonije dans les siennes.

L'enterrement du Maure fut un événement solennel dont on se souvint longtemps. Tous les hommes musulmans accompagnèrent son cercueil qu'ils portaient à tour de rôle sur quelques mètres et dans lequel ne reposait que la partie supérieure de son jeune corps, l'autre moitié étant restée sous le bloc de pierre. Maître Antonije fit ériger sur sa tombe un beau monument de la même pierre dont on construisait le pont. Il était bouleversé par la mort de ce jeune homme qu'il avait, alors qu'il n'était encore qu'un enfant, tiré de la misère à Ulcinj où vivaient quelques familles de Noirs qui avaient échoué là. Mais le travail ne cessa pas un seul instant.

Cette année-là et l'année suivante, l'hiver fut doux et l'on put travailler jusqu'à la mi-décembre. On entra dans la cinquième année des travaux. À présent, ce large arc irrégulier de bois, de pierre, d'engins et de matériaux en tout genre commençait à se rétrécir.

Sur le terre-plein, à côté de la route de Mejdan, se dressait déjà la nouvelle hostellerie, libérée de ses échafaudages. C'était une grande bâtisse à un étage, construite dans la même pierre que le pont. On y travaillait encore à l'intérieur et à l'extérieur, mais ainsi, de loin, on pouvait voir dès à présent à quel point elle tranchait par ses dimensions, l'harmonie de ses lignes et la solidité de son matériau sur tout ce que l'on avait jamais pu construire ou imaginer dans la ville. Ce bâtiment de pierre claire et jaunâtre, avec son toit de tuiles rouge foncé, sa rangée de fenêtres finement découpées, représentait pour les gens de la ville quelque chose d'incroyable, de somptueux et d'exceptionnel, appelé désormais à faire partie intégrante de leur vie quotidienne. Construit sur les ordres du vizir, il semblait que seuls des vizirs dussent y loger. Le tout reflétait avec éclat une grandeur, un goût et un faste qui les confondaient.

Dans le même temps, la masse informe de planches et de poutres enchevêtrées au-dessus de la rivière commença elle aussi à se réduire et à s'affiner, et l'on apercevait maintenant de mieux en mieux à travers elle le véritable pont, taillé dans la belle pierre de Banja. Des ouvriers, seuls ou en équipe, s'appliquaient encore à des travaux qui, aux yeux des gens, paraissaient insensés et sans rapport avec le reste, mais il était maintenant évident même pour le plus sceptique des habitants de la ville qu'ils travaillaient tous ensemble à édifier un pont, selon un seul et même plan et des calculs infaillibles qui justifiaient chacune de ces actions isolées. Apparurent d'abord les arches les plus petites, en hauteur et largeur, et les plus proches de la rive, puis on découvrit les autres, une à une, jusqu'à ce que la dernière fût débarrassée de ses échafaudages, révélant le pont tout entier sur ses onze arches puissantes, parfait et étrange dans toute sa beauté, horizon insolite et nouveau aux yeux des habitants de Višegrad.

Aussi prompts à penser le bien que le mal, les gens avaient maintenant honte de s'être montrés si méfiants et si incrédules. Désormais, ils n'essayaient même plus de cacher leur admiration et ne retenaient plus leur enthousiasme. Il n'était pas encore permis de franchir le pont et la foule se massait des deux côtés, surtout sur la rive droite où se trouvait le bazar et la plus grande partie de la ville, pour regarder les ouvriers qui le traversaient et travaillaient à polir la pierre du parapet et des bancs surélevés de la kapia. Les musulmans de la ville rassemblés là contemplaient cette œuvre réalisée par d'autres et aux frais d'autrui, à laquelle ils avaient durant cinq longues années donné toutes sortes de surnoms et prédit l'avenir le plus sombre.

— Je vous le disais bien, affirmait le petit hodja de Dušče, tout excité et joyeux, que la main du sultan ne pouvait faiblir et que ces gens intelligents finiraient bien par construire ce qu'ils avaient imaginé ! Et vous, vous ne faisiez que répéter : « Ils n'y arriveront pas, ils n'en sont pas capables. » Vous voyez bien qu'ils l'ont construit, leur pont, et quel pont avec ça, quel miracle et quelle beauté !

Et tous de l'approuver, bien que personne ne se souvînt vraiment de l'avoir entendu dire cela ; bien au contraire, ils savaient tous qu'il avait dénigré avec eux et le pont et celui qui le faisait construire. Mais tous, sincèrement réjouis, ne cessaient de s'étonner.

— Hé, les amis, que ne pousse-t-il pas dans notre ville !

— Vous voyez un peu comme le vizir est puissant et intelligent. Là où son regard se pose, ce n'est que profit et progrès !

— Et encore, ce n'est rien, ajoutait le joyeux petit hodja plein d'entrain, il sera encore plus beau ! Regardez comme ils le bouchonnent et le lustrent, tel un cheval pour la foire !

Ainsi rivalisaient-ils d'enthousiasme, cherchant des mots de louange toujours nouveaux, toujours plus forts. Seul Ahmedaga Šeta, un riche négociant en blé, homme morose et avare, gardait tout son mépris pour la construction et ceux dont les autres faisaient l'éloge. Grand, jaune et sec, le regard noir et perçant, les lèvres minces, comme soudées, il clignait les yeux au soleil de cette belle journée de septembre et ne voulait pas démordre de ses opinions. (En effet, certaines personnes éprouvent un sentiment injustifié de haine et d'envie qui est plus fort que tout ce que les autres peuvent créer et inventer.) À ceux qui vantaient avec fougue la taille imposante et la robustesse du pont, affirmant qu'il était plus solide que n'importe quelle forteresse, il répliquait avec dédain :

— Attendez qu'il y ait une crue, une bonne crue de Višegrad ! Et vous verrez ce qu'il restera de votre pont !

Tous le rabrouaient d'un ton mordant et faisaient l'éloge de ceux qui avaient travaillé sur le pont, en particulier d'Arif bey qui, toujours digne et souriant, comme en se jouant, avait mené à bien une construction aussi remarquable. Mais Šeta était bien décidé à ne reconnaître aucun mérite à personne.

— En tout cas, sans Abidaga et son bâton vert, s'il n'avait pas arrêté les gens et fait régner la terreur, je vous demande un peu si ce Paslepoil aurait pu venir à bout du pont avec son sourire et ses mains derrière son dos.

Et indigné par l'enthousiasme général comme par une offense personnelle, Šeta regagnait d'un air furieux son entrepôt et reprenait sa place quotidienne, d'où il ne voyait ni le soleil ni le pont et d'où il n'entendait ni la rumeur ni le tumulte de la foule exaltée.

Mais Šeta était une exception. La joie et l'engouement des gens ne faisaient que grandir et gagnaient les villages environnants. Dans les premiers jours d'octobre, Arif bey organisa des festivités pour célébrer l'achèvement du pont. Cet homme aux habitudes seigneuriales, d'une sévérité discrète et d'une rare probité, qui dépensait entièrement l'argent qu'on lui avait confié à ce à quoi il était destiné, sans rien garder pour lui, était pour le peuple le personnage le plus important de toute cette aventure. On parlait plus de lui que du vizir. Et la fête qu'il organisa s'avéra somptueuse et pleine d'éclat.

Les surveillants et les ouvriers reçurent des gratifications en argent et en vêtements, et le festin, auquel pouvaient prendre part tous ceux qui le souhaitaient, dura deux jours. On mangea, on but, on joua de la musique, on dansa et on chanta au nom et à la santé du vizir ; on organisa des courses de chevaux et des courses à pied, on distribua aux pauvres de la viande et des friandises. Sur la place qui reliait le pont au bazar, on fit cuire dans des chaudrons de la *halva* que l'on distribua, encore brûlante, au peuple. Ainsi se régalèrent même ceux qui ne pouvaient le faire pour le Baïram. On dégusta cette halva jusque dans les villages des environs et quiconque y goûtait souhaitait bonne santé au vizir et longue vie à ses constructions. Certains enfants revenaient jusqu'à quatorze fois aux chaudrons, avant que les cuisiniers, les ayant reconnus, ne les chassent à coups de cuillères à pot. Un petit Tsigane mourut d'avoir mangé trop de halva brûlante.

De tels événements restaient longtemps gravés dans les mémoires et on se les racontait dès que l'on venait à évoquer la naissance du pont, d'autant plus que, au cours des siècles suivants, les vizirs généreux et les intendants honnêtes disparurent, semble-t-il, et que de telles festivités devinrent rares, puis totalement inconnues, et elles finirent par se transformer en légendes, au même titre que les histoires de fées, de Stoja et d'Ostoja et autres semblables prodiges.

Tant que les réjouissances durèrent et pendant les jours qui suivirent, les gens traversèrent le pont d'innombrables fois d'une rive à l'autre ; les enfants le franchissaient en courant, tandis que les personnes plus âgées marchaient lentement, en discutant ou en observant sous tous les angles les paysages entièrement nouveaux qui s'offraient à elles depuis cet endroit. Les impotents, les boiteux et les paralysés y étaient transportés sur des civières, car personne ne voulait manquer un tel événement ni renoncer à prendre part à un tel prodige. Chaque habitant de la ville, jusqu'au plus humble, avait l'impression que ses capacités s'étaient tout à coup multipliées et qu'il était devenu plus fort ; comme si un exploit merveilleux, surhumain, avait été rapporté à la mesure de ses possibilités et dans les limites de son univers quotidien ; comme si, à côté des éléments connus jusque-là, la terre, l'eau et le ciel, on en avait tout à coup découvert encore un ; comme si, grâce aux efforts salutaires d'un individu, on avait réalisé au bénéfice de tous et de chacun l'un des désirs collectifs les plus profonds, le rêve des hommes depuis toujours : franchir les eaux et maîtriser l'espace.

Les jeunes musulmans formaient le kolo autour des chaudrons de halva et poursuivaient la danse sur le pont, car ils y avaient l'impression de voler et non de fouler la terre, puis ils menaient la ronde sur la kapia où ils piétinaient et frappaient du talon les dalles neuves, comme pour éprouver la solidité de l'ouvrage. Autour de ce cercle resserré de jeunes corps qui sautillaient inlassablement, toujours sur le même rythme, les gamins tournoyaient, se faufilaient entre les jambes en mouvement, comme à travers une palissade mobile, se plantaient au milieu de la ronde, foulant pour la première fois de leur vie ce pont dont on parlait depuis des années et cette kapia où, disait-on, était emmuré ce malheureux Maure qui avait péri dans un accident et dont le fantôme apparaissait la nuit. Tout en prenant un vif plaisir à la danse des jeunes gens, ils étaient morts de peur, de cette peur que le Maure, de son vivant, lorsqu'il travaillait sur le chantier, inspirait déjà aux enfants de la ville. Sur ce pont si haut, étrange et tout nouveau, il leur semblait avoir quitté depuis longtemps leur mère et leur maison natale et s'être égarés dans un pays où les hommes étaient noirs, les constructions prodigieuses et les jeux insolites ; ils étaient pleins d'appréhension, mais ne pouvaient s'empêcher de penser au Maure, ni s'arracher au kolo sur l'étrange kapia toute neuve. Seul un nouveau prodige pouvait détourner leur attention.

Un certain Murat, dit le Muet, un jeune homme simple d'esprit issu d'une famille d'aghas, les Turković de Nezuke, et qui était le souffre-douleur des plaisantins de la ville, grimpa tout à coup sur le parapet du pont. On entendit les cris des enfants, les exclamations des adultes stupéfaits et affolés, mais l'idiot, comme ensorcelé, les bras écartés et la tête rejetée en arrière, marchait sur le rebord étroit, posant un pied devant l'autre, comme s'il exécutait la plus belle des danses au lieu de planer au-dessus de l'eau et de l'abîme. Une foule de gamins et de promeneurs lui faisait cortège et lui lançait des encouragements. À l'autre bout du pont, il fut cueilli par son frère Aliaga qui le corrigea comme un petit enfant.

Beaucoup de gens s'éloignaient en aval de la rivière, à une demi-heure de marche, jusqu'à Kalata ou Mezalin, et de là contemplaient le pont qui se détachait, blanc et aérien, sur ses onze arches de dimensions variées, telle une étrange arabesque au-dessus des eaux vertes, entre les collines sombres.

C'est à cette époque également qu'on apporta une stèle blanche gravée d'une inscription et qu'on l'apposa, sur la kapia, au mur de pierre rougeâtre qui s'élevait de trois archines au-dessus du parapet. Les gens s'attroupaient devant cette inscription et restaient longtemps à la regarder, jusqu'à ce qu'il se trouvât un étudiant en théologie ou un jeune érudit plus ou moins expert disposé, contre un café ou une tranche de pastèque, ou tout simplement pour être agréable au ciel, à lire comme il le pouvait l'inscription.

Au cours de ces journées, l'on déchiffra et ânonna une bonne centaine de fois ces vers, œuvre d'un versificateur de Constantinople, un certain Badi, qui indiquaient le nom et le titre de celui qui avait fait ériger cette fondation, ainsi que l'heureuse année 979 de l'hégire, c'est-à-dire 1571 selon le calendrier chrétien, où elle avait été achevée. Ce Badi écrivait pour des sommes coquettes des vers légers qui sonnaient bien, et il savait habilement les placer auprès des dignitaires qui faisaient édifier ou restaurer de grandes constructions. Ceux qui le connaissaient bien (et l'enviaient un peu) disaient pour se moquer que la voûte céleste était le seul édifice où ne figurât pas une inscription de la plume de Badi. Mais lui, malgré ses solides revenus, était un pauvre diable famélique, en perpétuelle lutte avec cette misère particulière qui est souvent le lot des poètes, une sorte de malédiction à part que ni les gains ni les récompenses ne peuvent compenser.

Notre peuple étant peu instruit, têtu et doué d'une vive imagination, chacun des lettrés de la ville lisait et commentait à sa façon l'inscription de Badi gravée sur le mur, laquelle, à l'instar de tous les textes, une fois livrée au public, demeurait là, éternelle dans la pierre éternelle, exposée à jamais et de façon irrévocable aux regards et aux interprétations de tous, sages et fous, bons et méchants. Et chacun de ceux qui écoutaient gardait en mémoire les vers qui convenaient le mieux à son oreille et à son caractère. Ainsi, ce qui figurait là, au vu de tous, gravé dans la pierre dure, était répété et passait de bouche en bouche sous différentes formes, transformé et déformé parfois jusqu'à l'absurde.

Dans la pierre il était écrit :

Voici que Mehmed pacha, le plus grand parmi les sages et les {grands de son temps,
Réalisa le vœu de son cœur, et par ses soins et par sa peine

Érigea ce pont sur la rivière Drina.
Sur ces eaux profondes au cours rapide
Ses prédécesseurs n'avaient rien pu construire.
J'espère que par la grâce divine sa construction sera solide,
Que sa vie s'écoulera dans le bonheur
Et qu'il ne connaîtra jamais la tristesse.
Car, de son vivant, il a mis son or et son argent dans des fondations.
Et nul ne peut dire qu'est gaspillée une fortune
Qui est ainsi dépensée.
Badi, qui a vu tout cela, lorsque la construction fut terminée,
{composa cette inscription :
« Que Dieu bénisse cet édifice, ce beau et merveilleux pont. »

À la fin, le peuple, rassasié, en eut assez de s'étonner, de marcher et d'écouter les vers tirés de l'inscription. Ce prodige des premiers jours entra dans la vie quotidienne des gens, et ils franchissaient le pont, pressés, soucieux, avec indifférence et inattention, de même que l'eau bruyante qui coulait sous ses arches, comme si ce n'était qu'un des innombrables chemins qu'ils avaient, avec leur bétail, foulés et tassés sous leurs pas. La stèle portant l'inscription restait silencieuse dans le mur, comme n'importe quelle autre pierre.

Désormais, la route de la rive gauche était directement reliée à l'autre bout de route sur le terre-plein, de l'autre côté. Finis le bac noir et vermoulu et les passeurs capricieux. En contrebas des dernières arches du pont, il restait les rochers sableux et les berges escarpées aussi difficiles à descendre qu'à escalader, où il était si déplaisant d'attendre et d'appeler en vain d'une rive à l'autre. Tout cela, en même temps que la rivière impétueuse, on le franchissait maintenant comme par magie. On passait désormais loin au-dessus comme si l'on avait des ailes, directement d'une haute rive à l'autre, par ce pont large et long, aussi solide et inébranlable qu'une montagne, qui résonnait sous les sabots des chevaux comme s'il n'était fait que d'une mince dalle de pierre.

Finis également les moulins en bois et les cabanes dans lesquelles les voyageurs passaient la nuit, en cas de besoin. À leur place se dressait le somptueux caravansérail bâti en dur qui accueillait des voyageurs de plus en plus nombreux au fil des jours. On y entrait par un large porche aux lignes harmonieuses. De chaque côté s'ouvraient deux grandes fenêtres munies de barreaux, point en fer, mais taillés dans du tuf et chacun d'une seule pièce. Dans la vaste cour rectangulaire, il y avait de la place pour la marchandise et les bagages, et tout autour s'alignaient les portes des trente-six chambres. Derrière, sous la colline, se trouvaient les écuries ; au grand étonnement de tous, elles étaient elles aussi en pierre, comme si elles étaient destinées aux haras impériaux. Impossible de trouver une hostellerie comparable de Sarajevo à Andrinople. N'importe quel voyageur pouvait y rester un jour et une nuit et obtenir sans bourse délier le gîte, le feu et l'eau pour lui-même, ses domestiques et ses chevaux.

Tout cela, comme le pont lui-même, constituait la fondation du grand vizir Mehmed pacha, lequel était né, il y avait plus de soixante ans, là, derrière les montagnes, dans le village haut perché de Sokolovići, et avait été emmené à Stamboul dans son enfance, avec un grand nombre d'autres petits paysans serbes, au titre de l'impôt du sang. Les subsides destinés à l'entretien du caravansérail provenaient du *vakouf* que Mehmed pacha avait fondé grâce à ses immenses propriétés prises en butin dans les régions nouvellement conquises, en Hongrie.

C'est ainsi qu'avec la construction du pont et du caravansérail disparurent, comme on le voit, bien des désagréments et des ennuis. Et peut-être qu'aurait également disparu cette douleur étrange que le vizir, dans son enfance, avait emportée du bac de Višegrad, de Bosnie : cette raie noire et acérée qui, de temps en temps, lui coupait la poitrine en deux. Mais il était dit que Mehmed pacha ne vivrait pas sans cette douleur et qu'il ne prendrait pas plaisir bien longtemps à évoquer sa fondation de Višegrad. Peu de temps après la fin des travaux, à peine le caravansérail avait-il vraiment commencé à fonctionner et le pont à faire parler de lui au loin, que Mehmed pacha ressentit une fois encore la « lame noire » dans sa poitrine. Et ce pour la dernière fois.

Un vendredi, alors qu'il entrait avec sa suite dans une mosquée, un derviche en loques et à l'esprit un peu dérangé s'approcha de lui, la main gauche tendue pour demander l'aumône. Le vizir se retourna pour ordonner à quelqu'un de sa suite qu'on lui donnât quelque chose ; c'est alors que le derviche tira de sa manche gauche un gros couteau de boucher et en frappa violemment le vizir entre les côtes. Les hommes de la suite massacrèrent le derviche. Le vizir et son meurtrier rendirent l'âme au même instant. Sur les dalles grises, devant la mosquée, ils restèrent étendus quelque temps l'un à côté de l'autre. L'assassin assassiné, corpulent, le visage sanguin, les bras et les jambes écartés, comme s'il était encore porté par l'élan plein de fureur de son geste insensé. Et à côté de lui, le grand vizir, les vêtements déboutonnés sur la poitrine et le turban rejeté au loin. Au cours des dernières années de sa vie, il avait maigri et s'était voûté, il avait pris un teint bistre et les traits de son visage étaient devenus plus grossiers. Là, débraillé et la tête nue, couvert de sang, tassé et recroquevillé sur lui-même, il ressemblait plus à un vieux paysan de Sokolovići battu à mort qu'à un dignitaire destitué qui, un instant plus tôt, dirigeait encore l'Empire turc.

Des mois et des mois passèrent avant que parvienne à Višegrad la nouvelle de la mort du vizir, et cela non comme un fait réel et précis, mais comme une rumeur un peu secrète qui pouvait ou non être exacte. En effet, dans l'Empire turc, il n'était pas permis de propager les mauvaises nouvelles ou de raconter les événements tragiques, même lorsqu'ils se produisaient dans le pays voisin, et à plus forte raison lorsqu'il s'agissait d'un malheur qui touchait la région. D'ailleurs, dans ce cas précis, personne n'avait intérêt à ce que l'on parlât beaucoup et longtemps de la mort du grand vizir. Le parti de ses adversaires, qui avait enfin réussi à le destituer, fit tout pour qu'avec ses obsèques solennelles fût enterré le dernier souvenir de sa personne. Quant aux parents, collaborateurs et partisans de Mehmed pacha à Stamboul, ils n'avaient, pour la plupart d'entre eux, rien contre le fait qu'on parlât le moins possible de l'ancien grand vizir, car cela leur permettait de mieux flagorner les nouveaux dirigeants pour se faire pardonner leur passé.

Mais les deux beaux édifices sur la Drina avaient déjà commencé à exercer leur influence sur le commerce et la circulation, sur la vie de Višegrad et de tous les environs, et ils continuaient de le faire sans égard pour les vivants et les morts, pour ceux qui se hissaient au pouvoir et ceux qui tombaient en disgrâce. La ville s'étendit rapidement vers le bas de la colline, vers l'eau, s'élargit et se développa, en se concentrant de plus en plus autour du pont et du caravansérail que le peuple appelait l'Hostellerie de pierre.

C'est ainsi que le pont avec sa kapia vit le jour, et que la ville s'épanouit autour de lui. Par la suite, pendant plus de trois siècles, le rôle qu'il joua dans l'évolution de la ville et l'importance qu'il eut pour la population demeurèrent tels que nous venons de les décrire brièvement. Il semblait qu'il trouvât son sens et sa vertu dans sa permanence. Sa silhouette claire, intégrée à la ville, ne changeait pas plus que le profil des montagnes environnantes sur le ciel. Les lunaisons se succédaient et les générations disparaissaient rapidement, mais lui demeurait, immuable, comme l'eau qui coulait sous ses arches. Il vieillissait, naturellement, lui aussi, mais selon une échelle de temps bien supérieure non seulement à la durée d'une vie humaine, mais aussi à toute une suite de générations, tellement grande que ce vieillissement était imperceptible à l'œil. Sa vie, bien qu'elle ne fût pas infinie, paraissait éternelle, car nul n'entrevoyait sa fin.

V

Le premier siècle passa, une période de temps fort longue et fatidique pour les hommes et beaucoup de leurs œuvres, mais imperceptible pour les grandes constructions, bien conçues et solidement bâties ; le pont avec sa kapia, de même que le caravansérail à côté de lui, dressait sa silhouette et remplissait sa fonction comme au premier jour. Et un deuxième siècle aurait pu passer ainsi sur eux, les saisons et les générations se succéder, sans que ces édifices subissent la moindre transformation. Mais ce que le temps n'avait pu faire, un concours de circonstances imprévisibles et lointaines le provoqua.

À cette époque, à la fin du XVIIe siècle, on chantait, racontait et chuchotait dans toute la Bosnie beaucoup de choses à propos de la Hongrie que l'armée turque, après une occupation de plusieurs siècles, commençait à évacuer. Nombre de seigneurs bosniaques, défendant leurs domaines les armes à la main, laissèrent leurs os sur la terre de Hongrie au cours de cette retraite. Ils étaient néanmoins, pourrait-on dire, les plus chanceux, car beaucoup de ces seigneurs revinrent les mains vides et la bourse plate dans leur ancienne patrie bosniaque, où les attendaient une terre maigre, une vie étriquée et misérable, après les grands espaces et la vie confortable qu'ils avaient connus sur leurs vastes domaines de Hongrie. Un écho lointain et confus de tout cela parvenait bien jusqu'ici, mais personne ne pouvait imaginer que cette Ungria, cette terre connue uniquement par les chansons, pouvait avoir un lien quelconque avec la vie réelle et quotidienne de la ville. Pourtant, c'était bien le cas. La retraite turque de Hongrie entraîna la perte, entre autres, des propriétés du vakouf — lesquelles se retrouvaient hors des limites de l'Empire — et en même temps de leurs revenus qui servaient à l'entretien du caravansérail de Višegrad.

Les gens de la ville comme les voyageurs qui depuis un siècle fréquentaient l'Hostellerie de pierre s'étaient habitués à elle, sans jamais se demander avec quels subsides elle pouvait fonctionner, quelle en avait été l'origine et où en était la source. Tous s'en servaient, en profitaient comme d'un arbre fruitier généreux et béni qui se trouve sur le bord du chemin et n'appartient à personne et à tout le monde ; tous priaient machinalement le ciel pour « le repos de l'âme du vizir », mais il ne leur venait pas à l'idée que le vizir était mort depuis cent ans déjà, pas plus qu'ils ne se demandaient qui gardait et défendait à présent les terres du sultan et les vakoufs. Qui aurait pu imaginer un seul instant que les choses dans le monde dépendent à ce point les unes des autres et demeurent reliées entre elles, malgré une telle distance ? C'est ainsi que, les premiers temps, on ne remarqua même pas dans la ville que les ressources avaient tari. Le personnel travaillait et l'hostellerie accueillait les voyageurs comme auparavant. On pensait que l'argent destiné à l'entretien arriverait avec retard, comme cela s'était déjà produit dans le passé. Cependant, les mois passaient, puis les années, et l'argent n'arrivait toujours pas. L'intendant du vakouf en fonction à l'époque, Daut hodja Mutevelić (tel fut le nom de famille que le peuple donna à ces gens d'après leur fonction), envoyait des suppliques dans toutes les directions, mais il ne recevait pas de réponse. Les voyageurs se servaient eux-mêmes et nettoyaient l'endroit, faisant le strict nécessaire pour eux et pour leurs bêtes, mais chaque hôte qui partait abandonnait derrière lui du fumier et du désordre, à charge pour celui qui lui succédait de nettoyer et de ranger, de la même façon qu'il avait lui-même remis en ordre ce qu'il avait trouvé sens dessus dessous et dans la saleté. Mais chacun laissait en partant un peu plus de crasse qu'il n'en avait trouvé à son arrivée.

Daut hodja fit tout ce qu'il pouvait pour sauver l'hostellerie et la maintenir en fonction. Il dépensa d'abord tout son argent, puis se mit à emprunter parmi les membres de sa famille. C'est ainsi que d'année en année il répara la coûteuse bâtisse. À ceux qui lui reprochaient de se ruiner pour sauver ce qui ne pouvait l'être, il répondait qu'il plaçait bien son argent, puisqu'il le prêtait à Dieu et était, en tant qu'intendant du vakouf, le dernier qui pouvait abandonner cette fondation visiblement abandonnée de tous.

Cet homme sage et pieux, têtu et obstiné, dont la ville garda longtemps le souvenir, ne se laissa en rien détourner de ses efforts désespérés. Tout entier voué à sa tâche, il s'était résigné depuis longtemps au fait que notre destinée sur cette terre n'est que lutte contre la déchéance, la mort et la disparition, et qu'il est du devoir de l'homme de persévérer dans cette lutte, même lorsqu'elle est sans espoir. Et assis devant l'hostellerie qui périclitait sous ses yeux, il répondait à ceux qui le dissuadaient de continuer ou le plaignaient :

— Je ne suis pas à plaindre. Car, nous tous, nous ne mourons qu'une fois, à la différence des grands hommes qui meurent deux fois : la première lorsqu'ils quittent ce monde, la seconde lorsque disparaît leur fondation pieuse.

Quand il ne fut plus en état de payer les journaliers, il entreprit, malgré son grand âge, d'arracher lui-même les mauvaises herbes autour de la bâtisse et d'y faire de menues réparations. C'est ainsi que la mort le surprit un jour qu'il était monté sur le toit pour réparer une tuile fêlée. Il était naturel qu'un simple hodja ne pût sauver ce qu'un grand vizir avait fondé et que les événements historiques avaient condamné à la ruine.

Après la mort de Daut hodja, le caravansérail tomba rapidement en ruine. De tous côtés apparaissaient des signes de décrépitude. Les rigoles à purin se bouchèrent et se mirent à empester, le toit laissait passer la pluie, les fenêtres et les portes battaient au vent, les écuries étaient envahies de fumier et de mauvaises herbes. Mais de l'extérieur, l'admirable bâtisse de pierre paraissait inchangée, tranquille et indestructible dans sa beauté. Les grandes fenêtres en ogive du rez-de-chaussée, avec leurs barreaux qui, aussi délicats que le fil le plus fin, étaient taillés d'une seule pièce dans la pierre tendre, considéraient le monde avec calme. Mais les fenêtres plus simples de l'étage manifestaient déjà des signes de misère, d'abandon et de désordre intérieur. Peu à peu, les gens se mirent à éviter de faire étape dans la ville, ou alors ils passaient la nuit à l'auberge des Ustamujić qui était payante. Les voyageurs se firent de plus en plus rares au caravansérail, bien que, pour tout paiement, il y suffît d'invoquer le repos pour l'âme du vizir. Finalement, lorsqu'il fut clair que l'argent n'arriverait pas et qu'il n'y avait personne pour prendre en charge la fondation du vizir, tous, y compris les nouveaux intendants, délaissèrent le bâtiment, et le caravansérail resta muet et désert, il commença à se délabrer et à tomber en ruine, comme tous les édifices où personne ne vit et dont personne ne prend soin. Autour de lui poussaient les herbes folles, les chardons et les amarantes. Sur le toit, les corneilles et les choucas faisaient leur nid et se réunissaient en bandes braillardes.

C'est ainsi que, de façon prématurée et inattendue (toutes les choses de ce genre surviennent apparemment de façon inattendue), l'Hostellerie de pierre du vizir, abandonnée, se dégrada et tomba en ruine.

Mais si le caravansérail, par un étrange concours de circonstances, dut trahir sa vocation et périclita précocement, le pont, lui, qui ne nécessitait ni surveillance ni entretien, demeurait bien droit et égal à lui-même, reliant les rives opposées et faisant passer de l'une à l'autre les fardeaux vivants et morts, comme au premier jour de son existence.

Dans ses murs, les oiseaux faisaient leur nid, dans les lézardes invisibles que le temps ouvrait dans la pierre poussaient de maigres touffes d'herbe. La pierre jaunâtre et poreuse dans laquelle était construit le pont devenait plus dure et plus compacte sous l'action alternée de l'humidité et de la chaleur ; perpétuellement battue par le vent qui soufflait dans les deux sens en suivant la vallée de la rivière, lavée par les pluies et séchée par les rayons ardents du soleil, cette pierre avait pris avec le temps la couleur blanche et profonde du parchemin, et elle brillait dans l'obscurité comme si elle était éclairée de l'intérieur. Les grandes inondations, qui étaient fréquentes et faisaient régulièrement le malheur de la ville, ne pouvaient rien contre elle. Elles survenaient chaque année, au printemps et à l'automne, mais n'étaient pas toujours aussi dangereuses et fatales pour la bourgade à côté du pont. Chaque année, une ou deux fois au moins, la Drina en crue se troublait et charriait avec fracas sous les arches du pont des clôtures arrachées, des troncs abattus et des amas sombres de feuillage et de branchage provenant des forêts riveraines. Dans la ville, les cours, les jardins et les réserves des maisons les plus proches subissaient des dégâts. Et cela s'arrêtait là. Mais à des intervalles irréguliers de vingt à trente ans, de fortes inondations survenaient dont on gardait le souvenir aussi durablement que des révoltes ou des guerres et que l'on prenait longtemps comme point de repère pour calculer l'ancienneté des bâtiments et l'âge des hommes. (« Cinq ou six ans avant la grande crue. » « Lors de la grande crue. »)

Après ces grandes inondations, il ne restait pas grand-chose des biens meubles dans la partie de la ville qui s'étendait dans la plaine, sur la langue de terre sablonneuse entre la Drina et le Rzav. Une telle inondation ramenait toute l'agglomération quelques années en arrière. Les gens de cette génération passaient le reste de leur vie à réparer les dégâts et à compenser les pertes dues à « la grande crue ». Jusqu'à la fin de leur vie, ils évoquaient dans leurs conversations l'horreur de cette nuit d'automne où, par une pluie froide et un vent infernal, à la lumière de rares lanternes, chacun avait vidé sa boutique pour emporter la marchandise là-haut, à Mejdan, dans des maisons et des réserves appartenant à autrui. Lorsque le lendemain, dans le matin trouble, ils contemplaient du haut de la colline cette ville qu'ils aimaient aussi inconsciemment et violemment que leur propre sang et qu'ils voyaient l'eau boueuse et écumante qui avait envahi les rues à la hauteur des toits, ils essayaient de deviner à ces toits, dont l'eau arrachait avec fracas les planches une à une, à qui appartenaient les maisons restées debout.

Lors des *slavas* familiales et des veillées de Noël, ou pendant les nuits du ramadan, les pères de famille grisonnants, alourdis et soucieux, s'animaient soudain et devenaient loquaces dès que la conversation tombait sur l'événement le plus important et le plus pénible de leur vie, « la grande crue ». Avec quinze ou vingt ans de recul, pendant lesquels ils avaient de nouveau gagné de l'argent et reconstruit les maisons, « la grande crue » leur apparaissait comme quelque chose de terrible et d'énorme, mais qui leur était en même temps cher et proche ; elle constituait un lien intime entre les gens encore vivants, de moins en moins nombreux, de cette génération, car rien ne rapproche plus les hommes qu'un malheur partagé auquel on a survécu. Eux aussi se sentaient étroitement liés par le souvenir de cette catastrophe passée. C'est pourquoi ils aimaient évoquer ensemble ce coup du sort le plus dur qu'ils eussent reçu dans leur vie, et ils y trouvaient un plaisir incompréhensible pour les plus jeunes ; leurs souvenirs étaient inépuisables, et ils les ressassaient inlassablement ; ils complétaient à tour de rôle le récit et se rappelaient les uns aux autres certains détails, ils se regardaient dans les yeux, dans leurs yeux de vieillards à la cornée scléreuse et jaunâtre, et y voyaient ce que les plus jeunes ne pouvaient même pas pressentir ; ils se grisaient de leurs propres mots ; ils noyaient leurs soucis du moment dans le souvenir de problèmes plus graves résolus depuis longtemps de façon favorable.

Assis bien au chaud dans leurs maisons, envahies naguère par cette inondation, ils racontaient pour la centième fois avec un plaisir particulier certaines scènes émouvantes ou tragiques. Et plus le souvenir était pénible et douloureux, plus ils trouvaient de volupté à l'évoquer. À travers la fumée du tabac ou un petit verre d'une eau-de-vie douce, ces scènes étaient souvent transformées, exagérées, embellies par l'imagination et la distance, mais aucun d'eux ne s'en apercevait et chacun aurait été prêt à jurer que tout s'était bien passé ainsi, car tous participaient inconsciemment à ces enjolivements involontaires.

Ainsi quelques vieillards se souvenaient-ils encore de la dernière « grande crue », dont ils pouvaient sans fin parler entre eux, répétant aux jeunes qu'il n'y avait plus de catastrophes comme autrefois, mais qu'on ne connaissait plus non plus l'opulence et la générosité du ciel de ce temps révolu.

Une des plus grandes inondations que l'on ait jamais connues, qui avait eu lieu dans la dernière année du XVIIIe siècle, était restée particulièrement longtemps gravée dans les mémoires, alimentant force récits.

À l'époque, dans cette génération, comme le raconteraient les vieux par la suite, presque plus personne ne se souvenait de la dernière grande inondation. Pourtant, pendant les pluies d'automne, tous étaient sur leurs gardes, sachant bien que « l'eau est une ennemie ». Ils vidaient les magasins les plus proches de la rivière, faisaient des rondes de nuit, armés de lanternes, le long de la berge et prêtaient l'oreille au grondement de l'eau, car les vieilles gens prétendaient qu'à un bourdonnement bien particulier du courant, on pouvait deviner si l'on aurait une de ces inondations normales qui chaque année affectaient la ville et ne causaient que des dégâts minimes, ou si ce serait l'une de celles, fort heureusement rares, qui submergeaient et le pont et la ville, emportant tout ce qui n'était pas construit en dur et sur des fondations solides. Cependant, on vit que la Drina ne grossissait pas et la ville sombra ce soir-là dans un profond sommeil, les gens étant épuisés après les heures de veille et les émotions de la nuit précédente. C'est ainsi qu'ils furent trompés par l'eau. Au cours de la nuit, le Rzav monta brutalement comme il ne l'avait jamais fait et, rouge de boue, il vint gonfler et obstruer la Drina à leur confluent. Et les deux rivières ne firent plus qu'une au-dessus de la ville.

Suljaga Osmanagić, un des musulmans les plus riches de la ville, possédait à cette époque un pur-sang arabe alezan d'une grande valeur et d'une beauté exceptionnelle. Dès que la Drina refoulée commença à grossir, avant même qu'elle envahît les rues, l'alezan se mit à hennir sans répit jusqu'à ce qu'il eût réveillé les domestiques et le maître de maison et qu'on l'eût sorti de son écurie située au bord de la rivière. C'est ainsi que la plus grande partie de la ville fut réveillée. Sous une pluie froide et dans un vent furieux, par cette nuit noire d'octobre, les gens s'enfuirent de leurs maisons en sauvant ce qui pouvait être sauvé. À demi vêtus, ils pataugeaient dans l'eau jusqu'aux genoux, portant sur leurs dos les enfants réveillés et en pleurs. Le bétail terrorisé bêlait. On entendait à chaque instant le bruit sourd des souches et des troncs arrachés par la Drina aux forêts inondées qui heurtaient les piles du pont.

En haut de la colline, à Mejdan, où l'eau n'avait jamais réussi à monter, toutes les fenêtres étaient éclairées et de faibles lanternes s'agitaient et se déplaçaient dans les ténèbres. Toutes les maisons étaient ouvertes et accueillaient les sinistrés, trempés et hagards, tenant les enfants et les objets de première nécessité dans leurs bras. Même dans les étables, des feux brûlaient autour desquels les gens qui n'avaient pu trouver de la place dans les maisons se séchaient.

Les notables du bazar, après avoir mis tout le monde à l'abri, les musulmans dans les maisons musulmanes, les chrétiens et les juifs dans les maisons chrétiennes, s'étaient réunis dans la grande pièce au rez-de-chaussée de la demeure de Hadži Ristanov. Il y avait là les responsables et les administrateurs de tous les quartiers, épuisés d'avoir réveillé et mis en sûreté tous leurs concitoyens. Musulmans, chrétiens et juifs mêlés. La force des éléments et le poids du malheur partagé rapprochaient ces gens et jetaient un pont, pour un soir du moins, au-dessus de l'abîme qui séparait une communauté de l'autre, surtout les chrétiens des musulmans. Il y avait là Suljaga Osmanagić, le négociant Petar Bogdanović, Mordo Papo, le pope Mihailo, homme corpulent et peu loquace mais plein d'esprit, Mula Ismet, le hodja grassouillet et plein de sérieux de la ville, ainsi qu'Elias Levi, dit Hadži Liačo, le rabbin, connu bien au-delà de la ville pour son bon sens et son naturel avenant. Il y avait en outre une dizaine de riches commerçants, représentants des trois confessions. Tous étaient mouillés, blêmes, les mâchoires serrées, mais calmes en apparence ; ils étaient assis, fumaient et discutaient des mesures de sauvetage qui avaient été prises et de ce qu'il faudrait encore faire. À chaque instant entraient de jeunes gens ruisselants d'eau qui annonçaient que tout ce qui respirait et était en vie avait été évacué à Mejdan et dans le quartier de la Citadelle, réparti entre les maisons musulmanes et chrétiennes, tandis que l'eau, en bas, continuait à monter et à envahir les rues les unes après les autres.

À mesure que la nuit avançait — et elle avançait lentement, elle semblait être immense, enfler et grandir sans cesse comme l'eau dans la plaine —, les commerçants et les notables commençaient à se réchauffer grâce au café et à la rakia. Un cercle chaleureux et étroit se formait, comme une nouvelle existence, faite de réalités mais elle-même irréelle, qui n'était ni ce qu'avait été la veille ni ce que serait le lendemain ; quelque chose comme une île éphémère dans l'inondation du temps. La conversation s'animait et, comme par un accord tacite, on changeait de sujet. Tout le monde évitait même d'évoquer les inondations précédentes, que l'on ne connaissait que par ouï-dire, et parlait d'autres choses qui n'avaient rien à voir avec l'eau et la catastrophe qui était en train de se produire.

Ces hommes désespérés faisaient des efforts désespérés pour paraître calmes et indifférents, presque frivoles. Selon une sorte de pacte tacite et comme par superstition, conformément aux règles implicites et sacrées de la bienséance et du savoir-vivre en usage depuis des temps immémoriaux dans leur classe, chacun d'eux considérait de son devoir de s'efforcer, en cet instant, de cacher, en apparence du moins, ses soucis et ses craintes et, devant ce malheur contre lequel on ne pouvait rien, de parler d'un ton badin de choses qui n'avaient aucun rapport avec lui.

Mais juste au moment où ces gens commençaient à reprendre leur calme en conversant, à trouver un peu l'oubli, et par là même le repos et l'énergie qui leur serait si indispensable le lendemain, on leur amena Kosta Baranac. Ce jeune commerçant était complètement trempé, crotté jusqu'aux genoux et débraillé. Troublé par la lumière et la présence de tant de monde, il fixait ses pieds comme s'il dormait à moitié, essuyant de la paume de la main son visage ruisselant. On lui fit de la place et lui offrit un verre de rakia qu'il ne réussit pas à porter à ses lèvres. Il tremblait de tout son corps. On chuchota qu'il avait voulu sauter dans le courant sombre qui dévalait la rive sablonneuse, juste à l'endroit où se trouvaient ses greniers et ses celliers.

C'était un homme jeune qui n'était pas de Višegrad, mais avait été amené à la ville une vingtaine d'années plus tôt comme apprenti, s'y était marié plus tard dans une bonne famille et s'était rapidement installé à son compte. Ce fils de paysan, qui s'était brusquement enrichi les dernières années grâce à quelques bonnes affaires menées avec audace et sans scrupule et avait devancé de nombreuses maisons fortunées de la ville, n'était pas habitué à perdre et ne savait pas supporter le malheur. Cet automne, il avait accaparé de grandes quantités de prunes et de noix, pour des sommes dépassant largement ses possibilités réelles, escomptant que, dans l'hiver, il dicterait le prix du pruneau et de la noix et rembourserait ainsi ses dettes en faisant des bénéfices, comme cela avait été le cas les années précédentes. Maintenant, il était ruiné.

Il fallut un certain temps pour que s'efface l'impression laissée sur tous par le spectacle de cet homme perdu. En effet, ils étaient tous, plus ou moins, frappés par cette inondation, et seules leur éducation et les règles de la bienséance faisaient qu'ils se maîtrisaient mieux que ce parvenu.

Les plus vieux et les plus respectés orientèrent de nouveau la conversation vers des sujets anodins. Ils se lancèrent dans de longs récits des temps anciens, qui n'avaient pas le moindre lien avec la catastrophe qui les avait acculés à se réfugier là et les entourait de tous côtés.

On buvait de la rakia brûlante. Au fil de leurs histoires ressuscitaient des personnages étranges du passé, le souvenir des habitants les plus excentriques et les plus bizarres de la ville, et de toutes sortes d'événements comiques ou insolites ; le pope Mihailo et Hadži Liačo surpassaient tous les autres. Et lorsqu'ils revenaient sans le vouloir aux « grandes crues » précédentes, ils ne mentionnaient que des détails futiles et drôles, ou qui du moins paraissaient tels après tant d'années comme s'ils lançaient des sorts et défiaient ainsi l'inondation On évoqua le pope Jovan, jadis à la tête de la paroisse, dont les ouailles disaient que c'était un brave homme, mais qu'il n'avait pas « la main heureuse » et que ses prières avaient peu d'écho auprès de Dieu.

Pendant les sécheresses d'été qui anéantissaient souvent toute la moisson, le pope Jovan conduisait régulièrement la procession et disait en vain des prières pour la pluie, après quoi s'ensuivait en général une sécheresse encore plus grande sous un soleil implacable. Et lorsque après un tel été de sécheresse, la Drina, un automne, se mit à grossir et que menaça l'inondation, le pope Jovan se rendit sur la berge, réunit ses paroissiens et se mit à lire une prière pour que la pluie cesse et que l'eau redescende. C'est alors qu'un certain Jokić, ivrogne et fainéant, considérant que le bon Dieu envoyait en général le contraire de ce que le pope Jovan demandait dans sa prière, lança à haute voix : « Pas cette prière, mon père, celle de l'été, pour la pluie. Sûr qu'elle fera baisser l'eau. »

Le gros et gras Ismet efendi parla à son tour de ses prédécesseurs et de leur lutte contre les inondations. Ainsi, lors d'une crue très ancienne, deux hodjas de Višegrad sortirent pour dire une prière contre cette calamité. L'un d'eux avait sa maison dans la ville basse, menacée par les eaux, tandis que l'autre habitait sur la colline, là où les crues ne montaient jamais. Ce fut le hodja de la colline qui lut le premier la prière, mais l'eau ne recula nullement. Alors un jeune Tsigane, dont la maison commençait à être engloutie, s'écria : « Amenez donc, braves gens, le hodja de la ville basse, celui dont la maison est sous les eaux comme les nôtres. Vous ne voyez donc pas que celui de la colline prie du bout des lèvres ? »

Hadži Liačo, le visage écarlate et souriant, les boucles exubérantes de sa chevelure blanche dépassant de son fez étrangement plat, rit de cette histoire et lança au pope et au hodja :

— Ne parlez pas trop des incantations contre l'inondation, sinon nos gens vont y penser et nous obliger tous les trois à sortir sous cette pluie battante pour lire des prières et faire reculer les eaux.

Ainsi se succédaient des histoires qui, insignifiantes en elles-mêmes et incompréhensibles pour les autres, n'avaient de sens que pour ces vieillards et les gens de leur génération ; des souvenirs anodins mais qui leur étaient familiers et chers, et qui évoquaient la vie monotone, belle et dure, de la bourgade, leur vie ; tout cela était fort ancien et avait bien changé, tout en restant très étroitement lié à eux, mais néanmoins éloigné du drame qui les réunissait contre leur gré dans ce cercle fantastique.

C'est ainsi que ces notables, des hommes endurcis et habitués depuis l'enfance aux malheurs de toutes sortes, vinrent à bout de la nuit de la « grande crue », et, trouvant en eux la force de plaisanter face à la catastrophe qui survenait, ils se jouèrent de l'infortune à laquelle ils ne pouvaient échapper.

Mais, dans leur for intérieur, ils étaient tous profondément inquiets et chacun, sous ses airs de plaisanter et de se rire du malheur, comme sous un masque, tournait et retournait des idées noires en tendant l'oreille au grondement des eaux et du vent qui venait de la ville basse où demeuraient tous ses biens. Et le lendemain matin, après avoir ainsi passé la nuit, ils purent, de Mejdan, contempler dans la plaine leurs maisons submergées par les eaux, les unes à moitié, les autres jusqu'au bord du toit. Ce jour-là, pour la première et la dernière fois de leur vie, ils virent la ville sans le pont. Le niveau de la rivière avait monté d'une dizaine de mètres, si bien que l'eau avait comblé les larges et hautes arches et se déversait par-dessus le pont qui avait disparu sous elle. Seul l'endroit surélevé où se trouvait la kapia dépassait de la surface plane des eaux troubles et, submergé par les flots, il faisait comme une petite cascade.

Mais deux jours plus tard, l'eau baissa soudainement, le ciel s'éclaircit et le soleil apparut, chaud et généreux comme il ne peut l'être que certains jours d'octobre dans cette région au climat agréable. Par cette belle journée, la ville offrait un spectacle terrible et pitoyable. Les maisons des Tsiganes et des miséreux sur la berge étaient penchées dans le sens du courant, beaucoup n'avaient plus de toit, la chaux et l'argile avaient disparu, mettant à nu leur treillis d'osier noir, ce qui les faisait ressembler à des squelettes. Les cours n'avaient plus de palissades, aux maisons des riches béaient les fenêtres défoncées ; sur les murs, une ligne de boue rouge indiquait le niveau de la montée des eaux. Nombre d'étables avaient été emportées, les granges renversées. Dans les boutiques basses, on avait de la boue jusqu'aux genoux, et cette boue recouvrait toute la marchandise qui n'avait pas pu être emportée à temps. Des arbres entiers, apportés par les eaux, étaient coincés en travers des rues, parmi les cadavres enflés du bétail noyé.

C'était leur ville, dans laquelle il fallait maintenant descendre et continuer de vivre. Et entre les rives inondées, au-dessus des eaux qui roulaient bruyamment, encore troubles et gonflées, se dressait le pont, blanc et intact, au soleil. L'eau engloutissait à moitié les piles et le pont semblait s'être transporté dans une rivière plus profonde que celle qui coulait habituellement sous ses arches. De la boue s'était déposée le long du parapet et elle séchait maintenant en se craquelant au soleil, sur la kapia s'était formé un amas de branchages et d'alluvions, mais cela n'avait en rien changé l'apparence du pont, le seul à avoir survécu à l'inondation sans dommage et à en sortir égal à lui-même.

Tous les habitants de la ville se mirent aussitôt au travail, impatients de gagner de l'argent et de réparer les dégâts. Personne n'avait le temps de réfléchir à ce que représentait et signifiait le pont victorieux, mais en vaquant à leurs affaires, dans cette ville infortunée où l'eau avait tout abîmé, ou du moins transformé, tous savaient qu'il y avait dans leur vie quelque chose qui résistait aux éléments et qui, grâce à l'insaisissable harmonie de ses formes et à la force invisible et sage de ses fondations, sortait de chaque épreuve intact et inchangé.

L'hiver qui survint alors fut dur. Tout ce qui avait été remisé dans les cours et les greniers, bois, blé, foin, avait été emporté par l'inondation, il fallait réparer les maisons, les étables et les clôtures, chercher à crédit de nouvelles marchandises à la place de celles qui avaient été détruites dans les réserves et les boutiques. Kosta Baranac, qui avait subi les plus grosses pertes du fait de ses spéculations éhontées sur les prunes, ne survécut pas à l'hiver ; il mourut de chagrin et de honte. Il laissait des enfants en bas âge, dans une quasi-misère, et des créances modiques, dispersées dans tous les villages. Il laissait aussi le souvenir d'un homme qui avait présumé de ses forces.

Mais dès l'été suivant, les souvenirs de la grande inondation vinrent enrichir la mémoire des vieilles gens où ils devaient rester gravés longtemps, tandis que les jeunes, assis sur la pierre blanche et lisse de la kapia, chantaient et devisaient au-dessus de l'eau qui coulait en contrebas, accompagnant de sa rumeur leurs chansons. L'oubli guérit tout, et chanter est le meilleur moyen d'oublier, car dans une chanson l'homme ne se souvient que de ce qu'il aime.

Ainsi, sur la kapia, entre le ciel, la rivière et les collines, on apprenait de génération en génération à ne pas regretter outre mesure ce que les eaux troubles emportaient. C'est là que l'on s'imprégnait de la philosophie innée des habitants de Višegrad : que la vie est un prodige incompréhensible, car elle s'use sans cesse et s'effrite, et pourtant dure et subsiste, inébranlable, « comme le pont sur la Drina ».

VI

Outre les inondations, le pont et sa kapia avaient à faire face à bien d'autres agressions, à l'occasion d'événements particuliers et au cours des conflits qui opposaient les hommes ; mais, encore moins que les eaux déchaînées, elles ne réussissaient à causer des dommages au pont ou à modifier durablement son aspect.

Au début du siècle dernier, une révolte éclata en Serbie. Cette ville à la frontière même de la Bosnie et de la Serbie avait toujours vécu en relation directe et en contact permanent avec tout ce qui s'y passait, grandissant à côté d'elle comme les deux doigts de la main. Rien de ce qui touchait la région de Višegrad — mauvaise récolte, épidémie, violences ou rébellion — ne pouvait être indifférent aux habitants du district d'Užice, et inversement. Seulement, au début, la chose parut lointaine et peu importante ; lointaine car elle se déroulait là-bas, à l'autre bout du *pachalik* de Belgrade ; peu importante car des bruits de révolte ne constituaient nullement une nouveauté. Il y en avait toujours eu depuis que l'Empire existait, car il n'est point de pouvoir sans rébellions et complots, de même qu'il n'est point de richesse sans soucis et pertes. Mais avec le temps, l'insurrection de Serbie se mit à empiéter de plus en plus sur la vie de tout le pachalik bosniaque, surtout dans cette bourgade qui se trouvait à une heure de marche de la frontière.

Plus le conflit s'étendait en Serbie, plus on exigeait des musulmans de Bosnie qu'ils fournissent des hommes pour l'armée et contribuassent à son équipement et à son ravitaillement. Les troupes et le matériel envoyés en Serbie passaient en grande partie par la ville. Cela entraînait des dépenses, suscitait des ennuis et des dangers pour les musulmans bien sûr, mais surtout pour les Serbes qui étaient suspectés, persécutés et rançonnés plus que jamais par le passé. Finalement, un été, la révolte se propagea jusque dans ces régions. Contournant Užice, les insurgés parvinrent à deux heures de marche de la ville. Là, à Veletovo, ils détruisirent au canon la tour de Lutvi bey et ils incendièrent les maisons turques à Crnčići.

Dans la ville, des musulmans aussi bien que des Serbes affirmaient avoir entendu de leurs propres oreilles le grondement du « canon de Karadjordje ». (Avec, bien sûr, des sentiments tout à fait contraires.) Mais si le fait que l'on entendît l'écho du canon des insurgés serbes jusqu'à Višegrad était discutable, car l'homme croit souvent entendre ce qu'il appréhende ou ce qu'il espère, il ne pouvait y avoir aucun doute quant aux feux allumés par les insurgés la nuit sur le Panos, un sommet nu et abrupt entre Veletovo et Gostilja, sur lequel on pouvait, depuis la ville, compter à l'œil nu les grands pins solitaires. Musulmans et Serbes les voyaient fort bien et les observaient attentivement, bien que les uns et les autres fissent semblant de ne pas les remarquer. De leurs fenêtres obscurcies ou à l'abri des ténèbres touffues de leurs jardins, tous suivaient attentivement leur apparition, leurs déplacements et leur extinction. (Les femmes se signaient dans le noir et pleuraient, en proie à une émotion incompréhensible, et les feux des rebelles étaient réfractés dans leurs larmes comme ces flammes fantomatiques qui tombaient jadis sur la tombe de Radisav et que leurs trisaïeules, il y avait de cela presque trois siècles, entrevoyaient de la même manière à travers leurs pleurs, du haut de ce même Mejdan.)

Ces feux inégaux et vacillants, disséminés sur le fond obscur de la nuit d'été où le ciel et la montagne ne faisaient qu'un, apparaissaient aux Serbes comme une nouvelle constellation dans laquelle ils lisaient avec avidité des présages hardis et devinaient avec appréhension leur destinée et les événements qui approchaient. Pour les musulmans, c'était les premières vagues d'une mer de feu qui, là-bas, submergeait la Serbie et venait maintenant éclabousser les crêtes des montagnes au-dessus de la ville. Durant ces nuits d'été, les vœux et les prières des uns et des autres tournaient autour de ces feux, mais dans des directions opposées. Les Serbes priaient le ciel pour que cette flamme salvatrice, semblable à celle qu'ils portaient depuis toujours soigneusement cachée au fond de leur cœur, se propageât également à ces collines, tandis que les musulmans demandaient à la Providence de l'arrêter, de la refouler et de l'éteindre, afin de faire échouer les menées subversives des infidèles et de ramener l'ordre ancien et la paix qu'assure la foi véritable. Les nuits étaient alors pleines de chuchotements circonspects et passionnés, parcourues par les ondes invisibles des rêves et des vœux les plus audacieux, des pensées et des plans les plus invraisemblables qui se croisaient, se heurtaient et se brisaient dans les ténèbres bleues au-dessus de la ville. Et le lendemain, au lever du jour, musulmans et Serbes vaquaient à leurs affaires, offraient les uns aux autres des visages éteints et inexpressifs, se saluaient et discutaient en échangeant la centaine de mots, indispensables à la politesse de rigueur, qui circulaient depuis toujours dans la ville, passant de l'un à l'autre comme de la fausse monnaie, rendant malgré tout les échanges possibles et plus faciles.

Et lorsque, peu après la Saint-Ilija, les feux disparurent du mont Panos et que l'insurrection fut repoussée de la région d'Užice, aucun des deux camps, cette fois encore, ne fit montre de ses sentiments. Et il aurait été bien difficile de dire ce qu'éprouvaient vraiment les uns et les autres. Les musulmans étaient contents que la rébellion se fût éloignée, et ils espéraient qu'elle s'éteindrait complètement et finirait là où finissent toutes les entreprises impies et condamnables. Pourtant ils ne pouvaient jouir pleinement de leur satisfaction et restaient anxieux, car il était difficile d'oublier un danger si proche. Beaucoup d'entre eux, longtemps après, continuèrent de voir dans leurs rêves les feux fantasmagoriques des insurgés, telle une nuée d'étincelles disséminées sur toutes les collines autour de la ville, ou d'entendre le canon de Karadjordje, non comme un écho sourd et lointain, mais comme un grondement inquiétant et destructeur. Les Serbes, eux, on peut le comprendre, furent désolés et déçus de voir disparaître les feux sur le mont Panos, mais dans le fond de leur cœur, ce fond véritable et extrême que l'on ne révèle à personne, il restait le souvenir de ce qui s'était passé et la conscience que ce qui avait eu lieu une fois pouvait toujours se reproduire ; il restait aussi l'espoir, un espoir insensé, ce grand privilège des opprimés. En effet, ceux qui gouvernent et doivent opprimer les autres pour gouverner sont condamnés à agir selon la raison ; mais si, emportés par leur passion ou contraints par leurs adversaires, ils dépassent les limites des actes raisonnables, ils s'engagent sur une pente glissante et déterminent ainsi eux-mêmes le début de leur chute. Tandis que ceux qui sont opprimés et exploités ont aisément recours à la raison comme à la déraison, car elles ne sont que deux armes différentes dans la lutte, tantôt sournoise tantôt ouverte, qu'ils mènent sans fin contre l'oppresseur.

À cette époque, le pont, seule voie de passage sûre entre le pachalik de Bosnie et la Serbie, prit une importance exceptionnelle. La ville abritait maintenant en permanence un détachement de soldats qui, même pendant les longues périodes de trêve, restaient mobilisés et gardaient le pont sur la Drina. Pour pouvoir remplir sa mission avec plus d'efficacité et de facilité, l'armée construisit un mirador de bois au beau milieu du pont, un véritable monstre de laideur par sa forme, sa situation et le matériau dont il était fait. (Mais toutes les armées du monde élèvent pour leurs besoins exclusifs et à des fins provisoires de telles constructions qui, par la suite, dans la vie civile et en temps de paix, paraissent absurdes et incompréhensibles.) C'était une bâtisse à un étage, massive et construite à la hâte avec des poutres et des planches grossières, sous laquelle s'ouvrait un passage, une sorte de tunnel. Le mirador était surélevé et appuyait sur de gros madriers, de telle sorte qu'il enjambait le pont et ne reposait que sur les deux extrémités de la kapia, d'un côté sur la terrasse de gauche et de l'autre sur la terrasse de droite. Sous la construction, le passage était ouvert aux voitures, aux chevaux et aux piétons, mais d'en haut, de l'étage où dormaient les gardes et où l'on accédait par un escalier en bois de pin à découvert, on pouvait surveiller chaque personne qui arrivait, contrôler ses papiers ou fouiller ses bagages et à tout instant, en cas de besoin, barrer le passage.

Cela changeait complètement l'aspect du pont. La jolie kapia disparaissait sous la construction de bois qui, juchée sur ses poutres, à croupetons sur les terrasses, ressemblait à un oiseau géant et monstrueux.

Le jour même où le mirador fut prêt, fleurant encore le bois de pin, les pas des soldats résonnant dans le vide, la garde s'y installa. Dès le premier matin, au lever du soleil, le mirador, tel un piège, attrapa ses premières victimes.

Au soleil bas et rouge de l'aube, des soldats et quelques citoyens armés s'étaient rassemblés sous le mirador, des musulmans qui, la nuit, patrouillaient autour de la ville et aidaient ainsi la troupe. Au milieu de ce groupe, le commandant de la garde était assis sur une poutre, et devant lui se tenait un petit vieux, un vagabond ou un pèlerin ressemblant à la fois à un moine et à un mendiant, mais doux et paisible, l'air propre dans son dénuement, l'œil vif et souriant malgré ses cheveux blancs et son visage ridé. C'était une espèce d'original, un certain Jelisije de Čajnić. Depuis des années, toujours aussi alerte, solennel et avenant, il faisait le tour des églises et des monastères, se rendait aux fêtes patronales et paroissiales ; il priait Dieu, se prosternait et jeûnait. Jusque-là, les autorités turques, le considérant comme un simple d'esprit et un homme de Dieu, ne lui avaient prêté aucune attention et l'avaient laissé aller où il voulait et dire ce qu'il voulait. Mais maintenant, en pleine insurrection en Serbie, les temps avaient changé et les mesures de contrôle étaient devenues rigoureuses. Quelques familles musulmanes de Serbie, auxquelles les insurgés avaient tout brûlé, s'étaient réfugiées dans la ville ; elles propageaient la haine et réclamaient vengeance. Des gardes avaient été placés partout, on avait renforcé la surveillance, mais les musulmans du cru restaient inquiets, pleins de rancune et de hargne, jetant sur tous des regards haineux et soupçonneux.

Le vieillard était arrivé par la route de Rogatica et, pour son malheur, il était le premier voyageur à se présenter ce jour-là au mirador tout juste terminé et à la première garde à peine installée. À vrai dire, il était tombé à une mauvaise heure, il ne faisait pas encore tout à fait jour, et il brandissait devant lui, comme on porte un cierge allumé, un gros bâton gravé de signes et de lettres étranges. Le mirador l'engloutit comme une araignée la mouche. On l'interrogea rapidement. On le somma de dire qui il était, ce qu'il était et d'où il était, d'expliquer les lettres et les dessins du bâton, et lui répondait ce qu'on ne lui demandait pas, en toute liberté et ouvertement, comme s'il parlait devant le tribunal de Dieu et non devant des Turcs cruels. Il dit qu'il n'était rien ni personne ; un voyageur sur la terre, un passant dans le temps qui passe, une ombre au soleil, et qu'il occupait ses jours brefs et comptés à prier, allant de monastère en monastère, résolu à faire le tour de tous les lieux saints, fondations et tombeaux des souverains et des grands seigneurs serbes. Quant aux effigies et aux lettres gravées sur son bâton, elles désignaient certaines époques, passées et futures, de la liberté et de la grandeur serbes. En effet, expliquait le vieil homme avec un sourire timide et hésitant, l'heure de la résurrection approchait et, à en juger par ce qui était écrit dans les livres et par ce qu'on pouvait voir sur la terre et dans le ciel, elle était imminente. Le royaume des cieux allait ressusciter, racheté par les épreuves et fondé sur la justice.

— Je sais, messieurs, qu'il ne vous plaît guère d'entendre tout cela et que je ne devrais pas dire ces choses devant vous, mais vous m'avez arrêté et vous exigez de moi que je dise tout selon la vérité, alors il n'y a pas d'autre issue. Dieu est vérité, et Dieu est un ! Et maintenant, je vous prie de me laisser aller, car il me faut encore aujourd'hui me rendre à Banja, au monastère de la Sainte-Trinité.

L'interprète Sefko traduisait, peinant en vain pour puiser dans ses maigres connaissances de turc des expressions correspondant aux mots abstraits. Le commandant de la garde, un Anatolien souffreteux, écoutait, encore somnolent, les paroles confuses et peu cohérentes du traducteur et jetait de temps en temps un coup d'œil au vieillard qui, sans crainte ni malveillance, le regardait et approuvait d'un hochement de tête ce que disait le traducteur, bien qu'il ne connût pas un traître mot de turc. Quelque part dans la conscience du commandant, il devint clair qu'il avait affaire à un derviche exalté et mécréant, un brave homme un peu fou et inoffensif. Et dans l'étrange bâton du vieil homme qu'ils avaient immédiatement coupé en plusieurs morceaux, persuadés qu'il était creux et que des lettres y étaient cachées, ils ne trouvèrent rien. Mais dans la traduction de Sefko, les paroles du vieillard semblaient suspectes, elles sentaient la politique et trahissaient des visées dangereuses. Le commandant, quant à lui, aurait laissé cet homme pauvre et simple d'esprit poursuivre son chemin, mais il y avait là les autres militaires et les gardes civils qui écoutaient l'interrogatoire. Il y avait aussi le sergent Tahir, un homme aux yeux chassieux, malveillant et sournois, qui l'avait déjà calomnié à plusieurs reprises auprès du chef, l'accusant de manquer de prudence et de sévérité. Et puis ce Sefko, qui, en traduisant, interprétait visiblement les mots au détriment du vieillard exalté et aimait bien mettre son nez partout ou dénoncer sans la moindre justification, était fort capable de proférer des accusations dangereuses. Il y avait aussi les volontaires musulmans de la ville qui patrouillaient d'un air important et menaçant, se saisissaient des voyageurs suspects et s'immisçaient inutilement dans son service ; ils étaient tous réunis autour de lui. Et tous étaient depuis quelque temps comme ivres d'amertume, avides de se venger, de punir et de tuer qui ils pouvaient, à défaut de qui ils voulaient. Il ne les comprenait pas et ne les approuvait pas, mais il voyait bien qu'ils voulaient absolument que le mirador, dès le premier matin, attrapât une victime et il craignait, devant cette rancœur effrénée, de devoir lui-même payer fort cher s'il leur résistait. Il ne pouvait supporter l'idée qu'il risquait d'avoir des ennuis à cause de ce vieillard dément. Et de toute façon, le vieux, avec ses histoires d'empire serbe, ne pourrait pas aller bien loin au milieu des musulmans de cette région qui était justement en effervescence comme une ruche. Que les eaux troubles l'emportent donc comme elles l'avaient apporté.

À peine avait-on ligoté le vieillard et le commandant se préparait-il à aller en ville pour ne pas assister à sa mise à mort, que survinrent des gendarmes et quelques musulmans, amenant un jeune Serbe pauvrement vêtu. Ses habits étaient déchirés et son visage et ses mains écorchés. C'était un certain Mile qui vivait seul sur la Lijeska où il était employé au moulin d'Osojnica. Il pouvait avoir dix-neuf ans au plus, était en bonne santé, robuste et plein d'énergie.

Ce matin-là, au lever du soleil, Mile avait versé l'orge et ouvert le grand bief, puis il était allé couper du bois dans un taillis au-dessus du moulin. Il brandissait la hache et coupait les branches d'aulne aussi tendres que de la paille. Il se délectait de la fraîcheur et de la facilité avec laquelle le bois tombait sous la lame. Il prenait plaisir au moindre de ses mouvements. Mais la hache était affilée et le bois trop peu résistant pour sa vigueur et son énergie. Quelque chose gonflait en lui et l'incitait à pousser un cri à chaque mouvement. Ces cris s'enchaînaient de mieux en mieux et devenaient continus. Et Mile qui, comme tous les habitants de la Lijeska, n'avait pas d'oreille et chantait faux, chantait, hurlait dans le bois touffu et ombreux. Sans penser à rien, oubliant où il se trouvait, il chantait ce qu'il avait entendu les autres chanter.

À cette époque, lorsque la Serbie s'était « levée », le peuple avait fait de la vieille chanson populaire :

Quand Ali bey un jeune bey était,
Son étendard une jeune fille portait

un nouveau refrain :

Quand Djordje un jeune bey était,
Son étendard une jeune fille portait.

Dans cette lutte acharnée et étrange qui, en Bosnie, opposait depuis des siècles deux communautés religieuses, et dont l'enjeu, sous couvert de religion, était la terre et le pouvoir, une certaine conception de la vie et de l'ordre des choses, les adversaires se disputaient non seulement les femmes, les chevaux et les armes, mais aussi les chansons. Et nombre de vers passaient ainsi d'un camp à l'autre, tel un précieux butin.

C'était donc ce refrain que l'on chantait les derniers temps parmi les Serbes, mais avec prudence et en cachette, loin des oreilles turques, dans les maisons bien fermées, lors des slavas familiales ou dans les pacages lointains, là où les Turcs ne s'aventuraient pas même une fois l'an et où l'homme, pour prix de sa solitude et de sa vie miséreuse dans une nature sauvage, vivait comme il voulait et chantait ce qu'il voulait. Et voilà que Mile, l'aide du meunier, chantait justement cette chanson, dans le bois, sous la route qu'empruntaient les musulmans d'Olujak et d'Orahovac pour se rendre au marché de la ville.

L'aurore éclairait à peine les cimes des collines et autour de lui, à l'ubac, il faisait encore sombre. Mile était tout mouillé de rosée, mais réchauffé par le bon sommeil de la nuit, le pain brûlant et ses mouvements énergiques. Il brandissait la hache et frappait le mince tronc de l'aulne près de la racine, mais l'arbre ne faisait que ployer, s'inclinant comme la jeune épousée sur le bras du témoin ; il aspergeait Mile de la froide rosée comme d'une pluie fine, et restait ainsi penché, la végétation touffue qui l'entourait l'empêchant de s'abattre au sol. Mile élaguait alors les branches vertes, d'une seule main, comme en se jouant. Ce faisant, il chantait à pleine gorge, en prenant un plaisir particulier à prononcer certains mots. « Djordje », c'était quelque chose d'obscur, mais de fort et de hardi. « La jeune fille » et « l'étendard », c'étaient aussi des choses qu'il ne connaissait pas, mais qui correspondaient à ce qu'il désirait le plus ardemment dans ses rêves : avoir une douce amie et porter un étendard. En tout cas, il prenait plaisir à prononcer ces mots. Et toute la force qui était en lui le poussait à les prononcer à voix haute et un nombre incalculable de fois, et plus il les prononçait, plus cette force grandissait et le faisait crier encore plus fort.

Mile chanta ainsi, au point du jour, jusqu'à ce qu'il eût fini de couper et de tailler les palis qu'il était monté confectionner dans le bois, puis il redescendit la pente humide en traînant derrière lui son fardeau. Devant le moulin, il y avait des musulmans. Ils avaient attaché leurs chevaux et attendaient. Ils étaient une dizaine. Mile, lui, était de nouveau tel qu'il était parti chercher le bois, maladroit, loqueteux et embarrassé, sans Djordje devant les yeux, sans jeune fille et sans étendard. Les musulmans attendirent qu'il eût posé sa hache, puis se jetèrent sur lui de tous côtés et, après une courte lutte, le ligotèrent avec la longue corde du licou et l'emmenèrent à la ville. Chemin faisant, ils lui donnèrent des coups de bâton sur le dos et des coups de pied dans le derrière, lui demandant où était passé son Djordje et accablant d'outrages son étendard et sa jeune fille.

Sous le mirador de la kapia, où l'on venait juste d'attacher le vieillard un peu fou, quelques oisifs de la ville s'étaient joints aux soldats, bien qu'il fît à peine jour. Parmi eux, il y avait des musulmans réfugiés de Serbie, où ils avaient tout perdu. Ils étaient armés et arboraient un air solennel, comme s'il s'agissait d'un événement d'importance et d'une bataille décisive. Leur excitation grandissait avec le soleil qui se levait. Et le soleil montait rapidement dans le ciel, accompagné d'une brume claire et pourprée, là-bas, au fond de l'horizon, au-dessus du Goleš. Ils accueillirent le jeune homme hagard comme s'il était un chef rebelle, bien qu'il fût vêtu de haillons et qu'on l'eût amené de la rive gauche de la Drina, où il n'y avait pas d'insurrection.

Les musulmans d'Orahovac et d'Olujak, exaspérés par l'insolence dont avait fait preuve le jeune homme et dont ils ne pouvaient pas croire qu'elle n'était pas voulue, témoignèrent qu'il avait chanté de façon provocante, tout au bord du chemin, une chanson sur Karadjordje et les combattants infidèles. Le jeune homme ne ressemblait nullement à un héros ou à un dangereux chef de bande. Effrayé, dans ses loques mouillées, couvert d'égratignures et de meurtrissures, il était blême et, louchant sous l'émotion, il regardait le commandant comme s'il attendait de lui le salut. Venant rarement à la ville, il ne savait même pas qu'un mirador avait été dressé sur le pont ; tout ne lui en paraissait que plus étrange et irréel, comme s'il s'était égaré en rêve dans une ville inconnue, parmi des gens méchants et dangereux. Bégayant, les yeux baissés, il assurait qu'il n'avait rien chanté et qu'il n'avait jamais bafoué l'honneur des Turcs, qu'il était un pauvre homme, serviteur au moulin, qu'il coupait du bois et ne savait pas lui-même pourquoi on l'avait amené là. Il tremblait de peur et n'arrivait vraiment pas à comprendre ce qui s'était passé, comment après ces instants de bonheur près du ruisseau ombreux il se retrouvait tout à coup, ligoté et roué de coups, sur la kapia, au centre de l'attention, devant une foule de gens à qui il devait maintenant répondre. Et il avait lui-même oublié avoir chanté une chanson, la plus innocente fût-elle.

Mais les musulmans n'en démordaient pas : il avait chanté des chansons de rebelles, et ce à l'instant où ils passaient, puis il avait résisté lorsqu'ils avaient voulu le ligoter. Chacun d'eux confirma ces dires sous la foi du serment, devant le commandant qui les interrogeait :

— Juré sur Dieu ?

— Juré sur Dieu !

— Juré, bien juré ?

— Juré, bien juré !

Et ainsi par trois fois. Ils placèrent alors le jeune homme au côté de Jelisije et partirent réveiller le bourreau qui, apparemment, avait le sommeil plus lourd que tous les autres. Le vieillard regardait le jeune homme troublé qui clignait les yeux, perplexe et honteux, peu habitué à se faire ainsi remarquer, en plein jour, au milieu du pont, parmi tant de monde.

— Comment t'appelles-tu ? demanda le vieillard.

— Mile, dit le jeune homme humblement, comme s'il répondait encore aux questions des Turcs.

— Mile, mon fils, embrassons-nous. — Et le vieil homme pencha sa tête vers l'épaule de Mile. — Embrassons-nous et signons-nous. Au nom du Père, du Fils et du Saint-Esprit. Amen.

Il bénit ainsi le jeune homme et lui-même de ces quelques mots, ses mains étant attachées, et à la hâte, car le bourreau approchait déjà.

L'exécuteur, qui était un des soldats, acheva promptement sa besogne et les premiers passants qui descendaient des collines et traversaient le pont, c'était jour de marché, purent aussitôt voir les deux têtes au sommet de pieux noueux tout neufs, près du mirador, l'endroit éclaboussé de sang où ils avaient été décapités ayant été recouvert de gravier et aplani.

C'est ainsi que le mirador commença à « fonctionner ».

À partir de ce jour, on amena sur la kapia tous ceux qui, coupables ou seulement suspectés d'avoir un lien avec l'insurrection, étaient arrêtés, tant sur le pont même que quelque part sur la frontière. Bien peu de ceux qui étaient amenés ligotés pour être interrogés sous le mirador en ressortaient vivants. On coupait sur place leurs têtes brûlées ou tout simplement malchanceuses que l'on empalait autour du mirador, tandis que leurs corps étaient jetés du haut du pont dans la Drina, si personne ne se proposait de racheter et d'ensevelir les cadavres décapités.

L'insurrection, entrecoupée de trêves plus ou moins longues, dura des années, et le nombre de ceux qui furent livrés au fil de l'eau en quête d'une autre tête, meilleure et plus intelligente, fut considérable durant cette période. Le hasard voulut, le hasard qui accable les faibles et les imprudents, que ce cortège fût ouvert par ces deux hommes simples, tous deux issus de la multitude des illettrés, des miséreux et des innocents, car ce sont souvent eux les premiers à être pris de vertige devant le tourbillon des grands événements et à être irrésistiblement entraînés par ce tourbillon qui finit par les engloutir. Ainsi le jeune Mile et le vieux Jelisije, décapités au même instant, au même endroit, unis comme des frères, furent les premiers à orner de leurs têtes le mirador sur la kapia, lequel, par la suite, tant que durèrent les révoltes, ne fut pratiquement plus jamais privé de cette parure. Ainsi ces deux hommes, qui ne s'étaient jamais parlé ni vus jusque-là, restèrent indissociablement liés dans la mémoire des gens, où leur souvenir resta gravé plus profondément et plus durablement que celui de tant de victimes plus éminentes.

Et c'est ainsi que sous le mirador sanglant et de sinistre réputation disparut la kapia, et avec elle les rendez-vous, les bavardages, les chants et le bon temps. Les musulmans eux-mêmes répugnaient à passer par là, tandis que les Serbes n'empruntaient le pont, en toute hâte et la tête baissée, que lorsqu'ils ne pouvaient pas faire autrement.

Autour du mirador, dont les planches avec le temps devinrent grises, puis noires, se créa rapidement cette atmosphère particulière qui entoure en général les bâtiments dans lesquels la troupe séjourne en permanence. Aux poutres séchait le linge des soldats, par les fenêtres on déversait dans la Drina les ordures, les eaux sales, tous les détritus et les immondices de la vie de caserne. Cela laissa sur la pierre blanche de la pile centrale du pont de longues traînées de saleté qui se voyaient de loin.

Ce fut le même soldat qui exerça pendant longtemps la fonction de bourreau. C'était un gros Anatolien au teint basané, avec des yeux jaunes et troubles et des lèvres lippues dans un visage gras et bouffi de couleur terreuse, qui donnait toujours l'impression qu'il souriait du sourire des gens replets et débonnaires. Il s'appelait Hajrudin et devint rapidement connu dans toute la ville et bien au-delà, le long de la frontière. Il faisait son travail avec plaisir et fierté, il s'y montrait en tout cas extraordinairement habile et véloce. Les gens disaient qu'il avait la main plus légère que Mušan, le barbier de la ville. Jeunes et vieux le connaissaient, au moins de nom, et ce nom suscitait chez tous répulsion et curiosité en même temps. Les jours de soleil, il passait son temps assis ou allongé sur le pont, à l'ombre, sous le mirador de bois. Il allait de temps en temps inspecter les têtes exposées sur les pieux, comme un maraîcher ses melons, puis se recouchait sur sa planche, au frais, bâillant et s'étirant, massif, les yeux chassieux et l'air débonnaire, comme un très vieux chien de berger au poil hirsute. À l'extrémité du pont, les enfants curieux se cachaient derrière le mur et l'observaient avec crainte.

Mais pour ce qui était du travail, Hajrudin était habile et consciencieux à l'extrême. Il n'aimait pas que quiconque se mêlât de ses affaires. Or, cela arrivait de plus en plus souvent à mesure que la rébellion prenait de l'ampleur. Lorsque les insurgés incendièrent les villages au-dessus de la ville, l'indignation chez les musulmans ne connut plus de limites. Non contents de se saisir des rebelles et des espions, ou de ceux qu'ils tenaient pour tels, et de les amener au commandant sur le pont, ils voulaient aussi, tant ils étaient furieux, se mêler de l'exécution du châtiment.

On vit même un jour exposée à cet endroit la tête du pope de Višegrad, ce même pope Mihailo qui, lors de la grande inondation, avait trouvé la force de plaisanter avec le hodja et le rabbin. Dans la colère générale contre les Serbes, il périt en toute innocence, et les enfants tsiganes enfoncèrent une cigarette dans sa bouche figée.

C'étaient là des choses que Hajrudin condamnait sévèrement et empêchait lorsqu'il le pouvait.

Et lorsque le gros Anatolien mourut subitement, du charbon, un nouveau bourreau, beaucoup moins habile certes, poursuivit sa tâche pendant quelques années encore, tant que la rébellion en Serbie ne fléchit pas, et deux ou trois têtes coupées trônaient en permanence sur la kapia. Les gens, qui dans des périodes aussi difficiles s'endurcissent rapidement et deviennent insensibles, s'étaient si bien habitués à ce spectacle qu'ils passaient devant avec la plus grande indifférence, en y prêtant si peu attention qu'ils ne remarquèrent pas immédiatement qu'un beau jour les têtes avaient disparu.

Quand la situation redevint calme en Serbie et sur la frontière, le mirador perdit son importance et sa raison d'être. Mais la garde y dormait toujours, bien que le passage sur le pont fût depuis longtemps libre et qu'il n'y eût plus aucun contrôle. Dans toutes les armées, les choses changent lentement, mais nulle part aussi lentement que dans l'armée turque. Et l'on en serait resté là, Dieu sait jusqu'à quand, si une nuit, un incendie dû à une bougie oubliée n'avait éclaté. Le mirador construit en planches de résineux, encore brûlantes de la chaleur de la journée, brûla jusqu'à sa base, c'est-à-dire jusqu'aux dalles de pierre du pont et de la kapia.

Dans la ville, les gens excités contemplaient l'immense flamme qui illuminait non seulement le pont blanc mais aussi les collines environnantes en projetant des reflets rouges et mouvants à la surface de la rivière. Et au petit matin, le pont avait repris son aspect d'antan, il apparut tel qu'il avait été à l'origine, débarrassé de la massive construction de bois qui pendant des années avait caché sa kapia. Les dalles blanches étaient brûlées et noircies de suie, mais les pluies et les neiges lavèrent bien vite cela aussi. Ainsi, du mirador et des événements sanglants qui s'y rattachaient, il ne resta pas d'autres traces que quelques souvenirs pénibles qui s'estompèrent avec le temps et disparurent avec cette génération, ainsi qu'une unique poutre de chêne qui n'avait pas brûlé, car elle était enclavée dans l'escalier de la kapia.

Et la kapia redevint pour la ville ce qu'elle avait toujours été. Sur la terrasse de gauche, en venant du bazar, le cafetier attisa de nouveau son brasero et disposa ses services à café. Seule la fontaine était endommagée, la tête de dragon d'où coulait l'eau était cassée. Les gens reprirent l'habitude de passer de longues heures sur les bancs de pierre à converser, à régler leurs affaires ou tout simplement à somnoler. Pendant les nuits d'été, les jeunes gens chantaient en bandes ou restaient assis seuls, à l'écart, étouffant leurs chagrins d'amour et cette aspiration vague et douloureuse au voyage, cette soif de contrées lointaines, de grands exploits et d'aventures insolites dont souffrent souvent les jeunes gens vivant dans un milieu étriqué. Et vingt ans plus tard, déjà, au même endroit chantait et plaisantait une nouvelle génération qui ne se souvenait même pas de la carcasse disgracieuse sur la kapia, ni des cris sourds de la garde qui arrêtait les voyageurs en pleine nuit, ni de Hajrudin, ni des têtes exposées qu'il coupait avec une adresse devenue proverbiale. Seules les vieilles femmes, chassant les enfants qui leur volaient leurs pêches, criaient, pleines de colère, en les maudissant :

— Que le bon Dieu t'envoie Hajrudin pour te couper ta tresse ! Que ta mère te reconnaisse sur la kapia !

Mais les gamins qui s'enfuyaient en sautant les clôtures ne pouvaient pas comprendre le sens véritable de ces imprécations. Ils savaient, bien sûr, qu'elles ne signifiaient rien de bon.

Ainsi les générations se succédaient près du pont, mais lui secouait, telle la poussière, toutes les traces laissées par les caprices et les besoins éphémères des hommes, demeurant en dépit de tout inaltéré et inaltérable.

VII

Le temps passait sur le pont et la ville, par années, par dizaines d'années. C'étaient ces quelques décennies du milieu du XIXe siècle durant lesquelles l'Empire turc acheva de se consumer de fièvre lente. Vues par les contemporains, ces années paraissaient relativement calmes et heureuses, bien qu'il n'y manquât pas de sujets d'inquiétude et de crainte, bien qu'il y eût des inondations et des périodes de sécheresse, des épidémies dangereuses et des événements dramatiques en tout genre. Seulement, tout cela se produisait lentement, progressivement, en de brèves convulsions séparées par de longues périodes de calme.

La limite entre les pachaliks de Bosnie et de Belgrade, qui passait là, juste au-dessus de la ville, acquit en ces années un tracé de plus en plus net et prit de plus en plus la forme et l'importance d'une frontière entre États. Cela changeait les conditions de vie dans toute la région et, bien sûr, dans la ville, influait sur le commerce, les communications, l'état d'esprit des gens et les rapports entre les musulmans et les Serbes.

Les vieux musulmans fronçaient les sourcils et, perplexes, clignaient les yeux comme s'ils voulaient chasser cette vision désagréable, ils s'emportaient, menaçaient, imaginaient quelque manigance, puis oubliaient la chose pendant des mois, jusqu'à ce que la réalité fâcheuse vînt la leur rappeler et les alarmât de nouveau.

C'est ainsi que par une journée de printemps, un musulman de Veletovo, là-haut, sur la frontière, était assis sur la kapia et racontait, tout échauffé, aux notables musulmans réunis ce qui venait de se passer dans son village. Au cours de l'hiver, racontait l'homme de Veletovo, Jovan Mićić, le *serdar* de Rujan, personnage de funeste réputation originaire d'Arilje, avait fait son apparition un beau jour au-dessus de leur village, accompagné d'hommes armés, et il s'était mis à inspecter le lieu et à mesurer la frontière. Lorsqu'on lui avait demandé ce qu'il faisait là et quelles étaient ses intentions, il avait répondu avec insolence qu'il n'avait de comptes à rendre à personne, et surtout pas à des renégats bosniaques, mais que s'ils tenaient vraiment à le savoir, il leur annonçait qu'il était envoyé par le prince Miloš pour étudier le tracé de la frontière et voir jusqu'où s'étendrait la Serbie.

— Nous avons pensé, continua l'homme de Veletovo, que le chrétien était ivre et ne savait pas ce qu'il disait, surtout que nous savions depuis longtemps quel bandit et quel scélérat il faisait. Nous l'avons rembarré et oublié. Mais, moins de deux mois plus tard, il est réapparu, accompagné cette fois de toute une brigade de gendarmes de Miloš et d'un envoyé du sultan, un fonctionnaire de Stamboul mou et pâle. Nous n'en croyions pas nos yeux. Mais l'émissaire du sultan nous a confirmé la chose. Il tenait les yeux baissés de honte, mais a confirmé. « C'est vrai, a-t-il dit, le gouvernement impérial a ordonné que Miloš, en l'honneur du sultan, exerce le pouvoir en Serbie et que l'on trace la frontière, afin que l'on sache jusqu'où s'étend son administration. » Lorsque les hommes de l'émissaire ont entrepris d'enfoncer des pieux sur le versant dominé par la Tetrebica, Mićić est passé derrière eux, a arraché les piquets et les a lancés dans leur dos. Le chrétien furieux (que les chiens se repaissent de sa chair !) s'en est pris à l'homme de Stamboul et s'est mis à crier après lui comme après un subalterne, le menaçant de mort. « Ce n'est pas là, disait-il, la frontière ; la frontière a été fixée par le sultan et le tsar de Russie et ils ont remis à ce sujet un firman au "prince" Miloš ; elle suit maintenant le cours du Lim tout droit vers le pont de Višegrad, et de là continue le long de la Drina, si bien que tout cela, c'est la Serbie. Et encore, disait-il, ce n'est que provisoire, car il faudra dans quelque temps la reculer encore. » L'émissaire du sultan a réussi à grand-peine à lui faire entendre raison et ils ont établi là la frontière, au-dessus de Veletovo. Les choses en sont restées là, pour l'instant du moins. Mais voilà, depuis ce jour, le doute et une sorte de crainte sont entrés en nous et nous ne savons ni que faire ni où nous mettre. Nous en avons parlé avec les gens d'Užice, mais eux non plus ne savent pas ce qui va se passer ni où tout cela nous mène. Et le vieux Hadži Zuko, qui est allé deux fois à La Mecque et qui a plus de quatre-vingt-dix ans, dit qu'en moins de temps que ne dure une vie humaine, la frontière turque reculera jusqu'à la mer Noire, à quinze étapes d'ici.

Les notables musulmans de Višegrad écoutaient l'homme de Veletovo. Ils avaient l'air calme, mais dans leur for intérieur ils étaient bouleversés et désemparés. En écoutant ce récit, ils se sentaient pris d'une grande agitation et s'accrochaient au banc de pierre, comme si un courant puissant mais invisible surgi on ne sait d'où entraînait le pont sous eux. Dominant leur émoi, ils trouvèrent les mots pour minimiser la chose et dédaigner l'importance de cet événement.

Ils n'aimaient pas les mauvaises nouvelles, ni les sombres pensées, ni les conversations sérieuses et graves sur la kapia, mais ils voyaient bien que cela ne présageait rien de bon ; ils ne pouvaient réfuter ce que l'homme de Veletovo racontait, mais ne savaient pas non plus comment le rassurer et le consoler. Aussi étaient-ils impatients de voir le paysan regagner son village haut perché, remportant les nouvelles déplaisantes qu'il avait apportées. Bien sûr, cela ne diminuerait en rien leur inquiétude, mais au moins seraient-ils débarrassés de sa présence. Et lorsque l'homme fut réellement parti, ils furent heureux de pouvoir retourner à leurs habitudes et de passer à nouveau des heures tranquilles sur la kapia, sans ces conversations qui gâchent la vie et font craindre l'avenir, en laissant au temps le soin d'adoucir et d'atténuer la gravité des événements qui se déroulaient derrière la montagne.

Et le temps faisait son œuvre. La vie s'écoulait, apparemment inchangée. Plus de trente ans avaient passé depuis cette conversation sur la kapia. Mais les pieux que l'envoyé du sultan et le *serdar* de Rujan avaient plantés le long de la frontière avaient pris racine et prospéré, et ils donnèrent des fruits tardifs, mais amers pour les Turcs : ceux-ci durent abandonner jusqu'à leurs dernières villes de Serbie. Et un beau jour d'été, par le pont de Višegrad arriva le triste cortège des réfugiés d'Užice.

C'était une de ces chaudes journées dont il était agréable de passer le long crépuscule sur la kapia, à l'heure où les musulmans de la ville emplissaient les deux terrasses au-dessus de l'eau. Par des jours pareils, on faisait venir les melons par paniers. Melons et pastèques bien mûrs étaient mis au frais toute la journée, et vers le soir les promeneurs les achetaient et les mangeaient sur les bancs. Il se trouvait toujours deux compères pour parier que la pastèque serait soit rouge soit blanche à l'intérieur. Alors ils la coupaient, celui qui avait perdu payait, et tout le monde mangeait en conversant et en plaisantant bruyamment.

La pierre des terrasses renvoyait encore la chaleur du jour, tandis que de l'eau montait déjà un souffle froid, accompagnant le crépuscule. La rivière brillait au milieu du courant, mais elle était ombreuse et vert foncé le long des berges, sous les saules et les osiers. Toutes les collines alentour étaient teintées par le couchant, d'un pourpre éclatant pour les unes et à peine perceptible pour les autres. Au-dessus d'elles, sur toute la moitié sud-ouest de l'amphithéâtre qui s'offrait à la vue depuis la kapia, les nuages d'été changeaient sans cesse de couleur. Ces nuages étaient un des spectacles les plus grandioses que la kapia offrait l'été. Dès que le jour s'affermissait et que le soleil montait dans le ciel, ils surgissaient de derrière la montagne, masses compactes grises et d'un blanc argenté, paysages fantastiques, coupoles innombrables et irrégulières d'édifices somptueux. Et lorsqu'ils avaient atteint une certaine taille, ils restaient ainsi tout le jour, immobiles et pesants, au-dessus des collines qui entouraient la ville brûlée par le soleil. Les musulmans qui, ainsi, au crépuscule, restaient assis sur la kapia avaient en permanence devant les yeux ces nuages qui évoquaient pour eux les grandes tentes impériales de soie blanche, liées dans leur imagination à des scènes de guerres et d'expéditions lointaines et vagues, à des images d'un faste et d'une puissance étrangement démesurés. À peine la nuit avait-elle obscurci et dissipé ces nuages d'été autour de la ville que le ciel offrait de nouveaux sortilèges d'étoiles et de clair de lune.

On ne pouvait jamais mieux percevoir la beauté insolite et

exceptionnelle de la kapia que par ces jours d'été, à cette heure-là. L'homme y était assis comme sur une balançoire magique : il parcourait la terre, il voguait sur l'eau, il volait dans les airs, et pourtant il restait fermement et solidement ancré à sa ville et à sa maison blanche qui était là, tout près, entourée de son jardin et de sa prunelaie. Sur la kapia, buvant du café et fumant, beaucoup de ces modestes citadins, qui ne possédaient guère que cette maison et une petite boutique dans le bazar, ressentaient dans ces heures-là toute la richesse du monde et l'infinie grandeur des dons de la Providence. Tout cela, un simple édifice pouvait l'offrir aux hommes, des siècles durant, lorsqu'il était beau et puissant, lorsqu'il avait été conçu au bon moment et érigé au bon endroit, et que sa construction avait été couronnée de succès.

C'était justement une de ces soirées, pleine de conversations, de rires et de plaisanteries que les hommes échangeaient entre eux ou lançaient aux promeneurs.

Les blagues les plus animées et les plus bruyantes tournaient autour d'un homme jeune, trapu et robuste à l'aspect étrange, Salko le Borgne.

Le Borgne était le fils d'une Tsigane et d'un soldat ou d'un officier anatolien qui avait autrefois servi dans la ville et était reparti avant même la naissance de ce fils qu'il n'avait pas voulu. La mère était morte peu après et l'enfant avait grandi livré à lui-même. La ville tout entière le nourrissait, il appartenait à tous sans être à personne. Il travaillait dans les boutiques et les maisons, effectuait les tâches dont personne d'autre ne voulait se charger, curait les fossés et les rigoles, enterrait tout ce qui crevait ou que l'eau avait charrié. Il n'avait jamais eu de maison à lui, ni de nom de famille, ni de profession déterminée. Il mangeait n'importe où, debout ou en marchant, dormait dans les greniers, s'habillait des guenilles dépareillées qu'on lui donnait. Encore enfant, il avait perdu l'œil gauche. Cet être bizarre et débonnaire, joyeux luron et grand buveur, était aussi utile aux habitants de la ville pour inspirer blagues et bons mots que pour les services qu'il leur rendait.

Autour du Borgne s'étaient réunis quelques jeunes gens, des fils de marchands, qui riaient et se gaussaient grossièrement de lui.

L'air embaumait la pastèque mûre et le café grillé. Des grandes dalles de pierre, encore chaudes mais aspergées d'eau et soigneusement balayées, montait, tiède et parfumé, le souffle bien particulier de la kapia qui vous pénétrait d'insouciance et vous incitait à la rêverie et à l'indolence.

On était entre chien et loup. Le soleil était couché, mais la grosse étoile au-dessus du Moljevnik n'était pas encore apparue. C'est dans un tel moment, lorsque les choses les plus banales peuvent prendre l'aspect d'apparitions démesurées, effrayantes et lourdes d'un sens particulier, que les premiers réfugiés d'Užice s'engagèrent sur le pont.

Les hommes allaient à pied pour la plupart, couverts de poussière et l'air abattu, tandis que sur de petits chevaux se balançaient les femmes enveloppées de leurs voiles et les enfants les plus petits, attachés entre des ballots ou sur des malles. Quelque homme plus important montait un meilleur cheval, mais à un pas d'enterrement et la tête basse, trahissant encore plus le malheur qui les avait conduits là. Certains menaient une chèvre à une corde. D'autres portaient un agneau dans les bras. Tous se taisaient, même les enfants ne pleuraient pas. On n'entendait que les sabots des chevaux et les pas des hommes, ainsi que le cliquetis monotone des ustensiles de cuivre et de bois empilés sur les chevaux surchargés.

L'apparition de ces gens épuisés et privés de toit mit brutalement fin à l'animation sur la kapia. Les hommes âgés restèrent sur les bancs de pierre. Les plus jeunes se levèrent et formèrent des deux côtés de la kapia une haie vivante ; le cortège passa entre eux. Certains habitants de la ville se contentaient de regarder les réfugiés avec compassion et en silence, d'autres leur souhaitaient la bienvenue et essayaient de les retenir, leur offraient de les aider, mais les voyageurs ne tenaient aucun compte de leurs propositions et répondaient à peine à leurs saluts. Ils ne pensaient qu'à se hâter pour arriver avant la nuit à l'étape d'Okolište.

Il y avait à peu près cent vingt familles en tout. Plus de cent d'entre elles partirent pour Sarajevo, où elles avaient des chances d'être hébergées, et une quinzaine restèrent dans la ville ; c'étaient pour la plupart des gens qui avaient là des parents.

Un seul de ces hommes exténués, visiblement pauvre et

seul, s'arrêta un instant sur la kapia, s'abreuva d'eau et accepta la cigarette qu'on lui offrait. Il était tout blanc de la poussière du chemin, ses yeux brillaient comme s'il avait la fièvre et son regard n'arrivait pas à se fixer. Tout en rejetant frénétiquement les bouffées de fumée, il promenait autour de lui ce regard brillant et désagréable, sans répondre aux questions timides et polies que certains lui posaient. Il essuya seulement ses longues moustaches, remercia laconiquement et avec cette amertume que laissent en l'homme la fatigue et le sentiment d'être abandonné, et prononça quelques mots en posant soudain sur eux ce regard qui ne voyait pas.

— Vous êtes là tranquillement assis à prendre du bon temps, mais vous ne savez pas ce qui couve derrière la montagne. Nous, nous venons chercher refuge en terre turque, mais où donc fuirez-vous, vous, en même temps que nous, quand viendra le tour de ce pays ? Cela, personne ne le sait et aucun d'entre vous n'y pense.

L'homme s'arrêta soudain de parler. Ce qu'il avait dit était à la fois beaucoup pour ces hommes encore insouciants un instant plus tôt, et trop peu pour soulager son amertume qui l'empêchait de se taire, sans lui permettre pour autant de s'exprimer clairement. Il rompit lui-même le silence pénible, prenant congé et remerciant, puis se hâta de rattraper le cortège. Ils lui souhaitèrent tous bonne chance à voix haute.

Ce soir-là, l'atmosphère demeura pesante sur la kapia. Tous étaient sombres et silencieux. Le Borgne lui-même restait assis, immobile et muet, sur une des marches de pierre. Autour de lui, le sol était jonché des écorces des pastèques qu'il avait mangées après avoir gagné son pari. La tête appuyée sur son bras et l'air triste, il gardait les yeux baissés, l'air absent, comme s'il ne regardait pas la pierre devant lui, mais au loin, dans un lointain à peine discernable. On se sépara plus tôt que d'habitude.

Pourtant, dès le lendemain, tout redevint comme avant, car les gens de la ville n'aimaient guère se souvenir des choses désagréables et n'avaient pas l'habitude de se faire du souci à l'avance ; ils avaient dans le sang la conscience que la vie véritable est faite de ces périodes de calme et qu'il serait insensé et vain de troubler ces rares moments de répit en aspirant à une autre existence, plus stable et plus constante, qui n'existait pas.

Au cours de ces vingt-cinq années du milieu du XIXe siècle, la peste sévit à deux reprises à Sarajevo, et le choléra une fois. Dans des cas pareils, la ville s'en tenait aux recommandations que, selon la tradition, Mahomet fit à ses fidèles sur ce qu'il convenait de faire lors des épidémies : « Tant que la maladie sévit à un endroit, n'y allez pas, car vous pourriez la contracter, et si vous vous trouvez à l'endroit où la maladie sévit, n'en sortez pas, car vous pourriez la faire contracter à d'autres. » Mais comme les gens n'observent les préceptes les plus salutaires, fussent-ils prescrits par l'Envoyé de Dieu, que s'ils y sont contraints par « la force de l'autorité », l'autorité, à chaque épidémie, limitait ou suspendait complètement la circulation des voyageurs et de la poste. La vie sur la kapia changeait alors complètement. On n'y voyait plus d'habitants de Višegrad, affairés ou désœuvrés, rêvassant ou chantant, et les bancs désertés étaient de nouveau occupés, comme au temps des insurrections et des guerres, par les quelques hommes qui composaient la garde. Ils arrêtaient les voyageurs qui arrivaient de Sarajevo et leur faisaient rebrousser chemin à grands cris et en brandissant leurs fusils. Ils prenaient le courrier apporté à cheval, mais avec toutes les mesures de précaution nécessaires. On allumait alors sur la kapia un petit feu de « bois odoriférant » qui dégageait une abondante fumée blanche. Les gardes attrapaient les lettres une à une avec des pinces et les passaient dans la fumée. Les lettres ainsi désinfectées pouvaient être expédiées plus loin. Aucune marchandise n'était acceptée. Le plus gros du travail n'était cependant pas de s'occuper du courrier, mais des gens. Il arrivait chaque jour quelques personnes, voyageurs, marchands, messagers, vagabonds. Un gendarme les attendait à l'entrée du pont et leur faisait signe de loin qu'ils ne pouvaient avancer. Le voyageur s'arrêtait, mais il se mettait aussitôt à parlementer, à se justifier, à expliquer son cas. Et chacun considérait qu'il fallait absolument qu'on le laisse entrer dans la ville, chacun assurait qu'il se portait comme un charme et qu'il n'avait rien à voir avec le choléra — « qu'il aille au diable ! » — qui sévissait là-bas, quelque part à Sarajevo. Tout en donnant ces explications, les voyageurs arrivaient peu à peu jusqu'au milieu du pont et s'approchaient de la kapia. Là, les autres gendarmes se mêlaient à la conversation et comme ils discutaient à quelques pas de distance, tous braillaient et gesticulaient. Mais ils criaient aussi parce que, en faction sur la kapia, ils sirotaient à longueur de journée de la rakia en mangeant de l'ail ; leur fonction leur en donnait le droit, car on considérait l'une et l'autre choses comme efficaces contre l'épidémie ; et ils usaient largement de ce droit.

Nombre de voyageurs se lassaient de supplier et d'essayer de convaincre les gardes, et ils s'en retournaient, l'air abattu, sans avoir fait ce qu'ils avaient à faire, par la route d'Okolište. Mais il y en avait qui étaient persévérants et combatifs et restaient des heures sur la kapia, à l'affût d'un instant de négligence et d'inattention ou dans l'attente d'un coup de chance inespéré. Si le chef des gendarmes, Salko Hedo, se trouvait là, les voyageurs n'avaient aucune chance d'arriver à quoi que ce soit. Hedo, c'était l'autorité, la vraie, la sacro-sainte autorité de ceux qui ne voient et n'entendent pas vraiment la personne avec laquelle ils parlent et ne lui prêtent que le minimum d'attention indispensable pour lui assigner la place qui lui revient conformément aux règlements et aux consignes en vigueur. Ce faisant, il restait aveugle et sourd, et lorsqu'il avait fini, il devenait également muet. C'est en vain que le voyageur suppliait Hedo et le flattait.

— Salih agbha, je suis en bonne santé...

— Eh bien, alors, retourne d'où tu viens et porte-toi bien. Allez, ouste !

Et plus question de discuter avec Hedo. Par contre, si les gardes étaient seuls, on pouvait encore arriver à quelque chose. Plus le voyageur restait longtemps sur le pont, les interpellait, se disputait avec eux, discutait et leur racontait ses malheurs, celui qui l'avait poussé sur les routes aussi bien que toutes les autres péripéties de sa vie, plus il leur devenait proche, familier en quelque sorte, et moins il ressemblait à un homme qui pourrait avoir le choléra. À la fin, un des gardes offrait de transmettre à qui de droit dans la ville le message du voyageur. C'était le premier stade de l'abdication. Mais le voyageur savait bien que les affaires ne se règlent pas par personne interposée et que les gendarmes, vu l'état dans lequel ils étaient, abrutis ou à moitié ivres à force de se soigner à la rakia, avaient la mémoire défaillante et transmettaient de travers nombre de messages. Aussi faisait-il traîner la conversation, implorant, offrant un pot-de-vin, en appelant à Dieu et à leur bon cœur. Et ainsi jusqu'à ce que le garde qui lui avait semblé le plus complaisant reste seul sur la kapia. À ce moment-là, l'affaire s'arrangeait tant bien que mal. Le gendarme compatissant tournait la tête vers le mur et faisait semblant de lire la vieille inscription qui y était gravée, en gardant les mains croisées dans le dos, la paume droite ouverte. Le voyageur obstiné glissait dans la main la somme convenue, jetait un coup d'œil alentour, franchissait en courant l'autre moitié du pont et disparaissait dans la ville. La sentinelle regagnait sa place, broyait une gousse d'ail et l'arrosait de rakia. Cela l'emplissait d'une détermination insouciante et joyeuse et lui donnait la force de veiller et de défendre la ville contre le choléra.

Mais les malheurs ne durent pas éternellement (ils ont cela de commun avec les joies), ils passent ou du moins alternent, puis se perdent dans l'oubli. La vie sur la kapia renaissait toujours et en dépit de tout, le pont ne changeait ni avec les années ni avec les siècles, ni avec les revirements les plus douloureux dans les relations entre les hommes. Tout cela glissait sur lui, de même que l'eau tumultueuse coulait sous ses arches lisses et parfaites.

VIII

Il n'y avait pas que les guerres, les exodes et les épidémies qui s'abattaient à cette époque-là sur le pont et interrompaient pour un temps la vie sur la kapia. Il se passait aussi des événements exceptionnels qui servaient de repères et perpétuaient le souvenir de l'année où ils avaient eu lieu.

À gauche et à droite de la kapia, des deux côtés du pont, le parapet de pierre était depuis longtemps poli et un peu plus foncé qu'ailleurs. Depuis des centaines d'années, les paysans déposaient là leurs fardeaux lorsqu'ils voulaient reprendre haleine au milieu du pont, et les flâneurs s'y adossaient, appuyés sur leurs coudes, quand ils attendaient quelqu'un en discutant ou regardaient, solitaires, l'eau écumante et rapide couler au fond de l'abîme, toujours nouvelle et toujours la même.

Mais il n'y avait jamais eu autant de promeneurs et de curieux, appuyés au parapet et plongés dans la contemplation de la rivière comme s'ils pouvaient y lire quelque chose, que dans les derniers jours du mois d'août de cette année-là. L'eau était troublée par les pluies, bien que l'on ne fût encore qu'à la fin de l'été. Sous les arches, une écume blanche se formait dans les tourbillons et tournoyait, mêlée à des copeaux, des brindilles et des fétus de paille. En fait, les flâneurs désœuvrés, la tête appuyée sur les bras, ne regardaient pas cette rivière qu'ils connaissaient depuis toujours et qui n'avait plus rien à leur apprendre, mais recherchaient plutôt à la surface de l'eau, de même que dans leurs conversations, une explication et comme une trace visible d'un drame incompréhensible qui les avait tous surpris et déconcertés quelques jours plus tôt.

À cette époque en effet, un événement tout à fait exceptionnel, comme on n'en avait jamais connu et comme on n'en connaîtrait sûrement plus jamais tant qu'il y aurait ce pont et cette ville sur la Drina, s'était produit là, sur la kapia. Il avait mis en émoi toute la ville, puis s'en était allé vers d'autres lieux et d'autres régions comme une histoire qui court de par le monde.

C'est en fait l'histoire de deux hameaux proches de Višegrad, Velji Lug et Nezuke. Ces deux hameaux sont situés aux deux extrémités de l'amphithéâtre que forment autour de la ville les collines sombres et les coteaux verts.

Le gros village de Stražište, au nord-est de la vallée, est le plus proche de la ville. Ses maisons, ses champs et ses jardins sont éparpillés sur plusieurs coteaux et enclavés dans des cuvettes que ces coteaux séparent. Sur la pente douce d'un de ces mamelons se trouvent une quinzaine de maisons, noyées dans les pruniers et entourées de tous côtés par des champs. C'est le lieu dit Velji Lug, paisible hameau musulman, beau et riche, situé sur la hauteur. Le hameau fait partie de la commune de Stražište, mais il est plus proche de la ville que de son centre communal, puisque les gens de Velji Lug descendent en une demi-heure au bazar où ils tiennent boutique et font des affaires comme les autres habitants de Višegrad. Rien ne les en distingue, si ce n'est peut-être que leur patrimoine est plus solide et plus fiable, car ils vivent sur de bonnes terres ensoleillées et non inondables, et que ce sont des gens plus modestes, plus discrets, qui n'ont pas les mauvaises habitudes de la ville. À Velji Lug, la terre est fertile, l'eau est pure et les gens sont beaux.

Une branche des Osmanagić de Višegrad y vit. Et bien que ceux de la ville soient plus nombreux et plus riches, on considère dans le peuple qu'ils ont « dérapé » et que les vrais Osmanagić sont ceux de Velji Lug, le berceau de la famille. C'est une belle race d'hommes, susceptibles et fiers de leurs origines. Leur maison, la plus grande du pays, est celle qui attire le regard juste sous le sommet, blanche, exposée au sud-ouest, toujours badigeonnée de frais, avec son toit de bardeaux noircis et quatorze fenêtres vitrées. Cette maison se voit de loin et c'est la première chose qui saute aux yeux du voyageur qui descend la route en direction de Višegrad ou se retourne en sortant de la ville. Les derniers rayons du soleil qui se couche derrière la crête du Lještan s'attardent et se réfractent toujours sur la façade blanche et brillante de cette maison. Les habitants de la ville ont depuis longtemps l'habitude de regarder, le soir, depuis la kapia, le coucher de soleil se refléter dans les fenêtres des Osmanagić, puis ces fenêtres s'éteignent une à une et souvent, quand le soleil est déjà couché et que la ville est dans l'ombre, l'une d'elles s'embrase d'un dernier reflet, perdu au milieu des nuages, et brille encore quelques instants comme une grosse étoile rouge au-dessus de la ville éteinte.

Tout aussi connu et respecté dans la ville est le maître de cette maison, Avdaga Osmanagić, un homme fougueux et emporté aussi bien dans la vie privée que dans les affaires. Il a un « magasin » dans le bazar, un local bas et sombre où sont étalés sur des planches et des claies du maïs, des prunes et des pommes de pin. Avdaga ne travaille qu'en gros, aussi son magasin n'est-il pas ouvert en permanence, mais régulièrement les jours de marché et quelques fois dans la semaine, selon les affaires et les besoins. Un des fils d'Avdaga s'y tient en permanence, tandis que lui-même est en général assis sur un banc devant la boutique. Là, il discute avec les clients ou les gens de connaissance. C'est un homme de belle stature au visage rubicond, mais avec une barbe et des moustaches complètement blanches. Il a la voix rauque et profonde. Depuis des années déjà, il souffre cruellement d'asthme. Et lorsque, en parlant, il s'excite et élève la voix, ce qui lui arrive souvent, une toux violente le fait brusquement suffoquer, les veines de son cou se gonflent, son visage devient cramoisi et ses yeux se remplissent de larmes, tandis que sa poitrine grince, siffle, et résonne comme un orage en montagne. Lorsque cette quinte de toux cesse, il se ressaisit immédiatement, inspire profondément et reprend la conversation là où elle s'était arrêtée, mais d'une voix changée, plus faible. Dans la ville et les environs, il est connu comme un homme à la dent dure, le cœur sur la main et de tempérament audacieux. Il est ainsi en toutes choses, y compris dans les affaires, fût-ce à son détriment. Il n'est pas rare que d'un seul mot hardi il fasse baisser ou monter le prix des pruneaux ou du maïs, même lorsqu'il y perd, pour le seul plaisir de narguer quelque paysan timoré ou un commerçant par trop pingre. Son avis est écouté dans la ville, bien qu'on le sache souvent emporté et partial dans ses jugements. Et lorsque Avdaga descend de Velji Lug et s'installe devant son magasin, il reste rarement seul, car les gens apprécient sa conversation et souhaitent entendre son opinion. Et puis il est franc et vif, toujours prêt à dire et à défendre ce que les autres jugent préférable de taire. Son asthme et ses violents accès de toux l'obligent sans cesse à s'interrompre ; pourtant, paradoxalement, cela ne gâche en rien ses démonstrations, les rend au contraire plus convaincantes et donne à sa façon de s'exprimer une dignité grave et douloureuse à laquelle il n'est pas facile de résister.

Avdaga a cinq fils adultes et mariés et une seule fille, la benjamine, tout juste en âge de prendre époux. De cette fille, Fata, on sait qu'elle est d'une beauté exceptionnelle et ressemble en tout à son père. La ville entière, et même un peu toute la région, se préoccupe de son mariage. Il en a toujours été ainsi chez nous : à chaque génération, une jeune fille entre dans la légende et des chansons célèbrent sa beauté, son mérite et sa noblesse. Elle est pendant quelques années l'objet de tous les désirs et un modèle inaccessible ; à la mention de son nom, les imaginations s'enflamment, autour de ce nom s'épanche l'enthousiasme des hommes et se tisse la jalousie des femmes.

Ce sont des êtres d'exception que la nature distingue et élève à des hauteurs dangereuses.

La fille d'Avdaga ressemble à son père non seulement par les traits et l'apparence, mais aussi par la vivacité d'esprit et la verve dont elle fait preuve en toute occasion. Les jeunes gens qui, lors des noces ou des fêtes, essaient de gagner ses faveurs ou de l'impressionner par des compliments insipides ou des plaisanteries osées le savent mieux que quiconque. Son art de la réplique ne le cède en rien à sa beauté. Aussi la chanson de Fata, la fille d'Avdaga (les chansons qui célèbrent de tels êtres d'exception voient le jour d'elles-mêmes, on ne sait ni où ni comment), disait-elle :

Que tu es sage, que tu es belle,
Belle Fata, fille d'Avdaga !

Ainsi chantait-on et parlait-on dans la ville et ses environs, mais rares étaient ceux qui avaient l'audace de demander la main de la jeune fille de Velji Lug. Et lorsque eux-mêmes furent tous refusés les uns après les autres, autour de Fata se créa rapidement un vide, ce cercle d'admiration, de haine et d'envie, de désirs inavoués et d'expectative malveillante qui entoure toujours les créatures aux dons remarquables et à la destinée exceptionnelle. Ces personnes dont on parle et que l'on célèbre en chanson sont rapidement emportées par leur destin singulier, laissant derrière elles des refrains et des légendes au lieu de vies accomplies.

Il arrive souvent chez nous qu'une jeune fille qui fait l'admiration de tous soit pour la même raison privée de prétendants et « reste fille », alors que des jeunes filles qui lui sont en tout inférieures se marient facilement et rapidement. Ce ne fut pas le cas de Fata, car il se trouva pour elle un prétendant qui eut à la fois l'audace de la convoiter et assez d'habileté et de persévérance pour parvenir à ses fins.

Dans le cercle irrégulier que forme la vallée de Višegrad, exactement à l'opposé de Velji Lug, se trouve le hameau de Nezuke.

En amont du pont, à moins d'une heure de marche, en plein cœur des collines escarpées d'où surgit la Drina comme d'une muraille sombre, en décrivant un brusque méandre, une étroite bande de terre fertile occupe une partie de la rive rocheuse. Ce sont les alluvions de la Drina et des torrents qui dévalent les rocs de Butko. Ces terrains sont couverts de champs et de jardins, et sur le côté, de prairies escarpées plantées d'herbe tendre qui se perdent vers les sommets dans les éboulis et les broussailles sombres. Le hameau tout entier est la propriété des beys Hamzić, qui s'appellent également les Turković. Sur une moitié du territoire vivent cinq ou six foyers de paysans serfs, et sur l'autre se trouvent les maisons des beys, les frères Hamzić, placés sous l'autorité de Mustaj bey Hamzić. Le hameau est isolé et exposé au nord, privé de soleil mais à l'abri du vent, plus riche en fruits et en foin qu'en blé. Cerné de toutes parts et oppressé par les hautes collines escarpées, il est à l'ombre la plus grande partie de la journée et toujours silencieux, si bien que chaque appel des bergers et chaque mouvement brusque des clochettes au cou des bêtes s'y répercutent du haut des collines en un écho sonore et multiple. Un seul chemin y mène à partir de Višegrad. Lorsqu'on franchit le pont, en sortant de la ville, que l'on quitte la grand-route, laquelle tourne à droite en aval, et que l'on descend jusqu'à la berge, on rencontre un étroit sentier de pierre qui part à gauche du pont, à travers un désert de roches, et remonte la Drina en suivant le bord, comme un liséré blanc sur la sombre muraille qui plonge dans la rivière. Vu du haut du pont, un homme qui suit ce sentier à pied ou à cheval semble marcher sur une poutre étroite entre l'eau et le roc, et sa silhouette, tandis qu'il progresse, se reflète sans cesse dans la rivière tranquille et verte.

C'est le chemin qui mène de la ville à Nezuke, sans poursuivre au-delà, car il n'y a plus où aller ni personne pour y aller. Mais au-dessus des maisons, le versant escarpé et couvert d'une forêt clairsemée est profondément entaillé de deux ravines blanches par lesquelles grimpent les bergers lorsqu'ils rejoignent les troupeaux dans la montagne.

C'est là que s'élève la grande maison blanche de l'aîné des Hamzić, Mustaj bey. Elle est aussi grande que celle des Osmanagić à Velji Lug, mais à la différence de celle-ci, elle est complètement invisible dans ce bas-fond plein de taillis sur le bord de la Drina. Autour d'elle, en demi-cercle, poussent onze grands peupliers dont le bruissement et le balancement mettent en permanence un peu de vie dans ce coin de terre enfermé de toutes parts et difficilement accessible. Un peu plus bas se trouvent, un rien plus petites et plus modestes, les maisons des deux autres frères Hamzić. Tous les Hamzić ont de nombreux enfants, et tous sont minces, grands, le teint pâle, taciturnes et renfermés, mais unis et courageux à la tâche, habitués à faire cas de ce qui leur appartient et à le défendre. Comme les gens aisés de Velji Lug, ils ont en ville leurs magasins où ils descendent tout ce qu'ils produisent à Nezuke. En toute saison, eux-mêmes et leurs paysans s'activent et s'étirent en procession, comme des fourmis, sur l'étroit sentier de pierre qui borde la Drina ; les uns portent la marchandise en ville, les autres, leurs affaires terminées, l'argent dans leur ceinture, regagnent leur village invisible au milieu des collines.

Chez Mustaj bey Hamzić, dans la grande maison blanche qui réserve à l'arrivant une agréable surprise au bout de ce chemin caillouteux qui semble ne mener nulle part, il y a quatre filles et un seul fils, Nail. Ce Nail bey de Nezuke, fils unique de bey, avait été un des premiers à jeter son dévolu sur Fata de Velji Lug. Lors d'une noce, il s'était délecté de sa beauté par une porte entrouverte, à laquelle étaient suspendus en grappe une foule de jeunes gens enfiévrés. La fois suivante où il avait réussi à l'apercevoir, entourée de ses amies, il lui avait lancé avec audace en plaisantant :

— Plaise au ciel que Mustaj bey de Nezuke t'appelle sa bru !

Fata avait eu un rire étouffé.

— Ne ris donc pas, avait dit par l'entrebâillement de la porte le jeune homme excité, ce prodige arrivera bien un jour !

— Le jour où Velji Lug descendra à Nezuke ! avait répondu la jeune fille en s'esclaffant de nouveau, avec un haut-le-corps plein de fierté, comme seules en ont des femmes pareilles et seulement à cet âge, qui en disait bien plus que ses paroles et son rire.

C'est ainsi que les êtres particulièrement comblés par la nature provoquent souvent le destin avec audace et même témérité. Cette réponse qu'elle avait lancée au jeune Hamzić s'ébruita et courut de bouche en bouche, comme d'ailleurs tout ce qu'elle faisait et disait.

Les Hamzić n'étaient pas gens à s'arrêter et à se décourager à la première difficulté. Ils n'avaient pas l'habitude, même pour des affaires moins importantes, de se précipiter et de conclure à la hâte, et *a fortiori* en pareille matière. Une tentative, faite par l'intermédiaire de cousins de la ville, n'eut pas plus de succès. Alors le vieux Mustaj bey Hamzić prit en main l'affaire du mariage de son fils. Il avait depuis toujours conclu nombre de marchés avec Avdaga. La nature fougueuse et fière d'Avdaga avait valu à celui-ci les derniers temps des pertes sérieuses qui l'avaient obligé à prendre des engagements difficiles à tenir, et Mustaj bey lui était alors venu en aide et l'avait soutenu comme seuls les commerçants du bazar dignes de ce nom peuvent se soutenir et s'entraider dans un moment difficile : simplement, naturellement et sans faire de discours.

Dans ces magasins sombres et frais ou sur les bancs de pierre polie devant eux, on ne décidait pas seulement de questions d'argent et d'honneur entre marchands, mais aussi de destinées humaines. Que se passa-t-il entre Avdaga Osmanagić et Mustaj bey Hamzić, comment Mustaj bey demanda-t-il la main de Fata pour son unique fils Nail, et comment le fougueux et orgueilleux Avdaga lui « donna »-t-il la jeune fille ? Personne ne le saura jamais. De même que l'on ne sut jamais au juste comment les choses se passèrent là-haut, à Velji Lug, entre le père et son unique fille si belle. Il ne pouvait être question, bien sûr, d'une quelconque résistance de la part de celle-ci. Plutôt un regard plein d'une douloureuse surprise et ce fier haut-le-corps qui lui était si particulier, puis elle s'était soumise sans un mot, sans un geste, à la volonté paternelle, comme cela s'est toujours fait, et se fait encore, chez nous. Comme en rêve, elle s'était mise à aérer, compléter et mettre en ordre son trousseau.

De Nezuke non plus, pas le moindre mot ne transpira. Les prudents Hamzić ne cherchèrent pas à se faire confirmer leur succès dans des conversations vaines avec les uns et les autres. Ils avaient eu ce qu'ils voulaient et, comme toujours, leur réussite leur suffisait. Ils n'avaient nul besoin que quiconque y prît part, de même qu'ils n'avaient jamais recherché la compassion dans le malheur et l'échec.

Les gens n'en parlaient pas moins de tout cela, en abondance, avec force détails et sans ménager personne, comme ils ont coutume de le faire. Dans toute la ville et les environs, on racontait comment les Hamzić étaient arrivés à leurs fins; comment la belle, la fière, la sage fille d'Avdaga, dont aucun prétendant n'était digne dans toute la Bosnie, avait été jouée et finalement domptée; comment, tout de même, « Velji Lug descendrait à Nezuke », bien que Fata eût donné publiquement sa parole que cela n'arriverait pas. En effet, les gens aiment parler ainsi de la déchéance et de l'humiliation de ceux qui se sont élevés et envolés trop haut.

Un mois durant, tout le monde ne parla que de cet événement, se gargarisant de la future humiliation de Fata comme d'une eau savoureuse. Un mois durant, on fit des préparatifs à Nezuke et à Velji Lug.

Un mois durant, Fata, aidée de ses amies, de ses cousines et de femmes engagées pour l'occasion, travailla à préparer son trousseau. Les jeunes filles chantaient. Elle aussi chantait. Elle en trouvait la force. Et elle s'écoutait chanter, tout en suivant le cours de ses pensées. Car à chaque coup d'aiguille, elle savait (et elle se le disait) que ni elle ni sa broderie ne verraient jamais Nezuke. Et elle ne l'oubliait pas un instant. Seulement, pendant qu'elle cousait et chantait, il lui semblait qu'il y avait loin de Velji Lug à Nezuke et qu'un mois, c'était long. La nuit, c'était la même chose. La nuit, lorsque, sous prétexte d'avoir à terminer quelque ouvrage, elle restait seule, le monde s'ouvrait devant elle, riche, plein de lumière, de surprises et de revirements, infini.

Les nuits à Velji Lug sont chaudes, et pourtant fraîches. Les étoiles basses et agitées sont reliées entre elles par une lueur blanche et tremblante. Debout à la fenêtre, Fata regarde cette nuit. Elle sent dans tout son corps une vigueur paisible, une douce plénitude, et elle perçoit chaque partie de son corps séparément, comme une source particulière de force et de joie : ses jambes, ses hanches, ses bras, son cou, et surtout sa poitrine. Le bout de ses seins opulents et lourds, mais tendus, touche le grillage en bois de la fenêtre. De cet endroit, elle sent le coteau, avec tout ce qui s'y trouve, la maison, les bâtiments, les champs, respirer d'un souffle chaud, profond, régulier, se soulever et s'abaisser en même temps que le ciel clair et l'immensité nocturne. Sous l'effet de cette respiration, le moucharabieh monte et descend, monte et descend, effleure le bout de ses seins et s'enfuit loin d'eux, revient et les effleure à nouveau, puis se rapproche encore, puis s'éloigne ; et cela sans fin, en alternance.

Oui, le monde est grand, le monde est immense même pendant le jour, lorsque la vallée de Višegrad vibre sous la chaleur et qu'on entend presque mûrir les blés qui s'y déploient, lorsque la ville éclate de blancheur, éparpillée autour de la rivière verte, mais limitée par la ligne régulière du pont et les collines sombres. Mais c'est la nuit, la nuit seulement, quand le ciel revit et s'enflamme, que se révèlent l'immensité et la puissance de ce monde dans lequel l'homme s'égare, perd conscience de lui-même, ne sait plus où il va, ni ce qu'il veut, ni ce qu'il doit faire. C'est dans ce monde-là que l'on vit véritablement, avec sérénité et longtemps : là, il n'y a pas de mots qui vous engagent pour la vie, pas de promesses fatidiques ni de situations désespérées dont le dénouement imminent approche et surviendra de façon inexorable, avec la mort ou la honte au bout, comme seule issue. Oui, là, ce n'est pas comme dans la vie diurne, où l'on ne peut revenir sur ce que l'on a dit ni échapper à ce que l'on a promis. Là, tout est libre, infini, anonyme et muet.

C'est alors que lui parvient du rez-de-chaussée, comme de très loin, une voix basse, profonde et étouffée :

— Aaah, khkhkh ! Aaah, khkhkh !

C'est Avdaga, en bas, qui lutte contre ses accès de toux nocturnes.

Non seulement elle reconnaît cette voix, mais elle imagine très bien son père, assis en train de fumer, en proie à l'insomnie et torturé par la toux. Elle voit, lui semble-t-il, ses grands yeux marron, aussi familiers qu'un paysage aimé, exactement les mêmes yeux que les siens, sauf qu'ils sont ombrés par la vieillesse et baignés d'un éclat larmoyant et rieur, des yeux dans lesquels elle a lu pour la première fois que son destin était scellé, le jour où on lui a dit qu'elle était promise aux Hamzić et qu'elle avait un mois pour faire ses préparatifs.

— Kha, kha, kha ! Aaah !

Cette exaltation qu'elle a connue quelques minutes plus tôt devant la somptuosité de la nuit et l'immensité du monde retombe soudain. La puissante respiration de la terre s'interrompt. Les seins de la jeune fille se raidissent en un léger spasme. Les étoiles et l'immensité disparaissent. Seule la destinée, sa destinée, funeste, impérieuse, à la veille de se réaliser, s'accomplit au rythme du temps qui passe, dans le silence, l'immobilité et le vide qui demeurent après toute chose.

L'écho sourd de la toux monte du rez-de-chaussée.

Oui, elle l'entend et le voit, comme s'il était là, devant elle. C'est son père chéri, son irremplaçable et puissant papa avec lequel elle ne fait qu'un, avec lequel elle se confond indissolublement et agréablement du plus loin que remontent ses souvenirs. Et même cette toux pénible et déchirante, elle la ressent dans sa propre poitrine. Certes, c'est cette bouche qui a dit « oui » là où elle avait dit « non ». Mais elle ne fait qu'un avec lui en tout, même en cela. Et même le « oui » de son père, elle le ressent comme sien (autant que son propre « non »). C'est pourquoi son destin est impérieux et insolite, et la fin imminente, c'est pourquoi elle ne voit pas d'issue et ne peut en voir, puisqu'il n'y en a pas. Elle sait une chose, en tout cas. À cause du « oui » de son père, qui la lie autant que son « non », elle devra passer devant le *cadi* avec le fils de Mustaj bey, car il est impensable qu'Avdaga Osmanagić ne tienne pas sa parole. Mais elle sait également, de façon tout aussi certaine, qu'après cela, elle ne saurait en aucun cas poser le pied à Nezuke, car alors c'est elle qui ne tiendrait pas sa parole. Chose impossible, bien sûr, puisque c'est aussi la parole d'une Osmanagić. C'est là, dans cet intervalle de vide, entre son « non » et le « oui » de son père, entre Velji Lug et Nezuke, c'est là, dans cet espace limité et clos, qu'il faut chercher une issue. C'est là qu'elle se trouve maintenant en pensée. Non plus dans l'immensité du monde somptueux, pas même sur le chemin qui va de Velji Lug à Nezuke, mais sur ce pauvre petit bout de route qui sépare la *mechtchéma*, où le cadi la mariera au fils de Mustaj bey, de l'extrémité du pont, là où la pente abrupte et pierreuse mène à l'étroit chemin de Nezuke sur lequel, cela, elle en est sûre, elle ne posera jamais le pied. Ce petit morceau de route, elle n'a cessé de le parcourir en pensée dans un sens et dans l'autre, comme la navette court d'une lisière à l'autre. De la salle des mariages, à travers la moitié du bazar, puis la place du marché, jusqu'au bout du pont, mais là elle fait volte-face comme devant un gouffre et revient par le pont, la place du marché, le bazar, jusqu'à la salle des mariages. Et cela sans fin : aller-retour, aller-retour ! C'est là que se tisse son destin.

Et dans ce va-et-vient qu'elle fait en pensée et auquel elle ne peut ni mettre fin ni trouver une issue, elle s'arrête de plus en plus souvent sur la kapia, sur les gracieux bancs de pierre claire où les hommes conversent et les jeunes gens chantent, sous lesquels gronde la rivière verte, rapide et profonde. Puis horrifiée par une telle éventualité, elle se précipite de nouveau, comme vouée à une malédiction, d'un bout à l'autre de la route et, faute d'avoir trouvé une autre issue, s'arrête de nouveau sur la kapia. Chaque nuit, de plus en plus souvent, elle s'arrête en pensée à cet endroit et s'y attarde de plus en plus longtemps. À la seule idée de ce jour où elle devra réellement, et non plus ainsi, en pensée, parcourir ce chemin et trouver une issue avant d'atteindre le bout du pont, elle voit toute l'horreur de la mort et l'abomination d'une vie dans l'infamie. Il lui semble, dans son impuissance et sa solitude, qu'une idée aussi atroce devrait suffire à éloigner, ou du moins à différer quelque peu, une telle échéance.

Pourtant les jours passaient, sans hâte ni lenteur, mais régulièrement et inéluctablement, et avec eux vint le jour du mariage.

Le dernier jeudi du mois d'août (c'était le jour fatidique), les Hamzić vinrent à cheval chercher la jeune fille. Sous son lourd *feredja* tout neuf, comme sous une cuirasse, Fata fut installée sur un cheval et conduite à la ville. Dans le même temps, dans la cour, on chargea sur des chevaux les malles contenant le trousseau de la jeune fille. À la mechtchéma, le mariage fut célébré devant le cadi. Ainsi fut tenue la parole par laquelle Avdaga avait donné sa fille en mariage au fils de Mustaj bey. Puis le petit cortège prit la route de Nezuke, où devaient avoir lieu les festivités de la noce.

Ils traversèrent la moitié du bazar et la place du marché, une partie de ce chemin sans issue que Fata avait parcouru tant de fois en pensée. C'était concret, réel et banal, presque plus facile que dans son esprit. Pas d'étoiles ni d'immensité, pas de sourde toux paternelle, pas d'envie que le temps passe plus vite ou plus lentement. Lorsqu'ils atteignirent le pont, la jeune fille sentit encore une fois, comme lors des nuits d'été passées à sa fenêtre, chaque partie de son corps, intensément et distinctement, et surtout sa poitrine légèrement oppressée comme sous une cuirasse. Ils parvinrent à la kapia. Comme elle l'avait fait bien des fois mentalement au cours des nuits précédentes, la jeune fille se pencha et demanda en chuchotant à son plus jeune frère, qui chevauchait à son côté, de lui raccourcir un peu les étriers, car ils allaient maintenant aborder le raidillon qui séparait le pont du chemin de pierre menant à Nezuke. Ils s'arrêtèrent, tous deux d'abord puis, un peu plus loin, le reste du cortège à cheval. Il n'y avait là rien d'insolite. Ce n'était ni la première ni la dernière fois que les invités d'une noce faisaient un arrêt sur la kapia. Pendant que son frère mettait pied à terre, contournait son cheval et jetait la bride autour de son bras, la jeune fille poussa sa monture jusqu'au bord du pont, posa le pied droit sur le parapet de pierre, s'élança de sa selle, comme si elle avait des ailes, et se jeta dans la rivière grondante sous le pont. Son frère, qui avait bondi derrière elle et s'était couché de tout son long sur le parapet, ne réussit qu'à effleurer le voile qui tournoyait, sans pouvoir la retenir. Les autres invités sautèrent de cheval en poussant les exclamations les plus étranges et restèrent figés contre le parapet, dans des attitudes insolites, comme pétrifiés.

Le même jour, vers le soir, une pluie drue et anormalement froide pour la saison se mit à tomber. La Drina grossit et se troubla. Le lendemain, les eaux jaunâtres en crue rejetèrent le corps de Fata sur un banc de sable, près de Kalata. C'est un pêcheur qui l'y découvrit, et il alla aussitôt en avertir le chef de la police. Celui-ci se rendit peu après sur les lieux, accompagné du pêcheur et de Salko le Borgne. En effet, en pareilles circonstances, on ne pouvait se passer du Borgne.

Le corps gisait dans le sable mou et humide. Les vagues l'éclaboussaient et, de temps en temps, le recouvraient complètement de leur eau trouble. Le feredja tout neuf de fin drap noir, que l'eau n'avait pas réussi à arracher, s'était retroussé par-dessus la tête ; mêlé à la longue et épaisse chevelure, il formait ainsi une masse noire à part, à côté du corps blanc et généreux de la jeune fille, auquel le courant avait ôté ses délicats habits de noce. L'air sombre, les mâchoires serrées, le Borgne et le pêcheur entrèrent dans l'eau peu profonde, soulevèrent délicatement et avec gêne la jeune fille nue, comme si elle était vivante, la tirèrent du sable humide dans lequel elle avait commencé à s'enfoncer, la portèrent sur la berge et l'y couvrirent aussitôt de son feredja mouillé et souillé de vase.

La noyée fut enterrée le jour même au cimetière musulman le plus proche, sur le versant abrupt, sous la crête où se trouvait Velji Lug. Et vers le soir, les hommes désœuvrés se rassemblèrent à l'auberge autour du pêcheur et du Borgne, avec cette curiosité exécrable et malsaine que l'on rencontre surtout chez les gens dont la vie est vide et dénuée d'intérêt. Ils leur offraient de la rakia et du tabac, dans l'espoir d'apprendre d'eux quelque détail sur le cadavre et l'enterrement. Mais rien n'y faisait. La rakia elle-même n'arrivait pas à leur délier la langue. Même le Borgne restait silencieux, fumant sans cesse et suivant de son œil unique et brillant la fumée qu'il rejetait de son souffle puissant le plus loin possible de lui. Les deux hommes, le Borgne et le pêcheur, se regardaient simplement de temps en temps, levaient leur verre en silence, exactement en même temps, comme s'ils trinquaient en secret, puis ils le vidaient d'un trait.

C'est ainsi que se produisit cette chose extraordinaire et sans précédent sur la kapia. Velji Lug ne descendit pas à Nezuke, et Fata, la fille d'Avdaga, n'épousa pas un Hamzić.

Avdaga Osmanagić ne vint plus en ville. Il mourut au cours de ce même hiver, étouffé par un accès de toux, sans avoir jamais dit un seul mot devant personne du chagrin qui le tuait.

Le printemps suivant, Mustaj bey Hamzić maria son fils à une autre jeune fille, une Branković.

Les gens de la ville continuèrent encore un temps à commenter l'événement, puis ils l'oublièrent. Il ne resta que la chanson de la jeune fille qui par sa beauté et sa sagesse brillait plus fort et plus haut que tout, comme si elle était éternelle.

IX

Quelque soixante-dix ans après l'insurrection de Karadjordje, la guerre éclata de nouveau en Serbie et les régions frontalières répondirent immédiatement par la rébellion. De nouveau, les maisons turques et serbes flambaient sur les hauteurs, à Žljeb, Gostilja, Crnčići et Veletovo. Pour la première fois depuis tant d'années réapparurent sur la kapia les têtes des Serbes mis à mort. C'étaient des têtes maigres de paysans, les cheveux coupés court et la nuque plate, avec des visages osseux et de longues moustaches ; on aurait dit les mêmes que soixante-dix ans plus tôt. Mais tout cela ne dura pas longtemps. Dès que prit fin la guerre entre la Turquie et la Serbie, les gens se calmèrent. À vrai dire, c'était un calme apparent, derrière lequel se cachaient une grande appréhension, des voix excitées et des conciliabules pleins d'inquiétude. On parlait de plus en plus explicitement et de plus en plus ouvertement de l'entrée de l'armée autrichienne en Bosnie. Au début de l'été 1878, des unités de l'armée régulière turque, qui allaient de Sarajevo à Priboj, traversèrent la ville. On en déduisit que le sultan renonçait à la Bosnie sans résister. Quelques familles se préparèrent à partir pour le Sandžak ; parmi elles, il y en avait qui étaient arrivées treize ans plus tôt d'Užice, où elles ne voulaient pas vivre sous l'autorité des Serbes, et elles s'apprêtaient de nouveau à fuir une autre domination chrétienne. Mais la majorité des gens restèrent, dans l'attente des événements, en proie à l'anxiété et à l'incertitude, malgré l'indifférence qu'ils affichaient.

Au début du mois de juillet, le *mufti* de Plevlje arriva, accompagné de peu d'hommes, mais bien déterminé à organiser la résistance contre les Autrichiens en Bosnie. Cet homme blond, sérieux et d'apparence calme, mais d'un tempérament de feu, se tenait assis sur la kapia où, par un beau jour d'été, il convoqua les notables musulmans de la ville et tenta de les inciter à lutter contre les Autrichiens. Il leur assura que la plus grande partie de l'armée régulière, malgré les ordres, resterait aux côtés du peuple pour résister au nouvel envahisseur, et il leur lança un appel pour que tous les hommes jeunes se joignent à lui sur-le-champ et pour qu'on lui envoie des vivres à Sarajevo. Le mufti savait bien que les habitants de Višegrad n'avaient jamais eu la réputation d'être de fervents guerriers et qu'ils préféraient une vie insensée à une mort insensée, mais il fut quand même surpris par le manque de flamme et d'élan auquel il se heurta. Dans l'impossibilité de s'attarder plus longtemps, le mufti les menaça du tribunal du peuple et de la fureur divine, et il laissa sur place son second, Osman efendi Karamanlija, avec pour mission d'essayer encore de convaincre les musulmans de Višegrad de la nécessité de leur participation au soulèvement général.

Tout au long des pourparlers avec le mufti, celui qui avait montré le plus de réticence était Ali hodja Mutevelić. Sa famille était une des plus anciennes et des plus respectées de la ville. C'étaient des gens qui ne s'étaient jamais distingués par une grande fortune, mais plutôt par leur probité et leur franchise. On les savait depuis toujours obstinés, mais insensibles à la corruption, aux menaces, à la flatterie ou à toutes autres considérations viles et basses. Pendant plus de deux cents ans, le membre le plus âgé de leur famille avait été *mutévéli*, c'est-à-dire intendant et gardien des biens de la fondation de Mehmed pacha dans la ville. C'est lui qui prenait soin de la fameuse Hostellerie de pierre, à côté du pont. Nous avons vu comment, après la perte de la Hongrie, l'Hostellerie de pierre s'était trouvée privée des subsides qui servaient à son entretien et, les circonstances aidant, était tombée en ruine, et aussi comment, de la fondation du vizir, seul le pont avait subsisté, puisque c'était un bien public qui ne nécessitait aucun entretien particulier et ne rapportait aucun revenu. Cela avait valu aux Mutevelić leur nom, lequel rappelait, à leur honneur, la fonction qu'ils avaient si loyalement assumée pendant tant d'années. Cette fonction avait en fait disparu à l'époque où Daut hodja avait succombé dans sa lutte pour maintenir en vie l'Hostellerie de pierre, mais l'honneur leur était resté, en même temps qu'une habitude innée de se considérer, en tant que Mutevelić et à l'exception de toute autre personne, comme chargés de prendre soin du pont et de répondre en quelque sorte de son sort, puisqu'il faisait partie intégrante, en tant qu'édifice du moins, de la grande et belle fondation dont ils avaient administré les biens et qui avait si tristement périclité par manque de moyens. Il existait dans leur famille une autre coutume qui remontait au plus loin : à chaque génération, un Mutevelić au moins faisait des études et entrait dans le clergé. Maintenant, c'était au tour d'Ali hodja. Autrement, leur nombre et leur fortune avaient passablement diminué. Il leur restait quelques paysans et une boutique qu'ils tenaient depuis des temps immémoriaux dans le bazar, au meilleur endroit, sur la place même du marché, à proximité du pont. Deux frères d'Ali hodja, plus âgés que lui, étaient morts à la guerre, l'un en Russie et l'autre au Monténégro.

Ali hodja était un homme encore jeune, vif, le visage souriant et sanguin. En vrai Mutevelić, il avait en général, sur toute chose, une opinion à part qu'il défendait obstinément et sans en démordre. Sa vivacité et son indépendance d'esprit lui avaient valu d'être souvent en désaccord avec le clergé local et ses supérieurs. Il avait rang et titre de hodja, mais ne remplissait pas cette fonction ni n'en tirait le moindre revenu. Pour être le plus indépendant possible, il tenait la boutique qu'il avait héritée de son père.

Comme la plupart des musulmans de Višegrad, Ali hodja était opposé à la résistance armée. Dans son cas, il ne pouvait être question ni de lâcheté ni d'un manque de ferveur religieuse. À l'instar du mufti et de n'importe lequel des insurgés, il haïssait la puissance étrangère et chrétienne qui arrivait, ainsi que tout ce qu'elle pouvait apporter. Mais, voyant que le sultan avait réellement abandonné la Bosnie aux Autrichiens et connaissant ses compatriotes, il était opposé à une résistance populaire inorganisée qui ne pouvait qu'entraîner la défaite et aggraver encore leur malheur. Quand cette opinion se fut ancrée dans son esprit, il l'exposa ouvertement et la défendit avec fougue. Une fois encore, il posait des questions embarrassantes et faisait des remarques pertinentes qui troublaient surtout le mufti. Et il entretenait ainsi sans le vouloir, parmi les habitants de Višegrad déjà peu pressés de se battre et peu disposés à se sacrifier, une tendance à résister ouvertement aux intentions belliqueuses du mufti.

Lorsque Osman efendi Karamanlija resta dans la ville pour poursuivre les pourparlers avec les notables, il lui fallut affronter Ali hodja. Quant aux quelques beys et aghas qui pesaient leurs mots et mesuraient leurs expressions, tout en étant entièrement d'accord avec Ali hodja, ils laissaient le sincère et bouillant hodja se compromettre et faire face à Karamanlija.

Les notables musulmans de Višegrad se tenaient assis vers le soir sur la kapia, les jambes repliées sous eux, disposés en cercle selon leur rang. Parmi eux se trouvait Osman efendi, grand, maigre et pâle. Chaque muscle de son visage était anormalement tendu, il avait les yeux fiévreux, le front et les joues couverts de cicatrices, comme un épileptique. En face de lui se tenait Ali hodja, plutôt petit, le visage rougeaud, prêt à bondir et l'air impertinent, posant sans cesse de sa voix de fausset de nouvelles questions. Quelles étaient les forces disponibles ? Vers où allait-on ? Par quel moyen ? Comment ? Dans quel but ? Que se passerait-il en cas d'échec ? La précision froide, presque malveillante, avec laquelle le hodja traitait la question n'était qu'une façon de cacher son inquiétude et son amertume devant la supériorité des chrétiens et l'impuissance évidente, le désarroi des Turcs. Mais le fanatique et sombre Osman efendi n'était pas homme à comprendre et à remarquer de telles choses. Excessif et violent de nature, cet exalté aux nerfs malades perdait rapidement patience et sang-froid, et se déchaînait au moindre signe de doute et d'hésitation, comme s'il avait affaire directement aux Autrichiens. Ce hodja l'exaspérait et il lui répondait en contenant sa fureur, à coups de généralités et de grands mots. On allait là où il fallait et comme on le pouvait. L'essentiel était d'empêcher l'ennemi d'entrer dans le pays sans combattre, et ceux qui posaient trop de questions ne faisaient qu'entraver la manœuvre et aider l'ennemi. À la fin, hors de lui, il répondait avec un mépris à peine voilé à chaque question du hodja :

« L'heure est venue de périr. » « Nous voulons donner nos vies. » « Nous mourrons tous jusqu'au dernier. »

— Ah bon, l'interrompait le hodja, et moi qui pensais que vous vouliez chasser les Autrichiens de Bosnie et que vous nous rassembliez dans ce but. Mais s'il s'agit de mourir, nous savons nous aussi mourir, efendi, et sans que tu nous y aides. Rien de plus facile que de mourir.

— Pourtant, je vois bien que tu n'as aucune envie de mourir, le coupait brutalement Karamanlija.

— Et moi, je vois bien que tu n'attends que ça, répondait vertement le hodja. Seulement, je ne vois pas pourquoi tu cherches de la compagnie pour mener cette affaire louche.

La conversation dégénéra alors en une dispute dans laquelle Osman efendi traita Ali hodja de Serbe et d'infidèle, un de ces traîtres dont les têtes, avec celles des Serbes, devraient dégouliner sur cette kapia, tandis que le hodja continuait imperturbablement à couper les cheveux en quatre et exigeait obstinément des justifications et des preuves, comme s'il n'entendait ni les menaces ni les offenses.

Il aurait été vraiment difficile de trouver deux pires négociateurs et deux personnes aussi peu accommodantes. On ne pouvait rien attendre d'autre de ces deux hommes que d'aggraver la confusion générale et de provoquer un conflit de plus. C'était fort regrettable, mais on n'y pouvait rien changer, car lors des grands bouleversements sociaux, des mutations profondes et inéluctables, ce sont justement des individus de ce genre qui surgissent au premier plan et, victimes de leur nature malsaine ou de leur manque de compétences, ils conduisent les affaires de travers et se fourvoient. C'est là un signe que les temps sont troublés.

En tout cas, cette querelle stérile arrangeait les beys et les aghas, car elle laissait en suspens la question de leur participation à l'insurrection, sans qu'ils eussent à se prononcer ouvertement. Frémissant de colère et menaçant à voix haute, Osman efendi partit le lendemain avec ses quelques hommes rejoindre le mufti à Sarajevo.

Les nouvelles qui arrivèrent au cours de ce mois-là ne firent que confirmer les aghas et les beys dans leur certitude, non exempte d'opportunisme, qu'il valait mieux veiller sur leur ville et leurs maisons. À la mi-août, les Autrichiens entrèrent dans Sarajevo. Peu après eut lieu la malheureuse bataille de Glasinac. Cela marqua également la fin de toute résistance. Par la route escarpée qui descend de la Lijeska, en passant par Okolište, les restes des troupes turques défaites arrivèrent en ville. Il y avait là des soldats de l'armée régulière, qui avaient rejoint de leur propre initiative la résistance malgré les ordres du sultan, aussi bien que des insurgés de la région. Les soldats ne réclamaient que du pain et de l'eau, puis demandaient le chemin d'Uvac, alors que les insurgés étaient des individus amers et agressifs que la défaite n'avait pas brisés. Le visage noirci, couverts de poussière et en loques, ils répondaient d'un ton acerbe aux questions des musulmans pacifiques de Višegrad et se préparaient à creuser des tranchées pour défendre le passage du pont sur la Drina.

Et une fois de plus, Ali hodja se fit remarquer ; il démontrait inlassablement, envers et contre tout, que cette ville ne pouvait se défendre et que toute tentative de résister était insensée puisque « les Autrichiens avaient déjà déferlé sur la Bosnie, d'un bout à l'autre ». Les insurgés s'en rendaient bien compte d'eux-mêmes, mais ils ne voulaient pas le reconnaître tant ils étaient irrités et indignés par l'attitude de ces gens proprement vêtus et bien nourris qui avaient su conserver leurs maisons et leurs biens, en se tenant sagement et lâchement à l'écart de la révolte et de la lutte. Sur ces entrefaites, Osman efendi Karamanlija réapparut, hagard, encore plus blême et plus maigre, plus combatif et plus exalté. Il était de ces gens pour lesquels l'échec n'existe pas. Il prônait la résistance, n'importe où et à n'importe quel prix, et parlait sans cesse de la nécessité de périr. Tous s'effaçaient et battaient en retraite devant cette véhémence et cette fureur, sauf Ali hodja. Il démontrait à l'agressif Osman efendi, sans la moindre malveillance, froidement et imperturbablement, que la rébellion avait eu exactement le résultat qu'il lui avait prédit il y avait de cela un mois, sur cette même kapia. Il lui conseillait de partir au plus tôt avec ses hommes pour Plevlje et de ne pas aggraver la situation. Le hodja était maintenant moins agressif, presque ému et plein d'une sorte de sollicitude à l'égard de ce Karamanlija, comme à l'égard d'un malade. En effet, au fond de lui-même et sous ses dehors caustiques, le hodja était profondément affecté par le malheur qui approchait. Il était accablé et amer comme seul pouvait l'être un musulman fervent qui voyait inexorablement approcher une force étrangère qui ne laisserait aucune chance de subsister bien longtemps au monde islamique et à ses lois séculaires. Ses mots trahissaient malgré lui cette douleur secrète.

À toutes les offenses de Karamanlija, il répondait presque tristement :

— Crois-tu, efendi, qu'il m'est facile d'attendre ici, vivant, de voir les Autrichiens prendre possession de mon pays ? Comme si nous ne voyions pas ce qui se prépare et quel avenir nous attend ! Nous savons bien ce qui nous fend le cœur et ce que nous perdons ; nous le savons fort bien. Si c'est cela que tu veux nous expliquer, tu n'avais pas besoin de venir ici une deuxième fois et ce n'était même pas la peine de quitter ta ville de Plevlje. Car ces calculs, à ce que je vois, tu ne les comprends pas. Si tu t'étais rendu compte de la situation, tu n'aurais pas fait ce que tu as fait ni dit ce que tu as dit. Le mal est plus grave, mon cher efendi, que tu ne le penses ; et je ne lui connais pas de remède, mais je sais en tout cas que ce n'est pas ce que tu nous conseilles de faire.

Mais Osman efendi restait sourd à tout ce qui n'allait pas dans le sens de sa passion profonde et sincère de la lutte, et il haïssait ce hodja autant que les Autrichiens contre lesquels il était parti en guerre. Il en est toujours ainsi : à l'approche d'un ennemi plus puissant et à la veille de grandes défaites, toute société condamnée engendre des haines fratricides et des querelles intestines. Incapable de trouver de nouvelles formules, il traitait constamment Ali hodja de traître, lui conseillait ironiquement de se faire baptiser avant que les Autrichiens arrivent.

— Si mes ancêtres ne l'ont pas fait, ce n'est pas moi qui vais commencer. Moi, efendi, je ne veux ni me faire baptiser par un Autrichien ni me faire enrôler par un imbécile, répondait calmement le hodja.

Tous les notables musulmans étaient de l'avis d'Ali hodja, mais tous ne trouvaient pas opportun de le dire, surtout aussi vertement et sans ambages. Ils avaient peur des Autrichiens qui approchaient, mais aussi de Karamanlija qui, avec son détachement, régnait sur la ville. Aussi s'enfermaient-ils dans leurs propriétés à l'extérieur de Višegrad, et lorsqu'ils ne pouvaient pas éviter de rencontrer Karamanlija et ses hommes, ils avaient le regard fuyant et le propos évasif, et s'esquivaient à la première occasion sous n'importe quel prétexte.

Sur le terre-plein devant les ruines du caravansérail, Karamanlija tenait une assemblée permanente du matin au soir. Toutes sortes de gens y allaient et venaient : ses hommes, des passants occasionnels, ceux qui venaient demander quelque faveur au nouveau maître de la ville, ainsi que les gens que les insurgés amenaient là plus ou moins de force pour qu'ils écoutent leur chef. Et Karamanlija n'arrêtait pas de parler. Même lorsqu'il s'entretenait avec quelqu'un en particulier, il criait comme s'il s'adressait à des centaines de personnes. Il était encore plus blême, roulait des yeux dont le fond avait nettement jauni, et une écume blanche se formait au coin de ses lèvres. Quelqu'un lui parla de la croyance populaire en vigueur chez les musulmans, selon laquelle cheikh Tuhmanija avait péri jadis en interdisant à l'armée infidèle le passage de la

Drina et reposait maintenant dans sa tombe, sur l'autre rive, juste au-dessus du pont, mais se lèverait sans aucun doute au moment où le premier soldat infidèle poserait le pied sur le pont. Il se raccrocha aussitôt avec frénésie à cette légende, en la faisant passer auprès des gens pour une aide inespérée et réelle.

— Frères, ce pont est une fondation du vizir. Il est écrit que les forces infidèles ne peuvent pas le franchir. Nous ne le défendons pas seuls, mais avec ce « brave », qui ne craint ni le sabre ni le fusil. Quand surviendra l'ennemi, il se lèvera de sa tombe, se postera au milieu du pont, les bras écartés, et les Autrichiens, en le voyant, flageoleront sur leurs jambes, leur cœur s'arrêtera de battre et la peur les empêchera de fuir. Frères musulmans, ne vous dispersez pas, mais venez tous avec moi sur le pont !

Ainsi criait Karamanlija devant la foule rassemblée. Raide dans son *mintan* noir et usé, les bras écartés pour montrer comment « le brave » se mettrait en travers de la route, il ressemblait à une haute croix noire et fine, couronnée d'un turban.

Tout cela, les musulmans de Višegrad le savaient, et même mieux que Karamanlija, car chacun d'eux avait maintes et maintes fois entendu puis raconté cette histoire dans son enfance, mais ils ne se montraient nullement disposés à mélanger la vie et les légendes, et à compter sur l'aide des morts là où même les vivants ne pouvaient leur être d'aucun secours. Ali hodja, qui ne s'éloignait guère de sa boutique mais auquel les gens racontaient tout ce qui se disait et se faisait devant l'Hostellerie de pierre, se contentait, d'un air triste et compatissant, de faire un geste fataliste de la main.

— Je savais bien que cet imbécile ne laisserait en paix ni les vivants ni les morts. Que Dieu nous vienne en aide !

Mais Karamanlija, impuissant face à l'ennemi réel, retournait toute sa colère contre Ali hodja. Il menaçait, hurlait et jurait qu'avant de quitter la ville, il clouerait cet entêté de hodja sur la kapia, comme un blaireau, pour qu'il accueille ainsi les Autrichiens contre lesquels il n'avait pas voulu se battre ni permis aux autres de le faire.

Cette querelle fut interrompue par les Autrichiens qui firent leur apparition sur les versants de la Lijeska. Il fut alors évident que la ville ne pouvait réellement pas se défendre.

Karamanlija quitta Višegrad le dernier, abandonnant sur le terre-plein devant le caravansérail les deux canons de fer qu'il avait jusque-là traînés derrière lui. Mais avant de s'en aller, il mit sa menace à exécution. Il ordonna à son palefrenier, forgeron de son métier, un homme d'une taille de géant à la cervelle d'oiseau, de ligoter Ali hodja et de le clouer ainsi par l'oreille droite à la poutre de chêne qui subsistait de l'ancien mirador, encastrée entre deux degrés de pierre sur la kapia.

Dans le désordre général et la panique qui régnaient sur la place du marché et autour du pont, tout le monde entendit cet ordre lancé à voix haute, mais personne ne le prit à la lettre. Que ne dit-on pas dans des circonstances pareilles ! La chose apparut d'abord complètement invraisemblable. Plutôt comme une menace en l'air, une invective ; quelque chose comme ça. Ali hodja non plus ne prenait pas l'affaire bien au sérieux. Et même le forgeron, qui avait reçu l'ordre de mettre la chose à exécution et qui était occupé à fixer les canons, semblait réfléchir et hésiter. Mais l'idée qu'il fallait clouer le hodja à la kapia avait été lancée et maintenant, ces gens effarés et pleins d'amertume roulaient dans leurs têtes différentes hypothèses sur la possibilité et l'opportunité de perpétrer un tel crime. Se fera — se fera pas ! Tout d'abord, la chose parut à la plupart d'entre eux insensée, odieuse et impossible, ce qu'elle était. Mais dans un tel moment de désarroi général, il fallait faire quelque chose, quelque chose d'énorme, d'inhabituel, et c'était la seule chose que l'on pût faire. Se fera pas — se fera ! Cette possibilité prenait peu à peu consistance et devenait avec chaque minute qui passait, avec chaque mouvement que l'on faisait, plus vraisemblable et plus naturelle. Pourquoi pas ? Et deux hommes tenaient déjà le hodja qui ne résistait pas vraiment. Ils lui attachèrent les mains dans le dos. On était encore bien loin d'une réalité aussi terrible et insensée. Mais on s'en rapprochait. Le forgeron, comme si tout à coup il avait honte de sa faiblesse et de son indécision, tira Dieu sait d'où un marteau avec lequel, un instant plus tôt, il fixait les canons. À l'idée que les Autrichiens étaient pour ainsi dire déjà là, à une demi-heure de marche de la ville, le forgeron se sentit résolu et fermement décidé à mener cette affaire jusqu'à son terme. Et c'est dans cette même idée déchirante que le hodja puisait son arrogante indifférence envers toute chose, y compris ce châtiment immérité, insensé et honteux qu'on lui infligeait.

C'est ainsi qu'en quelques instants se produisit ce qui, à chacun de ces instants, paraissait impossible et invraisemblable. Pas un seul de ces hommes ne considérait que la chose fût fondée et possible, et pourtant chacun d'eux contribua un peu à ce que le hodja se retrouvât sur le pont, cloué par l'oreille droite à la poutre de chêne qui se trouvait sur la kapia. Et quand tous se furent enfuis devant les Autrichiens qui descendaient vers la ville, le hodja demeura là dans cette position étrange, douloureuse et ridicule, condamné à rester à genoux sans bouger, car le moindre de ses mouvements lui causait une douleur intense et menaçait de lui arracher l'oreille, laquelle lui semblait aussi lourde et aussi grande qu'une montagne. Il criait, mais il n'y avait personne pour l'entendre et le tirer de cette fâcheuse situation, car tous, sans exception, s'étaient cachés dans les maisons ou dispersés dans les villages par peur aussi bien des Autrichiens qui arrivaient que des insurgés qui battaient en retraite. La ville paraissait abandonnée et le pont désert, comme si la mort y avait tout effacé. Il n'y avait ni vivants ni morts pour le défendre, il n'y avait qu'Ali hodja, immobile, agenouillé sur la kapia, gémissant de douleur et imaginant, même dans cette situation, de nouveaux arguments contre Karamanlija.

Les Autrichiens approchaient lentement. Leur avant-garde aperçut depuis la rive opposée les deux canons devant le caravansérail à côté du pont et elle s'arrêta aussitôt pour attendre ses propres canons de montagne. Vers midi, à partir d'un bosquet, ils envoyèrent sur le caravansérail abandonné quelques obus qui endommagèrent l'édifice déjà délabré et brisèrent les barreaux d'une délicatesse particulière, taillés d'une seule pièce dans la pierre tendre, qui ornaient les fenêtres. Ce n'est que lorsqu'ils eurent ébranlé et renversé les deux canons turcs et constaté qu'ils étaient abandonnés et que personne ne ripostait que les Autrichiens arrêtèrent de tirer et amorcèrent prudemment leur approche du pont et de la ville. Des *honveds* hongrois parvinrent jusqu'à la kapia d'un pas lent, le fusil à la main. Ils s'arrêtèrent, perplexes, devant le hodja recroquevillé qui, affolé par les obus qui passaient en sifflant et en grondant au-dessus de sa tête, en avait oublié un instant la douleur que lui causait son oreille clouée. Lorsqu'il aperçut les soldats peu avenants, leurs armes pointées vers lui, il se mit à gémir et à se lamenter, estimant que c'était une langue que tout le monde comprenait. Cela dissuada les honveds de tirer et le sauva. Tandis que les uns continuaient d'avancer pas à pas sur le pont, les autres restèrent à côté de lui, l'examinant de près sans pouvoir comprendre sa situation. Ce n'est qu'à l'arrivée d'un infirmier qu'ils trouvèrent des pinces, arrachèrent précautionneusement le clou, un de ceux dont on ferre les chevaux, et libérèrent Ali hodja. Il était tellement ankylosé et épuisé qu'il s'affaissa sur les marches de pierre, sans cesser de gémir et de se lamenter. L'infirmier lui passa sur son oreille blessée un liquide brûlant. À travers ses larmes, comme dans un rêve étrange, il regardait sur le bras gauche du soldat le large brassard blanc avec sa grande croix symétrique de toile rouge. Seule une forte fièvre peut provoquer des visions aussi repoussantes et horribles. Cette croix flottait et dansait dans ses larmes et, telle une énorme apparition, lui masquait tout l'horizon. Le soldat banda ensuite sa plaie et recouvrit le pansement de son turban. La tête ainsi enveloppée, les reins brisés, le hodja se releva et resta quelques instants sans bouger, appuyé au parapet du pont. Il avait du mal à retrouver son calme et à reprendre ses esprits. En face de lui, de l'autre côté de la kapia, juste sous l'inscription turque gravée dans la pierre, un soldat collait une large feuille de papier blanc. Bien qu'il eût la tête bourdonnante de douleur, le hodja ne put résister à sa curiosité naturelle et s'empêcher de regarder l'affiche blanche. C'était une proclamation du général Filipović, en serbe et en turc, adressée aux habitants de Bosnie et d'Herzégovine à l'occasion de l'entrée de l'armée autrichienne en Bosnie. L'œil droit fermé, Ali hodja déchiffra le texte en turc, et encore, seulement les phrases qui étaient imprimées en caractère gras :

« Habitants de Bosnie et d'Herzégovine !

« L'armée de l'empereur d'Autriche et roi de Hongrie, a franchi la frontière de votre pays. Elle ne vient pas en ennemie pour s'emparer de vos terres par la force. Elle vient en amie, pour mettre fin aux désordres qui, depuis des années déjà, troublent non seulement la Bosnie et l'Herzégovine, mais aussi les régions frontalières de l'Autriche-Hongrie. (...)

« L'Empereur et Roi ne pouvait plus admettre de voir la violence et la confusion régner à proximité de ses territoires, la misère et le malheur frapper aux frontières de ses États.

« Il a attiré l'attention des pays européens sur votre situation et un conseil des nations a décidé à l'unanimité de confier le soin à l'Autriche-Hongrie de vous rendre la paix et la prospérité que vous avez perdues depuis longtemps. (...)

« Sa Majesté le sultan, soucieux de votre bien, s'est senti tenu de vous confier à la protection de son puissant ami l'Empereur et Roi.

« L'Empereur et Roi ordonne que tous les fils de ce pays soient égaux en droits devant la loi, que la vie, la foi et les biens de tous soient protégés. (...)

« Habitants de Bosnie et d'Herzégovine ! Placez-vous avec confiance sous la protection des étendards glorieux de l'Autriche-Hongrie. Accueillez nos soldats comme des amis, soumettez-vous aux autorités, retournez à vos affaires, le fruit de votre labeur sera bien défendu. »

Le hodja lisait en s'arrêtant souvent, phrase par phrase ; il ne comprenait pas tous les mots, mais tous lui faisaient mal ; et c'était une souffrance bien particulière qui n'avait rien à voir avec celle qu'il ressentait dans son oreille blessée, sa tête et ses reins. Maintenant seulement, à la lecture de ces mots, « les mots de l'empereur », il comprenait soudain que c'en était fini de lui, des siens et de tout ce qui était à eux, fini une bonne fois pour toutes, mais d'une étrange façon : les yeux regardaient, la bouche parlait, l'homme continuait d'exister, mais la vie, la vie véritable avait cessé. Un empereur étranger avait mis la main sur eux et une foi étrangère les avait conquis. C'était ce qui ressortait clairement de ces mots lourds de sens et de ces messages obscurs, et encore plus clairement de cette douleur de plomb dans sa poitrine, plus aiguë et plus intolérable que toute douleur humaine imaginable. Et même des milliers d'imbéciles comme cet Osman Karamanlija n'y pouvaient rien et n'y changeraient rien. (Le hodja continuait ainsi à se quereller en son for intérieur.) « Nous périrons tous ! » « Allons à la mort ! » À quoi bon ce tintamarre puisque des temps étaient venus où l'homme allait à sa perte sans pouvoir ni mourir ni vivre, mais en pourrissant comme un poteau dans la terre, en appartenant à tous sauf à lui-même. C'était un grand malheur, un véritable malheur que les Karamanlija et consorts ne voyaient pas et ne comprenaient pas et que, du fait même qu'ils ne le comprenaient pas, ils ne faisaient que rendre plus grave et plus honteux.

Plongé dans ces pensées, Ali hodja quitta lentement le pont. Il ne remarqua même pas que le soldat du service de santé le suivait. Ce n'était pas tant son oreille qui lui faisait mal que cet amer boulet de plomb qui, après qu'il eut lu « les mots de l'empereur », s'était installé au creux de sa poitrine. Il marchait lentement et il lui semblait qu'il ne passerait plus jamais sur l'autre rive, que ce pont, qui était la fierté de la ville et était intimement lié à sa famille depuis sa construction, sur lequel il avait grandi et aux abords duquel il avait passé sa vie, avait soudain été démoli en son milieu, à l'endroit de la kapia ; que cette large feuille de papier blanc avec la proclamation des Autrichiens l'avait coupé en deux comme une explosion silencieuse, et qu'à cet endroit il y avait maintenant un gouffre béant ; que certaines piles subsistaient encore, à gauche et à droite de cette brèche, mais qu'il n'y avait plus moyen de passer, car le pont ne reliait plus les deux rives, et chacun n'avait plus qu'à rester jusqu'à la fin des temps du côté où il se trouvait à ce moment-là.

Tout à ses visions enfiévrées, Ali hodja marchait lentement et titubait comme un grand blessé, les yeux pleins de larmes. Il avançait d'un pas hésitant, comme s'il était un mendiant qui, malade, franchissait le pont pour la première fois et entrait dans la ville étrangère et inconnue.

Des voix le tirèrent de ses pensées. Des soldats passaient à côté de lui. Il aperçut parmi eux le visage replet, débonnaire et moqueur de l'homme à la croix rouge sur le bras qui l'avait décloué. Toujours avec le même sourire, le soldat lui montra son pansement et demanda quelque chose dans une langue incompréhensible. Pensant qu'il lui proposait encore de l'aider, le hodja se raidit en se renfrognant :

— J'y arrive tout seul, ça va. Je n'ai besoin de personne.

Et d'un pas plus vif, plus décidé, il prit le chemin de sa maison.

X

L'entrée solennelle et officielle des troupes autrichiennes n'eut lieu que le lendemain.

De mémoire d'homme, jamais un tel silence n'avait régné sur la ville. Les magasins n'ouvrirent pas. Les portes et les fenêtres des maisons restèrent closes, bien que ce fût une journée ensoleillée et chaude de la fin d'août. Les rues étaient vides, les cours et les jardins comme abandonnés. Dans les maisons musulmanes, c'était l'accablement et le désarroi, chez les chrétiens, la prudence et la perplexité. Mais partout et chez tous, la peur régnait. Les Autrichiens qui faisaient leur entrée avaient peur des embuscades. Les musulmans avaient peur des Autrichiens, les Serbes des Autrichiens et des musulmans. Les Juifs craignaient tout le monde car, surtout en temps de guerre, tout le monde est plus fort qu'eux. Tous avaient encore dans leurs oreilles l'écho de la canonnade de la veille. Et si les gens n'avaient écouté que leur peur, personne ce jour-là ne se serait risqué à mettre le nez dehors. Mais l'homme a d'autres maîtres. Le détachement autrichien qui était entré la veille dans la ville avait réussi à trouver le *moulazim* et ses gendarmes. L'officier qui commandait le détachement avait laissé au moulazim son sabre et lui avait ordonné de continuer à assurer son service et à maintenir l'ordre dans la ville. Il lui avait annoncé que le lendemain, une heure avant midi, le colonel commandant les troupes arriverait à Višegrad et qu'il devait être accueilli aux portes de la ville par les notables, représentant obligatoirement les trois confessions. Le moulazim, un homme résigné à la chevelure grise, fit immédiatement venir Moula Ibrahim, Husein agha, le directeur de la medersa, le pope Nikola et le rabbin David Levi et leur fit savoir que, « en tant que représentants de la foi et notabilités », ils devaient accueillir le lendemain midi le commandant autrichien sur la kapia, le saluer au nom de la population et l'escorter jusqu'à la ville.

Bien avant l'heure dite, les quatre « représentants de la foi » se retrouvèrent sur la place du marché déserte et s'acheminèrent à pas lents vers la kapia. L'assistant du moulazim, Salko Hedo, aidé d'un gendarme, y avait déjà déployé un long tapis turc aux couleurs vives et en avait recouvert les marches et le milieu du banc de pierre où devait prendre place le commandant autrichien. Ils restèrent là un bon moment, silencieux et l'air solennel, puis, voyant que sur le chemin blanc qui descendait d'Okolište il n'y avait nulle trace de commandant, ils se regardèrent et d'un accord tacite s'assirent sur la partie du banc qui n'était pas recouverte par le tapis. Le pope Nikola sortit sa grande blague à tabac de cuir et la tendit aux autres.

Ainsi étaient-ils réunis sur le sofâ comme au temps où ils étaient jeunes et insouciants et, à l'instar des autres jeunes gens de leur âge, tuaient le temps sur la kapia. Mais ils avaient maintenant tous pris de l'âge. Le pope Nikola et Moula Ibrahim étaient déjà des vieillards, le directeur de la medersa et le rabbin des hommes mûrs, tous étaient vêtus de leurs habits des grands jours et chacun était inquiet de son sort et de celui des siens. Ils se regardaient au soleil impitoyable de l'été, ils avaient tout le loisir de s'observer de près, et chacun pensait de l'autre qu'il avait vieilli prématurément et paraissait au bout de ses forces. Et chacun revoyait l'autre tel qu'il était dans sa jeunesse ou dans son enfance, à l'époque où ils grandissaient tous près du pont, chacun au rythme de sa génération, arbre vert dont on ne savait pas encore ce qu'il donnerait.

Ils fumaient, parlaient d'une chose et pensaient à une autre, tournant sans cesse leurs regards vers Okolište d'où devait faire son apparition le commandant dont tout dépendait désormais et qui pouvait leur apporter, à eux et à leur communauté, ainsi qu'à la ville tout entière, le bien ou le mal, le retour au calme ou de nouveaux périls.

Le pope Nikola gardait sans aucun doute mieux que les autres son calme et son sang-froid, en apparence du moins. Il avait dépassé les soixante-dix ans, mais était resté vert et vigoureux. Fils du fameux pope Mihailo auquel les Turcs avaient coupé la tête à ce même endroit, le pope Nikola avait eu une jeunesse agitée. Il avait fui plusieurs fois en Serbie, pour se mettre à l'abri de la haine et de la vengeance de certains Turcs. Il faut dire que sa nature impétueuse et son comportement incitaient à la haine et à la vengeance. Mais ces années de turbulence passées, le fils du pope Mihailo avait repris la paroisse de son père, s'était marié et calmé. Tout cela remontait fort loin et était tombé dans l'oubli. (« Il y a longtemps que je suis devenu raisonnable, et nos Turcs ont pris le large », disait le pope Nikola en plaisantant.) Il y avait déjà cinquante ans que le pope Nikola administrait sa difficile paroisse très étendue et éparpillée le long de la frontière, tranquillement et avec sagacité, sans autres bouleversements et malheurs que ceux que la vie apporte d'elle-même, avec le dévouement du serviteur et la dignité du prince, toujours impartial et équitable, avec les Turcs, le peuple et les dignitaires.

Ni avant lui ni après lui, l'on ne vit jamais, dans aucun ordre ni aucune religion, homme plus respecté, jouissant d'une plus grande considération auprès de tous les habitants de la ville, sans distinction de foi, de sexe ou d'âge, que ce pope que tous appelaient depuis toujours « grand-père ». Pour la ville tout entière et pour le district tout entier, il était la personnification de l'Église serbe et de tout ce que le peuple désigne et imagine comme la chrétienté. Et même plus que cela, les gens voyaient en lui le prototype du serviteur de la foi et du dignitaire en général, tels qu'on se les imagine dans cette ville et dans ces contrées.

C'était un homme de haute taille et d'une force physique peu commune, peu cultivé mais le cœur généreux, plein de bon sens, l'esprit ouvert et serein. Son sourire désarmait, calmait et réconfortait ; c'était le sourire indescriptible et inestimable d'un homme solide, bon et vivant en paix avec lui-même et avec tout son entourage ; lorsqu'il souriait, ses grands yeux verts se resserraient en un étroit et sombre sillon d'où s'échappaient des étincelles dorées. Et ce sourire n'avait pas changé jusqu'à la vieillesse. Dans sa longue pelisse de peau de renard, avec sa grande barbe rousse qui commençait à peine à grisonner et lui couvrait toute la poitrine, avec son énorme coiffe sur sa chevelure abondante, serrée en tresse dans le dos et retournée sous la coiffe, il traversait le bazar comme s'il était le pope de cette ville près du pont et de toutes les collines des environs, non pas depuis cinquante ans et seulement pour les orthodoxes, mais depuis toujours, depuis des temps immémoriaux, lorsque les gens n'étaient pas encore séparés en diverses croyances et Églises comme aujourd'hui. Les commerçants, quelle que fût leur religion, le saluaient depuis leurs boutiques, des deux côtés de la rue. Les femmes lui cédaient le passage et, la tête baissée, attendaient que le vieillard s'éloigne. Les enfants (même les petits Juifs) interrompaient leurs jeux et cessaient de crier dès qu'ils le voyaient, et les plus âgés d'entre eux se penchaient d'un air solennel et craintif sur l'énorme et lourde main du vieux pope, pour entendre un instant, au-dessus de leurs têtes tondues et de leurs visages empourprés par le jeu, telle une rosée agréable et bienfaisante, la mélodie perlée de sa voix puissante et enjouée :

— Que Dieu te protège ! Que Dieu te protège, mon fils !

Ce geste de déférence à l'égard du « grand-père » était un antique rituel commun à tous dont les gens de la ville, au fil des générations, héritaient en naissant.

Mais il y avait une ombre dans la vie du pope Nikola. De son mariage aucun enfant n'était né. C'était à n'en pas douter un grand chagrin, mais personne n'avait jamais entendu de sa bouche ou de celle de sa femme la moindre plainte ni lu dans leurs yeux le moindre regret. Il y avait toujours chez eux au moins deux enfants adoptés dans leur parentèle à la campagne. Ils élevaient ces enfants jusqu'à leur mariage, puis en prenaient d'autres.

À côté du pope Nikola était assis Moula Ibrahim. Grand, maigre et sec, la barbe rare et les moustaches tombantes, il n'était guère plus jeune que le pope Nikola, avait une grande famille et une fortune solide héritée de son père, mais négligé comme il était, hâve et l'air craintif, avec ses yeux bleus et clairs au regard enfantin, il ressemblait plus à un ermite ou à un pèlerin dénué de tout qu'au hodja de Višegrad, héritier d'une vieille famille. Moula Ibrahim avait une infirmité : il bégayait, il bégayait terriblement et interminablement. (« Il faut n'avoir vraiment rien à faire pour discuter avec Moula Ibrahim », disait-on pour plaisanter.) Mais Moula Ibrahim était connu fort loin à la ronde pour sa bonté et sa grandeur d'âme. Il émanait de toute sa personne tant de douceur et de sérénité qu'à son contact on oubliait aussitôt son aspect extérieur et son bégaiement. Il attirait à lui tous ceux qui avaient à souffrir de maladie, de misère ou de tout autre malheur. Les gens venaient des villages les plus reculés pour chercher conseil auprès de Moula Ibrahim. Devant sa maison, il y avait en permanence du monde qui l'attendait. Hommes et femmes en quête d'un avis ou de quelque secours l'arrêtaient souvent dans la rue. Il ne refusait jamais, ni ne distribuait de coûteux talismans et autres amulettes, comme les autres hodjas. Il s'asseyait aussitôt avec son interlocuteur, profitant de la première ombre ou sur la première pierre venue, un peu à l'écart ; l'homme lui exposait à mi-voix son tourment, Moula Ibrahim l'écoutait attentivement et avec compassion, puis il lui disait quelques mots de réconfort, en trouvant toujours la meilleure solution possible, ou bien plongeait sa maigre main dans la poche profonde de sa tunique et, prenant garde que personne ne le voie, lui glissait quelques sous dans la main. Pour lui, rien n'était trop difficile, répugnant ou impossible lorsqu'il s'agissait de venir en aide à un musulman. Il avait toujours assez de temps et trouvait l'argent nécessaire pour cela. Dans ces occasions, même son bégaiement ne le gênait pas, car tandis qu'il chuchotait avec l'homme dans le malheur, il oubliait lui-même qu'il bégayait. En le quittant, chacun se sentait, si ce n'est consolé, du moins apaisé de savoir que quelqu'un partageait et faisait sien son malheur. Préoccupé sans cesse des soucis et des besoins de chacun, sans jamais penser à lui-même, il avait vécu, du moins lui semblait-il, en jouissant de la santé, du bonheur et de la richesse.

Le directeur de la medersa de Višegrad, Husein efendi, était un homme plutôt petit et replet, encore jeune, bien habillé et toujours soigné de sa personne. Sa courte barbe noire, taillée avec application, suivait l'ovale régulier de son visage blanc et rouge aux yeux noirs et ronds. Il avait eu une solide instruction, savait pas mal de choses, passait pour en savoir beaucoup, et considérait lui-même qu'il en savait encore plus. Il aimait disserter et être écouté. Persuadé de bien parler, il n'en parlait que davantage. Il s'exprimait avec soin et non sans mièvrerie, avec des gestes mesurés, les mains légèrement levées, les deux à la même hauteur, des mains blanches et délicates aux ongles rosés, ombrées d'un épais et court duvet noir. Tout en parlant, il se comportait comme devant un miroir. Il avait la plus grande bibliothèque de la ville, un coffre cerclé et bien fermé contenant les livres que son maître, le célèbre Arap hodja, lui avait légués sur son lit de mort, et que non seulement il protégeait soigneusement de la poussière et des mites, mais lisait en outre lui-même rarement et avec parcimonie. Le seul fait de posséder tant de livres précieux lui conférait un grand prestige auprès des gens qui ne savent pas ce que sont les livres et confortait sa propre opinion de lui-même. L'on savait qu'il écrivait une chronique des grands événements qui se déroulaient dans la ville. Cela aussi faisait de lui un homme savant et exceptionnel aux yeux des habitants, car on considérait qu'il tenait ainsi entre ses mains, en quelque sorte, la réputation de la ville et de chacun de ses habitants. En réalité, cette chronique n'était ni très nourrie ni bien dangereuse. Depuis cinq ou six ans que le *mouderis* la tenait, elle ne couvrait toujours que quatre pages d'un petit cahier. En effet, Husein efendi considérait la plupart des événements qui se produisaient dans la ville comme insuffisamment importants ou indignes d'entrer dans sa chronique, qui, pour cette raison, demeurait stérile, sèche et maigre comme une vieille fille dédaigneuse.

Le quatrième des « représentants de la foi » était David Levi, le rabbin de Višegrad, le petit-fils du célèbre vieux rabbin Hadži Liačo qui lui avait légué son nom, son ministère et sa fortune, mais pas une once de son esprit et de sa gaieté.

C'était un homme jeune, malingre et pâle, avec des yeux de velours sombre au regard triste. Il était incroyablement timide et taciturne. Il était rabbin depuis peu et venait de se marier. Pour paraître plus important et plus imposant, il portait un riche et ample vêtement de drap lourd, se laissait pousser la barbe et les moustaches, mais on devinait sous le vêtement le corps chétif et frileux et, sous la barbe noire et rare, on discernait l'ovale du visage juvénile et maladif. Il était affreusement mal à l'aise lorsqu'il devait aller en société et discuter avec d'autres pour prendre des décisions, car il se sentait toujours insignifiant, faible et immature.

Les quatre hommes étaient maintenant assis au soleil et transpiraient dans leurs vêtements des grands jours, plus troublés et inquiets qu'ils ne voulaient le laisser paraître.

— Allons, fumons-en encore une ; on a le temps, nom d'un chien, ce commandant ne peut tout de même pas tomber du ciel tout droit sur le pont, disait le pope Nikola, en homme habitué depuis longtemps à cacher sous des plaisanteries les soucis, les siens comme ceux des autres, et le fond de sa pensée.

Ils tournaient leurs regards vers Okolište, et acceptaient le tabac.

Dans leur conversation, lente et pleine de circonspection, ils ne parlaient que de la façon dont ils devaient accueillir le commandant. Tous étaient d'avis que c'était le pope Nikola qui devait le saluer et lui souhaiter la bienvenue. Les paupières mi-closes et les sourcils froncés, les yeux réduits à une fente sombre d'où jaillissaient des étincelles dorées comme s'il souriait, le pope Nikola les considérait d'un regard insistant, attentivement et en silence.

Le jeune rabbin mourait de peur. Il n'avait même pas la force de rejeter la fumée de sa cigarette qui s'attardait en volutes dans sa barbe et ses moustaches. Le mouderis n'était pas plus rassuré. Toute son éloquence et sa dignité d'homme de science l'avaient tout à coup abandonné le matin. Il ignorait qu'il avait l'air si effaré et à quel point il avait peur, car la haute opinion qu'il avait de lui-même l'empêchait d'imaginer une chose pareille. Il essayait bien de tenir un de ses discours littéraires, ponctué de gestes étudiés qui expliquaient tout, mais ses belles mains retombaient d'elles-mêmes sur ses genoux, et ses mots s'embrouillaient et se perdaient. Il s'étonnait lui-même d'avoir perdu sa superbe coutumière et tentait désespérément de la retrouver, comme une chose à laquelle il était habitué depuis longtemps et qui lui échappait au moment où elle lui était le plus nécessaire.

Moula Ibrahim était un peu plus pâle qu'à l'ordinaire, mais il gardait son calme et son sang-froid. De temps à autre, son regard croisait celui du pope Nikola, comme si cela leur suffisait pour se comprendre. Ils se connaissaient bien et ils étaient de bons amis depuis leur jeunesse, si tant est que l'on pût parler d'amitié à cette époque entre un musulman et un Serbe. Lorsque le pope Nikola, dans sa jeunesse, avait eu ses « querelles » avec les Turcs de Višegrad et avait dû s'enfuir pour se mettre à l'abri, Moula Ibrahim, dont le père était très influent dans la ville, lui avait rendu un grand service. Plus tard, lorsque la ville avait connu des années moins troublées, lorsque les relations entre les différentes Églises s'étaient améliorées et que tous deux étaient entrés dans l'âge mûr, ils s'étaient rapprochés et s'appelaient en plaisantant « voisin », car leurs maisons respectives étaient situées aux deux extrémités de la ville. Lors des sécheresses, inondations, épidémies ou autres malheurs qui survenaient, ils unissaient leurs efforts, chacun parmi son peuple. Et lorsqu'ils se rencontraient à Mejdan ou à Okolište, ils se saluaient et causaient comme ne le font nulle part ailleurs un pope et un hodja. Le pope Nikola pointait alors souvent sa chibouque vers la ville en contrebas, au bord de la rivière, et il disait en plaisantant à demi :

— Tout ce qui respire et grouille là en bas, tout ce qui est doté d'une voix humaine, c'est nous deux qui en répondons.

— Pour sûr, tu as raison, voisin, répondait Moula Ibrahim en bégayant, c'est nous qui portons tout le fardeau.

(Et les habitants de la ville, toujours prêts à faire un bon mot, disaient de gens qui vivaient en bons termes : « Ils s'aiment comme pope et hodja. » C'était devenu une expression consacrée.)

En cet instant aussi, ils se comprenaient parfaitement, sans mot dire. Le pope Nikola savait à quel point Moula Ibrahim traversait un moment difficile, et Moula Ibrahim savait que ce n'était pas facile pour le pope. Et ils se regardaient comme deux hommes qui ont la responsabilité de tous les bipèdes vivants de la ville, ceux qui se signent pour l'un, ceux qui se prosternent pour l'autre.

C'est alors qu'on entendit un bruit de trot. Un garde apparut sur une rosse efflanquée. Hors d'haleine et affolé, il criait de loin comme un messager :

— Voilà le commandant, le voilà sur un cheval blanc !

Survint le lieutenant de police, toujours calme, toujours aussi aimable et silencieux.

Sur la route qui descendait d'Okolište, un nuage de poussière se leva.

Ces gens, qui étaient nés et avaient grandi dans cette province reculée de Turquie, et encore de la Turquie déclinante du XIXe siècle, n'avaient bien sûr jamais eu l'occasion de voir une armée véritable, forte et bien organisée comme en ont les grandes puissances. Tout ce qu'ils avaient pu voir jusque-là, c'étaient des unités incomplètes de soldats du sultan, mal nourris, pauvrement vêtus et payés de façon irrégulière, ou, pis encore, les bachi-bouzouks bosniaques enrôlés de force, sans discipline ni enthousiasme. Ils avaient pour la première fois devant eux la véritable « grande armée » d'un empire, triomphante, étincelante et sûre d'elle. Une telle armée ne pouvait que les éblouir et les laisser sans voix. Au premier coup d'œil, au harnachement des chevaux et au moindre bouton des uniformes, on devinait derrière ces hussards et ces chasseurs en tenue de parade un monde puissant et stable, la force, l'ordre et la prospérité d'un univers différent du leur. La surprise était grande et l'impression considérable.

En tête chevauchaient deux clairons sur deux chevaux pommelés bien nourris, suivis d'un détachement de hussards sur des moreaux. Les chevaux étaient bien étrillés et allaient telles des demoiselles, à petits pas retenus. Les hussards, coiffés de shakos sans visière et des aiguillettes jaunes sur la poitrine, tous de jeunes gens au teint vermeil et hâlé arborant des moustaches tortillées, semblaient aussi frais et reposés que s'ils venaient juste de quitter la caserne. Derrière eux chevauchait un groupe de six officiers, un colonel en tête. Tous les regards étaient braqués sur lui. Son cheval balzan était plus grand que les autres, avec une encolure d'une longueur inhabituelle et tordue. Un peu plus loin, derrière les officiers, venait une compagnie de fantassins, des chasseurs en uniformes verts, avec un panache à leur shako de cuir et des courroies blanches croisées sur la poitrine. Ils fermaient l'horizon et ressemblaient à une forêt en mouvement.

Les clairons et les hussards passèrent à côté des dignitaires religieux, s'arrêtèrent sur la place du marché et se rangèrent sur le côté.

Les quatre hommes impressionnés et pâles se placèrent au milieu du pont, sur la kapia, le visage tourné vers les officiers qui approchaient. Un des jeunes officiers poussa son cheval jusqu'au colonel et lui dit quelques mots. Tous ralentirent l'allure. À quelques pas des « représentants de la foi », le colonel s'arrêta brusquement et descendit de cheval, aussitôt imité, comme sur un signe, par les autres officiers.

Dès qu'il eut mis pied à terre, le colonel fut métamorphosé. C'était un homme petit, quelconque, épuisé, désagréable et l'air méchant. Comme s'il était le seul d'entre eux à faire la guerre, à la place de tous les autres.

On voyait bien maintenant que, à la différence de ses officiers au visage blanc et à la tenue impeccable, il était habillé simplement, avec négligence et sans soin. L'image d'un homme qui ne s'épargne rien, qui se détruit lui-même : le visage brûlé par le soleil, envahi par la barbe, les yeux troubles et inquiets, son haut képi un peu de travers ; l'uniforme fripé et trop large pour son corps maigre ; aux pieds des bottes de cheval basses aux tiges affaissées et sans éclat. Brandissant sa cravache, il approcha en marchant les jambes écartées. Un des officiers lui fit rapport en lui désignant les quatre hommes alignés devant lui. Le colonel leur lança un regard rapide et sévère, le regard sombre et courroucé d'un homme assigné à de lourdes tâches et confronté sans cesse au danger. Et il fut aussitôt évident qu'il ne savait pas regarder autrement.

Le pope Nikola se mit alors à parler de sa voix profonde et calme. Le colonel leva la tête et posa son regard sur le visage de cet homme de belle stature en soutane noire. Ce large et paisible masque de patriarche biblique retint un instant son attention. On pouvait ne pas comprendre ou ne pas écouter ce que ce vieillard disait, mais on ne pouvait pas rester indifférent à son visage. Le pope Nikola parlait avec naturel et aisance, en s'adressant plutôt au jeune officier qui devait traduire ses paroles qu'au colonel lui-même. Au nom des dignitaires de toutes les religions ici présents, il assurait le colonel qu'ils étaient, de même que le peuple, prêts à se soumettre à la puissance arrivante et qu'ils feraient tout ce qui était en leur pouvoir pour maintenir l'ordre et la paix que la nouvelle autorité exigeait. Quant à eux, ils demandaient à l'armée d'assurer leur protection, ainsi que celle de leurs familles, et de leur permettre de vivre paisiblement et de travailler honnêtement.

Le pope Nikola parla brièvement et termina de façon soudaine. Le fébrile colonel n'avait pas eu le temps de perdre patience. Par contre, il n'attendit pas la fin de la traduction du jeune officier. Brandissant sa cravache, il l'interrompit d'une voix de fausset :

— Ça va, ça va ! Seront protégés tous ceux qui se tiendront comme il faut. Mais l'ordre et le calme doivent être maintenus partout. De toute façon, ils n'ont pas le choix.

Et après un hochement de tête, il les quitta sans saluer, sans un regard. Les quatre hommes s'écartèrent. Le colonel s'éloigna, suivi des officiers, puis des hommes qui tenaient les chevaux. Personne ne prêtait plus attention aux « représentants de la foi » qui restèrent seuls sur la kapia.

Ils étaient tous déçus. En effet, le matin et toute la nuit, pendant laquelle aucun d'eux n'avait beaucoup dormi, ils s'étaient mille fois demandé à quoi ressemblerait cet instant où, sur la kapia, ils accueilleraient le commandant de l'armée impériale. Ils l'avaient imaginé de toutes les façons possibles, chacun selon son caractère et ses idées, tous prêts au pire. Certains d'entre eux se voyaient déjà expédiés en exil, dans la lointaine Allemagne, sans espoir de jamais revoir ni leur maison ni la ville. D'autres se remémoraient les histoires que l'on racontait sur Hajrudin, l'homme qui coupait jadis les têtes sur cette même kapia. Ils avaient vraiment imaginé la chose de mille et une façons, sauf comme elle s'était passée, avec cet officier minuscule mais acerbe et malveillant, qui avait fait de la guerre sa raison de vivre et qui, sans s'épargner ni tenir compte des autres, ne voyait dans les hommes et les terres autour de lui qu'un but ou un moyen de combattre et se comportait comme s'il menait bataille en son nom et à son compte.

Ils restaient plantés là, se regardant d'un air perplexe. Leurs regards, chacun à sa façon, exprimaient la même interrogation muette : « Avons-nous sauvé notre tête et le pire est-il vraiment passé ? » « Qu'est-ce qui nous attend encore et que faire ? »

Le moulazim et le pope Nikola se ressaisirent les premiers. Ils furent d'avis que « les représentants de la foi » avaient rempli leur mission et qu'il ne leur restait plus qu'à regagner leurs foyers et à faire en sorte que le peuple ne prenne pas peur et ne s'enfuie pas, mais fasse plutôt attention à bien se tenir. Les autres, le visage exsangue et la tête vide, acceptèrent cette conclusion comme ils l'eussent fait de n'importe quelle autre, incapables de se forger d'eux-mêmes une opinion.

Le moulazim, que rien ne pouvait arracher à son calme, partit vaquer à ses affaires. Un gendarme replia le long tapis bariolé dont le destin n'avait pas voulu qu'il fût foulé par le commandant, et à son côté Salko Hedo restait imperturbable et insensible comme le Fatum. Les « représentants de la foi » s'en furent, chacun à sa façon et chacun dans sa direction. Le rabbin trottinait, impatient de se retrouver chez lui dans la chaleur et la sécurité de son foyer où vivaient sa mère et sa femme. Le mouderis allait un peu plus lentement, mais restait plongé dans ses pensées. Maintenant que tout s'était étonnamment bien passé, même si cela avait été humiliant et déplaisant, il lui semblait évident qu'il n'y avait jamais eu de raison d'avoir peur et que, d'ailleurs, il n'avait jamais éprouvé de réelle inquiétude. Il songeait seulement à l'importance que pouvait avoir cet événement pour sa chronique et se demandait quel espace il devait y occuper. Une vingtaine de lignes suffiraient. Peut-être même quinze, ou encore moins. Et plus il approchait de chez lui, plus il réduisait le chiffre. Et avec chaque ligne économisée, le monde qui l'entourait lui paraissait plus dérisoire et plus insignifiant, tandis que lui, le mouderis, prenait de la valeur et grandissait à ses propres yeux.

Moula Ibrahim et le pope Nikola allèrent de conserve jusqu'au pied de Mejdan. Ils gardaient tous deux le silence, étonnés et accablés par l'apparence et le comportement du colonel de l'armée impériale. À l'endroit où leurs chemins se séparaient, ils s'arrêtèrent un instant et se regardèrent sans un mot. Moula Ibrahim roulait les yeux et remuait les lèvres comme s'il mâchait et remâchait les mêmes paroles qu'il n'arrivait pas à formuler. Le pope Nikola, retrouvant son sourire d'étincelles dorées pour se redonner courage en même temps qu'au hodja, exprima sa pensée qui était aussi celle du hodja :

— Sanglante affaire que cette armée, Moula Ibrahim !

— Tttu dddis bien, sssanglante, bégaya Moula Ibrahim, levant les deux mains au ciel et prenant congé d'un hochement de tête accompagné de mimiques.

Le pope Nikola regagna d'un pas lent et traînant sa maison près de l'église. Sa femme l'accueillit sans lui faire de questions. Il retira aussitôt ses bottes et sa soutane, enleva son bonnet qui retenait son épaisse tresse de cheveux roux et gris collés de sueur. Il s'assit sur le petit sofa. Sur le rebord de bois l'attendait déjà un verre d'eau avec un morceau de sucre. Après s'être rafraîchi et avoir allumé une cigarette, il ferma les yeux d'un air las. Mais derrière ses paupières closes fulgurait encore le mordant colonel, comme un éclair qui vous éblouit et vous aveugle, de sorte que vous ne voyez que lui sans pour autant pouvoir en discerner les contours. Le pope, dans un soupir, souffla au loin la fumée de sa cigarette, en murmurant pour lui-même :

— Ouais, drôle d'animal, bon sang !

De la ville lui parvint un roulement de tambour, puis le son du clairon du détachement des chasseurs, pénétrant et joyeux, mélodie nouvelle et insolite.

XI

C'est ainsi que ce changement capital dans la vie de la bourgade près du pont s'opéra sans autre victime qu'Ali hodja. Au bout de quelques jours déjà, la vie avait repris son cours normal et il semblait que rien n'eût vraiment changé. Ali hodja lui-même se ressaisit et rouvrit, comme les autres commerçants, sa boutique à proximité du pont ; seulement, il se mit à porter son turban un peu incliné vers la droite, pour cacher la cicatrice à son oreille blessée. Le « boulet de plomb » qui s'était installé dans sa poitrine lorsqu'il avait aperçu la croix rouge sur le bras du soldat autrichien et lu à travers ses larmes les « mots de l'empereur » n'avait certes pas disparu, mais il était devenu aussi minuscule qu'un grain de chapelet et ne l'empêchait donc pas de vivre. Et il n'était pas le seul à le porter dans son cœur.

Ce fut le début d'une ère nouvelle, celle de l'occupation, dont les gens, impuissants à l'empêcher, se disaient qu'elle ne durerait pas éternellement. Que ne vit-on passer sur le pont pendant ces premières années de l'occupation ! Des chariots militaires peints en jaune le franchissaient en grondant, en longues colonnes, qui apportaient des vivres, des vêtements, des meubles, des appareils et des installations comme personne n'en avait jamais vu.

Les premiers temps, on ne voyait que l'armée. Telle l'eau qui sourd de la terre, des soldats surgissaient de chaque coin de rue et de chaque buisson. Le bazar en était plein, mais on les rencontrait aussi dans les autres quartiers de la ville. On entendait à tout moment hurler une femme tombée à l'improviste sur un soldat dans sa cour ou dans la prunelaie derrière sa maison. Dans leurs uniformes bleu foncé, le visage hâlé par deux mois de marches et de combats, heureux d'être en vie et avides de bon temps, ils s'égaillaient dans toute la ville et ses environs. Sur le pont, il y en avait à toute heure du jour. Les gens de la ville se rendaient peu sur la kapia, car elle était toujours pleine de soldats. Ils s'y asseyaient un moment, chantaient en différentes langues, plaisantaient, achetaient des fruits dans leurs casquettes dont la visière de cuir était garnie d'une cocarde de tôle jaune sur laquelle étaient gravées les initiales de l'empereur, F.J.I.

Mais à l'automne, les soldats commencèrent à quitter la ville. Petit à petit, sans qu'on le remarquât, leur nombre diminua. Seuls restèrent les détachements de gendarmerie. Ils s'installèrent dans des appartements, en vue d'un séjour permanent. Dans le même temps commencèrent à arriver des fonctionnaires, des employés de l'Administration de grades plus ou moins importants, accompagnés de leurs familles et de leurs domestiques, suivis d'artisans et de spécialistes dans certains domaines et métiers encore inconnus chez nous. Il y avait des Tchèques, des Polonais, des Croates, des Hongrois et des Allemands.

Il semblait au début qu'ils avaient échoué là par hasard, selon les caprices du vent, et qu'ils venaient vivre ici de façon provisoire, pour partager plus ou moins avec nous la façon dont on avait toujours vécu dans ces contrées, comme si les autorités civiles devaient prolonger pendant un certain temps l'occupation inaugurée par l'armée. Cependant, de mois en mois, le nombre de ces étrangers augmentait. Ce qui surprenait le plus les gens de la ville et les emplissait à la fois d'étonnement et de méfiance, ce n'était pas tant leur nombre que leurs incompréhensibles et interminables projets, l'activité débordante et la persévérance dont ils faisaient preuve pour mener à bien les tâches qu'ils entreprenaient. Ces étrangers ne s'arrêtaient jamais de travailler et ne permettaient à personne de prendre le moindre répit ; ils semblaient résolus à enfermer dans leur réseau — invisible, mais de plus en plus perceptible — de lois, d'ordonnances et de règlements la vie tout entière, hommes, bêtes et objets, et à tout déplacer et transformer autour d'eux, aussi bien l'aspect extérieur de la ville que les mœurs et les habitudes des hommes, du berceau à la tombe. Ils faisaient tout cela avec calme et sans beaucoup parler, sans user de violence ou de provocation, si bien que l'on n'avait pas à quoi résister. Lorsqu'ils se heurtaient à l'incompréhension ou à des réticences, ils s'arrêtaient immédiatement, se consultaient quelque part sans qu'on le vît, changeaient seulement d'objectif ou de façon de faire, mais parvenaient quand même à leurs fins. Ils mesuraient une terre en friche, marquaient les arbres dans la forêt, inspectaient les lieux d'aisances et les canaux, examinaient les dents des chevaux et des vaches, vérifiaient les poids et les mesures, s'informaient des maladies dont souffrait le peuple, du nombre et des noms des arbres fruitiers, des races de moutons ou de la volaille. (On aurait dit qu'ils s'amusaient, tant ce qu'ils faisaient paraissait incompréhensible, irréel et peu sérieux aux yeux des gens.) Puis tout ce qui avait été fait avec tant d'application et de zèle s'évanouissait on ne savait où, semblait disparaître à jamais, sans laisser la moindre trace. Mais quelques mois plus tard, et même souvent un an après, lorsqu'on avait complètement oublié la chose, on découvrait tout à coup le sens de toute cette activité, apparemment insensée et déjà tombée dans l'oubli : les responsables des quartiers étaient convoqués au palais et se voyaient communiquer une nouvelle ordonnance sur la coupe des forêts, la lutte contre le typhus, le commerce des fruits et des pâtisseries, ou encore sur les certificats obligatoires pour le bétail. Et ainsi, chaque jour une nouvelle ordonnance. Et avec chaque ordonnance, l'homme en tant qu'individu se voyait imposer plus de restrictions et de contraintes, alors que la vie collective des habitants de la ville et des villages se développait en se structurant et en s'organisant.

Mais dans les maisons, chez les Serbes comme chez les musulmans, rien ne changeait. On y vivait, on y travaillait, on s'y amusait à la manière d'autrefois. On pétrissait le pain dans la huche, on grillait le café dans la cheminée, on étuvait le linge dans des baquets et on le lavait dans une « lessive » qui rongeait et crevassait les mains des femmes ; on tissait et brodait sur des tambours et des métiers. On restait fidèle aux vieilles coutumes lors de la slava, des fêtes et des mariages, alors qu'on n'évoquait que très rarement, en chuchotant, comme quelque chose d'incroyable et de lointain, les nouvelles habitudes introduites par les étrangers. En un mot, on travaillait et vivait comme on l'avait toujours fait et comme on le ferait encore dans la plupart des maisons quinze ou vingt ans après le début de l'occupation.

L'aspect extérieur de la ville, par contre, changeait rapidement et de façon visible. Et ces mêmes gens qui, dans leurs foyers, perpétuaient en toute chose l'ordre ancien, sans songer à le modifier, acceptaient plutôt bien ces changements dans la ville et les adoptaient après une période plus ou moins longue d'étonnement et de ronchonnements. Bien sûr, comme c'est toujours et partout le cas en pareilles circonstances, la nouvelle façon de vivre représentait en fait un mélange d'ancien et de nouveau. Les conceptions et les valeurs anciennes se heurtaient aux nouvelles, elles se mêlaient les unes aux autres ou subsistaient en parallèle, comme si elles attendaient de voir qui finirait par l'emporter. Les gens comptaient en florins et en kreuzer, mais aussi en groches et en paras, ils mesuraient et pesaient en archines, en okes et en drames, mais aussi en mètres, en kilogrammes et en grammes, fixaient les échéances de paiement et de livraison selon le nouveau calendrier, mais encore plus souvent comme jadis : à la Saint-Djordje et à la Saint-Dimitri. Comme le veut la nature, les gens résistaient à tout ce qui était nouveau, mais ils n'allaient jamais jusqu'au bout, car pour la majorité d'entre eux, la vie est plus importante et plus impérieuse que la forme qu'on lui donne. Seuls certains individus exceptionnels vivaient véritablement et très profondément le drame de la lutte entre l'ancien et le nouveau. Pour eux, le mode de vie était indissociablement et foncièrement lié à la vie elle-même.

C'était le cas de Šemsi bey Branković de Crnča, un des beys les plus riches et les plus respectés de la ville. Il avait six fils, dont quatre étaient mariés. Leurs maisons constituaient un hameau entier entouré de prunelaies et de bosquets. Šemsi bey était le chef incontesté de cette grande communauté, un chef silencieux et sévère. Grand, voûté par les ans, coiffé d'un énorme turban blanc brodé d'or, il ne descendait à la ville que le vendredi, pour faire ses prières à la mosquée. Depuis le premier jour de l'occupation, il ne s'arrêtait nulle part en ville, ne parlait à personne et ne regardait jamais autour de lui. Pas le moindre élément nouveau de costume, pas un nouveau modèle de chaussure, pas d'outils nouveaux ni de mots nouveaux ne devaient franchir le seuil des maisons des Branković. Il ne permettait à aucun de ses fils d'avoir un travail en rapport avec les nouvelles autorités, n'envoyait pas ses petits-enfants à l'école. La famille tout entière souffrait d'un tel état de choses ; on voyait bien que les fils étaient mécontents de l'entêtement du vieillard, mais personne n'osait ni ne savait, d'un mot ou d'un regard, lui tenir tête. Les musulmans de la ville qui faisaient des affaires avec les occupants et se mêlaient à eux saluaient Šemsi bey sur son passage avec un respect muet dans lequel il y avait de la crainte, de l'admiration et des remords de conscience. Les musulmans les plus âgés et les plus honnêtes se rendaient souvent à Crnča, comme à un pèlerinage, pour passer un moment et discuter avec Šemsi bey. C'était le rendez-vous de ceux qui, bien décidés à persister jusqu'au bout dans leur défi, étaient résolus à ne s'incliner à aucun prix devant la réalité. C'étaient en fait de longues séances où l'on parlait peu et dont on ne tirait aucune réelle conclusion.

Šemsi bey était assis sur un tapis rouge et fumait, emmitouflé et boutonné jusqu'au cou été comme hiver, entouré de ses invités. La conversation tournait en général autour de quelque mesure incompréhensible et odieuse décrétée par les autorités d'occupation ou encore des musulmans qui s'adaptaient de plus en plus au nouvel ordre des choses. Devant cet homme austère et digne, ils ressentaient tous le besoin d'épancher leur amertume, leurs craintes et leurs doutes. Et chaque conversation se terminait par ces questions : où tout cela mène-t-il et où cela s'arrêtera-t-il ? Qui sont et que veulent ces étrangers qui, apparemment, ne connaissent ni repos ni répit, ni modération ni limites ? Dans quel dessein sont-ils venus, pourquoi ont-ils tant de besoins, dont l'un semble engendrer l'autre, et qu'ont-ils à faire de tout cela ? Et quelle est cette frénésie qui semble, telle une malédiction, les inciter à agir et les pousser sans cesse vers de nouvelles entreprises dont on ne voit pas la fin ?

Šemsi bey se contentait d'observer ses interlocuteurs, en gardant le plus souvent le silence. Il avait le teint foncé, parce qu'il s'assombrissait de l'intérieur et non à cause du soleil, le regard dur, mais absent et perdu, les yeux troubles dont les pupilles noires étaient entourées de cercles d'un gris blanchâtre comme chez un aigle très vieux. Sa grande bouche sans lèvres, fermement serrée, remuait lentement comme s'il y tournait et retournait toujours le même mot impossible à prononcer.

Pourtant, les gens le quittaient soulagés, ni consolés ni rassurés, mais touchés et revigorés par l'exemple de son intransigeance implacable et désespérée.

Et lorsque Šemsi bey descendait en ville le vendredi suivant, quelque innovation, encore une fois, l'attendait chez les hommes ou dans les bâtiments, qui n'y était pas la semaine précédente. Pour ne pas avoir à la remarquer, il gardait les yeux baissés, mais là, dans la boue séchée de la rue, il voyait les empreintes des sabots de chevaux et remarquait qu'à côté des fers turcs pleins et arrondis, il y avait de plus en plus de fers allemands recourbés et munis de pointes acérées aux extrémités. Si bien que là aussi, dans la boue, son regard lisait cette même condamnation impitoyable qu'il voyait partout sur les visages et les choses autour de lui, la condamnation du temps que l'on ne peut arrêter.

Voyant qu'il ne pouvait plus poser son regard nulle part, Šemsi bey cessa complètement de venir en ville. Il se retira dans son Crnča, où il régnait en maître, silencieux, mais sévère et impitoyable, insupportable à tous, et surtout à lui-même. Les musulmans les plus âgés et les plus respectés de la ville continuaient de lui rendre visite, comme à une relique vivante. (Et parmi eux, surtout Ali hodja Mutevelić.) Mais la troisième année de l'occupation, Šemsi bey mourut sans même avoir été malade. Il était mort de chagrin, sans avoir jamais prononcé ce mot amer qu'il roulait sans cesse dans sa bouche de vieillard et sans avoir jamais remis les pieds au bazar où tout avait pris un nouveau chemin.

La ville changeait réellement à grande vitesse, car les étrangers abattaient des arbres, en plantaient de nouveaux à d'autres endroits, réparaient les chemins, en traçaient de nouveaux, creusaient des canaux, construisaient des édifices publics. Au cours de ces premières années, on détruisit dans le bazar les boutiques qui n'étaient pas alignées et qui, à vrai dire, n'avaient jamais gêné personne. À la place des vieilles échoppes avec leurs éventaires en bois, on en construisit de nouvelles, en dur, avec des toits couverts de tuiles ou de tôle et des rideaux de fer aux portes. (La boutique d'Ali hodja devait elle aussi être démolie à la suite de ces nouvelles mesures, mais le hodja s'y opposa avec détermination, et il finit par obtenir que sa boutique restât telle qu'elle était et à l'endroit où elle était.) La place du marché fut élargie et aplanie. On éleva un nouveau palais, un grand bâtiment qui devait abriter le tribunal et les services de l'administration du district. L'armée, quant à elle, travaillait pour son compte, encore plus vite et avec plus de zèle que les autorités civiles. On élevait des baraquements, on défrichait et plantait, on modifiait l'aspect de coteaux entiers.

Les habitants de la ville les plus âgés étaient perdus et allaient d'étonnement en étonnement. Et à peine croyaient-ils voir la fin de cette activité effrénée et incompréhensible que les étrangers se lançaient dans une nouvelle entreprise, encore plus mystérieuse. Les passants s'arrêtaient et regardaient ces gens à l'œuvre, non pas comme les enfants aiment regarder ce que font les adultes, mais, au contraire, comme les adultes s'arrêtent un instant pour regarder les enfants jouer. En effet, ce perpétuel besoin qu'avaient les étrangers de construire et de démolir, de creuser et de bâtir, de créer et de transformer, cette aspiration sans fin à prévoir l'action des éléments, à leur échapper ou à les vaincre, cela, ici, personne ne le comprenait ni ne l'appréciait. Au contraire, les gens de la ville, surtout les plus âgés, y voyaient un phénomène malsain et un signe de mauvais augure. Si cela avait dépendu d'eux, leur ville aurait ressemblé à toutes les autres petites bourgades orientales. Ce qui se fissurait, on le réparait ; ce qui penchait, on l'étayait ; mais en dehors de cela, personne ne se serait, sans réel besoin et de façon planifiée, inventé du travail, nul n'aurait touché aux fondations des édifices ni changé l'aspect immuable de la ville.

Les étrangers, cependant, poursuivaient leurs travaux, les uns après les autres, rapidement, avec persévérance et esprit de suite, selon des plans inconnus de tous mais bien préparés, à la surprise et à l'étonnement toujours plus grands des habitants. C'est ainsi que, de façon tout à fait inattendue pour nos gens, vint le tour du caravansérail délabré et abandonné qui, même dans cet état, faisait un tout avec le pont, comme trois siècles plus tôt. À dire vrai, ce que l'on appelait l'Hostellerie de pierre était depuis longtemps une ruine. Les portes étaient pourries, les gracieux barreaux de pierre tendre qui ornaient les fenêtres étaient brisés, le toit s'était effondré et de l'intérieur de l'édifice s'échappait un grand acacia, ainsi que toutes sortes de buissons et mauvaises herbes sans noms, mais les murs extérieurs étaient intacts ; le rectangle régulier et harmonieux de pierre blanche se tenait bien droit. Aux yeux de tous les habitants, petits et grands, ce n'était nullement une ruine ordinaire, mais la partie terminale du pont, partie intégrante de la ville au même titre que leurs propres maisons, et personne n'avait jamais imaginé que l'on pût toucher au vieux caravansérail, ni qu'il fût opportun d'y changer quoi que ce soit que le temps et la nature n'eussent changé eux-mêmes. Un beau jour pourtant, cette chose inimaginable arriva. D'abord, les ingénieurs prirent longuement des mesures autour de la ruine, puis on vit arriver des ouvriers et des manœuvres qui se mirent à enlever les pierres une à une, en chassant toutes sortes d'oiseaux et de petites bêtes qui avaient niché là. Bientôt, le terre-plein au-dessus du marché, à côté du pont, fut nu et ras, et il ne resta plus de l'édifice qu'un tas de pierres soigneusement empilées. En un peu plus d'une année, à la place du caravansérail de pierre blanche, on construisit une haute et massive caserne à un étage, badigeonnée de bleu clair, couverte de tôle grise, avec deux meurtrières aux angles. Sur le terre-plein agrandi, les soldats faisaient l'exercice du matin au soir et, aux commandements que leur hurlaient les caporaux, ils s'échinaient à étirer leurs membres et plongeaient dans la poussière comme des malheureux. Et le soir, par les nombreuses fenêtres de cette laide bâtisse, on entendait des chants militaires incompréhensibles, accompagnés à l'harmonica, avant que le clairon déchirant, dont la triste sonnerie faisait hurler aux abois les chiens de la ville, éteignît tous les sons et les dernières lumières aux fenêtres. C'est ainsi que disparut la belle fondation du vizir et que la caserne, que le peuple, fidèle à ses habitudes, continua d'appeler l'Hostellerie de pierre, commença sa carrière sur le terre-plein à côté du pont, en complète discordance avec tout ce qui l'entourait.

Le pont était désormais complètement isolé et solitaire.

À vrai dire, sur le pont aussi il se passait des choses telles que les habitudes bien ancrées des gens du lieu se heurtaient aux innovations apportées par les étrangers et leur mode de vie, et dans ces affrontements, ce qui était autochtone et ancien était régulièrement condamné à céder et à s'adapter.

Si cela n'avait tenu qu'à nos gens, la vie sur la kapia aurait poursuivi son cours sans changements. La seule chose que l'on pouvait remarquer, c'était que les Serbes et les Juifs y venaient plus librement, en nombre de plus en plus grand et à toute heure du jour, sans tenir compte, comme jadis, des musulmans et de leurs privilèges. Sinon, tout allait comme par le passé. Dans la journée, on y voyait les revendeurs et les négociants qui venaient à la rencontre des paysans et leur achetaient la laine, la volaille et les œufs, ainsi que les flâneurs et les désœuvrés qui se déplaçaient en suivant le soleil d'un bout à l'autre de la ville. Vers le soir, c'était le tour de ceux qui avaient travaillé tout le jour et venaient discuter un peu ou passer un moment, en silence, suivant des yeux les eaux vertes de la grande rivière, bordée de saules et parsemée de bancs de sable. La nuit, elle appartenait aux jeunes gens et aux noceurs. À ceux-là, on ne leur avait jamais connu de modération, pas plus maintenant qu'autrefois, ni dans le temps qu'ils passaient là ni dans ce qu'ils y faisaient.

Dans cette part nocturne de la vie sur la kapia, il y eut, au début du moins, des changements et des malentendus. Les nouvelles autorités introduisirent l'éclairage permanent dans la ville. Dès la première année, dans les rues principales et aux carrefours, on installa des poteaux verts munis de lanternes dans lesquelles brûlaient des lampes à pétrole. (C'était le grand Ferhat qui les nettoyait, les remplissait et les allumait, un pauvre bougre qui avait une ribambelle d'enfants et aidait jusque-là à la mairie, tirait au mortier lors du ramadan et s'acquittait d'autres travaux de ce genre, sans salaire régulier et sûr.) Ainsi le pont fut éclairé en plusieurs endroits, y compris sur la kapia. Le poteau supportant la lanterne fut cloué dans le mur à la poutre de chêne qui subsistait de l'ancien mirador. Ce poteau sur la kapia eut à soutenir une longue lutte avec les habitudes peu respectueuses de ceux qui aimaient y chanter, fumer ou discuter dans l'obscurité, et aussi avec les instincts destructeurs des jeunes gens en proie à la langueur amoureuse, à la solitude et aux effets de la rakia. Cette lumière clignotante les irritait, et bien des fois la lanterne et la lampe à gaz n'en sortirent pas indemnes. Cette lanterne fut la cause de nombre d'amendes et de condamnations. Pendant un temps, un agent de la commune fut spécialement affecté à la garde de cette lumière. Les visiteurs nocturnes eurent ainsi désormais un témoin vivant, encore plus insupportable que la lanterne, de tout ce qu'ils disaient et faisaient. Mais le temps fit son effet, et les nouvelles générations s'habituèrent peu à peu, se résignant à donner libre cours à leurs états d'âmes nocturnes à la lueur de la lanterne municipale, sans s'en prendre à elle à coups de pierres, de bâton ou avec le premier objet dur qui leur tombait sous la main. C'était d'autant plus facile que, les nuits de pleine lune, lorsque la kapia était particulièrement fréquentée, on n'allumait pas l'éclairage.

Une fois l'an seulement, le pont devait être illuminé. Au soir du 18 août, chaque année, pour l'anniversaire de l'empereur, les autorités décoraient le pont de guirlandes de feuillage et d'une haie de jeunes sapins, et à la tombée de la nuit on allumait une multitude de lanternes et de lampions : des centaines de boîtes de conserve militaires, remplies de suif et de stéarine, jetaient leurs feux depuis le parapet sur lequel elles étaient alignées. Elles éclairaient le tablier du pont, tandis que ses extrémités et les piles qui le soutenaient se perdaient dans les ténèbres, donnant l'impression que la partie éclairée planait dans les airs. Mais les lumières brûlent vite et les solennités n'ont qu'un temps. Le lendemain déjà, le pont redevenait lui-même. Seuls les enfants de cette génération devaient garder dans les yeux l'image nouvelle et insolite du pont dans le jeu éphémère des lumières, une vision impressionnante et pleine d'éclat, mais brève et fugitive comme un rêve.

Outre l'éclairage permanent, les nouvelles autorités instaurèrent également sur la kapia la propreté, ou plutôt une forme de propreté qui s'accordait à leurs conceptions. Les pelures de fruits, les graines de pastèque et les coquilles de noisette ou de noix ne restaient plus désormais des jours et des jours sur les dalles de pierre, jusqu'à ce que la pluie ou le vent les emportent. Tout cela était nettoyé et balayé chaque matin par un employé affecté à cette tâche. Cela aussi finit par ne plus gêner personne, car les gens s'accommodent de la propreté publique, même lorsqu'elle n'est pas dans leurs habitudes ou ne répond pas à un besoin — à condition, bien sûr, qu'ils ne doivent pas eux-mêmes s'en charger.

Il y avait encore une innovation que l'on devait à l'occupation et aux nouveaux venus : pour la première fois depuis que la kapia existait, les femmes commencèrent à y venir. Les épouses et les filles des fonctionnaires, leurs domestiques et leurs bonnes d'enfants y faisaient une halte en discutant ou, les jours de fête, y passaient un moment en compagnie de leurs cavaliers, civils ou militaires. C'était rare, mais cela mettait de fort mauvaise humeur les vieux qui venaient là pour fumer leur chibouque en paix et en silence au-dessus de l'eau, et cela troublait et excitait les plus jeunes.

Il y avait toujours eu, bien sûr, un certain lien entre la kapia et la gent féminine de la ville, mais seulement dans la mesure où les hommes y venaient pour lancer quelque compliment aux jeunes filles qui traversaient le pont, pour confier ou oublier leurs passions, leurs chagrins ou leurs querelles dont les femmes étaient la cause. Nombre de célibataires passaient là des heures et des jours assis à chantonner doucement (« uniquement pour le plaisir »), à fumer ou tout simplement à regarder en silence l'eau rapide, payant ainsi leur tribut à cette ivresse à laquelle nous sommes tous redevables et dont peu réussissent à s'arracher. Nombre de conflits et de rivalités entre jeunes gens y étaient discutés et réglés, bien des intrigues amoureuses y étaient ourdies. On y parlait et on y rêvait beaucoup des femmes et de l'amour, et de nombreuses passions y naissaient et s'y consumaient. Il y avait bien tout cela, mais les femmes, en chair et en os, ne s'arrêtaient pas sur la kapia et ne s'y asseyaient jamais, ni les chrétiennes, ni, à plus forte raison, les musulmanes. Désormais, tout cela était changé.

Les jours de fête et le dimanche, on pouvait voir sur la kapia des cuisinières, la taille serrée, le visage rubicond, des bourrelets de graisse débordant de leur corset qui leur coupait la respiration. Elles étaient accompagnées de leurs sergents vêtus de leur uniforme bien brossé dont les boutons de métal étincelaient, avec des aiguillettes rouges et des pompons de tirailleurs sur la poitrine. Les jours ouvrables, vers le soir, les fonctionnaires et les officiers se promenaient avec leurs femmes, ils s'arrêtaient sur la kapia, discutaient dans leur langue incompréhensible, riaient bruyamment et se comportaient de façon désinvolte.

Ces femmes oisives, libres et enjouées, représentaient, plus ou moins selon les personnes, une offense pour les yeux. Les gens s'étonnèrent et éprouvèrent de la gêne un temps, puis ils s'y habituèrent comme ils s'habituaient à tant de nouveautés, sans même les avoir vraiment acceptées.

En fait, on peut dire que tous ces changements sur le pont étaient infimes, superficiels et éphémères. Les nombreux et profonds bouleversements qui avaient affecté les esprits, les habitudes et l'aspect extérieur de la ville semblaient avoir glissé sur le pont sans même l'effleurer. Le vieux pont blanc, qui avait assuré sa mission pendant trois siècles sans en garder la moindre trace ni la moindre cicatrice, semblait devoir rester immuable même « sous le nouvel empereur » et résister à ce déluge de nouveautés, comme il avait résisté aux plus grandes inondations, émergeant chaque fois, intact et blanc, comme régénéré, de la masse trouble des eaux déchaînées qui l'avaient englouti.

XII

C'est ainsi que la vie sur la kapia était devenue plus animée et plus colorée.

Désormais, tout au long du jour et même une partie de la nuit, on voyait s'y succéder une foule de gens différents les uns des autres, autochtones et étrangers, jeunes et vieux. Ils étaient tous préoccupés d'eux-mêmes, absorbés dans leurs pensées, pris par les plaisirs et les passions qui les amenaient sur la kapia. Aussi ne prêtaient-ils aucune attention à ceux qui, plongés dans d'autres pensées et accablés de soucis, traversaient le pont la tête basse ou le regard absent, sans tourner les yeux ni à droite ni à gauche, sans remarquer les personnes assises sur la kapia.

Milan Glasinčanin d'Okolište était sans aucun doute de ceux-là. C'était un homme de haute taille, maigre, pâle et voûté. Tout son corps paraissait transparent et dépourvu de pesanteur, mais posé sur des pieds de plomb. C'est pourquoi il vacillait en marchant et ployait comme une oriflamme portée au bout d'un manche par les enfants de chœur à la procession. Il avait la moustache et les cheveux gris comme un vieillard et gardait les yeux rivés au sol. Il passait ainsi de sa démarche de somnambule. Il ne remarquait pas que quelque chose avait changé sur la kapia et dans le monde, passant lui-même inaperçu de ces gens qui venaient là s'asseoir un moment, rêvasser, chanter, faire des affaires, discuter ou tuer le temps. Les plus vieux l'avaient oublié, les jeunes ne s'en souvenaient pas, les étrangers ne le connaissaient pas. Pourtant, l'histoire de sa vie était étroitement liée à la kapia, à en juger du moins par ce que l'on racontait ou chuchotait encore à son sujet dans la ville, une dizaine ou une douzaine d'années plus tôt.

Le père de Milan, le commerçant Nikola Glasinčanin, s'était établi à Višegrad à l'époque où la révolte en Serbie était à son apogée. Il avait acheté une belle propriété à Okolište. On avait toujours pensé qu'il avait pris la fuite avec une grosse fortune acquise de façon peu honorable. Personne n'en avait la preuve et tous ne croyaient cette histoire qu'à moitié. Mais personne ne la rejetait tout à fait. Il s'était marié deux fois mais n'avait pas eu beaucoup d'enfants. Il avait élevé ce fils unique, Milan, et lui avait laissé tout ce qu'il possédait, officiellement et en secret. Milan lui aussi n'avait qu'un fils, Petar. Et sa fortune leur aurait été plus que suffisante s'il n'avait eu une passion unique, mais plus forte que tout — le jeu.

Les vrais Višegradois n'étaient pas joueurs par nature. Comme nous l'avons vu, leurs passions étaient autres : amour immodéré des femmes, propension à boire, chanter, flâner ou rêvasser sans rien faire sur les bords de la rivière familière. Les capacités de l'homme sont limitées en tout, y compris en cela. C'est pourquoi les passions se heurtent en lui, se répriment et souvent s'excluent l'une l'autre. Cela ne veut pas dire que personne dans la ville ne s'adonnait à ce vice, mais le nombre des joueurs était réellement réduit en comparaison avec les autres villes, et il s'agissait la plupart du temps d'étrangers ou de personnes originaires d'autres régions. Quoi qu'il en soit, Milan Glasinčanin était l'un d'eux. Depuis sa prime jeunesse, il s'adonnait corps et âme au jeu. Lorsqu'il ne trouvait pas de partenaires dans la ville, il partait même dans des districts voisins d'où il revenait la bourse pleine, comme un commerçant de retour de la foire, ou les poches vides, sans sa montre ni sa chaîne, sans sa tabatière ni sa bague, mais en tout cas pâle et les traits tirés comme s'il était malade.

Sinon, c'était à l'auberge Ustamujić qu'il officiait, au fond du bazar de Višegrad. Il y avait là une petite pièce étroite et sans fenêtre dans laquelle brûlait nuit et jour une bougie et où l'on était sûr de trouver trois ou quatre hommes pour qui le jeu primait tout. Enfermés là, dans la fumée du tabac et l'air vicié, les yeux injectés de sang, la bouche sèche et les mains tremblantes, ils passaient souvent tout le jour et toute la nuit à sacrifier à leur passion comme des martyrs. Milan avait passé dans cette petite pièce une bonne partie de sa jeunesse et y avait laissé une bonne partie de ses forces et de son bien.

Il n'avait pas beaucoup plus de trente ans lorsque s'opéra en lui un bouleversement inexplicable pour la plupart des gens, qui le guérit à tout jamais de sa funeste passion, mais changea en même temps complètement sa vie et son caractère.

Un automne, il y avait de cela environ quatorze ans, un inconnu avait fait son apparition à l'auberge. Ni vieux ni jeune, ni laid ni beau, d'âge moyen et de taille moyenne, il était peu loquace et seuls ses yeux souriaient. Un négociant tout occupé de l'affaire qui l'avait amené là. Il avait pris une chambre à l'auberge et à la tombée de la nuit, il avait découvert la petite pièce où, depuis l'après-midi déjà, des joueurs étaient enfermés. Ils l'accueillirent avec méfiance, mais il resta si calme et si discret qu'ils ne remarquèrent même pas le moment où il commença à miser sur une carte des sommes modiques. Il perdait plus qu'il ne gagnait, fronçait les sourcils d'un air perplexe et tirait d'une main hésitante les pièces d'argent de ses poches intérieures. Alors qu'il avait déjà perdu pas mal d'argent, ils durent lui laisser les cartes pour qu'il fît la donne. Il les distribua d'abord lentement et prudemment, puis de plus en plus vite et de plus en plus lestement. Il jouait sans s'exciter, mais avec audace et en allant jusqu'au bout. Le tas de pièces d'argent augmentait devant lui. Les joueurs commencèrent à abandonner. L'un d'eux voulut miser sa chaîne en or, mais l'étranger refusa froidement en déclarant qu'on ne jouait que pour de l'argent.

À l'heure de la prière du soir, le jeu s'interrompit, car plus personne n'avait d'argent liquide sur lui. Milan Glasinčanin fut le dernier à rester, mais lui aussi dut abandonner. L'étranger prit congé poliment et se retira dans sa chambre.

Le lendemain, on joua de nouveau. Et de nouveau l'étranger perdait et gagnait tour à tour, gagnant toujours plus qu'il ne perdait, si bien que ses partenaires se retrouvèrent encore une fois sans argent liquide. Ils examinaient ses mains et ses manches, l'observaient sous tous les angles, apportaient de nouvelles cartes et changeaient de place, mais rien n'y faisait. Ils jouaient à l'*otouz bir* (le trente-et-un), ce jeu simple et de funeste réputation qu'ils connaissaient depuis leur enfance, mais ils n'arrivaient pas à saisir la façon dont jouait l'étranger. Tantôt il allait jusqu'à vingt-neuf, et même trente, tantôt il en restait à vingt-cinq. Il acceptait toutes les mises, les plus modestes comme les plus grosses, ignorait les petites irrégularités que se permettaient certains joueurs comme s'il ne les remarquait pas, mais dénonçait les plus graves avec froideur et laconisme.

La présence de cet étranger à l'auberge irritait et tourmentait Milan Glasinčanin. Il se sentait en outre ces jours-là épuisé et fiévreux. Il se jurait de ne plus jouer, mais revenait toujours et perdait tout jusqu'au dernier sou, puis rentrait chez lui, plein d'amertume et de remords. Le quatrième ou le cinquième jour, il réussit à se dominer, et resta chez lui. Il avait préparé l'argent et s'était habillé, mais s'en tint pourtant à sa résolution. Il avait la tête lourde et respirait par saccades. Il dîna à la hâte, sans savoir ce qu'il mangeait. Puis il sortit plusieurs fois devant sa maison, fuma, se promena et considéra en contrebas la ville assoupie dans la nuit claire d'automne. Poursuivant sa promenade, il aperçut tout à coup une silhouette indistincte qui suivait la route, prit le chemin de sa maison et s'arrêta devant la clôture.

— Bonsoir, l'ami ! cria l'inconnu.

Il le reconnut à la voix : c'était l'étranger de l'auberge. Visiblement, c'était lui que l'homme était venu voir et il souhaitait lui parler. Milan s'approcha de la clôture.

— Tu n'es pas venu à l'auberge ce soir ? demanda l'étranger d'un ton calme et indifférent, comme en passant.

— Je ne suis pas très en forme aujourd'hui. Il y a d'autres joueurs là-bas.

— Il n'y a plus personne. Ils sont tous partis très tôt. Si on faisait une partie tous les deux ?

— Il est tard, ma foi, et nous n'avons pas où jouer.

— On s'assiéra en bas sur la kapia. La lune va se lever.

— C'est bien trop tôt, se défendit Milan, mais sa bouche ne lui obéissait pas et sa voix semblait venir d'ailleurs.

L'étranger ne bougeait pas et attendait, comme s'il était hors de question qu'il en fût autrement que ce qu'il proposait.

Et, de fait, Milan ouvrit le portail et partit avec l'homme bien qu'il résistât en pensée, en parole et par un ultime effort de sa volonté à cette force tranquille qui l'entraînait et à laquelle il ne pouvait s'arracher, malgré le sentiment d'humiliation et la répugnance que lui inspirait l'étranger.

Ils descendirent rapidement le chemin d'Okolište. Une grosse lune déjà entamée s'était effectivement levée au-dessus de Staniševac. Le pont paraissait interminable et irréel, ses extrémités se perdant dans la brume laiteuse et ses piles sombrant à leur base dans les ténèbres ; un côté de chaque pile et de chaque arche était violemment éclairé, tandis que l'autre était dans une totale obscurité ; ces surfaces lumineuses et sombres se brisaient et se recoupaient suivant des contours nets, transformant le pont en une étrange arabesque née du jeu éphémère de la lumière et de l'ombre.

Il n'y avait pas âme qui vive sur la kapia. Ils s'assirent. L'étranger sortit les cartes. Milan se préparait à dire encore une fois que l'endroit était peu propice, que l'on voyait mal les cartes et ne distinguait pas l'argent, mais l'étranger ne lui prêtait plus la moindre attention. La partie commença.

Au début, ils échangeaient encore quelques paroles, mais lorsque le jeu fut lancé, ils se turent. Ils roulaient seulement leurs cigarettes, les allumant l'une à l'autre. Les cartes changèrent plusieurs fois de mains, pour rester finalement dans celles de l'étranger. L'argent tombait sans bruit sur la pierre qui se couvrait d'une fine rosée. Survint l'instant que Milan connaissait bien, où l'étranger, parvenu à vingt-neuf, tirait un deux, ou à trente un as. Sa gorge se serrait et sa vue se troublait. Le visage de l'étranger, au clair de lune, paraissait encore plus impassible que d'habitude. En moins d'une heure, Milan resta sans le sou. L'étranger lui proposa d'aller chez lui chercher de l'argent, il l'accompagnerait. Ils firent l'aller-retour, puis reprirent la partie. Milan jouait comme s'il était muet et aveugle ; il choisissait mentalement la carte et exprimait par signes ce qu'il voulait. On aurait dit que les cartes entre eux étaient devenues secondaires et n'étaient qu'un prétexte à la lutte désespérée qu'ils se livraient sans merci. Lorsque Milan se retrouva de nouveau sans argent, l'étranger lui enjoignit d'aller chez lui et d'en rapporter, et lui resta sur la kapia à fumer. Il ne jugeait pas utile de l'accompagner, car il était maintenant hors de question que Milan pût ne pas lui obéir, ou le tromper et rester chez lui. Et Milan obéit, partit sans discuter et revint docilement. C'est alors que, tout à coup, la chance tourna. Milan regagna ce qu'il avait perdu. Sous le coup de l'émotion, le nœud qu'il avait dans la gorge se resserrait. L'étranger se mit à doubler, puis à tripler la mise. Le jeu était de plus en plus rapide et fébrile. Les cartes fusaient entre eux et tissaient une fortune d'argent et d'or. Tous deux se taisaient. Milan haletait, transpirant et se couvrant de sueur froide tour à tour dans la nuit douce, au clair de lune. Il jouait, distribuait et recouvrait les cartes, pas parce qu'il en avait envie, mais parce qu'il le devait. Il sentait que cet étranger extirpait de lui non seulement tout son argent, ducat par ducat, mais aussi la moelle de ses os et son sang de ses veines, goutte à goutte, et que ses forces et sa volonté l'abandonnaient à chaque nouvelle perte. Il jetait de temps en temps un coup d'œil par en dessous à son adversaire. Il s'attendait à voir un visage satanique avec un rictus de la bouche et des yeux comme des braises, mais, au contraire, en face de lui l'étranger gardait son visage habituel, avec l'expression tendue d'un homme qui fait sa besogne quotidienne, pressé de finir ce qu'il a entrepris et qui n'est pour lui ni aisé ni agréable.

Milan eut bientôt perdu de nouveau tout son argent liquide. L'étranger proposa alors de mettre en jeu le bétail, puis les terres, puis la propriété.

— Je mise quatre bonnes pièces hongroises, et toi, ton cheval bai avec la selle. D'accord ?

— D'accord.

Ainsi s'en fut le cheval bai, suivi des deux chevaux de charge, puis des vaches et des veaux. Tel un commerçant scrupuleux et de sang-froid, l'étranger énumérait par leur nom toutes les bêtes de l'étable de Milan et évaluait à son juste prix chaque tête, comme s'il était né et avait grandi dans cette maison.

— Tiens, onze ducats contre ton champ qu'on appelle *salkoucha* ! J'ai ta parole ?

C'était l'étranger qui distribuait. En cinq cartes, Milan n'obtint que vingt-huit points.

— Encore ? demanda calmement l'étranger.

— Encore une, répondit Milan dans un chuchotement à peine audible, et tout son sang reflua vers son cœur.

L'étranger retourna tranquillement la carte. C'était un deux, la carte du salut. Milan, d'un air impassible, laissa échapper entre ses dents :

— Suffit !

Il serrait convulsivement les cartes et les cachait. Il s'efforçait d'avoir l'air le plus indifférent possible, pour que son adversaire ne pût deviner à quel score il en était.

L'étranger se mit alors à tirer les cartes pour lui, ouvertement. Lorsqu'il fut arrivé à vingt-sept, il s'arrêta, regarda tranquillement Milan dans les yeux, que celui-ci baissa. L'étranger retourna encore une carte. C'était un deux. Il eut un bref soupir, à peine audible. Il semblait qu'il dût en rester à vingt-neuf, et le sang se remit à couler dans les veines de Milan, prélude à la joie de la victoire. Mais l'étranger eut encore un sursaut, il bomba le torse et renversa la tête en arrière, faisant étinceler au clair de lune son front et ses yeux, et il retourna encore une carte. Encore un deux. Il paraissait incroyable que trois deux puissent sortir presque l'un après l'autre, mais il en était pourtant bien ainsi. Sur la carte retournée, Milan vit son champ, labouré et hersé, tel qu'il était au printemps, lorsqu'il était le plus beau. Les sillons se mirent à tournoyer autour de lui comme s'il perdait connaissance, mais la voix calme de l'étranger le rappela à lui.

— Otouz bir ! Le champ est à moi !

Ce fut ensuite le tour des autres terres, des deux maisons, puis du bois de chênes à Osojnica. Ils étaient toujours d'accord sur les estimations. De temps à autre, Milan gagnait et ramassait promptement les ducats. L'espoir étincelait brièvement, tel l'or, mais après deux ou trois « mains » malheureuses, il se retrouvait sans argent et engageait de nouveau ses biens.

Lorsque le jeu, tel un torrent, eut tout emporté, les deux

joueurs s'arrêtèrent un instant, pas pour reprendre haleine, ce dont visiblement tous les deux avaient peur, mais pour réfléchir à ce qu'ils pourraient encore mettre en jeu. L'étranger gardait son sang-froid, il avait l'expression d'un homme concentré sur ses affaires qui se repose après avoir accompli la première partie de sa tâche, tout en étant impatient de la poursuivre. Milan restait prostré, le sang glacé dans les veines ; son sang battait dans ses tempes et il lui semblait que le banc de pierre s'élevait et s'affaissait tour à tour sous lui. L'étranger dit alors de sa voix monocorde et lassante, un peu nasillarde :

— Tu sais ce qu'on va faire, l'ami ? On en fait encore une, mais cette fois, le tout pour le tout. Je donne tout ce que j'ai gagné ce soir et, toi, ta vie. Si tu gagnes, tout est de nouveau à toi comme avant, l'argent, le bétail et les terres. Si tu perds, tu sautes de la kapia dans la Drina.

Il disait cela sur un ton toujours aussi neutre, comme s'il parlait affaires ou qu'il s'agissait du marché le plus banal conclu entre deux joueurs absorbés par la partie.

Le moment est venu de sauver mon âme ou de la perdre, pensa Milan, et il fit un effort pour se ressaisir, pour s'arracher à ce tourbillon incompréhensible qui avait tout emporté et l'engloutissait à son tour de toute sa force implacable, mais l'homme, d'un seul regard, le ramena à sa place. Et comme s'ils jouaient à l'auberge, avec une mise de trois ou quatre groches, il inclina la tête et tendit la main. Ils coupèrent tous les deux. L'étranger avait un quatre, et Milan un dix. C'était à lui de faire la donne. Cela le remplit d'espoir. Il distribua les cartes et l'étranger en redemandait toujours d'autres.

— Encore ! Encore ! Encore !

L'homme tira cinq cartes et alors seulement dit :

— Suffit !

C'était maintenant à Milan de tirer. Lorsqu'il arriva à vingt-huit, il s'arrêta un instant, jeta un coup d'œil au tas de cartes de l'étranger et à son visage énigmatique. Il était impossible de deviner à combien il s'était arrêté, mais il était fort probable qu'il avait plus de vingt-huit ; d'abord parce que, ce soir, il ne s'arrêtait jamais à des scores bas, et ensuite parce qu'il avait cinq cartes. Faisant appel à ses dernières forces, Milan retourna encore une carte. C'était un quatre. Donc : trente-deux. Perdu.

Il regardait, mais ne pouvait en croire ses yeux. Il lui paraissait impossible que l'on pût ainsi tout perdre d'un seul coup. Quelque chose de brûlant et d'assourdissant lui traversa le corps du bout des orteils à la racine des cheveux. Tout lui parut soudain clair : le prix de la vie, la nature de l'homme et aussi cette passion maudite et inexplicable de jouer ce qu'on possède et ce qu'on ne possède pas, sa tête et tout ce qu'il y a autour. Tout était clair et lumineux comme si le jour se levait, comme s'il avait rêvé qu'il avait joué et perdu, mais que tout fût en même temps réel, irrévocable et irréparable. Il voulut dire quelque chose, gémir, appeler à l'aide, ne fût-ce que d'un soupir, mais il n'en trouva pas la force.

À côté de lui, l'étranger attendait.

C'est alors que, quelque part sur la rive, un coq poussa soudain son coquerico, clair et sonore, une fois, puis aussitôt après, une seconde fois. Il était si proche qu'on l'entendait battre des ailes. Au même instant, les cartes éparpillées s'envolèrent, comme emportées par le vent, l'argent s'évanouit, la kapia tout entière chancela sur ses fondations. Milan ferma les yeux de frayeur et pensa que sa dernière heure était venue. Lorsqu'il rouvrit les yeux, il vit qu'il était seul. Son adversaire au jeu s'était volatilisé comme une bulle de savon, et avec lui les cartes et l'argent qui se trouvaient sur la dalle de pierre.

Le morceau de lune, de couleur orange, flottait au fond de l'horizon. Un vent frais se leva. Le bruit de l'eau en contrebas se fit plus perceptible. Milan tâta la pierre sur laquelle il était assis, dans l'espoir de reprendre ses esprits et de comprendre où il se trouvait et ce qui lui arrivait, puis il se redressa péniblement et prit le chemin d'Okolište comme si ses jambes ne lui appartenaient pas.

Gémissant et titubant, il parvint avec peine jusqu'au seuil de sa maison, où il s'écroula comme un blessé, cognant de tout son corps contre la porte. Réveillés, les membres de sa famille l'emportèrent dans son lit.

Il resta couché deux mois, en proie à la fièvre et au délire. On le crut perdu. Le pope Nikola vint lui administrer l'extrême-onction. Pourtant, il se rétablit et quitta le lit, mais c'était un autre homme. C'était maintenant un vieillard avant l'heure et un original qui vivait retiré, parlait peu et frayait avec les hommes aussi peu que possible. Son visage, que n'éclairait jamais le moindre sourire, gardait une expression de douloureuse concentration. Il ne s'occupait que de sa maison et vaquait à ses affaires, comme s'il n'avait jamais eu d'amis ni joué aux cartes.

Pendant sa maladie, il avait raconté au pope Nikola tout ce qui s'était passé cette nuit-là sur la kapia, et plus tard, il confia également la chose à deux de ses bons amis, car il sentait bien qu'il ne pourrait vivre avec un tel secret sur le cœur. Les gens en entendirent parler, et comme si ce qui s'était passé n'était pas suffisant, ils en rajoutèrent et brodèrent à loisir, avant de porter leur attention, comme ils le faisaient toujours, vers une nouvelle histoire, oubliant Milan et son aventure. C'est ainsi que ce qu'il restait de l'ancien Milan Glasinčanin vivait, travaillait et évoluait parmi les habitants de la ville. Les jeunes générations ne le connaissaient que tel qu'il était désormais et ne soupçonnaient pas qu'il avait été autre. Et lui-même semblait avoir tout oublié. Lorsque, descendant à la ville, il traversait le pont de son pas pesant et lent de somnambule, il passait à côté de la kapia sans la moindre émotion, et même sans le moindre souvenir. Il ne lui venait nullement à l'esprit que cette terrasse avec ses bancs de pierre sur lesquels étaient assis des gens insouciants pût avoir un lien quelconque avec cet endroit terrible, quelque part au bout du monde, où il avait joué une nuit son ultime partie, misant sur une carte trompeuse tout ce qu'il avait, y compris sa vie, dans ce monde et dans l'au-delà.

Milan se demandait souvent si tout ce qui était survenu au cours de cette nuit sur la kapia n'était pas tout simplement un cauchemar qu'il avait fait alors qu'il gisait, inconscient, devant sa maison, une conséquence de sa maladie et non sa cause. À vrai dire, le pope Nikola, aussi bien que ces deux amis à qui il s'était confié, avaient plutôt tendance à considérer toute cette histoire comme des divagations et des visions qui lui étaient apparues sous l'effet de la fièvre. En effet, aucun d'eux ne croyait que le diable jouât à l'otouz bir et attirât sur la kapia celui dont il voulait la perte. Mais ce qui nous arrive est souvent si confus et si pénible qu'il n'est pas étonnant que les gens, désireux de trouver à tout cela une explication ou du moins de le rendre plus supportable, veuillent y voir une intervention de Satan.

Quoi qu'il en fût, avec l'aide du diable ou sans lui, en rêve ou dans la réalité, une chose était bien certaine : Milan Glasinčanin, après avoir perdu du jour au lendemain sa santé, sa jeunesse et énormément d'argent, s'était libéré à jamais, comme par miracle, de sa passion. Et ce n'était pas tout. L'histoire de Milan Glasinčanin eut une suite, une autre histoire qui avait elle aussi pour point de départ la kapia.

Le lendemain de cette nuit au cours de laquelle Milan Glasinčanin (en rêve ou dans la réalité) avait joué cette ultime et terrible partie sur la kapia fut une journée ensoleillée d'automne. C'était un samedi. Comme toujours le samedi, les Juifs de Višegrad, des commerçants, accompagnés de leurs enfants mâles, s'étaient retrouvés sur la kapia. Désœuvrés et arborant un air solennel, dans leurs pantalons de satin et leurs gilets de drap, coiffés de fez plats rouge foncé, ils respectaient strictement le jour du Seigneur en se promenant le long de la rivière, comme s'ils y cherchaient quelqu'un. Mais ils passaient la plupart du temps sur la kapia plongés dans des discussions bruyantes et animées en espagnol, à l'exception des jurons qu'ils lançaient en serbe.

Bukus Gaon, le fils aîné du barbier Avram Gaon, homme pieux, honnête et pauvre, était arrivé ce matin-là parmi les premiers. Il avait seize ans, mais n'avait pas encore trouvé de travail fixe ni de métier précis. Le jeune homme, à la différence des autres Gaon, avait un vent fou dans la tête qui le rendait incapable de devenir enfin raisonnable et de s'en tenir à un métier, et il cherchait en permanence quelque chose de mieux et de plus beau. Lorsqu'il voulut s'asseoir, il vérifia si la pierre était propre. C'est ainsi qu'il aperçut dans la fente entre les deux dalles une fine rainure d'un jaune brillant. C'était l'éclat de l'or, si doux aux yeux des hommes. Il regarda mieux. Il n'y avait aucun doute : un ducat était tombé là. Le jeune homme jeta un coup d'œil autour de lui afin de vérifier si quelqu'un l'observait et de chercher quelque chose pour extraire le ducat qui lui souriait au fond du sillon de pierre. Mais il se rappela soudain que c'était samedi, et que cela aurait été une honte et un péché de faire quoi que ce fût. Excité et perplexe, il s'assit à cet endroit et ne se leva plus jusqu'à midi. Lorsque vint l'heure de déjeuner et que tous les Juifs, jeunes et vieux, rentrèrent chez eux, il trouva un gros brin d'orge et, oubliant péché et sabbat, retira précautionneusement le ducat d'entre les dalles. C'était une bonne vraie pièce hongroise, aussi fine et légère qu'une petite feuille morte. Il arriva en retard au déjeuner. Et lorsqu'il prit place à la modeste table où ils étaient treize à manger (onze enfants, le père et la mère), il n'entendit même pas son père le réprimander et le traiter de bon à rien et de fainéant, incapable même d'être à l'heure pour déjeuner. Il avait des bourdonnements dans les oreilles et les yeux éblouis par une grande lumière. Une vie d'un luxe inouï, auquel il avait toujours rêvé, s'offrait à lui. Il lui semblait qu'il portait un soleil au fond de sa poche.

Le lendemain, sans plus réfléchir, Bukus se rendit à l'auberge Ustamujić et se glissa dans la petite pièce où presque à toute heure du jour et de la nuit on jouait aux cartes. Il en avait toujours rêvé, mais n'avait jamais eu assez d'argent pour oser y entrer et tenter sa chance. Il pouvait maintenant réaliser ce rêve.

Il passa là plusieurs heures excitantes et douloureuses. Il fut d'abord accueilli avec dédain et méfiance. Lorsque les autres joueurs virent qu'il changeait une pièce hongroise, ils pensèrent aussitôt qu'il l'avait volée à quelqu'un, mais ils acceptèrent sa mise. (En effet, si l'on avait dû vérifier l'origine de l'argent de chacun, on n'aurait jamais pu jouer.) Mais de nouvelles épreuves commencèrent alors pour le débutant. Lorsqu'il gagnait, le sang lui montait à la tête, et la chaleur et la transpiration lui brouillaient la vue. Et lorsqu'il perdait gros, il avait l'impression que le souffle lui manquait et que son cœur défaillait. Mais à la suite de tous ces tourments, dont chacun paraissait sans issue, il quitta quand même l'auberge, ce soir-là, avec quatre ducats en poche. Et bien que, sous le coup de l'émotion, il fût brisé et fiévreux, comme s'il avait été battu à coups de verges incandescentes, il marchait le dos bien droit et l'air fier. Devant son regard ardent s'ouvraient des horizons lointains et éblouissants qui rejetaient dans l'ombre la misère familiale et abolissaient cette ville tout entière à partir de ses fondations. Il allait comme grisé, d'un pas solennel. Pour la première fois de sa vie, il percevait non seulement l'éclat et le bruit de l'or, mais aussi son poids.

Ce même automne, Bukus, bien que jeune et sans expérience, se mit à vagabonder et devint joueur professionnel, et il abandonna la maison familiale. Le vieux Gaon mourait de honte et de chagrin d'avoir perdu son fils aîné, et toute la communauté juive compatissait à son malheur. Le jeune homme quitta ensuite la ville et partit au loin poursuivre sa funeste destinée de joueur. Et plus jamais, depuis quatorze ans maintenant, on n'avait entendu parler de lui. C'était la faute, disait-on, à ce « ducat diabolique » qu'il avait trouvé sur la kapia et extrait de la pierre un jour de sabbat.

XIII

Arriva la quatrième année de l'occupation. Il semblait que les choses se fussent calmées et relativement « rodées ». Si le « doux silence » de l'époque des Turcs ne revenait pas — et ne pouvait revenir —, du moins un certain ordre commençait-il à s'instaurer, selon les nouvelles conceptions. Mais de nouveaux bouleversements eurent lieu dans le pays, une nouvelle armée arriva de façon inopinée dans la ville, et une fois de plus, une garde s'installa en permanence sur la kapia. Voici comment on en arriva là.

Les nouvelles autorités instaurèrent cette année-là la conscription en Bosnie et en Herzégovine. Cela suscita une grande inquiétude dans la population, surtout parmi les musulmans. Cinquante ans auparavant, quand le sultan avait mis sur pied le premier *nizam*, une armée entraînée, habillée et équipée à la façon européenne, les musulmans s'étaient révoltés et avaient mené de véritables guerres, limitées mais sanglantes, car ils n'acceptaient pas d'endosser l'uniforme des infidèles et de porter des courroies qui leur barraient la poitrine en dessinant le symbole honni de la croix. Et voilà que maintenant ils devaient revêtir ce même « habit étroit » qu'ils haïssaient, et ce au service d'un souverain étranger d'une autre confession.

Dès la première année de l'occupation, lorsque les autorités avaient commencé à procéder à la numérotation des maisons et au recensement de la population, cela avait éveillé chez les musulmans la méfiance et suscité des craintes indéfinies, mais profondes.

Comme toujours en de telles circonstances, les musulmans les plus respectés et les plus lettrés de la ville s'étaient réunis discrètement pour se consulter sur le sens de ces mesures et convenir de l'attitude à adopter.

Un jour de mai, ces « premiers personnages » de la ville s'étaient retrouvés sur la kapia, comme par le fait du hasard, et ils avaient occupé toutes les places sur le sofâ. Tout en buvant tranquillement et en regardant droit devant eux, ils avaient discuté presque en chuchotant des nouvelles mesures suspectes prises par les autorités. Ils en étaient tous mécontents. Ces mesures étaient par leur nature contraires à leurs conceptions et à leurs habitudes, car chacun d'eux ressentait comme une humiliation superflue et incompréhensible cette immixtion des autorités dans leurs affaires personnelles et leur vie familiale. Mais aucun d'eux ne savait trouver un sens véritable à ce recensement, ni dire de quelle façon il convenait de s'y opposer. Parmi eux se trouvait Ali hodja qui par ailleurs venait rarement sur la kapia, car son oreille droite lui démangeait douloureusement dès qu'il apercevait les marches de pierre qui menaient au sofâ.

Le mouderis de Višegrad, Husein agha, homme lettré et bon conteur, avait analysé, en tant que personne la plus compétente, ce que pouvait signifier ce marquage des maisons avec des chiffres et ce recensement des enfants et des adultes.

— Les infidèles ont l'habitude de faire ça, me semble-t-il, depuis toujours. Il y a trente ans de cela, sinon plus, le vizir de Travnik était Tahir pacha, un homme originaire de Stamboul. C'était un islamisé, mais hypocrite et intrigant, qui était resté dans son âme le chrétien qu'il avait toujours été. Les gens racontaient qu'il gardait à côté de lui une clochette et que lorsqu'il voulait appeler un de ses domestiques, il agitait cette clochette comme un pope chrétien jusqu'à ce que le domestique apparaisse. Eh bien, c'est ce Tahir pacha qui, le premier, se mit à faire dénombrer les maisons de Travnik et apposer sur chacune d'elles une planchette avec un numéro. (C'est pourquoi on le surnomma « le numéroteur ».) Mais les gens s'insurgèrent, enlevèrent toutes ces petites plaques des maisons et en firent un grand tas auquel ils mirent le feu. Il s'en fallut de peu que le sang ne coulât. Heureusement, on l'apprit à Stamboul et on rappela le vizir. Que ses traces s'effacent à jamais ! Eh bien, maintenant, il se passe le même genre de chose. Les Autrichiens veulent tenir registre de tout, même de nos têtes.

Tous regardaient droit devant eux en écoutant le mouderis, lequel était connu pour préférer raconter en long et en large la vie des autres plutôt que de donner clairement et brièvement son avis sur les événements du moment.

Comme toujours, Ali hodja fut le premier à perdre patience.

— Cela n'a rien à voir avec la religion des Autrichiens, mouderis efendi, c'est plutôt une question d'intérêts. Ces gens-là ne plaisantent pas et ne perdent jamais leur temps et, même lorsqu'ils dorment, ils ne pensent qu'à leurs affaires. Ça ne se voit peut-être pas maintenant, mais ça se verra dans un mois ou un an. Il disait vrai, le défunt Šemsi bey Branković : « Les mines autrichiennes ont de longues mèches ! » Ce dénombrement des maisons et des hommes, à mon avis, ils en ont besoin soit pour un nouvel impôt, soit dans le but d'enrôler les hommes pour la corvée ou l'armée. Et peut-être bien pour les deux. Et, si vous me demandez ce que nous devons faire, voilà ce que j'en pense. Organiser aussitôt la révolte, ce n'est pas notre affaire. Ça, même Dieu le voit, et les gens le savent. Mais nous ne devons pas pour autant obéir à tout ce que l'on nous dit de faire. Personne n'est obligé de se souvenir de leurs fichus numéros ou de dire son année de naissance, ils n'ont qu'à deviner quand chacun est né. Et s'ils dépassent les bornes, s'ils s'en prennent à nos gens et à notre honneur, ne nous laissons pas faire et défendons-nous, et qu'il en soit selon la volonté de Dieu.

Ils parlèrent encore longtemps de ces mesures déplaisantes prises par les autorités, mais ils en restèrent à ce qu'avait préconisé Ali hodja : la résistance passive. Les hommes cachaient leur âge ou donnaient de faux renseignements, s'excusant d'être analphabètes. Quant aux femmes, personne n'osait rien demander à leur sujet, c'eût été une sanglante offense. En dépit de toutes les instructions et des menaces des autorités, ils clouaient les plaques portant les numéros des maisons à un endroit où elles étaient invisibles ou bien à l'envers. Ou alors ils passaient aussitôt leurs maisons à la chaux et, comme par hasard, badigeonnaient du même coup le numéro.

Voyant que la résistance était sincère et profonde, bien que dissimulée, les autorités avaient fermé les yeux et évité d'appliquer strictement la loi, avec les conséquences et les conflits que cela aurait immanquablement suscités.

Deux ans avaient passé depuis lors. L'inquiétude causée par le recensement était déjà oubliée, lorsque, de fait, on se mit à recruter les jeunes gens, sans distinction de foi ni de classe sociale. En Herzégovine orientale, une insurrection éclata, à laquelle, aux côtés des musulmans, prenaient part également les Serbes. Les meneurs des populations révoltées cherchaient à établir des liens avec l'étranger, surtout avec la Turquie, affirmant que les autorités d'occupation avaient outrepassé le mandat qui leur avait été confié au congrès de Berlin et qu'elles n'avaient pas le droit de procéder à la conscription dans les régions qui étaient encore sous souveraineté turque. En Bosnie, il n'y avait pas de résistance organisée, mais, par Foča et Goražde, la révolte avait gagné les confins du district de Višegrad. Des rebelles isolés ou des restes de détachements en déroute essayaient de se réfugier au Sandžak ou en Serbie, en passant par le pont de Višegrad. Comme toujours en pareilles circonstances, parallèlement à la rébellion, le brigandage se mit à prospérer.

C'est alors qu'après tant d'années, la garde refit son apparition sur la kapia. Bien que ce fût l'hiver et qu'il tombât une neige épaisse, deux gendarmes, jour et nuit, étaient en faction. Ils arrêtaient les personnes inconnues et suspectes, les interrogeaient et les fouillaient.

Deux semaines plus tard, un détachement du *Streifkorps* arriva dans la ville et remplaça les gendarmes sur la kapia. Le *Streifkorps* avait été organisé dès que la rébellion en Herzégovine avait commencé à prendre de l'ampleur. C'étaient des unités de combat, mobiles, choisies et équipées pour l'action en terrain difficile, composées de volontaires bien rémunérés. Il y avait dans leurs rangs des hommes venus dans la région avec les troupes d'occupation comme soldats de première réserve, qui n'avaient pas voulu rentrer au pays et avaient préféré rester pour servir dans le *Streifkorps*. D'autres, qui venaient de la gendarmerie, avaient été affectés au nouveau détachement mobile. Enfin, un certain nombre d'autochtones y servaient comme hommes de confiance et comme guides.

Pendant tout l'hiver, qui ne fut ni clément ni court, deux hommes du *Streifkorps* gardèrent en permanence la kapia. C'étaient en général un étranger et un homme de la région. On n'avait pas construit de mirador, comme l'avaient fait les Turcs autrefois, du temps de l'insurrection de Karadjordje en Serbie. On ne tuait pas non plus, on ne coupait pas les têtes. Pourtant, cette fois-ci encore, comme toujours lorsqu'on barrait la kapia, il se produisit des événements insolites qui laissèrent des traces dans la ville. En effet, les périodes de trouble ne peuvent jamais passer sans causer le malheur de quelqu'un.

Parmi les membres de la garde qui se relayaient sur la kapia, il y avait un jeune homme, Russe de Galicie orientale, qui s'appelait Gregor Fédoune. Ce jeune homme de vingt-trois ans avait la taille d'un géant et le cœur d'un enfant, il était fort comme un ours et timide comme une jeune fille. Il faisait son service militaire lorsque son régiment avait été envoyé en Bosnie. Il avait pris part aux combats de Maglaj et de Glasinac. Il avait ensuite passé un an et demi dans diverses garnisons de Bosnie orientale. Et lorsque vint le moment d'être démobilisé, il n'eut pas envie de rentrer dans sa petite ville de Kolomeya en Galicie et de retrouver la maison paternelle, pleine d'enfants et dénuée de tout le reste. Il était déjà à Vienne, avec son unité, lorsque fut publié l'appel à l'inscription volontaire dans le *Streifkorps*. En tant que soldat connaissant la Bosnie pour y avoir combattu pendant plusieurs mois, Fédoune fut immédiatement enrôlé. Il se réjouissait sincèrement à la pensée de revoir les clairières de Bosnie et les bourgades où il avait passé tant de journées à la fois difficiles et joyeuses, et auxquelles le liaient maintenant des souvenirs où les moments pénibles lui paraissaient plus beaux et plus exaltants que les périodes d'insouciance. Il fondait de plaisir et débordait de fierté en imaginant le visage de ses parents, de ses frères et sœurs lorsqu'ils recevraient les premiers florins d'argent qu'il leur enverrait sur sa généreuse solde de volontaire. Et, comble de chance, au lieu d'être envoyé en Herzégovine orientale, où les combats contre les insurgés étaient épuisants et souvent dangereux, il partait pour une petite ville sur la Drina, où tout le travail consisterait à patrouiller et à monter la garde.

Il y passa l'hiver, battant la semelle et soufflant dans ses doigts pendant des heures sur la kapia, au cours de nuits claires et glaciales, lorsque la pierre se fendillait et que le ciel pâlissait au-dessus de la ville, lorsque les grosses étoiles d'automne se transformaient en méchantes petites bougies. Il était encore là lorsque le printemps arriva et il en reconnut les premiers signes sur la kapia : le bruit mat et sourd, que l'on ressentait dans les entrailles, de la glace qui se fendait sur la Drina, et le grondement sournois d'un vent nouveau qui, toute la nuit, résonnait dans les forêts encore dénudées des montagnes resserrées en amont du pont.

Le jeune homme montait la garde quand venait son tour, et il sentait le printemps, qui se manifestait à travers la terre et les eaux, le pénétrer peu à peu, le submerger et troubler ses sens, le griser et embrouiller ses idées. Il montait la garde et fredonnait les mélodies ukrainiennes que l'on chantait dans son pays. Tout en chantonnant, il lui semblait de plus en plus au fil de ces journées de printemps qu'il attendait quelqu'un en ce lieu exposé et venteux.

Au début du mois de mars, le commandement somma le détachement qui montait la garde sur le pont de redoubler de vigilance, car, selon des informations dignes de foi, le célèbre haïdouk Jakov Čekrlija était passé d'Herzégovine en Bosnie et se cachait maintenant aux environs de Višegrad, d'où, vraisemblablement, il essaierait d'atteindre la frontière serbe ou turque. Les membres du *Streifkorps* qui gardaient le pont reçurent le signalement de Čekrlija, assorti de la remarque qu'il s'agissait d'un homme qui, bien que menu et mal bâti, était d'une grande force, très audacieux et particulièrement rusé, et qu'il avait déjà réussi à plusieurs reprises à tromper les patrouilles qui l'avaient cerné et à leur échapper.

Fédoune, lui aussi, entendit l'avertissement au rapport et il le prit au sérieux, comme il le faisait de toutes les communications officielles. À vrai dire, tout cela lui paraissait quelque peu exagéré, car il n'arrivait pas à imaginer que quelqu'un pût franchir sans se faire remarquer cet espace d'une dizaine de mètres de large que constituait le pont. De jour comme de nuit, il passait, l'esprit tranquille et sans inquiétude, plusieurs heures sur la kapia. Son attention était en effet doublement en éveil, mais moins à cause de la possible apparition de ce Jakov, qui restait introuvable, que des signes innombrables et des phénomènes nouveaux qui trahissaient sur la kapia la venue du printemps.

Il n'est pas facile de concentrer son attention sur un seul objet quand on a vingt-trois ans, un corps vigoureux dévoré de fourmillements, et lorsque tout autour, le printemps murmure, scintille, embaume. La neige vous fond dans la poitrine, la rivière rapide devient grise comme un verre opaque. Le vent du nord-ouest vous apporte le souffle de la neige accrochée aux sommets et des premiers bourgeons dans la plaine. Tout cela grisait et distrayait Fédoune qui arpentait l'espace d'une terrasse à l'autre, ou, lors des gardes de nuit, s'adossait au mur et chantonnait avec le vent ses airs ukrainiens. Et de jour comme de nuit, le sentiment qu'il attendait quelqu'un ne le quittait pas, un sentiment à la fois torturant et délicieux qui se trouvait confirmé par tout ce qui se passait sur l'eau, sur la terre et dans le ciel.

Un jour, à l'heure du déjeuner, une fillette musulmane passa devant les sentinelles. Elle était à l'âge où les jeunes filles musulmanes ne se voilent pas encore, mais ne sortent toutefois plus entièrement découvertes et s'enveloppent d'un grand châle d'étoffe fine qui leur dissimule le corps, les bras et les cheveux, le menton et le front, laissant à découvert une partie du visage : les yeux, le nez, la bouche et les joues. C'est cette brève période entre l'enfance et la puberté, lorsque la jeune fille musulmane dévoile en toute innocence et avec gaieté le charme de ce visage encore enfantin mais déjà féminin que, dès le lendemain peut-être, le feredja dissimulera pour toujours.

Il n'y avait pas âme qui vive sur la kapia. Fédoune montait la garde avec un certain Stevan de Prača, un des paysans membres du *Streifkorps*. C'était un homme déjà âgé, qui ne détestait pas la rakia et somnolait sans cesse, assis, en infraction au règlement, sur le banc de pierre.

Fédoune jeta un regard prudent et craintif à la fillette. Autour d'elle s'enroulait son grand châle multicolore, ondoyant et miroitant au soleil comme s'il était vivant, au gré des coups de vent et de la démarche de la fillette. Le visage, calme et beau, était nettement et étroitement encadré par le tissu tendu du châle. Les yeux étaient baissés, mais frémissants. Elle passa ainsi à côté de lui et disparut au-delà du pont, vers le bazar.

Le jeune homme se mit à arpenter avec plus d'entrain l'espace d'une terrasse à l'autre, en regardant sans cesse dans la direction du bazar. Il lui semblait maintenant qu'il avait réellement quelqu'un à attendre. Une demi-heure plus tard — sur le pont régnait encore le calme absolu de l'heure du déjeuner — la fillette musulmane revint du bazar et passa de nouveau à côté du jeune homme troublé. Cette fois-ci, il la regarda un peu plus longuement et avec plus d'audace, et le plus étonnant est qu'elle tourna elle aussi les yeux vers lui : elle lui jeta un regard bref mais hardi, de biais, l'air un peu mutin, rusé, mais de cette ruse candide dont les enfants font assaut en jouant. Puis elle disparut de nouveau en ondoyant, assez vite malgré son pas tranquille, cernée par les mille ondulations et les virevoltes de son ample voile qui enveloppait tout son corps jeune mais déjà vigoureux. Les motifs orientaux et les couleurs éclatantes de l'étoffe apparurent encore longtemps entre les maisons, sur l'autre rive.

Alors seulement, le jeune homme revint à la réalité. Il était au même endroit et dans la même attitude que lorsqu'elle était passée à côté de lui. Se ressaisissant, il palpa son fusil, regarda autour de lui avec le sentiment d'avoir laissé passer quelque chose. Au soleil trompeur de mars, Stevan somnolait. Le jeune homme eut l'impression qu'ils étaient tous deux en faute et que tout un peloton de soldats aurait pu passer là pendant ce laps de temps, dont il était incapable de dire combien il avait duré ni quelle importance il avait pour lui-même et pour le reste du monde. Pris de remords, il réveilla Stevan avec une sévérité exagérée et tous deux continuèrent de monter la garde jusqu'à la relève.

Tout au long de cette journée, dans les périodes de repos aussi bien que pendant les heures de garde, la fillette musulmane, telle une apparition, lui traversa maintes fois l'esprit. Et le lendemain, de nouveau vers midi, au moment où il y a le moins de monde sur le pont et sur la place du marché, elle franchit de nouveau réellement le pont. Comme dans un jeu dont il ne connaissait les règles qu'à moitié, Fédoune regarda de nouveau ce visage encadré par l'étoffe multicolore. Comme si, à sa façon, il participait au jeu, Stevan somnolait encore une fois sur le banc de pierre, et ensuite, il jurerait comme d'habitude qu'il n'avait pas dormi et que, même la nuit, il ne pouvait fermer l'œil. Au retour, la fillette s'arrêta presque, regardant droit dans les yeux le soldat, lequel lui lança deux mots, indistincts et banals, tout en sentant, sous le coup de l'émotion, ses jambes se dérober sous lui et en oubliant complètement où il se trouvait.

Ce sont là des audaces que l'on n'ose qu'en rêve. Lorsque la fillette disparut de nouveau sur l'autre rive, le jeune homme se mit à trembler de peur. Il était incroyable qu'une jeune fille musulmane osât lever les yeux sur un soldat autrichien. Une chose aussi inouïe et inimaginable ne pouvait se produire qu'en rêve, en rêve ou au printemps sur la kapia. De plus, il savait fort bien que dans ce pays et dans sa situation, il n'y avait rien de plus honteux et de plus dangereux que de toucher à une femme musulmane. On le leur avait expliqué à l'armée et maintenant encore, au *Streifkorps*. De telles audaces étaient sévèrement punies. Certains l'avaient payé de leur vie, victimes de la fureur des musulmans offensés. Il savait tout cela et souhaitait le plus sincèrement du monde s'en tenir au règlement et aux ordres, et pourtant il faisait le contraire. Le malheur de ceux qui courent à leur perte, c'est justement que, pour eux, les choses qui sont par ailleurs impossibles et interdites deviennent, en un clin d'œil, accessibles et faciles, ou du moins le semblent-elles ; mais, devenues l'unique objet de leurs désirs, elles se révèlent telles qu'elles sont : inaccessibles et prohibées, avec toutes les conséquences que cela a pour ceux qui persistent à vouloir les obtenir.

Le troisième jour aussi, vers midi, la jeune fille musulmane survint. Et de même que dans les rêves tout se passe comme on le souhaite, selon la seule et unique réalité de cette volonté qui soumet tout le reste, Stevan somnolait de nouveau, convaincu et prêt à convaincre autrui qu'il n'avait pas fermé l'œil ; sur la kapia, il n'y avait pas une seule personne. Le jeune homme se risqua de nouveau à parler, il balbutia quelques mots, et la jeune fille ralentit le pas et lui répondit d'un air craintif quelque chose de tout aussi confus.

Ce jeu dangereux et inimaginable se poursuivit. Le quatrième jour, la jeune fille, guettant le moment où la kapia était déserte, demanda en chuchotant au jeune homme en émoi quand viendrait son prochain tour de garde. Il lui répondit qu'il serait de nouveau sur la kapia au crépuscule, à l'heure de la quatrième prière.

— J'emmènerai ma vieille grand-mère passer la nuit en ville et je reviendrai seule, chuchota la jeune fille sans s'arrêter ni tourner la tête, en lui jetant un regard en coulisse qui en disait long.

Et chacun de ses mots banals trahissait la joie à l'idée de le revoir.

Six heures plus tard, Fédoune était de nouveau sur la kapia avec son compagnon somnolent. Après la pluie, un crépuscule frais tombait, qui lui semblait plein de promesses. Les passants étaient de plus en plus rares. Sur la route d'Osojnica apparut alors la jeune fille musulmane, enveloppée dans son grand châle dont le couchant avait éteint les couleurs. À côté d'elle marchait une vieille femme, une musulmane courbée, complètement enveloppée de son lourd feredja noir. Elle avançait complètement pliée en deux, appuyée de la main droite sur un bâton, et de la gauche sur le bras de la jeune fille.

Elles passèrent ainsi à côté de Fédoune. La jeune fille ralentissait le pas et l'adaptait à la démarche lente de la vieille femme qu'elle conduisait. Ses yeux, qui étaient agrandis par les ombres du couchant, restèrent cette fois-ci hardiment et ouvertement fixés sur ceux du jeune homme, comme s'ils ne pouvaient plus s'en détacher. Lorsqu'elles disparurent dans le bazar, celui-ci fut parcouru d'un frisson et il se mit à aller et venir d'un pas rapide d'une terrasse à l'autre, comme s'il souhaitait rattraper ce qu'il avait laissé passer. Avec un émoi qui ressemblait à de la peur, il attendait maintenant le retour de la jeune fille. Stevan somnolait.

Que me dira-t-elle en passant ? pensait le jeune homme. Et que lui dire ? Peut-être me proposera-t-elle que nous nous retrouvions cette nuit en un endroit secret ? Il frémit à l'idée des voluptés et du danger excitant que lui évoquait cette perspective.

Une heure passa ainsi dans l'attente, puis la moitié d'une autre, et la jeune fille ne revenait pas. Mais dans cette attente aussi, il y avait de la douceur. Et la douceur augmentait avec les ténèbres qui tombaient. Finalement, à la place de la jeune fille, ce fut la relève qui apparut. Mais, cette fois-ci, il n'y avait pas que les deux soldats qui devaient prendre leur tour de garde, l'adjudant-chef Draženović en personne les accompagnait. Cet homme sévère qui portait une courte barbe noire ordonna d'une voix aiguë et fielleuse à Fédoune et à Stevan de se rendre au dortoir dès qu'ils arriveraient à la caserne et de ne plus en sortir jusqu'à nouvel ordre. Fédoune sentit le sang lui monter à la tête à la pensée d'une faute dont il se sentait vaguement coupable.

Le grand dortoir froid, avec ses douze lits bien alignés, était vide. Les hommes étaient en train de dîner ou en ville. Fédoune et Stevan attendaient, anxieux et impatients, tournant et retournant en vain les choses dans leur tête afin de comprendre pourquoi l'adjudant-chef les avait consignés de façon si sévère et inattendue. Une heure plus tard, alors que les premiers soldats regagnaient le dortoir, un caporal, les sourcils froncés, fit irruption dans la pièce et leur ordonna d'un ton tranchant de le suivre. Ils sentaient à de multiples signes que l'on devenait de plus en plus sévère avec eux et que tout cela ne présageait rien de bon. Dès qu'ils eurent quitté le dortoir, on les sépara et on se mit à les interroger isolément.

La nuit avançait. L'heure vint où la dernière lumière s'éteignait dans la ville, mais les fenêtres de la caserne étaient toujours éclairées. On entendait de temps en temps la cloche de l'entrée, le cliquetis des clés et le fracas de la lourde porte. Les ordonnances venaient et repartaient, se hâtant à travers la ville assoupie et plongée dans l'obscurité, entre la caserne et le palais où les lampes brûlaient également au premier étage. Ces signes extérieurs suffisaient pour comprendre qu'il se passait quelque chose d'inhabituel.

Lorsque, vers 23 heures, on fit entrer Fédoune dans le bureau du major, il avait l'impression que des jours et des semaines s'étaient écoulés depuis la chose sur la kapia. Sur le bureau brûlait une lampe à pétrole en métal avec un abat-jour de porcelaine verte. Le major Krčmar était assis à côté d'elle. Ses bras étaient éclairés jusqu'au coude, mais le haut de son corps et sa tête restaient dans l'obscurité. Le jeune homme connaissait bien ce visage pâle et plein, presque féminin, imberbe, avec de minuscules moustaches presque invisibles et des cernes foncés qui formaient autour des yeux gris un cercle régulier. Les soldats du *Streifkorps* craignaient comme la peste cet officier corpulent et impassible, au débit lent et à l'allure pesante. Peu nombreux étaient ceux qui pouvaient soutenir longtemps le regard de ses grands yeux gris et qui ne bégayaient pas en répondant à ses questions, dont chaque mot était prononcé d'une voix basse mais distinctement et en articulant chaque syllabe, comme à l'école ou sur la scène. Un peu à l'écart de la table se tenait l'adjudant-chef Draženović. Lui aussi avait le haut du corps dans l'obscurité, seules ses mains étaient violemment éclairées ; des mains détendues, poilues ; à l'une d'elles brillait une lourde alliance en or.

Ce fut Draženović qui posa la question.

— Dites-nous comment vous avez passé le temps de 17 à 19 heures, alors que vous étiez de garde sur la kapia en compagnie de l'auxiliaire de service Stevan Kalacan.

Fédoune sentit le sang lui monter au visage. Chacun passe le temps comme il peut, du mieux qu'il sait, sans penser qu'il devra plus tard en répondre devant un tribunal sévère et rendre des comptes sur tout ce qui a eu lieu pendant ce temps, dans les moindres détails, jusqu'aux pensées les plus secrètes et sans omettre un seul instant. Personne, et surtout pas un jeune homme de vingt-trois ans qui a passé ce temps, au printemps, sur la kapia. Que répondre ? Ces deux heures de garde avaient passé comme toujours, comme la veille et l'avant-veille. Mais à brûle-pourpoint, il n'arrivait pas à se rappeler quoi que ce soit de banal et d'ordinaire qu'il pût raconter. Dans sa mémoire ne surgissaient que des choses secondaires et défendues que tout le monde fait, mais que l'on ne saurait révéler à ses chefs : que Stevan, à son habitude, avait somnolé ; que lui, Fédoune, avait échangé quelques mots avec une jeune fille inconnue ; et qu'ensuite, comme la nuit tombait, il avait fredonné avec griserie toutes les chansons de son pays, en attendant le retour de la jeune fille et avec lui quelque chose d'excitant et d'insolite. Ah, comme il était dur de répondre, impossible de tout dire, mais fâcheux de cacher certaines choses. Et il fallait faire vite, car le temps s'écoulait et ne faisait qu'augmenter sa confusion et son embarras. Depuis quand durait ce silence ?

— Alors ? dit le major.

Tous les soldats connaissaient bien son « alors ? » clair, lisse, ferme, comme le son d'un mécanisme puissant et complexe, bien huilé.

Et Fédoune se mit à bégayer, s'embrouillant dès le début comme s'il était coupable.

La nuit avançait, mais les lampes ne s'éteignaient ni à la caserne, ni au palais. Les interrogatoires, les procès-verbaux et les confrontations se succédaient. On entendit également d'autres soldats qui avaient été de garde ce jour-là. On retrouva même certaines personnes qui étaient passées par là et on les fit venir. Mais il était évident que le cercle se resserrait autour de Fédoune et de Stevan, et lors de leurs interrogatoires, autour de la vieille musulmane conduite par une fillette.

Le jeune homme avait l'impression qu'il payait maintenant les audaces magiques et inextricables de ses rêves. Juste avant l'aube, il fut confronté à Stevan. Le paysan clignait les yeux d'un air rusé et parlait de façon artificielle, d'une petite voix, en invoquant sans cesse le fait qu'il était un paysan analphabète, se réfugiant à tout propos derrière « monsieur Fédoune », comme il appelait sans arrêt dans ses déclarations son compagnon de garde.

C'est ainsi qu'il faut répondre, pensait en son for intérieur le jeune homme dont l'estomac criait famine et qui tremblait d'émotion, bien qu'il ne comprît toujours pas de quoi il retournait et en quoi consistait au juste son méfait ou sa faute. Mais le petit matin apporta l'explication.

Toute la nuit, cette ronde infernale et inouïe au centre de laquelle se trouvait le major, froid et implacable, se poursuivit ; lui-même immobile et muet, il ne permettait à personne de rester en place et de se taire. Par son attitude et son apparence, il ne ressemblait d'ailleurs pas à un homme, mais plutôt à la personnification du devoir, à un redoutable prêtre de la justice, inaccessible aux faiblesses et aux sentiments, doué d'une force surnaturelle, échappant même aux besoins humains les plus élémentaires, manger, dormir ou se reposer. Au point du jour, Fédoune fut amené une seconde fois devant le major. Dans le bureau, outre le major et Draženović, il y avait aussi un gendarme en armes et une créature féminine qui, de prime abord, parut irréelle au jeune homme. La lampe était éteinte. La pièce, orientée vers le nord, était froide et sombre. Le jeune homme voyait avec étonnement son cauchemar embrouillé de la nuit se poursuivre, sans pâlir ni se dissiper à la lumière du jour.

— C'est bien lui qui montait la garde ? demanda Draženović à la femme.

Alors seulement, fournissant un effort immense et douloureux, Fédoune la regarda attentivement. C'était la fillette musulmane de la veille, mais sans son châle, tête nue, avec de lourdes tresses brunes enroulées de façon lâche autour de la tête. Elle portait un pantalon turc bouffant, mais le reste de ses vêtements, blouse, ceinture et gilet, étaient les mêmes que ceux des jeunes filles serbes des villages situés sur les hauts plateaux au-dessus de la ville. Sans son châle, elle paraissait plus âgée et plus forte. Son visage était différent, la bouche grande et haineuse, les paupières rougies, les yeux clairs et lumineux comme si l'ombre qu'il y avait vue la veille s'était envolée.

— Oui, répondit la fille d'une voix dure et indifférente, qui fut pour Fédoune aussi nouvelle et inhabituelle que toute son apparence du moment.

Draženović continua de l'interroger, il lui demanda comment et combien de fois elle avait traversé le pont, ce qu'elle avait dit à Fédoune et ce que Fédoune lui avait dit. Elle répondait dans l'ensemble avec exactitude, mais d'un air négligent et impudent.

— Bon, Jelenka, et que t'a-t-il dit la dernière fois que tu es passée ?

— Il a dit quelque chose, mais je ne sais pas vraiment quoi, car je ne l'écoutais pas, je ne pensais qu'au moyen de faire passer Jakov.

— C'est à ça que tu pensais ?

— Oui, à ça, répondit à contrecœur la jeune fille qui était apparemment épuisée et ne souhaitait pas en dire plus qu'il ne fallait.

Mais l'adjudant était tenace. D'une voix où perçait la menace et qui trahissait l'habitude d'être obéi sans réplique, il lui demanda de répéter tout ce qu'elle avait déclaré lors du premier interrogatoire au palais.

Elle résistait, abrégeait, sautait certaines parties de ses déclarations antérieures, mais il l'arrêtait toujours et, à coups de questions sèches et habiles, la forçait à revenir en arrière. Peu à peu, toute la vérité se fit jour. Elle s'appelait Jelenka et était une Tasić, de Gornja Lijeska. L'automne précédent, le haïdouk Čekrlija était venu dans cette région et il y avait passé l'hiver, caché dans une étable au-dessus de leur village. La nourriture et le linge de rechange lui étaient fournis par la famille de la jeune fille. Le plus souvent, c'était elle-même qui les lui apportait. Ils s'étaient épris l'un de l'autre et promis leur amour. Et lorsque la neige fondit et que les hommes du *Streifkorps* se mirent à le traquer de plus en plus, Jakov décida de passer à tout prix en Serbie. À cette époque de l'année, la Drina était difficile à traverser même aux endroits qui n'étaient pas surveillés, et sur le pont, la garde veillait en permanence. Il opta pour le pont et imagina un plan pour tromper la garde. Elle partit avec lui, décidée à l'aider, quitte à y laisser la vie. Ils descendirent d'abord jusqu'à la Lijeska, puis gagnèrent une grotte au-dessus d'Okolište. Jakov s'était au préalable procuré chez des Tsiganes du plateau de Glasinac des vêtements turcs féminins : un feredja, un pantalon bouffant et une ceinture. Elle se mit alors, sur ses instructions, à traverser le pont pour que la garde s'habituât à elle, et ce à l'heure où il n'y avait pas beaucoup de musulmans pour que personne ne se demandât qui était cette fille inconnue. C'est ainsi qu'elle avait franchi le pont trois jours de suite, puis avait décidé de faire passer Jakov.

— Mais pourquoi l'as-tu fait passer justement quand c'est ce soldat qui était de garde ?

— Ben, parce qu'il m'a paru être le plus faible, en quelque sorte.

— C'est la raison ?

— Oui.

Sur l'insistance de l'adjudant-chef, la femme continua. Lorsque tout fut au point, Jakov s'enveloppa dans le feredja et, à la tombée de la nuit, elle le conduisit en ville comme s'il était sa vieille grand-mère, en passant à côté de la garde qui ne remarqua rien, car c'est elle que le jeune homme regardait et non la vieille ; quant au soldat plus âgé assis sur le banc, il avait l'air de somnoler.

Arrivés au marché, par prudence, ils ne traversèrent pas le bazar, mais prirent des rues latérales. C'est ce qui les perdit. Ils s'égarèrent dans la ville qu'ils ne connaissaient pas et, au lieu de déboucher sur le pont du Rzav et d'atteindre ainsi la route qui menait vers l'une et l'autre frontière, ils se retrouvèrent devant un café turc d'où sortaient justement quelques hommes. Parmi eux, il y avait un gendarme, un musulman natif de la ville. Cette vieille femme voilée et accompagnée d'une jeune fille qu'il n'avait jamais vue auparavant lui parut suspecte, et il les suivit. Il les escorta ainsi jusqu'au Rzav. Là, il les aborda pour leur demander qui elles étaient et où elles allaient. Jakov qui, à travers le voile qui lui couvrait le visage, suivait attentivement les gestes du gendarme, estima que le moment était venu de prendre la fuite. Il se débarrassa promptement de son feredja, poussa Jelenka contre le gendarme avec une telle violence qu'ils perdirent tous deux l'équilibre (« Car il est menu et de petite taille, mais fort comme la terre, et il a un cœur pas comme les autres ! »). Elle se trouva coincée, comme elle le racontait tranquillement et en toute sincérité, entre les jambes du gendarme. Avant que celui-ci réussît à se dépêtrer de Jelenka, Jakov avait traversé le Rzav comme une vulgaire flaque, bien qu'il eût de l'eau jusqu'au-dessus du genou, et disparu sur l'autre rive dans une saulaie. Quant à elle, on l'avait emmenée au palais, on l'avait battue et menacée, mais elle ne dirait rien de plus, et n'avait rien de plus à dire.

L'adjudant-chef s'efforça en vain, par des questions détournées, des cajoleries, des menaces, de tirer quelque chose de plus de la jeune fille, de découvrir d'autres complices et acolytes ou d'apprendre quels étaient les plans de Jakov. Tout cela n'avait pas le moindre effet sur elle. Elle avait parlé, même trop, de ce dont elle voulait bien parler, mais on ne lui tira pas un mot de ce qu'elle avait décidé de garder pour elle, malgré tous les efforts de Draženović.

— Mieux vaut que tu nous dises maintenant tout ce que tu sais, sinon il nous faudra interroger et torturer Jakov que l'on a sûrement déjà pris à la frontière.

— Pris qui ? Lui ? Ah !

La jeune fille regarda l'adjudant avec pitié, comme s'il ne savait pas ce qu'il disait, et le coin droit de sa lèvre supérieure se retroussa avec mépris. (Cette torsion de la lèvre, qui ressemblait alors à une sangsue convulsée, exprimait ses sentiments de fureur, de mépris ou de dédain dès qu'ils devenaient plus forts que les mots dont elle disposait pour s'exprimer. Ce spasme donnait un court instant à tout son visage, par ailleurs beau et régulier, une expression dure et désagréable.) Puis, avec un air tout à fait enfantin et pensif, qui était en contradiction absolue avec cette vilaine contraction de la lèvre supérieure, elle regarda par la fenêtre, comme le paysan regarde son champ lorsqu'il veut vérifier l'effet du temps sur les semailles.

— Vous êtes fous ! Voilà le jour qui pointe. Depuis hier soir, il aurait pu parcourir la Bosnie tout entière. Et comme la frontière n'est qu'à une ou deux heures de marche d'ici... Il l'a franchie depuis belle lurette, j'en suis sûre. Vous pouvez me rouer de coups ou me tuer, c'est pour ça que je l'ai accompagné, mais lui, vous ne le reverrez plus. N'y rêvez pas ! Ah !

Et sa lèvre supérieure se contracta en se retroussant du côté droit, rendant soudain son visage plus vieux, plus rusé, plus insolent et laid. Mais lorsque cette lèvre se détendit brusquement et retomba, son visage reprit son expression enfantine, pleine d'une intrépidité charmante et candide.

Draženović, ne sachant que faire, regarda le major qui lui fit signe d'emmener la jeune fille. Et l'interrogatoire de Fédoune reprit. Désormais, les choses pouvaient aller vite et sans problèmes. Le jeune homme avoua tout et ne sut rien dire pour sa défense, pas même ce que Draženović lui soufflait dans ses questions. Même les paroles du major, qui exprimaient, avec une sévérité extrême, une condamnation impitoyable et sans appel tout en trahissant une certaine tristesse de se montrer aussi dur, n'arrivèrent pas à faire sortir le jeune homme de sa léthargie.

— Je vous considérais, Fédoune, dit Krčmar en allemand, comme un jeune homme sérieux, conscient de ses devoirs et de son but dans la vie, et je pensais qu'il sortirait de vous un jour un serviteur modèle, l'orgueil de notre détachement. Mais vous vous êtes toqué de la première femelle qui vous est passée sous le nez. Vous vous êtes laissé emporter comme un faible, comme un homme à qui l'on ne peut confier une tâche sérieuse. Je dois vous déférer au tribunal. Mais quelle que soit sa sentence, le pire des châtiments restera pour vous de vous être montré indigne de la confiance que l'on mettait en vous et de ne pas avoir su au moment voulu rester, en tant qu'homme et soldat, à votre poste. Allez maintenant.

Même ces paroles graves, cinglantes, martelées, ne faisaient surgir aucun élément nouveau dans la conscience du jeune homme. Tout était déjà en lui. L'apparition et les déclarations de cette femme, la maîtresse du haïdouk, le comportement de Stevan et tout le déroulement de cette brève enquête lui révélaient tout à coup, sous son véritable éclairage, sa folie printanière sur la kapia, son jeu innocent d'une légèreté impardonnable. Les paroles du major ne constituaient que le sceau officiel apposé à tout cela ; elles étaient plus nécessaires au major lui-même, afin de satisfaire les exigences tacites mais éternelles de la loi et de l'ordre, qu'à Fédoune. Comme devant un spectacle grandiose et inimaginable, le jeune homme se trouvait confronté à une découverte d'une ampleur qui le dépassait : l'importance que pouvaient avoir, au mauvais moment et en un lieu dangereux, quelques instants d'inattention. S'il les avait eus sans que personne le sache, ces quelques instants d'absence n'auraient eu aucune importance particulière. Une de ces polissonneries de jeunes gens que l'on raconte ensuite à ses compagnons au cours des ennuyeuses patrouilles de nuit. Mais ainsi, ramenés à des responsabilités concrètes, ils prenaient un tout autre sens. Ils signifiaient, plus que la mort, la fin de tout, une fin indigne et non voulue. Plus jamais de véritable explication, ni pour soi-même ni pour les autres. Plus jamais de lettres de Kolomeya, plus de photos de famille, plus de mandats postaux qu'il envoyait chez lui avec tant de fierté. La fin d'un homme qui s'était trompé et avait permis qu'on le trompe.

C'est pour cela qu'il ne trouvait pas le moindre mot pour répondre au major.

La surveillance à laquelle fut soumis Fédoune n'était pas particulièrement sévère. On lui donna son petit déjeuner, qu'il mangea comme si sa bouche ne lui appartenait pas, puis on lui ordonna de préparer ses affaires personnelles, de rendre son arme et ses objets de service, avant de partir à 10 heures, par la voiture de poste, accompagné d'un gendarme, pour Sarajevo où il serait déféré au tribunal de garnison.

Tandis que le jeune homme enlevait ses affaires de l'étagère au-dessus de son lit, ses quelques camarades qui étaient encore dans le dortoir s'évanouirent sur la pointe des pieds, en fermant avec précaution et sans bruit la porte derrière eux. Autour de lui grandissaient ce cercle de solitude et ce silence pesant qui se forme toujours autour d'un homme frappé par le malheur comme autour d'une bête malade. Il décrocha d'abord du clou la tablette noire sur laquelle étaient inscrits à la peinture à l'huile et en allemand son nom, son grade, les numéros de son détachement et de l'unité dans laquelle il servait, et il la posa sur ses genoux, le côté écrit tourné vers le bas. Au dos noir de la tablette, le jeune homme écrivit avec un bout de craie, rapidement et en petits caractères : « Envoyez tout ce que je laisse derrière moi à mon père à Kolomeya. Je salue tous mes camarades et demande à mes supérieurs de me pardonner. G. Fédoune. » Puis il jeta encore un coup d'œil par la fenêtre et vit du monde ce que l'on pouvait en voir en un éclair et depuis un observatoire aussi étroit. Il décrocha ensuite son fusil, y plaça une unique et lourde balle qui était toute collante d'huile. Après s'être déchaussé et avoir déchiré sa chaussette d'un coup de canif au niveau du gros orteil droit, il s'allongea sur son lit, coinça son fusil entre ses bras et ses genoux de façon que le bout du canon vînt appuyer profondément sous son menton, plaça son pied de telle sorte que le chien du fusil coïncidât avec le trou de sa chaussette et tira. La détonation résonna dans toute la caserne.

Après une grande décision, tout devient facile et simple. On appela le médecin. Une commission vint constater le décès et une copie du procès-verbal fut jointe aux documents relatifs à l'interrogatoire de Fédoune.

Alors se posa la question de son enterrement. Draženović reçut l'ordre d'aller voir le pope Nikola et d'en discuter avec lui : Fédoune pouvait-il être enterré au cimetière, bien qu'il eût mis fin à ses jours, et le pope acceptait-il de donner l'absoute à un défunt de confession uniate ?

Au cours de la dernière année, le pope Nikola avait brutalement vieilli et ses jambes commençaient à le trahir ; aussi s'était-il adjoint le pope Josa pour l'aider dans sa grande paroisse. C'était un homme taciturne mais agité, maigre et noir comme un tison. Les derniers mois, il assurait presque toutes les tâches et célébrait les offices dans la ville et les villages, tandis que le pope Nikola, qui se déplaçait avec difficulté, se chargeait de ce qu'il pouvait faire chez lui ou à l'église qui jouxtait sa maison.

Conformément aux instructions du major, Draženović alla voir le pope Nikola. Le vieillard le reçut allongé sur son lit de repos ; à côté de lui se tenait le pope Josa. Lorsque Draženović eut exposé les problèmes que posaient la mort et l'enterrement de Fédoune, les deux popes gardèrent le silence un instant. Voyant que le pope Nikola continuait à se taire, le pope Josa parla le premier, d'un ton craintif et en restant dans le vague : la chose était inhabituelle et même exceptionnelle, il y avait des obstacles aussi bien dans les règlements ecclésiastiques que dans les usages consacrés. Dans le seul cas où l'on pourrait prouver que le suicidé n'était pas en possession de toute sa raison, l'on pourrait faire quelque chose. C'est alors que sur sa couche dure et étroite, couverte d'un tapis usé et fané, le pope Nikola se redressa. Il reprit cet air de statue imposante et puissante qu'il avait toujours lorsqu'il traversait le bazar, salué de droite et de gauche. Le premier mot qu'il prononça éclaira son visage, large et encore vermeil, avec d'énormes moustaches qui rejoignaient la barbe, des sourcils épais et raides, roux, presque blancs, le visage d'un homme qui dès son plus jeune âge avait appris à penser par lui-même, à dire sincèrement ce qu'il pense et à bien le défendre.

Sans hésitation, sans la moindre grandiloquence, il répondit de façon directe à la fois au pope et à l'adjudant-chef :

— Maintenant que le malheur est fait, il n'y a plus rien à prouver. Quel homme sain d'esprit attenterait à ses jours ? Et qui pourrait prendre sur soi la responsabilité de l'enterrer comme un mécréant, derrière une palissade et sans prêtre ? Va donc, monsieur, avec la bénédiction du ciel, et ordonne que l'on prépare le mort, pour que nous puissions l'enterrer au plus vite. Et au cimetière, bien sûr ! Je lui donnerai l'absoute. Par la suite, s'il se trouve un jour ici un prêtre de sa religion, qu'il complète et rectifie, s'il considère que les choses n'ont pas été faites comme il fallait.

Et lorsque Draženović fut sorti, il se tourna vers le pope Josa, lequel était confus et surpris :

— Comment pourrais-je refuser une sépulture à un homme baptisé ? Et pourquoi ne pas lui donner l'absoute ? Cela ne lui suffit-il donc pas d'avoir manqué de chance dans la vie ? Et là-bas, que ceux devant lesquels nous répondrons de nos péchés lui demandent compte des siens.

C'est ainsi que le jeune homme qui avait commis une faute sur la kapia demeura à jamais dans la ville. Il fut enterré le lendemain matin et reçut l'absoute du vieux pope Nikola, assisté du sacristain Dimitrije.

Un par un, les soldats du *Streifkorps* vinrent au bord de la fosse et y jetèrent une poignée de terre maigre. Tandis que les deux fossoyeurs faisaient rondement leur travail, ils restèrent encore quelques instants autour de la tombe comme s'ils attendaient un commandement, regardant, sur la rive opposée de la Drina, à côté de leur caserne, la colonne droite et blanche de fumée qui s'élevait dans le ciel. Sur le terre-plein au-dessus de la caserne, on brûlait la paillasse ensanglantée de Fédoune.

La fin brutale du jeune soldat, dont plus personne ne connaissait le nom et qui avait payé de sa vie quelques instants d'inattention et de griserie printanière sur la kapia, faisait partie de ces événements qui touchaient le cœur des habitants et qu'ils gardaient longtemps en mémoire et racontaient souvent. Le souvenir du jeune homme sensible et malchanceux survécut à la garde sur la kapia.

Dès l'automne suivant, l'insurrection en Herzégovine faiblit. Plusieurs meneurs qui s'étaient distingués, musulmans ou Serbes, se réfugièrent au Monténégro ou en Turquie. Il resta dans ces régions quelques haïdouks qui n'avaient pas de liens réels avec la rébellion causée par le recrutement, mais se livraient au brigandage pour leur compte. Eux aussi furent arrêtés ou dispersés. L'Herzégovine se calma. La Bosnie donnait ses recrues sans opposer de résistance. Mais le départ de Višegrad du premier contingent ne fut ni facile ni simple.

Dans le canton tout entier on ne prit pas plus d'une centaine de jeunes gens, mais le jour où les paysans avec leurs sacs et les rares citadins avec leurs malles de bois se rassemblèrent devant le palais, la ville semblait frappée par une épidémie ou en état d'alerte. De nombreuses recrues buvaient copieusement depuis le matin en mélangeant les boissons. Les paysans portaient des chemises blanches, bien propres. Rares étaient ceux qui ne buvaient pas, mais restaient plutôt assis à somnoler à côté de leurs affaires, contre le mur. La plupart étaient excités, le visage enflammé par l'alcool, en sueur dans le jour brûlant. Quatre ou cinq gars du même village s'étaient pris par les épaules, leurs têtes serrées les unes contre les autres et, ondulant à la manière d'une foule, ils poussaient leur complainte traînante, comme s'ils étaient seuls sur terre :

Ôoooo, la belle, ôoooo !

L'affolement était encore plus grand parmi les épouses, les mères, les sœurs et les cousines de ces jeunes gens, qui étaient venues de leurs lointains villages pour leur dire adieu, pour les voir une dernière fois, pour pleurer et se répandre en lamentations, pour leur donner, chemin faisant, une dernière gâterie et une dernière marque de tendresse. La place du marché, à côté du pont, était envahie par ces femmes. Elles étaient assises, pétrifiées, comme si elles attendaient une sentence, discutaient entre elles et de temps en temps essuyaient leurs larmes du coin de leur foulard. En vain leur avait-on expliqué dans les villages que les jeunes gens n'allaient ni à la guerre ni aux travaux forcés, mais qu'ils serviraient à Vienne l'empereur, qu'ils seraient nourris, habillés et chaussés, et qu'après les deux ans réglementaires, ils rentreraient chez eux, et que tous les jeunes gens des autres régions de l'Empire faisaient également leur service militaire, pendant trois ans même. Tout cela glissait sur elles comme un coup de vent, comme quelque chose qui leur était étranger et complètement incompréhensible. Elles n'écoutaient que leurs instincts et ne pouvaient agir qu'en fonction d'eux. Et ces instincts millénaires et ataviques leur faisaient monter les larmes aux yeux et les sanglots dans la gorge, les poussaient à suivre avec obstination, aussi loin qu'elles le pouvaient, d'un ultime regard, celui qu'elles chérissaient plus qu'elles-mêmes et qu'un empereur inconnu emmenait en pays inconnu, vers des épreuves et des tâches inconnues. C'est en vain que, maintenant encore, les gendarmes et les employés du palais se mêlaient à elles pour les persuader qu'un chagrin aussi exagéré était injustifié, leur enjoignant de ne pas barrer le passage, de ne pas se précipiter derrière les recrues sur la route et de ne pas semer le désordre et la confusion, puisqu'ils reviendraient tous sains et saufs. Tout cela en vain. Les femmes les écoutaient, hochaient la tête d'un air hébété et soumis, mais éclataient aussitôt en pleurs et se répandaient en lamentations. On aurait dit qu'elles aimaient leurs larmes et leurs gémissements autant que l'homme qu'elles pleuraient.

Et lorsque arriva l'heure du départ, que les jeunes gens se

placèrent comme il convenait en rang par quatre et s'engagèrent sur le pont, ce fut une telle ruée et une telle confusion que les gendarmes les plus calmes eurent du mal à garder leur sang-froid. Les femmes couraient en tous sens, et chacune voulant se tenir au côté de son homme, elles se bousculaient et se faisaient tomber. Leurs cris se mêlaient aux appels, aux supplications et aux dernières recommandations. Certaines se précipitaient même en avant de la colonne menée par quatre gendarmes marchant de front, elles se jetaient à leurs pieds, se frappant la poitrine dénudée et hurlant :

— Sur mon corps ! Il faudra passer sur mon corps de malheureuse !

Les hommes les relevaient avec peine, retirant avec précaution bottes et éperons de leurs chevelures défaites et de leurs jupes tire-bouchonnées.

Certains jeunes gens, pris de honte, repoussaient eux-mêmes avec colère les femmes et les exhortaient à rentrer chez elles. Mais la plupart des recrues chantaient ou poussaient des cris aigus, ce qui augmentait encore le vacarme général. Les quelques citadins, blêmes d'émotion, chantaient à l'unisson, à la façon des villes :

Sarajevo et la Bosnie,
Chaque mère est affligée
Qui envoie son fils aîné
À l'empereur comme recrue.

La chanson faisait pleurer les femmes de plus belle.

Lorsque les recrues réussirent enfin à franchir le pont, où le convoi tout entier était coincé, et s'engagèrent sur la route de Sarajevo, de chaque côté les attendait une haie de gens venus leur faire leurs adieux et les pleurer comme si on les emmenait au peloton d'exécution. Là aussi, il y avait beaucoup de femmes qui sanglotaient toutes, sans exception, bien qu'elles n'eussent pas de proches parmi ceux qui partaient. En effet, on a toujours une bonne raison de pleurer et rien n'est plus doux que de se lamenter sur le malheur des autres.

Mais peu à peu cette haie des deux côtés de la route se fit plus clairsemée. Certaines des paysannes renonçaient elles aussi. Les plus tenaces étaient les mères qui couraient le long du convoi, comme si elles avaient quinze ans, sautaient le fossé qui longeait la route pour tenter d'échapper aux gendarmes tout en restant au côté de leur enfant. Ce voyant, les jeunes gens eux-mêmes, blêmes d'émotion et mal à l'aise, se retournaient et leur criaient :

— Rentre à la maison, tu m'entends !

Mais les mères continuèrent ainsi longtemps, aveugles et sourdes à tout, ne voyant que leur fils qu'on emmenait et n'écoutant que leurs sanglots.

Ces journées d'effervescence passèrent cependant elles aussi. Les gens regagnèrent leurs campagnes et la ville retrouva son calme. Et lorsque arrivèrent de Vienne les premières lettres et les premières photographies des recrues, tout devint plus facile et plus supportable. Les femmes pleuraient également, de longues heures, sur les lettres et les photographies, mais avec moins de violence et plus calmement.

Le *Streifkorps* fut dissous et abandonna la ville. Sur la kapia, depuis longtemps déjà, il n'y avait plus de garde, et les gens y passaient des heures, assis sur les bancs de pierre, comme ils le faisaient auparavant.

Les deux années passèrent vite. Et, de fait, cet automne-là, les premiers soldats du contingent rentrèrent, propres, tondus, et bien nourris. Les gens les entouraient, ils racontaient leur vie de soldat et la grandeur des villes qu'ils avaient vues, mêlant à leur parler des noms insolites et des expressions étrangères. Lors du départ du contingent suivant, il y eut moins de larmes et de panique.

Et de façon générale, tout devint plus facile et plus normal. Les jeunes gens des nouvelles générations n'avaient pas de souvenirs précis et vivants de l'époque turque et ils avaient en grande partie adopté le mode de vie nouveau. Mais, sur la kapia, on continuait de vivre selon les anciennes coutumes de la ville. En dépit de la nouvelle façon de s'habiller, des nouveaux métiers et des nouveaux marchés, tous y redevenaient des habitants de Višegrad, tels qu'ils avaient toujours été depuis la nuit des temps, discutant sans fin, dans ces causeries qui avaient été et demeuraient pour eux un véritable besoin du cœur et de l'imagination. Les recrues partaient sans troubles ni bousculades. Les haïdouks n'existaient plus que dans les récits des anciens. Les sentinelles du *Streifkorps* étaient tombées dans l'oubli, de même que celles de l'époque turque, lorsque le mirador se dressait sur la kapia.

XIV

La vie dans la bourgade près du pont était de plus en plus animée, elle paraissait plus organisée et plus riche et trouvait peu à peu une cadence régulière et un équilibre nouveau, cet équilibre auquel aspire toute vie, partout et depuis toujours, mais que l'on n'atteint que rarement, partiellement et de façon éphémère.

Les villes lointaines et inconnues de nous où vivaient les souverains et d'où l'on administrait alors ces régions connaissaient à cette époque-là — le dernier quart du XIXe siècle — une de ces rares et brèves périodes d'accalmie dans les relations entre les hommes et les événements de la vie sociale. Quelque chose de ce calme se faisait sentir jusque dans ces contrées reculées, de même que le grand silence de la mer se perçoit dans les vallées les plus éloignées.

Ce furent ces trois décennies de prospérité relative et de paix apparente, sous François-Joseph, au cours desquelles de nombreux Européens pensèrent détenir la formule infaillible pour réaliser le rêve séculaire d'un épanouissement complet et heureux de la personnalité dans la liberté universelle et le progrès, le XIXe siècle étalant aux yeux de millions de gens ses bienfaits variés et trompeurs, créant ainsi une illusion de confort, de sécurité et de bonheur, pour tous et pour chacun, à des prix abordables et même à tempérament. Dans cette bourgade perdue de Bosnie, seuls parvenaient des échos amortis de cette vie du XIXe siècle, et ce dans la mesure et sous la forme que ce milieu oriental arriéré pouvait admettre, les comprenant et les appliquant à sa façon.

Lorsque furent passées les premières années de méfiance, de confusion et d'hésitation, lorsque disparut ce sentiment de provisoire, la ville commença à trouver sa place dans le nouvel ordre des choses. Les gens avaient du travail, des occasions de faire du profit, et ils vivaient dans la sécurité. C'était suffisant pour que la vie, la vie extérieure, prît ici aussi « la voie du perfectionnement et du progrès ». Tout le reste était refoulé dans les régions obscures, à l'arrière-plan de la conscience, où vivent et fermentent les sentiments élémentaires et les croyances indestructibles des diverses races, religions et castes, et où, bien qu'apparemment morts et enfouis, ils préparent pour un avenir lointain des bouleversements et des catastrophes insoupçonnés, sans lesquels, apparemment, les peuples ne peuvent vivre, en particulier dans ces contrées.

Le nouveau pouvoir, après les malentendus et les conflits du début, donnait aux gens une impression de stabilité et de pérennité. (Il était lui-même victime de cette illusion, sans laquelle il n'y a pas d'autorité durable ou efficace.) Il était impersonnel et agissait de façon indirecte, ce qui suffisait à le rendre plus supportable que les anciennes autorités turques. Tout ce qu'il y avait de cruauté et de cupidité en lui disparaissait sous le masque de la dignité, de la pompe et de formes entérinées. Les gens craignaient le pouvoir, mais de la même façon qu'ils craignaient la maladie et la mort, et non comme ils redoutaient la malveillance, la misère et la violence. Les représentants des nouvelles autorités, militaires aussi bien que civiles, étaient en majorité étrangers au pays et peu familiers du peuple, insignifiants en eux-mêmes, mais on sentait à chaque seconde qu'ils étaient les rouages minuscules d'un grand mécanisme et que chacun d'eux avait derrière lui, en une longue suite et à des échelons innombrables, des individus plus puissants et des institutions plus importantes. Cela donnait à ces gens un prestige qui dépassait de beaucoup leur personnalité, et une influence magique à laquelle on succombait facilement. Par leur savoir, qui, ici, paraissait grand, par leur calme et leurs manières européennes, ils inspiraient à la fois la confiance et le respect au peuple dont ils se distinguaient tant, sans pour autant susciter la jalousie ou les critiques, bien qu'ils ne fussent ni agréables ni aimés.

D'un autre côté, ces étrangers, au bout d'un certain temps, n'échappaient pas eux non plus à l'influence de ce milieu oriental insolite dans lequel ils devaient vivre. Leurs enfants introduisaient parmi les enfants de la ville des expressions étrangères et des noms inconnus, ils apportaient sous le pont de nouveaux jeux et montraient de nouveaux jouets, mais ils apprenaient en retour des enfants du pays, avec la même rapidité, nos chansons, nos expressions et nos interjections, ainsi que les jeux anciens comme *l'andjaïze*, le bâtonnet ou la teigne. Il en allait de même pour les adultes. Eux aussi apportaient une nouvelle façon de vivre, des mots et des habitudes insolites, mais ils empruntaient en même temps, avec chaque jour qui passait, quelque chose du parler ou du mode de vie des autochtones. Nos gens, certes, surtout les chrétiens et les juifs, commencèrent, dans leur façon de s'habiller et de se comporter, à ressembler de plus en plus aux étrangers que l'occupation avait amenés, mais ces étrangers eux non plus ne pouvaient pas ne pas changer au contact des populations parmi lesquelles ils devaient vivre. Nombre de ces fonctionnaires, Hongrois fougueux ou Polonais arrogants, franchissaient avec angoisse ce pont, entrant avec répugnance dans cette ville à laquelle, au début, ils ne pouvaient s'intégrer, telle la goutte d'huile surnageant à la surface de l'eau. Mais un ou deux ans plus tard, déjà, ils passaient des heures assis sur la kapia, arborant de gros fume-cigarette d'ambre, et, comme les gens du cru, regardaient la fumée se dissiper et s'évanouir dans le ciel clair, dans l'air immobile du crépuscule. Ou bien ils attendaient que la nuit tombe en compagnie de nos commerçants et de nos beys qui se retrouvaient pour la réunion du soir, sur une éminence herbeuse, un brin de basilic devant eux, buvant lentement leur rakia et prenant un peu de nourriture à intervalles rares, comme seuls les gens d'ici savent le faire, au rythme nonchalant de ces causeries légères et sans contenu particulier. Et certains de ces étrangers, fonctionnaires ou artisans, prenaient femme dans la ville, bien décidés à ne plus en partir.

Parmi les habitants de Višegrad, pas un ne voyait dans cette nouvelle façon de vivre la concrétisation de ce qu'il avait depuis toujours dans le sang ou rêvait au fond de son cœur ; au contraire, tous, chrétiens comme musulmans, l'abordaient avec une immense réserve, mais ces réticences restaient secrètes et cachées, à la différence de la vie bien visible et puissante, apparemment si prometteuse. Et la majorité des gens, après avoir plus ou moins longtemps hésité, s'abandonnaient au courant nouveau, faisaient des affaires, s'enrichissaient et vivaient selon les nouvelles conceptions et les nouveaux usages, lesquels donnaient plus d'élan et offraient plus de chances à la personne en tant qu'individu.

Cette existence nouvelle n'était en rien moins conditionnée et soumise aux contraintes que la vie de jadis sous les Turcs, mais elle était plus facile et plus humaine, et ces contraintes et ces conditions étaient maintenant imposées de si loin et avec une telle habileté que l'individu n'en ressentait pas directement les effets. Aussi chacun avait-il l'impression que le monde autour de lui était devenu plus vaste et plus aéré, plus riche et plus varié.

Le nouveau pouvoir, grâce à son bon appareil administratif, réussissait, de façon indolore, sans agression et sans chocs, à soutirer au peuple des impôts et des contributions que les autorités turques lui extorquaient par des méthodes irrationnelles et brutales, ou tout simplement par le pillage ; et il lui en soutirait au moins autant, sinon plus, mais plus rapidement et plus sûrement.

De même qu'en son temps, après l'armée était venue la gendarmerie, et après elle les fonctionnaires, ceux-ci furent suivis des commerçants. On mit en œuvre la coupe des forêts, ce qui amena des entrepreneurs, des ingénieurs et des ouvriers étrangers, des occasions diverses pour le petit peuple et les marchands de gagner un peu d'argent, ainsi que de nouvelles habitudes et des changements dans la façon de se vêtir et de parler parmi la population. On construisit le premier hôtel. (Nous en reparlerons.) Des cantines et des boutiques comme on n'en avait jamais vu ouvraient. À côté des Juifs espagnols, séfarades, qui vivaient depuis des siècles dans la ville où ils s'étaient établis à l'époque de la construction du pont sur la Drina, on voyait maintenant arriver des Juifs de Galicie, des Ashkénazes.

Tel un sang neuf, l'argent se mit à circuler dans le pays en quantités jusque-là inconnues, et, plus important encore, publiquement, sans honte et avec audace. À cette circulation excitante de l'or, de l'argent et des valeurs, chacun pouvait se chauffer les mains ou du moins « se rincer l'œil », car elle créait l'illusion, même chez les plus pauvres, que leur misère n'était que provisoire, et par là même plus supportable.

Auparavant aussi, il y avait de l'argent et des riches, mais ils étaient très peu nombreux et cachaient soigneusement leur fortune, comme la vipère ses pattes, affichant leurs privilèges uniquement comme un moyen de se défendre et une marque de pouvoir, aussi pesants pour eux que pour leur entourage. Dorénavant, la richesse, ou du moins ce que l'on appelait ainsi et considérait comme tel, était une chose publique qui se traduisait de plus en plus dans le bien-être et les plaisirs personnels ; cela permettait en outre à une multitude de gens de profiter de ses fastes ou de ses déchets.

Et il en était ainsi en toute chose. Tous les plaisirs qui étaient jusque-là volés et cachés pouvaient maintenant s'acheter et s'exposer au grand jour, ce qui augmentait aussi bien leur pouvoir d'attraction que le nombre de ceux qui les recherchaient. Ce qui était jadis inaccessible, lointain, coûteux, interdit par les lois ou les préjugés souverains, devenait maintenant, dans beaucoup de cas, permis et accessible à quiconque avait quelques moyens ou de l'audace. Nombre de passions, tentations et envies impérieuses, que l'on cachait jusque-là en des lieux retirés ou que l'on refoulait, pouvaient maintenant exiger d'être entièrement, ou partiellement, assouvies. En réalité, il y avait dans ce domaine aussi plus de discipline, d'ordre et d'obstacles légaux qu'auparavant : les vices étaient punis et les plaisirs se payaient plus durement et plus cher que jamais, seulement les lois et les méthodes étaient autres et donnaient aux gens, en cela comme en toute autre chose, l'illusion que la vie était soudain devenue plus riche, plus brillante et plus libre.

Il n'y avait pas beaucoup plus de plaisirs réels et surtout de bonheur que jadis, mais il était indubitablement plus facile de trouver le plaisir, et il semblait qu'il y eût partout place pour le bonheur de chacun. Le penchant inné des gens de Višegrad pour une vie insouciante et les voluptés trouvait un stimulant et une possibilité de se réaliser dans les nouvelles habitudes et les nouvelles formes de commerce et de profit en vigueur chez les étrangers nouveaux venus. Les Juifs polonais immigrés, avec leurs nombreuses familles, faisaient reposer là-dessus toutes leurs affaires. Schreiber tenait ce que l'on appelait un « commerce varié » ou une « épicerie », Gutenplan avait ouvert une cantine pour l'armée, Tsaler tenait l'hôtel, les Sperling avaient monté une fabrique de soude et un « atelier » de photographie, Tsveher une horlogerie-bijouterie.

Après la caserne, qui avait remplacé l'Hostellerie, on avait construit avec le reste des pierres le palais qui abritait l'administration régionale et le tribunal. Après eux, le plus grand édifice de la ville était l'hôtel Tsaler. Il se trouvait sur la berge, à côté du pont. La rive droite de la rivière reposait sur un ancien soubassement qui lui servait d'assise des deux côtés du pont et qui datait de la même époque que celui-ci. Ainsi, à droite et à gauche du pont s'étendaient deux terre-pleins, comme deux terrasses sur l'eau. Les enfants de la ville, de génération en génération, jouaient sur ces deux terrains vagues que le peuple appelait les champs de prière. Le terrain de gauche avait été réquisitionné par l'administration du district, entouré d'une clôture et planté d'arbres fruitiers et de buissons qui en faisaient une sorte de pépinière communale. C'est sur le terrain de droite qu'avait été construit l'hôtel. Jusqu'à présent, le premier bâtiment à l'entrée de la ville avait été l'auberge de Zarije. Elle y était « à sa place », car le voyageur fatigué et assoiffé, pénétrant dans Višegrad par le pont, ne pouvait pas ne pas tomber sur elle. Elle était maintenant complètement éclipsée par le grand édifice du nouvel hôtel : la vieille auberge basse paraissait de jour en jour plus basse et plus écrasée, comme si elle s'enfonçait dans la terre.

Officiellement, le nouvel hôtel portait le nom du pont à côté duquel il se dressait. Mais le peuple baptise toujours tout selon sa logique particulière et suivant le sens réel que la chose a pour lui. Au-dessus de l'entrée de l'hôtel Tsaler, l'inscription « *Hotel zur Brücke* », tracée à la peinture à l'eau et en lettres raides et maladroites par un soldat peintre de son état, pâlit rapidement. Les gens appelèrent l'hôtel « l'hôtel de Lotika », et ce nom lui resta à jamais. En effet, l'établissement appartenait à un Juif, le gros et flegmatique Tsaler, lequel avait une femme souffreteuse, Debora, et deux fillettes, Mina et Irena, mais la véritable patronne et l'âme du lieu était la belle-sœur de Tsaler, Lotika, jeune veuve d'une grande beauté qui avait son franc-parler et une énergie toute virile.

À l'étage supérieur de l'hôtel se trouvaient six chambres propres et bien aménagées pour les clients, et en bas deux salles, une grande et une plus petite. La grande salle accueillait les gens simples, le tout-venant, les sous-officiers et les artisans. La petite salle était séparée de la grande par une porte de verre opaque sur un battant de laquelle était écrit « *Extra* » et sur l'autre « *Zimmer* ». C'était le foyer de la vie sociale pour les fonctionnaires, les officiers et les gens aisés de la ville. On venait chez Lotika boire et jouer aux cartes, chanter et danser, parler de choses sérieuses et conclure des affaires, bien manger et dormir dans des lits propres. Il arrivait souvent que la même compagnie de beys, de commerçants et de fonctionnaires restât là jusqu'à la nuit, puis jusqu'au petit matin, puis toute la journée du lendemain, jusqu'à ce qu'elle fût terrassée par l'alcool et la fatigue et incapable de distinguer les cartes. (Désormais, on ne jouait plus aux cartes en cachette et clandestinement dans la petite pièce sombre et étouffante de l'auberge Ustamujić.) Et Lotika attendait le départ de ceux qui avaient trop bu ou tout perdu, puis accueillait les nouveaux clients, sobres et impatients de boire et de jouer. Personne ne savait, personne ne se demandait quand cette femme se reposait, quand elle dormait, mangeait et trouvait le temps de s'habiller et de se faire belle. En effet, elle était toujours là (du moins le semblait-il), à la disposition de chacun, aimable avec tous, toujours d'humeur égale et toujours aussi énergique et avisée. Grande, bien en chair, la peau d'un blanc mat, les cheveux noirs et les yeux ardents, elle faisait preuve d'une parfaite assurance dans sa façon de traiter les clients, lesquels laissaient là beaucoup d'argent, mais devenaient souvent agressifs et insolents sous l'effet de la boisson. Avec tous, elle conversait avec grâce, audace, humour, d'un ton mordant, câlin, apaisant. (Elle avait une voix rauque et inégale, qui se transformait par moments en un roucoulement profond et caressant. Elle faisait des fautes en parlant car elle n'avait jamais appris correctement le serbe, et pratiquait une langue bien à elle, savoureuse et imagée, dans laquelle les déclinaisons n'étaient pas toujours respectées ni le genre des substantifs très sûr, mais qui correspondait parfaitement, par le ton et le sens, au mode d'expression des gens de la région.) Chacun des clients avait pour l'argent et pour le temps qu'il perdait là le bénéfice de la présence de Lotika et du jeu incessant de ses propres désirs. Deux choses qui ne manquaient jamais. Tout le reste donnait l'apparence d'exister ou existait vraiment, mais comme en apparence. Pour deux générations de commerçants et de beys prodigues, Lotika fut un mirage éblouissant, coûteux et froid, qui jouait avec leurs sens. On évoquait parfois les rares hommes qui avaient prétendument obtenu d'elle quelques faveurs, mais eux-mêmes ne savaient pas dire lesquelles ni dans quelle mesure.

Il n'était ni simple ni facile d'avoir affaire à ces hommes riches et ivres chez qui se réveillaient souvent des instincts de violence insoupçonnés. Mais Lotika, femme infatigable et habile de sang-froid, à l'intelligence vive et au cœur viril, domptait toutes les fureurs et faisait taire les exigences de ces mâles débridés, jouant de façon inexplicable de son corps parfait, de sa grande ruse et de sa non moins grande audace, réussissant toujours et avec tous à maintenir la distance nécessaire, ce qui ne faisait qu'enflammer plus encore leurs désirs et rehaussait sa valeur. Elle jouait avec ces hommes déchaînés, dans leurs accès les plus dangereux d'ivresse et de fureur, comme le torero avec le taureau, car elle avait très vite appris à connaître ce monde et avait facilement trouvé la clé des appétits en apparence complexes de ces sentimentaux cruels et lascifs et de leurs faiblesses. Elle leur offrait tout, promettait beaucoup mais donnait peu, ou plutôt rien, car leurs désirs, par leur nature, étaient inassouvissables et devaient en fin de compte se satisfaire de peu. Elle se comportait avec la majorité de ses clients comme avec des malades, des gens sujets à des crises périodiques de fureur et de démence. En somme, on peut dire que, malgré son métier qui n'était bien sûr ni très beau ni très honorable, c'était une femme sensée qui avait bon caractère et bon cœur, qui savait consoler et aider quiconque avait dépensé à boire plus qu'il ne fallait ou perdu aux cartes plus qu'il n'aurait dû. Elle les rendait tous fous, car ils étaient nés fous, les trompait car ils souhaitaient être trompés, et, en fin de compte, ne leur prenait que ce qu'ils avaient de toute façon résolu de gaspiller et de perdre. Certes, elle gagnait beaucoup d'argent et comptait ses sous, accumulant ainsi dès les premières années un joli capital, mais elle savait aussi, généreusement et sans un mot, « effacer une dette » ou oublier quelque perte. Elle donnait aux mendiants et aux malades, et avec beaucoup d'égards et de tact, discrètement, sans qu'on le sût, elle aidait les familles riches ruinées, les orphelins et les veuves de bonne famille, tous ces « pauvres honteux » qui ne savent pas quémander et se sentent gênés d'accepter l'aumône.

Et elle faisait cela avec la même habileté dont elle usait pour administrer l'hôtel ou maintenir à distance les clients ivres, lubriques et agressifs, leur prenant tout ce qu'elle pouvait, sans rien leur donner ni les rabrouer vraiment.

Les gens qui avaient vu le monde et connaissaient l'histoire étaient souvent d'avis qu'il était dommage que cette femme eût reçu en partage un sort aussi piètre et un terrain d'action aussi étroit. Si elle n'avait pas été ce qu'elle était et là où elle était, qui sait ce qu'il serait advenu de cette femme sage et humaine qui ne pensait pas à elle-même et qui, à la fois cupide et généreuse, belle et séduisante mais chaste et froide, tenait un hôtel de province et vidait les poches des noceurs de la ville. Peut-être aurait-elle été une de ces femmes que l'histoire retient et qui président à la destinée des grandes familles, des cours ou des États, toujours habiles à faire progresser les choses.

À cette époque, vers 1885, quand Lotika était au mieux de sa forme, certains fils de riches passaient leurs journées et leurs nuits à l'hôtel, dans cette pièce spéciale dont la porte était en verre laiteux et opaque. Là, vers le soir, à côté du poêle, ils se prenaient à somnoler, oubliant dans leur fatigue où ils étaient, pourquoi ils étaient assis là et qui ils attendaient. Profitant de cette accalmie, Lotika se retirait dans une petite pièce du premier étage destinée au service, mais dont elle avait fait son « bureau » et où elle ne laissait entrer personne. Cette pièce exiguë était remplie de meubles disparates, de photographies et d'objets en or, en argent et en cristal. C'est là que se trouvait, caché derrière un rideau, le coffre-fort d'acier vert de Lotika, ainsi que son petit secrétaire qui disparaissait sous les papiers, les convocations, les quittances, les factures, les journaux allemands, les relevés des cours en Bourse et les résultats du tirage de la loterie.

Dans cette pièce étroite, encombrée et étouffante, dont l'unique fenêtre, la plus petite de l'édifice, donnait directement sur la première arche du pont, la moins large, Lotika passait ses heures de liberté et vivait cette autre partie de sa vie, secrète, qui n'appartenait qu'à elle.

C'est là que Lotika, dans les moments de loisir qu'elle réussissait à dérober, lisait les comptes rendus de Bourse et étudiait les prospectus, faisait ses comptes, répondait aux lettres des banques, prenait des décisions, passait des ordres, répartissait ses placements et faisait de nouveaux investissements. C'était tout un aspect de ses activités qui restait inconnu des gens d'en bas et du monde tout entier, la part véritable, mais invisible de sa vie. Elle rejetait alors son masque souriant, son visage devenait dur et son regard aigu et sombre. Depuis cette pièce, elle menait toute une correspondance avec sa nombreuse parentèle, les Apfelmayer de Tarnow, frères et sœurs mariés, cousins et cousines, tous pauvres Juifs de Galicie orientale, disséminés entre la Galicie, l'Autriche et la Hongrie. Elle présidait à la destinée d'une bonne douzaine de familles, entrant dans leurs vies jusque dans les plus infimes détails, arrangeait les mariages, orientait les enfants vers l'école ou l'apprentissage, envoyait les malades en cure, admonestait et réprimandait les paresseux et les gaspilleurs, complimentait les économes et les audacieux. Elle réglait leurs disputes de famille, donnait des conseils en cas de désaccord ou d'hésitation ; elle recommandait à tous une vie plus raisonnable, meilleure et plus digne, facilitant en même temps une telle vie et la rendant possible. En effet, chacune de ses lettres était suivie d'un mandat postal d'un montant qui permettait de suivre ses conseils et de mettre en pratique ses recommandations, de satisfaire un besoin d'ordre spirituel ou physique, ou d'éviter un malheur. (C'est dans ce rôle de soutien d'une famille tout entière, en donnant sa chance à chacun de ses membres, qu'elle trouvait son seul véritable plaisir et une compensation à toutes les difficultés et à tous les sacrifices de sa vie. Avec chaque membre féminin ou masculin de la famille Apfelmayer qui gravissait ne serait-ce qu'un degré de l'échelle sociale, Lotika, elle aussi, s'élevait et trouvait une récompense à son dur labeur, tout en puisant des forces pour continuer.)

Il arrivait parfois qu'elle remontât de l'*Extra-Zimmer* tellement épuisée ou écœurée qu'elle n'avait la force ni d'écrire ni de lire les lettres ou les comptes, et elle allait alors simplement à la petite fenêtre respirer à pleins poumons l'air frais montant de la rivière, un air bien différent de celui d'en bas. Son regard tombait alors sur l'arche de pierre puissante et gracieuse qui fermait l'horizon, et sur les eaux rapides en contrebas. Sous le soleil, au crépuscule, au clair de lune l'hiver ou à la douce clarté des étoiles, elle était toujours la même. Ses deux moitiés ployaient l'une vers l'autre et se rejoignaient au sommet pointu, se soutenant mutuellement dans un équilibre parfait et inébranlable. Avec les années, c'était devenu son seul horizon, intime, témoin muet auquel cette Juive aux deux visages s'adressait dans les instants où elle aspirait au repos et à la fraîcheur, et lorsque, dans ses affaires, dans ses problèmes de famille qu'elle résolvait toujours toute seule, elle se trouvait au point mort ou dans l'impasse.

Mais ces instants de répit ne duraient jamais longtemps, car ils étaient régulièrement rompus par des cris venant de la salle de café. C'étaient soit de nouveaux clients qui réclamaient sa présence, soit un ivrogne réveillé et dessoûlé qui hurlait, exigeant qu'on lui apporte une nouvelle boisson, qu'on allume les lampes, qu'on fasse venir la musique et qu'on appelle Lotika. Elle abandonnait alors son abri, et, après avoir soigneusement fermé la porte avec une clé spéciale, descendait pour accueillir les clients ou, dans sa langue bien à elle et avec son sourire, calmer l'homme ivre, comme un enfant réveillé en sursaut, et l'installer à la table où allait recommencer une nuit de beuverie, de discussions, de chansons et de dépenses.

En effet, pendant son absence, en bas, les choses s'étaient gâtées. Les clients s'étaient disputés. Un bey de Crnča, jeune, pâle, le regard figé, renversait chaque boisson qu'on lui apportait, trouvait à redire à tout et cherchait noise aux serveurs ou aux clients. Avec de brèves interruptions, il buvait depuis des jours à l'hôtel, soupirait après Lotika, mais il buvait tant et soupirait de telle manière qu'il était clair qu'il y était poussé par un chagrin ignoré de lui-même, plus profond et plus grand que son amour malheureux et sa jalousie gratuite envers la belle Juive de Tarnow.

Lotika s'approchait de lui sans crainte, d'un pas léger et d'un air naturel.

— Qu'y a-t-il, Ejub ? Pourquoi cries-tu, malheureux ?

— Où étais-tu ? Je veux savoir où tu es ! balbutiait l'ivrogne en baissant le ton, et il la regardait en clignant les yeux, comme si c'était une apparition. On me donne à boire des poisons ici. On m'empoisonne, m'empoisonne, mais on ne sait pas que je... si je...

— Reste assis, tranquille, disait la femme pour le calmer, jouant de ses mains blanches qui embaumaient, tout près, tout contre le visage de l'homme, reste tranquille, pour toi, je trouver du lait d'oiseau, s'il le faut ; je chercher une boisson pour toi.

Et elle appelait le garçon, et lui donnait un ordre en allemand.

— Ne dis pas des choses que je ne comprends pas, arrête de baragouiner : *firtzen-funftzen*, car, moi... tu me connais...

— Mais oui, mais oui, Ejub. Je ne connais personne mieux que toi, et, toi...

— Hum ! Avec qui étais-tu, dis ?

Et la conversation entre l'homme ivre et la femme sobre se poursuivait interminablement, décousue et dénuée de sens, devant une bouteille d'un vin coûteux et deux verres ; l'un, celui de Lotika, qui était toujours plein, et l'autre, celui d'Ejub, qui ne cessait de se remplir et de se vider.

Et tandis que le jeune bey fainéant divaguait, la langue pâteuse, et débitait des sornettes sur l'amour, la mort, les chagrins amoureux inconsolables et autres sujets semblables que Lotika connaissait par cœur car tous les ivrognes du cru disaient la même chose, à peu près de la même manière, elle se levait, s'approchait des autres tables auxquelles étaient assis d'autres clients habitués à se réunir là vers le soir.

À une table étaient réunis des jeunes gens riches qui commençaient juste à sortir et à boire, des snobs de la ville pour qui l'auberge de Zarije était ennuyeuse et trop simple, mais qui se sentaient encore mal à l'aise dans cet hôtel. À une autre table étaient assis des fonctionnaires, des étrangers, en compagnie d'un officier qui avait délaissé ce jour-là le cercle militaire et daigné venir à l'hôtel des civils, car il avait l'intention de demander un prêt d'argent à Lotika. À une troisième table buvaient des ingénieurs qui construisaient à travers la forêt un chemin de fer pour exporter le bois.

Tout au fond, dans le coin, étaient assis, occupés à faire des comptes, Pavle Ranković, un des plus jeunes mais des plus riches commerçants de Višegrad, et un Autrichien, entrepreneur sur le chantier de la voie ferrée. Pavle était habillé à la turque et portait le fez rouge qu'il gardait même dans le café, il avait de tout petits yeux qui ressemblaient à deux fentes obliques noires et luisantes dans son gros visage blême, mais pouvaient s'élargir de façon étonnante et devenir grands, brillants et diaboliquement rieurs dans les instants, rares, de joie et de triomphe. L'entrepreneur portait un costume gris de coupe sportive, avec des brodequins jaunes qui lui montaient jusqu'au genou. Il écrivait avec un portemine en or attaché à une chaîne, tandis que Pavle se servait d'un gros et court crayon oublié dans sa boutique, il y avait cinq ans de cela, par un charpentier travaillant pour l'armée venu acheter des clous et des charnières. Ils étaient en train de conclure une affaire concernant le ravitaillement des ouvriers travaillant à la voie ferrée. Absorbés par leur tâche, ils comptaient, divisaient et additionnaient ; ils alignaient des chiffres, les uns visibles, sur le papier, qui leur servaient à se convaincre et à se duper mutuellement, et les autres, invisibles, dans leur tête, avec lesquels ils calculaient frénétiquement, chacun pour soi, des combines secrètes et les gains qu'ils pouvaient escompter.

Pour chacun de ces clients, Lotika avait un mot approprié, un sourire généreux ou un regard muet, plein de compréhension. Puis elle retournait au jeune bey, qui était redevenu turbulent et agressif.

Mais au cours de la nuit, pendant la beuverie, avec ses phases agitées, sentimentales, pleurnichardes ou vulgaires qu'elle connaissait bien, il se trouverait de nouveau un moment d'accalmie lui permettant de retourner dans son petit bureau où, à la lumière laiteuse de la lampe de porcelaine, elle se reposerait un peu ou poursuivrait sa correspondance avant qu'éclate quelque scandale en bas et qu'on l'appelle de nouveau.

Et le lendemain ce serait la même chose, le même jeune bey gaspilleur, ivre mort et d'humeur fantasque, ou un autre, et pour Lotika les mêmes soucis qu'il fallait affronter avec le sourire et le même dur labeur qui ressemblait à un jeu léger et frivole.

Il paraît impossible de comprendre et d'expliquer comment faisait Lotika et comment elle réussissait à garder ses forces tout en menant cette multitude de tâches et d'affaires diverses et variées qui remplissaient ses journées et ses nuits et exigeaient d'elle plus de ruse que n'en possède une femme et plus de force que ne peut en développer un homme. Pourtant, elle parvenait à tout faire, sans jamais se plaindre, sans rien expliquer à personne, sans jamais parler, lorsqu'elle réglait une affaire, de ce qui avait précédé ou de ce qui l'attendait après. Et en plus de tout cela, elle réussissait à trouver, chaque jour, au moins une heure à consacrer à Ali bey Pašić. C'était le seul homme dont on considérait dans la ville qu'il avait réussi à obtenir la faveur de Lotika, réellement, indépendamment de tout calcul. Mais c'était en même temps l'homme le plus retiré et le plus taciturne de Višegrad. Aîné des quatre frères Pašić, il ne s'était jamais marié (on pensait que c'était aussi à cause de Lotika), ne faisait pas commerce et ne participait en aucune façon à la vie sociale. Il ne buvait pas et ne faisait pas la noce avec les amis de son âge. Il était toujours d'humeur égale, toujours aussi aimable et réservé envers tous, sans distinction. Il était calme et replié sur lui-même, sans toutefois fuir la compagnie ou la conversation, et pourtant personne ne pouvait se souvenir d'une de ses opinions ou répéter quelqu'une de ses paroles. Il se suffisait à lui-même, satisfait de ce qu'il était et de l'importance qu'il avait aux yeux des autres. Lui-même ne ressentait aucun besoin d'être ou de paraître autre chose, ce que personne n'attendait d'ailleurs de lui. C'était un de ces hommes qui portent leur richesse comme une lourde et noble charge, qui leur emplit entièrement la vie ; une charge héritée à la naissance, importante et digne de respect, qui ne se justifie que par elle-même et ne peut ni s'expliquer, ni être niée, ni être imitée.

Avec les clients de la grande salle, Lotika n'avait pas beaucoup de travail. C'était l'affaire de la serveuse Maltchika et du « garçon de salle » Gustav. Maltchika était une Hongroise dégourdie et connue de toute la ville, qui ressemblait à une femme de dompteur de fauves, tandis que Gustav était un petit Allemand de Bohême roux, irascible, les yeux injectés de sang, qui avait les pieds plats et marchait les jambes écartées. Ils connaissaient tous les clients et tous les hommes de la ville en général, savaient de chacun d'eux s'il était ou non bon payeur et comment il supportait l'alcool, qui il fallait recevoir froidement, qui accueillir chaleureusement et qui ne laisser entrer sous aucun prétexte, car « l'hôtel n'était pas fait pour lui ». Ils veillaient à ce que l'on bût beaucoup et payât régulièrement, mais aussi à ce que tout se passât bien et sans désordre, car la devise de Lotika était : « *Nur kein Skandal !* » Et s'il arrivait par hasard, de façon exceptionnelle, qu'un homme pris d'alcool se déchaînât soudain ou qu'un autre, après s'être enivré dans les autres cabarets plus modestes, entrât de force à l'hôtel, on voyait apparaître Milan, l'homme à tout faire, un grand gaillard osseux aux larges épaules et d'une force herculéenne, originaire de la Lika, quelqu'un qui parlait peu mais pouvait tout faire. Il était toujours habillé comme il convenait à un garçon d'hôtel (Lotika y veillait). Toujours sans veston, vêtu d'un gilet brun et d'une chemise blanche, il était ceint d'un long tablier de drap vert, avait les manches retroussées été comme hiver, pour qu'on voie bien ses énormes avant-bras velus et noirs comme deux grandes brosses. Il avait des moustaches effilées et des cheveux noirs, raidis par la pommade de soldat dont il les enduisait. Milan était capable d'étouffer chaque scandale avant qu'il n'éclate.

Il existait depuis longtemps une stratégie parfaitement au point pour mener à bien cette opération désagréable et peu appréciée. Gustav retenait l'attention du client agressif et ivre pendant que Milan s'en approchait par-derrière, puis le serveur s'écartait soudain et Milan maîtrisait l'ivrogne, lui passant un bras à la ceinture et l'autre au collet, si habilement et si vite que personne n'avait jamais pu déceler en quoi consistait « la griffe de Milan ». Le plus costaud des noceurs volait alors comme une poupée de chiffon par la porte, ouverte par Maltchika à l'instant propice, et se retrouvait dans la rue. Gustav jetait sur-le-champ derrière le client son chapeau, sa canne ou toute autre de ses affaires, et Milan, de tout le poids de son grand corps tendu, baissait avec fracas le rideau de fer de l'hôtel. Tout cela se déroulait en un clin d'œil, avec une coordination parfaite, et avant que les clients aient réalisé, le visiteur importun se retrouvait à la rue et ne pouvait plus, s'il avait vraiment perdu la tête, que s'acharner sur le rideau avec son couteau ou une pierre, comme en témoignaient certaines traces ; ce n'était plus alors un scandale à l'hôtel, mais sur la voie publique, et cela devenait l'affaire de la police qui, de toute façon, n'était jamais loin de l'hôtel. À Milan, il n'arrivait jamais, comme aux autres serveurs, que le client expulsé entraînât derrière lui les tables et les chaises en les renversant, ou qu'il se retînt des pieds et des mains dans l'embrasure de la porte, si fort que même une paire de bœufs n'aurait pu l'en sortir. Milan ne mettait jamais ni zèle ni malveillance à cette tâche, il ne montrait ni goût particulier pour la bagarre ni amour-propre, raison pour laquelle il s'en tirait si remarquablement et si vite. Une minute plus tard, il était déjà à son travail dans la cuisine ou à l'office, comme si de rien n'était. Gustav, lui, traversait, comme en passant, l'*Extra Zimmer* et, jetant un coup d'œil à Lotika assise à la table d'hôtes de marque, il clignait des deux yeux à la fois, ce qui signifiait qu'il s'était passé quelque chose, mais que l'affaire était réglée. Alors Lotika, sans interrompre la conversation ni quitter son sourire, clignait elle aussi les yeux à la vitesse de l'éclair et sans que cela se voie ; cela signifiait : d'accord, merci, restez vigilants !

Il ne restait plus à régler que la question de ce qu'avait bu ou cassé le client expulsé ; Lotika faisait grâce de cette somme à Gustav au moment de faire les comptes du jour, tard dans la nuit, derrière un paravent rouge.

XV

Il existait plusieurs façons, pour ce client agité et magistralement expulsé du café, de reprendre ses esprits et de se remettre des désagréments qu'il venait de connaître, si toutefois il n'était pas aussitôt emmené à la prison. Il pouvait, en titubant, se rendre sur la kapia et s'y rafraîchir à la brise vivifiante qui venait de la rivière et des collines environnantes. Mais il pouvait aussi aller à l'auberge de Zarije, juste à côté, sur la place de la mairie, et y grincer des dents à son aise, menacer et injurier en toute liberté la main invisible qui l'avait si traîtreusement et implacablement jeté hors de l'hôtel.

À l'auberge, la nuit tombée, lorsque rentraient chez eux les bons pères de famille et les gens de labeur qui venaient ici uniquement pour boire leur « ration » et causer un peu avec leurs pairs, il n'y avait jamais et ne pouvait y avoir de scandale, car chacun buvait autant qu'il voulait et autant que le lui permettait sa bourse, chacun faisait et disait ce que bon lui semblait. En effet, ici, on ne demandait pas aux clients de dépenser leur argent et de se soûler tout en se comportant comme s'ils n'avaient rien bu. Pour finir, si quelqu'un dépassait vraiment la mesure, on pouvait compter sur le massif et taciturne Zarije qui, avec son visage renfrogné et maussade, désarmait et décourageait les ivrognes et les querelleurs les plus enragés. Il les calmait d'un geste de sa lourde main et de sa voix de basse :

— Laisse tomber, va ! T'amuse pas à ça !

Mais même dans cette vieille auberge où il n'y avait ni salle séparée ni garçon de café et où le service était toujours assuré par quelque jeune gars du Sandžak, dans ses vêtements de paysan, les nouvelles habitudes se mêlaient maintenant étrangement aux anciennes coutumes.

Retirés dans les coins sombres, les buveurs de rakia les plus notoires et les plus endurcis se taisaient. Ils appréciaient la pénombre et le silence, passant des heures devant leur verre de rakia comme devant une relique, mais détestaient le tapage et l'agitation. L'estomac en feu, le foie calciné, les nerfs détraqués, négligés et pas rasés, indifférents à tout et insupportables à eux-mêmes, ils passaient ainsi le temps à boire et attendaient en buvant qu'embrase enfin leur conscience cette lumière magique dont la boisson illumine ceux qui s'abandonnent à elle, pour laquelle il est doux de se damner, de se ruiner et de mourir et qui, malheureusement, avec les années, se manifeste de plus en plus rarement et éclaire de plus en plus faiblement.

Plus loquaces et plus bruyants étaient les débutants, fils de commerçants pour la plupart, jeunes gens à un âge dangereux qui faisaient leurs premiers pas sur le chemin du mal, payant ainsi le tribut au vice de la boisson et de la paresse que tous paient, plus ou moins longuement selon les cas. La plupart d'entre eux ne restaient pas longtemps dans cette voie, ils s'en détournaient vite pour fonder une famille, s'enrichir et se consacrer au travail et à la vie bourgeoise, avec ses passions médiocres et ses vices réprimés. Seule l'infime minorité des maudits et des prédestinés poursuivait à jamais dans cette voie et, ayant choisi, à la place de la vie, l'alcool, l'illusion la plus éphémère et la plus trompeuse dans cette vie éphémère et trompeuse, ils vivaient pour lui, se consumaient en lui, et finissaient par devenir à leur tour moroses, abrutis et bouffis, comme ceux qui étaient assis dans les coins sombres.

Depuis l'avènement de cette nouvelle ère où l'on vivait sans retenue et sans scrupules, où le commerce était plus actif et les profits plus grands, outre Sumbo le Tsigane, qui depuis une trentaine d'années accompagnait de sa flûte toutes les orgies de la ville, Franz Furlan, avec son accordéon, venait également à l'auberge. C'était un homme maigre et roux, avec une boucle d'oreille en or à l'oreille droite, charpentier de profession, mais amateur excessif de musique et de vin. Les soldats et les travailleurs étrangers aimaient l'écouter.

Il arrivait aussi souvent que passe un joueur de guzla, d'ordinaire un Monténégrin, d'une maigreur ascétique, pauvrement vêtu, mais le dos bien droit et le regard clair, affamé et timide, fier mais contraint à l'aumône. Il restait assis un moment dans un coin, ostensiblement à l'écart, ne commandait rien, regardait droit devant lui en feignant l'indifférence et la gaucherie, bien qu'il fût évident qu'il avait des idées et des intentions tout autres que ce que son attitude laissait supposer. Des sentiments contradictoires et inconciliables se livraient en lui une lutte invisible, en particulier la grandeur de ce qu'il portait au fond de l'âme et la faiblesse et la misère de ce qu'il pouvait exprimer et montrer aux yeux des autres. C'est pourquoi il était toujours troublé et hésitant en présence d'autrui. Il attendait dignement et patiemment que quelqu'un réclame une chanson, et même alors tirait d'un air gêné sa guzla de son sac, soufflait sur la corde, vérifiait que l'archet n'ait pas souffert de l'humidité, accordait l'instrument, tout cela avec l'air de vouloir attirer le moins possible l'attention sur ces préparatifs techniques. La première fois qu'il faisait glisser l'archet sur la corde, ce n'était encore qu'un son tremblant, inégal comme un chemin défoncé. Mais après quelques essais, il se mettait à accompagner de sa voix le son de la guzla, les yeux fermés, par le nez, le complétant et l'aplanissant de son chant. Et lorsque les deux voix se fondaient en un son plaintif et régulier constituant le canevas sombre de la chanson, le malheureux se transformait alors comme par magie : la gêne et la timidité s'évanouissaient, les luttes intérieures s'apaisaient, toutes les difficultés extérieures étaient oubliées. Le joueur de guzla relevait brusquement la tête, comme un homme qui rejette le masque de la modestie car il n'a plus besoin de cacher qui il est et ce qu'il est, et il déclamait, ou plutôt criait, d'une voix d'une puissance inattendue, les vers d'introduction :

Le petit basilic s'est mis à pleurer :
Douce rosée, que ne tombes-tu sur moi ?

Les clients, qui jusque-là faisaient eux aussi mine de rien et discutaient, se taisaient tout à coup. Tandis que résonnaient ces premiers vers, tous, musulmans comme chrétiens, frissonnaient du même désir vague, soif de cette même rosée qui existait dans la chanson comme en eux, en eux tous sans distinction. Mais dès que le joueur de guzla continuait en baissant la voix :

Ce n'était pas le petit basilic...

et, levant le voile de la comparaison, se mettait à énumérer tout ce à quoi les musulmans et les Serbes aspiraient réellement et les figures qui se cachaient derrière les images de la rosée et du basilic, les sentiments dans l'auditoire se partageaient aussitôt et prenaient des chemins opposés, selon ce que chacun était, ce qu'il portait au fond du cœur, ce qu'il désirait et croyait. Pourtant, selon une règle tacite, tous écoutaient en silence la chanson jusqu'au bout et, patients et pleins de retenue, ne trahissaient en rien leurs états d'âme ; ils gardaient les yeux rivés sur le petit verre devant eux, où, à la surface brillante de la rakia, ils devinaient les victoires tant espérées, entrevoyaient des batailles et des héros, une gloire et un panache comme il n'en existait nulle part au monde.

L'animation dans l'auberge était à son comble lorsque s'enivraient les jeunes commerçants et les fils de riches. Il y avait alors du travail à la fois pour Sumbo et Franz Furlan, pour le Borgne et Saha la Tsigane.

Saha était une Tsigane loucheuse, une virago insolente, qui buvait avec quiconque pouvait payer, mais ne se soûlait jamais. Il était impossible d'imaginer une orgie sans sa présence et ses plaisanteries osées.

Les gens qui faisaient la noce avec eux changeaient, mais le

Borgne, Sumbo et Saha, eux, étaient toujours là. Ils vivaient de la musique, des blagues et de la rakia. Ils tiraient leur travail de l'oisiveté des autres, leur gagne-pain de ceux qui jetaient l'argent par les fenêtres, et leur vie véritable se déroulait la nuit, justement à ces heures insolites où les gens sains et heureux dorment, où la rakia et les instincts jusque-là réprimés jettent l'homme dans le tumulte et la fièvre, lui inspirent des ferveurs inattendues, qui sont toujours les mêmes mais paraissent toujours nouvelles et insurpassables. Ils étaient les témoins silencieux et rétribués devant lesquels chacun se permettait de se montrer tel qu'il était, à savoir « le sang à fleur de peau », sans avoir ensuite à se repentir ou à rougir de honte ; avec eux et devant eux était permis tout ce qui, en public, aurait été déshonorant, et, sous son propre toit, coupable et impensable. En leur nom et à leur compte, tous ces hommes respectables et prospères, tous ces fils de bonnes familles pouvaient être un moment tels qu'ils n'auraient pu se montrer devant personne, mais tels qu'ils étaient en réalité, du moins par instants et pour une part de leur être. Les cruels pouvaient les ridiculiser ou les battre, les craintifs les injurier, les prodigues leur faire des cadeaux ; les vaniteux achetaient leurs flatteries, les mélancoliques ou les ombrageux leurs plaisanteries et leurs coups de folie, les débauchés leurs audaces ou leurs services. Ils étaient un besoin éternel mais inavoué des habitants de la ville dont la vie spirituelle était étriquée et faussée. Ils étaient un peu comme des artistes dans un milieu où l'art était inconnu. Et des hommes et des femmes de ce genre, plaisantins, originaux et bouffons, il y en avait toujours eu dans la ville. Quand l'un d'entre eux avait fait son temps et mourait, un autre le remplaçait, car à côté de ceux qui étaient notoires et célèbres grandissaient et mûrissaient de plus jeunes qui, à leur tour, distrairaient et amuseraient les nouvelles générations. Mais il passerait beaucoup de temps avant que n'apparaisse quelqu'un de la trempe de Salko le Borgne.

Lorsque, au début de l'occupation autrichienne, le premier cirque était arrivé dans la ville, le Borgne était tombé amoureux de la danseuse de corde et avait fait à cause d'elle tant de bêtises et de scandales qu'il avait été mis en prison et roué de coups, et les commerçants cruels qui lui avaient fait tourner la tête et l'avaient poussé à faire des folies avaient dû payer de lourdes amendes.

Quelques années avaient passé depuis, les gens s'étaient habitués à beaucoup de choses nouvelles, et la venue de musiciens, de bateleurs et autres prestidigitateurs étrangers ne suscitait plus un émoi général et contagieux comme cela avait été le cas lors de la venue du premier cirque, mais on parlait encore de l'amour du Borgne pour la danseuse de corde.

Depuis longtemps déjà, il se dépensait ainsi sans compter, homme à tout faire le jour pour le compte des uns et des autres, amuseur des riches et des beys la nuit au cours des beuveries. Et cela de génération en génération. Lorsque les uns renonçaient aux frasques, se rangeaient et se mariaient, d'autres plus jeunes arrivaient qui devaient faire leurs expériences. Le Borgne était déjà épuisé et prématurément vieilli, on le voyait beaucoup plus souvent à l'auberge qu'au travail et il vivait moins de ses gains que de l'aumône, buvant et mangeant ce qu'on lui offrait.

Par les nuits pluvieuses d'automne, les hommes réunis à l'auberge de Zarije sombraient dans l'ennui. À une table étaient assis quelques commerçants. Les idées tournaient lentement et toujours autour de choses tristes et désagréables ; les mots étaient rares et pesants, ils sonnaient creux et jouaient sur les nerfs ; les visages restaient froids, absents et méfiants. La rakia elle-même était impuissante à animer et égayer l'atmosphère. Sur un banc, dans un coin de la salle, le Borgne somnolait, terrassé par la fatigue, la chaleur humide et la première rakia ; toute la journée il s'était fait tremper jusqu'aux os, transportant des fardeaux jusqu'à Okolište.

Un des clients moroses à la table des commerçants mentionne alors, comme en passant, la danseuse de corde et l'ancien amour malheureux du Borgne. Ils regardent tous vers le coin, mais le Borgne reste immobile, feignant de dormir. Ils peuvent bien dire ce qu'ils veulent, il a fermement décidé, justement ce matin-là, alors qu'il avait la tête particulièrement lourde, de ne plus répondre à leurs piques et à leurs railleries, et de ne plus permettre que l'on fasse sur son dos des plaisanteries aussi cruelles que celles qu'ils avaient imaginées la veille au soir à l'auberge.

— Je pense qu'ils correspondent encore, dit l'un.

— Incroyable ! Ce fils de pute fait l'amour avec l'une par écrit, tandis qu'il a l'autre sous la main ! lance un autre.

Le Borgne se force à rester immobile, mais cette conversation à son sujet le touche et le trouble, comme si le soleil lui chatouillait le visage, son œil unique voudrait à tout prix s'ouvrir et tous ses muscles se détendent dans un sourire de béatitude. Impossible de rester immobile et silencieux. Il fait d'abord un geste de la main qui feint la lassitude et l'indifférence, mais il ne peut s'empêcher de parler :

— C'est du passé, tout ça.

— Du passé, vraiment ? Hé, les gars, quel voyou, ce Borgne ! L'une se languit de lui là-bas au loin, et l'autre en est folle ici. La première, c'est du passé, la deuxième passera et une troisième viendra. Tu finiras en enfer, malheureux, si tu leur fais tourner la tête les unes après les autres.

Le Borgne est déjà debout et s'approche de leur table. Il a oublié la fatigue et son envie de dormir, et aussi sa décision du matin de ne pas se laisser entraîner dans la conversation. La main sur le cœur, il assure les hommes qu'il n'est pas coupable, qu'il n'est pas vraiment l'amant et le séducteur qu'ils veulent faire de lui. Ses vêtements sont encore mouillés, son visage ruisselant et sale, car son fez rouge de mauvaise qualité déteint, mais illuminé d'un sourire et d'une joie émue. Il s'assied à côté de la table des commerçants.

— Un rhum pour le Borgne ! crie Santo Papo, un Juif grassouillet et pétulant, fils de Mento et petit-fils de Modro Papo, quincailliers respectés.

En effet, les derniers temps, le Borgne remplace dès qu'il le peut la rakia par du rhum. Cette nouvelle boisson semble faite pour des gens comme lui ; elle est plus forte, agit plus rapidement et de façon agréablement différente de la rakia. Elle arrive dans de petites bouteilles de deux décilitres dont l'étiquette représente une jeune mulâtresse aux lèvres charnues et aux yeux de braise, coiffée d'un grand chapeau de paille, de grands anneaux d'or aux oreilles, et en dessous, en lettres rouges, il est écrit « *Jamaica* ». (Cette marchandise exotique, destinée aux Bosniaques au dernier stade de l'alcoolisme, juste avant le delirium tremens, était fabriquée à Slavonski Brod par la firme Eisler, Sirowatka & Comp.) Dès qu'il aperçoit l'image de la mulâtresse, le Borgne sent le feu et l'arôme de la nouvelle boisson, et il pense aussitôt qu'il n'aurait jamais connu ce trésor de la terre s'il était mort ne serait-ce qu'un an plus tôt. « Et il y a tant de belles choses de ce genre sur terre ! » Il fond à cette pensée et attend toujours quelques instants, songeur, avant d'ouvrir la bouteille de rhum. Et après le plaisir que lui procure cette idée, viennent les délices de la boisson elle-même.

Maintenant encore, il tient la bouteille étroite devant son visage, comme s'il la cajolait en silence. Mais celui qui a commencé et l'a entraîné dans la conversation demande alors d'un ton sévère :

— Qu'est-ce que tu comptes faire, vieux, de cette jeune fille ? La prendre pour femme ou t'amuser avec elle comme avec les autres ?

Il est question d'une certaine Paša, de Dušče. C'est la plus belle fille de la ville, orpheline de père, brodeuse comme sa mère.

Lors des nombreuses parties de campagne et beuveries de l'été dernier, les jeunes gens avaient souvent parlé de Paša et célébré sa beauté inaccessible. Progressivement et de façon imperceptible, le Borgne lui aussi s'était enflammé en leur compagnie, sans savoir lui-même ni comment ni pourquoi. Et ils avaient commencé à plaisanter avec lui. Un vendredi, ils l'avaient amené avec eux dans un faubourg pour badiner avec les filles, dans une de ces expéditions au cours desquelles ils entendaient derrière les portes et les moucharabiehs les rires étouffés et les chuchotements des jeunes filles invisibles. D'une cour où se trouvait Paša avec ses amies, une fleur de tanaisie avait été lancée, qui était tombée aux pieds du Borgne. Celui-ci s'était arrêté, troublé, pour ne pas écraser la fleur, sans oser la ramasser. Les jeunes gens qui l'accompagnaient s'étaient mis à lui taper sur l'épaule et à le féliciter de ce que, parmi eux tous, ce fût justement lui que Paša avait élu, lui témoignant soi-disant ainsi une attention dont aucun d'eux n'avait jusqu'à présent fait l'objet.

Cette nuit-là, on avait bu à Mezalin, au bord de la rivière, sous les noyers, jusqu'à l'aube. Le Borgne était assis à côté du feu, rengorgé et solennel, tantôt exalté et enjoué, tantôt soucieux et pensif. Cette nuit-là, on ne lui avait pas permis de faire le service et de s'activer autour du café et de la nourriture.

— Sais-tu, mon vieux, ce que signifie une fleur de tanaisie lancée par la main d'une jeune fille ? avait dit l'un d'eux. Cela signifie que Paša te fait dire : « Je me languis de toi comme cette fleur arrachée, et toi, non seulement tu ne me demandes pas en mariage, mais tu ne me laisses pas en épouser un autre. » C'est ça qu'elle veut dire.

Et tous de lui parler de Paša, fille unique, chaste demoiselle à la peau blanche, ployée comme une vigne mûre par-dessus le mur de la cour en attendant la main qui la cueillera, et celui qu'elle attend, c'est bel et bien lui, le Borgne.

Des jeunes gens avaient fait mine de fulminer et de se lamenter : pourquoi avait-elle jeté son dévolu sur lui ? D'autres le défendaient. Et le Borgne, lui, buvait. Tantôt il croyait à ce miracle, tantôt il le rejetait comme quelque chose d'impossible. En société, il répliquait aux plaisanteries des jeunes gens, il se défendait et leur démontrait que ce n'était pas un amour pour lui, qu'il était pauvre, vieux et misérable, mais dans les instants de silence il rêvait lui-même à Paša, à sa beauté et au bonheur qu'elle promettait, que tout cela fût ou non possible pour lui. Et dans cette grande nuit d'été, que la rakia, les chansons et le feu ardent dans la prairie rendaient infinie, tout était possible ; rien n'était réel, mais rien n'était invraisemblable ni tout à fait exclu. Les jeunes gens se moquaient de lui et le tournaient en ridicule, il le savait bien : les messieurs ne pouvaient pas vivre sans s'amuser, il fallait bien qu'ils taquinent quelqu'un et lui jouent des tours, il en avait toujours été ainsi et cela continuait. Mais si tout cela était bien une plaisanterie, il n'en était pas de même de la femme merveilleuse et de l'amour impossible auxquels il avait toujours rêvé et rêvait encore, de ces chansons dans lesquelles l'amour est aussi réel qu'irréel, et la femme aussi proche et inaccessible que dans son imagination. Pour ces jeunes gens riches, tout était plaisanterie, y compris cela, mais pour lui c'était quelque chose de vrai et de sacré qu'il portait depuis toujours dans son cœur et qui existait réellement et de manière indubitable, indépendamment des blagues des jeunes gens, de la boisson et des chansons, indépendamment de tout, et même de Paša elle-même.

Tout cela, il le savait fort bien, et pourtant il l'oubliait facilement. En effet, il avait le cœur fondant et son intelligence se répandait comme l'eau.

C'est ainsi que le Borgne, trois ans après son grand amour pour la danseuse de corde allemande et ses scandales, avait cédé de nouveau au puissant sortilège de l'amour, donnant aux oisifs et aux riches l'occasion d'imaginer un nouveau jeu, assez cruel et assez excitant pour les distraire pendant des mois et des années.

C'était à la mi-été. L'automne avait passé, l'hiver était arrivé et les plaisanteries sur l'amour du Borgne pour la belle Paša avaient alimenté les soirées et abrégé les journées des habitants de la ville. On ne l'appelait plus désormais que « le jeune promis » et « l'amoureux ». Le jour, tandis que la tête lourde et manquant de sommeil il s'acquittait de commissions et de tâches diverses dans les boutiques, bricolait et transportait toutes sortes d'objets, le Borgne s'étonnait et se fâchait qu'on l'appelât ainsi, se contentant de hausser les épaules, mais dès que la nuit tombait, on allumait les lampes à l'auberge de Zarije, quelqu'un criait : « Un rhum pour le Borgne ! », et un autre entonnait à voix basse et comme par hasard :

C'est la prière du soir, le soleil se couche ;
Sur ton visage il ne brille plus.

Alors, soudain, tout changeait. Envolés les fardeaux, les haussements d'épaules, la ville et l'auberge, envolé le Borgne tel qu'il était, transi de froid, pas rasé, enveloppé de haillons et de vieux vêtements donnés. Il n'y avait plus qu'un haut moucharabieh illuminé par le couchant, avec une vigne grimpante et une jeune fille qui attendait de trouver l'homme auquel elle lancerait sa fleur de tanaisie. Il y avait bien aussi les éclats de rire autour de lui, les invectives et les plaisanteries grossières, mais tout cela était très loin, comme dans le brouillard, tandis que celui qui chantait était tout près de lui, contre son oreille :

Que ne puis-je me réchauffer
Au doux soleil près de toi !

Et il se réchauffait à ce soleil, qui était déjà couché, comme il ne l'avait jamais fait au soleil réel qui, chaque jour, se levait et se couchait sur la ville.

— Un rhum pour le Borgne !

Ainsi passaient les nuits d'hiver. Et vers la fin de l'hiver, on apprit le mariage de Paša. La pauvre petite brodeuse de Duščе, avec sa beauté et ses dix-neuf ans pas encore révolus, épousait Hadži Omer du quartier de la Citadelle, un homme riche et considéré de cinquante-cinq ans, et ce en tant que seconde épouse.

Hadži Omer était marié depuis trente ans. Sa femme, issue d'une grande famille, était connue pour son savoir-faire et son intelligence. Leur propriété, située derrière la Citadelle, était un véritable hameau, bien aménagé et prospère, et leurs boutiques en ville, construites en dur, leur apportaient un revenu sûr et important. Tout cela n'était pas tant le mérite du calme et apathique Hadži Omer, lequel se contentait de se rendre à cheval, deux fois par jour, de la Citadelle à la ville et retour, que de son épouse, femme intelligente, pleine d'allant et toujours souriante. Pour toutes les femmes musulmanes de la ville et des environs, son avis était la mesure de tout et faisait autorité en maints domaines.

C'était à tous égards une famille des plus considérées et des meilleures, mais ce couple déjà âgé n'avait pas d'enfants. Longtemps, ils avaient gardé espoir. Hadži Omer était même allé à La Mecque, sa femme distribuait l'aumône et faisait des dons aux confréries de derviches, pourtant les années passaient, tout leur réussissait et prospérait, mais la bénédiction du ciel leur faisait défaut pour l'essentiel. Hadži Omer et son épouse avisée supportaient avec philosophie et dignité leur mauvaise fortune, mais il ne pouvait plus y avoir d'espoir de postérité. La femme était dans sa quarante-cinquième année.

Le grand héritage que devait laisser Hadži Omer était en jeu. Cette question préoccupait non seulement sa nombreuse parentèle et celle de sa femme, mais aussi un peu toute la ville ; les uns souhaitaient que ce mariage restât jusqu'au bout sans enfants, les autres considéraient qu'il était dommage qu'un tel homme mourût sans héritier et que ses biens fussent partagés et dispersés entre des cousins. Aussi essayaient-ils de le convaincre de prendre une seconde femme, plus jeune, tant qu'il était encore temps et qu'on pouvait encore espérer une descendance. Les musulmans de la ville, à cause de cela, se trouvaient divisés en deux camps. Ce fut la femme stérile de Hadži Omer elle-même qui trancha. Avec sincérité, résolument et en toute franchise, comme elle agissait toujours, elle dit à son mari indécis :

— Le bon Dieu nous a tout donné, gloire et reconnaissance à Lui, et la bonne entente et la santé et la richesse, mais Il nous a refusé ce qui est donné au dernier des miséreux : voir naître notre enfant et savoir à qui nous laisserons tout cela. Telle est ma triste destinée. Mais si, par la volonté de Dieu, je dois m'y résigner, toi, tu n'y es pas obligé. Je vois que toute la ville s'est mis en tête de te marier et prend à son compte nos soucis. Eh bien, puisqu'ils veulent te marier, je préfère le faire moi-même, car tu n'as pas de meilleur ami que moi.

Et sa femme lui exposa son plan : comme il n'y avait plus aucun espoir qu'eux deux aient des enfants, il fallait qu'en plus d'elle il prenne une seconde femme, plus jeune, avec laquelle il pourrait encore avoir une descendance. La loi lui en donnait le droit. Quant à elle, bien sûr, elle resterait dans la maison, elle serait « la vieille Hadži » et veillerait à ce que tout se passe bien.

Hadži Omer résista, affirmant qu'il ne cherchait pas de meilleure compagne qu'elle, qu'il n'avait nul besoin d'une seconde femme plus jeune, mais son épouse non seulement persévéra dans son dessein, mais elle lui annonça bientôt quelle femme elle lui avait choisie. Puisqu'il devait se marier pour avoir un enfant, autant prendre une jeune fille saine, belle et pauvre, qui lui donnerait des enfants vigoureux et lui serait reconnaissante toute sa vie de sa bonne fortune. Elle avait choisi la belle Paša, la fille de la brodeuse de Dušće.

Et il en fut ainsi. Selon la volonté de son épouse mûrissante et avec son concours, Hadži Omer épousa la belle Paša. Et onze mois plus tard, Paša mit au monde un vigoureux enfant mâle. Ainsi se trouva résolue la question de l'héritage de Hadži Omer, ruinant bien des espoirs parmi les cousins et clouant le bec à tous dans la ville. Paša était heureuse, la « vieille Hadži » satisfaite, elles vivaient dans la maison de Hadži Omer en bonne entente, comme mère et fille.

Ce dénouement heureux du problème de la descendance de Hadži Omer marqua le début de grands tourments pour le Borgne. Cet hiver-là, le principal sujet d'amusement des hommes désœuvrés à l'auberge de Zarije fut le chagrin du Borgne à la suite du mariage de Paša. L'amoureux malchanceux buvait plus que jamais ; les clients se montraient généreux et chacun pouvait, pour son argent, rire jusqu'aux larmes ; les malicieux lui transmettaient des messages inventés de la part de Paša, le persuadant qu'elle pleurait nuit et jour, dépérissait à cause de lui, sans dire à personne la véritable raison de son chagrin. Et le Borgne perdait la tête, chantait, pleurait, répondait sérieusement et en détail à toutes les questions, se lamentait sur son sort qui l'avait fait aussi peu attrayant et si pauvre.

— Bon, le Borgne, de combien d'années es-tu plus jeune que Hadži Omer ? demandait quelqu'un pour lancer la discussion.

— Qu'est-ce que j'en sais ? Et à quoi ça me sert d'être plus jeune ? répondait amèrement le Borgne.

— Ah, s'il n'en était que du cœur et de la jeunesse, Hadži Omer n'aurait pas ce qu'il a et notre Borgne ne serait pas assis là, lançait quelqu'un installé à l'écart.

Et le Borgne se laissait facilement émouvoir et attendrir. On lui servait rhum sur rhum et on le persuadait que non seulement il était bien plus jeune et plus beau que Hadži Omer, et pour Paša bien plus « selon son cœur », mais aussi qu'en définitive il n'était pas aussi pauvre qu'on le croyait et qu'il y paraissait. Ces hommes désœuvrés imaginèrent, au cours de ces longues nuits, devant leur verre de rakia, toute une histoire : que le père du Borgne, un officier turc inconnu qu'il n'avait jamais vu, avait laissé quelque part en Anatolie de grandes propriétés à son fils illégitime de Višegrad, unique héritier, mais que des cousins de là-bas avaient empêché l'exécution de ce testament ; qu'il suffirait maintenant que le Borgne fasse son apparition dans la lointaine et riche ville de Broussa et qu'il révèle l'imposture et les machinations de ces faux héritiers pour prendre ce qui lui revenait. Il pourrait alors, pour le seul prix de son foin, acheter Hadži Omer en même temps que toutes ses prétendues richesses. Le Borgne les écoutait, buvait et se contentait de sourire. Tout cela lui faisait mal, mais en même temps il lui était agréable de se sentir et de se comporter comme un homme qui a été abusé et volé, aussi bien ici, dans cette ville, que quelque part au loin, dans le beau pays d'où venait son père inconnu. Et autour de lui, ces hommes préparaient soi-disant son voyage à Broussa.

Les plaisanteries étaient interminables, cruelles et élaborées jusque dans les moindres détails. Une nuit, ils apportèrent un prétendu passeport en règle pour son voyage, placèrent le Borgne au milieu de la salle et, le faisant pivoter lentement en l'examinant minutieusement, ils portèrent dans le passeport son signalement personnel, avec force moqueries grossières et éclats de rire. Une autre fois, ils calculèrent combien il lui faudrait d'argent pour arriver jusqu'à Broussa, comment il voyagerait et où il ferait étape. Cela aussi leur meubla une bonne partie d'une longue nuit.

Tant qu'il n'avait pas encore trop bu, le Borgne se défendait ; il croyait sans vraiment croire tout ce qu'on lui racontait. En fait, tant qu'il était à jeun, il ne croyait rien, mais dès qu'il était ivre, il se comportait comme s'il croyait. Car dès qu'il se laissait emporter par l'alcool, il ne se demandait plus où était la vérité, où les mensonges et les plaisanteries. Il était vrai que dès la deuxième petite bouteille de rhum, il sentait sur son visage le vent parfumé venu de la lointaine et inaccessible Broussa et il voyait, il voyait vraiment, ses jardins verdoyants et ses édifices blancs. La réalité, c'était qu'il avait été depuis sa naissance abusé et malchanceux en tout, famille, richesse, amour ; qu'on lui avait fait du tort, tellement de tort que Dieu et les hommes lui étaient redevables. Il était certain qu'il n'était pas ce qu'il paraissait et ce que les gens pensaient. Et avec chaque verre, le besoin de dire tout cela à ceux qui l'entouraient le torturait de plus en plus, bien qu'il sentît à quel point il était difficile de prouver une vérité qui était pour lui claire et évidente, mais contre laquelle parlaient à la fois son aspect et tout son entourage. Pourtant, dès le premier verre de rhum, il expliquait cela à chacun des hommes présents, la nuit durant, hachant ses mots et gesticulant de façon grotesque, à travers ses larmes d'ivrogne. Et plus il expliquait et insistait, plus les hommes autour de lui riaient et se gaussaient. Ils s'esclaffaient tant et avec un tel plaisir que leurs flancs se gonflaient, et ce rire contagieux, inextinguible et plus délicieux que tous les mets et toutes les boissons du monde, leur faisait craquer les mâchoires. Ils en oubliaient le vide et la tristesse de la nuit d'hiver et, en même temps que le Borgne, buvaient eux-mêmes sans mesure.

— Tue-toi ! lui disait Mehaga Sarać qui, avec ses manières

froides et apparemment sérieuses, réussissait le mieux à provoquer et à exciter le Borgne. Puisque tu n'as pas été capable d'arracher Paša à ce décrépit de Hadži Omer, tu ne mérites pas de vivre. Tue-toi, le Borgne, c'est le conseil que je te donne.

— Eh, « tue-toi, tue-toi », se lamentait le Borgne, tu crois que je n'y ai pas pensé ? Cent fois je suis allé sur la kapia pour sauter dans la Drina, et cent fois quelque chose m'en a empêché.

— Qu'est-ce qui t'en a empêché ? La peur t'en a empêché. Tu faisais dans tes froques, le Borgne !

— Eh ben, non ! Pas la peur, je le jure, pas la peur.

Dans le vacarme général et les éclats de rire, le Borgne sautait, se frappait la poitrine, arrachait un morceau du pain qui était devant lui et le brandissait tout contre le visage froid et impassible de Mehaga.

— Tu vois ça ? Eh bien, je le jure sur ce pain que c'était pas la peur, mais...

Quelqu'un se mettait alors à chanter, de façon inattendue et d'une voix flûtée :

...
Sur ton visage il ne brille plus.

Et tous reprenaient en chœur la chanson, couvrant la voix de Mehaga qui criait :

— Tuuue-toi !

Et, chantant ainsi, ils tombaient eux-mêmes dans cet état d'exaltation où ils voulaient précipiter le malheureux, et tout se terminait en une orgie insensée.

Une nuit de février, ils furent ainsi surpris par l'aube, tout aussi égarés que leur victime, eux-mêmes victimes de leur propre folie. Il faisait déjà jour lorsqu'ils quittèrent tous ensemble l'auberge et échauffés, déchaînés, les veines gonflées par la boisson, ils se rendirent sur le pont qui était presque désert et entièrement verglacé.

Criant tous en même temps, riant aux éclats sans prêter attention aux rares passants matinaux, ils firent un pari : lequel d'entre eux oserait traverser le pont, mais en marchant sur l'étroit parapet de pierre, brillant d'une fine couche de glace.

— Le Borgne en est capable, cria un des ivrognes.

— Le Borgne ? Jamais de la vie !

— Comment ça ? Moi, mon vieux, je suis capable de faire ce que personne d'autre n'ose faire, criait le Borgne en se frappant bruyamment la poitrine.

— Chiche !

— Chiche, pardieu !

— Vas-y, le Borgne ! Vas-y !

— Tu parles ! Il ment !

Ainsi renchérissaient ces hommes ivres en se donnant des airs, bien qu'ils eussent eux-mêmes du mal à se tenir sur leurs jambes malgré la largeur du pont, tant ils titubaient, chancelaient et se retenaient les uns aux autres.

Ils ne remarquèrent même pas le moment où le Borgne grimpa sur le parapet de pierre. Ils le virent soudain planer au-dessus d'eux, essayant, ivre mort et débraillé, de garder son équilibre et de marcher sur le rebord.

Le parapet n'avait guère que trois empans de large. Le Borgne penchait tantôt à gauche, tantôt à droite. À gauche il y avait le pont, et sur le pont, au-dessous de lui, la bande des ivrognes qui le suivaient pas à pas et lui criaient des mots qu'il distinguait à peine, comme une rumeur incompréhensible. À droite, c'était le vide, et dans ce vide, tout en bas, bruissait la rivière invisible ; il s'en dégageait une épaisse vapeur qui, telle une fumée blanche, montait dans le petit matin froid.

Les rares passants s'arrêtaient et, effrayés, les yeux écarquillés, regardaient cet homme ivre qui, au lieu de marcher sur le pont, suivait le parapet étroit et glissant, penché au-dessus de l'abîme, agitant désespérément les bras pour conserver son équilibre. Et même parmi les noceurs, les moins soûls et les plus lucides s'étaient figés, comme réveillés en sursaut et, livides de peur, observaient le jeu périlleux. Les autres, inconscients du danger, longeaient le parapet et encourageaient de leurs cris l'homme ivre qui, se balançant et chancelant, dansait au-dessus de l'abîme.

Dans sa situation dangereuse, le Borgne s'était soudain isolé des autres et il les dominait maintenant comme un monstre gigantesque. Ses premiers pas furent prudents et hésitants. Ses gros souliers dérapaient sans cesse sur la pierre recouverte de glace. Il avait l'impression que ses jambes se dérobaient sous lui, que l'abîme en contrebas l'attirait irrésistiblement, qu'il allait glisser et tomber, qu'il tombait déjà. Mais cette position insolite et la proximité d'un grand danger lui donnaient de nouvelles forces et une audace qu'il ne se connaissait pas. Luttant pour garder son équilibre, il sautillait de plus en plus vite et pliait de plus en plus la taille et les genoux. Au lieu de marcher, il se mit, sans savoir lui-même comment, à danser, à petits pas, avec la même insouciance que s'il se trouvait dans une vaste clairière verdoyante et non sur un étroit parapet verglacé. Et il devint soudain léger et agile, tel que l'on se sent parfois en rêve. Son corps massif et épuisé était maintenant délivré de la pesanteur. Le Borgne ivre dansait et planait au-dessus du gouffre, comme s'il avait des ailes. Il sentait que de son corps, en même temps que la musique sur laquelle il dansait, s'échappait une force joyeuse qui lui donnait assurance et équilibre. La danse le portait là où la marche ne l'aurait jamais conduit. Et sans plus penser au danger et à la possibilité de tomber, il sautillait d'une jambe sur l'autre et chantait, les bras écartés comme s'il s'accompagnait à la tamboura.

— Tralala, tralala, tralalalalalalalère... lalalère !

Le Borgne chantait, se donnant lui-même la cadence tandis qu'il suivait avec assurance et en dansant ce chemin dangereux. Il fléchissait les genoux et penchait la tête tantôt à gauche tantôt à droite.

— Tralala, tralala... lali lalère !

Dans cette position exceptionnelle et périlleuse, dominant tout le monde, il n'était plus le Borgne, boute-en-train de la ville et pitre de l'auberge. Sous ses pieds, ce n'était plus le parapet étroit et glissant du pont qu'il connaissait si bien et sur lequel il avait des milliers de fois mâché son pain et, rêvant à une douce mort dans les flots, s'était endormi dans la fraîcheur de la kapia. Non. Il faisait maintenant ce voyage lointain et irréalisable dont on lui parlait chaque soir à l'auberge, à coups de plaisanteries cruelles, et qu'il avait enfin entrepris. Il était sur ce sentier lumineux où l'attendaient de grands exploits, et là-bas, tout au bout, là-bas s'élevait la ville impériale de Broussa, avec ses richesses bien réelles et son héritage légitime, là-bas aussi, quelque part, il trouverait ce soleil qui était couché, la belle Paša et son enfant mâle, sa femme et son fils.

Dansant ainsi dans une sorte d'extase, il suivit la partie du parapet qui faisait saillie autour des bancs du sofâ, puis la seconde moitié du pont. Arrivé au bout, il sauta sur la chaussée et regarda, l'air troublé, autour de lui, étonné que cette aventure prît fin sur le chemin bien ferme et bien connu de Višegrad. Ses compagnons, qui l'avaient jusque-là accompagné de cris d'encouragement et de plaisanteries, firent immédiatement cercle autour de lui. Même ceux qui étaient restés sur place, pétrifiés de peur, accoururent. Ils le serraient dans leurs bras, lui tapaient dans le dos et sur son fez délavé. Ils criaient tous en même temps :

— Bravo, le Borgne ! *Aferim*, fils de faucon !

— *Aferim*, héros !

— Un rhum pour le Borgne ! braillait Santo Papo de sa voix rauque, avec son accent espagnol, se croyant dans l'auberge et écartant les bras comme si on le crucifiait.

Dans le tumulte général et la bousculade, quelqu'un proposa de ne pas se quitter ainsi pour rentrer chez soi, mais plutôt de continuer à boire, en l'honneur de l'exploit du Borgne.

Les enfants qui avaient à l'époque huit ou neuf ans et se hâtaient ce matin-là, sur le pont verglacé, pour rejoindre leur école lointaine, s'étaient arrêtés et regardaient cette scène insolite. Sous le coup de l'étonnement, ils gardaient ouvertes leurs petites bouches d'où s'échappait une vapeur blanche. Minuscules et emmitouflés, leur ardoise et leurs livres sous le bras, ils n'arrivaient pas à comprendre à quoi jouaient ces adultes, mais ils gardèrent à vie dans leurs yeux, en même temps que la silhouette du pont familier, l'image du Borgne qu'ils connaissaient bien et qui, métamorphosé et léger, sautillant gaiement et avec audace, comme soulevé par magie, marchait là où c'était interdit et où personne ne se risquait à aller.

XVI

Une vingtaine d'années avait passé depuis que les premiers véhicules militaires autrichiens peints en jaune avaient franchi le pont. Vingt ans d'occupation, c'est une longue succession de jours et de mois. Chacun de ces jours et de ces mois, pris isolément, semblait aléatoire et éphémère, mais, tous ensemble, ils constituaient la plus longue période de paix et de progrès matériel que la ville eût jamais connue, la majeure partie de la vie de la génération qui, au moment de l'occupation, atteignait juste sa majorité.

Ce furent des années d'apparente prospérité où l'on était assuré de gagner de l'argent, aussi peu que ce fût, où les mères, en parlant de leurs fils, disaient : « Pourvu qu'il ait la santé et que le bon Dieu lui donne un gagne-pain facile ! » ; où la femme du grand Ferhat, cet éternel miséreux qui allumait les réverbères de la ville pour vingt florins par mois, disait avec fierté : « Dieu soit loué, même mon Ferhat a un salaire. »

Ainsi s'écoulèrent les dernières années du XIXe siècle, sans turbulences ni événements majeurs, de même que la rivière élargit son cours et coule tranquillement juste avant son embouchure incertaine. On avait l'impression que les accents tragiques qui ponctuaient la vie des peuples d'Europe avaient disparu un peu partout, et du même coup dans la bourgade près du pont. Et s'il y avait encore des drames quelque part dans le monde, ils ne parvenaient pas jusqu'à nous, ou nous apparaissaient lointains et incompréhensibles.

Mais par un jour d'été, pour la première fois depuis longtemps, un avis officiel blanc fit son apparition sur la kapia. Il était bref, encadré de noir cette fois-ci, et annonçait au peuple que Sa Majesté l'impératrice Élisabeth avait péri à Genève, victime d'un attentat odieux perpétré par un anarchiste italien, un certain Luccheni. On y exprimait ensuite l'abomination et l'affliction profonde de tous les peuples de la grande monarchie austro-hongroise et on leur demandait de resserrer les rangs, en sujets loyaux, autour du trône et d'offrir ainsi la meilleure consolation possible au souverain si durement frappé par le destin.

L'avis était collé sous la stèle blanche avec l'inscription, comme naguère la proclamation du général Filipović annonçant l'occupation du pays ; les gens le lisaient avec émotion, car il s'agissait d'une impératrice, d'une femme, mais sans vraiment le comprendre ni se sentir concernés.

Pendant quelques soirées, il n'y eut ni chansons ni divertissements bruyants sur la kapia, car les autorités l'avaient ainsi ordonné.

Un seul homme dans la ville fut durement frappé par cette nouvelle. C'était Pietro Sola, le seul Italien de Višegrad, entrepreneur et maçon, tailleur de pierre et peintre ; en un mot, un homme de métier, habile et connu de tous ; maître Pero, comme toute la ville l'appelait, était arrivé au moment de l'occupation, il s'était établi là et avait épousé une certaine Stana, jeune fille pauvre qui n'avait pas la meilleure réputation. Elle était rousse, robuste, deux fois plus grande que lui, et passait pour une femme à la langue bien pendue et à la main lourde avec laquelle il valait mieux ne pas entrer en conflit. Maître Pero, lui, était un brave homme, menu et voûté, avec des yeux bleus et doux et des moustaches tombantes. Il travaillait bien et gagnait solidement sa vie. Avec le temps, il était devenu un vrai Višegradois, sans pour autant maîtriser jamais la langue et l'accent, tout comme Lotika. Il était aimé de tous pour son bon caractère et ses mains d'or, et sa femme à la force athlétique le guidait dans la vie, tel un enfant, maternellement et avec sévérité.

Lorsque, de retour de son travail, gris de la poussière des pierres et maculé de peinture, maître Pero lut l'avis sur la kapia, il enfonça son chapeau sur ses yeux et serra convulsivement la petite pipe qu'il tenait en permanence entre les dents. Et dès qu'il rencontrait quelqu'un de respectable et de sérieux, il l'assurait que, bien qu'italien, il n'avait rien à voir avec ce Luccheni et son crime odieux. Les gens l'écoutaient, le tranquillisaient et lui affirmaient qu'ils le croyaient, que, d'ailleurs, ils n'avaient jamais pensé une chose pareille de lui, mais il continuait à expliquer à tout un chacun qu'il avait honte d'être vivant, qu'il n'avait jamais tué un poulet de sa vie, et encore moins un humain, *a fortiori* une femme et une personnalité d'un tel rang. Finalement, ses craintes se transformèrent en une véritable obsession. Les gens se mirent à se moquer du tourment de maître Pero et de son zèle à démontrer inutilement qu'il n'avait rien à voir avec les criminels et les anarchistes. Les gamins imaginèrent aussitôt un jeu cruel. Cachés derrière les palissades, ils criaient sur le passage de maître Pero : « Luccheni ! » Le malheureux se défendait de leurs huées comme de guêpes invisibles, il enfonçait son chapeau sur ses yeux et courait chez lui gémir et pleurer dans le large giron de sa femme.

— J'ai honte, j'ai honte, sanglotait le petit homme, je ne peux regarder personne droit dans les yeux.

— Allons, espèce d'idiot, de quoi as-tu honte ? De ce qu'un Italien ait tué l'impératrice ? C'est au roi d'Italie d'avoir honte ! Mais, toi, qui es-tu et qu'es-tu pour en avoir honte ?

— Ben voilà, j'ai honte d'être vivant, se plaignait maître Pero à sa femme qui le secouait, essayait de lui insuffler un peu de force et de résolution, et de lui apprendre à traverser le bazar l'air dégagé et la tête haute, sans baisser les yeux devant quiconque.

Pendant ce temps, les vieillards, assis sur la kapia, écoutaient, le visage impassible et le regard baissé, les nouvelles des journaux qui apportaient des détails sur l'assassinat de l'impératrice autrichienne. Ces nouvelles n'étaient pour eux que le prétexte à des conversations générales sur la destinée des têtes couronnées et des grands de ce monde. Le mouderis de Višegrad, Husein efendi, expliquait à un cercle de notables musulmans, gens curieux et ignares, ce qu'étaient et qui étaient les anarchistes.

Le mouderis était toujours aussi solennel et raide, propre et soigné, que le jour où, il y avait une vingtaine d'années de cela, il avait accueilli sur la kapia les premiers Autrichiens, en compagnie de Moula Ibrahim et du pope Nikola, lesquels reposaient depuis longtemps chacun dans son cimetière. Sa barbe était déjà toute grise, mais toujours aussi soigneusement taillée en rond ; son visage était tranquille et lisse, car les gens intransigeants et qui ont le cœur dur vieillissent lentement. La haute opinion qu'il avait toujours eue de lui-même n'avait fait que se renforcer au cours de ces vingt années. Soit dit en passant, la malle de livres sur laquelle reposait en bonne partie sa réputation de savant était restée fermée la plupart du temps, il n'avait toujours pas lu tous les livres, et sa chronique de Višegrad ne s'était enrichie en deux décennies que de quatre pages, car plus le mouderis vieillissait, plus il avait d'estime pour lui-même et pour sa chronique, et moins les événements qui se déroulaient autour de lui l'intéressaient.

Il parlait maintenant d'une voix basse et lentement, comme s'il lisait un manuscrit difficile à déchiffrer, mais d'un air digne et solennel, d'un ton sévère, le sort de l'impératrice infidèle ne lui servant que de prétexte sans intervenir vraiment dans sa démonstration. Selon son analyse (qui n'était d'ailleurs pas la sienne, car il l'avait trouvée dans les bons vieux livres qu'il avait hérités de son maître, l'illustre Arap hodja), ceux que l'on appelait maintenant des anarchistes avaient toujours existé et existeraient toujours tant que le monde durerait. La vie était ainsi faite — et c'est Dieu Lui-même qui l'avait voulu — qu'à chaque once de bien répondaient deux onces de mal, et sur cette terre il ne pouvait y avoir de bonté sans haine ni de grandeur sans envie, de même qu'il n'existait pas le moindre objet qui n'eût son ombre. Cela était particulièrement vrai des personnages augustes exceptionnellement pieux et célèbres. Pour chacun d'eux, en même temps que sa gloire grandissait son bourreau, à l'affût de l'occasion, laquelle viendrait toujours, tôt ou tard.

— Prenons par exemple notre compatriote Mehmed pacha, qui est depuis longtemps au paradis, disait le mouderis en montrant de la main la stèle au-dessus de l'affiche, il a servi trois sultans et s'est montré plus sage qu'Asaf, il a érigé ces pierres sur lesquelles nous sommes assis grâce à sa force et à sa piété, mais lui aussi a péri sous ce même couteau. Malgré toute sa puissance et sa sagesse, il n'a pu éviter cet instant fatidique. Ceux que le vizir gênait dans leurs plans, et ils constituaient un grand et puissant parti, ont trouvé le moyen d'armer et de soudoyer un pauvre derviche à l'esprit dérangé pour qu'il le tue, et ce au moment où il se rendait à la prière du vendredi. Vêtu de sa mante usée et son chapelet à la main, le derviche barra le chemin à la suite du vizir, demanda l'aumône avec une humilité feinte, et lorsque le vizir mit la main à sa poche pour lui donner quelque argent, il le transperça de la lame. C'est ainsi que Mehmed pacha mourut en martyr de la foi.

Les hommes l'écoutaient en rejetant la fumée de leurs cigarettes, ils regardaient tantôt la stèle de pierre avec l'inscription, tantôt l'avis blanc encadré de noir. Ils écoutaient attentivement, sans toutefois comprendre vraiment chaque mot de l'analyse du mouderis. Mais tout en suivant du regard la fumée de leurs cigarettes, ils devinaient au loin, au-delà de l'inscription et de l'affiche, quelque part dans le monde, une autre vie, différente de la leur, une vie de grandes envolées et de chutes profondes dans laquelle la grandeur se mêlait au tragique et qui, d'une certaine façon, faisait l'équilibre avec leur existence tranquille et monotone sur la kapia.

Ces journées, elles aussi, passèrent. Sur la kapia, la vie normale reprit son cours, avec les conversations, les chansons et les plaisanteries bruyantes de toujours. On cessa de parler des anarchistes. L'affiche annonçant la mort de cette impératrice étrangère et mal connue changea d'aspect sous l'effet du soleil, de la pluie et de la poussière, avant d'être arrachée et emportée par le vent qui dispersa ses lambeaux au fil de l'eau et sur la rive.

Pendant un certain temps encore, les gamins effrontés continuèrent à crier « Luccheni » sur le passage de maître Pero, sans savoir eux-mêmes ce que cela signifiait ni pourquoi ils le faisaient, poussés uniquement par le besoin qu'ont les enfants de s'en prendre aux créatures faibles et sensibles et de les persécuter. Ils criaient, puis arrêtèrent de crier le jour où ils eurent trouvé un autre moyen de se distraire. Il faut dire que Stana y contribua largement en rossant cruellement les deux chenapans les plus braillards

Un ou deux mois passèrent et plus personne ne mentionna ni la mort de l'impératrice ni les anarchistes. La vie en cette fin de siècle, à jamais domptée et apprivoisée en apparence, recouvrait tout de son cours ample et régulier, donnant aux gens le sentiment que s'ouvrait une ère de tranquille labeur appelée à durer longtemps, jusque dans un avenir dont on ne voyait pas la fin.

Cette activité incessante et irrépressible à laquelle paraissait condamnée l'Administration étrangère et que nos gens avaient tant de mal à accepter, bien qu'ils lui fussent justement redevables de leur enrichissement et de leur prospérité nouvelle, eut pour effet de modifier considérablement l'aspect extérieur de la ville, ainsi que l'habillement et les mœurs de ses habitants. Il était naturel qu'elle n'épargnât pas non plus le vieux pont dont le profil n'avait pas changé.

On était en 1900, fin d'un siècle heureux et début d'un autre qui, croyaient et pressentaient beaucoup, devait être encore plus heureux, lorsque arrivèrent de nouveaux ingénieurs qui se mirent à inspecter le pont. Les gens s'étaient habitués aux ingénieurs ; même les enfants savaient ce que cela signifiait lorsque ces hommes en manteaux de cuir, la poche extérieure pleine de crayons de toutes les couleurs, se mettaient à tourner autour d'une colline ou d'un édifice. C'était que l'on allait détruire, construire, creuser ou changer quelque chose à cet endroit. Par contre, personne n'arrivait à imaginer ce que l'on pourrait bien faire au pont, lequel représentait pour tous les habitants de la ville quelque chose d'immuable et d'éternel, à l'instar de la terre sur laquelle ils marchaient ou du ciel au-dessus de leur tête. Les ingénieurs, donc, rôdaient autour du pont, prenaient des mesures et des notes, puis ils repartirent et la chose fut oubliée. Mais au milieu de l'été, lorsque les eaux sont au plus bas, on vit soudain arriver des entrepreneurs et des ouvriers qui se mirent à dresser des remises à outils non loin du pont. À peine la rumeur s'était-elle répandue que le pont allait être remis à neuf, que déjà des échafaudages enserraient les piles et que des treuils à poulie étaient installés sur le pont même ; grâce à eux, les ouvriers, debout sur des passerelles mobiles comme sur d'étroits balcons de bois, montaient et descendaient le long des piles, s'arrêtant aux endroits où il y avait des lézardes ou encore là où, dans les interstices, des touffes d'herbe avaient poussé.

Le moindre trou était comblé, l'herbe arrachée et les nids d'oiseaux enlevés. Lorsque ce fut terminé, on passa à la réfection des fondations du pont qui étaient affouillées. Les eaux furent canalisées et détournées, révélant ainsi les pierres noircies et rongées, de même que quelques poutres de chêne, usées mais pétrifiées par l'eau dans laquelle elles avaient été plantées trois cent trente ans plus tôt. Les treuils infatigables descendaient le ciment et le gravier, caisse par caisse, et les trois piles centrales, les plus exposées au courant violent de la rivière et donc les plus abîmées, furent comblées à leur base comme des dents gâtées à leur racine.

Cet été-là, personne ne vint s'asseoir sur la kapia et il n'y eut pas l'animation habituelle autour du pont. L'endroit était encombré de chevaux et de chariots sur lesquels on transportait le ciment et le sable. De tous côtés résonnaient les cris des ouvriers et les ordres des contremaîtres. Sur la kapia même fut dressée une remise faite de planches.

Les habitants de la ville observaient les travaux sur le grand pont l'air étonné et perplexe, certains plaisantaient, d'autres se contentaient de faire un geste de la main et poursuivaient leur chemin, mais ils avaient tous l'impression que les étrangers faisaient cela, comme tout le reste, parce qu'il fallait qu'ils fassent quelque chose, parce que c'était une nécessité pour eux et qu'ils ne savaient pas vivre autrement. Personne ne le disait ouvertement, mais tous le ressentaient ainsi.

Tous ceux qui avaient l'habitude de passer leur temps sur la kapia se retrouvaient maintenant devant l'hôtel de Lotika, l'auberge de Zarije ou les éventaires des boutiques à proximité du pont. Ils sirotaient leur café et bavardaient, attendant que la kapia se libère et que le pont ne soit plus pris d'assaut, comme on attend la fin d'une averse ou de toute autre intempérie.

Devant la boutique d'Ali hodja, serrée entre l'Hostellerie de pierre et l'auberge de Zarije et d'où l'on voyait le pont de biais, deux musulmans de la ville qui ne faisaient jamais rien se retrouvaient dès le petit matin et discutaient de mille choses, surtout du pont.

Ali hodja les écoutait en silence et l'air maussade, en regardant d'un air pensif le pont sur lequel les ouvriers s'affairaient comme des fourmis.

Au cours de ces vingt années, il s'était marié trois fois. Il avait maintenant une femme beaucoup plus jeune que lui et les mauvaises langues disaient que c'était pour cela qu'il était toujours d'humeur maussade jusqu'à midi. De ces trois femmes, il avait quatorze enfants. La maison résonnait du matin au soir de leurs cris et l'on racontait en plaisantant dans le bazar que le hodja ne les connaissait pas tous par leur nom. On racontait même, ce qui était pure invention, qu'un de ses nombreux enfants, l'ayant rencontré dans la rue, lui avait baisé la main et que le hodja lui avait caressé la tête en lui disant : « Bonjour, petit, bonjour. Mais tu es le fils de qui ? »

En apparence, le hodja n'avait pas beaucoup changé. Il avait seulement un peu grossi et n'avait plus le visage aussi rouge. Il n'était plus aussi vif et alerte et montait un peu plus lentement le chemin de Mejdan pour aller chez lui, car les derniers temps il souffrait de suffocations, même pendant son sommeil. Aussi était-il allé voir le médecin du district, le docteur Marovski, la seule personne qui, bien que n'étant pas originaire de la ville, trouvait grâce à ses yeux. Celui-ci lui avait prescrit des gouttes, qui ne soignaient pas la maladie mais soulageaient le malade, et il avait même appris au hodja le nom latin de sa maladie : *angina pectoris*.

C'était un des rares musulmans de la ville qui n'avaient adopté aucune des mœurs nouvelles et des nouveautés apportées par les étrangers, ni dans son habillement ou ses conceptions, ni dans son parler ou sa façon de faire commerce. Avec la même virulence et la même opiniâtreté dont il avait fait preuve naguère dans son hostilité à une résistance inutile, il s'opposait depuis des années à tout ce qui était autrichien ou étranger et prenait de plus en plus d'essor autour de lui. Il lui arrivait ainsi d'entrer en conflit avec certaines personnes et de payer des amendes à la police. Il était maintenant un peu lassé et désenchanté. En fait, il était resté le même que lorsqu'il menait les pourparlers avec Karamanlija sur la kapia : un homme têtu et qui avait des idées bien à lui dans tous les domaines. Seulement, son franc-parler proverbial s'était transformé en acrimonie, et sa combativité en une sombre amertume qui ne trouvait jamais de mots assez forts pour s'exprimer et ne se calmait et disparaissait que dans le silence et la solitude.

Avec le temps, le hodja tombait de plus en plus souvent dans un état de quiétude et de méditation dans lequel il n'avait besoin de personne et où, au contraire, tout le monde lui était insupportable et le gênait, les oisifs autant que les clients, sa jeune femme autant que la ribambelle d'enfants dont les cris emplissaient sa maison. Sans attendre le lever du soleil, il s'enfuyait de chez lui et ouvrait sa boutique avant tous les autres. C'était là qu'il récitait sa prière, là qu'il se faisait même apporter son déjeuner. Et lorsque, au cours de la journée, il en avait assez des bavardages, des passants et des clients, il fermait son volet et se retirait dans une petite pièce située à l'arrière de sa boutique et qu'il appelait son *cercueil*. C'était un réduit isolé, étroit, bas et sombre ; le hodja le remplissait presque tout entier lorsqu'il s'y glissait. Il y avait là un petit banc sur lequel il pouvait s'asseoir en repliant les jambes, quelques étagères avec des boîtes vides, de vieux poids et toutes sortes de menus objets pour lesquels la place manquait dans la boutique. Depuis cet abri obscur et exigu, le hodja entendait à travers le mur mince les bruits du bazar, le martèlement des sabots des chevaux, les cris des vendeurs. Et tout cela lui parvenait comme d'un autre monde. Il entendait aussi certains passants qui s'arrêtaient devant sa boutique fermée et faisaient des remarques malveillantes et des plaisanteries sur son compte. Mais il les écoutait sans se troubler, car pour lui, ces gens étaient des morts qui n'avaient pas encore trouvé le repos ; il les entendait et les oubliait aussitôt. En effet, méditant à l'abri entre ces quelques planches, il était parfaitement protégé contre tout ce que pouvait apporter cette vie qui, selon ses conceptions à lui, s'était depuis longtemps dégradée et avait quitté le droit chemin. Là, le hodja se retrouvait seul avec lui-même et avec ses réflexions sur le destin du monde et la marche des affaires humaines, oubliant du même coup tout le reste : le bazar, les soucis que lui causaient ses dettes et ses mauvais paysans, sa femme trop jeune dont la fraîcheur et la beauté se transformaient en un éclair en une hargne stupide et diabolique, et ce troupeau d'enfants qui auraient été une charge même pour le trésor du sultan et auxquels il ne pensait qu'avec horreur.

Une fois calmé et reposé, le hodja rouvrait sa boutique comme s'il revenait de quelque course.

C'est ainsi qu'il écoutait maintenant la conversation insipide de ces deux voisins.

— Tu te rends compte un peu de ce que ça veut dire, le temps et la volonté divine : même la pierre est attaquée ; rien à faire, c'est comme le bas qui est rongé par le soulier. Mais les Autrichiens, ils ne laissent pas faire, et dès que quelque chose est abîmé, ils raccommodent, philosophait le premier, un fainéant notoire, en sirotant le café d'Ali hodja.

— Tu parles, tant que la Drina sera la Drina, le pont restera le pont ! Même sans qu'ils y touchent, il durera autant qu'il est dit qu'il doit durer. Ça sert à rien, toutes ces dépenses et cette agitation, répliquait le second qui avait autant d'activité que son compère.

Et leurs propos oiseux n'auraient pas eu de fin, si Ali hodja ne les avait interrompus.

— Moi, je vous dis que ce n'est pas bien du tout qu'ils touchent au pont ; ces réparations ne donneront rien de bon, vous verrez ; ils le détruiront demain exactement comme ils l'ont réparé aujourd'hui. Le défunt Moula Ibrahim m'a dit avoir lu dans les livres que c'est un grand péché de toucher à l'eau vive et de la détourner de son cours, ne serait-ce que pour un jour ou une heure. Mais ces Autrichiens, ils ne savent pas qu'ils existent s'ils ne bricolent pas quelque chose. La prunelle des yeux s'il le faut ! Ils mettraient la terre à l'envers s'ils pouvaient !

Le premier des fainéants chercha à démontrer que, finalement, ce n'était pas si grave que les Autrichiens réparent le pont. Cela ne le ferait peut-être pas durer plus longtemps, mais cela ne pouvait pas lui faire de mal.

— Et comment sais-tu que ça ne peut pas lui faire de mal ? lui répliqua le hodja avec colère. Qui te l'a dit ? Sais-tu qu'une seule parole peut détruire des villes entières, *a fortiori* un tel remue-ménage ! C'est sur une parole que le monde dans lequel nous vivons a été créé. Si tu savais lire et si tu étais un peu savant, ce qui n'est pas le cas, tu saurais que ce pont n'est pas une construction comme les autres, mais de celles qui sont érigées par amour pour Dieu et par la volonté de Dieu ; certaines personnes à une certaine époque les bâtissent, d'autres personnes à d'autres époques les détruisent. Tu sais très bien ce que les anciens disaient de l'Hostellerie de pierre ; elle n'avait pas son pareil dans tout l'Empire ; et pourtant, qui l'a détruite ? Vu sa solidité et le génie de ses bâtisseurs, elle aurait dû durer mille ans ; ça ne l'a pas empêchée de fondre comme si elle était en cire, et à l'endroit où elle se dressait, les cochons grognent et le clairon autrichien résonne.

— Moi, je te dis que je pense que…

— Tu penses de travers, interrompit le hodja, si tout le monde avait une cervelle comme la tienne, on ne construirait pas plus qu'on ne détruirait. Ça ne peut pas entrer dans ta petite tête. En tout cas, moi, je vous dis que tout cela ne vaut rien et ne présage rien de bon, ni pour le pont, ni pour la ville, ni pour nous qui regardons tout ça se faire.

— Pour sûr, pour sûr. Le hodja sait mieux que quiconque ce qu'est un pont, intervint l'autre compère, faisant perfidement allusion à la mésaventure d'Ali hodja, naguère, sur la kapia.

— Et comment, que je sais, dit le hodja d'un air convaincu et, calmé, il se lança dans une de ses histoires dont les gens se moquaient mais qu'ils aimaient écouter, même plusieurs fois. Il y a très longtemps, feu mon père entendit raconter par cheikh Dedija, et il me le raconta lorsque j'étais enfant, pour quelle raison les ponts existent et comment le premier pont vit le jour. Lorsque Allah le Tout-Puissant, gloire à Lui, créa ce monde, la terre était plate et lisse comme le plus beau plateau d'argent. Cela ne plut pas au diable qui enviait à l'homme ce don du ciel. Et alors que la terre était encore telle qu'elle était sortie de la main de Dieu, humide et molle comme la glaise avant qu'on la cuise, il vint en cachette et se mit à gratter de ses ongles la face de la terre de Dieu, aussi fort et aussi profondément qu'il le put. C'est ainsi qu'apparurent, comme on le raconte, les rivières profondes et les précipices qui séparent une région d'une autre, divisent entre eux les hommes et les empêchent de voyager d'un bout à l'autre de cette terre que Dieu leur a donnée en partage pour qu'ils se nourrissent et puissent vivre. Allah fut désolé lorsqu'Il vit ce que le Maudit avait fait, mais comme Il ne pouvait reprendre Son œuvre que le diable avait souillée de sa main, Il envoya Ses anges au secours des hommes. Quand les anges virent que les malheureux ne pouvaient franchir ces gouffres et ces abîmes, ni mener à bien leurs travaux, mais qu'ils s'épuisaient, se regardant en vain et s'interpellant d'une rive à l'autre, ils déployèrent leurs ailes à ces endroits et les gens purent franchir les rivières en passant sur leurs ailes. C'est ainsi que les hommes apprirent des anges célestes comment on fait les ponts. Et c'est pourquoi la construction d'un pont représente, après celle d'une fontaine, la plus sacrée des œuvres, et y toucher est le plus grand des péchés, car cette construction de Mehmed pacha a son ange gardien qui la protège aussi longtemps que Dieu a décidé qu'elle existerait.

— Quelle merveille ! Quelle merveille ! s'extasièrent poliment les deux hommes.

C'est ainsi qu'ils tuaient le temps en bavardant, tandis que le jour passait et que les travaux avançaient sur le pont d'où leur parvenaient le crissement des charrettes et le fracas des machines qui mélangeaient le ciment et le sable.

Comme toujours, c'est le hodja qui eut le dernier mot dans cette discussion, car personne ne voulait ni ne pouvait lui tenir tête jusqu'au bout, surtout pas ces deux fainéants à la cervelle d'oiseau qui buvaient son café et savaient très bien qu'ils devraient, le lendemain encore, passer une partie de leur interminable journée devant sa boutique.

Et Ali hodja tenait ce même discours à quiconque approchait son pas de porte pour affaire ou en passant. Tous l'écoutaient avec une curiosité narquoise et une attention feinte, mais personne dans la ville ne partageait son avis ni n'avait de compréhension pour son pessimisme et ses mauvais pressentiments, que lui-même ne savait expliquer ou justifier. Au demeurant, tous étaient depuis longtemps habitués à considérer le hodja comme un entêté et un original qui, sous l'effet conjugué des années, de la situation difficile et de sa jeune femme, voyait tout en noir et donnait à toute chose une signification particulière et funeste.

La plupart des gens dans la ville restaient indifférents aux travaux sur le pont, comme à tout ce que les étrangers, depuis des années, faisaient dans la ville et ses environs. Nombre d'entre eux gagnaient leur vie en transportant le sable, le bois ou la pitance des ouvriers. Seuls les enfants furent déçus quand ils virent que les ouvriers, passant à travers les échafaudages de bois, entraient par le trou noir de la pile centrale dans la « pièce » où était censé vivre le Maure. Les ouvriers en retirèrent des paniers et des paniers de déjections d'oiseaux qu'ils déversèrent dans la rivière. Et ce fut tout. Le Maure ne se manifesta pas. C'est en vain que les gamins arrivaient en retard à l'école, attendant pendant des heures sur la berge l'instant où l'homme noir sortirait de son trou de ténèbres et frapperait à la poitrine le premier ouvrier qu'il verrait, si fort que celui-ci serait précipité du haut de son échafaudage dans la rivière, en décrivant un grand arc de cercle. Furieux que cela ne fût pas arrivé, certains des gamins se mirent à raconter que cela s'était bien produit, mais leur récit était peu convaincant. Leurs camarades se moquaient d'eux. Même les serments n'y firent rien.

À peine la réfection du pont était-elle terminée que commencèrent les travaux d'adduction d'eau. Jusqu'alors, la ville avait eu des fontaines de bois dont deux seulement, à Mejdan, donnaient de l'eau de source pure ; toutes les autres, dans les quartiers bas, communiquaient avec la Drina ou le Rzav et leur eau devenait trouble dès qu'une des deux rivières était agitée, ou alors elles étaient à sec pendant la canicule lorsque les rivières baissaient. Les ingénieurs avaient maintenant découvert que l'eau de la ville était insalubre. La nouvelle eau fut apportée des montagnes, au-dessus du Kabernik, sur la rive opposée de la Drina, si bien que les conduites devaient passer par le pont pour atteindre la ville.

Et de nouveau, le pont grouillait d'animation et résonnait de coups. On soulevait les dalles pour creuser le lit des canalisations. On allumait des feux sur lesquels on chauffait le goudron et faisait fondre le plomb. On défaisait le chanvre. Les gens regardaient toute cette activité avec méfiance et curiosité, comme les fois précédentes. Ali hodja fronçait les sourcils à cause de la fumée qui, par la place du marché, venait jusqu'à sa boutique, et il parlait avec mépris de cette nouvelle eau « païenne » qui passait par des tuyaux de fer et ne pouvait donc ni être bue ni servir aux ablutions, et dont n'auraient même pas voulu des chevaux, s'il y avait eu encore des chevaux de bonne race, comme autrefois. Il se moquait de Lotika qui avait fait mettre l'eau dans son hôtel. Et il assurait à quiconque voulait bien l'écouter que l'eau courante n'était qu'un présage de plus des maux imprévisibles qui s'abattraient tôt ou tard sur la ville.

Cependant, l'été suivant, l'adduction d'eau fut menée à son terme, comme l'avaient été tous les travaux antérieurs. Une eau propre et abondante, qui ne dépendait plus ni de la sécheresse ni des inondations, coulait aux nouvelles fontaines de fer. Beaucoup de gens firent mettre l'eau dans leur cour, et certains même dans leur maison.

À l'automne de cette même année débuta la construction du chemin de fer. C'était une entreprise de plus grande envergure et de plus longue haleine. À vrai dire, à première vue, cela n'avait aucun rapport avec le pont. Mais ce n'était qu'une apparence.

C'était cette ligne à voie étroite que dans les articles de journaux et la correspondance officielle on appelait « le chemin de fer oriental ». Elle devait relier Sarajevo à la frontière de la Serbie à Vardište, et à la frontière du Sandžak turc de Novi Pazar à Uvce. Elle devait traverser Višegrad qui en constituait la gare principale.

Dans le monde entier, on parla beaucoup, et on y consacra de nombreux textes, de l'importance politique et stratégique de cette ligne, de l'annexion imminente de la Bosnie et de l'Herzégovine, des objectifs à long terme de l'Autriche-Hongrie, à travers le Sandžak et en direction de Salonique, et de tous les problèmes complexes que cela soulevait. Mais ici, dans la ville, tout se présentait encore sous un jour inoffensif, attrayant même — de nouveaux entrepreneurs, une nouvelle foule d'ouvriers, de nouvelles sources de profit pour beaucoup.

Cette fois-ci, tout se faisait à grande échelle. Quatre années furent nécessaires pour mener à bien la construction de cette ligne de cent soixante-six kilomètres, sur laquelle se trouvaient une centaine de ponts et de viaducs, environ cent trente tunnels, et qui coûta à l'État soixante-quatorze millions de couronnes. Les gens prononçaient ce grand nombre de millions en regardant au loin dans le vague, comme s'ils essayaient en vain d'y distinguer cette montagne d'argent qui échappait à tout calcul et à toute analyse : « Soixante-quatorze millions ! » s'exclamaient de nombreux habitants de Višegrad sans hésiter et d'un air entendu, comme si on les leur avait comptés un à un sur la paume de la main. En effet, même dans cette bourgade perdue où la vie dans les deux tiers de ses manifestations était encore tout à fait orientale, les gens étaient déjà devenus esclaves des chiffres et croyaient aux statistiques. « Soixante-quatorze millions. » « Un peu moins d'un demi-million, exactement quatre cent quarante-cinq mille sept cent quatre-vingt-deux virgule douze couronnes, par kilomètre. » Ainsi se gargarisait-on de grands chiffres, sans en devenir pour autant ni plus riches ni plus intelligents.

Pendant la construction de la voie ferrée, les gens sentirent pour la première fois qu'il n'était plus question de gagner de l'argent aussi facilement, sans prendre le moindre risque ni se faire de souci, qu'au cours des premières années de l'occupation. Les derniers temps déjà, les prix des denrées et des produits de première nécessité avaient fait des bonds. Ils grimpaient, mais ne redescendaient jamais, grimpant au contraire de nouveau quelque temps après. Certes, on gagnait de l'argent et les salaires journaliers étaient élevés, mais ils restaient toujours de vingt pour cent au moins inférieurs aux besoins réels. C'était un jeu sournois et infernal qui empoisonnait de plus en plus la vie des gens, mais contre lequel on ne pouvait rien, car il se jouait quelque part au loin, à ces mêmes sources mystérieuses et inconnues d'où provenaient, les premières années, tous les bienfaits. De nombreux commerçants et de petits patrons qui s'étaient enrichis au tout début de l'occupation, quinze ou vingt ans plus tôt, étaient maintenant pauvres et leurs fils travaillaient pour le compte d'autrui. Certes, il y avait de nouveaux riches, mais leur fortune leur glissait aussi entre les doigts comme du vif-argent, tel un sortilège qui laisse l'homme les mains vides et l'honneur entaché. Il apparaissait de plus en plus évident que le profit et la vie facile qu'il engendre ont leur revers, que l'argent et celui qui le possède ne sont que la mise dans un grand jeu capricieux dont personne ne connaît toutes les règles ni ne peut prévoir l'issue. Et sans le savoir, nous y prenons tous part, avec un enjeu plus ou moins important, mais tous avec des risques permanents.

À l'été de la quatrième année, le premier train traversa la ville, décoré de branchages et de drapeaux. Ce fut une grande fête populaire. Les ouvriers se virent offrir un repas arrosé de tonneaux de bière. Les ingénieurs se firent photographier près de la première locomotive. Le voyage fut gratuit ce jour-là. (« Un jour gratis, et des siècles contre monnaie », répétait Ali hodja en se moquant de ceux qui avaient pris ce premier train.)

Maintenant seulement que la voie ferrée était terminée et commençait à fonctionner, on comprenait quel effet cela aurait pour le pont, pour son rôle dans la vie de la cité et son avenir en général. La voie suivait la Drina en aval, contournait la ville en descendant, au creux de la roche, la colline de Mejdan et rejoignait la plaine, au niveau des dernières maisons, sur la rive du Rzav. C'est là que se trouvait la gare. Toute la circulation, celle des voyageurs comme celle des marchandises, vers

Sarajevo et, au-delà, vers les autres régions occidentales restait désormais sur la rive droite de la Drina. La rive gauche, et avec elle le pont, devint de plus en plus morte. Le pont n'était plus emprunté que par les gens venant des villages situés sur la rive gauche de la Drina, des paysans avec leurs petits chevaux surchargés et leurs voitures à bœufs, ou leurs attelages de chevaux qui apportaient des forêts lointaines le bois à la gare.

La route qui, à partir du pont, grimpait vers le Semeć en passant par la Lijeska et menait, par le Glasinac et la Romanija, à Sarajevo, sur laquelle résonnaient jadis les chants des cochers et les grelots des chevaux de roulage, fut peu à peu envahie par les herbes et par cette fine mousse verte qui accompagne la lente agonie des chemins et des édifices. On ne partait plus en voyage par le pont, on ne le traversait plus pour faire un bout de route avec ceux qui partaient, on ne se faisait plus ses adieux sur la kapia, en vidant du haut de sa monture le verre de rakia « pour la route ».

Les voituriers, les chevaux, les carrioles bâchées et les petits fiacres démodés dans lesquels on se rendait naguère à Sarajevo se retrouvèrent sans travail. Le voyage ne durait plus deux jours entiers, avec une halte à Rogatica, comme jusqu'alors, mais en tout et pour tout quatre heures. C'étaient des chiffres qui laissaient pantois, et les gens les alignaient sans réfléchir, calculant avec excitation les profits et les économies que permettait la vitesse. On regardait comme des phénomènes les premières personnes qui, parties le matin à Sarajevo pour y régler quelque affaire, en revenaient le soir même.

Ali hodja faisait exception, aussi méfiant, têtu, catégorique et « pas comme les autres » que d'habitude. À ceux qui se vantaient de la vitesse avec laquelle ils réglaient maintenant leurs affaires et calculaient ce qu'ils économisaient en temps, en fatigue et en argent, il répondait avec aigreur que l'important n'était pas d'économiser le plus de temps possible, mais de savoir que faire du temps ainsi économisé ; si c'était pour l'utiliser à mauvais escient, mieux valait ne pas en avoir. Il essayait de démontrer que l'important pour l'homme n'était pas d'aller vite, mais de savoir où il allait et pour quoi y faire, et que, par conséquent, la vitesse ne représentait pas toujours un avantage.

— Si c'est en enfer que tu vas, mieux vaut y aller lentement, disait-il d'un ton amer à un jeune commerçant. Tu es un imbécile si tu t'imagines que les Autrichiens ont dépensé de l'argent et mis en place cette machine uniquement pour que toi, tu puisses voyager et régler tes affaires plus rapidement. Tu ne vois qu'une chose, c'est que tu te déplaces vite, mais tu ne te demandes pas ce que cette machine transporte, dans un sens comme dans l'autre, en dehors de toi et de tes semblables. Ça, tu n'arrives pas à le faire entrer dans ta petite tête. Voyage, mon brave, voyage où tu voudras, mais j'ai bien peur qu'un jour ou l'autre ces voyages ne te retombent sur le nez. Un jour viendra où les Autrichiens te transporteront là où tu n'auras nullement envie d'aller et où tu n'aurais jamais eu l'idée de te rendre.

Et chaque fois qu'il entendait le sifflet de la locomotive longeant l'escarpement au-dessus de l'Hostellerie de pierre, Ali hodja plissait le front, remuait les lèvres en chuchotant quelque chose d'incompréhensible et, regardant de son étal le pont de pierre qu'il apercevait comme toujours de biais, il continuait à dévider l'écheveau de sa pensée : que les plus grandes constructions reposent sur une parole, la paix et la survie de villes entières et de tous leurs habitants sur un sifflement, peut-être. Du moins est-ce ce qu'il semble à un homme impuissant qui a beaucoup de souvenirs et vieillit brusquement.

Mais en ceci comme dans tout le reste, Ali hodja faisait exception, il était considéré comme un original et un homme compliqué. À vrai dire, les paysans eux aussi avaient du mal à s'habituer au chemin de fer. Ils l'utilisaient, mais ne pouvaient ni s'y faire ni en saisir l'humeur capricieuse et les habitudes. Dès l'aube, ils descendaient de leurs collines, arrivaient à la ville au lever du soleil et demandaient d'un air affolé, dès les premières boutiques, à tous ceux qu'ils croisaient :

— La machine est partie ?

— Que Dieu te protège, mon brave, mais elle est partie depuis longtemps, mentaient sans pitié les commerçants désœuvrés devant leurs éventaires.

— Pas possible !

— Il y en aura une autre demain.

Ils s'enquéraient ainsi sans même s'arrêter, courant et criant sur les femmes et les enfants qui restaient en arrière.

Ils arrivaient en toute hâte à la gare. Là, un employé les rassurait et leur disait qu'on s'était moqué d'eux et qu'il y avait encore trois bonnes heures avant le départ du train. Ils reprenaient alors leur souffle, s'asseyaient contre le mur de la gare, déballaient leurs sacs, se restauraient, discutaient ou somnolaient, mais restaient sur le qui-vive et, dès que la locomotive d'un train de marchandises sifflait quelque part, ils bondissaient et rassemblaient leurs affaires en criant :

— Debout ! La machine s'en va !

L'employé sur le quai les gourmandait et les poussait dehors :

— Mais je vous ai dit qu'il y a plus de trois heures avant le départ du train ! Où courez-vous ? Vous avez perdu la tête ?

Ils regagnaient leurs places, s'asseyaient de nouveau, mais le doute et la méfiance subsistaient. Et au premier sifflement ou au moindre bruit suspect, ils sauteraient de nouveau sur leurs pieds et se précipiteraient sur le quai d'où ils seraient de nouveau refoulés et exhortés à prendre patience et à mieux tendre l'oreille. En effet, quoi qu'on leur dît et qu'on leur expliquât, au fond de leur conscience ils ne pouvaient concevoir cette « machine » que comme une invention rapide, sournoise et diabolique des Autrichiens qui échappait à l'homme imprudent dès qu'il fermait l'œil et qui ne pensait qu'à une chose : comment se jouer du paysan en voyage et partir sans lui.

Mais tout cela, la maladresse des paysans aussi bien que les froncements de sourcils et les ronchonnements d'Ali hodja, c'étaient des broutilles. Les gens en plaisantaient et dans le même temps s'habituaient rapidement au chemin de fer, comme à tout ce qui était nouveau, plus pratique et plus agréable. Ils allaient maintenant encore sur le pont, passaient des heures sur les bancs de pierre de la kapia, comme ils l'avaient toujours fait, ils le traversaient en vaquant à leurs occupations quotidiennes, mais ils voyageaient dans la direction et de la façon que dictait l'époque nouvelle. Ils se firent rapidement et aisément à l'idée que l'on ne partait plus dans le vaste monde en passant par le pont et que celui-ci n'était plus ce qu'il avait été : un lien entre l'Orient et l'Occident. Ou plutôt, les gens, dans leur majorité, ne pensaient pas du tout à cela.

Le pont, lui, était toujours là, égal à lui-même, arborant

l'éternelle jeunesse des grandes œuvres conçues avec génie, lesquelles ignorent ce que vieillir ou changer veut dire et ne partagent pas, du moins semble-t-il, le destin des choses éphémères de ce monde.

XVII

Mais près du pont, dans la ville à laquelle le liait le destin, les plans concoctés en cette ère nouvelle avaient mûri. L'année 1908 arriva et avec elle une grande inquiétude, une menace sournoise qui ne cessa plus désormais de peser sur la ville.

En réalité, cela avait commencé bien plus tôt ; à peu près à l'époque de la construction du chemin de fer et avec les premières années du siècle nouveau. En même temps que les prix montaient et que le papier-monnaie, les dividendes et l'argent faisaient des bonds ou s'écroulaient en une ronde infernale et incompréhensible, mais dont les effets étaient bien perceptibles, on s'était mis de plus en plus à parler de politique.

Jusqu'à présent, les habitants de Višegrad s'étaient occupés exclusivement de ce qui leur était proche et familier, de gagner leur pain, de se divertir, des choses en somme qui ne concernaient que leur famille ou leur quartier, leur ville ou leur communauté religieuse, mais toujours de façon directe et limitée, sans beaucoup penser à l'avenir ni trop regarder en arrière. Désormais, dans les conversations, on abordait de plus en plus des questions soulevées par d'autres, quelque part au loin, au-delà de cet horizon. On créa à Sarajevo des partis nationaux et des organisations confessionnelles, serbes et musulmanes, dont des ramifications virent immédiatement le jour dans la ville. De nouveaux journaux, fondés à Sarajevo, arrivaient à Višegrad. On ouvrit des salles de lecture, on fonda des chorales. D'abord serbes, puis musulmanes, et enfin juives. Les élèves des lycées et les étudiants qui rentraient de Vienne et de Prague pour passer les vacances dans leurs familles apportaient des livres et des brochures inconnus et une nouvelle façon de s'exprimer. Par leur exemple, ils montraient aux jeunes gens de la ville que l'on ne doit pas toujours retenir sa langue et en dire moins que l'on en pense, comme l'imaginaient et l'affirmaient leurs aînés. On entendit pour la première fois parler de nouvelles organisations, confessionnelles et nationales, fondées selon des conceptions plus ouvertes et poursuivant des objectifs plus audacieux, et même de mouvements ouvriers. Pour la première fois dans la ville, on entendit le mot « grève ». Les artisans compagnons prenaient des airs sérieux. Le soir, sur la kapia, ils avaient de longues conversations incompréhensibles et se passaient des petites brochures sans couverture intitulées *Qu'est-ce que le socialisme ?*, *Huit heures de travail, huit heures de repos, huit heures d'instruction*, *Les Buts et les Voies du prolétariat mondial.*

On parlait aux paysans de la question agraire, des rapports entre les serfs et leurs maîtres, des terres des beys. Les paysans écoutaient, le regard fuyant, remuant de façon presque imperceptible leurs moustaches et plissant le front, comme s'ils s'efforçaient de tout graver dans leur mémoire pour y réfléchir ensuite tranquillement ou en parler entre eux.

Une bonne partie des gens s'obstinaient dans un prudent silence ou résistaient à ces innovations et à ces audaces de langage et de pensée. Mais il y en avait beaucoup, surtout parmi les jeunes, les pauvres et les désœuvrés, qui voyaient dans tout cela des indices prometteurs répondant à des besoins intérieurs qu'ils avaient jusque-là tus ou réprimés, susceptibles d'apporter à leurs vies ce quelque chose de grand et d'exaltant qui leur avait toujours manqué. À la lecture des discours et des articles, des protestations et des mémorandums émanant des organisations confessionnelles ou des partis politiques, chacun d'eux avait le sentiment que quelque chose se dénouait en lui, que son horizon s'élargissait, que ses pensées se libéraient et que ses forces se trouvaient associées à d'autres gens et à d'autres forces au loin, auxquels il n'avait jamais pensé. Les gens se mirent à se jauger et à se considérer les uns les autres selon des points de vue entièrement nouveaux. En un mot, il leur semblait, en cela aussi, que la vie devenait moins étriquée, plus riche, que les limites de l'illicite et de l'impossible reculaient et que s'ouvraient des perspectives et des possibilités comme il n'y en avait jamais eu.

En fait, ils ne possédaient, maintenant non plus, rien de

plus ni ne voyaient rien de mieux, mais ils pouvaient diriger leur regard au-delà des petits événements de leur vie quotidienne et avoir une impression illusoire mais exaltante d'espace et de puissance. Leurs habitudes ne changeaient pas, leur façon de vivre et leur mode de relation étaient les mêmes ; seulement, à leur rituel ancestral qui consistait à passer des heures sans rien faire, sirotant le café ou la rakia en fumant, s'ajoutaient maintenant de fiévreux débats d'idées, des formules pleines d'audace et une nouvelle façon de converser. Les gens se mirent à se partager ou à se rassembler, à être attirés ou rejetés selon des critères nouveaux et sur de nouvelles bases, mais toujours avec la force des passions anciennes et des instincts ancestraux.

Dorénavant, même les événements de l'extérieur avaient un écho dans la ville. Il y eut un changement sur le trône de Serbie, en 1903, puis un nouveau régime fut instauré en Turquie. La ville, située à la frontière même de la Serbie et non loin de celle de la Turquie, profondément liée, depuis des siècles, à l'une comme à l'autre, ressentait ces changements, en était ébranlée et les analysait, sans que personne parlât publiquement de la chose ou exprimât ouvertement son sentiment et ses opinions.

On commença à percevoir dans la ville une action et une pression grandissantes des autorités, tout d'abord civiles puis militaires. Et ce sous une forme tout à fait nouvelle : auparavant, on tenait compte de ce que chacun faisait et de la façon dont il se comportait ; désormais on posait des questions sur ce que les gens pensaient et sur ce qu'ils disaient. Le nombre de gendarmes dans les villages environnants situés le long de la frontière augmentait sans cesse. Un officier spécialisé dans le renseignement, originaire de la Lika, fut intégré au commandement de la place. La police arrêtait et punissait d'une amende les jeunes gens qui faisaient des déclarations imprudentes ou chantaient des chants serbes interdits. Les étrangers suspects étaient expulsés. Et les habitants eux-mêmes en venaient à se disputer ou à se battre à cause de leurs différences d'opinion.

Avec l'introduction du chemin de fer, ce n'était pas seulement le transport des voyageurs et des marchandises qui était devenu plus rapide et plus aisé ; il semblait aussi que les événements eux-mêmes avaient accéléré leur cours. Les gens de la ville ne le remarquaient même pas, car cette accélération était progressive et les entraînait tous avec elle. On s'habituait à l'agitation et à l'effervescence, les nouvelles sensationnelles n'étaient plus une rareté ou une exception, mais une nourriture quotidienne et un véritable besoin. La vie, sous toutes ses formes, semblait se précipiter de l'avant, s'accélérer brusquement, de même que l'eau du torrent accélère son cours juste avant de se briser et de dévaler la roche abrupte en se transformant en cascade.

Quatre années seulement s'étaient écoulées depuis le passage du premier train à travers la ville lorsque, par une matinée d'octobre, on apposa sur la kapia, juste sous la stèle portant l'inscription turque, une grande affiche blanche. C'est Drago, l'employé du cadastre, qui l'y colla. Tout d'abord, les enfants et les flâneurs s'agglutinèrent devant elle, mais bientôt les autres arrivèrent. Ceux qui savaient lire déchiffraient le texte à voix haute, butant contre les expressions étrangères et les mots nouveaux qu'ils épelaient. Les autres écoutaient sans rien dire, les yeux baissés, et lorsqu'ils en avaient assez entendu, ils s'en allaient, le regard toujours rivé au sol, passant la main sur leurs moustaches ou leurs barbes comme s'ils effaçaient un par un les mots qui avaient failli leur échapper.

Après avoir fait sa prière de midi et mis simplement la barre en travers de la porte de sa boutique pour indiquer qu'elle était fermée, Ali hodja se rendit à son tour sur la kapia. Cette fois-ci, le texte n'était pas traduit en turc et il ne pouvait pas le lire. Un jeune homme le déchiffrait à haute voix, d'un ton mécanique, comme à l'école :

PROCLAMATION

au peuple de Bosnie et d'Herzégovine

« Nous François-Joseph Ier, Empereur d'Autriche, Roi de Bohême, etc., et Roi Apostolique de Hongrie, aux habitants de Bosnie et d'Herzégovine :

« Lorsque, il y a une gé-gé-nération, Notre armée franchit les frontières de Votre pays... »

Ali hodja sentit son oreille droite lui démanger sous son turban blanc et il revit, comme si c'était hier, la dispute avec

Karamanlija, la cruauté dont il avait été victime, et la croix rouge qui flottait devant ses yeux pleins de larmes tandis que le soldat autrichien le déclouait avec précaution, et aussi l'affiche blanche avec la proclamation faite alors au peuple.

Le jeune homme lisait toujours :

« ... *l'assu-rance Vous avait été donnée que ces hommes n'étaient pas venus en ennemis, mais plutôt en amis animés de la ferme volonté de mettre fin à tous les maux qui pesaient lourdement sur Votre patrie depuis des années.*

« *Cette parole, qui Vous a été donnée en cet instant cri-cri-tique...* »

Tout le monde se mit à crier après le lecteur maladroit qui, confus et tout rouge, disparut dans la foule et dont la place fut aussitôt prise par un inconnu en manteau de cuir qui semblait n'attendre que cela et se mit à lire vite et sans hésiter, comme s'il récitait une prière apprise depuis longtemps par cœur :

« *Cette parole, qui Vous a été donnée en cet instant critique, a été honnêtement et réellement tenue. Notre gouvernement s'est toujours efforcé avec le plus grand sérieux de guider Votre patrie, en œuvrant sans répit, dans la paix et la légalité, pour un avenir plus heureux.*

« *Nous-Même, à Notre grande joie, osons dire en toute liberté : la graine qui a été semée dans le sillon d'un sol miné a donné des fruits en abondance. Vous aussi devez le ressentir comme une bénédiction : l'ordre et la sécurité ont remplacé la violence et la tyrannie, le travail et la vie se développent en permanence, les effets ennoblissants d'une instruction généralisée se font sentir et sous la protection d'une administration bien organisée chacun peut jouir des fruits de son labeur.*

« *Notre devoir impérieux à Tous est de poursuivre inlassablement dans cette voie.*

« *Gardant les yeux fixés sur cet objectif, Nous considérons que le moment est venu d'offrir aux habitants de ces pays une nouvelle preuve de la confiance que Nous mettons dans leur maturité politique. Pour élever la Bosnie et l'Herzégovine à un plus haut degré de vie politique, Nous avons décidé de doter ces pays d'institutions constitutionnelles — qui correspondront à la situation particulière de chacun et aux intérêts communs — et de mettre ainsi en place une base légale à la représentation de leurs aspirations et de leurs besoins.*

« Que Votre avis également soit entendu lorsque l'on décide des affaires relatives à Votre patrie, laquelle aura comme jusqu'à présent son administration propre.

« Mais la première condition indispensable à l'établissement de cette constitutionnalité nationale est un choix clair et indiscutable de la situation juridique de ces pays. Fidèlement au souvenir des liens qui ont existé en des temps plus anciens entre Nos glorieux ancêtres sur le trône de Hongrie et ces pays, Nous étendons Nos droits de souveraineté à la Bosnie et à l'Herzégovine et Nous voulons que dans ces pays aussi s'applique l'ordre de succession qui vaut dans Notre maison.

« Ainsi, les habitants de ces pays deviendront les bénéficiaires de tous les bienfaits que peut apporter un renforcement durable des liens qui existaient jusque-là. L'ordre nouvellement instauré sera la garantie que la culture et la prospérité trouveront dans Votre patrie un foyer stable et sûr.

« Bosniaques et Herzégoviniens !

« De toutes les préoccupations qui sont celles de Notre trône, le souci de Votre bien matériel et spirituel ne sera pas la dernière. L'idée insigne de droits égaux pour tous devant la loi ; la participation à la promulgation des lois et à l'administration du pays ; une protection égale pour toutes les confessions, les langues et les particularités nationales — de tous ces biens éminents vous jouirez pleinement.

« La liberté de l'individu et le bien de la collectivité, telle sera l'étoile qui guidera Notre gouvernement dans l'administration de ces deux pays... »

La bouche entrouverte et la tête inclinée, Ali hodja écoutait ces mots insolites et inconnus pour la plupart, et même ceux qui ne lui étaient pas étrangers rendaient un son bizarre et obscur dans ce contexte : « la graine... semée dans le sillon d'un sol miné », « la condition indispensable à l'établissement de cette constitutionnalité nationale est un choix clair et indiscutable de la situation juridique... », « l'étoile qui guidera Notre gouvernement... ». Oui, c'était encore une fois ces fameux « mots de l'empereur ». Et en entendant chacun d'eux, le hodja, mentalement, voyait tantôt s'ouvrir un horizon lointain, insolite et dangereux, tantôt tomber un lourd rideau noir juste devant ses pupilles. Tantôt l'un, tantôt l'autre ; soit il ne voyait rien du tout, soit il voyait quelque chose qu'il ne comprenait pas et qui ne présageait rien de bon. — Dans cette vie, rien n'est exclu et les choses les plus incroyables sont possibles. Ici, par exemple, on pouvait écouter avec attention et ne rien saisir dans le détail des mots, tout en comprenant parfaitement et sans se tromper la chose dans son ensemble ! Cette graine, cette étoile, ces préoccupations du trône, tout cela aurait pu être dit dans une langue étrangère, mais le hodja aurait néanmoins, lui semblait-il, très bien compris ce que l'on voulait dire et à quoi l'on voulait en venir. C'était que les empereurs, depuis trente ans déjà, s'interpellaient par-dessus les terres et les villes, et par-dessus la tête de leurs peuples. Et chaque mot dans chaque proclamation de chaque empereur était lourd de conséquences. Les pays étaient dépecés, les têtes volaient pour un seul de ces mots. Et l'on parlait ainsi de « graine », d'« étoile », de « préoccupations du trône » pour ne pas avoir à appeler les choses par leur nom et à dire ce qu'il en était vraiment : que les pays et les régions, et avec eux les êtres humains et les villages, passent de main en main comme de la menue monnaie, qu'un homme qui professe la juste foi et qui est animé de bonnes intentions ne peut trouver la paix sur cette terre, pas même ce peu de tranquillité qui lui est nécessaire pendant sa courte vie, que sa situation et sa fortune varient indépendamment de sa volonté, à l'inverse de ses désirs et de ses meilleures intentions.

Ali hodja écoutait et il lui semblait que c'étaient exactement les mêmes mots que trente ans plus tôt, le même boulet de plomb dans sa poitrine, le même message qui disait que leur temps était révolu, que « le flambeau turc avait brûlé », seulement il fallait le leur répéter, car ils ne voulaient ni le comprendre ni l'admettre, ils s'abusaient eux-mêmes et faisaient semblant de ne rien voir.

« *Et il n'y a pas de doute que Vous Vous montrerez dignes de la confiance qui Vous est accordée, qu'une noble harmonie entre le Souverain et Son peuple, le gage le plus précieux de tout progrès de l'État, accompagnera Nos efforts et Notre œuvre commune.*

« *Fait en notre capitale royale de Buda-Pest.*

François Joseph »
(*signature autographe*)

L'homme en manteau de cuir termina sa lecture et, de façon inopinée, se mit à hurler :

— Vive Sa Majesté notre empereur !

— Viiive ! cria comme sur commande ce grand échalas de Ferhat, l'allumeur de réverbères.

Tous les autres, au même instant, se dispersèrent en silence.

La nuit n'était pas encore tout à fait tombée ce jour-là que l'affiche blanche était déjà arrachée et jetée dans la Drina. Le lendemain, on arrêta quelques jeunes gens serbes suspectés d'avoir commis le forfait et l'on colla sur la kapia une nouvelle affiche blanche à côté de laquelle fut posté un garde municipal.

Dès qu'un gouvernement ressent le besoin de promettre par voie d'affiches la paix et la prospérité à ses administrés, il convient de se méfier et d'en attendre tout le contraire. Dès la fin du mois d'octobre, l'armée commença à arriver, et ce non seulement en train, mais aussi par la vieille route abandonnée. Comme trente ans plus tôt, les soldats descendaient la route escarpée de Sarajevo et entraient dans la ville en passant par le pont, avec tous les véhicules et l'intendance. Il y avait tous les corps d'armée, sauf la cavalerie. Toutes les casernes étaient pleines. Des hommes campaient même sous des tentes. De nouvelles unités arrivaient sans cesse, restaient quelques jours dans la ville, puis étaient réparties dans les villages le long de la frontière serbe. Les soldats étaient pour la plupart des réservistes de différentes nationalités qui avaient de l'argent. Ils faisaient leurs menus achats dans les boutiques et s'approvisionnaient en fruits et en friandises aux coins des rues. Les prix faisaient des bonds. Il n'y eut plus du tout ni de foin ni d'avoine. Sur les collines autour de la ville, on se mit à construire des fortifications. Et sur le pont même, on entreprit une étrange besogne. Au beau milieu, juste après la kapia en venant de la ville, des ouvriers venus spécialement se mirent à creuser dans la pile une cavité de un mètre carré environ de surface. L'endroit où se faisaient les travaux était recouvert d'une toile de tente verte sous laquelle on entendait frapper des coups incessants qui s'enfonçaient de plus en plus profondément. La pierre extraite était aussitôt jetée dans la rivière par-dessus le parapet. En dépit des efforts déployés pour garder l'entreprise secrète, on savait dans la ville que l'on minait le pont, c'est-à-dire que l'on creusait une profonde ouverture dans l'une des piles, sur toute sa hauteur, et que l'on placerait à sa base des explosifs, au cas où la guerre éclaterait et où il serait nécessaire de détruire le pont. L'on fit descendre une longue échelle métallique dans la cavité percée, et lorsque tout fut terminé, le trou fut fermé par une plaque de fer. Au bout de quelques jours déjà, cette plaque se confondait avec la pierre et la poussière, et les voitures, les chevaux, les piétons qui se hâtaient à leur travail passaient dessus sans plus penser à la mine et aux explosifs. Seuls les gamins sur le chemin de l'école s'arrêtaient à cet endroit, ils donnaient avec curiosité quelques coups contre cette porte métallique, se perdaient en conjectures sur ce qui se cachait derrière elle, rêvaient d'un nouveau Maure enfermé dans le pont, se chamaillaient au sujet des explosifs, se demandant ce que c'était, quels étaient leurs effets et si l'on pouvait vraiment faire sauter une telle construction.

Parmi les adultes, seul Ali hodja Mutevelić rôdait et considérait d'un air sombre et méfiant aussi bien la tente verte pendant les travaux que le couvercle métallique qui demeura sur le pont. Il écoutait ce qui se disait et se chuchotait : que l'on avait creusé dans cette pile un trou aussi profond qu'un puits et qu'on y avait placé des explosifs reliés par un fil électrique à la berge, de sorte que le commandant pouvait à tout moment du jour ou de la nuit pulvériser le pont en son milieu, comme s'il était en sucre et non en pierre. Le hodja écoutait, hochait la tête, réfléchissait à la question aussi bien le jour, quand il se retirait dans son *cercueil*, que la nuit, au lit, au lieu de dormir ; tantôt il admettait une telle possibilité, tantôt il la rejetait comme étant trop folle et impie, mais il n'arrêtait pas d'y penser avec inquiétude, au point qu'il vit même en rêve les anciens administrateurs du vakouf de Mehmed pacha qui lui demandaient d'un air sévère ce qui se passait et ce qu'on manigançait sur le pont. Lui-même ressassait son tourment. Il ne voulait interroger personne dans le bazar, considérant qu'un homme intelligent n'avait plus depuis longtemps dans cette ville personne auprès de qui prendre conseil ou avec qui discuter de façon sensée, car soit les hommes avaient perdu l'honneur et la raison, soit ils étaient aussi désorientés et amers que lui.

Pourtant, un jour, une occasion se présenta à lui de s'informer sur le sujet. Un des beys Branković de Crnča, Muhamed, avait fait son service militaire à Vienne, puis il avait rengagé et atteint le grade d'adjudant. (C'était le petit-fils de Šemsi bey qui, au début de l'occupation, s'était retiré sur ses terres et était mort de chagrin, et que l'on cite de nos jours encore parmi les vieux musulmans comme un exemple inégalé de grandeur morale et d'esprit de suite.) Cette année-là, Muhamed bey était venu en permission. C'était un homme grand et bien en chair, roux, vêtu d'un uniforme bleu irréprochable, avec des brandebourgs jaunes, des franges rouges et de petites étoiles d'argent sous le col, il portait des gants de peau aussi blancs qu'un verger en fleur et il était coiffé d'un fez rouge. Courtois, souriant, impeccable, il se promenait dans le bazar, frappait discrètement les pavés de la pointe de son long sabre et saluait chacun avec amabilité et aisance, en homme qui mange le pain de l'empereur et ne doute pas plus de lui-même qu'il n'a de raisons de craindre les autres.

Lorsque ce Muhamed bey entra, entre autres, dans la boutique du hodja, s'informa de sa santé et s'assit pour boire du café, Ali hodja profita de l'occasion pour lui demander, comme à un homme de l'empereur qui vivait loin de Višegrad, des éclaircissements sur ce qui le tourmentait tellement. Il lui expliqua de quoi il s'agissait, ce que l'on avait fait sur le pont et ce que l'on racontait dans la ville, et il lui demanda si une chose aussi impensable était possible : que l'on se préparât, selon un plan préétabli, à détruire une fondation pieuse d'intérêt public, telle que celle-ci.

Dès qu'il eut entendu de quoi il s'agissait, l'adjudant prit un air sérieux. Son large sourire disparut et son visage roux et bien rasé prit une expression figée comme s'il était à la parade, à l'instant du « garde à vous ! ». Il resta silencieux quelques instants, comme s'il était ennuyé, puis répondit d'une voix plus basse :

— Il y a un peu de tout cela. Mais, si tu veux mon avis, le mieux est de ne pas poser de questions et de ne pas en parler, car cela fait partie des préparatifs de guerre, du secret militaire, *et caetera, et caetera*.

Le hodja détestait toutes les nouvelles expressions, et surtout ce « *et caetera* ». Pas seulement parce qu'il lui écorchait les oreilles, mais aussi parce qu'il sentait bien que ce mot, dans le parler des étrangers, servait surtout à éviter de dire la vérité, comme si tout ce qui avait été dit avant lui était sans importance.

— Ne me fais pas le coup, s'il te plaît, de leur « *caetera, caetera* », mais dis-moi et explique-moi, si tu en es capable, ce qu'ils font du pont. Ça ne peut pas être un secret. Tu parles d'un secret, même les enfants de l'école coranique le connaissent ! répliqua le hodja d'un air courroucé. Et qu'est-ce que le pont a à voir, s'il te plaît, avec leurs guerres ?

— Il a à voir, Ali hodja, et comment ! répondit Branković qui avait retrouvé son sourire.

Et il expliqua aimablement, avec cet air un peu condescendant que l'on prend pour parler aux enfants, que tout cela était prévu dans les règlements de l'armée, qu'il existait à cet effet des pionniers et des pontonniers, que dans l'armée impériale chacun avait une tâche bien précise et n'avait aucune raison de se faire du souci ou de se mêler de la « branche » des autres.

Le hodja l'écoutait, il l'écoutait et le regardait, mais il ne comprenait pas grand-chose et ne put y tenir longtemps.

— C'est bien joli tout ça, mon brave, mais est-ce qu'ils savent que ce pont est une fondation pieuse du vizir, qu'il a été construit pour le salut de son âme et par amour de Dieu, et que c'est péché de lui enlever la moindre pierre ?

L'adjudant se contenta d'écarter les bras, de hausser les épaules, de serrer les lèvres et de fermer les yeux, et son visage prit une expression rusée et polie, figée, aveugle et sourde, comme seuls peuvent en prendre les gens qui ont longtemps travaillé dans de vieilles administrations vermoulues où la discrétion a depuis longtemps dégénéré en indifférence et l'obéissance en lâcheté. Une feuille de papier blanc est très éloquente comparée à la prudence muette de ce visage. Mais très vite l'homme de l'empereur rouvrit les yeux, laissa retomber ses bras, retrouva un visage lisse et reprit sa physionomie habituelle qui trahissait une sérénité confiante et enjouée, dans laquelle la bonhomie viennoise et la politesse turque se rejoignaient et se mêlaient comme deux cours d'eau. Et, changeant de sujet, il fit en termes choisis compliment au hodja de sa bonne santé et de son apparence juvénile, puis prit congé avec la même infinie amabilité dont il avait fait preuve à son arrivée. Le hodja, lui, resta troublé et quelque peu ébranlé, non moins inquiet qu'avant cette visite. Perdu dans ses pensées soucieuses, il regardait depuis son éventaire la beauté éblouissante de ce premier jour de mars. En face de lui, en biais, se profilait le pont éternel et éternellement semblable à lui-même ; sous ses arches blanches on apercevait la surface verte, miroitante et mouvante de la Drina, et l'on aurait dit un étrange collier de deux couleurs étincelant au soleil.

XVIII

Cette tension permanente, qu'ailleurs dans le monde on appelait « la crise de l'annexion » et qui jetait son ombre inquiétante sur le pont et la ville autour de lui, se relâcha tout d'un coup. Quelque part au loin, dans la correspondance diplomatique et les pourparlers qui avaient lieu entre les capitales intéressées, on lui avait trouvé une issue pacifique.

La frontière, cette frontière toujours prête à s'enflammer depuis la nuit des temps, ne s'embrasa pas cette fois-ci. L'armée, qui avait en si grand nombre envahi la ville et les villages frontaliers, commença avec les premiers jours du printemps à se retirer et à réduire ses effectifs. Mais, comme c'était toujours le cas, les changements que cette crise avait provoqués lui survécurent. La garnison stationnée à titre permanent dans la ville était beaucoup plus importante qu'avant. Le pont resta miné. Personne n'y pensait plus, sauf Ali hodja Mutevelić. Le terre-plein à gauche du pont, au-dessus du vieux mur de soubassement, qui abritait jusque-là le verger municipal, était désormais accaparé par les autorités militaires. Au beau milieu du terrain, les arbres fruitiers avaient été coupés, et l'on avait construit à cet endroit une belle maison à un étage. C'était le nouveau cercle des officiers, car l'ancien, qui occupait une petite bâtisse de plain-pied, en haut du quartier de Bikavac, était devenu trop petit pour les officiers de plus en plus nombreux. Ainsi, se dressaient désormais, à droite du pont, l'hôtel de Lotika et, à gauche, le cercle des officiers, deux édifices blancs, presque identiques ; entre eux s'étendait la place du marché entourée de boutiques et surplombée par la grande caserne que le peuple appelait l'Hostellerie de pierre, en souvenir du caravansérail de Mehmed pacha qui se trouvait jadis à cet endroit et avait disparu sans laisser de traces.

Les prix qui, l'automne précédent, avaient fait un bond du fait de la présence de tant de troupes, se stabilisèrent, mais il paraissait évident qu'ils continueraient à monter, sans plus jamais retrouver leur niveau d'antan. Deux banques s'ouvrirent cette année-là, l'une serbe, l'autre musulmane. Les gens avaient recours aux lettres de change comme à un médicament. Plus personne n'hésitait à s'endetter. Mais plus on avait d'argent, plus on en manquait. Seuls ceux qui dépensaient sans compter, plus qu'ils ne gagnaient, avaient encore l'impression que la vie était facile et belle. Les commerçants et les gens d'affaires, eux, étaient soucieux. Les échéances de crédit pour le paiement de la marchandise étaient de plus en plus courtes. Les clients fiables se faisaient rares. De plus en plus d'articles avaient un prix bien trop élevé pour le pouvoir d'achat de la majorité des gens. On achetait en petite quantité et on recherchait de plus en plus les marchandises bon marché. Seuls les payeurs peu sûrs traitaient encore des marchés en gros. Les seules affaires rentables étaient les fournitures pour l'armée ou quelque institution d'État, mais cela n'était pas donné à tout le monde. Les impôts d'État et les taxes locales augmentaient eux aussi et devenaient plus nombreux ; les procédures de recouvrement étaient de plus en plus rigoureuses. On ressentait de loin les fluctuations malsaines des bourses. Les bénéfices qu'elles occasionnaient partaient dans des mains invisibles, tandis que les pertes se répercutaient dans les régions les plus éloignées de la monarchie et frappaient le petit commerce, jusqu'aux revendeurs et aux consommateurs.

L'atmosphère à Višegrad et l'état d'esprit de la population n'étaient ni plus sereins ni plus calmes. La baisse brutale de la tension n'avait pas vraiment rassuré les gens, pas plus les Serbes que les musulmans de la ville ; elle n'avait suscité qu'une déception réprimée chez les uns et une certaine dose de méfiance et d'appréhension chez les autres. Tous s'attendaient de nouveau à de grands bouleversements, sans raison valable ni motif direct. On espérait et craignait vaguement quelque chose (ou plutôt les uns l'espéraient et les autres le craignaient), et tout le monde réagissait et observait ce qui se passait uniquement sous cet angle et par rapport à ce sentiment. Bref, l'inquiétude était en chacun, y compris chez les gens les plus simples et les moins instruits, surtout parmi les jeunes, et plus personne ne se satisfaisait de la vie monotone qu'ils traînaient tous jusque-là. Tous voulaient plus, exigeaient mieux ou craignaient pire. Les plus vieux regrettaient encore le « doux silence » qui était considéré, à l'époque turque, comme le but ultime à atteindre et la forme la plus achevée de la vie publique ou privée, et qui régnait encore dans les premières décennies de l'occupation autrichienne. Mais ils étaient peu nombreux. Tous les autres aspiraient à une vie bruyante, excitante et agitée. Ils voulaient une vie intense ou du moins l'écho de celle que d'autres menaient, en tout cas la diversité, le vacarme et la fièvre qui donnent l'illusion d'une vie intense. Et cela changeait non seulement l'état des esprits, mais aussi l'aspect extérieur de la ville. Même l'art de vivre ancestral qui se perpétuait sur la kapia, ces conversations à voix basse et ces longues et paisibles méditations, ces plaisanteries enjouées et ces chansons sentimentales entre l'eau, le ciel et les montagnes, même cela commençait à changer.

Le cafetier s'était procuré un gramophone, une volumineuse boîte en bois avec un grand pavillon de fer-blanc qui ressemblait à une énorme fleur bleu clair. Son fils changeait les disques et les aiguilles et remontait sans cesse cette machine braillarde qui assourdissait tout le monde sur la kapia et résonnait sur les deux rives. Il avait bien fallu qu'il se le procure pour ne pas être en retard sur ses concurrents, car on entendait maintenant des gramophones non seulement dans les associations de loisirs et les salles de lecture, mais aussi dans les cafés les plus modestes où l'on s'asseyait autrefois sur l'herbe à l'ombre des tilleuls ou à la terrasse baignée de lumière pour y discuter à voix basse et à mots avares. Partout les gramophones vociféraient en grinçant et en croassant des marches turques, des chants patriotiques serbes ou des airs d'opéra viennois, selon la clientèle à laquelle ils étaient destinés. En effet, là où il n'y avait ni vacarme, ni clinquant, ni agitation, personne ne venait ni n'achetait.

On dévorait les journaux en grande quantité, mais superficiellement et à la hâte ; les plus recherchés étaient ceux qui étalaient en première page des titres sensationnels, en gros caractères. Rares étaient ceux qui lisaient les articles écrits petit et serré. Le moindre événement était accompagné du bruit et de l'éclat des grands mots. Les jeunes considéraient qu'ils n'avaient pas vécu ce jour-là si le soir, avant de s'endormir, ils n'avaient pas les oreilles pleines et les yeux éblouis de ce qu'ils avaient vu et entendu au cours de la journée.

Les aghas et les efendis de la ville, l'air sérieux et apparemment indifférent, venaient aussi sur la kapia pour y entendre les nouvelles des journaux sur la guerre turco-italienne en Tripolitaine. Ils écoutaient avidement ce que l'on disait dans les journaux du jeune et glorieux commandant turc Enver bey, lequel battait les Italiens et défendait la terre du sultan comme s'il était un descendant de Sokolović ou de Ćuprilić. Ils fronçaient les sourcils à cause de la musique du gramophone qui les gênait dans leurs réflexions et ils tremblaient profondément et sincèrement, sans le montrer, pour le sort de cette lointaine province turque d'Afrique.

Il arriva qu'un soir Petar l'Italien, maître Pero, traversa le pont, de retour de son travail, dans son vêtement de toile blanc de poussière de pierre et maculé de peinture et de térébenthine. Il avait vieilli et paraissait encore plus voûté, avec son air humble et peureux. Comme à l'époque de l'attentat de Luccheni contre l'impératrice, selon une logique qui lui était incompréhensible, il se retrouvait à nouveau coupable d'un crime qu'avaient commis, quelque part au loin, ses compatriotes italiens avec lesquels il n'avait plus depuis bien longtemps aucun lien. Un des jeunes musulmans lança :

— Tu veux Tripoli, fils de pute ? Eh ben, la voilà !

Et tout en criant, il lui fit un bras d'honneur « jusqu'au coude » et d'autres gestes obscènes.

Et maître Pero, fatigué et courbé, ses outils sous le bras, se contenta d'enfoncer son chapeau sur ses yeux, il serra convulsivement sa pipe entre ses dents et se hâta vers sa maison en montant la côte de Mejdan.

Stana l'y attendait, elle aussi vieillie et moins vigoureuse, mais la langue toujours aussi bien pendue. Il se plaignit à elle, d'un ton amer, des jeunes gens musulmans qui disaient des choses inconvenantes et exigeaient de lui ce Tripoli dont, il y a quelque temps encore, il ignorait l'existence. Et Stana, fidèle à elle-même, ne voulut ni le comprendre ni le plaindre, mais au contraire affirma que c'était bien sa faute et qu'il avait bien mérité qu'on le traite de tout.

— Si tu étais un homme, ce que tu n'es pas, tu leur fracasserais la caboche avec ton ciseau ou ta laie, et ces porteurs de fez n'oseraient plus jamais se moquer de toi, mais bondiraient sur leurs pieds dès qu'ils t'apercevraient sur le pont.

— Ah, Stana, Stana, répondait d'un air bonhomme et un peu navré maître Pero, on ne peut pas fracassser la tête de ssson prosssain avec ssson ciseau ou sssa laie !

Ainsi s'écoulèrent ces années, marquées par des émotions plus ou moins grandes et un besoin constant de sensation. L'automne 1912 arriva, puis l'année 1913, avec les guerres balkaniques et les victoires serbes. Et, chose étrange, ce qui était justement d'une extrême importance pour le pont, la ville et tout ce qui s'y rapportait, se produisit pour une fois sans bruit, de façon presque inaperçue.

Incandescentes à leur début et à leur fin, dorées au milieu, les journées d'octobre passèrent sur la ville qui attendait la récolte du maïs et la rakia nouvelle. Il était encore agréable de s'asseoir sur la kapia au soleil de l'après-midi. Le temps, semblait-il, avait retenu son souffle au-dessus de la ville. Et c'est alors que la chose survint.

Avant même que les gens instruits aient pu s'y reconnaître dans les nouvelles contradictoires des journaux, la guerre entre la Turquie et les quatre États balkaniques avait éclaté et s'était engagée dans les chemins qu'elle avait toujours empruntés à travers les Balkans. Et avant même que les gens aient compris le sens et la portée de cette guerre, elle était effectivement terminée, avec la victoire des armées serbes et chrétiennes. Et tout cela s'était déroulé quelque part loin de Višegrad, sans feux sur la frontière, sans écho des canons, sans têtes coupées sur la kapia. Comme dans les affaires d'argent et de commerce, dans ces bouleversements si importants tout se passait au loin et incroyablement vite. Là-bas, quelque part dans le monde, on jetait les dés ou on menait les batailles, et c'était là-bas que l'on décidait du sort de chacun de nous.

Mais si la ville, vue de l'extérieur, restait calme et inchangée, ces événements provoquaient dans les esprits de véritables ouragans d'extrême exaltation ou d'abattement profond. En effet, comme tout ce qui se passait dans le monde les dernières années, ces bouleversements furent eux aussi accueillis avec des sentiments tout à fait opposés chez les Serbes et les musulmans ; seules peut-être leur intensité et leur profondeur les rendaient similaires. Les événements avaient dépassé tous les espoirs des uns, et toutes les craintes des autres se vérifiaient. Les aspirations qui, pendant des siècles, avaient dans leur élan devancé le cours lent de l'histoire ne pouvaient plus désormais ni la suivre ni la rattraper dans sa ruée fantastique vers les réalisations les plus audacieuses.

Tout ce que la ville put voir et sentir directement de cette guerre fatidique se déroula à la vitesse de l'éclair et avec une simplicité étonnante.

À Uvac, là où la frontière entre l'Autriche-Hongrie et la Turquie suivait la rivière du même nom et où un pont de bois séparait la caserne de gendarmerie autrichienne du poste de garde turc, un officier turc, accompagné d'une petite escorte, passa du côté autrichien. Là, d'un geste théâtral, il brisa son sabre contre la rambarde du pont et se rendit aux gendarmes autrichiens. Au même instant, l'infanterie serbe vêtue de gris descendait la colline. Elle remplaça l'archaïque armée turque sur toute la frontière entre la Bosnie et le Sandžak. Le triple croisement des frontières autrichienne, turque et serbe disparut. La frontière turque, qui la veille encore se trouvait à une quinzaine de kilomètres de la ville, recula tout à coup de plus de mille kilomètres, au-delà même d'Edirne.

Ces bouleversements, si importants et survenus en si peu de temps, ébranlèrent la ville jusque dans ses fondements.

Pour le pont sur la Drina, ces changements furent fatals. La ligne de chemin de fer de Sarajevo avait réduit à néant, comme nous l'avons vu, tous ses liens avec l'Occident, et il se trouvait maintenant brutalement coupé de l'Orient. Cet Orient qui l'avait engendré et qui, jusqu'à la veille encore, était là, certes ébranlé et entamé, mais réel et immuable comme le ciel et la terre, s'était évanoui comme un fantôme et désormais, le pont ne reliait plus vraiment que les deux parties de la ville et la vingtaine de villages répartis sur les rives de la Drina.

Le grand pont de pierre qui, dans l'idée du vizir de Sokolovići lorsqu'il s'était lancé dans sa pieuse entreprise, devait unir, comme un des maillons de l'Empire, les deux parties de l'immense territoire et, « pour l'amour de Dieu », faciliter le passage d'Occident en Orient et inversement, se trouvait maintenant coupé et de l'Orient et de l'Occident, abandonné à lui-même, à l'instar des bateaux échoués et des chapelles désaffectées. Pendant trois longs siècles, il avait résisté et survécu à tout et, immuable, avait loyalement rempli son office, mais les besoins des hommes étaient désormais ailleurs et les choses avaient changé : sa mission l'avait trahi. Étant donné sa taille, sa solidité et sa beauté, les armées auraient pu le franchir et les caravanes s'y succéder pendant des siècles encore, mais voilà, les caprices sans fin des relations entre les hommes avaient fait que la fondation du vizir se trouvait soudain rejetée et écartée, comme par un maléfice, du courant principal de la vie. Le rôle actuel du pont ne correspondait en aucune façon à son aspect éternellement jeune et à ses proportions gigantesques mais harmonieuses. Pourtant il se dressait encore tel que le vizir l'avait vu derrière ses paupières closes et tel que l'avait créé son architecte : puissant, beau et solide, insensible aux changements.

Il fallut bien du temps, il fallut bien des efforts pour que les habitants de Višegrad comprennent ce qui est exposé ici en quelques lignes et se produisit effectivement en quelques mois. Même en rêve, les frontières ne se déplacent pas aussi vite et aussi loin.

Tout ce qui sommeillait chez les gens depuis aussi longtemps que le pont existait, en silence et sans bouger comme lui, se réveilla soudain et se mit à influer sur la vie de tous les jours, l'atmosphère générale et le destin personnel de chacun.

Les premiers jours de l'été 1913 furent pluvieux et tièdes. Sur la kapia étaient assis une dizaine de vieux musulmans de la ville, l'air abattu, serrés autour d'un homme, plus jeune, qui leur lisait les journaux, commentait les expressions étrangères et les noms insolites, et expliquait la géographie. Tous fumaient calmement et regardaient imperturbablement devant eux, sans pouvoir cependant cacher tout à fait qu'ils étaient soucieux et en émoi. Dissimulant leur trouble, ils se penchaient sur une carte géographique illustrant le prochain partage de la péninsule balkanique. Ils regardaient le papier et ne voyaient rien dans ces lignes sinueuses, mais ils savaient et comprenaient tout, car ils portaient leur géographie dans le sang et avaient une perception biologique de l'image du monde.

— À qui reviendrait Skopje ? demanda un vieillard, d'un air apparemment indifférent, au jeune homme qui lisait.

— À la Serbie.

— Aïe !

— Et Salonique ?

— À la Grèce.

— Aïe ! Aïe !

— Et Edirne ? demanda un autre à voix basse.

— À la Bulgarie probablement.

— Aïe ! Aïe ! Aïe !

Ce n'étaient ni des lamentations bruyantes ni des geignements, comme chez les femmes et les êtres faibles, mais des soupirs étouffés et profonds qui se perdaient en même temps que la fumée des cigarettes, à travers les moustaches épaisses, dans l'air d'été. Beaucoup de ces vieillards avaient dépassé soixante-dix ans. Dans leur enfance, la souveraineté turque s'étendait de la Lika et du Kordun jusqu'à Stamboul, et de Stamboul jusqu'aux frontières désertiques et imprécises de la lointaine et infranchissable Arabie. (Et « la souveraineté turque », c'était la grande communauté, indivisible et indestructible, unie dans la foi de Mahomet, toute cette partie de la planète « où le muezzin appelle à la prière ».) Ils s'en souvenaient bien, mais ils se souvenaient aussi que, par la suite, au cours de leur vie, la souveraineté turque s'était repliée de Serbie en Bosnie, puis de Bosnie au Sandžak. Et maintenant, voilà que, sous leurs yeux, cette souveraineté, tel un fantastique reflux de la mer, avait soudain décru et s'était retirée à perte de vue, les laissant là, telle une végétation aquatique sur la terre ferme, trompés et menacés, abandonnés à eux-mêmes et à leur sort funeste. Tout cela venait de Dieu, et tout cela entrait, sans aucun doute, dans les dispositions de la divine providence, mais l'homme avait du mal à le comprendre ; il avait le souffle coupé et la conscience troublée, et il sentait bien que l'on tirait sournoisement le sol sous ses pieds, comme un tapis, et que les frontières qui auraient dû être stables et solides devenaient fluides et changeantes, se déplaçaient, s'éloignaient et disparaissaient, comme les ruisseaux capricieux au printemps.

Plongés dans ces souvenirs et ces pensées, les vieillards sur la kapia n'écoutaient guère que d'une oreille distraite ce que l'on disait de tout cela dans les journaux. Ils écoutaient en silence, bien que les mots employés pour parler des empereurs et des États leur parussent impudents, insensés et déplacés, et cette façon d'écrire en général un crime d'impiété, contraire aux lois éternelles et à la logique de la vie, quelque chose qui « n'apporterait rien de bon » et à quoi un homme d'honneur et de raison ne saurait se résigner. La fumée des cigarettes s'enroulait au-dessus de leurs têtes. Haut dans le ciel voguaient des lambeaux de nuages blancs en cet été pluvieux, et leurs ombres larges et rapides glissaient sur le sol.

Mais la nuit, jusque très tard, c'étaient les jeunes gens des maisons serbes qui occupaient cette même kapia et y chantaient à tue-tête, d'un air de défi, des chants à la gloire du canon serbe, sans qu'on les punît ou les mît à l'amende. On remarquait souvent parmi eux des étudiants et des élèves des écoles secondaires. C'étaient pour la plupart des jeunes gens pâles et maigres, avec des cheveux longs et des chapeaux noirs et plats à larges bords. Ils venaient très souvent cet automne-là, bien que l'année scolaire fût commencée. Ils arrivaient par le train de Sarajevo, avec des recommandations et des mots d'ordre, passaient la nuit sur la kapia, mais n'étaient déjà plus dans la ville au petit matin, car des gars de Višegrad les faisaient passer en Serbie par des canaux sûrs.

Et avec les mois d'été, au moment des vacances scolaires, la ville et la kapia retrouvaient de l'animation grâce aux élèves et aux étudiants qui en étaient originaires et rentraient dans leurs foyers. Toute la vie sur la kapia s'en trouvait transformée.

À la fin du mois de juin, les lycéens de Sarajevo arrivaient en groupe, et dans la première moitié de juillet, c'était le tour, un par un, des étudiants en droit, en médecine, en philosophie des universités de Vienne, Prague, Graz ou Zagreb. Même l'aspect extérieur de la ville changeait avec leur arrivée. On croisait dans le bazar et sur la kapia leurs silhouettes jeunes, métamorphosées, comme étrangères, et ils tranchaient par leur comportement, leur parler et leur tenue vestimentaire sur les habitudes bien ancrées et les sempiternels vêtements des gens de la ville. Ils portaient des costumes de couleur sombre et de la dernière coupe. C'était la fameuse « *Glockenfaçon* » qui passait alors dans toute l'Europe centrale pour le dernier cri de la mode et le summum du bon goût. Ils étaient coiffés de chapeaux de paille souple de Panama, avec les bords baissés et un ruban de six couleurs discrètes, et chaussés de larges chaussures américaines à la languette très relevée. La plupart avaient des cannes en bambou d'une grosseur inhabituelle. Au revers de leurs vestons ils arboraient l'insigne métallique des Sokols ou d'une autre association estudiantine.

Les étudiants apportaient également des mots nouveaux, des blagues et des chansons nouvelles, de nouvelles danses apprises lors des bals de l'hiver, et surtout de nouveaux livres et de nouvelles brochures, serbes, tchèques et allemandes.

Autrefois aussi, dans les vingt premières années de l'occupation autrichienne, il arrivait que des jeunes gens de la ville partent au loin faire leurs études, mais ils n'étaient ni si nombreux ni animés du même esprit. Quelques-uns, au cours de ces deux décennies, avaient obtenu les diplômes de l'École normale de Sarajevo, et deux ou trois autres ceux de la faculté de droit ou de philosophie de Vienne, mais c'étaient des exceptions rares, de modestes jeunes gens qui passaient discrètement et sans faire de bruit leurs examens et, leurs études terminées, se fondaient dans l'armée grise et innombrable de la bureaucratie d'État. Mais depuis un certain temps, le nombre des étudiants dans la ville avait brusquement augmenté. Grâce aux aides des sociétés culturelles nationales, les fils de paysans et de petits artisans allaient eux aussi à l'université. L'esprit et le caractère des étudiants eux-mêmes changèrent encore plus.

Ce n'étaient plus les étudiants de naguère, au début de l'occupation, ces jeunes gens dociles et inoffensifs, voués chacun à ses études, dans le sens le plus étroit du terme. Mais ce n'étaient pas non plus les noceurs habituels de la ville ou les joyeux drilles d'autrefois, futurs commerçants et maîtres artisans qui, à une certaine époque de leur vie, dépensaient leur trop-plein d'énergie et de jeunesse sur la kapia et dont on disait dans les familles : « Marie-le donc pour qu'il arrête de chanter ! » C'étaient des jeunes d'un genre nouveau, qui faisaient leurs études et leur éducation dans différentes villes et différents pays, soumis à des influences multiples. Des grandes villes, des lycées et des universités où ils faisaient leurs études, ils revenaient aveuglés par un sentiment d'audace mêlée de fierté dont se nourrit tout jeune homme au savoir frais et encore incomplet, enthousiasmés par les idées du droit des peuples à la liberté et de celui de l'individu au bien-être et à la dignité. Chaque année, aux vacances d'été, ils rapportaient à Višegrad des conceptions libérales en matière de société et de religion, ainsi qu'un engouement pour le nationalisme renaissant qui, les derniers temps, surtout après les victoires serbes dans les guerres balkaniques, faisait l'objet de la ferveur commune et inspirait à nombre d'entre eux un désir effréné d'action et de sacrifice.

La kapia était le lieu privilégié de leurs rencontres. Ils s'y retrouvaient après le dîner. Dans l'obscurité, sous les étoiles ou au clair de lune, dans la nuit calme au-dessus de la rivière bruissante, on entendait résonner leurs chants, leurs plaisanteries, leurs conversations animées et leurs interminables controverses, nouvelles, hardies, naïves, sincères et outrancières.

Aux étudiants se joignaient régulièrement leurs camarades d'enfance qui avaient été avec eux à l'école primaire à Višegrad, puis étaient restés dans la ville, comme apprentis artisans, commis dans une maison de commerce, plumitifs à la mairie ou dans quelque entreprise. Il y en avait de deux sortes. Les premiers étaient satisfaits de leur sort et de la vie que leur offrait la ville dans laquelle ils resteraient jusqu'à leur mort. Ils considéraient avec curiosité et sympathie leurs camarades d'école plus instruits, ils les admiraient, sans jamais se comparer à eux ; et ils suivaient sans la moindre jalousie leur évolution et leur carrière. Les autres ne pouvaient se résigner à la vie de Višegrad à laquelle les circonstances les avaient condamnés, ils aspiraient à quelque chose qu'ils jugeaient plus élevé et meilleur, mais qui leur avait échappé et qui, avec chaque jour qui passait, s'éloignait d'eux et leur devenait encore plus inaccessible. Tout en continuant à fréquenter leurs camarades étudiants, ils éprouvaient à leur égard certaines réticences qu'ils manifestaient par une ironie grossière ou un silence désagréable. Ils ne pouvaient jamais prendre part à leurs discussions sur un pied d'égalité. Aussi, torturés sans cesse par la conscience de leurs faiblesses et de leurs lacunes, soit ils exagéraient de façon artificielle, dans leur façon de parler, leur grossièreté et leur manque d'instruction par rapport à leurs camarades plus chanceux, soit ils tournaient tout en dérision avec aigreur du haut de leur ignorance. Dans l'un et l'autre cas, ils respiraient l'envie comme une force presque visible et palpable. Mais la jeunesse supporte aisément même la présence des pires instincts, elle vit et se meut parmi eux en toute liberté et avec insouciance.

Il y avait toujours eu et il y aurait toujours des nuits étoilées au-dessus de la ville, et des constellations somptueuses, et des clairs de lune, mais il n'y avait jamais eu et Dieu sait s'il y aurait encore un jour des jeunes gens comme ceux-là, veillant sur la kapia à discuter de la sorte, à brasser de telles idées et de tels sentiments. Ce fut une génération d'anges révoltés, dans ce laps de temps très bref où ils ont encore toute la puissance, tous les droits des anges mais aussi l'ardente fierté des rebelles. Ces fils de paysans, de commerçants ou d'artisans d'une bourgade bosniaque reculée s'étaient vu offrir par le destin, sans l'avoir vraiment recherchée, une porte de sortie vers le monde et une grande illusion de liberté. Avec leurs traits particuliers de provinciaux, ils étaient partis dans ce monde, choisissant plus ou moins eux-mêmes, selon leurs penchants, leur humeur du moment ou les caprices du hasard, l'objet de leurs études, la nature de leurs distractions et le cercle de leurs amis et connaissances. Pour la plupart, ils ne pouvaient ni ne savaient appréhender nombre de choses qu'ils avaient l'occasion de voir, ni en tirer profit, mais il n'en était pas un parmi eux qui n'eût le sentiment de pouvoir tendre la main là où il voulait et de s'approprier tout ce qu'il avait réussi à saisir. La vie (ce mot revenait très souvent dans leurs conversations, de même que dans la littérature et la politique de cette époque, où on l'écrivait avec un V majuscule), la vie s'ouvrait devant eux comme un terrain de conquête, comme une arène offerte à leurs sens libérés, à leurs aventures intellectuelles et à leurs exploits sentimentaux qui ne connaissaient pas de frontières. Tous les chemins s'ouvraient devant eux, jusqu'à des horizons infinis ; ils n'essaieraient même pas de s'engager dans la plupart d'entre eux, mais l'enivrante volupté de la vie consistait justement en ceci qu'ils pouvaient (en théorie du moins) choisir librement lequel prendre et avaient le droit de passer en trébuchant de l'un à l'autre. Tout ce que d'autres hommes, d'autres races, dans d'autres pays et à d'autres époques, avaient réussi à faire et à acquérir au long des générations, grâce à des efforts séculaires, au prix de leurs vies ou de renoncements et de sacrifices plus précieux que la vie, tout cela leur était échu comme un héritage fortuit ou un cadeau dangereux du destin. Cela paraissait fantastique et incroyable, mais il en était pourtant bien ainsi : ils pouvaient faire de leur jeunesse ce qu'ils voulaient, dans un monde où les lois de la morale sociale et individuelle, jusqu'aux limites lointaines du crime, étaient justement dans ces années-là remises en question et interprétées librement, acceptées ou rejetées par chaque groupe et chaque individu ; ils pouvaient penser à leur guise, juger de tout, en toute liberté et sans limitation ; ils avaient le droit de dire ce qu'ils voulaient, et pour beaucoup d'entre eux ces mots équivalaient à des actes, contentant leurs besoins ataviques d'héroïsme et de gloire, de violence et de destruction, sans les obliger pour autant à l'action ni entraîner de responsabilité véritable pour ce qui avait été dit. Les plus doués d'entre eux n'avaient que mépris pour ce qu'il leur fallait apprendre et sous-estimaient ce dont ils étaient capables, mais ils étaient par contre fiers de ce qu'ils ignoraient et s'enthousiasmaient pour ce qui était hors de leurs possibilités. Il était difficile d'imaginer une façon plus dangereuse d'entrer dans la vie et un tremplin plus sûr vers un avenir exceptionnel ou un désastre complet. Seuls les meilleurs et les plus forts d'entre eux se jetaient véritablement dans l'action avec un fanatisme de fakir et ils s'y brûlaient comme des moucherons, aussitôt portés aux nues par leurs pairs comme des martyrs et des saints (car il n'y a pas de génération qui n'ait ses saints) et hissés sur le piédestal des modèles inégalables.

Chaque génération a ses illusions par rapport à la civilisation ; les uns pensent qu'ils contribuent à son essor, les autres qu'ils sont les témoins de son déclin. En fait, elle est toujours en train de s'embraser, de couver et de s'éteindre simultanément, selon le lieu et l'angle sous lequel on l'observe. Cette génération qui brassait des problèmes philosophiques, sociaux et politiques sur la kapia, au-dessus de l'eau, était seulement plus riche d'illusions ; pour le reste, elle était en tous points semblable aux autres. Elle aussi avait le sentiment d'allumer les premiers feux d'une nouvelle civilisation et d'éteindre les dernières flammes d'une autre, laquelle achevait de se consumer. Ce que l'on aurait pu dire de particulier de ces jeunes gens, c'est qu'il n'y avait pas eu depuis longtemps de génération qui rêvât et parlât tant et avec tant d'audace de la vie, du plaisir et de la liberté, tout en jouissant aussi peu de la vie, en souffrant autant, en étant autant asservie et en mourant autant que devait le faire justement cette génération-là. Mais en ces jours de l'été 1913, tout cela ne faisait que transparaître dans des signes certains quoique encore flous. Tout cela ressemblait à un jeu excitant et nouveau sur ce pont séculaire qui étincelait de blancheur au clair de lune de ces nuits de juillet, pur, jeune, d'une beauté immuable et parfaite, et fort, plus fort que tout ce que le temps pouvait apporter et les hommes imaginer ou faire.

XIX

De même qu'une nuit chaude d'août ressemble à une autre, de même les conversations de ces lycéens et de ces étudiants de Višegrad étaient toujours les mêmes ou à peu près les mêmes.

Aussitôt après le dîner avalé en hâte et avec appétit (car la journée avait passé en baignades et en bains de soleil), ils arrivaient un à un sur la kapia. Janko Stiković, fils d'un tailleur de Mejdan, qui était depuis quatre semestres étudiant en sciences naturelles à Graz. C'était un jeune homme maigre au profil aigu, les cheveux noirs et lisses, vaniteux, susceptible, mécontent de lui-même, mais encore plus de tout ce qui l'entourait. Il lisait beaucoup et publiait des articles, sous un pseudonyme déjà connu, dans les journaux de la jeunesse révolutionnaire qui sortaient à Prague et à Zagreb. Mais il écrivait aussi des poèmes qu'il publiait sous un autre pseudonyme. Un recueil était prêt, qui devait sortir chez Zora (« Maison des éditions nationalistes »). Il se montrait en outre bon orateur et ardent polémiste dans les réunions d'étudiants. Velimir Stevanović, jeune homme éclatant de santé et corpulent, enfant adopté d'origine inconnue ; ironique, réaliste, économe et appliqué, il terminait sa médecine à Prague. Jakov Herak, fils d'un brave facteur de Višegrad aimé de tous, très brun, menu, juriste à l'esprit rigoureux et au parler tranchant, socialiste, esprit polémique qui avait honte de son bon cœur et dissimulait ses sentiments. Ranko Mihailović, jeune homme silencieux et de bonne composition, étudiant en droit à Zagreb, songeait déjà à une carrière dans l'Administration et prenait rarement et mollement part aux discussions et polémiques de ses amis sur l'amour, la politique, les différentes conceptions de la vie et de l'ordre social. Il était, par sa mère, l'arrière-petit-fils de l'archiprêtre Mihailo dont la tête, une cigarette enfoncée dans la bouche, avait été exposée au sommet d'un pieu sur cette même kapia.

Il y avait là aussi quelques lycéens de Sarajevo qui écoutaient avidement ce que racontaient leurs aînés de la vie dans les grandes villes, et dans leur imagination, fouettée par leur prétention d'adolescents et leurs désirs secrets, tout leur apparaissait encore plus grand et plus beau que ça ne l'était et ne pouvait l'être. Il y avait aussi Nikola Glasinčanin, un jeune homme pâle et raide, qui, pauvre, de santé précaire et peu doué pour les études, avait dû abandonner le lycée après le brevet et revenir à Višegrad pour y occuper une place de préposé aux écritures dans une maison d'exportation de bois allemande. Il était d'une vieille famille ruinée d'Okolište. Son grand-père, Milan Glasinčanin, était mort au tout début de l'occupation à l'asile d'aliénés de Sarajevo, après avoir perdu au jeu, dans sa jeunesse, la plus grande partie de ses biens. Son père, Petar, un homme maladif qui jouissait de peu de volonté, de peu de force et de considération, était mort lui aussi. Nikola, lui, passait maintenant ses journées sur la berge, parmi les hommes de peine qui faisaient rouler les rondins de pin et les constituaient en trains de flottage, à noter les stères de bois contrôlés, avant d'en faire le décompte au bureau et de les porter dans les registres. Ce travail monotone, au milieu de petites gens, dépourvu d'intérêt et sans la moindre perspective, il le ressentait comme un supplice et une humiliation, et l'impossibilité de changer son statut social, ou du moins de l'améliorer, avait fait de l'adolescent sensible un homme prématurément vieilli, taciturne et plein d'aigreur. Il lisait beaucoup à ses heures de liberté, mais cette nourriture spirituelle ne lui apportait ni énergie ni réconfort, car tout en lui tournait à l'aigre. La malchance, la solitude et les souffrances lui avaient ouvert les yeux et aiguisé l'esprit sur nombre de choses, mais les plus riches idées et les découvertes les plus précieuses ne pouvaient que le décourager encore et le rendre plus amer, car cela ne faisait que mettre mieux en évidence ses échecs et son manque d'avenir dans cette ville.

Il y avait là aussi, enfin, Vlado Marić, serrurier de son état, un joyeux drille au cœur d'or que ses camarades étudiants aimaient bien et dont ils recherchaient la compagnie, autant à cause de sa forte et belle voix de baryton que de sa simplicité et de sa générosité. Ce jeune homme robuste coiffé d'une casquette de « *Schlosser* » était de ces gens humbles qui se satisfont de leur sort, qui ne se mesurent ni ne se comparent à personne, acceptent tranquillement et avec reconnaissance ce que la vie leur propose et donnent d'eux-mêmes tout ce qu'ils ont et tout ce qu'ils peuvent.

Il y avait aussi deux institutrices de Višegrad, Zorka et Zagorka, toutes deux originaires de la ville. Tous ces jeunes gens se disputaient leurs faveurs et jouaient devant elles et autour d'elles toute une comédie amoureuse, naïve, compliquée, éclatante, torturante. C'est devant elles qu'ils s'affrontaient en duels verbaux, comme on s'affrontait en tournoi devant les dames des siècles passés ; c'est à cause d'elles, ensuite, qu'ils restaient des heures sur la kapia à fumer dans l'obscurité et la solitude, ou à chanter avec des noceurs qui avaient bu jusque-là ; à cause d'elles, il existait entre ces amis des haines secrètes, des jalousies mal dissimulées et des conflits ouverts. Vers 22 heures, elles partaient. Les jeunes gens restaient encore longtemps, mais l'ambiance sur la kapia tombait et la combativité dans l'éloquence se relâchait.

Stiković, qui d'habitude animait les débats, se taisait ce soir-là en fumant. Il était, dans son for intérieur, troublé et mécontent, mais il le cachait comme il cachait toujours ses véritables sentiments, sans jamais réussir à les dissimuler tout à fait. Il avait eu cet après-midi-là son premier rendez-vous avec l'institutrice Zorka, une jeune fille intéressante aux formes pleines et au teint pâle, avec des yeux ardents. Ils avaient réussi, sur les sollicitations pressantes de Stiković, à faire ce qui était, dans cette ville, le plus difficile pour un jeune homme et une jeune fille : se rencontrer en un endroit secret, sans que personne le voie ou l'apprenne. Ils s'étaient retrouvés dans l'école, déserte en cette période de vacances. Il était entré par-derrière, en passant par le jardin, tandis qu'elle avait emprunté l'entrée principale. Ils s'étaient réfugiés dans une salle sombre et poussiéreuse, avec des bureaux d'écoliers entassés jusqu'au plafond. La passion amoureuse est ainsi souvent contrainte de rechercher des endroits perdus et laids. Ils ne pouvaient ni s'asseoir, ni s'allonger. Ils étaient tous deux troublés et maladroits. Et, ne résistant plus à un désir impétueux, ils s'étaient embrassés et enlacés sur un de ces bancs usés qu'elle connaissait si bien, sans regarder ni remarquer rien autour d'eux. Il avait été le premier à retrouver ses esprits. Et avec grossièreté, sans transition, comme le font les jeunes gens, il s'était mis à rajuster ses vêtements en prenant congé. Elle avait fondu en larmes. La désillusion était réciproque. Après avoir réussi tant bien que mal à calmer la jeune fille, il était parti, s'enfuyant presque, par la porte de derrière.

Chez lui, il était tombé sur le facteur qui lui apportait un journal de la jeunesse où était publié son article « Les Balkans, la Serbie, la Bosnie et l'Herzégovine ». La relecture de son texte avait détourné ses pensées de l'épisode qu'il venait de vivre. Mais il avait trouvé, là aussi, des raisons d'être mécontent. Il y avait des fautes d'imprimerie dans l'article, certaines phrases lui paraissaient ridicules ; maintenant que l'on ne pouvait plus rien y changer, il lui semblait qu'il aurait pu dire mieux, de façon plus claire et plus concise, beaucoup de choses.

Et voilà que ce même soir, sur la kapia, ils discutaient sans fin de son article devant cette même Zorka. Son adversaire principal était le loquace et combatif Herak, qui examinait tout et critiquait tout d'un point de vue socialiste orthodoxe. Les autres ne prenaient part au débat que de temps en temps. Les deux institutrices, elles, gardaient le silence et préparaient une couronne invisible pour le vainqueur. Stiković se défendait mollement ; d'abord parce qu'il voyait tout d'un coup lui-même beaucoup de points faibles et de contradictions dans son article, bien qu'il ne l'aurait avoué pour rien au monde devant les autres ; ensuite, parce qu'il était poursuivi par le souvenir de l'après-midi dans la salle de classe poussiéreuse et étouffante, par certaines scènes qui lui apparaissaient maintenant ridicules et abjectes, alors qu'il en avait le plus ardemment rêvé et qu'elles avaient inspiré ses sollicitations les plus pressantes auprès de la belle institutrice. (Elle était assise là, dans la nuit d'été, et le regardait de ses yeux brillants.) Il se sentait redevable et coupable, et il aurait payé cher pour ne pas avoir été ce jour-là à l'école et pour qu'elle ne fût pas là maintenant. Dans les dispositions où il se trouvait, ce Herak lui faisait l'effet d'une guêpe agressive dont on ne sait comment se défendre. Il lui semblait qu'il devait répondre non seulement de son article mais aussi de ce qui s'était passé l'après-midi à l'école. Et ce qu'il aurait aimé plus que tout en ce moment, c'était être seul, loin de là, et réfléchir tranquillement à quelque chose qui n'aurait été ni l'article ni la jeune fille. Mais l'amour-propre le poussait à se défendre. Stiković citait Cvijić et Strossmayer, Herak Kautski et Bebel.

— Vous mettez la charrue devant les bœufs, criait Herak, analysant l'article de Stiković. On ne peut en aucun cas, avec le paysan balkanique qui se débat dans la misère et dans toutes sortes de malheurs, créer une formation étatique solide et valable. Seule une libération économique préalable des classes exploitées, paysans et ouvriers, donc d'une grande majorité du peuple, peut aider à créer les conditions préalables à la formation d'États indépendants. C'est un processus naturel et c'est la voie qu'il faut suivre, mais surtout pas le contraire. C'est pourquoi il faut procéder à la libération et à l'unification nationale dans l'esprit d'une libération sociale et d'un renouveau social. Sinon, on en arrivera à ce que le paysan, l'ouvrier et le petit-bourgeois apportent entre autres dans les nouvelles formations étatiques, telle une contagion mortelle, leur paupérisme et leur mentalité d'esclaves, et la minorité des exploiteurs, elle, son esprit réactionnaire, sa mentalité de parasite et ses instincts antisociaux. Et cela ne peut en aucun cas donner ni des États stables, ni des sociétés acceptables.

— Tout ça, ce sont des idées rapportées, des théories livresques, mon cher, répondait Stiković, qui ne pourront résister à la poussée vigoureuse des forces nationales en pleine résurgence, avant tout chez les Serbes, et même chez les Croates et les Slovènes, qui aspirent tous au même but. Les choses n'évoluent pas selon les prévisions des théoriciens allemands, mais, par contre, elles correspondent parfaitement au sens profond de notre histoire et à la vocation de notre race. Depuis l'appel de Karadjordje : « Que chacun tue son maître turc ! », les problèmes sociaux se résolvent dans les Balkans au travers des mouvements et des guerres de libération nationale. Et tout suit un schéma parfaitement logique : du plus petit vers le plus grand, de la région et la tribu vers la nation et l'État. Nos victoires à Kumanovo et à Bregalnica ne sont-elles pas en même temps les plus grandes victoires de la pensée progressiste et de la justice sociale ?

— Ça reste à voir, lança Herak, l'interrompant.

— Quiconque ne le voit pas maintenant ne le verra jamais. Nous croyons...

— Vous croyez, mais nous, nous ne croyons rien, nous voulons être convaincus par des preuves réelles et des faits, répondit Herak.

— Est-ce que le départ des Turcs et l'affaiblissement de l'Autriche-Hongrie, comme première étape vers son anéantissement, ne sont pas en fait les victoires des petits peuples démocratiques et des masses asservies, poussés par leur aspiration à conquérir leur place au soleil ? répliqua Stiković, poursuivant sa pensée.

— Si la réalisation des aspirations nationalistes apportait avec elle la justice sociale, il ne devrait plus y avoir, dans les États d'Europe occidentale, ni problèmes, ni mouvements, ni conflits sociaux puisqu'ils ont pour la plupart réalisé leurs idéaux nationaux et sont satisfaits sur ce plan. Or nous voyons qu'il n'en est rien. Au contraire.

— Et moi, je te répète, répondit Stiković d'un air un peu las, que sans la création d'États indépendants sur la base de l'unité nationale et de conceptions modernes de la liberté individuelle et sociale, il ne peut être question de « libération sociale ». Car, comme l'a dit un Français, c'est le politique qui prime...

— C'est l'estomac qui prime, interrompit Herak.

Les autres se mirent alors à crier. La controverse idéaliste entre étudiants se transforma en une querelle puérile dans laquelle tous parlaient en même temps et se coupaient la parole et, à la première boutade, elle dégénéra en rires et en braillements.

Pour Stiković, ce fut l'occasion de mettre fin au débat et de garder le silence, sans que cela eût l'air d'une défaite ou d'une reculade.

À la suite de Zorka et de Zagorka, qui partirent vers 22 heures, accompagnées de Velimir et de Ranko, les autres commencèrent également à prendre congé. Finalement, Stiković et Nikola Glasinčanin restèrent seuls.

Ils avaient le même âge. Ils avaient naguère fréquenté le lycée et vécu ensemble à Sarajevo. Ils se connaissaient parfaitement, raison pour laquelle ils ne pouvaient ni s'apprécier à leur juste valeur ni s'aimer vraiment. Avec les années, le fossé qui les séparait s'était creusé de façon naturelle, et il devenait de plus en plus difficile à supporter. À chaque période de vacances, ils se retrouvaient ici, à Višegrad, se mesurant l'un à l'autre et s'observant comme des amis-ennemis inséparables. Désormais, il y avait en outre entre eux la belle et fougueuse institutrice Zorka. En effet, pendant les longs mois de l'hiver précédent, elle s'était liée à Glasinčanin qui ne savait ni ne pouvait cacher à quel point il en était amoureux. Il avait mis dans cet amour toute l'ardeur que seuls peuvent mettre dans ces choses les déçus et les frustrés. Mais avec l'arrivée des mois d'été et le retour des étudiants, l'attention qu'accordait l'institutrice à Stiković n'avait pu échapper au sensible Glasinčanin. C'est pourquoi la tension qui existait depuis longtemps entre eux et qu'ils cachaient soigneusement aux autres avait augmenté les derniers temps. Pendant ces vacances, ils ne s'étaient encore jamais trouvés seul à seul.

Maintenant que le hasard les réunissait, la première idée qui vint à l'esprit de l'un comme de l'autre était qu'il valait mieux qu'ils se séparent au plus vite sans engager la conversation, qui ne pourrait être que désagréable. Mais des scrupules absurdes, comme seule en a la jeunesse, les empêchaient de faire ce dont ils avaient envie. Le hasard les tira de cette situation embarrassante et, pour un moment du moins, le silence pénible qui régnait fut rompu.

Dans l'obscurité résonnèrent les voix de deux promeneurs, qui approchaient lentement et s'étaient arrêtés là, à côté de la kapia, derrière l'angle du parapet, si bien que Stiković et Glasinčanin, des bancs sur lesquels ils étaient assis, ne pouvaient ni les voir, ni être vus d'eux. Mais ils entendaient distinctement chaque mot et ces voix leur étaient familières. C'étaient deux de leurs camarades, un peu plus jeunes qu'eux : Toma Galus et Fehim Bahtijarević. Ils se tenaient toujours un peu à l'écart du groupe auquel appartenait la grande majorité des lycéens et des étudiants et qui se réunissait chaque soir sur la kapia autour de Stiković et de Herak, car, bien que plus jeune, Galus était, à la fois comme poète et comme porte-parole des nationalistes, le rival de Stiković qu'il n'aimait pas et n'estimait guère ; Bahtijarević, lui, en véritable petit-fils de bey, était particulièrement silencieux, fier et peu communicatif.

Toma Galus était un grand jeune homme aux joues vermeilles et aux yeux bleus. Son père, Alban Galus (Alban von Galus), dernier descendant d'une vieille famille du Burgenland, était arrivé à Višegrad, en tant que fonctionnaire, tout au début de l'occupation. Il y avait été pendant une vingtaine d'années « administrateur des Eaux et Forêts », et y vivait maintenant en retraite. Très vite, il avait épousé la fille d'un des hommes les plus riches de la ville, Hadji-Toma Stanković, une jeune fille mûrissante et robuste au teint mat et au caractère décidé. Ils avaient eu des enfants, deux filles et un fils, tous baptisés dans la foi orthodoxe et qui avaient grandi comme de vrais petits Višegradois, petits-enfants de Hadji-Toma. Le vieux Galus, un homme grand et naguère beau, avec son doux sourire et son abondante chevelure toute blanche, était depuis longtemps devenu un citoyen à part entière de Višegrad, « monsieur Albo », dont les jeunes générations n'imaginaient même pas qu'il pût être un étranger. Il avait deux passions qui ne gênaient personne : la chasse et la pipe. Il avait de bons et fidèles amis dans tout le district, aussi bien chez les Serbes que chez les paysans musulmans auxquels le liait sa passion de la chasse. Comme s'il était né et avait grandi avec eux, il avait pris nombre de leurs traits de caractère et de comportement, notamment cette façon de garder le silence sans la moindre tristesse ou de discuter tranquillement, si caractéristique des gens qui sont des fumeurs invétérés et aiment la chasse, la forêt et la vie au grand air.

Le jeune Galus venait de passer son baccalauréat à Sarajevo et devait partir à l'automne faire ses études à Vienne. À ce sujet, les avis divergeaient dans la famille. Le père souhaitait que son fils fasse des études techniques ou de sylviculture, tandis que le fils penchait pour la philosophie. En effet, ce Toma Galus ne ressemblait guère à son père que physiquement, ses goûts et ses aspirations le portant au contraire dans une tout autre direction. C'était un de ces bons élèves, modestes et exemplaires en tout, qui réussissent avec facilité et comme en se jouant dans toutes les matières, mais ne s'intéressent en fait vraiment et sincèrement qu'à ce qui occupe leur esprit, de façon un peu confuse et désordonnée, en dehors de l'école et de ses programmes officiels. Ce sont des élèves sereins et sans complications, mais des esprits agités et curieux. Ils ne connaissent pratiquement jamais ces crises aiguës et dangereuses de la vie sensuelle et sentimentale que traversent tant de jeunes gens de leur âge, mais en revanche, ils trouvent difficilement le moyen d'apaiser leurs angoisses et restent très souvent toute leur vie des touche-à-tout, des originaux intéressants, sans occupation stable, des gens qui ne savent pas très bien où ils vont. Étant donné que tout jeune homme doit non seulement satisfaire les éternelles exigences de la jeunesse et du mûrissement, mais aussi payer son tribut aux courants d'idées contemporaines, à la mode et aux habitudes de son temps qui règnent à ce moment-là dans la jeunesse, Galus lui aussi écrivait des vers et était un membre actif des organisations révolutionnaires estudiantines. Il avait en outre appris le français pendant cinq ans, en matière facultative, s'intéressait à la littérature et, bien sûr, à la philosophie. C'était un lecteur passionné et infatigable. Les principales œuvres d'auteurs étrangers accessibles à cette époque-là à la jeunesse de Sarajevo étaient les ouvrages de la célèbre et énorme maison d'édition allemande Reclam's Universal-Bibliothek. Ces brochures bon marché à couverture jaune et imprimées dans des caractères minuscules étaient la principale nourriture spirituelle dont disposaient les élèves de cette époque ; grâce à elles, ils pouvaient découvrir non seulement la littérature allemande, mais aussi les œuvres essentielles de la littérature mondiale en traduction allemande. C'est de là que Galus, lui aussi, tenait sa connaissance des philosophes allemands modernes, en particulier Nietzsche et Stirner, et il était capable d'en parler sans fin avec ses camarades, au cours de leurs promenades le long de la Miljacka, avec une passion froide et enjouée, sans jamais lier son savoir à sa vie personnelle, comme le font en général si souvent les jeunes gens. Ce type de bachelier prématurément mûri, la tête saturée de connaissances variées mais chaotiques, n'était pas rare parmi les lycéens de l'époque. Jeune homme chaste et bon élève, il n'expérimentait la liberté et les excès de la jeunesse que dans l'audace de sa pensée et les outrances de ses lectures.

Fehim Bahtijarević n'était originaire de Višegrad que par sa mère. Son père était de Rogatica, où il était maintenant juge, alors que sa mère était d'une vieille famille de la ville, les Osmanagić. Depuis sa plus tendre enfance, il passait une partie de ses vacances avec sa mère à Višegrad, dans leur famille. C'était un jeune homme élancé aux formes graciles et fuselées, aux attaches fines mais solides. Tout en lui était mesuré, tempéré, retenu : l'ovale délicat du visage comme façonné dans la terre cuite, la peau bistre teintée de reflets bleu foncé ; les mouvements brefs et rares ; les yeux noirs au fond bleuté ; le regard brûlant, mais sans éclat ; les sourcils épais qui se rejoignaient ; le fin duvet noir au-dessus des lèvres tombantes. On peut voir de tels visages d'hommes dans les miniatures persanes.

Lui aussi venait d'obtenir son baccalauréat et attendait maintenant une bourse d'État pour faire des études de langues orientales à Vienne.

Les deux jeunes gens poursuivaient une conversation déjà entamée. Il était question des études choisies par Bahtijarević. Galus lui démontrait qu'il faisait une erreur en optant pour les langues orientales. Galus parlait toujours beaucoup et avec flamme, car il était habitué à ce qu'on l'écoute et aimait faire des sermons, alors que Bahtijarević était laconique, en homme qui a ses convictions et n'éprouve nullement le besoin de convaincre les autres. Galus discourait, comme la plupart des jeunes gens férus de lecture, en prenant un plaisir naïf aux mots, aux expressions imagées et aux comparaisons, et il avait tendance à généraliser.

Cachés dans l'ombre et affalés sur leur banc de pierre, Stiković et Glasinčanin se taisaient, comme s'ils étaient tacitement convenus d'écouter sans se faire voir la conversation de leurs deux camarades arrêtés sur le pont.

Concluant cette discussion sur le choix des études, Galus parlait avec fougue :

— Dans ce domaine, vous les musulmans, fils de beys, vous vous trompez souvent. Vous êtes désorientés par cette ère nouvelle, vous ne sentez plus très bien ni très précisément quelle est votre place dans le monde. Votre amour pour tout ce qui est oriental n'est qu'une forme d'expression contemporaine de votre « volonté de puissance » ; pour vous, le mode de vie et de pensée des Orientaux est très intimement lié à un ordre social et juridique qui fut la base de votre domination séculaire. Et c'est compréhensible. Mais cela ne signifie nullement que vous êtes prédisposés à l'orientalisme en tant que science. Vous êtes des Orientaux, mais vous vous trompez lorsque vous pensez que vous êtes, par là, appelés à être des orientalistes. Vous n'avez en fait ni la vocation, ni de véritable penchant pour la science.

— Tiens donc !

— Justement. Et lorsque j'affirme cela, je ne dis rien d'offensant ni de péjoratif. Au contraire. Vous êtes les seuls seigneurs dans ce pays, ou du moins vous l'avez été ; au cours des siècles, vous avez étendu, renforcé ou défendu cette suprématie, par l'épée ou le savoir, sur le plan juridique, religieux et militaire ; cela a fait de vous des guerriers, des administrateurs et des propriétaires nés, et cette classe de gens ne cultive nulle part au monde les sciences abstraites, mais laisse plutôt cela à ceux qui n'ont rien d'autre et ne peuvent rien faire d'autre. Vous êtes faits pour les études de droit ou d'économie, car vous êtes des gens de savoir concret. Tels sont toujours et partout les membres de la classe dominante.

— Cela signifie que nous devons rester incultes.

— Pas du tout, cela signifie que vous devez rester ce que vous êtes ou, si tu préfères, ce que vous avez été ; vous le devez, car personne ne peut être à la fois ce qu'il est et le contraire de ce qu'il est.

— Mais nous ne sommes plus aujourd'hui la classe dominante. Aujourd'hui, nous sommes tous égaux, l'interrompit de nouveau Bahtijarević, avec une légère ironie teintée d'amertume et d'orgueil.

— C'est exact, bien entendu que vous ne l'êtes plus. Les circonstances qui ont jadis fait de vous ce que vous êtes ont changé depuis longtemps, mais cela ne veut pas dire que, vous aussi, vous pouvez changer à un rythme aussi rapide. Ce n'est ni la première ni la dernière fois qu'une classe perd ce qui lui servait de fondement, tout en restant la même. Les conditions de vie évoluent, mais une classe sociale reste toujours ce qu'elle est, car elle ne peut subsister, et disparaître, qu'en tant que telle.

La conversation entre les deux jeunes gens invisibles s'interrompit un instant, Bahtijarević gardant le silence.

Dans le ciel pur, au-dessus des montagnes noires au fond de l'horizon, apparut une lune écornée, naufragée. La stèle blanche avec l'inscription turque, sur le mur surélevé, se mit soudain à briller, comme une fenêtre faiblement éclairée, dans les ténèbres mauves.

Bahtijarević parlait maintenant de nouveau, mais d'une voix si faible que seuls quelques mots isolés et incompréhensibles parvenaient aux oreilles de Stiković et de Glasinčanin. La discussion, comme cela arrive toujours dans les conversations entre jeunes où les associations d'idées sont hardies et rapides, portait déjà sur un autre sujet. Des études de langues orientales ils étaient passés au contenu de l'inscription sur la stèle blanche devant eux et ils parlaient du pont et de celui qui l'avait fait construire.

La voix de Galus était beaucoup plus forte et plus expressive. Enchaînant sur les éloges que Bahtijarević faisait de Mehmed pacha Sokolović et de l'administration turque à l'époque où l'on construisait de tels édifices, il développait maintenant avec flamme ses points de vue nationalistes sur le passé et l'avenir du peuple, et aussi de sa culture et de sa civilisation. (En effet, dans ces discussions entre adolescents, chacun suit sa pensée.)

— Tu as raison, disait Galus, c'était sûrement un homme de génie. Ce n'est ni le premier ni le dernier homme de notre sang à s'être distingué au service d'un souverain étranger. Nous avons donné par centaines des hommes de cette envergure, hauts fonctionnaires, chefs d'armée et artistes, à Constantinople, à Rome et à Vienne. Le sens de notre unification nationale au sein d'un seul État, puissant et moderne, consiste justement en cela que nos forces resteront alors dans le pays, s'y développeront et contribueront à la culture en général sous notre nom, et non plus à partir de centres étrangers.

— Et tu penses que ces « centres » ont vu le jour par hasard et que l'on peut en créer d'autres, à volonté, quand on veut et où on veut ?

— Par hasard ou pas par hasard, la question ne se pose

plus ; peu importe la façon dont ils sont apparus, l'essentiel est qu'ils n'existent plus aujourd'hui, qu'ils ont dépéri et dégénéré, et qu'ils doivent laisser la place à d'autres centres nouveaux, grâce auxquels les peuples jeunes et libres qui apparaissent sur la scène historique pourront s'exprimer de façon directe.

— Et tu crois que Mehmed pacha Sokolović, s'il était resté un petit paysan là-haut à Sokolovići, serait devenu ce qu'il est devenu et qu'il aurait, entre autres, fait construire ce pont sur lequel nous discutons ?

— À cette époque, non, bien sûr. Mais au bout du compte, ce n'était pas difficile pour Constantinople d'édifier de tels monuments, quand les Turcs nous prenaient, à nous comme à tant d'autres peuples asservis, non seulement nos biens et nos gains, mais aussi nos forces les meilleures et notre sang le plus pur. Si nous pensons à tout ce qui nous a été pris au cours des siècles, tous ces édifices ne sont que des miettes. Mais lorsque nous aurons conquis notre liberté en tant que nation et notre indépendance en tant qu'État, notre argent et notre sang nous resteront acquis et c'est nous qui en profiterons. Tout cela servira à l'épanouissement de notre culture nationale, qui portera notre sceau et notre nom et qui aura pour objectif le bonheur et le bien-être des couches les plus larges de notre peuple.

Bahtijarević gardait le silence, et ce silence, comme s'il exprimait une forte résistance qui en disait long, irritait Galus et le poussait à parler avec de plus en plus de fougue et d'une voix de plus en plus aiguë. Avec la vivacité qui lui était innée et à grand renfort de mots qui étaient alors d'usage dans la littérature nationaliste, il énumérait les objectifs et les missions qui incombaient à la jeunesse révolutionnaire. Toutes les forces vives, réveillées, seraient mises en action. Sous leur assaut, la monarchie austro-hongroise, cette prison des peuples, s'effondrerait, comme s'était effondrée la Turquie d'Europe. Toutes les forces antinationales et réactionnaires qui pour le moment freinaient, fractionnaient et engourdissaient l'élan national seraient vaincues et supplantées. Tout cela était réalisable, car l'esprit de l'époque dans laquelle ils vivaient était leur meilleur allié, puisque les autres petits peuples asservis qui se défendaient étaient avec eux Le nationalisme contemporain triompherait des différences confessionnelles et des préjugés archaïques, il libérerait le peuple des influences étrangères qui lui étaient néfastes et des exploiteurs venus d'ailleurs. C'est alors qu'un État national verrait le jour.

Galus se mit ensuite à décrire les avantages et les qualités de ce nouvel État national qui réunirait autour de la Serbie, sorte de Piémont, tous les Slaves du Sud, sur la base du droit des nationalités, de la tolérance religieuse et de l'égalité des citoyens. Dans son discours, des termes ambitieux au sens imprécis se mêlaient à des expressions qui définissaient très exactement les nécessités de la vie contemporaine ; les aspirations les plus secrètes d'un peuple, condamnées le plus souvent à rester pour toujours du domaine du rêve, se confondaient avec les exigences justifiées et raisonnables de la réalité quotidienne ; les grandes vérités qui ne mûrissent qu'au fil des générations, mais que seule la jeunesse peut pressentir et ose formuler, coexistaient avec les illusions éternelles qui ne meurent jamais sans toutefois jamais se réaliser, car les générations se les transmettent comme un flambeau mythologique. Il y avait, bien sûr, dans le discours du jeune homme, beaucoup d'affirmations qui n'auraient pas soutenu la critique de la réalité et beaucoup d'hypothèses qui n'auraient pas résisté à l'épreuve de l'expérience, mais il y avait aussi dans ces paroles un souffle de fraîcheur, un peu de cette sève précieuse qui fait subsister et rajeunir l'arbre de l'humanité.

Bahtijarević se taisait.

— Tu verras, Fehim, affirmait Galus avec enthousiasme, en essayant de convaincre son camarade comme si la chose devait arriver cette nuit-là ou le lendemain, tu verras, nous créerons un État qui contribuera de la façon la plus remarquable au progrès de l'humanité, dans lequel chaque effort sera béni, chaque victime sanctifiée, chaque pensée spontanée et portée par notre parole, chaque œuvre marquée du sceau de notre nom. Nous créerons des œuvres qui seront le fruit d'un travail libre et volontaire et l'expression de notre génie national, des œuvres en comparaison desquelles tout ce qui a été fait pendant des siècles d'administration étrangère apparaîtra comme des hochets indignes. Nous construirons des ponts au-dessus de rivières bien plus larges et de gouffres bien plus profonds. De nouveaux ponts, plus grands et plus solides, et ce ne sera plus pour relier des centres étrangers à des provinces assujetties, mais pour unir nos régions entre elles et notre État au reste du monde. Car, il n'y a plus aucun doute à ce sujet, c'est à nous qu'il revient de réaliser ce à quoi ont aspiré toutes les générations qui nous ont précédés : un État, né dans la liberté et fondé sur la justice, comme une part de la pensée divine réalisée sur terre.

Bahtijarević se taisait. La voix de Galus elle aussi commençait à baisser. Plus son exposé prenait de la hauteur dans les idées, plus sa voix devenait basse et rauque, se transformant en un chuchotement puissant et passionné pour finir par se perdre dans le grand silence de la nuit. Alors, les deux amis se turent. Pourtant, dans la nuit continuait de planer, isolé, pesant et obstiné, le silence de Bahtijarević, il s'élevait, perceptible et bien réel, comme un mur infranchissable dans les ténèbres, et du seul poids de son existence démentait résolument tout ce que l'autre avait dit, proclamant son message muet, mais clair et immuable :

« Les bases du monde et les fondements de l'existence, de même que les rapports entre les hommes qui la traversent, sont établis pour les siècles. Cela ne veut pas dire qu'ils ne changent pas, mais mesurés à l'aune d'une vie humaine, ils paraissent éternels. Le rapport entre leur durée et la longueur de la vie d'un homme est le même que le rapport entre la surface agitée, mouvante et rapide de la rivière et son fond, permanent et stable, dont les modifications sont lentes et imperceptibles. Et l'idée même que ces "centres" pourraient changer est malsaine et irréalisable. Comme si l'on voulait modifier et déplacer la source des grands fleuves ou le pied des montagnes. Le désir de changements brutaux et l'idée que l'on peut les opérer par la force est un phénomène fréquent parmi les hommes, comme la maladie, et il se manifeste de façon particulièrement aiguë dans la tête des jeunes gens ; seulement, ces têtes ne pensent pas comme il faut, n'arrivent à rien au bout du compte et, en règle générale, ne restent pas longtemps sur les épaules. En effet, ce n'est pas la volonté des hommes qui décide des choses de ce monde et les régente. Les désirs sont comme le vent, ils déplacent la poussière d'un endroit à un autre, obscurcissant parfois l'horizon, mais finissent par se calmer et par retomber, laissant derrière eux l'éternelle et immuable image du monde. Les œuvres durables sur la terre sont dues à la volonté de Dieu, et l'homme n'est que Son instrument aveugle et soumis. Une œuvre inspirée par le désir, le désir de l'homme, soit ne se réalise jamais, soit ne dure pas longtemps ; en tout cas, elle n'est pas bonne. Ces désirs ardents, toutes ces paroles audacieuses sous le ciel nocturne, sur la kapia, ne changeront rien au fond des choses ; ils glisseront sur les réalités éternelles et immuables du monde, et iront se perdre là où s'apaisent les désirs et se calment les vents. Mais les hommes vraiment grands, de même que les grands monuments, naissent et naîtront là où la volonté divine leur donne de naître, indépendamment des désirs vains et éphémères, et de la vanité humaine. »

Mais Bahtijarević n'avait pas prononcé un seul de ces mots. Ceux qui, à l'instar de ce jeune musulman, petit-fils de bey, portent leur philosophie dans leur sang sont capables de vivre et de mourir en conformité avec elle, mais ne savent pas l'exprimer par des mots et ne ressentent pas le besoin de le faire. Après un long silence, Stiković et Glasinčanin virent seulement le mégot de cigarette, jeté par l'un des deux jeunes gens invisibles, derrière le mur, tomber dans la Drina en décrivant, telle une étincelle, un grand arc de cercle. Ils entendirent en même temps les deux amis s'éloigner en silence, à pas lents, en direction de la place du marché. Avec eux s'évanouit rapidement l'écho de leurs pas.

De nouveau seuls, Stiković et Glasinčanin eurent un sursaut et se regardèrent comme s'ils venaient juste de se retrouver.

Au faible clair de lune, leurs visages présentaient des zones d'ombre et de lumière qui contrastaient violemment et ils paraissaient plus âgés qu'ils n'étaient. Le bout incandescent de leur cigarette prenait un éclat phosphorescent. Tous deux se sentaient abattus. Les raisons divergeaient, mais l'abattement était le même. Tous deux n'avaient qu'un désir : se lever et rentrer. Mais tous deux étaient comme cloués à leur banc de pierre, encore tiède du soleil de la journée. La discussion entre leurs deux jeunes camarades, qu'ils avaient écoutée par hasard et sans être vus, leur avait servi de prétexte pour remettre à plus tard leur conversation et leurs explications. Maintenant, ils ne pouvaient plus reculer.

— Tu as vu un peu ce Herak et ses arguments ? commença

Stiković, revenant à la discussion de la soirée et sentant aussitôt qu'il se plaçait en position de faiblesse.

Glasinčanin qui, lui, comprenait l'avantage momentané que lui donnait son rôle d'arbitre ne répondit pas immédiatement.

— Tu ne trouves pas, continua Stiković d'un ton impatient, que parler aujourd'hui de lutte des classes et brandir des arguments aussi ridicules, alors qu'il est clair pour tout le monde que l'unification et la libération nationale, menées à bien par des moyens révolutionnaires, sont ce que la communauté a de plus urgent à faire, c'est vraiment comique ?

Dans la voix de Stiković, il y avait une interrogation et une incitation au dialogue. Mais Glasinčanin, encore une fois, ne répondit pas. Dans le silence engendré par ce mutisme vengeur et cruel leur parvint tout à coup une musique qui venait du cercle militaire. Au rez-de-chaussée, les fenêtres étaient éclairées et grandes ouvertes. On entendait un violon, accompagné d'un piano. C'était le médecin militaire, le *Regimentsarzt*, le docteur Balach, qui jouait, accompagné par la femme du commandant de la garnison, le colonel Bauer. (Ils déchiffraient la deuxième partie d'une sonatine de Schubert pour piano et violon. Ils commençaient bien et ensemble, mais avant même d'arriver à la moitié, le piano prenait de l'avance. Le violon s'arrêtait. Après un court silence, pendant lequel ils discutaient probablement du passage faisant problème, ils reprenaient le mouvement.) Ils s'exerçaient ainsi presque tous les soirs et jusque tard dans la nuit, pendant que le colonel, dans la pièce voisine, jouait ses interminables parties de préférence ou tout simplement somnolait devant un vin de Mostar, en fumant un cigare autrichien, tandis que les jeunes officiers plaisantaient sur le compte des amoureux mélomanes.

Entre Mme Bauer et le jeune médecin, une intrigue complexe et délicate se tissait effectivement depuis des mois. Même les plus perspicaces des officiers n'arrivaient pas à définir la véritable nature de leurs relations. Certains affirmaient que leur liaison était purement platonique (et bien sûr en riaient), d'autres prétendaient que dans toute cette histoire le corps avait la part qui lui revenait. Quoi qu'il en fût, ils étaient inséparables, avec l'assentiment très paternel du colonel qui était un brave homme, déjà passablement abruti par les années de service, l'âge, le vin et le tabac.

Toute la ville les prenait pour un couple. Du reste, cette société d'officiers vivait complètement à part, d'une vie bien à elle, sans le moindre lien non seulement avec le peuple et les notables de la ville, mais aussi avec les fonctionnaires étrangers. À l'entrée de leurs parcs, pleins de plates-bandes rondes ou en forme d'étoile composées de fleurs rares, il était effectivement écrit, sur le même panneau, que les chiens ne pouvaient pénétrer dans le parc et que l'entrée était interdite aux civils. Leurs divertissements et leurs bals étaient inaccessibles à ceux qui ne portaient pas l'uniforme. Leur vie était celle d'une énorme caste repliée sur elle-même, qui entretenait son exclusivisme comme la part essentielle de ce qui faisait sa force et cachait, sous des dehors brillants et guindés, tout ce que la vie donne en partage aux autres gens en matière de grandeur et de misère, de douceur et d'âpreté.

Mais il est des choses qui, par leur nature, ne peuvent rester cachées, et elles forcent tous les cadres, même les plus rigides, outrepassent toutes les limites, même les plus strictes. (« Il y a trois choses que l'on ne peut pas dissimuler, disaient les Ottomans, ce sont : l'amour, la toux et la misère. ») C'était le cas de ce couple d'amoureux. Il n'y avait pas dans la ville de vieillard ou d'enfant, de femme ou d'homme, qui ne les eût croisés lors d'une de leurs promenades, lorsque, absorbés dans leur conversation, complètement aveugles et sourds à tout ce qui les entourait, ils suivaient des chemins solitaires autour de la ville. Les bergers s'étaient habitués à eux comme à ces couples d'insectes que l'on voit, au mois de mai, sur les feuillages le long des chemins, toujours deux par deux, serrés l'un contre l'autre. On les rencontrait partout : autour de la Drina et du Rzav, sous les ruines de la Citadelle, sur la route à la sortie de la ville, près de Stražište. Et ce à toute heure du jour, car pour les amoureux, le temps est toujours trop court et aucun sentier n'est assez long. Ils montaient à cheval, empruntaient des cabriolets, mais marchaient le plus souvent à pied, à cette allure à laquelle vont deux êtres qui n'existent que l'un pour l'autre et de ce pas caractéristique qui dit à lui tout seul que rien au monde ne leur importe hors ce qu'ils ont à se dire.

Lui était un Slovaque magyarisé, fils de fonctionnaire, pauvre, instruit aux frais de l'État, jeune, réellement doué pour la musique, ambitieux, d'une sensibilité extrême, surtout à cause de ses origines qui l'empêchaient de se considérer tout à fait comme l'égal des officiers autrichiens ou hongrois issus de familles riches ou connues. Elle était une femme dans la quarantaine, de huit ans son aînée. Grande et blonde, déjà un peu fanée, le teint clair et rosé, avec de grands yeux bleu foncé et brillants, elle rappelait à la fois par ses traits et son maintien ces portraits de reines qui enchantaient les jeunes filles.

Ces deux êtres avaient chacun des raisons personnelles, réelles ou imaginaires, mais en tout cas profondes, d'être mécontents de la vie. Et en outre un motif essentiel et commun : ils se sentaient tous deux malheureux et comme bannis dans cette ville et dans cette société d'officiers, gens futiles et de peu de valeur pour la plupart. C'est pourquoi ils se raccrochaient tellement l'un à l'autre, comme deux naufragés. Ils s'abîmaient l'un dans l'autre, se perdaient et s'oubliaient dans de longues conversations ou, comme maintenant, dans la musique.

Tel était le couple invisible dont la musique peuplait le silence pénible qui régnait entre les deux jeunes gens.

À un moment donné, la musique qui se déversait dans la nuit calme dérailla de nouveau et s'interrompit pour un temps. Dans le silence qui s'installa, Glasinčanin se mit à parler d'une voix sans timbre, reprenant la conversation là où Stiković s'était arrêté.

— Comique ? Mais il y avait beaucoup de choses comiques dans cette discussion, à parler franc.

Stiković retira brusquement sa cigarette de sa bouche et Glasinčanin continua lentement mais d'un ton résolu à exposer ses idées qui, visiblement, ne dataient pas de ce soir-là et avaient été longtemps et douloureusement ressassées.

— J'écoute attentivement toutes ces discussions ; et vous deux, et d'autres personnes instruites dans la ville ; je lis des journaux et des revues. Et plus je vous écoute, plus je suis persuadé que la plupart de ces controverses orales ou écrites n'ont rien à voir avec la vie et ses exigences ou ses problèmes réels. Car la vie, la vraie vie, je l'observe de tout près, je la vois chez les autres et je m'y frotte personnellement chaque jour que Dieu fait. Il se peut que je me trompe, et je ne sais même pas m'exprimer comme il faut, mais il me vient souvent à l'idée que le progrès technique et la paix relative qui règne dans le monde ont permis une sorte de trêve, engendré une atmosphère particulière, artificielle et irréelle, dans laquelle une classe de gens, que l'on appelle les intellectuels, peut en toute liberté s'amuser de façon intéressante et agréable à jongler avec les idées et « les conceptions de la vie et du monde ». Une sorte de serre de l'esprit, avec un climat artificiel et une flore exotique, mais sans le moindre lien avec la terre, le sol réel mais dur que foule la masse des vivants. Vous croyez discuter du destin de ces masses et de la façon dont elles peuvent être utilisées dans la lutte pour atteindre aux nobles objectifs que vous lui fixez, mais en fait, les mécanismes qui tournent dans vos têtes n'ont rien à voir avec la vie des masses, ni même avec la vie en général. C'est là que votre petit jeu devient dangereux, ou du moins peut le devenir pour les autres comme pour vous-mêmes.

Glasinčanin s'interrompit. Stiković avait été tellement étonné par ce long exposé mûrement réfléchi qu'il ne lui était pas venu à l'idée d'interrompre son camarade ou de lui répondre. En entendant ce mot « dangereux », toutefois, il fit un geste ironique de la main. Cela irrita Glasinčanin qui poursuivit sur un ton plus vif.

— Mais si ! À vous entendre, on pourrait croire que tous les problèmes sont résolus, tous les dangers écartés définitivement, tous les chemins aplanis et ouverts, et qu'il suffit de se mettre en route. Alors que dans la vie, rien n'est résolu ni ne peut être résolu aisément, ni ne semble devoir être jamais résolu, tout est compliqué et embrouillé, chèrement payé et autrement plus risqué ; aucune trace des grandes espérances de Herak, ni de tes vastes horizons. L'homme se débat sans fin dans les difficultés, il n'a jamais ce qu'il lui faut, et encore moins ce à quoi il aspire. Et avec des théories comme les vôtres, il ne fait que satisfaire son besoin éternel de jouer, il flatte sa vanité, s'abuse lui-même et abuse les autres. Voilà la vérité, du moins me semble-t-il.

— Tu te trompes. Il suffit que tu compares différentes périodes historiques pour voir ce qu'on appelle le progrès et l'importance des luttes que mènent les hommes, et, par là, des « théories » qui donnent une orientation à ces luttes.

Glasinčanin pensa aussitôt que c'était une allusion à son manque d'instruction et, comme toujours dans ce cas-là, il frémit intérieurement.

— Je n'étudie pas l'histoire, commença-t-il.
— Tu vois bien. Si tu l'étudiais, tu constaterais...
— Mais toi non plus, tu ne l'étudies pas.
— Comment ça ? C'est-à-dire que... euh, bien sûr que je l'étudie.
— En plus des sciences naturelles ?

La voix tremblait de rage. Stiković se troubla un instant, puis il dit d'une voix atone :

— Eh bien, si tu tiens absolument à le savoir, c'est exact : en plus des sciences naturelles, je m'occupe de problèmes historiques, politiques et sociaux.
— C'est bien que tu arrives à tout faire. Car autant que je sache, tu es également orateur et agitateur, et aussi poète et amant.

Stiković eut un rire forcé. Comme quelque chose de lointain mais de désagréable, le souvenir de cet après-midi dans la salle de classe obscure lui traversa l'esprit et c'est alors seulement qu'il se souvint que Glasinčanin et Zorka se faisaient les yeux doux avant son arrivée à Višegrad. Un homme qui n'aime pas est incapable d'imaginer la grandeur de l'amour des autres, la violence de leur jalousie et le danger qui se cache en elle.

Et la conversation entre les deux jeunes gens se transforma, sans transition, en une âpre dispute personnelle qui depuis le début planait dans les airs entre eux. Or les jeunes gens ne fuient pas les disputes, de même que les jeunes animaux se livrent facilement entre eux à des jeux enragés et cruels.

— Ce que je suis et ce dont je m'occupe, en fin de compte, ne regarde personne. Je ne me mêle pas, moi, de tes stères et de tes troncs.

La crampe qui prenait Glasinčanin dès que l'on mentionnait son travail lui fit encore plus mal que d'habitude.

— Laisse donc mes stères. J'en vis, et sans spéculer dessus, sans tromper personne, sans séduire...
— Qui est-ce que je séduis ? lança Stiković, se trahissant du même coup.
— Tous ceux ou toutes celles qui le veulent bien.
— Ce n'est pas vrai !
— Si, c'est vrai. Et tu sais très bien que c'est vrai. Et puisque tu m'y pousses, je vais te le dire, moi.
— Je ne suis pas curieux de le savoir.

— Mais, moi, je tiens à te le dire, car, même en sautant toute la journée par-dessus des troncs de pin, on peut voir et apprendre certaines choses, on peut réfléchir et sentir. Je veux te dire ce que je pense de tes nombreuses occupations et de tes nombreux talents, et de tes audacieuses théories, et aussi de tes poèmes et de tes amours.

Stiković fit mine de vouloir se lever, mais il resta à sa place. Le piano et le violon du cercle des officiers s'étaient remis depuis longtemps à jouer (la troisième partie, gaie et sémillante, de la sonatine) et leur mélodie se perdait dans la nuit, dans le bruit de la rivière.

— Merci. D'autres me l'ont déjà dit. Et de plus intelligents que toi.

— Non, non. Les autres ou bien ne te connaissent pas ou bien te mentent, ou encore ils pensent la même chose que moi mais se taisent. Toutes tes théories, tes multiples occupations intellectuelles, comme tes amours et tes amitiés, tout cela est le résultat de ton ambition, et ton ambition est fausse et malsaine, car elle est due à ta vanité, et uniquement à ta vanité.

— Ha, ha !

— Justement. Et cette idée nationaliste que tu prêches maintenant avec tant d'ardeur, ça aussi, ce n'est qu'une forme particulière de ta vanité. Car tu n'es capable d'aimer ni ta mère, ni ta sœur, ni ton frère, et encore moins une idée. Et ce n'est aussi que par vanité que tu pourrais être bon, généreux, dévoué. Car ta vanité, c'est la seule chose qui te guide dans tes actes, la seule chose que tu considères comme sacro-sainte, la seule chose que tu aimes plus que toi-même. Quiconque ne te connaît pas pourrait facilement se laisser abuser au spectacle de ton zèle et de ta combativité, de ton dévouement à l'idéal nationaliste, à la science, à la poésie, ou à tout autre but plus noble que l'intérêt personnel. Mais tu ne peux servir longtemps aucune cause ni t'associer durablement à qui que ce soit, car ta vanité t'en empêche. Et dès l'instant où ce ne sera plus une question de vanité pour toi, tout cela te deviendra complètement étranger et lointain, une chose pour laquelle tu ne voudras ni ne pourras lever le petit doigt. Et tu te trahiras toi-même à cause de ta vanité, car tu en es l'esclave. Tu ne sais même pas à quel point tu es vaniteux. Je te connais jusqu'au plus profond de ton être et je suis le seul à savoir quel monstre de vanité tu es.

Stiković ne répondait rien. Il avait d'abord été étonné par le discours réfléchi et passionné de son camarade, qui lui apparaissait tout à coup dans un rôle inattendu et sous un éclairage nouveau. Puis cette harangue pleine de rage et débitée sur un ton égal, qui l'avait d'abord blessé et provoqué, lui avait peu à peu paru intéressante, presque agréable. Certains mots, certes, le piquaient au vif et lui faisaient mal, mais l'ensemble — cette profonde et clairvoyante incursion dans son caractère — le flattait et lui procurait un plaisir particulier. En effet, dire à un jeune homme comme celui-ci qu'il est un monstre, cela revient à chatouiller son goût de la provocation et son amour-propre. Et il souhaitait réellement que Glasinčanin poursuive cette impitoyable exploration de son monde intérieur, cette mise à nu de sa personnalité cachée, car il ne voyait dans tout cela qu'une preuve de plus de sa nature exceptionnelle et de sa supériorité. Son regard fixe était rivé à la stèle blanche qui, sur le mur en face de lui, tranchait au clair de lune sur la pierre rougeâtre. Il regardait sans ciller cette inscription turque incompréhensible comme s'il pouvait y lire, y déchiffrer le sens profond de ce que son cruel camarade, assis à son côté, lui disait d'un ton réfléchi et sans le ménager.

— Tu ne tiens en fait à rien, et tu ne hais pas plus que tu n'aimes, car pour l'un comme pour l'autre il faut sortir un instant de soi, s'exposer, s'oublier, se dépasser soi-même et dépasser sa vanité. Et tu en es incapable ; et il n'y a rien qui pourrait te pousser à le faire, même si tu en étais capable. Le malheur des autres ne peut pas te toucher, et *a fortiori* te faire mal ; pas plus que le tien propre, sauf s'il flatte ta vanité. Tu n'as envie de rien et ne te réjouis de rien. Tu n'es même pas envieux, non par bonté, mais à cause de ton égoïsme sans limites, car tu ne remarques pas plus le bonheur d'autrui que son malheur. Rien ne peut te toucher ni te faire agir. Rien ne peut t'arrêter, non que tu sois courageux, mais parce que tous les bons instincts sont atrophiés en toi, parce que pour toi, en dehors de ta vanité, il n'existe ni liens de sang, ni scrupules innés, ni Dieu ni monde, ni frère ni ami. Tu n'as même pas d'estime pour tes propres aptitudes. Seule ta vanité blessée peut te torturer au lieu de ta conscience, car elle seule parle, toujours et en tout, à travers toi, dictant chacun de tes gestes.

— Tu dis ça à cause de Zorka ?

— Ben, si tu y tiens, parlons-en justement. Oui, c'est aussi à cause de Zorka. À elle non plus, tu ne tiens pas le moins du monde. C'est seulement que tu es incapable de t'arrêter et de te retenir devant quoi que ce soit qui s'offre à toi par hasard pour un instant et qui flatte ta vanité. C'est vrai, tu fais la conquête de pauvres institutrices troublées et inexpérimentées exactement comme tu écris tes articles et tes poèmes, tiens tes discours et tes conférences. Mais tu ne les as pas encore tout à fait conquises que déjà elles t'embarrassent, car ta vanité insatiable bâille d'ennui et regarde déjà ailleurs. Mais c'est aussi une malédiction pour toi, cette incapacité à t'arrêter, à être jamais rassasié et satisfait. Tu soumets tout à ta vanité, mais tu es son premier esclave et son plus grand martyr. Il se peut que tu connaisses encore dans l'avenir beaucoup de gloire et de succès, des victoires plus grandes que celles que tu remportes sur la faiblesse de femmes étourdies et grisées, mais tu n'y trouveras jamais de plaisir, car ta vanité te poussera à toujours continuer, puisqu'elle engloutit tout, même les plus grands succès, puis les oublie aussitôt, alors qu'elle se souvient à jamais du plus petit échec et de la moindre offense. Et lorsqu'elle aura tout brouté, brisé, souillé, humilié, chassé ou dévasté autour de toi, tu resteras seul dans ce désert face à face avec ta vanité et tu n'auras rien à lui offrir, alors tu te dévoreras toi-même, mais cela ne te sera d'aucun secours, car ta vanité, habituée à de meilleurs morceaux, te méprisera comme pâture et te rejettera. Voilà ce que tu es, bien que tu paraisses autre aux yeux de la plupart des gens, bien que tu penses tout autre chose de toi-même. Mais moi, je te connais.

Glasinčanin se tut alors soudain.

Sur la kapia, on sentait déjà la fraîcheur de la nuit, et le silence recouvrait tout, accompagné du murmure éternel de l'eau. Ils n'avaient même pas remarqué que la musique sur la berge s'était arrêtée. Les deux jeunes gens avaient complètement oublié où ils se trouvaient et ce qu'ils faisaient, chacun emporté par ses pensées, comme seule la jeunesse peut se laisser emporter. Le « compteur de stères » jaloux et malheureux avait parlé de ce qu'il avait tant de fois ressassé, passionnément, profondément et intensément, sans jamais trouver les mots et les expressions pour l'exprimer et il en avait maintenant parlé facilement et sans hésiter, avec fièvre et amertume. Stiković l'avait écouté, le regard fixé sur la stèle blanche avec l'inscription comme sur un écran de cinéma. Chaque mot l'atteignait, il sentait bien chaque pique, mais dans ce que lui disait son camarade invisible à son côté, il ne trouvait plus rien de blessant, n'y voyait plus le moindre danger. Au contraire, à chaque mot de Glasinčanin, il lui semblait qu'il grandissait et que, porté par des ailes invisibles, il volait sans bruit mais vite, sans peur et dans l'exaltation, qu'il survolait de très haut les hommes sur la terre et leurs rapports, leurs lois et leurs sentiments, seul, fier et grand, et heureux, ou quelque chose comme heureux. Il planait au-dessus de tout. Et cette voix, et les paroles de son adversaire, c'était le murmure des eaux et la rumeur du monde inférieur, invisible, tout en bas, dont peu lui importait ce qu'il était et comment il était, ce qu'il pensait et ce qu'il disait, car il le survolait comme un oiseau survole le paysage.

Le silence momentané de Glasinčanin sembla les dégriser tous deux. Ils n'osaient pas se regarder. Dieu seul sait quelle direction aurait pris la querelle, si à ce moment-là n'avait surgi sur le pont, en provenance de la place du marché, une bande d'ivrognes hurlant des chansons interrompues sans cesse par leurs cris. Un ténor couvrait tous les autres et chantait, par bribes et d'une voix trop aiguë, une vieille romance :

Si sage tu es, si belle tu es,
Belle Fata, fille d'Avdaga !

Ils avaient reconnu à leurs voix quelques jeunes commerçants et fils de bonnes maisons. Certains marchaient droit et lentement, d'autres faisaient des zigzags et chancelaient. De leurs plaisanteries bruyantes, on pouvait déduire qu'ils venaient de « sous les peupliers ».

Nous avons oublié, dans le cours de notre récit, de mentionner encore une nouveauté dans la ville. (Vous avez sûrement vous-mêmes remarqué que l'on oublie facilement de dire ce dont on n'a pas envie de parler.)

Il y avait plus d'une quinzaine d'années, avant même que

l'on entreprît la construction du chemin de fer, un Hongrois s'était installé dans la ville avec sa femme. Son nom de famille était Terdik, sa femme s'appelait Julka et parlait serbe car elle était originaire de Novi Sad. On apprit aussitôt qu'ils étaient venus avec l'intention d'ouvrir à Višegrad un établissement pour lequel il n'existait pas de nom dans le peuple. Et ils l'ouvrirent effectivement à la sortie de la ville, sous de hauts peupliers qui poussaient au pied du mont Stražište, dans une vieille maison de bey qu'ils avaient complètement transformée.

C'était le lieu de perdition de la ville. Toute la journée, les volets étaient fermés aux fenêtres. Mais au crépuscule, une lampe à acétylène s'allumait au-dessus de l'entrée, et elle brûlait toute la nuit. Du rez-de-chaussée parvenaient des échos de chansons et le son d'un piano mécanique. Parmi les jeunes gens et les libertins de la ville circulaient les prénoms des jeunes filles que Terdik avaient amenées avec lui et qu'il employait dans son établissement. Au début, elles étaient quatre : Irma, Ilona, Frida et Aranka.

Chaque vendredi, on pouvait voir « les filles de Julka » se rendre, en fiacre, à l'hôpital pour le contrôle hebdomadaire. Elles étaient poudrées et fardées de rouge, avaient des fleurs à leurs chapeaux et tenaient de longues ombrelles agrémentées de volants de dentelle qui flottaient au vent. Au passage de ces fiacres, les femmes serraient contre elles leurs fillettes et détournaient la tête avec un mélange de dégoût, de honte et de pitié.

Lorsque les travaux de la voie ferrée commencèrent et qu'il y eut un afflux d'argent et d'ouvriers, le nombre des filles augmenta. À côté de la vieille maison turque, Terdik construisit un nouveau bâtiment « sur plan », avec un toit de tuile rouge qui se voyait de loin. Il y avait trois parties séparées. La salle commune, l'*Extra-Zimmer* et le *Offiziers-Salon*. Chacune de ces trois sections avait ses prix et sa clientèle. Là, « sous les peupliers », comme on disait dans la ville, les fils et petits-fils de ceux qui se soûlaient naguère à l'auberge de Zarije, ou plus tard chez Lotika, pouvaient dépenser tout leur argent, qu'il fût hérité ou gagné. C'était le théâtre des farces les plus incongrues et des bagarres les plus célèbres, de formidables beuveries et de drames sentimentaux. C'est là que de nombreuses tragédies familiales ou personnelles trouvaient leur origine.

Le pilier de cette société d'ivrognes qui avaient passé la première partie de la nuit « sous les peupliers » et venaient maintenant se rafraîchir sur la kapia était un certain Nikola Pecikoza, brave jeune homme un peu niais, que les fils de riches soûlaient pour pouvoir lui jouer des farces.

Avant d'atteindre la kapia, les noceurs s'étaient arrêtés près du parapet. Une dispute bruyante et décousue éclata. Nikola Pecikoza voulait parier deux litres de vin qu'il suivrait le rebord de pierre jusqu'au bout du pont. Marché conclu, le jeune homme grimpa sur le parapet et se mit à marcher, les bras écartés, en posant précautionneusement un pied devant l'autre comme un somnambule. Arrivé à la kapia, il remarqua les deux jeunes gens attardés mais ne leur dit mot et poursuivit son périlleux cheminement en chantonnant et en chancelant, suivi de la joyeuse société. Au faible clair de lune, sa grande ombre dansait sur le pont et venait se briser sur le parapet en face.

Les soûlards passèrent eux aussi en lançant leurs cris déchaînés et leurs plaisanteries stupides. Les deux jeunes gens se levèrent alors et, sans se saluer, partirent chacun de son côté vers leurs maisons.

Glasinčanin disparut dans l'obscurité, vers la rive gauche de la Drina, d'où partait le chemin qui montait vers Okolište, tandis que Stiković se dirigeait sans se presser vers la place du marché, à l'opposé. Il avançait lentement, comme s'il hésitait. Il n'avait aucune envie de quitter cet endroit où il faisait plus clair et plus frais que dans la ville. Il s'arrêta contre le parapet du pont. Il sentait le besoin de se tenir à quelque chose, de s'appuyer contre quelque chose.

La lune avait disparu derrière le mont Vid. Adossé au parapet de pierre au bout du pont, le jeune homme regarda longuement les grandes ombres et les rares lumières de sa ville natale, comme s'il les voyait pour la première fois. Seules deux fenêtres étaient encore éclairées au cercle militaire. On n'entendait plus la musique. Dans cette pièce, probablement, ces deux êtres malheureux, le médecin et la colonelle, parlaient sans fin de musique et d'amour, ou encore de leurs destinées personnelles auxquelles ils ne voyaient pas plus d'issue séparément qu'en les unissant

De l'endroit où se trouvait maintenant Stiković, on voyait

qu'à l'hôtel de Lotika également, une seule lumière brillait. Le jeune homme regardait ces fenêtres éclairées de chaque côté du pont, comme s'il en attendait quelque chose. Il était brisé et triste. Le numéro d'équilibriste de ce fou de Pecikoza lui avait soudain rappelé sa petite enfance, lorsque, sur le chemin de l'école, il avait vu dans le brouillard d'un matin d'hiver le Borgne, massif et trapu, sautiller sur ce même parapet. Et chaque souvenir d'enfance éveillait en lui la tristesse et un certain malaise. Le sentiment d'une grandeur funeste mais exaltante, cette impression de planer dans le cosmos au-dessus de tout et de tous qu'avait fait naître en lui le discours enflammé et impitoyable de Glasinčanin, avait maintenant disparu. Il lui semblait avoir brusquement atterri et ramper péniblement sur la terre obscure, comme tous les autres. Il était également torturé par le souvenir de tout ce qui s'était passé avec l'institutrice et n'aurait pas dû se passer (comme si quelqu'un d'autre avait agi en son nom !), de l'article dans la revue qui lui paraissait faible et plein de lacunes (comme si quelqu'un d'autre l'avait écrit pour lui, contre sa volonté, et publié sous son nom !), de la harangue de Glasinčanin qui lui apparaissait maintenant pleine de malveillance et de haine, d'offenses graves et de réels dangers.

Il fut pris d'un frisson, autant à cette évocation qu'à cause de la fraîcheur qui montait de la rivière. Comme s'il s'éveillait en sursaut, il remarqua que les deux fenêtres du cercle militaire n'étaient plus éclairées. Les derniers clients sortaient du bâtiment. À travers la place du marché plongée dans les ténèbres, il entendait leurs longs sabres heurter le sol et l'écho de leurs propos sonores et empruntés. Le jeune homme se détacha alors à regret du muret et, après un dernier coup d'œil à la fenêtre éclairée de l'hôtel comme à la dernière lumière de la ville endormie, il prit d'un pas lent le chemin de sa pauvre maison, là-haut, à Mejdan.

XX

L'unique fenêtre éclairée de l'hôtel, dernier signe de vie dans la ville cette nuit-là, était celle de la petite chambre de Lotika, au premier étage. Cette nuit-là encore, Lotika était assise à son bureau encombré. Comme autrefois, il y avait vingt et quelques années de cela, lorsqu'elle venait dans cette petite pièce se reposer ne serait-ce qu'un instant du tapage et des allées et venues au rez-de-chaussée. Seulement, maintenant, tout était calme en bas et plongé dans l'obscurité.

Dès 22 heures, Lotika s'était retirée dans sa chambre et apprêtée pour la nuit. Avant de se coucher, elle était allée à la fenêtre pour aspirer encore une fois la fraîcheur qui montait de la rivière et avait jeté un coup d'œil à la dernière arche du pont au faible clair de lune, seul spectacle, immuable, qui s'offrait à elle depuis sa fenêtre. Elle s'était alors rappelé quelque facture à régler depuis longtemps et s'était assise à son bureau pour la rechercher. Mais dès qu'elle s'était mise à fouiller dans ses papiers, elle s'était laissé emporter, oubliant l'heure et son envie de dormir, et elle était restée plus de deux heures à travailler.

Minuit était passé depuis longtemps, mais Lotika, qui n'avait plus sommeil, absorbée par sa tâche, alignait des colonnes de chiffres et épluchait des piles de documents.

Lotika était fatiguée. Le jour, dans les conversations et le travail, elle était toujours aussi vive et alerte, aussi loquace, mais la nuit, comme maintenant, lorsqu'elle se retrouvait seule, elle sentait tout le poids de son âge et de sa lassitude. Lotika était décrépite. De sa beauté d'antan, il ne restait que de pauvres vestiges. Elle était maigre, avait le teint jaune ; ses cheveux ternes étaient clairsemés sur le dessus de la tête ; et ses dents, naguère étincelantes et dures comme des grêlons, étaient rares et jaunies. Le regard de ses yeux noirs et encore brillants était dur, et triste par instants.

Lotika était lasse, mais pas de cette fatigue bénie et agréable qu'elle éprouvait autrefois au terme d'une journée de dur labeur et de gains appréciables et qui la poussait à rechercher un peu de repos et de répit dans cette même pièce. La vieillesse était là et l'époque n'était guère facile.

Elle n'aurait su l'exprimer avec des mots, elle ne pouvait se l'expliquer, mais elle sentait à chaque instant que quelque chose était détraqué dans cette ère nouvelle, du moins pour ceux qui ne se souciaient que de leurs affaires et de leur famille. Lorsqu'elle était arrivée en Bosnie, trente ans plus tôt, et avait commencé à travailler, la vie semblait être d'un seul tenant. Tout le monde suivait la même direction qu'elle, avec le travail pour objectif et la famille pour univers. Chacun était à sa place, et il y avait de la place pour tous. Et tous étaient dominés par un seul ordre des choses et une seule loi ; un ordre des choses strict et une loi sévère. C'est ainsi que le monde apparaissait alors à Lotika. Maintenant, tout était bouleversé et avait changé de place. Les gens étaient partagés et se fuyaient, et ce, lui semblait-il, sans rime ni raison. La loi de la perte et du profit, cette loi merveilleuse qui avait toujours régi les actions humaines, semblait ne plus être en vigueur, puisque nombre de gens faisaient, disaient et écrivaient des choses dont elle ne voyait ni le but ni le sens et qui ne pouvaient leur apporter que des préjudices et des désagréments. La vie partait en lambeaux, s'émiettait et s'effritait. Dans tous les domaines, on avait l'impression que la génération actuelle tenait plus à ses conceptions de la vie qu'à la vie elle-même. Cela paraissait insensé et restait pour elle incompréhensible, mais il en était bien ainsi. C'était pour cette raison que la vie perdait de sa valeur et se gaspillait en paroles. Cela, Lotika le voyait bien et elle le sentait à chaque instant.

Les affaires, qui folâtraient naguère devant ses yeux comme un troupeau de jeunes agneaux, gisaient maintenant, mortes et pesantes, comme les grandes pierres tombales au cimetière juif. Depuis dix ans déjà, l'hôtel ne marchait pas bien. Tous les environs de la ville avaient été déboisés, la zone de coupe s'éloignait de plus en plus, et avec elle la meilleure clientèle de l'hôtel et les plus grands bénéfices. Terdik, ce rustre sans honte ni scrupule, avait ouvert sa « maison » sous les peupliers et attiré nombre de clients de Lotika, leur offrant de façon directe et facile ce que dans son hôtel ils n'auraient jamais pu obtenir à quelque prix que ce fût. Lotika s'était longtemps insurgée contre cette concurrence déloyale et honteuse, affirmant que la fin des temps était venue et qu'il n'y avait plus ni loi, ni ordre, ni possibilité de gagner honnêtement sa vie. Dans sa rage, elle avait un jour, au début, traité Terdik de « maquereau ». Il avait porté plainte et Lotika avait été condamnée à payer une amende pour outrage à l'honneur. Mais aujourd'hui encore, elle ne l'appelait pas autrement ; seulement, elle prenait garde à ne pas parler devant n'importe qui. Le nouveau cercle des officiers avait son restaurant, une cave bien garnie et des chambres où descendaient les étrangers de marque. Gustav, le maussade et sournois mais habile et fidèle Gustav, avait quitté l'hôtel après tant d'années et ouvert son propre café dans le bazar, à l'endroit le plus passant, et de collaborateur il était devenu un concurrent sans scrupule. Les sociétés chorales et autres salles de lecture qui, nous l'avons vu, s'étaient créées dans la ville les dernières années, avaient leurs propres cafés et attiraient beaucoup de clients.

Il n'y avait plus l'animation d'antan dans la grande salle, et encore moins dans l'*Extra-Zimmer*. Quelque fonctionnaire célibataire y déjeunait désormais, on y lisait les journaux et on y buvait le café. Chaque après-midi, Ali bey Pašić, l'ami de jeunesse silencieux et ardent de Lotika, venait faire un tour. Il était toujours aussi mesuré et discret dans ses propos et ses gestes, soigné et bien habillé, mais il s'était alourdi et avait les cheveux tout blancs. Comme il souffrait depuis des années d'un fort diabète, on lui servait le café avec de la saccharine. Il fumait tranquillement et sans un mot, puis rentrait chez lui à Crňca. Le voisin de Lotika, le riche Pavle Ranković, venait lui aussi chaque jour. Il avait abandonné depuis longtemps déjà le costume du pays et adopté un costume de ville « ajusté », sans renoncer pour autant au fez plat et rouge. Il portait toujours une chemise à plastron amidonné, avec un col dur et des manchettes rondes sur lesquelles il notait provisoirement chiffres et calculs. Il avait depuis longtemps réussi à prendre la première place dans le bazar de Višegrad. Sa situation était maintenant stable et bien assurée, mais lui non plus n'échappait pas aux soucis et aux difficultés. Comme tous les gens d'un certain âge appartenant à la classe des privilégiés, il était déconcerté par l'époque moderne et par la bruyante avalanche d'idées nouvelles, par la nouvelle façon de vivre, de penser et de s'exprimer. Pour lui, tout cela tenait en un seul mot : « la politique ». Et cette « politique », c'était bien ce qui le troublait, l'irritait et lui gâchait ces années qui auraient dû être consacrées au repos et au plaisir, après des décennies de travail, d'épargne et de renoncements. En effet, il n'aurait voulu pour rien au monde se différencier ou se couper de la majorité de ses compatriotes, mais il ne souhaitait pas non plus entrer en conflit avec les autorités, avec lesquelles il souhaitait vivre en paix et, du moins pour la forme, en harmonie. Ce qui était difficile presque impossible, à réaliser. Et même avec ses fils, il n'arrivait pas à s'entendre comme il aurait fallu. Ils étaient pour lui, comme les autres jeunes, tout simplement incompréhensibles et irresponsables. (Beaucoup de personnes âgées emboîtent le pas à la jeunesse par besoin ou par faiblesse.) Par son comportement et sa façon d'agir, cette jeunesse semblait au vieux Pavle avoir choisi la rébellion, comme si elle ne pensait pas vivre et mourir dans le monde tel qu'il était, mais plutôt passer sa vie dans les montagnes comme les brigands. Ces jeunes ne prenaient pas garde à ce qu'ils disaient, ne réfléchissaient pas à ce qu'ils faisaient, ne comptaient pas combien ils dépensaient, se préoccupaient moins que tout de leurs affaires personnelles, car ils mangeaient leur pain sans se demander d'où il leur venait, et parlaient, parlaient, parlaient, « aboyaient aux étoiles », comme disait le vieux Pavle lorsqu'il se disputait avec ses fils.

Cette façon de brasser les idées, de parler sans la moindre retenue et de vivre sans jamais rien compter, et même à l'inverse de toute arithmétique, cela le mettait en rage et au désespoir, lui qui toute sa vie avait travaillé en comptant et en se conformant à ses calculs. Quand il les écoutait ou les regardait faire, il était pris de peur, il lui semblait qu'ils touchaient sans la moindre prudence et sans réfléchir aux fondements mêmes de la vie, à ce qui était pour lui la chose la plus sacrée et la plus chère à son cœur. Et lorsqu'il leur demandait des explications susceptibles de le convaincre et de le rassurer, ils lui répondaient avec mépris et de haut, à coups de grands mots flous : liberté, avenir, histoire, science, gloire, grandeur. Or les mots abstraits lui donnaient la chair de poule. C'est pourquoi il aimait passer un moment avec Lotika en buvant son café, car avec elle on pouvait discuter des affaires et des événements en s'appuyant sur des calculs sûrs et des notions bien établies, loin de la « politique » et de ces grands mots dangereux qui remettaient tout en question, sans rien expliquer ni confirmer. Au cours de la conversation, il tirait souvent de sa poche son minuscule crayon, qui n'était plus celui d'il y a vingt-cinq ans, mais était tout aussi usé et presque invisible tant il était petit, et il soumettait ce qu'ils disaient à l'épreuve infaillible et irréfutable des chiffres. Ils se remémoraient aussi quelque événement du passé, ou évoquaient une bonne farce dont les protagonistes étaient morts pour la plupart, puis le vieux Pavle, voûté et soucieux, regagnait sa boutique sur la place du marché, Lotika restant seule, avec ses tourments et ses comptes.

Les spéculations de Lotika n'allaient guère mieux que les affaires de son hôtel. Dans les premières années de l'occupation, il suffisait d'acheter n'importe quelles actions de n'importe quelle entreprise pour être sûr d'avoir bien placé son argent, la seule incertitude étant l'importance des bénéfices. Mais à l'époque, l'hôtel venait juste d'ouvrir et Lotika ne disposait ni de suffisamment d'argent liquide, ni du crédit dont elle jouit par la suite. Et lorsqu'elle eut enfin et l'argent et le crédit, la situation sur les marchés avait changé. Une de ces grandes crises qui reviennent de façon cyclique avait frappé la monarchie austro-hongroise à la fin du XIXe et au début du XXe siècle. Les valeurs de Lotika s'étaient mises à valser comme poussière au vent. Elle pleurait de rage en lisant chaque semaine le *Merkur* de Vienne, avec les derniers cours de la Bourse. Tous les revenus de l'hôtel, qui marchait encore bien à l'époque, ne suffisaient pas à combler les trous dus à la chute générale des valeurs. Elle eut alors une grave dépression nerveuse qui dura deux longues années. Elle était comme folle de douleur. Elle parlait avec les gens, mais n'écoutait pas plus ce qu'ils disaient qu'elle ne réfléchissait à ses propres paroles. Elle les regardait sans les voir, car elle avait sans cesse devant les yeux les rubriques du *Merkur*, imprimées en caractères minuscules, qui devaient lui apporter le bonheur ou le malheur. C'est alors qu'elle se mit à acheter des billets de loterie. Puisque tout n'était qu'une affaire de chance et de hasard, autant aller jusqu'au bout. Elle jouait à cette époque à toutes les loteries possibles de tous les pays. Elle réussit même à se procurer un quarté de la grande loterie espagnole de Noël dont le gros lot s'élevait à quinze millions de pesetas. Elle tremblait à chaque tirage, pleurait devant les listes des numéros gagnants. Elle priait Dieu qu'il se produisît un miracle et que son billet lui rapportât le gros lot. Mais elle ne gagnait jamais.

Sept ans plus tôt, le beau-frère de Lotika, Tsaler, s'était associé à deux riches retraités et ils avaient fondé dans la ville une « coopérative laitière moderne ». Lotika avait donné les trois cinquièmes du capital de départ. Ils avaient vu les choses en grand. Ils comptaient que les premiers succès, qui ne faisaient pas de doutes, attireraient l'attention des capitalistes hors de la ville, et même hors de Bosnie. Cependant, au moment même où l'entreprise se trouvait dans cette phase transitoire et critique, la crise de l'annexion survint. Tout espoir d'attirer de nouveaux capitaux disparut. Ces régions frontalières devinrent si peu sûres que même les capitaux déjà investis se mirent à fuir. La coopérative fut liquidée deux ans plus tard, avec une perte sèche de tout le capital investi. Lotika dut aliéner les meilleures et les plus sûres de ses valeurs, comme les actions de la brasserie de Sarajevo et de la fabrique de soude Solvay à Tuzla, pour couvrir le déficit.

Parallèlement à ces revers financiers, comme s'ils étaient liés à eux, elle devait également affronter les soucis et les déceptions que lui causait sa famille. Certes, une des filles de Tsaler, Irena, avait fait un mariage inespéré (Lotika avait donné la dot). Mais la fille aînée, Mina, était restée à la maison. Aigrie par le mariage de sa sœur cadette, malchanceuse avec ses fiancés, elle s'était transformée de façon prématurée en une vieille fille sarcastique et amère qui rendait la vie à la maison et le travail à l'hôtel encore plus pénibles et insupportables qu'ils n'étaient. Tsaler, qui n'avait jamais été ni très vif ni très alerte, était encore plus pesant et indécis, et il vivait dans la maison comme un hôte muet et bonasse dont on ne pouvait attendre ni aide ni préjudice. La femme de Tsaler, Debora, bien que maladive et mûrissante, avait mis au monde un fils, mais l'enfant était attardé et impotent. Il avait déjà dix ans, mais ne pouvait ni parler distinctement ni tenir sur ses jambes, il s'exprimait par de vagues sons et rampait dans la maison en s'aidant de ses bras. Ce pauvre petit être, affectueux et bon, se cramponnait tellement à sa tante Lotika, qu'il aimait beaucoup plus que sa propre mère, que malgré tous ses soucis et ses tâches variées, Lotika s'occupait de lui, le nourrissait, l'habillait, l'endormait. À voir chaque jour cet avorton d'enfant, elle avait le cœur serré à l'idée que ses affaires allaient si mal qu'elle n'avait pas d'argent pour l'envoyer à Vienne chez de grands médecins ou dans une institution, ou encore qu'il n'y avait pas de miracles et que les impotents ne pouvaient guérir par la volonté divine, ou grâce aux bonnes actions et aux prières des hommes.

Les protégés galiciens de Lotika, dont elle avait payé les études et qu'elle avait mariés à l'époque de sa prospérité, lui causaient eux aussi bien des soucis et des déceptions. Il y en avait parmi eux qui avaient fondé une famille, développé leurs affaires et acquis une certaine fortune. Lotika recevait d'eux régulièrement des cartes de vœux, des lettres pleines de respect et de gratitude, ainsi que des comptes rendus sur l'état de leur famille. Mais ces Apfelmayer dont Lotika avait guidé les premiers pas, qu'elle avait scolarisés et aidés à s'établir, n'aidaient ni ne prenaient en charge les nouveaux cousins pauvres qui naissaient et grandissaient en Galicie, et, installés dans d'autres villes, ils ne se souciaient que d'eux et de leur progéniture. Comme si pour eux la plus grande part de la réussite consistait à oublier au plus vite et le plus possible, à jamais, Tarnow et le milieu étriqué et misérable dont ils étaient originaires et dont ils avaient réussi à se libérer. Lotika ne pouvait plus elle-même mettre suffisamment d'argent de côté, comme autrefois, pour aider ces miséreux de Tarnow à échapper à leur destin. Et elle ne se couchait ni ne se levait jamais sans que fuse en elle, telle une douleur, la pensée qu'au même moment, quelqu'un des siens, là-bas, à Tarnow, s'enfonçait sans retour dans l'ignorance et la crasse, dans une misère honteuse qu'elle connaissait bien et contre laquelle elle avait lutté toute sa vie.

Et même parmi ceux qui avaient réussi grâce à elle, il y avait bien des raisons d'être mécontent et déçu. C'étaient justement les meilleurs d'entre eux qui avaient mal tourné ou fait un faux pas après les premiers succès et les espoirs qu'ils avaient suscités. Une nièce, pianiste de talent, qui, grâce aux efforts et à l'aide de Lotika, avait fait ses études au conservatoire de Vienne, s'était empoisonnée quelques années plus tôt, au moment de ses premiers et plus beaux succès ; personne n'avait su pourquoi.

Un des neveux, Albert, espoir de la famille et orgueil de Lotika, avait eu au lycée et à l'université les meilleurs résultats mais, pour la simple raison qu'il était juif, il n'avait pu ni être promu *sub auspiciis regis*, ni recevoir l'anneau impérial, comme l'espérait en secret Lotika. Elle l'avait quand même imaginé avocat réputé à Vienne ou à Lwow, puisque, en tant que Juif, il ne pouvait être haut fonctionnaire, ce qui aurait mieux correspondu à ce qu'elle avait rêvé pour lui. Cela constituait déjà une belle récompense pour tous les sacrifices qu'elle avait faits afin d'assurer son instruction. Mais là aussi, elle devait connaître une douloureuse déception. Le jeune docteur en droit se fit journaliste et devint membre du parti socialiste, qui plus est de l'aile extrémiste qui se distingua lors de la grève générale à Vienne en 1906. Et Lotika dut lire de ses propres yeux dans les journaux viennois que « lors de la chasse aux éléments étrangers et subversifs à Vienne, le célèbre agitateur juif, le juriste Albert Apfelmayer, avait été expulsé, après avoir purgé les vingt jours de prison auxquels il avait été condamné ». Ce qui, traduit dans la langue de Višegrad, revenait à dire qu'il s'était fait haïdouk. Quelques mois plus tard, Lotika reçut de son cher Albert une lettre en provenance de Buenos-Aires où il était émigré.

Durant ces journées, même dans sa petite chambre, elle n'avait pu trouver le repos. La lettre à la main, elle était allée chez sa belle-sœur et son beau-frère et, éperdue de désespoir, le visage collé à celui de Debora, qui ne faisait que pleurer, elle criait avec rage :

— Qu'allons-nous devenir ? Je te demande un peu ce que nous allons devenir, si personne ne sait se tenir sur ses jambes et avancer tout seul. Dès qu'on arrête de les tenir sous les bras, ils tombent. Comment allons-nous nous en tirer ? Nous sommes maudits, c'est tout !

— *Gott ! Gott ! Gott !* soupirait la pauvre Debora en versant de grosses larmes, et elle ne pouvait bien sûr rien répondre à Lotika.

Celle-ci n'arrivait pas elle-même à trouver de réponse, elle joignait les mains et levait les yeux au ciel, pas d'un air apeuré et pleurnichard comme Debora, mais avec rage et désespoir :

— Il est devenu socialiste ! So-cia-lis-te ! Comme si ça ne

nous suffisait pas d'être juifs ! Ô Dieu unique et tout-puissant, qu'ai-je fait pour que Tu me punisses ainsi ? Socialiste !

Elle fit son deuil d'Albert comme d'un mort et ne parla plus jamais de lui.

Trois ans plus tard, une nièce, la sœur de ce même Albert, fit un très beau mariage à Pest. Lotika se chargea du trousseau de la jeune fille et joua les arbitres dans la crise morale que ce mariage provoqua au sein de la grande famille des Apfelmayer de Tarnow, dont la seule richesse était les enfants et une tradition religieuse sans tache. L'homme que devait épouser cette nièce était un riche boursier, mais un chrétien, calviniste, qui posa comme condition que la jeune fille adoptât sa religion. Les parents étaient réticents, mais Lotika, qui prenait en considération l'intérêt de la famille tout entière, affirmait qu'il était difficile de naviguer sans louvoyer avec tant de monde à bord et que, pour le salut de tous, il fallait parfois jeter à la mer une partie de la cargaison. Elle soutenait la jeune fille. Et son avis l'emporta. La jeune fille se convertit et se maria. Lotika espérait, grâce à ce gendre, réussir à faire entrer dans le monde des affaires de Pest au moins un des neveux en âge de travailler. Mais le malheur voulut que le riche financier décédât dans la première année de leur mariage. Le chagrin troubla la raison de la jeune femme. Les mois passaient et son grand abattement ne faiblissait pas. Cela faisait maintenant quatre ans que la jeune femme vivait à Pest, plongée dans son chagrin excessif qui n'était rien d'autre qu'une douce folie. Elle avait tendu de drap noir son grand appartement richement meublé. Elle allait chaque jour au cimetière, s'asseyait contre la tombe de son mari et lui lisait à voix basse et d'un air concentré les cours de la Bourse du jour, du début à la fin. À tous ceux qui tentaient de l'arracher à cette habitude et de la tirer de sa léthargie, elle répondait avec douceur que le défunt aimait cela par-dessus tout et que c'était la musique la plus agréable qu'il eût connue.

C'est ainsi que de nombreuses destinées se concentraient dans cette petite pièce. Autant de comptes, d'additions douteuses, autant de positions à jamais annulées et effacées dans la grande comptabilité à ramifications de Lotika. Mais le principe des opérations était resté le même. Lotika était lasse, mais non découragée. Après chaque perte et chaque échec, elle se ressaisissait, serrait les dents et continuait à se défendre. Car toute son activité des dernières années consistait à se défendre, mais elle le faisait sans perdre de vue son but et avec la même opiniâtreté dont elle avait fait preuve, naguère, pour s'enrichir et progresser. Dans cet hôtel, elle était « l'homme de la maison » et pour la ville tout entière « la tante Lotika ». Ils étaient encore nombreux à Višegrad et ailleurs dans le monde à compter sur son aide, sur ses conseils, ou du moins sur une bonne parole, mais ils ne demandaient pas, ils ne se demandaient pas, si Lotika était fatiguée. Et fatiguée, elle l'était vraiment ; plus que quiconque ne pouvait le deviner et plus qu'elle-même n'en était consciente.

La petite horloge de bois suspendue au mur sonna 1 heure. Lotika se leva de sa chaise avec peine, en se tenant les reins. Elle éteignit soigneusement la grande lampe verte sur le guéridon de bois et, à petits pas de vieille, comme elle ne marchait que lorsqu'elle était seule dans sa chambre et sur le point de se coucher, elle gagna son lit.

Sur la ville endormie, l'obscurité était complète et uniforme.

XXI

Finalement, vint l'année 1914, dernière année de la chronique du pont sur la Drina. Elle arriva comme toutes les années antérieures, au rythme tranquille du temps en ce bas monde, mais avec pour fond le grondement sourd d'événements toujours nouveaux et de plus en plus insolites qui déferlaient en se recouvrant les uns les autres comme des vagues.

Tant d'années avaient passé sur la ville près du pont, tant d'autres y passeraient encore. Il y en avait eu et il y en aurait encore de toutes sortes, mais l'année 1914 resterait à jamais bien distincte des autres. C'est du moins ce qu'il semble à ceux qui l'ont vécue. Ils ont l'impression que jamais, quoi qu'on dise et quoi qu'on écrive à ce sujet, jamais l'on ne pourra et jamais l'on n'osera raconter tout ce qui se révéla alors au plus profond de la nature humaine, au-delà du temps et en deçà des événements. Qui donc saurait décrire et faire sentir (c'est ce qu'ils pensent !) ces frissons collectifs qui secouèrent soudain les masses et qui des êtres vivants se communiquèrent même aux choses, aux paysages et aux bâtiments ? Comment dépeindre ces ondes dont furent parcourus les hommes, d'une peur animale muette à l'exaltation suicidaire, des instincts sanguinaires les plus bas et de la rapine sournoise aux exploits les plus nobles et aux sacrifices les plus sublimes dans lesquels l'homme se dépasse et atteint, l'espace d'un instant, les sphères de mondes supérieurs régis par d'autres lois ? Cela ne pourra jamais être raconté, car ceux qui assistent et survivent à de telles choses restent à jamais muets, et les morts, eux, ne peuvent de toute façon pas parler. Ce sont des choses qui ne se disent pas, des choses qui s'oublient. En effet, si elles ne s'oubliaient pas, comment pourraient-elles se répéter ?

En cet été de 1914, lorsque les maîtres des destinées humaines firent passer les peuples d'Europe du théâtre du suffrage universel généralisé à l'arène, préalablement préparée, des obligations militaires pour tous, la ville offrait un échantillon modeste mais éloquent des premiers symptômes d'un mal qui, avec le temps, deviendrait européen, puis mondial, puis universel. C'était une période à la frontière de deux époques de l'histoire de l'humanité, et l'on voyait alors plus clairement la fin de l'époque qui arrivait à son terme que l'on n'entrevoyait le début de celle qui s'ouvrait. On cherchait encore une justification à la violence et l'on savait trouver pour la barbarie un qualificatif, emprunté au trésor spirituel du siècle passé. Tout ce qui se passait avait encore l'apparence de la dignité et l'attrait de la nouveauté, cet attrait terrible, éphémère et indicible qui disparut à tel point par la suite que même ceux qui l'avaient si vivement ressenti ne pouvaient se le remémorer.

Mais ce sont là des choses que nous ne mentionnons qu'en passant et que les poètes et les savants du futur examineront, analyseront et feront renaître par des moyens et des méthodes que nous ne pouvons même pas imaginer et avec une sérénité, une audace, une liberté d'esprit qui seront bien plus grandes que les nôtres. Ils réussiront probablement à trouver, pour cette étrange année aussi, une explication, lui donnant la place qui lui revient dans l'histoire du monde et l'évolution de l'humanité. Ici, elle est pour nous uniquement et avant tout l'année qui fut fatale au pont sur la Drina.

L'été de 1914 restera dans la mémoire de ceux qui l'ont vécu ici comme le plus lumineux et le plus beau qu'ils eussent jamais connu, car dans leur conscience il étincelle et flamboie sur un horizon immense et ténébreux de souffrances et de malheurs s'étendant à perte de vue

Et, de fait, cet été avait bien commencé, mieux que beaucoup de ceux qui l'avaient précédé. La prune avait donné en abondance, comme jamais depuis longtemps, et le blé était prometteur. Après dix années de difficultés et d'inquiétudes, les gens espéraient, sans trop savoir pourquoi, un peu de répit et une bonne année qui compenseraient sur tous les plans les pertes et les déboires des années précédentes. (La plus navrante et la plus tragique de toutes les faiblesses de l'homme est sans doute son incapacité totale à prévoir, une incapacité qui est en contradiction avec ses nombreux talents, aptitudes et connaissances.)

Il arrive en effet que survienne une de ces années exceptionnelles dues à l'action conjuguée et particulièrement bénéfique de la chaleur du soleil et de l'humidité de la terre, lorsque la large vallée de Višegrad frémit d'une force débordante et d'un besoin général de féconder. La terre se gonfle et tout ce qu'elle renferme encore de vivant germe, bourgeonne, se couvre de feuilles et de fleurs et donne au centuple. On voit clairement ce souffle de fécondité, on le voit vibrer comme une vapeur bleuâtre au-dessus de chaque sillon et de chaque motte. Chèvres et vaches lancent des ruades et se déplacent avec peine à cause de leurs mamelles pleines et gonflées. Les ablettes, qui chaque année au début de l'été descendent le Rzav par bancs entiers pour frayer à son embouchure, affluent en telle quantité que les enfants les attrapent par seaux dans les bas-fonds, puis les rejettent sur la berge. Même la pierre poreuse du pont se gonfle d'humidité, comme si elle était vivante, nourrie de cette sorte de vigueur opulente qui émane de la terre et plane sur toute la ville comme une chaleur agréable et joyeuse dans laquelle tout respire plus vite et s'épanouit avec plus d'exubérance.

De tels étés ne sont pas fréquents dans la vallée de Višegrad.

Mais lorsque cela arrive, les gens oublient tous les malheurs qu'ils ont connus et ne pensent pas à ceux qu'ils pourraient encore connaître, ils vivent de la vie trois fois plus intense de cette vallée touchée par une fécondité miraculeuse et ne sont eux-mêmes qu'une part du jeu de la chaleur, de l'humidité et de la sève débordante.

Et même les paysans qui trouvent toujours une bonne raison de se plaindre doivent reconnaître que l'année est bonne, tout en ajoutant à chaque aveu de satisfaction : « Pourvu que ça continue comme ça... » Les gens du bazar se jettent alors dans les affaires et s'y enfoncent avec frénésie comme les abeilles et les bourdons dans les calices des fleurs. Ils se disséminent dans les villages autour de la ville pour donner des arrhes sur le blé en épi et la prune en fleur. Les paysans, troublés par cet afflux de clients rusés et aussi par cette récolte exceptionnelle, se tiennent à côté de leurs arbres ployés sous le poids des fruits ou au bord de leur champ qui ondoie, s'efforçant à la prudence et à la réserve devant ces gens de la ville qui ont pris la peine de venir jusqu'à eux. Cette prudence et cette réserve donnent à leurs visages une expression tendue et soucieuse en tous points semblable au masque chagrin qu'ils arborent dans les mauvaises années.

Lorsqu'il s'agit de négociants plus importants et plus puissants, ce sont les paysans qui se rendent chez eux. Les jours de marché, la boutique de Pavle Ranković est pleine de fermiers qui ont besoin d'argent. Il en est de même chez Santo Papo, depuis longtemps le premier Juif de la ville. (En effet, bien qu'il existe de longue date des banques et des possibilités de crédits sur hypothèque, les paysans, surtout les plus âgés, préfèrent emprunter de l'argent comme autrefois, auprès des commerçants de la ville auxquels ils achètent leur marchandise et qui faisaient déjà crédit à leurs pères.)

Le magasin de Santo Papo est un des plus hauts et des plus solides du bazar de Višegrad. Il est construit en pierre dure, avec des murs épais et un sol dallé. La lourde porte et les volets aux fenêtres sont en fer forgé, et les ouvertures hautes et étroites sont protégées par un grillage épais et serré.

La partie antérieure du magasin sert de boutique. Les murs sont occupés par de larges étagères en bois, couvertes de récipients émaillés. Au plafond, qui est particulièrement haut et donc plongé dans l'obscurité, sont suspendues des marchandises plus légères : lanternes de toutes les tailles, djezvas à café, ainsi que cages, souricières et autres objets de vannerie. Tout cela pend, attaché en grosses grappes. Le long comptoir est entouré de caisses de clous entassées, de sacs de ciment, de plâtre et de peintures diverses ; pelles, bêches et pioches sans manches sont enfilées sur un fil de fer en lourds colliers. Les coins sont occupés par de grands bidons en fer-blanc remplis de pétrole, de laque, de térébenthine et de vernis. Il y fait frais en plein été et sombre en plein jour.

Mais la plus grande partie du stock se trouve dans les locaux à l'arrière du magasin, auxquels on accède par une ouverture basse munie d'une porte de fer. C'est là que se trouve la marchandise la plus lourde : poêles de fer, cerceaux, traverses, socs, leviers et autres gros outils. Le tout empilé en grands tas entre lesquels on se faufile par des passages étroits, comme entre de hautes murailles. Là, il fait toujours noir et l'on n'entre pas sans lanterne.

Les murs épais, le sol dallé et la ferraille entassée dégagent un souffle froid et mordant de pierre et de métal que rien ne peut ni dissiper ni réchauffer. En quelques années, ce souffle transforme des apprentis rubiconds et vifs en commis taciturnes, pâles et bouffis, mais habiles, économes et qui vivent longtemps. Il est sans aucun doute aussi pénible et néfaste pour les générations de propriétaires, mais il leur est en même temps doux et cher car indissolublement lié pour eux au sentiment de la propriété, à l'idée du profit et de la source de leur richesse.

L'homme qui est maintenant assis à une petite table, à l'avant de ce magasin frais et sombre, à côté du grand coffre-fort en métal de marque Wertheim, ne ressemble en rien au Santo exubérant et vif qui, naguère, il y a de cela trente ans, criait à sa façon bien particulière : « Un rhum pour le Borgne ! » Les années et le travail au magasin l'ont transformé. Il est gros et massif, il a le teint jaune ; ses cernes foncés descendent jusqu'au milieu de la joue ; sa vue a baissé ; ses yeux noirs et très écarquillés au-dessus de lunettes à verres épais et à monture de métal ont une expression sévère et apeurée. Il porte encore son fez couleur cerise, seul vestige de son ancien costume turc. Son père, Mento Papo, petit vieillard chenu de plus de quatre-vingts ans, est encore en bonne forme, seule sa vue l'a trahi. Il passe au magasin lorsqu'il fait soleil. De ses yeux larmoyants, qui au-dessus de ses grosses lunettes semblent sur le point de se liquéfier, il regarde son fils à la caisse et son petit-fils au comptoir, respire l'air du magasin, puis rentre chez lui à pas lents, appuyé de sa main droite à l'épaule de son arrière-petit-fils de dix ans.

Santo a six filles et cinq fils dont la plupart sont mariés. Son fils Rafo a déjà de grands enfants et il aide son père au magasin. Un des fils de Rafo, qui porte le nom de son grand-père, va déjà au lycée à Sarajevo. C'est un adolescent pâle, myope et très mince qui, depuis ses huit ans, déclame à la perfection les poèmes de Zmaj Jova aux fêtes de l'école, mais qui est par ailleurs mauvais élève, n'aime pas aller à la synagogue ni aider dans le magasin de son grand-père pendant les vacances, et raconte qu'il se fera comédien, ou quelque chose de ce genre — en tout cas un métier insolite et qui apporte la gloire.

Santo est assis, penché sur son grand livre de comptes passablement défraîchi et graisseux et doté d'un registre alphabétique, et à côté de lui, le paysan Ibro Djemalović d'Uzavnica est accroupi sur une caisse de clous vide. Santo calcule combien Ibro lui doit déjà et combien, en fonction de cela, et à quelles conditions, il pourrait encore lui prêter jusqu'à la récolte de primeurs.

— *Cincuenta, cincuenta i ocho... cincuenta i ocho, sesenta i tres...*, chuchote Santo en comptant en espagnol.

Et le paysan, dans l'expectative, le regarde d'un air inquiet, comme s'il s'agissait de sorcellerie et non de comptes qu'il connaît au sou près, et dont il rêve la nuit. Lorsque Santo a fini son opération et annonce le montant de la dette, intérêts compris, le paysan lâche lentement entre ses dents serrées : « Sûr que c'est comme ça ? », uniquement pour gagner du temps et comparer, de tête, ses calculs à ceux de Santo.

— Comme ça, et pas autrement, répond Santo, usant de sa formule consacrée en pareille occasion.

Maintenant qu'ils se sont mis d'accord sur le montant actuel de la dette, il reste au paysan à demander un nouvel emprunt et à Santo à annoncer ce qu'il peut faire et à quelles conditions. Seulement, cela ne va ni sans peine ni rapidement. S'engage alors entre eux une conversation en tous points semblable à celles qu'avaient, il y a une cinquantaine d'années, à ce même endroit, au moment de la moisson également, le père de cet Ibro d'Uzavnica et Mento, le père de Santo. Le sujet véritable et essentiel de la conversation doit être noyé dans un flot de paroles qui ne signifient rien en elles-mêmes et semblent parfaitement superflues, presque insensées. Quelqu'un qui, non averti de la chose, les regarderait ou les écouterait un peu à l'écart, pourrait facilement penser que la conversation ne porte aucunement sur un problème d'argent et de crédit. C'est du moins ce qu'il semble par moments.

— La prune a bien donné et il y a plus de fruits chez nous que dans n'importe quel autre district, dit Santo, ce sera une année comme il n'y en a pas eu depuis longtemps.

— Vrai, Dieu soit loué, la récolte sera bonne ; et avec l'aide d'Allah, il y aura et des fruits et du pain ; on ne peut pas dire le contraire. Seulement, va savoir combien on en donnera, dit le paysan d'un air inquiet, en passant son doigt sur la couture de ses pantalons de grosse toile verte et en regardant Santo par en dessous.

— Pour l'instant, on ne sait pas. Mais quand tu apporteras tout ça à Višegrad, on le saura. Tu sais bien ce qu'on dit : le prix est dans la main du propriétaire.

— Pour sûr. Si Dieu nous vient en aide et que ça mûrit bien, répond le paysan, émettant de nouveau une réserve.

— Sûr que sans la volonté divine, il n'y a ni récolte ni moisson ; l'homme a beau veiller à ce qu'il a semé, ça ne lui sert à rien sans la bénédiction du ciel, reprend Santo en montrant de la main les hauteurs d'où doit venir cette bénédiction, quelque part au-delà du plafond haut et noir du magasin où pendent des lanternes en fer-blanc de toutes les tailles et d'autres petits ustensiles attachés en faisceaux.

— Ça ne sert à rien, pour sûr, tu dis vrai, approuve Ibro en soupirant. On plante et on sème, tout ça pour rien, par le Dieu Tout-Puissant et Unique, c'est comme si on avait tout jeté au fil de l'eau ; et on bêche, et on sarcle, et on élague, et on nettoie. Tu parles ! Si c'est pas écrit dans les étoiles, on n'en a aucun profit. Mais si grâce à Dieu la récolte est bonne, chacun aura son dû, et chacun pourra régler ses dettes et emprunter à nouveau. Pourvu qu'on ait la santé !

— Ça oui, la santé avant tout. Rien ne vaut la santé. C'est

le lot du commun des mortels : tu lui donnes tout, mais tu lui prends la santé, et c'est comme si tu ne lui avais rien donné, insiste Santo en détournant complètement la conversation.

Et c'est alors au paysan d'exposer ses idées sur la santé, qui sont tout aussi générales et banales que celles de Santo. Il semble un instant que toute la conversation doive se perdre en considérations insignifiantes et en lieux communs. Mais à l'instant propice, comme obéissant à un antique cérémonial, elle revient à son point de départ. Alors seulement, ils se mettent à marchander le nouvel emprunt, le montant, les intérêts, les échéances et le mode de remboursement. Ils s'expliquent longuement, tantôt avec fougue, tantôt à voix basse et l'air soucieux, mais ils finissent toujours par se mettre d'accord. Alors Santo se lève, tire de sa poche les clés attachées à une chaîne et, sans les en détacher, il ouvre le coffre, qui d'abord grince, puis s'ouvre lentement et solennellement et, comme tous les grands coffres, se referme avec un joli bruit métallique, comme avec un soupir. Il compte au paysan l'argent jusqu'au moindre sou de cuivre, avec toujours la même concentration et le même soin, avec une solennité un peu triste. Puis il s'écrie, mais avec beaucoup plus d'entrain, d'une voix changée :

— Ça va comme ça, Ibraga, tu es satisfait ?

— Pour sûr, répond le paysan à voix basse et d'un air songeur.

— Que Dieu te donne la bonne fortune et la prospérité ! Et à notre prochaine rencontre en bonne santé et en bons amis, dit Santo qui a retrouvé son allant et sa gaieté et il envoie son petit-fils commander deux cafés en face, « un bien sucré, l'autre moins ».

Un autre paysan attend son tour devant la boutique, pour une affaire semblable et des calculs identiques.

Avec ces paysans et leurs pronostics sur la récolte et la moisson à venir pénètre jusqu'au fond obscur du magasin de Santo le souffle chaud et lourd de cette année exceptionnelle. Le coffre-fort d'acier vert en transpire, Santo passe son index entre sa chemise et son cou gras, jaune et mou, et il essuie de son mouchoir les verres embués de ses lunettes.

Tel était cet été qui commençait juste.

Pourtant, une ombre fugitive de peur et de tristesse tomba sur le début même de cet été béni. Aux premiers jours du printemps, à Uvce, petit bourg situé sur l'ancienne frontière turco-autrichienne, désormais serbo-autrichienne, une épidémie de typhus se déclara. Comme la localité se trouvait sur la frontière et que deux cas avaient été relevés dans la caserne de gendarmerie même, le médecin militaire de Višegrad, le docteur Balach, se rendit à Uvce avec un infirmier et les médicaments indispensables. Il prit immédiatement et sans hésiter toutes les mesures nécessaires pour que les malades soient isolés et il surveilla lui-même leur traitement. C'est ainsi que des quinze malades, seuls deux moururent et l'épidémie fut circonscrite au bourg d'Uvce et enrayée dès ses débuts. Le dernier qui tomba malade fut le docteur Balach lui-même. La façon inexplicable dont il avait été contaminé, la brièveté de sa maladie, les complications inattendues et sa mort subite — tout cela était empreint d'un tragique exceptionnel.

En raison du risque de contagion, le jeune médecin dut être enterré à Uvce. Mme Bauer assista à l'inhumation, accompagnée de son mari et de quelques officiers. Elle donna de l'argent pour que fût érigé sur la tombe du médecin un monument de pierre grossièrement taillée. Aussitôt après, elle quitta la ville et son mari. On racontait qu'elle était partie dans un sanatorium près de Vienne. Ou plutôt c'est ce que se chuchotaient les jeunes filles de la ville, tandis que les personnes plus âgées, dès que fut écarté tout danger et que les mesures de prévention furent levées, oublièrent et le médecin et la colonelle. Incultes et inexpérimentées, nos jeunes filles ne savaient pas ce que voulait dire exactement le mot « sanatorium », mais elles savaient fort bien ce que cela signifie lorsque deux êtres suivent ensemble les sentiers et escaladent les collines comme le faisaient, récemment encore, le médecin et la femme du colonel. Et lorsqu'elles prononçaient ce mot étranger, évoquant le couple malheureux dans leurs causeries intimes, elles aimaient imaginer ce que l'on appelait un sanatorium comme un lieu mystérieux, lointain et triste, dans lequel des femmes belles et coupables expiaient leurs amours illicites.

Cet été exceptionnellement fécond et radieux grandissait et mûrissait au-dessus des champs et des collines autour de la ville. Le soir, les fenêtres du cercle des officiers, au-dessus de la rivière et à côté du pont, étaient éclairées et grandes ouvertes comme l'été précédent, mais aucun air de piano ou de violon ne s'en échappait. Au milieu de quelques officiers d'âge mûr, le colonel Bauer était assis à sa table, l'air bonasse, souriant, transpirant sous l'effet de la chaleur et du vin rouge.

Sur la kapia, les jeunes gens de la ville chantaient dans la nuit chaude. La fin du mois de juin approchait, et l'on attendait le retour des lycéens et des étudiants, comme chaque été. Par de telles nuits, il semblait que le temps se fût arrêté sur la kapia, et pourtant la vie continuait, bouillonnant sans fin, riche et légère, sans que l'on pût imaginer jusqu'à quand elle durerait et s'épanouirait ainsi.

Même à cette heure de la nuit, les rues principales étaient éclairées, car depuis ce printemps, la ville possédait l'éclairage électrique. Deux ans plus tôt, on avait construit sur le bord de la rivière, à deux kilomètres de la ville, une scierie électrique et à côté d'elle une usine de transformation des copeaux de sapin qui en tirait de la térébenthine et produisait en même temps de la colophane. L'usine avait passé un contrat avec la commune, selon lequel elle devait aussi éclairer les rues de la ville à partir de sa centrale. C'est ainsi qu'avaient disparu les réverbères verts avec leurs lampes à pétrole, ainsi que le grand Ferhat qui les nettoyait et les allumait. La rue principale qui traversait la ville de bout en bout, depuis le pont jusqu'au nouveau quartier, était éclairée de grosses lampes en verre dépoli, tandis que les voies adjacentes, qui en partaient sur la droite et la gauche et serpentaient autour du Bikavac ou grimpaient vers Mejdan et Okolište, étaient équipées de petites ampoules ordinaires. Entre ces rangées de lumières identiques s'étendaient des surfaces d'ombre irrégulières. C'étaient les cours ou les vastes jardins sur les versants escarpés.

Dans un de ces jardins plongés dans l'obscurité étaient assis Zorka, l'institutrice, et Nikola Glasinčanin.

Le froid qui avait marqué leurs relations l'année précédente, lorsque Stiković avait fait son apparition pendant les vacances scolaires, avait duré longtemps, jusqu'au début de la nouvelle année. C'est alors qu'avaient commencé au foyer serbe, comme chaque hiver, les préparatifs pour le concert et la représentation théâtrale de la Saint-Sava. Zorka et Glasinčanin y prenaient part et, au retour de ces répétitions, ils s'étaient parlé pour la première fois depuis l'été précédent sur le chemin de leurs maisons. Au début, les conversations avaient été brèves, pleines de retenue et de morgue. Mais ils ne cessèrent plus de se voir et de discuter, car la jeunesse préfère les querelles sentimentales, aussi amères et désespérantes soient-elles, à la solitude et à l'ennui, sans les jeux et les obsessions de l'amour. Au fil de ces disputes interminables, ils se réconcilièrent, sans même remarquer ni quand ni comment. Maintenant, par ces chaudes nuits d'été, ils se retrouvaient régulièrement. De temps à autre encore, la silhouette de Stiković, l'absent, surgissait entre eux et de nouveau éclatait une controverse insoluble, mais sans les éloigner ni les séparer, tandis que chaque réconciliation les rapprochait davantage.

Ils étaient maintenant assis dans la chaude obscurité, sur un vieux tronc de noyer abattu et, chacun suivant ses pensées, ils regardaient les grandes et petites lumières dans la ville en contrebas, sur le bord de la rivière au bruissement uniforme. Glasinčanin, qui avait parlé longtemps, s'était tu un instant. Zorka, qui avait gardé le silence toute la soirée, continuait à se taire comme seules peuvent le faire les femmes qui ressassent en leur for intérieur leurs tourments amoureux, lesquels sont pour elles plus importants et plus impérieux que toute autre chose de la vie.

L'année précédente, à pareille époque, lorsque Stiković avait fait son apparition, elle avait pensé que s'ouvrait à elle le paradis infini du bonheur amoureux, dans lequel l'affinité des sentiments et l'harmonie parfaite des désirs et des idées avaient la douceur du baiser, mais duraient aussi longtemps que la vie. Mais cette illusion avait fait long feu. Aussi inexpérimentée et grisée qu'elle fût, elle ne pouvait pas ne pas remarquer que cet homme s'enflammait brusquement, mais se refroidissait tout aussi vite, et cela selon des lois qui ne concernaient que lui, sans aucun égard pour elle ni aucun lien avec ce qu'elle estimait plus précieux et plus important que leurs deux personnes. Et il était reparti presque sans un adieu. Elle s'était retrouvée en proie à une pénible incertitude dont elle souffrait comme d'une blessure secrète. La lettre qu'elle avait reçue de lui était écrite dans un style parfait, un petit chef-d'œuvre de littérature, mais mesurée et froide comme un rapport judiciaire, et transparente comme un récipient de verre vide. Il y était question de leur amour, mais comme si tous deux reposaient depuis un siècle chacun dans sa tombe, tels de glorieux défunts. À la suite de la lettre chaleureuse et pleine de fougue qu'elle lui avait envoyée en réponse, elle avait reçu de lui une carte : « Au milieu des soucis et de mille tâches qui m'assaillent et m'écartèlent, je pense à toi comme à une nuit calme de Višegrad, pleine du bruissement de la rivière et du parfum des herbes invisibles. » Et c'était tout. C'est en vain qu'elle essaya de se remémorer les instants où elle avait entendu le bruissement de la rivière et senti le parfum des herbes invisibles. Cela n'existait que dans la carte de Stiković. En tout cas, elle ne s'en souvenait pas, de même que lui, visiblement, ne se souvenait pas de tout ce qu'il y avait eu d'autre entre eux. Le vertige la prenait à la pensée qu'elle s'était trompée et avait été trompée, mais elle se consolait aussitôt avec des explications dont elle ne savait pas elle-même à quoi elles correspondaient et qui étaient aussi peu crédibles qu'un miracle : « Il est insaisissable, se disait-elle, distant et froid, égoïste, capricieux et calculateur, mais peut-être tous les hommes exceptionnels sont-ils ainsi. » En tout cas, cela ressemblait plus à de la souffrance qu'à de l'amour. Aux tourments et aux doutes qui la taraudaient au plus profond de son âme, elle sentait bien que tout le fardeau de l'amour qu'il avait inspiré pesait sur ses épaules à elle, et que le jeune homme, lui, se perdait quelque part au loin, dans un brouillard qu'elle n'osait pas appeler par son nom. En effet, une femme amoureuse, même profondément déçue, aime son amour comme un enfant qui ne grandira pas. Le cœur serré, elle renonça à répondre à sa carte. Après un long silence de deux mois, une nouvelle carte arriva. Il écrivait d'un sommet des Alpes. « À une altitude de deux mille mètres, entouré de gens de différentes nationalités et parlant différentes langues, je contemple l'horizon infini et pense à toi et à l'été passé. » Même pour son jeune âge et son peu d'expérience, c'était suffisant. S'il avait écrit : « Je ne t'ai pas aimée, je ne t'aime pas et ne pourrai jamais t'aimer », cela n'aurait pas été plus clair ni plus douloureux pour elle. Car, en fin de compte, il s'agissait bien de cela, d'amour, et non de lointains souvenirs ou de savoir de quelle altitude on vous écrit, quelles personnes vous entourent et quelles langues elles parlent. Or d'amour, il n'y en avait point !

Orpheline de père et de mère, Zorka avait grandi à Višegrad dans la maison de parents éloignés. Lorsqu'elle était sortie de l'École normale d'institutrices de Sarajevo, elle avait été nommée à Višegrad et était revenue vivre dans la maison de ces gens aisés, mais simples et auxquels rien ne la liait.

Zorka perdit ses couleurs, maigrit et se replia sur elle-même, elle ne se confiait à personne et ne répondit pas à la carte de Noël du jeune homme, toujours aussi laconique, froide et d'un style irréprochable. Elle voulait affronter seule sa faute et sa honte, sans l'aide ou les consolations de quiconque, mais faible et abattue comme elle l'était, encore jeune, peu instruite et sans grande expérience, elle s'empêtrait de plus en plus dans le filet inextricable des faits réels et de ses désirs les plus ardents, de ses réflexions et du comportement incompréhensible et cruel du jeune homme. Si elle avait pu interroger quelqu'un ou demander conseil à qui que ce fût, elle en eût été sans aucun doute soulagée, mais la honte le lui interdisait. Déjà, elle avait souvent l'impression que toute la ville était au courant de sa désillusion et lorsqu'elle traversait le centre, elle se sentait percée de regards malveillants et moqueurs. Pas la moindre explication nulle part, ni auprès des gens, ni dans les livres. Et elle-même ne pouvait rien expliquer. Si vraiment il ne l'aimait pas, à quoi rimaient toute cette comédie, ces discours enflammés et ces serments lors des vacances précédentes ? À quoi bon cet épisode dans la salle de classe, qui ne pouvait se justifier et se défendre que par l'amour et tombait sans lui dans la fange d'une humiliation odieuse ? Était-il possible qu'il y eût des gens si peu respectueux de soi et des autres, et capables de jouer sans scrupule une comédie pareille ? Qu'est-ce qui les poussait, sinon l'amour ? Que signifiaient alors ses regards ardents, son souffle brûlant, haletant et ses baisers passionnés ? Qu'était-ce, sinon de l'amour ? Pourtant, ça n'en était pas ! Cela, elle le voyait bien, plus clairement qu'elle ne l'eût voulu. Mais elle ne pouvait s'y résigner vraiment, une bonne fois pour toutes. (Qui a jamais pu se résigner à cela ?) L'aboutissement naturel de ces déchirements intérieurs fut la pensée de la mort, sans cesse à l'affût sur la moindre jeune pousse de chacun de nos rêves de bonheur. Mourir, pensait Zorka, sauter du haut de la kapia dans la rivière, comme par accident, sans laisser de lettre, sans un adieu, sans rien avouer ni subir d'humiliation. « Mourir ! » pensait-elle au moment de sombrer dans le sommeil ou dès qu'elle ouvrait les yeux le matin, au milieu de la conversation la plus animée ou sous le masque de chacun de ses sourires. Tout en elle disait et répétait sans cesse la même chose — Mourir ! Mourir ! — mais on ne meurt pas, on vit avec cette idée insupportable en soi.

Le soulagement lui vint d'où elle l'attendait le moins. Aux environs des vacances de Noël, ses souffrances secrètes avaient atteint leur paroxysme. De telles pensées et de telles questions sans réponses empoisonnent l'homme et le minent bien mieux que la maladie. Tous avaient remarqué chez elle des changements néfastes, tous en étaient inquiets et lui conseillaient de se faire soigner, sa famille aussi bien que son directeur, un homme gai, père de nombreux enfants, et aussi ses amies.

La chance voulut que, justement à ce moment-là, les répétitions commencèrent pour le spectacle et, pour la première fois depuis plusieurs mois, elle renoua le dialogue avec Glasinčanin. Jusque-là, il évitait de la rencontrer et d'avoir à lui parler. Mais l'ambiance chaleureuse qui règne habituellement autour de ces spectacles et de ces concerts naïfs mais sincères que l'on organise dans les petites villes, les nuits froides et claires par lesquelles ils rentraient chez eux, tout cela fit que ces deux jeunes gens brouillés se rapprochèrent l'un de l'autre. Elle, elle était poussée par son besoin de soulager son tourment, lui par son amour qui, lorsqu'il est ainsi sincère et profond, pardonne aisément et sait oublier.

Les premiers propos échangés furent naturellement froids, hautains, ambigus, et les premières conversations de longues explications qui n'aboutissaient à rien. Mais même cela apportait un soulagement à la jeune fille. Pour la première fois, elle pouvait parler avec un être en chair et en os de sa honteuse misère intérieure, sans devoir pour autant avouer les détails les plus humiliants et les plus douloureux. Glasinčanin lui répondait longuement et avec fougue, mais avec précaution et chaleur, en ménageant sa fierté. Même lorsqu'il parlait de Stiković, il ne s'exprimait pas plus durement qu'il ne fallait. Ses explications étaient les mêmes que celles que nous avons entendues, cette fameuse nuit sur la kapia. Succinctes, précises, impitoyables. Stiković était un égoïste-né et un monstre, un homme qui ne pouvait aimer personne et qui, tant qu'il vivrait, lui-même malheureux et insatisfait, ferait souffrir tous ceux qui se laisseraient abuser et se rapprocheraient de lui. Glasinčanin ne parlait guère de son amour, mais il transparaissait dans chaque mot, chaque regard et chaque geste. La jeune fille l'écoutait le plus souvent en silence. Tout lui faisait du bien dans ces conversations. Après chacune d'elles, elle se sentait rassérénée et apaisée. Pour la première fois depuis tant de mois, la tempête intérieure qui l'agitait lui laissait quelque répit et pour la première fois, elle réussissait à ne pas se considérer comme une créature indigne. En effet, les propos du jeune homme, pleins d'amour et de respect, lui montraient qu'elle n'était pas irrémédiablement perdue et que son désespoir n'était qu'une chimère comme l'avait été son rêve d'amour pendant l'été. Ils la détournaient de ce monde de ténèbres dans lequel elle avait commencé de sombrer et la rendaient à la réalité vivante des hommes dans laquelle tout, ou presque tout, a un remède et une solution.

Les conversations se poursuivirent même après les fêtes de la Saint-Sava. L'hiver passa, et après lui le printemps. Ils se voyaient chaque jour. Avec le temps, la jeune fille s'était ressaisie, avait retrouvé la force et la santé et elle s'était métamorphosée, vite et de façon naturelle, comme seule le peut la jeunesse. Et cet été particulièrement fécond et agité était arrivé. Les gens s'étaient habitués à considérer Zorka et Glasinčanin comme deux jeunes gens qui « se fréquentent ».

À vrai dire, les longues histoires de Glasinčanin, qu'auparavant elle écoutait et buvait comme un remède, lui paraissaient moins intéressantes. Par moments, elle ressentait comme un fardeau ce besoin qu'ils avaient de se confier et de se confesser mutuellement. Avec frayeur et un étonnement sincère, elle se demandait d'où leur venait cette intimité, mais elle se souvenait alors que durant l'hiver il lui avait « sauvé l'âme » et, dominant son ennui, elle l'écoutait le plus attentivement possible, pour honorer sa dette.

Dans cette nuit d'été, il tenait sa main posée sur celle de la jeune fille. (C'était la limite extrême de sa chaste hardiesse.) À ce contact, il se sentait lui aussi pénétré de la chaude luxuriance de cette nuit. En des instants pareils, il devinait quels trésors se cachaient dans cette femme, et il sentait en même temps l'amertume et l'insatisfaction que lui causait sa vie se transformer en une énergie féconde, capable de conduire deux êtres jusqu'au but le plus lointain, pour peu que l'amour les unît et les soutînt.

Submergé par ces sentiments, dans cette obscurité, il n'était plus le Glasinčanin qu'il était le jour, modeste employé d'une grande entreprise à Višegrad, mais un autre homme, fort et sûr de lui, qui menait sa vie librement en regardant vers l'avenir, car un homme qui éprouve si fortement un amour véritable, intense et généreux, même s'il n'est pas partagé, voit s'ouvrir devant lui des horizons, des possibilités et des chemins qui restent à jamais inconnus et interdits à tant d'autres hommes habiles, ambitieux et égoïstes.

Il disait à la femme assise à son côté :

— Je pense ne pas me tromper. Ne serait-ce que parce que je serais incapable de t'abuser. Pendant que les uns parlent et divaguent, que les autres travaillent et s'enrichissent, j'observe tout cela et je vois de mieux en mieux qu'il n'y a pas de vie possible ici. Pendant longtemps encore, il n'y aura ici ni paix, ni ordre, ni travail profitable. Les Stiković et les Herak n'y changeront rien. Au contraire, cela ira de mal en pis. Il faut s'enfuir d'ici, comme d'une maison qui s'écroule. Ces sauveurs innombrables et désorientés qui apparaissent sans cesse sont le meilleur signe que nous allons à la catastrophe. Quand on ne peut rien y faire, il faut au moins sauver sa peau.

La jeune fille se taisait.

— Je ne t'ai jamais parlé de cela, mais j'y ai souvent et beaucoup réfléchi, et je m'en suis même un peu occupé. Tu sais que Bogdan Djurović, mon ami d'enfance d'Okolište, est depuis trois ans déjà en Amérique. Depuis l'année dernière, je corresponds avec lui. Je t'ai montré sa photographie qu'il m'a envoyée. Il me propose d'aller le rejoindre et me promet un travail sûr et un bon salaire. Je sais que ce n'est ni facile ni simple à réaliser, mais je pense que ce n'est pas impossible. J'y ai réfléchi et j'ai fait tous les calculs. Je pourrais vendre ce que j'ai à Okolište. Si tu étais d'accord, il faudrait que nous nous mariions au plus vite et que, sans rien dire à personne, nous partions pour Zagreb. Il y a là-bas une compagnie qui organise le départ des émigrés pour l'Amérique. Nous y attendrions un mois ou deux que Bogdan nous envoie l'*affidavit*. Pendant ce temps, nous apprendrions l'anglais. En cas d'échec, à cause de mes obligations militaires, nous passerions en Serbie et partirions de là-bas. J'arrangerais tout pour que tu aies le moins de tracas possible. Et là-bas, en Amérique, nous travaillerions tous les deux. Ils ont des écoles dans notre langue auxquelles il faut des institutrices. Moi aussi, je trouverais un travail, car là-bas tous les métiers sont ouverts et accessibles à tous. Nous serions libres et heureux. Je pourrais mener tout cela à bien, si seulement tu voulais... si tu acceptais.

Là, le jeune homme s'interrompit. En guise de réponse, elle posa ses deux mains sur les siennes. Il vit dans ce geste l'expression d'une grande reconnaissance. Mais sa réponse n'était ni oui ni non. Elle le remercia de tant de sollicitude, de tant d'attention, de sa bonté infinie et au nom de cette même bonté, elle lui demanda un mois ou deux pour donner sa réponse définitive : jusqu'à la fin de l'année scolaire.

— Merci, Nikola, merci ! Tu es bon, murmurait-elle en lui pressant les mains.

De la kapia, en contrebas, leur parvenaient des chants. C'étaient les jeunes de Višegrad, peut-être même déjà les lycéens de Sarajevo. D'ici une quinzaine de jours, les étudiants arriveraient à leur tour. Jusque-là, elle ne pouvait prendre aucune décision. Tout lui brisait le cœur, et surtout la bonté de cet homme, mais en cet instant, elle n'aurait pu dire oui, même si on l'avait coupée en morceaux. Elle n'espérait rien, mais voulait voir une fois encore « l'homme qui ne pouvait aimer personne ». Une fois encore, et ensuite, advienne que pourra. Nikola attendrait, elle le savait.

Ils se levèrent et, main dans la main, s'engagèrent dans le chemin escarpé qui descendait vers le pont d'où leur parvenaient les chansons.

XXII

Pour la Saint-Guy, les associations serbes organisèrent, comme chaque année, une partie de campagne à Mezalin. Là, au confluent des deux rivières, la Drina et le Rzav, sur la haute rive herbeuse et sous les noyers touffus, on dressa des tentes où l'on servait à boire et devant lesquelles on faisait rôtir à feu doux des agneaux à la broche. Les familles qui avaient apporté leur déjeuner s'installèrent à l'ombre. Sous un toit de branchages, un groupe de musiciens déjà bruyants jouait. À découvert, sur l'herbe bien tassée, on dansait le kolo depuis le matin. Seuls dansaient les plus jeunes et les oisifs qui étaient venus à Mezalin directement de l'église, après l'office. La fête ne commencerait vraiment que l'après-midi. Mais le kolo était déjà bien lancé et plein d'entrain, plus beau et plus rapide qu'il ne le serait par la suite lorsque arriverait la foule et que viendraient s'y joindre les femmes mariées, les veufs excités et les petits enfants, et que tout se transformerait en une longue guirlande joyeuse, mais désordonnée et interrompue en maints endroits. Ce kolo réduit, dans lequel il y avait plus de jeunes gens que de jeunes filles, était véritablement endiablé et fendait l'air en serpentant comme un lasso. Autour des danseurs, tout chavirait, tout ondoyait : l'air, au rythme de la musique, les couronnes touffues des arbres, les nuages blancs de l'été, l'eau claire des deux rivières. Le sol basculait sous leurs pieds et autour d'eux, et eux s'efforçaient seulement d'adapter les mouvements de leur corps à cet environnement mouvant. Les jeunes gens se précipitaient, depuis la route, pour entrer dans la danse, tandis que les jeunes filles se retenaient et restaient un moment à l'écart à observer la ronde, comme si elles battaient la mesure et attendaient un déclic secret en elles, puis elles entraient soudain dans la danse, les genoux légèrement fléchis et la tête baissée, comme si elles se jetaient avec avidité dans l'eau froide. Une onde puissante passait de la terre chaude aux pieds bondissants, puis elle s'élargissait par l'intermédiaire de la chaîne des mains brûlantes : suspendu à cette chaîne, le kolo trépidait comme un seul être, réchauffé par le même sang, porté par le même rythme. Les jeunes gens dansaient la tête renversée en arrière, blêmes, les narines frémissantes, tandis que les jeunes filles, les joues en feu, gardaient timidement les yeux baissés, de peur que leur regard ne trahît la volupté qu'elles trouvaient à danser.

À cet instant, alors que la fête commençait juste, on vit apparaître à la limite du plateau plusieurs gendarmes, leurs uniformes noirs et leurs armes étincelant au soleil de midi. Ils étaient plus nombreux que d'habitude, lorsqu'ils patrouillaient dans les foires et les parties de campagne. Ils se dirigèrent droit vers les musiciens. L'un après l'autre, avec des sons discordants, les instruments se turent. Le kolo hésita, puis s'arrêta. Des jeunes gens mécontents protestèrent. Tous se tenaient encore par la main. Certains étaient tellement pris par le rythme qu'ils continuaient à sautiller sur place, attendant que les musiciens se remettent à jouer. Mais ceux-ci se levèrent soudain et se mirent à emballer leurs trompettes et leurs violons dans des toiles cirées. Les gendarmes poursuivirent leur chemin vers les tentes et les familles disséminées dans l'herbe. Partout, le brigadier prononçait quelques mots, à voix basse et d'un ton tranchant, et comme sous l'effet d'une formule magique, il faisait instantanément tomber la gaieté, arrêtait la danse, interrompait les conversations. Et dès qu'ils abordaient les gens, ceux-ci lâchaient ce qu'ils étaient en train de faire, changeaient d'attitude, se hâtaient de rassembler leurs affaires et partaient au plus vite. Le kolo des jeunes gens et des jeunes filles fut le dernier à se disperser. Ils n'avaient aucune envie d'arrêter de danser dans l'herbe et n'arrivaient pas à croire que la fête était vraiment finie. Mais devant le visage blême et les yeux injectés de sang du brigadier, même les plus obstinés cédèrent.

Déçus et encore perplexes, les gens revenaient de Mezalin par la route large et blanche, et plus ils pénétraient dans la ville, plus ils percevaient un murmure indéfini et angoissé, des bruits d'attentat, des rumeurs sur l'assassinat de l'archiduc François-Ferdinand et de sa femme, commis le matin même à Sarajevo, et sur la chasse aux Serbes à laquelle on s'attendait de tous côtés. Devant le palais, ils rencontrèrent les premiers hommes ligotés, et parmi eux le jeune pope Milan : les gendarmes les emmenaient en prison.

C'est ainsi que la seconde partie de ce jour d'été qui devait être un jour de fête et de réjouissances se passa dans une pénible expectative, dans la confusion, l'amertume et la peur.

Sur la kapia, au lieu de l'atmosphère de fête et des plaisanteries des promeneurs, il régnait un silence de mort. Une sentinelle montait déjà la garde. Le soldat, dans un équipement neuf, allait et venait à pas lents du sofâ à la plaque métallique qui couvrait l'ouverture dans la pile minée, il répétait inlassablement ces cinq ou six pas, et chaque fois qu'il faisait demi-tour, sa baïonnette étincelait au soleil, comme un signal. Dès le lendemain, sur le mur, sous la stèle portant l'inscription turque, on put voir une proclamation officielle blanche, imprimée en gros caractères et encadrée de noir. On y annonçait au peuple la nouvelle de l'attentat perpétré à Sarajevo contre l'héritier du trône et on y exprimait l'indignation soulevée par ce crime. Mais personne ne s'arrêtait pour la lire, chacun passait à côté de l'affiche et de la sentinelle, tête baissée et le plus vite possible.

À partir de ce jour-là, un garde resta posté sur le pont. Et dans toute la ville, la vie resta en suspens, brutalement interrompue comme le kolo à Mezalin et comme ce jour de juin qui promettait de la gaieté et des réjouissances solennelles.

On vivait maintenant des journées étranges, on lisait en silence et avec appréhension les journaux, tout n'était que murmure, défi et peur, on arrêtait les Serbes et les voyageurs suspects, et les mesures de sécurité furent renforcées en hâte à la frontière. Les nuits d'été se succédaient, mais sans chansons, sans les réunions habituelles sur la kapia, sans le chuchotement des couples dans l'obscurité. Dans la ville, on voyait surtout des soldats. Et lorsque, à 21 heures, dans les baraquements du Bikavac et dans la grande caserne près du pont, les trompettes entonnaient le triste signal autrichien de l'extinction des feux, les rues se vidaient presque entièrement. Tristes temps pour ceux qui s'aimaient et voulaient se rencontrer pour discuter sans être vus. Chaque soir, Glasinčanin passait devant la maison de Zorka. Elle était à la fenêtre ouverte de l'entresol. Ils échangeaient quelques mots, mais très brièvement car le jeune homme était pressé de franchir le pont et de rentrer à Okolište avant la nuit noire.

Ce soir aussi, il était là. Pâle, son chapeau à la main, il pria la jeune fille de venir à la porte, car il avait quelque chose à lui dire en confidence. Hésitante, elle descendit. Debout sur les marches du porche, elle était de la même taille que le jeune homme qui parlait avec émoi, dans un murmure à peine audible.

— Nous avons décidé de fuir. Ce soir. Vlado Marić, et deux autres encore. Je pense que tout est bien organisé et que nous réussirons à passer. Mais si par hasard… si quelque chose arrive. Zorka !

Le jeune homme interrompit son chuchotement. Dans les yeux écarquillés de Zorka, il lisait l'embarras et la peur. Il était lui-même troublé, comme s'il regrettait de lui avoir parlé et d'être venu lui faire ses adieux.

— J'ai pensé qu'il valait mieux que je te le dise.

— Merci ! Donc pas question de notre... Fini l'Amérique !

— Non, pas « fini ». Si tu avais accepté quand je te l'ai proposé, il y a un mois, de régler tout ça au plus vite, sans doute serions-nous maintenant loin d'ici. Mais peut-être est-ce mieux ainsi. Tu vois ce qui se passe. Je dois partir avec mes camarades. C'est la guerre, et notre place est maintenant en Serbie. Il le faut, Zorka, il le faut. C'est notre devoir. Mais si j'en sors vivant et si nous nous libérons, nous n'aurons peut-être pas besoin d'aller dans cette Amérique au-delà des mers, car nous l'aurons ici, notre Amérique, un pays dans lequel on travaillera beaucoup et honnêtement et où on vivra bien et librement. Nous y trouverons aussi notre place, tous les deux, si tu le veux. Ça dépendra de toi. Je... penserai à toi, et toi... Quelquefois...

Le jeune homme, auquel les mots manquaient, leva brusquement la main et la passa rapidement dans l'épaisse chevelure brune de la jeune fille. C'était son plus grand désir, depuis toujours, et il lui était maintenant donné, comme à un condamné, de le réaliser. La jeune fille recula d'un air effrayé et il resta la main suspendue dans les airs. La porte se referma sans bruit et aussitôt après, Zorka apparut à la fenêtre, blême, les yeux écarquillés, se tordant les doigts. Le jeune homme passa juste sous la fenêtre, renversa la tête et lui tendit un visage souriant, insouciant, presque beau. Comme si elle craignait de voir ce qui viendrait ensuite, la jeune fille se retira dans sa chambre où il faisait déjà noir. Elle s'assit sur son lit, baissa la tête et éclata en sanglots.

Elle pleura d'abord doucement, puis de plus en plus fort, submergée par la détresse, par l'impression que tout, partout, était irrémédiablement perdu. Et plus elle pleurait, plus elle trouvait de raisons de pleurer, et plus tout autour d'elle lui paraissait désespérant. Aucune issue nulle part, jamais de solution : elle ne pourrait jamais aimer vraiment, comme il le méritait, ce Nikola si bon et si honnête qui partait ; elle ne verrait jamais le jour où l'autre, qui ne pouvait aimer personne, se prendrait d'amour pour elle ; les belles journées pleines de gaieté qui, l'année dernière encore, rayonnaient sur la ville, ne reviendraient plus ; personne dans cette ville ne réussirait jamais à échapper à l'étau de ces sombres collines, ni à voir cette fameuse Amérique, ni à créer ici un pays dans lequel, comme on le dit, on travaille dur mais on vit bien et librement. Jamais ! Le lendemain, on apprit que Vlado Marić, Glasinčanin et quelques autres jeunes gens étaient passés en Serbie. Tous les autres Serbes, avec leurs familles et tout ce qu'ils possédaient, restèrent dans cette vallée en ébullition, comme dans un piège. Avec chaque jour qui s'écoulait, l'atmosphère de danger et de menace qui pesait sur la ville se faisait plus étouffante. Et puis, un des derniers jours de juillet, éclata, là, sur la frontière, l'orage qui, avec le temps, gagnerait le monde entier et marquerait le sort de tant de pays et de villes, et aussi celui du pont sur la Drina.

C'est alors seulement que commença vraiment dans la ville la chasse aux Serbes et à tout ce qui était en relation avec eux. Les gens se partagèrent en poursuivis et poursuivants. La bête affamée qui vit en l'homme mais ne peut se manifester tant que subsistent les obstacles des bons usages et de la loi était maintenant lâchée. Le signal était donné, les barrières levées. Comme cela arrive souvent dans l'histoire, la violence et le vol, et même le meurtre, étaient tacitement autorisés, à condition qu'ils fussent pratiqués au nom d'intérêts supérieurs, sous le couvert de mots d'ordre, à l'encontre d'un nombre précis de personnes aux noms et aux convictions bien définis. Quiconque gardait l'esprit clair et les yeux ouverts, tout en vivant ces événements, pouvait voir ce prodige s'accomplir et toute une société se métamorphoser en un jour. En quelques instants, le bazar disparut, qui reposait sur une longue tradition dans laquelle il y avait toujours eu des haines secrètes et des superstitions, de l'intolérance religieuse, une brutalité et une cruauté ancestrales, mais aussi de la noblesse d'âme et de la compassion, le sens de l'ordre et de la mesure, des sentiments qui maintenaient tous ces mauvais instincts et ces habitudes grossières dans les limites du supportable et, en fin de compte, arrivaient à les calmer et à les soumettre aux intérêts généraux de la vie commune. Les hommes qui avaient, pendant quarante ans, joué un rôle prépondérant dans le bazar disparurent du jour au lendemain, comme s'ils étaient tous morts brutalement, en même temps que les habitudes, les conceptions et les institutions qu'ils personnifiaient.

Dès le lendemain de la déclaration de guerre à la Serbie, une unité du *Schutzkorps* se mit à sillonner la ville. Cet escadron qui, armé à la hâte, devait aider les autorités à pourchasser les Serbes était composé de Tsiganes, d'ivrognes et autres traîne-misère, des hommes qui, pour la plupart, étaient en rupture avec la bonne société et en conflit avec la loi. Un certain Huso, dit le Voleur de poules, un Tsigane sans honneur et sans occupation particulière, à qui une maladie honteuse avait rongé le nez dès sa prime jeunesse, était à la tête de cette dizaine de va-nu-pieds, armés de vieux fusils système Werndl à longue baïonnette, qui faisaient la pluie et le beau temps dans le bazar.

Devant cette menace, Pavle Ranković, en tant que président de l'Association serbe pour la religion et l'éducation, se rendit avec quatre autres hauts responsables communaux chez le chef de district, un certain Sabljak. C'était un homme replet et blême, complètement chauve, originaire de Croatie, qui occupait cette fonction à Višegrad depuis peu. Les derniers temps, il était nerveux et avait perdu le sommeil : il avait les paupières rougies et les lèvres exsangues et sèches. Il portait des bottes et arborait à la boutonnière de sa veste de chasse verte un insigne de deux couleurs : noir et jaune. Il les reçut debout, sans les inviter à s'asseoir. Pavle Ranković, le teint jaune, les yeux fendus en deux traits noirs et obliques, prit la parole d'une voix sourde qui semblait ne pas lui appartenir.

— Monsieur le chef de district, vous voyez ce qui se passe et ce qui se prépare, et vous savez bien que nous, Serbes de Višegrad, n'étions nullement favorables à une chose pareille.

— Je ne sais rien, monsieur, lança tout à coup le chef de district d'une voix aigre, et je ne veux rien savoir. J'ai maintenant autre chose à faire, de plus important, que d'écouter des discours. C'est tout ce que j'ai à vous dire.

— Monsieur le chef de district, reprit Pavle d'une voix calme, comme s'il voulait transmettre ce calme à cet homme mordant et excité, nous sommes venus vous proposer nos services et vous convaincre...

— Je n'ai pas besoin de vos services et vous n'avez à me

convaincre de rien. Vous avez montré à Sarajevo ce dont vous êtes capables.

— Monsieur le chef de district, poursuivit Pavle sur le même ton, plus obstiné encore, nous souhaiterions dans les limites de la loi…

— Tiens, c'est maintenant que vous pensez à la loi ! De quelles lois osez-vous vous réclamer ?

— Des lois de l'État, monsieur le chef de district, qui sont valables pour tous.

Le chef de district prit soudain un air grave et sembla se calmer un peu. Pavle profita de cette accalmie dans le comportement de l'homme excité.

— Monsieur le chef de district, nous prenons la liberté de vous demander si nous sommes en sécurité, nous et nos familles ainsi que nos biens, et, si ce n'est pas le cas, ce que nous devons faire.

Le chef de district écarta les bras, les paumes de main tournées vers Pavle, haussa les épaules, ferma les yeux et serra convulsivement ses lèvres minces et pâles.

Pavle connaissait bien cette mimique particulière, cruelle, cet air d'être aveugle-sourd-et-muet que les membres de l'administration d'État adoptent dans les moments critiques, et il comprit aussitôt qu'il n'y avait rien à attendre de cette entrevue. Et le chef de district, après avoir laissé retomber les bras, ouvert les yeux et redressé la tête, dit d'un ton un peu plus doux :

— Les autorités militaires feront savoir à chacun ce qu'il convient de faire.

Pavle, à son tour, écarta les bras, ferma les yeux, haussa les épaules un court instant, puis il dit d'une voix changée, profonde :

— Merci, monsieur le chef de district !

Les quatre responsables communaux s'inclinèrent, raides et gauches. Et tous se retirèrent comme des condamnés.

Dans le bazar, ce n'étaient que va-et-vient et conciliabules.

Dans la boutique d'Ali hodja, quelques notables musulmans, Nail bey Turković, Osman agha Šabanović, Suljaga Mezildžić, étaient réunis. Le visage blême et l'air soucieux, ils avaient cette expression douloureuse et figée qu'ont toujours les gens qui ont quelque chose à perdre lorsqu'ils se trouvent confrontés à des événements inattendus et à de grands bouleversements. Eux aussi avaient été invités par les autorités à prendre la tête du *Schutzkorps*. Ils s'étaient réunis là, comme par le plus pur des hasards, pour se mettre discrètement d'accord sur ce qu'il convenait de faire. Les uns étaient d'avis qu'il fallait accepter, les autres qu'il était préférable de s'abstenir. Ali hodja, très agité, le visage en feu et les yeux brillants comme toujours, refusait catégoriquement l'idée de se joindre d'une façon ou d'une autre au *Schutzkorps*. Il s'en prenait particulièrement à Nail bey qui proposait de prendre les armes et de se mettre, à la place des Tsiganes, à la tête de détachements de volontaires musulmans.

— Je n'irai pas, même si je dois le payer de ma vie. Et si tu avais un peu de cervelle, tu n'irais pas non plus. Tu ne vois donc pas que les chrétiens se battent sur notre dos et qu'au bout du compte, c'est à nous que ça coûtera le plus cher ?

Et avec la même éloquence dont il avait fait preuve, naguère, sur la kapia, face à Osman efendi Karamanlija, il s'évertua à leur démontrer que pour « une oreille turque », il n'y avait rien de bon à tirer ni d'un camp ni de l'autre et que s'ils s'en mêlaient, cela ne pourrait leur apporter que des malheurs.

— Il y a bien longtemps déjà que plus personne ne nous demande notre avis et qu'on ne compte plus sur nous. Les Autrichiens sont entrés en Bosnie, mais ni le sultan ni l'empereur ne nous ont demandé : « Est-ce permis, beys et seigneurs ? » Puis la Serbie et le Monténégro, raïa la veille encore, se sont soulevés et ils ont pris la moitié de l'Empire turc, et personne ne s'est préoccupé de nous. Maintenant, c'est l'empereur qui frappe la Serbie et, de nouveau, on ne nous demande pas notre avis, mais on nous donne des fusils et des pantalons pour que nous servions de rabatteurs aux Autrichiens et pourchassions à leur place les Serbes ; comme ça, ils ne déchireront pas leurs fonds de culotte en escaladant le Šargan. Ça ne te vient donc pas à l'idée, mon vieux, de te demander pourquoi, alors que dans tant de circonstances importantes et pendant tant d'années on ne nous a rien demandé, on nous fait maintenant une telle faveur ? Je te dis, moi, que ce sont des calculs à long terme et celui qui s'en mêlera le moins possible s'en tirera le mieux. C'est ici, sur la frontière, qu'on a commencé à s'entr'égorger, mais qui sait jusqu'où ça ira. Il y a quelqu'un derrière cette Serbie. Ce n'est pas possible, autrement. Seulement, toi, là-bas, dans ton Nezuke, tu as une colline devant ta fenêtre et tu ne vois pas plus loin que ce tas de pierre. Laisse donc tomber ce que tu as en tête : n'entre pas dans le *Schutzkorps* et n'essaie pas de convaincre les autres d'y entrer. Tu ferais mieux de faire travailler la dizaine de paysans qu'il te reste, tant qu'ils peuvent encore donner quelque chose.

Les autres se taisaient, immobiles et graves. Nail bey, lui aussi, gardait le silence, visiblement offensé, bien qu'il le cachât, et pâle comme un mort, tournant et retournant la décision dans sa tête. À part lui, Ali hodja les avait tous ébranlés et refroidis. Ils fumaient et regardaient en silence la colonne ininterrompue de véhicules militaires et de chevaux chargés qui traversait lentement le pont. Puis, un par un, ils se levèrent et prirent congé. Le dernier à partir fut Nail bey. Répondant à son salut peu amène, Ali hodja le regarda une fois encore dans les yeux et lui dit, presque tristement :

— Je vois que tu as décidé d'y aller. Toi aussi, tu as envie de mourir ; tu as peur que les Tsiganes ne te gagnent de vitesse. Mais souviens-toi que des hommes vénérables ont dit il y a bien longtemps : « Le moment n'est pas venu de périr, mais de montrer qui l'on est. » Nous sommes à un moment pareil.

La place du marché, entre la boutique du hodja et le pont, était encombrée de charrettes, de chevaux, de soldats de toutes les armes, de réservistes qui allaient à l'enregistrement. De temps en temps, des gendarmes emmenaient un groupe de paysans ou de citadins ligotés, des Serbes. L'air était saturé de poussière. Tous parlaient plus fort et se mouvaient plus vite que ne l'exigeait ce qu'ils disaient et ce qu'ils faisaient. Les visages étaient en sueur et en feu, on entendait des jurons dans toutes les langues. Les yeux brillaient, c'était dû à l'alcool, au manque de sommeil et à cette désagréable fébrilité qui règne toujours à l'approche du danger et d'événements sanglants.

Au milieu de la place du marché, juste en face du pont, des réservistes hongrois en uniformes neufs taillaient des poutres. Les marteaux cognaient et les scies coupaient avec célérité. Une rumeur parcourut la place : on dressait une potence. Les enfants faisaient cercle autour des soldats. Depuis son éventaire, Ali hodja les vit d'abord dresser deux poutres, puis un réserviste moustachu grimpa, en fixa une troisième, à l'horizontale, à leur sommet. La foule s'agglutinait comme si l'on distribuait de la halva et elle faisait un cercle agité autour de la potence. C'étaient surtout des soldats, mais aussi de misérables paysans musulmans et des Tsiganes de la ville. À un moment donné, des soldats se frayèrent un passage et apportèrent une table et deux chaises, pour l'officier et son greffier, puis les hommes du *Schutzkorps* amenèrent d'abord deux paysans, puis un homme de la ville. Les paysans étaient les maires de deux villages frontaliers, Pozderčić et Kamenica, et le citadin un certain Vajo, originaire de la Lika, qui était installé depuis longtemps dans la ville en tant qu'entrepreneur et s'y était marié. Tous trois étaient ligotés, hagards et couverts de poussière. Le tambour militaire se mit à battre énergiquement son instrument. Dans l'effervescence et le brouhaha général, le son du tambour résonna comme un lointain roulement de tonnerre. Le silence s'installa dans le cercle autour de la potence. L'officier, un lieutenant de réserve, un Hongrois, lut en allemand et d'une voix sévère la sentence de mort, puis un sergent la traduisit. Les trois hommes avaient été condamnés à mort par la cour martiale, car des témoins avaient déclaré sous serment les avoir vus, dans la nuit, envoyer des signaux lumineux en direction de la frontière serbe. La pendaison devait avoir lieu en public, sur la place du marché, à côté du pont. Les paysans se taisaient, clignant les yeux comme s'ils étaient dans l'embarras. Vajo, lui, essuyait la sueur de son visage et d'une voix douce, triste, répétait qu'il était innocent et cherchait autour de lui, de ses grands yeux comme fous, quelqu'un à qui le dire encore.

On allait procéder à l'exécution de la sentence lorsqu'un soldat, roux, petit, les jambes en X, se fraya un passage dans la foule compacte. C'était Gustav, l'ancien serveur à l'hôtel de Lotika, qui tenait maintenant un café dans la ville basse. Il portait un uniforme neuf, avec le grade de caporal, avait le visage cramoisi et les yeux injectés de sang, encore plus que d'habitude. Une explication s'ensuivit. Le sergent essayait de l'éloigner, mais le belliqueux cafetier ne se laissait pas faire.

— Cela fait quinze ans que je suis ici agent de renseignement, l'homme de confiance des plus hauts cercles militaires, criait-il en allemand d'une voix avinée, et on m'a promis il y a deux ans à Vienne que je pourrais de mes propres mains pendre deux Serbes lorsque le moment viendrait. Vous ne savez pas à qui vous avez affaire. J'en ai acquis le droit. Et vous, maintenant, vous me...

Un brouhaha et des chuchotements parcoururent la foule. Le sergent était dans l'embarras. Gustav devenait de plus en plus agressif et il exigeait qu'on lui remît à tout prix les deux paysans pour qu'il les pende lui-même. C'est alors que le lieutenant, un homme maigre et brun, à l'allure distinguée, l'air désespéré comme si c'était lui le condamné, le visage complètement exsangue, se leva. Bien qu'ivre, Gustav se mit au garde-à-vous, mais ses fines moustaches rousses frémissaient et il roulait les yeux tantôt à gauche tantôt à droite. L'officier s'approcha de lui, colla son visage à celui, cramoisi, de Gustav, comme s'il voulait lui cracher dessus.

— Si tu ne déguerpis pas sur-le-champ, j'ordonne qu'on te ligote et qu'on t'emmène en prison. Et demain, tu viendras au rapport. Compris ? Et maintenant, file ! Ouste !

Le lieutenant parlait en allemand avec un accent hongrois, tout bas, mais d'un ton si tranchant et si exaspéré que le cafetier ivre se fit soudain tout petit et disparut dans la foule, faisant sans cesse le salut militaire et bégayant des mots d'excuse incompréhensibles.

L'attention générale se porta alors de nouveau sur les condamnés. Les deux paysans, des propriétaires fermiers, avaient exactement la même attitude. Ils clignaient les yeux et plissaient le front à cause des rayons aveuglants du soleil et de la chaleur étouffante qui se dégageait de la foule compacte, comme si c'était la seule chose qui les gênait. Vajo, lui, répétait d'une voix faible et pleurnicharde qu'il était innocent, que c'était son concurrent qui l'avait accusé et qu'il n'avait ni fait son service militaire ni jamais entendu dire qu'on pouvait envoyer des signaux avec la lumière. Il connaissait un peu l'allemand et ânonnait désespérément, en s'efforçant de trouver une expression convaincante capable d'arrêter ce courant furieux qui l'emportait depuis la veille et menaçait, tout innocent qu'il fût, de l'arracher à ce monde.

— *Herr Oberleutnant, Herr Oberleutnant, um Gottes Willen... Ich, unschuldiger Mensch... viele Kinder... Unschuldig ! Lüge !*

Alles Lüge ! clamait-il en choisissant les mots, comme s'il cherchait le terme juste et salvateur.

Les soldats s'étaient déjà approchés du premier paysan. Il ôta vivement son bonnet, se tourna vers Mejdan où se trouvait l'église et se signa rapidement deux fois. D'un regard, l'officier leur ordonna d'en finir d'abord avec Vajo. Celui-ci, au désespoir, voyant que son tour était venu, leva les bras au ciel et se mit à supplier et à hurler.

— *Nein ! Nein ! Nicht, um Gottes Willen ! Herr Oberleutnant, Sie wissen... alles ist Lüge... Gott... alles Lüge !* criait Vajo, mais les soldats l'avaient déjà saisi par les jambes et la taille et le hissaient sur la plate-forme de bois sous la corde.

Le souffle retenu, la foule suivait la scène comme une partie de jeu entre le malheureux entrepreneur et le lieutenant, tremblant de curiosité de savoir qui allait gagner ou perdre.

Ali hodja, qui avait jusque-là entendu des bruits de voix incompréhensibles et ne se doutait nullement de ce qui se passait dans le cercle formé par la foule compacte, aperçut tout à coup le visage ahuri de Vajo au-dessus de toutes les têtes, bondit sur ses pieds et entreprit de fermer sa boutique, bien que les autorités militaires eussent formellement ordonné de laisser tous les commerces ouverts.

De nouvelles troupes arrivaient sans cesse dans la ville, et derrière elles des munitions, de la nourriture et des équipements, non seulement par la voie ferrée déjà saturée, mais aussi par l'ancienne route carrossable qui traversait Rogatica. De nuit comme de jour, véhicules et chevaux franchissaient le pont, et la première chose qu'ils voyaient en entrant dans la ville, à la sortie du pont, c'étaient les trois pendus de la place du marché. Et comme les véhicules de tête restaient en général coincés dans les rues encombrées, chaque convoi devait s'arrêter là, sur le pont ou sur la place, en attendant que les choses s'arrangent à l'avant. Couverts de poussière, cramoisis, enroués à force de crier et de fulminer, des sergents passaient à cheval entre les véhicules et les chevaux surchargés, ils faisaient des signes désespérés de la main, blasphémaient dans toutes les langues de la monarchie austro-hongroise tous les saints de toutes les confessions reconnues.

Quatre ou cinq jours plus tard, au petit matin, alors que le pont était de nouveau encombré de véhicules qui avançaient lentement à travers le bazar étroit, on entendit un sifflement aigu et inhabituel au-dessus de la ville et au beau milieu du pont, juste à côté de la kapia, un obus vint frapper le parapet de pierre. Des éclats métalliques et des morceaux de pierre touchèrent les bêtes et les hommes, ce fut l'affolement général, les bêtes se cabraient, les gens couraient en tous sens. Les uns fuyaient de l'avant, vers le bazar, d'autres couraient en sens inverse, vers la route par laquelle ils étaient venus. Trois autres obus tombèrent aussitôt après, deux dans l'eau et un à nouveau sur le pont, au milieu des gens et des chevaux entassés. En un clin d'œil, le pont se vida ; dans l'espace dégagé, on apercevait, telles des taches brunes, les voitures renversées, les hommes et les chevaux morts. Des rochers de Butko, l'artillerie de campagne autrichienne répliqua et se mit à la recherche de la batterie serbe qui visait maintenant de ses shrapnells le convoi disloqué des deux côtés du pont.

À partir de ce jour-là, la batterie, du haut du mont Panos, prit constamment pour cible le pont et la caserne à côté de lui. Quelques jours plus tard, le matin également, on entendit un bruit nouveau en provenance de l'est, quelque part vers le Goleš. Le bruit du canon était en général plus lointain et plus profond, et les obus sifflaient plus fortement au-dessus de la ville. C'étaient des mortiers, deux en tout et pour tout. Les premiers projectiles tombèrent dans la Drina, puis dans l'espace dégagé devant le pont, endommageant les maisons avoisinantes, l'hôtel de Lotika et le cercle des officiers, puis ils se mirent, à intervalles réguliers, à viser avec de plus en plus de précision le pont et la caserne. Une heure plus tard, déjà, la caserne brûlait. Les soldats qui essayèrent d'éteindre l'incendie furent la cible des shrapnells tirés par la batterie postée sur le Panos. Finalement, on abandonna la caserne à son sort. Dans le jour brûlant, tout ce qui était en bois flambait, et dans les décombres calcinés, des obus tombaient encore de temps en temps, détruisant l'intérieur du bâtiment. C'est ainsi que, pour la seconde fois, l'Hostellerie de pierre fut détruite et réduite à un tas de cailloux.

Les mortiers postés sur le Goleš prirent ensuite constamment et régulièrement pour cible le pont, en particulier la pile centrale. Tantôt les obus tombaient dans la rivière, à droite et à gauche du pont, tantôt ils éclataient en heurtant les piles massives ou frappaient le tablier du pont, mais pas un ne toucha le couvercle métallique masquant l'ouverture qui menait à l'intérieur de la pile centrale dans laquelle se trouvait l'explosif pour faire sauter l'édifice.

Ces bombardements qui durèrent une dizaine de jours ne causèrent pas de dégâts très importants. Les obus heurtaient les piles lisses et les voûtes arrondies, y ricochaient et explosaient en l'air sans laisser sur les parois de pierre d'autres traces que de légères éraflures blanches, à peine visibles. Les éclats de shrapnells, eux, rebondissaient sur les surfaces lisses et dures comme des grêlons. Seuls les obus qui tombaient sur la chaussée laissaient dans le gravier tassé des trous peu profonds et des endroits défoncés, mais on ne pouvait s'en apercevoir qu'en étant sur le pont même. C'est ainsi que dans cette tornade qui s'abattait sur la ville, bouleversant et renversant à leurs racines mêmes les habitudes ancestrales, les êtres vivants et les choses, le pont demeurait blanc, inébranlable, invulnérable, comme il l'avait toujours été.

XXIII

Les bombardements étant incessants, toute circulation importante sur le pont fut interrompue de jour : les civils pouvaient passer, les soldats traversaient en courant un par un, mais dès qu'un groupe un peu plus important s'aventurait, il était la cible des shrapnells tirés du haut du Panos. Au bout de quelques jours, un rythme assez régulier s'instaura. Les gens avaient remarqué à quel moment les tirs étaient plus nourris, quand ils étaient plus faibles et quand ils cessaient tout à fait, et ils se déplaçaient et vaquaient à leurs occupations indispensables en fonction de cela, dans la mesure où les patrouilles autrichiennes ne les en empêchaient pas.

La batterie installée sur le Panos n'entrait en action que de jour, mais les mortiers du Goleš tiraient également la nuit pour essayer d'empêcher les mouvements de troupe et le transport du matériel de part et d'autre du pont.

Les gens dont les maisons étaient situées au centre de la ville, non loin du pont et de la route, s'étaient réfugiés avec leurs familles à Mejdan ou dans d'autres quartiers protégés et éloignés, chez des parents ou des amis, pour se mettre à l'abri des bombardements. Cette fuite éperdue avec les enfants et le strict nécessaire leur rappelait les nuits dramatiques où la ville était envahie par « les crues ». Seulement, cette fois-ci, les gens de confessions différentes n'étaient pas mélangés, ni liés par la solidarité et le malheur partagé, ils ne passaient pas de longues heures ensemble, pour trouver, comme jadis, une consolation et un soulagement dans la conversation. Les musulmans étaient dans les foyers musulmans, et les Serbes, comme des pestiférés, dans les foyers serbes. Cependant, même ainsi séparés et divisés, ils vivaient à peu près de la même façon : entassés dans des maisons qui n'étaient pas les leurs, ne sachant que faire pour tuer le temps et chasser leurs pensées sombres et confuses, désœuvrés et les mains vides comme des sinistrés, craignant pour leur vie, inquiets du sort de leurs biens, torturés par des espoirs et des aspirations opposés que, bien sûr, les uns et les autres cachaient.

Comme autrefois, lors des grandes inondations, chez les uns comme chez les autres, les personnes âgées essayaient de détendre l'atmosphère en racontant des histoires et des anecdotes, affectant le calme et la sérénité. Mais, visiblement, dans cette sorte de catastrophe, les plaisanteries d'antan et les artifices n'étaient d'aucun secours, les vieilles histoires avaient pâli et les anecdotes perdu tout leur sel et leur sens, sans qu'on ait eu le temps ou le loisir de se forger un nouveau répertoire.

La nuit, tous faisaient semblant de dormir, bien que personne, en fait, ne pût fermer l'œil. Ils parlaient en chuchotant, sans savoir eux-mêmes la raison de cette prudence, puisque de toute façon le canon tonnait à chaque instant, tantôt du côté serbe tantôt du côté autrichien. La crainte d'« envoyer des signaux à l'ennemi » était entrée dans tous les esprits, bien que personne ne sût ni comment on les envoyait ni ce que cela signifiait au juste. Mais la peur était telle que personne n'osait nulle part allumer une allumette. On ne faisait pas non plus de feu. Les hommes, lorsqu'ils voulaient fumer, s'enfermaient dans des réduits étouffants sans fenêtre ou se couvraient la tête d'une couverture. La chaleur était lourde et étouffante. Tout le monde était en nage, mais les portes restaient verrouillées et les fenêtres fermées et obstruées. La ville ressemblait à un malheureux qui, dans l'attente des coups dont il ne peut se défendre, se couvre les yeux des mains et ne bouge plus. Toutes les maisons semblaient abandonnées par leurs habitants. En effet, si l'on voulait survivre, il fallait faire le mort, ce qui d'ailleurs ne suffisait pas toujours.

Dans les maisons musulmanes, l'atmosphère était un peu plus vivante et détendue. On y avait bien de vieux instincts guerriers, mais ils se trouvaient réveillés à contretemps, déconcertés et désorientés dans ce duel que se livraient au-dessus de leurs têtes deux artilleries, toutes deux chrétiennes. On y avait aussi des soucis, graves et cachés, des malheurs auxquels on ne voyait ni issue ni solution.

Dans la maison d'Ali hodja, sous la Citadelle, c'était une véritable cour d'école. À sa nombreuse descendance s'étaient joints les neuf enfants de Mujaga Mutapdžić ; trois d'entre eux seulement étaient des adolescents, tous les autres étaient encore petits et d'âges très rapprochés. Pour ne pas avoir à les surveiller et à les appeler sans cesse dans la cour, on les avait enfermés, avec les enfants d'Ali hodja, dans la salle de séjour, fraîche et spacieuse, où leurs mères et leurs sœurs aînées s'occupaient d'eux, dans la bousculade générale et un tapage incessant.

Ce Mujaga Mutapdžić, que l'on appelait l'homme d'Užice, n'était pas né à Višegrad, mais était venu s'y installer (nous verrons un peu plus loin pourquoi et comment). C'était un homme d'une cinquantaine d'années, grand, les cheveux complètement blancs, avec un nez aquilin et un visage sillonné de rides, une voix grave, le geste sec et martial. Il paraissait plus âgé qu'Ali hodja, bien qu'il eût une dizaine d'années de moins que lui. Il restait à la maison avec Ali hodja, fumait sans arrêt, parlait peu et rarement, absorbé dans ses pensées dont la gravité se reflétait sur son visage et dans chacun de ses mouvements. Il ne tenait pas en place. À tout instant il se levait, sortait devant la maison et observait depuis le jardin les collines autour de la ville, des deux côtés de la rivière. Il restait ainsi, la tête levée, scrutant le ciel comme s'il voyait venir le mauvais temps. Ali hodja, qui ne le laissait jamais seul et essayait de le distraire de ses pensées et de le rassurer, sortait sur ses pas.

Là, dans le jardin un peu escarpé mais vaste et beau, régnait l'atmosphère de calme et de plénitude d'un jour d'été. On avait déjà couché les tiges des oignons ; autour des cœurs noirs et lourds des fleurs de tournesol épanouies bourdonnaient des abeilles et des frelons. Les fleurs plus petites des bordures commençaient déjà à monter en graine. On surplombait de là la ville étalée au confluent sablonneux du Rzav et de la Drina, comme prise en tenaille entre les deux rivières, ainsi que la couronne des collines de différentes hauteurs et de formes variées. Dans la plaine autour de la ville et sur les versants abrupts des coteaux, de grandes surfaces et d'étroites bandes d'orge mûr alternaient avec des champs de maïs vert. Les maisons blanches étincelaient et les forêts qui couvraient les sommets formaient des masses sombres. La canonnade modérée d'un côté comme de l'autre rendait, de là, un écho solennel et inoffensif, tant la terre et le ciel au-dessus d'elle paraissaient immenses dans la lumière radieuse de ce jour d'été qui ne faisait que commencer.

Là, même le sombre Mujaga laissait sa langue se délier. Il répondait aux paroles rassurantes du hodja et lui racontait l'histoire de sa vie, non que le hodja ne la connût déjà, mais là, au soleil, il ressentait le besoin de se libérer et de se défaire de ce nœud qui lui serrait la gorge et l'étouffait, parce que son sort se décidait justement là, en ce moment, à chaque instant de ce jour d'été, à chaque coup de canon venant d'un camp ou de l'autre.

Il n'avait pas cinq ans lorsque les musulmans avaient dû abandonner les villes de Serbie. Ils partaient pour la Turquie, mais son père, Suljaga Mutapdžić, qui, bien qu'encore jeune, était un des musulmans les plus en vue d'Užice, décida de passer en Bosnie, d'où sa famille était originaire. Il entassa ses enfants dans des panières et avec l'argent que l'on pouvait tirer en pareilles circonstances de la vente de sa terre et de sa maison, il quitta pour toujours Užice. Avec quelques autres centaines de réfugiés de cette ville, il gagna la Bosnie qui était encore sous gouvernement turc et s'installa avec sa famille à Višegrad, où vivait depuis longtemps une branche des Mutapdžić d'Užice. Il y passa une dizaine d'années et commençait juste à assurer sa position dans le bazar, lorsque survint l'occupation autrichienne. Homme dur et intransigeant, il estima que cela ne valait pas la peine d'avoir fui une domination chrétienne pour retomber sous une autre. Et un an après l'arrivée des Autrichiens, il quitta la Bosnie avec tous les siens et quelques autres familles qui ne voulaient pas vivre sur une terre où « sonnait la cloche », et il s'installa à Nova Varoš, au Sandžak. (Mujaga avait alors un peu plus d'une quinzaine d'années.) Suljaga Mutapdžić y ouvrit un commerce et c'est là que naquirent ses autres enfants. Mais il ne put jamais se consoler de ce qu'il avait laissé à Užice, ni s'adapter à ce nouveau milieu et à la façon de vivre qui était différente au Sandžak. Ce fut la cause de sa mort prématurée. Ses filles, toutes belles et de bonne réputation, firent de bons mariages. Ses fils reprirent et développèrent les affaires modestes de leur père. Ils venaient juste de se marier et de se faire des racines un peu plus profondes dans ce nouveau milieu, lorsque éclata la guerre balkanique de 1912. Mujaga lui-même prit part à la résistance que les troupes turques opposèrent autour de Nova Varoš à l'armée serbe et monténégrine. La résistance fut brève, et l'on ne pouvait dire ni qu'elle avait été faible ni qu'elle constituait un échec, mais pourtant, d'une façon inexplicable — comme si l'issue de la guerre et le sort de tant de milliers de gens ne se décidaient pas là, mais quelque part au loin, indépendamment de toute résistance, forte ou faible — les troupes turques évacuèrent le Sandžak. Décidé à ne pas attendre l'arrivée d'un adversaire devant lequel, enfant, il avait fui d'Užice et auquel il avait maintenant résisté sans succès, n'ayant où aller ailleurs, Mujaga se résolut à retourner en Bosnie, sous ce même pouvoir qu'avait fui son père. C'est ainsi que, réfugié pour la troisième fois, il était venu avec sa famille s'installer dans cette ville où il avait passé son enfance.

Avec le peu de liquide dont il disposait et l'aide des musulmans de la ville parmi lesquels il avait des cousins, il avait essayé, au cours de ces deux dernières années, de se monter une affaire. Mais la chose n'était pas facile, car c'était, comme nous l'avons vu, une période de pauvreté et d'insécurité, et il était difficile de gagner de l'argent même pour ceux dont la situation était bien assise. Il vivait surtout de son argent liquide, en attendant des temps meilleurs et plus calmes. Et voilà que maintenant, après deux ans de cette dure vie de réfugié, cette tornade, dans laquelle il ne pouvait et ne savait rien faire, s'était abattue sur la ville ; tout ce qu'il lui restait à faire était de suivre dans l'angoisse son déroulement et d'en attendre dans la crainte la fin et l'issue.

C'est de cela qu'ils parlaient maintenant tous les deux, à voix basse, par bribes et sans relier les phrases les unes aux autres, comme l'on parle de choses trop bien connues que l'on peut aborder à partir de la fin, du début ou à n'importe quel endroit au milieu. Ali hodja, qui aimait et estimait particulièrement Mujaga, essayait de trouver quelques mots pour le consoler ou le rassurer, non qu'il pensât pouvoir l'aider ainsi, mais parce qu'il ressentait le besoin et le devoir de prendre part d'une façon quelconque à la triste destinée de cet homme honnête et malheureux, bon et sincère musulman. Mujaga était assis et fumait : l'image même de l'homme que le sort a par trop accablé. Sur son front et ses tempes perlaient de grosses gouttes de sueur, elles y restaient un moment, grossissant et gonflant, puis étincelaient au soleil et se mettaient à ruisseler sur son visage ridé. Mais Mujaga ne les sentait pas, ne les essuyait pas. Son regard brouillé fixé sur l'herbe devant lui, perdu dans ses pensées, il écoutait ce qui se passait en lui et qui était plus fort et plus assourdissant que toutes les paroles de consolation et la canonnade la plus enragée. De temps en temps, il faisait seulement un geste las de la main et lâchait quelques mots qui étaient bien plus une part de son dialogue intérieur qu'une réponse à ce qu'on lui disait ou à ce qui se déroulait autour de lui.

— La situation est telle, mon pauvre, qu'on n'a même plus où aller. Seul Dieu voit que mon défunt père et moi-même avons tout fait pour rester de bons musulmans et vivre en vrais Turcs. Mon grand-père est enterré à Užice ; il ne reste probablement plus rien de sa tombe. J'ai inhumé mon père à Nova Varoš, et je me demande si ce bétail chrétien n'a pas piétiné sa sépulture. Je pensais que moi, au moins, je mourrais ici, où résonne encore la voix du muezzin, mais le sort semble maintenant vouloir que notre descendance s'éteigne et que personne ne sache où sont nos tombeaux. Est-ce là la volonté divine ? Je ne sais. En tout cas, je vois qu'il n'y a plus nulle part où aller. Les temps sont venus dont on disait que la foi véritable n'y trouverait plus de chemin à suivre et n'aurait plus qu'une issue : s'éteindre. En effet, que puis-je faire ici ? Partir avec Nail bey et le *Schutzkorps* et périr, un fusil autrichien à la main, déshonoré devant ce monde et devant l'autre, ou rester comme cela à attendre que les Serbes débarquent ici et vivre ce que nous avons fui pendant cinquante ans, nous réfugiant d'un endroit à un autre ?

Ali hodja s'apprêtait à dire quelque chose d'encourageant et qui donnât quelque espoir, mais il en fut empêché par une salve tirée par la batterie autrichienne du haut des rocs de Butko, à laquelle répondirent aussitôt les canons du Panos. Ceux qui étaient postés derrière le Goleš leur firent écho. Ils cherchaient leur cible juste au-dessus de la tête des deux hommes, assez bas, de telle sorte que des obus de calibres divers se croisaient sans cesse au-dessus d'eux, avec ce bruit lugubre qui vous soulève les entrailles et vous contracte douloureusement les vaisseaux sanguins. Ali hodja se leva et proposa qu'ils se mettent à l'abri sous l'auvent, et Mujaga le suivit comme un somnambule.

Dans les maisons serbes serrées autour de l'église de Mejdan, à l'inverse, on ne regrettait pas plus le passé qu'on n'appréhendait l'avenir ; on avait seulement peur du présent et des problèmes quotidiens. Il y régnait une stupeur particulière, muette, dont les gens sont toujours frappés après les premiers coups d'une grande terreur, après des arrestations ou des meurtres commis dans le chaos et l'arbitraire. Mais sous cette stupeur, tout était comme avant, comme toujours ; on tendait l'oreille, en secret, comme autrefois, il y a plus de cent ans, lorsque sur le Panos brûlaient les feux des insurgés, avec le même espoir, la même prudence, la même détermination à tout supporter, s'il ne pouvait en être autrement, et la même foi en une issue heureuse, un jour, à la fin des fins.

Les petits-enfants et les arrière-petits-enfants de ceux qui, de cette même colline, enfermés de la même façon dans leurs maisons, anxieux et stupéfaits, mais bouleversés jusqu'au tréfonds de l'âme, tendaient l'oreille dans l'espoir d'entendre le faible écho des canons de Karadjordje postés au-dessus de Veletovo, écoutaient maintenant, dans la nuit chaude, gronder et tonner au-dessus de leurs têtes les lourds projectiles des obusiers, reconnaissaient au bruit s'ils étaient serbes ou autrichiens, les saluaient d'un mot tendre ou d'une imprécation, leur donnaient des noms et des surnoms. Cela durait tant que les obus volaient haut et frappaient dans les environs, mais dès que les tirs descendaient vers le pont et la ville, ils se taisaient tout à coup, s'interrompaient au milieu d'un mot, car il leur semblait, ils l'auraient juré, que dans ce silence total, dans cet espace si immense, l'un et l'autre camp ne prenaient qu'eux-mêmes et leur maison pour cible. Et ce n'est que lorsque le fracas de l'explosion proche cessait qu'ils se remettaient à parler d'une voix changée, se persuadant mutuellement que cet obus-là était tombé tout près et qu'il était d'un type particulièrement dangereux, bien différent des autres.

C'est dans la maison de Ristić, située juste au-dessus de celle du pope, plus belle et plus grande qu'elle, protégée des tirs de canon d'un côté comme de l'autre par des prunelaies en pente, que s'étaient réfugiés la plupart des Serbes du bazar. Il y avait peu d'hommes, mais beaucoup de femmes dont les maris avaient été arrêtés ou emmenés comme otages et qui s'étaient réfugiées ici avec leurs enfants.

La maison était vaste et cossue ; Mihailo Ristić y vivait seul avec sa femme et sa bru, une veuve qui n'avait pas voulu se remarier ni revenir chez ses parents à la mort de son mari, mais était restée là pour élever ses enfants, aux côtés de ces deux personnes âgées. Son fils aîné était passé deux ans plus tôt en Serbie et il avait péri, en tant que volontaire, sur le Bregalnica. Il avait alors dix-huit ans.

Le vieux Mihailo, sa femme et sa bru servaient ces hôtes inhabituels, comme lors de leur salva traditionnelle. Le vieillard, surtout, était infatigable. Il allait tête nue, ce qui était insolite, car en général, il n'enlevait jamais son fez rouge, son épaisse chevelure grise lui tombait sur le front et autour des oreilles, et ses grosses moustaches argentées, jaunies à la base par le tabac, encadraient sa bouche comme s'il souriait en permanence. Dès qu'il remarquait que quelqu'un était plus effrayé ou plus triste que les autres, il venait le voir, discutait et lui offrait de la rakia, du café et du tabac.

— Je ne peux pas, Mihailo, mille mercis, mais je ne peux pas. Ça me serre là, se défendait une femme encore jeune en montrant son cou blanc et potelé.

C'était la femme de Petar Gatal d'Okolište. Petar était parti quelques jours plus tôt à Sarajevo pour ses affaires. La guerre l'y avait surpris, et depuis, sa femme était sans nouvelles de lui. L'armée les avait chassés de leur maison et elle s'était réfugiée, avec ses enfants, chez Mihailo dont la famille était liée à celle de son mari par une longue tradition de parrainage. Elle était prostrée et très inquiète du sort de Petar et de sa maison abandonnée. Elle se tordait les mains, sanglotait et soupirait tour à tour.

Mihailo ne la quittait pas des yeux et s'occupait sans cesse d'elle. Il avait appris le matin que Petar, à son retour de Sarajevo, avait été pris comme otage dans le train et emmené à Vardište où, à la suite d'une fausse alerte, il avait été fusillé par erreur. On cachait encore la nouvelle à sa femme et Mihailo prenait garde que quelqu'un ne la lui annonçât brutalement et sans ménagements. Elle se levait sans arrêt, voulait aller dans la cour et regarder vers Okolište, mais Mihailo essayait de l'en empêcher et de l'en dissuader par tous les moyens, car il savait fort bien que les maisons des Gatal à Okolište étaient en feu et il voulait épargner au moins ce spectacle à cette pauvre femme. Il plaisantait, gardait le sourire et lui proposait sans cesse quelque chose :

— Tiens, Stanojka, prends, mon agneau. Un petit verre seulement. C'est un baume et un breuvage miraculeux contre les soucis, et non de la rakia.

Et la femme, docilement, vidait le petit verre. Mihailo offrait à boire à la ronde, et par sa bienveillance infatigable et irrésistible, il forçait chacun à se réconforter. Puis il revenait auprès de la femme de Petar Gatal. Ce nœud douloureux qui lui serrait la gorge avait réellement cédé. Elle était plus calme, se contentant de regarder pensivement devant elle. Mais Mihailo ne la quittait pas, il l'assurait comme un enfant que tout cela allait passer, que son Petar reviendrait de Sarajevo, sain et sauf, et qu'ils retourneraient tous dans leur maison d'Okolište.

— Je le connais, moi, Petar. J'étais à son baptême. On en a parlé longtemps, de ce baptême. Je me souviens de tout comme si c'était hier : j'étais un jeune homme bon à marier quand je suis allé, avec feu mon père qui était le parrain des enfants de Janko, à Okolište pour baptiser justement ton Petar.

Et il se mettait à raconter l'histoire du baptême de Petar Gatal, une histoire que tous connaissaient bien mais qui, à cette heure inhabituelle de la nuit, leur paraissait nouvelle.

Hommes et femmes se rapprochaient, ils écoutaient, et, en écoutant, oubliaient le danger et cessaient de prêter l'oreille au grondement du canon, tandis que Mihailo racontait.

Au bon vieux temps où le célèbre pope Nikola était à la tête de la paroisse de Višegrad, un fils naquit à Janko Gatal d'Okolište, après de longues années de mariage et toute une série de filles. La semaine suivante, on décida de porter l'enfant à l'église pour le baptiser, et quelques cousins et voisins se joignirent au joyeux père et au parrain. Déjà, sur le chemin qui descendait d'Okolište, ils avaient fait des pauses fréquentes pour boire une rakia bien forte à la grande gourde du parrain. Et lorsque, traversant le pont, ils arrivèrent à la kapia, ils s'assirent pour se reposer un peu et burent encore un petit coup. C'était une journée froide de la fin de l'automne, sur la kapia le cafetier n'officiait plus et les musulmans de la ville ne venaient plus y passer un moment en buvant du café. Aussi les gens d'Okolište s'installèrent-ils comme chez eux, ils ouvrirent les sacs de victuailles et entamèrent une nouvelle gourde de rakia. Et, buvant à la santé les uns des autres, avec force formules éloquentes, ils en oublièrent l'enfant et le pope qui devait le baptiser après l'office. Comme à cette époque-là — les années 70 du XIXe siècle — on ne sonnait pas les cloches, car c'était interdit, la joyeuse compagnie ne se rendit pas compte que le temps passait et que l'office était terminé depuis longtemps. Dans leurs conversations, où ils mêlaient avec audace et sans mesure le futur de l'enfant et le passé de ses parents, le temps ne comptait pas. À plusieurs reprises, le parrain, dans un éclair de lucidité, avait proposé que l'on se mît en route, mais les autres l'avaient aussitôt fait taire.

— Faut y aller, les amis, allons faire comme le veut notre religion, balbutiait le parrain.

— Fiche-nous la paix, bon sang, personne n'a encore jamais manqué son baptême dans cette paroisse, répondaient les autres en lui tendant chacun sa gourde.

Le père aussi tenta à un moment donné de les presser de partir, mais finalement, la rakia l'emporta et les mit tous d'accord. La femme qui jusque-là tenait l'enfant dans ses bras bleuis de froid le déposa sur le banc de pierre et l'enveloppa d'un châle multicolore, et il resta tranquille, comme s'il était dans son berceau, tantôt dormant, tantôt ouvrant des yeux curieux, comme s'il prenait part à la liesse générale. (« On voit bien que c'est un petit gars d'ici, disait le parrain, il aime la compagnie et les bons endroits pour faire la fête. »)

— À ta santé, Janko, criait un voisin, que ton fils vive heureux et longtemps ; Dieu fasse qu'il soit la fierté des hommes respectables de la ville et célèbre parmi les Serbes, en tout honneur, en tout bien et dans l'abondance. Dieu fasse...

— Dites, si on le faisait, ce baptême..., proposait le père en l'interrompant.

— T'inquiète pas pour le baptême, criaient-ils tous en chœur, en faisant de nouveau circuler la gourde.

— Tu sais bien que Ragib efendi Borovac n'a même pas été baptisé, et pourtant tu vois un peu quel gaillard c'est : les chevaux s'affaissent sous lui, lançait un voisin, et tous de rire.

Mais si pour ces hommes sur la kapia le temps s'était arrêté, il n'en était pas de même du pope Nikola qui avait attendu un certain temps devant l'église de Mejdan, puis il avait vu rouge, avait endossé sa pelisse de renard et était descendu en ville. Là, quelqu'un lui indiqua que les hommes étaient avec l'enfant sur la kapia. Il s'y rendit, bien décidé à les admonester, comme il savait le faire, mais ils l'accueillirent avec tant de démonstrations d'une affection joyeuse et sincère, en s'excusant d'un ton si solennel, avec des paroles si aimables et des souhaits si chaleureux que le pope Nikola, homme sévère et froid mais qui avait lui aussi le tempérament du cru, capitula et accepta la gourde et la nourriture qu'on lui offrait. Il se pencha sur l'enfant et injuria, par affection, la mémoire de sa grand-mère, tandis que le nouveau-né regardait tranquillement son gros visage aux grands yeux bleus et à la large barbe rousse.

Il n'était pas tout à fait exact que, comme on le racontait, l'enfant avait même été baptisé sur la kapia, mais c'est un fait qu'ils s'y lancèrent dans de longues dissertations, bien arrosées et ponctuées de nombreuses santés. Ce n'est que tard dans l'après-midi que la joyeuse compagnie grimpa à Mejdan, on ouvrit l'église, et le parrain, bafouillant et hoquetant, renia le diable au nom du nouveau citoyen de Višegrad.

— C'est comme ça que nous avons baptisé ton Petar, et voilà, que Dieu le protège, qu'il a dépassé la quarantaine et qu'il est en pleine forme, dit Mihailo pour conclure son récit.

Tous burent à la ronde encore une rakia et du café, oubliant la réalité pour pouvoir la supporter, et tous parlaient plus facilement et plus librement, songeant tout à coup que dans la vie il y a d'autres choses, plus humaines et plus gaies, que ces ténèbres, cette peur et cette canonnade meurtrière.

C'est ainsi que passait la nuit, et avec elle la vie, une vie pleine de dangers et de souffrances, mais bien tracée et qui suivait sans faiblir une direction déterminée. Guidés par des instincts ancestraux et ataviques, ils la fragmentaient, la divisaient en impressions momentanées et en besoins immédiats, auxquels ils s'abandonnaient totalement. En effet, ce n'est qu'ainsi, en vivant chaque instant isolément et sans regarder ni en avant ni en arrière, que l'on peut supporter une vie aussi dure et se ménager pour des jours meilleurs.

Puis le jour naissait. Cela signifiait seulement que la canonnade allait s'amplifier et qu'allait se poursuivre à la lumière du soleil le jeu incompréhensible et sans fin de la guerre. En effet, les jours, en eux-mêmes, n'avaient plus ni nom ni importance, le temps avait perdu toute signification et toute valeur. Les gens ne savaient qu'attendre, dans la peur. Par ailleurs, ils pensaient, agissaient, parlaient et se mouvaient comme des automates.

C'est ainsi, ou de façon analogue, que vivaient les gens dans les quartiers escarpés au pied de la Citadelle et à Mejdan.

En bas, dans le bazar, il restait peu d'habitants. Dès le premier jour de la guerre, ordre avait été donné de garder les boutiques ouvertes afin que les soldats de passage pussent faire leurs menus achats, mais c'était avant tout pour montrer à la population que l'ennemi était loin et qu'aucun danger ne pesait sur la ville. Cet ordre, Dieu sait pourquoi, était resté en vigueur même sous les bombardements, mais chacun s'efforçait de trouver de bonnes raisons de laisser sa boutique fermée la plus grande partie de la journée. Les magasins qui se trouvaient tout près du pont et de l'Hostellerie de pierre, comme ceux de Pavle Ranković et d'Ali hodja, étaient fermés en permanence, car trop exposés aux bombardements. De même, l'hôtel de Lotika avait été entièrement vidé et fermé ; son toit avait été endommagé par un obus et ses murs étaient criblés d'éclats de shrapnells.

Ali hodja descendait seulement une ou deux fois par jour de

sa colline pour voir si tout était en ordre, puis il rentrait chez lui.

Lotika, avec toute sa famille, avait abandonné l'hôtel dès le premier jour où le pont avait été bombardé. Ils étaient passés sur la rive gauche de la Drina et s'étaient réfugiés dans une maison musulmane neuve et spacieuse. La maison était à l'écart de la route, bien abritée dans une combe et enfouie dans les épaisses frondaisons d'un verger d'où ne dépassait que son toit rouge. Le propriétaire était parti dans un village avec toute sa famille.

Ils avaient quitté l'hôtel à la tombée de la nuit, lorsqu'on assistait en général à une accalmie. Des domestiques, seul était resté avec eux le fidèle et immuable Milan, vieux célibataire toujours tiré à quatre épingles, qui n'avait plus depuis longtemps personne à expulser de l'hôtel ; les autres avaient fui, comme cela arrive souvent en pareilles circonstances, dès que le premier canon avait tonné sur la ville. Comme toujours et en toute chose, c'est Lotika qui avait organisé et dirigé ce déménagement, seule et sans accepter la moindre réplique. Elle décidait de ce que chacun devrait emporter de plus indispensable et de plus précieux, et de ce qu'il fallait laisser ; comment on s'habillerait ; qui porterait l'enfant attardé et impotent de Debora, qui se chargerait de Debora elle-même, malade et pleurnichant sans cesse, et qui de Mina, vieille fille obèse et folle de peur. C'est ainsi que, profitant de l'obscurité d'une nuit d'été étouffante, Lotika, Tsaler, Debora et Mina avaient franchi le pont, avec quelques affaires et l'enfant malade sur une charrette à bras, des valises et des ballots dans les mains. Pour la première fois depuis trente ans, l'hôtel était entièrement fermé et sans âme qui vive à l'intérieur. Plongé dans l'obscurité, endommagé par les premiers obus, il ressemblait déjà à une vieille ruine. Et eux, dès les premiers pas sur le pont, trop vieux ou trop faibles, estropiés ou engraissés, les jambes torses et peu accoutumés à la marche, ils se mirent soudain à ressembler à des Juifs miséreux, à ces pitoyables fugitifs qui sillonnent depuis la nuit des temps les routes de la planète.

C'est ainsi qu'ils étaient passés sur l'autre rive et avaient gagné la grande maison turque où ils devaient vivre. Là aussi c'est Lotika qui avait réparti la petite troupe dans les pièces et rangé leur pauvre bagage. Mais lorsque le moment vint pour elle aussi de se coucher, dans une pièce inconnue et à demi vide, sans ses affaires et ses papiers avec lesquels elle avait toujours vécu, son cœur se brisa et pour la première fois de sa vie, de façon soudaine, ses forces la trahirent. Dans la maison vide retentit son cri ; quelque chose que personne n'avait jamais vu ni entendu, dont personne n'avait même imaginé que cela pût exister — les sanglots de Lotika, atroces, violents et étouffés comme ceux d'un homme, mais non réprimés et impossibles à réprimer. Dans la maison, ce fut la stupeur, un silence presque religieux, auxquels succédèrent les larmes et les lamentations. Pour toute la famille, l'effondrement de la tante Lotika était un coup bien plus dur que la guerre et l'exode, ou la perte de la maison, car avec elle on pouvait tout supporter et tout surmonter, mais sans elle on ne pouvait rien faire ni envisager de faire.

Lorsque, le lendemain, un radieux jour d'été se leva, avec des chants d'oiseaux, des nuages rouges et une rosée abondante, Lotika, qui la veille encore présidait à la destinée de tous les siens, était devenue une vieille Juive désarmée, recroquevillée sur le sol, ne sachant ni ne pouvant s'assumer, tremblant seulement d'une peur inexplicable et pleurant comme une enfant, incapable de dire ce dont elle avait peur et ce qui la faisait souffrir. C'est alors qu'une deuxième chose incroyable se produisit. Le vieux Tsaler, massif et somnolent, qui même dans sa jeunesse n'avait jamais eu de volonté ou d'opinion personnelle, mais s'était laissé mener, comme toute la famille, par Lotika, qui n'avait en fait jamais été jeune, ce même Tsaler se révéla un véritable chef de famille, doté de beaucoup de sagesse et de détermination, capable de prendre les décisions nécessaires et de les mettre en pratique. Il consolait et soignait sa belle-sœur comme un enfant malade, s'occupait de tous comme elle l'avait fait jusque-là. Pendant les accalmies, il allait en ville et rapportait de l'hôtel abandonné la nourriture, les affaires et les vêtements nécessaires. Il trouva même quelque part un médecin et l'amena auprès de la malade. Le médecin constata chez cette femme épuisée et vieillie une grave dépression nerveuse, prescrivit des gouttes et repartit avec un transport de blessés. Tsaler s'arrangea avec les autorités pour obtenir un véhicule afin d'emmener toute la famille, d'abord à Rogatica, puis à Sarajevo. Il suffisait d'attendre un jour ou deux que Lotika se rétablît un tant soit peu pour pouvoir voyager. Mais Lotika gisait comme paralysée, elle pleurait bruyamment et, dans son sabir pittoresque, prononçait des paroles décousues qui trahissaient un désespoir extrême, la peur et le dégoût. Le malheureux petit garçon de Debora rampait autour d'elle sur le plancher nu, il regardait avec curiosité le visage de sa tante et l'appelait en poussant ces grognements gutturaux inintelligibles que Lotika comprenait si bien et auxquels elle ne répondait plus. Elle ne voulait rien manger et ne pouvait voir personne. Elle était torturée par des représentations étranges de malaises purement physiques. Tantôt il lui semblait que les deux planches sous son corps s'ouvraient tout à coup comme une trappe sournoise, et qu'elle était précipitée dans un abîme inconnu, sans rien avoir, en dehors de son propre cri, à quoi se retenir et se raccrocher. Tantôt elle avait l'impression d'être étrangement grande, mais légère et pleine de force, comme si elle avait des jambes immenses et des ailes puissantes et courait comme une autruche, mais elle courait à enjambées plus longues que la distance qui la séparait de Sarajevo. Les rivières et les mers rejaillissaient sous ses pas comme de petites mares, les villes et les villages craquaient et volaient en éclats comme du gravier ou du verre. Cela lui faisait battre le cœur et elle haletait. Elle ne savait pas où elle s'arrêterait ni où la menait cette course ailée, mais elle savait qu'elle se libérait et se sauvait de ces planches sournoises apparemment assemblées qui s'ouvraient sous les pas à la vitesse de l'éclair. Elle savait qu'elle avançait et laissait derrière elle une terre sur laquelle il ne faisait pas bon rester et qu'elle enjambait comme des flaques boueuses les villages et les villes où les hommes se mentaient et s'abusaient de mots et de chiffres, et lorsqu'ils se mettaient à manipuler les mots et à embrouiller les chiffres, ils changeaient tout à coup de jeu, tel le magicien qui fait pivoter la scène, et, à l'inverse de tout ce que l'on disait et calculait, ils mettaient en avant les canons, les fusils et des individus nouveaux aux yeux injectés de sang, avec qui tout dialogue, toute entente, tout accommodement était impossible. Devant cette irruption, elle n'était plus soudain cet oiseau puissant et géant qui courait, mais une pauvre vieille, désarmée, effondrée sur le sol dur.

Cependant ces individus essaimaient, par milliers, par millions ; ils tiraient, égorgeaient, étouffaient, détruisaient tout sans merci et sans raison. L'un d'eux était penché sur elle ; elle ne voyait pas son visage, mais elle sentait qu'il appuyait la pointe de sa baïonnette sur le sillon de sa poitrine, là où les côtes se séparent, là où l'homme est le plus tendre.

— Ah ! Non ! Non ! À l'aide ! hurlait Lotika en se réveillant, et elle arrachait les franges du léger châle gris dont on l'avait couverte.

Le petit débile restait accroupi contre le mur et l'observait de ses grands yeux noirs qui exprimaient plus de curiosité que de peur ou de pitié. Mina surgissait de la pièce voisine, calmait Lotika, essuyait de son visage la sueur froide et lui faisait boire de l'eau où elle avait au préalable versé quelques gouttes de valériane soigneusement comptées.

Et le long jour d'été au-dessus de la combe verdoyante était si interminable que l'on avait oublié quand il avait commencé et que l'on n'imaginait pas qu'il pût finir. Ici aussi il faisait chaud, mais on ne sentait pas la canicule. La maison résonnait de pas. D'autres personnes arrivaient de la ville. Quelque soldat ou officier perdu passait par là. Il y avait de la nourriture et des fruits en abondance. Milan faisait sans cesse du café. Tout cela aurait pu ressembler à un séjour à la campagne plein d'agrément, si ce n'était, de temps en temps, le hurlement de désespoir de Lotika et le grondement sourd qui parvenait jusque dans ce ravin comme un grognement furieux, révélant que quelque chose dans le monde n'allait pas et que le malheur de tous et de chacun était beaucoup plus proche et beaucoup plus grand que ne le laissait supposer la rassurante sérénité de cette belle journée.

Voilà ce que la guerre avait fait de l'hôtel de Lotika et de ses habitants.

La boutique de Pavle Ranković était également fermée. Pavle avait été pris en otage, dès le deuxième jour de la guerre, en même temps que quelques autres notables serbes. Certains d'entre eux étaient à la gare, où ils garantissaient de leur vie le bon ordre, la paix et la régularité du trafic, les autres se trouvaient non loin du pont, au fond de la place du marché, dans une petite baraque en bois où, les jours de foire, on installait la balance communale et percevait les droits de jaugeage. Là aussi, les otages garantissaient de leur vie que personne ne détruirait ou n'endommagerait le pont.

Pavle était assis sur une chaise de café. Les mains posées sur les genoux et la tête baissée, il ressemblait à un homme qui, épuisé par un grand effort, s'est laissé choir là pour se reposer un peu, mais il était immobile, dans cette attitude, depuis des heures déjà. Près de la porte, sur un tas de sacs vides, étaient assis deux soldats, des réservistes. La porte était fermée, et dans la baraque à demi obscure régnait une chaleur étouffante. Lorsqu'un obus, tiré du Panos ou du Goleš, passait en mugissant, Pavle avalait sa salive et essayait de deviner où il avait frappé. Il savait que le pont était miné depuis longtemps, il y pensait sans cesse et se demandait si un tel obus pourrait mettre le feu aux explosifs dans le cas où il les toucherait. À chaque relève, il écoutait le sous-officier donner ses instructions aux soldats qui montaient la garde. Et chaque fois, les instructions se terminaient par les mots : « À la moindre tentative d'endommager le pont ou au moindre signe suspect que quelque chose de ce genre se prépare, cet homme doit être abattu sur-le-champ. » Pavle s'était déjà habitué à écouter ces mots d'un air placide comme s'il ne s'agissait pas de lui. Il était bien plus inquiet à cause des obus et des shrapnells qui explosaient parfois si près de la baraque que le gravier et les éclats d'acier crépitaient contre les planches. Mais ce qui lui était le plus pénible, c'était le temps qui s'éternisait, et aussi les pensées insupportables qui l'assaillaient.

Pavle pensait à ce qui leur était arrivé, à lui, à sa famille, et à tous ses biens. Et plus il y pensait, plus cela lui semblait être un cauchemar. En effet, comment expliquer autrement cette catastrophe qui s'était abattue, ces derniers jours, sur lui et sur les siens ? Ses deux fils, étudiants, avaient été emmenés par les gendarmes dès le premier jour. Sa femme était à la maison, seule avec ses filles. Le grand atelier de tonnellerie à Osojnica avait brûlé sous ses yeux. Ses fermes dans les villages des environs avaient probablement été incendiées et ses paysans avaient dû s'enfuir. Tout l'argent prêté dans le district était perdu. Sa boutique, la plus belle boutique de la ville, là, à quelques pas de lui, était fermée et serait sûrement pillée ou réduite en cendres par quelque obus. Quant à lui, il était assis, pris en otage, dans cette baraque obscure, répondant sur sa vie de quelque chose qui ne dépendait nullement de lui : le sort du pont.

Les pensées se bousculaient dans sa tête comme cela ne lui était jamais arrivé, puis s'évanouissaient. Qu'avait-il à voir avec le pont, lui qui toute sa vie ne s'était occupé que de ses affaires et de sa maison ? Ce n'était pas lui qui l'avait miné, pas lui qui le bombardait. Même lorsqu'il était encore commis et célibataire, il ne passait pas des heures sur la kapia à chanter et à plaisanter, comme les autres jeunes gens de Višegrad. Toute sa vie défilait devant ses yeux, avec des détails qu'il avait oubliés depuis longtemps.

Il se rappelait comment il était arrivé du Sandžak, à quatorze ans, en sandales trouées et le ventre creux. Il s'était entendu avec un commerçant, Petar, pour entrer à son service contre des habits, de la nourriture et deux paires de sandales par an. Il s'occupait des enfants, aidait au magasin, allait chercher l'eau, pansait les chevaux. Il dormait sous l'escalier, dans un réduit exigu et sombre sans fenêtre, où il ne pouvait même pas s'étendre de tout son long. Il avait supporté cette vie dure, et, à dix-huit ans, il s'était mis à travailler uniquement dans la boutique, « contre salaire », et l'on avait pris à sa place un nouveau petit paysan du Sandžak. Il avait alors découvert et compris l'importance de l'épargne. Pendant cinq ans, il avait dormi dans une petite pièce derrière la boutique ; pendant cinq ans, pas une seule fois il n'avait allumé de feu ni ne s'était couché à la lueur d'une bougie. Il avait vingt-trois ans lorsque Petar lui-même l'avait marié à une bonne jeune fille d'une famille aisée de Čajnić. Elle aussi était fille de commerçant. Désormais, ils épargnaient à deux. Puis ce fut l'occupation et avec elle le commerce s'était fait plus actif et le profit plus facile, les gens dépensant sans hésiter. Il fit fructifier ses gains, tout en évitant les dépenses. C'est ainsi qu'il ouvrit sa propre boutique et commença à s'enrichir. À l'époque, ce n'était pas difficile. Beaucoup, alors, faisaient rapidement fortune, mais ils se ruinaient encore plus rapidement. Il était difficile de préserver ce qu'on avait acquis. Il l'avait défendu, s'enrichissant un peu plus chaque jour. Et lorsque étaient venues ces dernières années, et avec elles les troubles et « la politique », il avait tout fait, malgré son âge, pour comprendre cette ère nouvelle, pour lui résister tout en s'y adaptant, et pour la traverser sans dommages et sans honte. Il était adjoint au maire, président de la communauté paroissiale, président de la société chorale serbe, *L'harmonie*, le principal actionnaire de la banque serbe, membre du conseil d'administration de la banque nationale. Il s'évertuait, en conformité avec les règles en vigueur dans le bazar, avec sagesse et probité, à louvoyer entre ces courants contraires qui se multipliaient et grandissaient de jour en jour, sans se mettre les autorités à dos ni se déshonorer aux yeux du peuple. Il passait aux yeux de tous les habitants de la ville pour un modèle inégalable d'ardeur au travail, de savoir-faire et de circonspection.

Ainsi, pendant plus de la moitié de sa vie, il avait travaillé, épargné, il s'était donné de la peine et tiré de toutes les situations, avait pris garde de ne pas faire de mal à une mouche, de ne se mettre en travers de la route de personne, les yeux fixés droit devant lui, suivant son chemin en silence et s'enrichissant. Et voilà où ce chemin l'avait mené : sur une chaise entre deux soldats, comme le dernier des bandits, attendant qu'un obus ou une quelconque machine infernale endommage le pont et qu'on l'égorge ou le fusille à cause de cela. Il en venait à penser (et c'est ce qui lui faisait le plus mal au cœur) qu'il s'était donné tant de peine et avait tant souffert pour rien, qu'il avait fait tout simplement fausse route, que ses fils et autres « blancs-becs » avaient raison et qu'une ère qui ne connaissait ni la mesure ni le calcul était arrivée, ou peut-être une ère avec de nouvelles mesures et de nouveaux calculs ; en tout cas, que ses calculs, à lui, s'étaient révélés inexacts et sa mesure trop courte.

« C'est comme ça, se disait Pavle en lui-même, c'est comme ça : tout te pousse et te dit qu'il faut travailler et épargner, l'Église, les autorités, et ton propre bon sens. Et toi, tu obéis, tu avances avec prudence et tu vis de façon équitable, ou plutôt tu ne vis pas, mais tu travailles, et tu épargnes, et tu te fais des soucis, et toute ta vie passe comme ça. Puis, tout d'un coup, tout ce jeu déraille et bascule ; survient une époque où les gens se moquent du bon sens, où l'Église se mure dans le silence, ferme ses portes, tandis qu'au pouvoir se substitue la force brute, une époque où ceux qui gagnaient durement et honnêtement leur vie perdent, alors que les fainéants et les tyrans s'enrichissent. Et personne ne reconnaît tes efforts, il n'y a personne pour t'aider et te conseiller sur la façon de défendre ce que tu as gagné et épargné. Est-ce possible ? Est-ce vraiment possible ? » se demandait sans cesse Pavle, et, ne trouvant pas de réponses, il revenait inlassablement au point de départ de ses réflexions sur la fin de tout.

Il avait beau essayer de penser à autre chose, il n'y réussissait pas. C'était toujours les mêmes idées qui revenaient. Et le temps se traînait avec une lenteur mortelle. Il avait l'impression que ce pont sur lequel il était passé des milliers de fois, sans jamais vraiment le regarder, pesait maintenant de tout son poids sur ses épaules, comme un mystère inexplicable et fatal, comme un cauchemar, mais un cauchemar dont on ne se réveille pas.

Voilà pourquoi Pavle était assis l'air si abattu, la tête baissée et les épaules voûtées. Il sentait la sueur couler par chacun de ses pores sous sa chemise amidonnée, son col et ses manchettes. Sous le fez, elle ruisselait. Il ne l'essuyait pas, mais la laissait tomber en grosses gouttes sur le sol, et il avait l'impression que c'était la vie elle-même qui mourait ainsi et le quittait.

Les deux soldats, des paysans hongrois d'âge mûr, gardaient le silence et mangeaient du pain avec du lard saupoudré de paprika ; ils mangeaient lentement, coupant de leur canif tantôt un morceau de pain, tantôt un bout de lard, comme s'ils étaient aux champs. Puis ils avalèrent une gorgée de vin à leur gourde de fer-blanc et allumèrent leurs courtes pipes. En rejetant la fumée, l'un dit à voix basse :

— Bon sang, je n'ai jamais vu quelqu'un suer comme ça !

Puis ils continuèrent à fumer dans un silence total.

Mais Pavle n'était pas le seul à suer le sang et à se perdre dans un cauchemar dont on ne se réveille pas. Par ces journées d'été, sur cette langue de terre entre la Drina et la frontière, dans la ville, dans les villages, sur les routes et dans les forêts, partout, les hommes, à la sueur de leur visage, cherchaient la mort, la leur et celle des autres, tout en la fuyant et en s'en défendant par tous les moyens et de toutes leurs forces. Ce jeu étrange auquel se livrent les hommes et qu'on appelle la guerre prenait de plus en plus d'ampleur, envahissait tout et soumettait à son pouvoir les êtres humains et les choses.

Non loin de cette baraque communale, ce matin-là, des soldats étranges étaient allongés à même le sol. Ils portaient des uniformes blancs et des casques coloniaux. C'étaient des troupes allemandes qu'on appelait le détachement de Scuttari. Ces soldats, avant la guerre, avaient été envoyés à Scuttari où ils avaient pour mission de maintenir l'ordre et la paix, en tant que force internationale, en même temps que d'autres détachements d'autres pays. Lorsque la guerre avait éclaté, ils avaient reçu l'ordre de quitter Scuttari et de se mettre à la disposition de l'état-major autrichien le plus proche sur la frontière serbe. Ils étaient arrivés la veille au soir et se reposaient maintenant dans cette cuvette qui séparait la place du marché du bazar. Là, à l'abri dans un angle mort, ils attendaient l'ordre de passer à l'attaque. Ils étaient environ cent vingt. Leur capitaine, un gros roux qui supportait difficilement la chaleur, était justement en train d'admonester le sergent de gendarmerie Danilo Repac, le réprimandant comme seuls peuvent le faire les supérieurs de l'armée allemande, haut et fort, sans aucun égard et avec emphase. Le capitaine se plaignait que lui-même et ses hommes mouraient de soif, qu'ils manquaient du strict nécessaire, alors que les boutiques autour d'eux, vraisemblablement pleines, étaient fermées, malgré l'ordre qui avait été donné de les laisser ouvertes.

— Qu'est-ce que vous êtes ici ? Des gendarmes ou des pantins ? Faudra-t-il que je crève avec mes hommes ? Ou peut-être que je dévalise les magasins comme un brigand ? Trouvez immédiatement les propriétaires et assurez-nous le ravitaillement indispensable et des boissons saines ! Immédiatement ! Vous comprenez ce que cela veut dire : immédiatement ?

À chaque mot, le sang montait de plus en plus au visage du capitaine. Dans son uniforme blanc, avec son crâne rasé rouge comme un coquelicot, il brûlait d'ardeur et de courroux, telle une torche.

Le sergent Repac, pétrifié, ne faisait que cligner les yeux en répétant :

— Je comprends, mon capitaine. Ce sera fait immédiatement. Je comprends.

Puis, passant tout à coup de cet état de paralysie à une agitation frénétique, il tourna les talons et fonça vers le bazar. Il semblait que, s'étant trop approché de ce capitaine qui brûlait de rage, le sergent eût été lui aussi atteint par cette flamme qui le poussait à courir, invectiver, menacer et frapper autour de lui.

La première créature sur laquelle il tomba dans sa précipitation fut Ali hodja. Il descendait justement de chez lui pour inspecter sa boutique. Voyant le *vakmaister* Repac qu'il connaissait bien fondre sur lui, méconnaissable, le hodja se demandait avec étonnement si cet homme hagard et furibond était bien ce même *vakmaister* qu'il voyait depuis des années, calme, digne et courtois, passer devant son magasin. Repac, le visage anguleux et menaçant, le regardait maintenant avec des yeux nouveaux qui ne reconnaissaient plus personne et ne voyaient rien d'autre que leur propre peur. Le sergent se mit aussitôt à hurler, comme s'il répétait ce qu'il avait vu faire et entendu dire au capitaine peu avant.

— Il faut tous vous pendre, bon sang de bonsoir ! Est-ce qu'on ne vous a pas ordonné de garder vos boutiques ouvertes ? À cause de vous, je...

Et avant même que le hodja, perplexe, ait pu dire un mot, le sergent lui asséna une telle gifle sur la joue droite que son turban bascula sur son oreille gauche.

Puis le sergent, toujours aussi excité, se précipita plus loin pour faire ouvrir d'autres boutiques. Le hodja remit son turban en place, ouvrit son volet et s'assit, toujours aussi stupéfait. Des soldats à l'apparence étrange, vêtus d'uniformes blancs comme il n'en avait jamais vu, s'agglutinèrent devant sa boutique. Le hodja avait l'impression de rêver. Mais il ne s'étonnait plus de rien, à une époque où les gifles tombaient du ciel.

C'est ainsi que passa tout un mois, sous les bombardements intermittents du pont et les tirs venant des collines environnantes, dans des souffrances et des violences de toutes sortes, et dans l'attente de malheurs pires encore. Dès les premiers jours, la plus grande partie de la population avait abandonné la ville qui se trouvait prise entre deux feux. Et fin septembre, on entreprit l'évacuation totale de Višegrad. Les derniers fonctionnaires partirent eux aussi, de nuit, par la route, en franchissant le pont, car la voie ferrée était déjà coupée. Puis l'armée elle-même se retira peu à peu de la rive droite de la Drina. Seules restèrent quelques arrière-gardes, ainsi que de petits détachements de pionniers et des patrouilles isolées de gendarmerie. Jusqu'à ce que leur tour vînt aussi.

Le pont dressait sa silhouette, comme condamné, mais intact et entier, entre deux mondes en guerre.

XXIV

Au cours de la nuit, le temps se couvrit, on se serait cru en automne : les nuages s'accrochaient aux montagnes et, dans le ciel, s'enchaînaient les uns aux autres. Les Autrichiens profitèrent de cette nuit noire pour retirer leurs derniers détachements. Avant même l'aurore, toutes les troupes se trouvaient non seulement sur la rive droite de la Drina, mais déjà sur les hauteurs, au-delà de la crête de la Lijeska, hors de vue et de portée des canons serbes.

Au point du jour, une pluie fine se mit à tomber, comme en automne. Sous cette pluie, les dernières patrouilles faisaient le tour des maisons et des boutiques à proximité du pont, pour vérifier qu'il n'y restât plus personne. Tout semblait mort : le cercle des officiers, l'hôtel de Lotika, la caserne détruite, ainsi que les trois ou quatre magasins à l'entrée du bazar. Devant la boutique d'Ali hodja seulement, ils tombèrent sur le hodja qui arrivait justement de chez lui et ouvrait son volet. Les gendarmes, qui le connaissaient comme un original, le sommèrent avec le plus grand sérieux de fermer sur-le-champ sa boutique et de quitter la place du marché, car il était formellement interdit et « mortellement dangereux » de rester à proximité du pont. Le hodja les regardait comme s'ils avaient bu et ne savaient pas ce qu'ils disaient, et il s'apprêtait à leur répondre que la vie était depuis bien longtemps dangereuse dans cette ville et que, de toute façon, nous étions déjà tous morts, allant d'enterrement en enterrement, mais il se ravisa, instruit par sa mauvaise expérience des derniers jours, et il leur dit d'un ton calme et naturel qu'il était seulement venu prendre quelque chose dans son magasin et qu'il rentrerait aussitôt chez lui. Les gendarmes, qui étaient visiblement pressés, lui enjoignirent encore une fois de quitter au plus vite cet endroit, puis prirent la direction du pont, en passant par la place du marché. Ali hodja les regardait s'éloigner à pas silencieux dans la poussière dont la première pluie avait fait un tapis épais et mou. Il les regarda encore traverser le pont à l'abri du parapet de pierre dont ne dépassaient que leurs épaules et leurs têtes, ainsi que les longues baïonnettes à leurs fusils. Au sommet des rocs de Butko, le soleil brilla.

Tous les ordres qu'ils donnent sont comme ça, sévères, pompeux et au fond absurdes, pensait Ali hodja et il souriait en lui-même comme un enfant qui a réussi à duper son maître. Il leva son volet juste ce qu'il fallait pour se glisser à l'intérieur, puis il le laissa simplement retomber, de sorte que la boutique, de l'extérieur, semblait fermée. Dans l'obscurité, il gagna la petite pièce à l'arrière du magasin où il s'était si souvent réfugié pour fuir les importuns, les conversations qui empoisonnent la vie et fatiguent, sa famille et ses propres préoccupations. Il s'assit sur le petit banc dur, en remontant ses jambes sous lui et en poussant un grand soupir. Sous le coup des impressions du dehors, tout son être était encore en émoi, mais il se calma bientôt et retrouva son équilibre, comme une bonne balance. L'espace exigu du *cercueil* s'emplit rapidement de la chaleur de son corps, et le hodja ressentit toute la volupté de la solitude, du calme et de l'oubli qui faisait de ce réduit étroit, obscur et poussiéreux des jardins paradisiaques et immenses avec des rives verdoyantes et d'invisibles eaux murmurantes.

Même dans l'obscurité et l'étroitesse de ce réduit, on percevait la fraîcheur de ce matin pluvieux et du lever de soleil au-dehors. À l'extérieur aussi, un silence inhabituel régnait, que ne venait rompre — incroyable ! — aucun coup de feu, pas un bruit de voix ou de pas. Ali hodja était envahi d'un sentiment de bonheur et de gratitude. Voilà, pensait-il, ces quelques planches suffisent, avec l'aide de Dieu, à protéger un homme à la foi véritable et à le sauver, telle une arche miraculeuse, du malheur et des fléaux, des problèmes insolubles et des canons crachant le feu avec lesquels, au-dessus de sa tête, deux ennemis se battent, tous deux infidèles, aussi monstrueux l'un que l'autre. Depuis que la guerre avait commencé, il n'y avait pas eu un tel silence, pensait avec joie le hodja, et le silence est doux et bon ; avec lui revenait, pour un instant du moins, un petit quelque chose de cette vie vraie, humaine, qui se faisait de plus en plus rare et avait complètement disparu dans le grondement des canons des infidèles. Le silence était fait pour la prière ; et il était lui-même comme une prière.

Au même instant, le hodja sentit le petit banc se soulever sous lui et le soulever en même temps comme un jouet ; il sentit son « doux » silence se briser et se transformer soudain en un grondement sourd, puis en un immense fracas qui emplit tout l'air, lui creva les tympans et submergea tout, échappant même à l'ouïe ; il sentit les étagères sur le mur opposé craquer et les objets qui s'y trouvaient voler vers lui et lui vers eux. « Oh ! » gémit le hodja. Ou plutôt ce fut sa pensée qui gémit, car lui-même n'avait plus ni voix ni oreille, de même qu'il n'avait plus de place sur terre. Tout était englouti et étouffé par le vacarme, arraché du plus profond et projeté dans les airs en même temps que lui. Il semblait que cette langue de terre entre les deux rivières, sur laquelle se trouvait la ville, eût été arrachée à la terre dans un hurlement formidable et projetée dans les airs où elle planait encore ; comme si les deux rivières étaient sorties de leurs lits et s'étaient précipitées vers le ciel, et qu'elles retombaient maintenant dans le vide de tout le poids de leur masse d'eau, comme deux cataractes qui ne se sont pas encore arrêtées ni brisées. Peut-être était-ce la fin du monde, cet instant fatidique dont parlaient les livres et les savants, l'heure où se consumerait en un clin d'œil ce monde fallacieux, comme s'éteint l'étincelle ? Mais qu'avait donc à faire Dieu — qui d'un regard allume et éteint les mondes — d'un tel tohu-bohu ? Tout cela ne pouvait être la volonté de Dieu. Mais alors, d'où venait à la main de l'homme une telle force ? Comment répondre à ces questions, alors qu'il était tellement stupéfait, trahi, dégoûté par ce coup sournois qui voulait tout mettre sens dessus dessous, tout briser, assourdir et étouffer, même la pensée ? Il ne savait ce qui l'entraînait ainsi, il ne savait où il volait ni où il s'arrêterait, mais il savait que lui, Ali hodja, avait toujours et en tout raison. « Oh ! » gémit à nouveau le hodja, cette fois-ci avec douleur, car cette même force qui l'avait soulevé le ramenait maintenant brutalement et violemment à terre, non plus à la même place, mais entre le mur de planches et le banc renversé. Il ressentit un coup sourd à la tête et une douleur sous les genoux et dans le dos. Il put seulement se rendre compte, à un grand bruit distinct du grondement ambiant, que quelque chose heurtait violemment le toit du magasin et il perçut, là-bas, derrière la cloison, le cliquetis et les craquements des ustensiles de métal et de bois, comme si les objets dans la boutique s'étaient animés, envolés et s'entrechoquaient dans les airs. Ce choc fut suivi d'une pluie de cailloux sur le toit et les pavés. Mais il avait déjà perdu connaissance et gisait, immobile, dans son *cercueil*.

Dehors, il faisait maintenant tout à fait jour.

Il n'aurait su dire, même approximativement, combien de temps il était resté ainsi, étendu. Ce qui le tira de sa profonde inconscience, ce furent en même temps de la lumière et des voix. Il revenait à lui avec peine. Il savait bien qu'il avait été assis là, dans l'obscurité complète, or maintenant, par l'étroite ouverture, de la lumière venait de la boutique. Il se souvenait que le monde avait été envahi par un bruit, un fracas qui vous rend sourd et paralyse vos entrailles. Or maintenant, le silence régnait, un silence qui n'avait rien à voir avec celui auquel il avait trouvé tant de plaisir avant d'être terrassé par ce cataclysme, mais qui lui ressemblait comme une sœur maléfique. À quel point ce silence était profond, il s'en rendait compte à une voix faible qui, de fort loin semblait-il, criait quelque chose qui ressemblait à son nom.

Comprenant qu'il était vivant et toujours dans son *cercueil*, le hodja se dégagea de l'amas de marchandises qui s'étaient abattues sur sa tête et il se releva, gémissant et répétant sans cesse son « oh ! » douloureux. Il entendait maintenant distinctement des voix et des appels venant de la rue. Il se pencha pour passer par l'ouverture basse qui conduisait à la boutique. Tout y était sens dessus dessous et encombré par des objets tombés des étagères et brisés, baignant dans la pleine lumière du jour. La boutique était ouverte, car le volet qu'il avait simplement rabattu était tombé sous le choc.

Dans ce capharnaüm de marchandises et d'objets jetés en tous sens, au beau milieu de la boutique, il y avait une lourde pierre de la grosseur d'une tête d'homme. Le hodja leva les yeux. La lumière du jour venait également d'en haut. Visiblement, la pierre avait pénétré en défonçant le toit peu solide et le plafond de bois. Il la regarda de nouveau, elle était blanche, poreuse, lisse et bien taillée sur deux côtés, mais par ailleurs tranchante, visiblement arrachée à la masse. « Le pont ! » pensa le hodja, mais la voix qui appelait de la rue sur un ton de plus en plus impérieux ne lui permit pas de poursuivre ses réflexions.

Encore étourdi et hébété, le hodja se trouva devant un groupe de cinq ou six hommes, jeunes, pas rasés et couverts de poussière, dans des uniformes gris, coiffés de calots serbes et chaussés d'*opantsi*. Ils étaient tous armés, la poitrine barrée de cartouchières remplies de balles minuscules et brillantes. Parmi eux se trouvait Vlado Marić, le serrurier, mais sans sa casquette, coiffé d'un bonnet de fourrure, et des cartouchières croisées sur la poitrine. Un de ces individus, le chef visiblement, un homme jeune avec de fines moustaches noires, un visage au dessin régulier, les traits aigus et les yeux injectés de sang, se dirigea aussitôt vers le hodja. Il portait son fusil sur l'épaule à la façon des chasseurs, et dans la main droite une fine baguette de noisetier. L'homme lança un juron avec colère et éleva aussitôt le ton.

— Dis donc, toi ! Qu'est-ce que c'est que cette façon de laisser une boutique grande ouverte ? Et après, quand quelque chose disparaîtra, tu diras que ce sont mes hommes qui ont pillé ton magasin ! Tu voudrais peut-être que je garde ta marchandise ?

Le visage de l'homme était calme, presque impassible, mais la voix courroucée, et la badine dans la main droite, menaçante, fendait l'air. Sur ce, Vlado Marić s'approcha de lui et lui chuchota quelque chose.

— D'accord, d'accord, je veux bien qu'il soit brave et honnête, mais si je trouve encore une fois sa boutique grande ouverte sans surveillance, ça ne se passera pas comme ça.

Et les hommes armés poursuivirent leur chemin.

« Ça, ce sont les autres, se dit le hodja en les suivant du regard. Depuis quand sont-ils là ? Et il a fallu qu'ils tombent tout de suite sur moi ! Décidément, il n'y aura jamais aucun changement dans cette ville sans que ce soit moi qui le paie ! »

Il restait planté devant sa boutique endommagée, ahuri, la tête lourde et le corps meurtri. Devant lui s'étendait la place du marché qui, dans le soleil matinal, ressemblait à un champ de bataille, jonchée de pierres plus ou moins grosses, de tuiles et de branches sectionnées. Il tourna son regard vers le pont. La kapia était à sa place, mais juste après elle, le pont était coupé. Il manquait la septième pile ; entre la sixième et la huitième béait un vide par lequel on apercevait, en biais, les eaux vertes de la rivière. À partir de la huitième pile, le pont continuait jusqu'à la rive opposée, lisse, régulier, blanc, comme il était la veille et depuis toujours.

Le hodja, incrédule, cligna plusieurs fois les yeux, puis les ferma. Il revit derrière ses paupières closes les soldats qu'il avait vus, cinq ou six ans plus tôt, creuser, sous une tente verte, justement cette pile, il se souvint tout à coup de la plaque métallique qui, après, pendant des années, avait recouvert l'ouverture dans la pile minée, et à côté, du visage énigmatique mais éloquent de l'adjudant Branković, muet, aveugle et sourd. Il eut un sursaut et rouvrit les yeux, mais dans son champ de vision, tout était pareil : la place du marché jonchée de pierres plus ou moins grosses, le pont amputé d'une pile, et entre les deux arches grossièrement sectionnées, le vide béant.

Il n'y a que dans les rêves que l'on peut vivre et voir des choses pareilles. Que dans les rêves. Mais lorsqu'il se détourna de ce spectacle incroyable, il vit devant lui sa boutique avec la grosse pierre, petit morceau de la septième pile, au beau milieu de la marchandise en désordre. Si c'était un rêve, il était partout.

En provenance du bazar retentirent des appels, des ordres criés en serbe et des pas précipités qui se rapprochaient. Ali hodja baissa rapidement son volet, mit le gros cadenas au verrou et grimpa vers sa maison.

Auparavant aussi, il arrivait que, tandis qu'il gravissait ainsi la pente, le souffle lui manquât et qu'il sentît son cœur cogner là où il ne fallait pas. Depuis longtemps déjà, depuis ses cinquante ans, sa colline natale lui semblait de plus en plus abrupte et le chemin de sa maison de plus en plus long. Mais jamais comme ce jour-là, où il était justement pressé de s'éloigner du bazar et d'arriver chez lui. Son cœur battait d'une façon anormale, il lui coupait le souffle et l'obligeait à s'arrêter.

En bas, on chantait, semblait-il. En bas, il y avait aussi le pont détruit, atrocement, cruellement coupé en deux. Il n'avait pas besoin de se retourner (et pour rien au monde il ne se serait retourné) pour voir toute la scène : au fond, la pile coupée net, tel un tronc géant, pulvérisée tout autour, et à droite et à gauche de cette pile les arches brutalement interrompues. Entre elles, un vide béant d'une quinzaine de mètres. Et les deux parties brisées des arches interrompues tendues douloureusement l'une vers l'autre.

Non, pour rien au monde il ne se retournerait ! Mais il ne pouvait pas non plus avancer, grimper la pente, car son cœur l'étouffait de plus en plus et ses jambes refusaient d'obéir. Il se mit à respirer le plus profondément possible, lentement, régulièrement, chaque fois plus à fond. Cela l'aidait toujours, avant. Maintenant aussi, cela le soulagea. La pression céda dans sa poitrine. Entre les aspirations profondes et régulières et les battements du cœur, un certain équilibre s'établit. Il se remit en marche, et la pensée de sa maison et de son lit le faisait avancer et le stimulait.

Il marchait avec peine et lentement, il avait sans arrêt devant les yeux, comme si elle le précédait, l'image du pont détruit. Il ne suffit pas de tourner le dos à une chose pour qu'elle cesse de vous poursuivre et de vous tourmenter. Et même s'il avait fermé les yeux, il n'aurait vu que ça.

Voilà, pensait le hodja avec plus de vivacité et en respirant un peu plus facilement, nous voyons bien maintenant en quoi consistait leur machinerie et à quoi servaient vraiment tous leurs engins, cette fièvre et ce zèle au travail. (Il avait toujours raison, toujours, en tout et contre tous. Mais maintenant, cela ne lui procurait plus aucun plaisir. C'était la première fois que tout lui était égal. Et il avait bien trop raison !) Depuis des années, il les regardait qui ne lâchaient pas le pont, le nettoyaient, le rénovaient, le réparaient jusque dans ses fondations, ils y avaient fait passer l'eau et mis l'éclairage, et puis, un beau jour, ils l'avaient fait sauter comme si c'était une paroi de la montagne et non une fondation pieuse, un bienfait, la beauté même. On voyait bien maintenant qui ils étaient et ce qu'ils cherchaient. Lui, il l'avait su depuis toujours, mais à présent, le dernier des imbéciles pouvait le voir. Ils avaient osé s'attaquer à ce qu'il y avait de plus dur et de plus solide, prendre ce qui venait de Dieu. Et qui sait où ils s'arrêteraient ! Voilà que même le pont du vizir avait commencé à se défaire comme un collier de perles ; et lorsque cela commençait, plus personne ne pouvait l'arrêter.

Le hodja fit de nouveau une pause. Son souffle le trahissait et la pente se faisait plus raide devant lui. Il dut encore une fois calmer son cœur en prenant une profonde inspiration. Et une fois encore, il réussit à retrouver son souffle et se remit en route avec plus d'entrain.

Eh bien, tant pis, continuait-il à penser, si l'on détruit ici, on construit ailleurs. Sans doute y a-t-il encore quelque part des régions calmes et des gens raisonnables qui respectent la volonté de Dieu. Si Dieu a abandonné cette malheureuse ville sur la Drina, il n'a probablement pas fait de même de la planète entière et de toutes les terres qui existent sous la voûte céleste ? Et même ceux-là, ici, ils ne continueront pas ainsi éternellement. Mais qui sait ? (Ah, si seulement il pouvait inspirer un peu plus d'air !) Qui sait ? Peut-être que cette foi maligne, qui ordonne tout, nettoie, répare et embellit tout pour tout engloutir et détruire aussitôt après, se répandra sur la terre entière ; peut-être fera-t-elle de tout le monde que Dieu a créé un terrain vierge et nu pour sa frénésie insensée de construction et sa passion cruelle de la destruction, un pâturage pour sa faim insatiable et ses appétits incompréhensibles ? Tout était possible. Mais une chose était impossible ; il était impossible que disparaissent tout à fait et à jamais les grands hommes, les grands esprits à l'âme noble qui érigent pour l'amour de Dieu des constructions appelées à durer, afin que la terre soit plus belle et que l'homme y vive plus facilement et mieux. S'il n'y en avait plus, cela signifierait que l'amour de Dieu lui aussi s'était éteint et qu'il avait disparu de ce monde. C'était impossible.

Plongé dans ses pensées, le hodja avançait de plus en plus difficilement et lentement.

On entendait maintenant distinctement des chants venant de la ville. Si seulement il avait pu aspirer un peu plus d'air, si le chemin avait pu être moins raide, pourvu qu'il arrive chez lui, s'étende sur son divan, voie et entende l'un des siens ! C'était la seule chose qu'il désirait encore. Mais il en était incapable. Il n'arrivait plus à maintenir un certain équilibre entre sa respiration et les battements de son cœur ; son cœur étouffait complètement son souffle, comme cela arrive parfois en rêve. Seulement, cette fois-ci, il n'y avait pas de réveil salvateur. Il ouvrit grand la bouche et sentit ses yeux lui sortir de la tête. La pente qui jusque-là grandissait sans cesse se rapprocha tout à fait de son visage. Tout son champ visuel fut envahi par le chemin dur et sec, qui se transforma en ténèbres et l'engloutit.

Étendu dans la côte de Mejdan, Ali hodja rendait l'âme dans de brèves convulsions.

Postface

Ils ne peuvent détruire les ponts d'Andrić

En reprenant mes notes sur Ivo Andrić, au début de l'année 1994, je ne cesse de m'imaginer les réactions possibles de l'auteur du *Pont sur la Drina* à l'encontre de la guerre qui sévit dans notre pays : serbe par son choix et sa résidence en dépit de son origine croate et de sa provenance catholique, bosniaque par sa naissance et son appartenance la plus intime, yougoslave à part entière tant par sa vision poétique que par sa prise de position nationale, que ferait-il au moment où se détruit tout ce qu'il avait aimé et soutenu, ce à quoi son œuvre est si profondément liée ? Les ponts réels ou symboliques qu'il a décrits ou bâtis dans tant de ses ouvrages sont-ils brisés et détruits à jamais ? J'imagine difficilement Andrić devant de telles questions.

Ivo Andrić aura très probablement été l'un de ces grands auteurs slaves dont le vrai visage demeura longtemps inconnu en Occident. Même le prix Nobel de littérature (qu'il reçut en 1961) n'aura pas eu l'effet escompté : dans bon nombre de pays, en France d'abord, son œuvre reste à découvrir. Son refus de toute publicité, sous quelque forme que ce fût, même la plus inavouée, a été peut-être aussi cause de cette méconnaissance : « Dans toute manifestation publique, il y a quelque chose d'indécent », fait-il dire à Goya dans un dialogue imaginaire avec l'artiste.

Andrić gagnait en estime ce qu'il perdait en renom. Peu d'événements ont autant ébranlé la vie culturelle de l'ex-Yougoslavie que sa mort, survenue le 13 mars 1975. Comme si son tempérament apparemment calme et distant rassurait les habitants de ce pays sillonné par l'une des histoires les plus tourmentées de l'Europe.

Andrić se tenait éloigné, aussi bien par son œuvre que par son mode de vie, de toute actualité politique. Il était réservé vis-à-vis des « incertitudes du jour ou du siècle », sceptique face à ce qu'il nommait « les ivresses du moment », méfiant à l'égard de tout ce qu'il trouvait « trop subit » ou « pas assez mûr ». Ce n'est qu'au début même de sa carrière, lors de la Première Guerre mondiale, qu'il s'engagea dans les rangs de l'organisation *La Jeune Bosnie*, dont le membre le plus connu, Gavrilo Princip, abattit François-Ferdinand à Sarajevo, en 1914.

Que pouvait-on savoir, à l'étranger, de ce qui se tissait derrière cet assassinat qui alluma la grande guerre mondiale ? Que savait-on, en réalité, de ces régions ombrageuses, longtemps en marge de l'histoire européenne et pourtant à proximité même des plus anciennes cultures ? De ces contrées accablées par les asservissements les plus cruels qu'ait connus ce millénaire ? A-t-on jamais assez expliqué et compris les raisons profondes de cette révolte longuement mûrie et dont la violence coûta la vie à l'héritier du trône impérial austro-hongrois ?

Le jeune Andrić admirait « ces trames secrètes de l'action » ainsi que les gestes de ceux qui, « silencieux et retirés dans leur chambre mal éclairée, préparent le soulèvement ». Bien qu'il ne fût pas un insurgé, ses prises de position lui valurent, lors de la Première Guerre mondiale, les prisons autrichiennes et l'exil dont les traces marquèrent son premier livre de prose poétique portant le titre significatif de *Ex Ponto* (1918). Le thème de son deuxième recueil ne sera pas moins évocateur : *Troubles* (1919).

L'Europe de sa jeunesse paraissait à notre écrivain « pleine d'espoir indicible et de pensées inexprimées », alors que la marche de l'histoire lui semblait « lourde et quasiment fatale ». Ses études (non achevées) de philologie slave et d'histoire le menèrent successivement à Zagreb, à Vienne, à Cracovie, à Graz (où il soutient, en 1923, sans trop de prétentions universitaires, une thèse sur « La vie spirituelle de la Bosnie sous les Turcs »). À la veille de l'armistice, qui devait réunir les peuples de la Yougoslavie sous l'égide de la dynastie serbe des Karadjordjevitch, il lança à Zagreb, avec quelques amis, la revue *Le Sud littéraire*, d'une tendance pro-yougoslave marquée, celle-là même des *Jeune Bosnie* et des patriotes croates de son entourage, partisans inconditionnels de l'unité nationale de tous les Slaves du Sud.

Entre 1921 et 1941, il poursuivit une carrière de diplomate et connut de près différents pays d'Europe (Autriche, Roumanie, Espagne, Suisse). Il séjourna plusieurs fois en France. La déclaration de la Seconde Guerre mondiale lui fut notifiée à Berlin, où il était ambassadeur d'une Yougoslavie monarchique sans véritable monarque. Les livres qu'il publia entretemps, des recueils de nouvelles, traitaient généralement de sujets pris dans l'histoire de la Bosnie (où il vit le jour en 1892, dans le petit village de Dolac, près de Travnik).

La « drôle de guerre » le ramena à Belgrade. Il avait interdit la publication de ses ouvrages lors de l'occupation nazie, s'enfermant dans un silence solitaire et laborieux. Pendant cette période, réfléchissant sur l'histoire de son pays et celle de l'Europe, il écrivit, dans Belgrade occupé, trois livres majeurs, dont ses deux chefs-d'œuvre romanesques mondialement connus : *Le Pont sur la Drina* et *La Chronique de Travnik*. Ce fut un acte de résistance très particulier, le plus *pur* engagement d'écrivain.

Lorsque ses romans-chroniques, au début de l'après-guerre, furent publiés, ils connurent d'emblée un accueil enthousiaste (seuls quelques publicistes, aveuglés par les *préceptes* d'un prétendu « réalisme socialiste » que l'on essayait alors d'importer en Yougoslavie, restèrent réservés vis-à-vis de sa vision du passé et de son « manque d'optimisme »). D'autres ouvrages, écrits plus tard (notamment le récit intitulé *La Cour maudite*) confirmèrent son exceptionnelle originalité. Fort éloigné des « thèses » ou des « tendances » jdanovisantes, aussi bien dans les lettres que dans la vie culturelle en général, Andrić accueillit avec une sympathie manifeste le *dégel* consécutif à la rupture titiste avec les staliniens.

L'incomparable clarté de son style, sobre et lapidaire, évoque la longue tradition orale de la poésie populaire et des légendes de son pays (tradition qui s'était enracinée sous l'occupation ottomane, durant laquelle l'usage de l'écriture fut peu pratiqué par la population indigène). Une élégance dépourvue de tout artifice, jointe à un raffinement naturel et cultivé, avait fait de ce narrateur un classique des lettres aussi bien yougoslaves que slaves en général, comparable à un

Gogol ou à un Tchekhov. Sa vision d'un passé à la fois historique et a-historique, en même temps légendaire et réel, est toute centrée sur la Bosnie, cette région centrale de l'ex-Yougoslavie où se rencontrent et se heurtent l'Orient et l'Occident, et où se côtoient plusieurs nationalités et religions : Serbes, Croates (respectivement orthodoxes et catholiques, avec leurs ancêtres bogomiles), musulmans, juifs... Andrić se proposait de mettre en valeur « les vertus simples » des habitants de ces « milieux indigents qui sont la scène des grandes choses et des véritables miracles ».

Une telle détermination aurait pu céder à quelques-unes des tentations bien connues du roman historique, avec ses variantes pathétiques ou édifiantes, passéistes ou nationalistes, sentimentales ou pittoresques. Rien de tel chez Andrić. Aucune trace de ce romantisme et de ses nombreux avatars dans les lettres slaves. Peu de choses en commun avec un Stéfan Zeromski ou, encore moins, avec un Sienkiewicz ou bien avec le Pouchkine de *Boris Godounov*. Ce regard, plongé dans un passé informe, ne se contente nullement de refaire des inventaires surannés. Andrić ressemble à un sage d'Orient qui ne se soucie guère d'édifier, mais cherche simplement à transmettre sa sagesse. Leonardo Sciascia l'a bien senti et formulé à l'occasion de l'une des traductions de notre auteur en italien : « Un sage dans la mesure où la conscience du passé vit et sent le présent et se confie à l'avenir... » Ce sage semble pourtant bien résigné. Andrić n'oublie à aucun instant que « le mal, le malheur et l'inquiétude parmi les hommes sont choses stables et constantes et que rien n'y peut être changé : chaque pas que nous faisons nous mène à notre tombe ».

Une constance assez rare à notre époque caractérise la vie et l'œuvre littéraire d'Andrić depuis ses premiers poèmes et ses débuts de novelliste, inaugurés par l'extraordinaire récit de *L'Itinéraire d'Ali Djerdjelez*. Si le chrétien des jeunes années, lecteur de Kierkegaard, a évolué vers un apparent agnosticisme, l'écrivain ne semble guère avoir changé. Sa philosophie (il aurait difficilement admis ce terme) se trouve peut-être le mieux exprimée dans *Le Pont sur la Drina*, grande fresque du grouillement humain dans la petite bourgade de Višegrad, dont le destin s'organise autour d'un pont sur une rivière qui ne fait que couler, indifférente. Les siècles sourds et sombres, à peine éclairés çà et là par quelque hésitante lumière, passent tout comme l'eau de la Drina. Les générations meurent et se succèdent, semblables les unes aux autres, laissant derrière elles, pour tout héritage, quelques traces difficilement reconnaissables, figure pâlie, signes délébiles, textes narrés ou, parfois, écrits : « quelques légendes principales ». Le pont résiste bien autrement : « Les lunaisons se succédaient et les générations disparaissaient rapidement, mais lui demeurait, immuable, comme l'eau qui coulait sous ses arches. Il vieillissait, naturellement, lui aussi, mais selon une échelle de temps bien supérieure non seulement à la durée d'une vie humaine, mais aussi à toute une suite de générations... » La constance de cet édifice enseignait « que la vie est un prodige incompréhensible, car elle s'use sans cesse et s'effrite, et pourtant dure et subsiste, inébranlable, "comme le pont sur la Drina" ».

Andrić se garde bien de faire de ses ponts (d'autres ponts apparaissent dans ses nouvelles, par exemple *Le Pont sur la Jépa*) une allégorie naïve, de se laisser tenter par une imagerie facile. Au centre de sa narration, qui subjugue par un intérêt toujours renouvelé et une intarissable invention, le pont sur la Drina constitue le point fort autour duquel se concentrent les vies discordantes des hommes et qui donne forme au destin de la communauté : « lui secouait, telle la poussière, toutes les traces laissées par les caprices et les besoins éphémères des hommes, demeurant en dépit de tout inaltéré et inaltérable. »

La façon dont surgit et se fait la bourgade de Višegrad, les modes de vie et de communication qui s'y *structurent* autour de l'axe déterminant que constitue le pont même : toute une anthropologie y est présente ou pressentie qui fait curieusement songer à certaines descriptions de Lévi-Strauss, qu'elle précède. Ainsi rend-on intelligible un passé opaque, auquel il n'a pas été donné de devenir historique : Andrić restitue une histoire aux peuples qui en ont été longtemps privés, une grande charte historique dont l'écriture est lisible, où l'on peut se reconnaître et s'identifier. Cette entreprise est caractéristique de toute son œuvre.

Le pont sur la Drina voit surgir des ténèbres quelque lumière de conscience ainsi qu'une volonté tenace de secouer et de rejeter les entraves. Andrić se garde pourtant de ressembler à un tribun, même quand, aux alentours de 1914, apparaissent sur les dalles du même pont les débats de ses compagnons de la *Jeune Bosnie.* Il rappelle pourtant qu'« une nouvelle vie est un mélange du vieux et du nouveau ». Rien ne lui semble mériter une exaltation excessive, sinon, peut-être, dans de très rares instants, « les anges révoltés, pendant cette brève échéance où ils ont encore tous les droits des anges et toute la puissance des révoltés »... Rien de ce qui pourrait avoir trait au moment historique et politique où le livre fut écrit n'y est jamais manifeste : à la fin de l'ouvrage, juste une petite note rappelle « Belgrade, année 1942 ».

La Chronique de Travnik comporte une mention semblable (« Belgrade, avril 1942 »). On pourrait dire que le temps de cette chronique est bien plus réduit, si c'était le temps mesurable qui comptait ici. La petite ville de Travnik, résidence du vizir turc de la province occupée de Bosnie, devait resurgir entre octobre 1806 et mai 1814 de ces ténèbres, effleurée soudain par l'histoire européenne : Napoléon y ouvre un consulat. Pour ne pas lui laisser trop d'avance, l'Autriche l'imite. Ces faits, apparemment sans grand intérêt historique, sont appelés à jouer un rôle analogue à celui du pont sur la Drina à Višegrad : la vie semble s'y structurer autour de « quelque chose ». La population, peu préparée aux changements, désapprouve les nouveaux venus qui bousculent son train-train habituel. Voilà l'occasion pour le virtuose Andrić de jouer sur tous ces registres. Nous verrons en même temps une basse couche constituée par la *raïa* (terme péjoratif par lequel les occupants ottomans désignaient le peuple), Serbes et Croates, les premiers dirigés par leurs popes (prorusses et par conséquent antinapoléoniens) et les seconds guidés par leurs prêtres franciscains (hostiles eux aussi à Napoléon à cause de ses démêlés avec la papauté et plutôt favorables à l'Autriche catholique) ; à côté d'eux, une petite communauté juive ; au-dessus de tous, les Turcs, avec leur singulière hiérarchie culminant dans le tout-puissant vizir, conquérants venus de loin, cherchant à absorber les indigènes slaves islamisés. Au milieu de ce grouillement se trouve un consul français, Daville de son nom, avec sa famille et son jeune adjoint nommé Des Fossés, entourés d'un personnel consulaire d'occasion, recruté on ne sait comment ; en face d'eux sont leurs homologues autrichiens. Mélange ethnique et historique en même temps, embrouillamini de croyances et de coutumes diverses, croisement de mentalités et de consciences divergentes, le texte résume en quelque sorte les événements actuels...

L'intérêt se concentre en fait, de manière quasiment imperceptible, sur la rencontre de l'Orient et de l'Occident, leur incompréhension réciproque accentuée par un milieu arriéré. En dehors d'une atmosphère subtilement suggérée et d'une vision qui ne sacrifie à aucune sorte de folklorisme de bazar, les deux Français occupent le tout premier plan de ce roman-chronique : le débonnaire Daville, auteur de quelques articles publiés dans *Le Moniteur*, parisien et poète du dimanche, semble représenter ceux qui n'avaient presque rien compris à la Révolution et qui avaient pourtant suivi — et parfois admiré — Napoléon, sans trop regretter sa chute ; par contre, le jeune Des Fossés, enfant d'une époque nouvelle, annonce discrètement un nouveau comportement, sinon un nouveau type d'homme, un Julien Sorel qui, tout en se passionnant pour son entreprise, ne se laisserait point dominer par l'ambition.

Ici la *légende* ne peut avoir la même place que dans le précédent ouvrage : nous sommes confrontés à une histoire véritable et vérifiée[1] qui, par elle-même, évince le légendaire ou le réduit à une proportion infime. Une sorte de « malédiction » plane sur la Bosnie, « pays muet..., fait de silence et d'incertitude » où l'on a l'impression, d'après les rapports de Daville, que « rien au monde ne se laisserait apaiser ni régler ». L'un des trois vizirs qui se succèdent, apparemment affable, va jusqu'à montrer à ses hôtes étrangers, lors d'une réception officielle, les oreilles coupées d'insurgés serbes. Seul Des Fossés arrive à pénétrer quelque peu à l'intérieur de ce monde et de son passé contradictoire. Héraut d'une nouvelle histoire, il se rend compte que « la méchanceté et la bonté d'un peuple sont le produit des circonstances ». On entend de sa bouche, par moments, la leçon de l'*Encyclopédie*, devenue récit grâce à l'art du conteur. Le jeune Français arrive seul à communiquer avec la faune étrange que drainent les consulats, comme le médecin

1. Andrić a utilisé les rapports du consulat français à Travnik dans les archives diplomatiques à Paris et les documents autrichiens se trouvant à Vienne ; il s'est également servi des témoignages qui figurent dans le livre de Des Fossés (personnage réel) sur la Bosnie. Une thèse de Midhat Šamić sur « Les sources de *La Chronique de Travnik* », soutenue en Sorbonne, est très éclairante à ce sujet.

Cologna, un « original » qui lui révèle le vrai destin de l'homme du Levant « se faufilant péniblement entre l'Orient et l'Occident, sans appartenir à l'un ou à l'autre, mais frappé par les deux. Ce sont les victimes de cette séparation fatale entre chrétiens et non-chrétiens... C'est là une petite humanité séparée qui gémit sous le double péché originel et qui devrait encore une fois être rachetée et sauvée, mais qui ne voit pas par qui elle pourrait l'être et comment. Ce sont des hommes qui vivent sur des frontières physiques et spirituelles, sur une ligne noire et ensanglantée qui, à la suite d'un malentendu absurde et dur, a été tracée entre les hommes parmi lesquels il ne devrait pas y avoir de frontière ». Est-il possible de colmater cette fracture quasiment métaphysique et d'opérer une union occidentale-orientale dans le sens goethéen du terme *westöstlich* ? Andrić évite de répondre à cette question, qu'il ne fait que suggérer.

Au moment où l'Empire sera réellement « usé », en 1814, la France n'aura plus besoin de consulat dans un « bled au bout du monde ». L'Autriche non plus. La vie terne et morne des habitants de Travnik, intrigués pendant un peu plus de sept ans par un événement peu rassurant, recommencera à stagner avec satisfaction : « La peur change de nom et les soucis changent de forme. Et les vizirs se succèdent. L'Empire s'use. Travnik languit, mais son monde vit encore, comme le ver dans une pomme tombée... »

On a peut-être exagéré la *distance* d'Andrić face à l'actualité, son apparente défection vis-à-vis du moment présent. Son récit *La Cour maudite* (commencé en 1928 et terminé en 1954) raconte l'ahurissant spectacle de la prison d'Istanbul qui porte ce nom intimidant, véritable lieu de malédiction où viennent indifféremment ceux qui sont accusés ainsi que ceux qui sont simplement « soupçonnés d'une faute ». Le prêtre catholique, nommé Pierre (Petar), raconte son expérience de cet endroit fatal : « Il y a eu toutes sortes d'accusés, le soupçon allant loin et s'étendant en largeur et en profondeur... La Cour maudite courbe rapidement et insensiblement l'homme et se le soumet. Il oublie ce qu'il a été et pense de moins en moins à ce qu'il sera, le passé et l'avenir se coulent en un présent unique, en la vie terrible et extraordinaire de la Cour maudite. »

Cette description est bien plus qu'une allusion à la terreur et à la dictature. Ce livre n'aura pas été la simple anticipation des témoignages, sur les prisons et les camps, que nous pouvons lire aujourd'hui : il en a exprimé l'esprit et a dit à sa manière leur mythologie. Le jeune Kamil, né à Smyrne d'un père turc et d'une mère grecque, s'était identifié dans son rêve — et dans ses recherches érudites — au destin de feu le sultan Djem. Est-ce la preuve qu'il ourdit un complot contre l'actuel tyran ottoman ? Puisqu'on le soupçonne, il faut donc le mettre en prison. Dans la Cour maudite, « il ne peut y avoir d'innocents..., personne ne s'y trouve par hasard, constate Latifaga, maître absolu de ce lieu et artisan passionné de son métier ; du moment qu'on a passé le seuil de cette Cour, on n'est pas innocent. On a commis une faute, ne fût-ce qu'en rêve ».

S'il est vrai que les narrateurs *naissent* et que les romanciers *deviennent*, cette formule pourrait parfaitement s'appliquer au conteur Andrić : ses romans font s'articuler et converger de brillantes suites de récits et de nouvelles. Déjà ses premiers recueils de poèmes en prose (*Ex Ponto* et surtout *Troubles*) contenaient en germe des contes, telle la petite fable intitulée *Histoire japonaise*, l'une des meilleures défenses et illustrations de l'indépendance d'écrivain qui aient jamais été écrites. Certains récits d'Andrić ont l'ampleur de brefs romans (c'est notamment le cas de *Le Temps d'Anika*, ou de *L'Éléphant du vizir*, conte philosophique sur la mentalité totalitaire)[1]. Ces nouvelles pourraient être classées selon les époques qu'elles touchent : les temps de l'occupation ottomane, l'époque de la domination austro-hongroise et l'ère moderne (qui ne commence qu'après la Première Guerre mondiale), avec un nombre relativement restreint de textes ayant trait à la période de l'après-guerre.

Le comité du prix Nobel a fait valoir chez ce narrateur « la force épique avec laquelle il a su retracer les thèmes de l'histoire de son pays ». Anders Osterling a souligné la façon « dont cette œuvre allie un fatalisme venu des *Mille et Une*

1. Les publications posthumes des manuscrits trouvés dans les archives personnelles d'Andrić contiennent un roman inachevé (une sorte de chronique de Sarajevo intitulée *Omer pacha Latas* [Belfond, 1992]), plusieurs contes (réunis sous le titre *La Maison solitaire*), des poèmes en prose (un journal de bord poétique appelé *Ce dont je rêve et ce qui m'arrive*), ainsi qu'un recueil d'essais (*Les Signes près du chemin*).

Nuits à une analyse psychologique moderne... En tant qu'écrivain, Andrić possède un réseau de thèmes originaux qui n'appartiennent qu'à lui : il ouvre pour ainsi dire la chronique du monde à une page inconnue, et des profondeurs de l'âme de Slaves balkaniques, il sollicite notre sensibilité ». Dans son discours, prononcé à l'occasion de l'attribution du prix Nobel, le lauréat, confondu par sa timidité ou son inaptitude aux cérémonies, indiquait comme modèle narratif suprême celui qui « s'applique, à l'instar de la légendaire et diserte Schéhérazade, à faire patienter le bourreau, à suspendre l'inévitable arrêt de la mort et à prolonger l'illusion de la vie et de la durée ». Et de conclure : « Il faut laisser l'écrivain raconter. » La plupart des commentaires s'accordent sur le fait que sa prose a su s'approprier et, à sa façon, européaniser la narration orientale, comparant son œuvre à celle d'un « conteur des *Mille et Une Nuits* ». D'autres ont souligné à leur tour « le trait oriental de fantaisie exubérante et pourtant bien réglée » ou « les influences orientales de sources populaires ».

L'œuvre d'Andrić ne brandit pas de réponses toutes faites et ne prétend nullement résoudre les problèmes en cours. Elle ne s'aventure pas vers les conclusions faciles : « Je ne tire aucune conclusion des faits, mais les faits mêmes, je les vois. » Derrière un devenir toujours semblable à lui-même et cependant à nul autre pareil, reflet inaltérable de notre condition, le narrateur intervient aussi peu que possible, prenant apparemment le rôle de chroniqueur ou de scribe. Il sait, du reste, dépasser les limites imposées par chacun de ses rôles. Il a trouvé sa propre solution face aux conventions du roman traditionnel, une position qui pourrait se situer entre le réalisme pondéré d'un Thomas Mann et la réalité fantastique d'un Boulgakov, mais dans une parfaite indépendance de l'un et de l'autre. Ses chroniques sont, en fin de compte, bien plus des romans de l'histoire que des romans historiques au sens courant du terme : l'histoire y est la substance même du sujet, une vraie « matière à œuvre », et non pas un cadre enjolivé ou un argument.

Devant les plus beaux paysages, Andrić se gardait « de les violer par une comparaison facile, par une métaphore vaniteuse ». Dans un temps de rhétoriques assourdissantes, de programmes prétentieux et de fallacieuses promesses, tant de modestie surprend ou, tout au moins, donne à penser.

Ajoutons à la fin que les deux chefs-d'œuvre d'Andrić, *Le Pont sur la Drina* et *La Chronique de Travnik*, réédités à plusieurs reprises, n'ont pas eu la chance d'être rendus jusqu'à présent dans une traduction tant soit peu satisfaisante. On confond aisément transparence et simplicité, un style très dépouillé et une écriture facile. La traduction de Pascale Delpech aura enfin donné au lecteur français la possibilité de découvrir l'un des plus grands écrivains slaves de notre siècle.

Predrag MATVEJEVITCH

Du même auteur :

La Demoiselle, Robert Laffont, 1987.
Titanic et autres contes juifs, Belfond, 1987.
Omer pacha Latas, Belfond, 1992.
Inquiétudes, Éditions du Griot, 1993.
La Chronique de Travnik, Belfond, 1997.

Composition réalisée par INTERLIGNE

IMPRIMÉ EN FRANCE PAR BRODARD ET TAUPIN
Usine de La Flèche (Sarthe).
LIBRAIRIE GÉNÉRALE FRANÇAISE - 43, quai de Grenelle - 75015 Paris.

ISBN : 2-253-14110-0 31/4110/8